हिन्द पॉकेट बुक्स

एक योगी की आत्मकथा

परमहंस योगानंद बीसवीं सदी के एक महान गुरु और संत थे। उनका जन्म मुकुन्दलाल घोष के रूप में 5 जनवरी 1893, को गोरखपुर, उत्तरप्रदेश में हुआ। योगानंद के पिता भगवती चरण घोष रेलवे में उपाध्याय के समकक्ष पद पर कार्यरत थे। योगानंद अपने माता-पिता की चौथी संतान थे। उनके माता-पिता महान क्रियायोगी लाहिड़ी महाशय के शिष्य थे। लाहिड़ी महाशय की प्रेरणा से ही मुकुन्दलाल घोष आध्यात्मिकता की ओर अग्रसर हुए। परमहंस योगानंद ने अपने अनुयायियों को क्रियायोग का उपदेश दिया तथा पूरे विश्व में उनका प्रचार तथा प्रसार किया। योगानंद के अनुसार क्रिया योग ईश्वर से साक्षात्कार की एक प्रभावी विधि है, जिसके पालन से अपने जीवन को संवारा और ईश्वर की ओर अग्रसर हुआ जा सकता है।

एक योगी की आत्मकथा

परमहंस योगानन्द

हिन्द पॉकेट बुक्स
एक पेंगुइन रैंडम हाउस कंपनी

हिन्द पॉकेट बुक्स

यूएसए | कनाडा | यूके | आयरलैंड | ऑस्ट्रेलिया | सिंगापुर
न्यू ज़ीलैंड | भारत | दक्षिण अफ्रीका | चीन

हिन्द पॉकिट बुक्स, पेंगुइन रैंडम हाउस ग्रुप ऑफ़ कम्पनीज़ का हिस्सा है,
जिसका पता global.penguinrandomhouse.com पर मिलेगा

पेंगुइन रैंडम हाउस इंडिया प्रा. लि.,
चौथी मंजिल, कैपिटल टावर -1, एम जी रोड,
गुड़गांव-122002, हरियाणा, भारत

पेंगुइन
रैंडम हाउस
इंडिया

प्रथम हिन्दी संस्करण हिन्द पॉकेट बुक्स द्वारा 2014 में प्रकाशित
यह हिन्दी संस्करण हिन्द पॉकिट बुक्स में पेंगुइन रैंडम हाउस द्वारा 2021 में प्रकाशित

10 9 8 7 6 5 4 3 2

इस पुस्तक में व्यक्त विचार लेखक के अपने हैं, जिनका यथासंभव तथ्यात्मक
सत्यापन किया गया है, और इस संबंध में प्रकाशक एवं सहयोगी
प्रकाशक किसी भी रूप में उत्तरदायी नहीं हैं।

ISBN 9789353492212

मुद्रकः रेप्रो इंडिया लिमिटेड

www.penguin.co.in

FSC www.fsc.org MIX Paper from responsible sources FSC® C047271

This is a legitimate digitally printed version of the book and therefore might not
have certain extra finishing on the cover.

क्रम-सूची

मेरे माता-पिता एवं मेरा बचपन	7
माँ का देहान्त और अलौकिक तावीज	16
द्विशरीरी संत	22
हिमालय की ओर मेरे पलायन में बाधा	28
गंधबाबा के चमत्कारी प्रदर्शन	40
बाघ स्वामी	47
प्लवनशील संत	55
भारत के महान वैज्ञानिक सर जगदीशचन्द्र बोस	60
परमानन्दमग्न भक्त और उनकी ईश्वर के साथ प्रेमलीला	66
अपने गुरु श्रीयुक्तेश्वरजी से मेरी भेंट	72
दो अकिंचन बालक वृन्दावन में	81
अपने गुरु के आश्रम की कालावधि	88
विनिद्र संत	114
समाधि लाभ	121
फूलगोभी की चोरी	127
शशि और तीन नीलम	134
एक मुस्लिम चमत्कार प्रदर्शक	140
मेरे गुरु कोलकाता में, प्रकट होते हैं श्रीरामपुर में	145
कश्मीर यात्रा में बाधा	149
हमारी कश्मीर यात्रा	153
मेरा संन्यास-ग्रहण—स्वामी-संस्थान के अंतर्गत	160
भाई अनंत एवं बहन नलिनी	164
क्रिया योग विज्ञान	168

रांची में योग-विद्यालय की स्थापना	175
काशी का पुनर्जन्म और उसका पता लगना	181
रवीन्द्रनाथ टैगोर और मेरे विद्यालयों की तुलना	185
चमत्कारों का नियम	189
पुण्यशीला माता से भेंट	196
मृतक राम को पुनः जीवन-दान	205
आधुनिक भारत के महावतार बाबाजी	210
हिमालय में महल का सृजन	214
लाहिड़ी महाशय का अवतार सदृश जीवन	228
पश्चिम के प्रति बाबाजी की अभिरुचि	239
मेरा अमेरिका-गमन	250
लूथर बरबैंक-गुलाबों के बीच एक संत	257
ईसा-क्षतचिह्न-धारिणी कैथोलिक संत टेरेसा नॉयमन	260
मेरा भारत लौटना	269
दक्षिण भारत में एक काव्यात्मक दृश्य	279
अपने गुरु के साथ कुछ अंतिम दिन	285
श्रीयुक्तेश्वरजी का पुनरुत्थान	299
महात्मा गाँधी के साथ वर्धा में	307
बंगाल की आनंदमयी माँ	313
निराहारी योगिनी	319
एन्सिनीटस (कैलिफोर्निया) में	329
1940-1951 की अवधि	333

मेरे माता-पिता एवं मेरा बचपन

परम सत्य और उसके साथ जुड़े गुरु-शिष्य संबंध की खोज करते-करते मेरे अपने मार्ग ने मुझे एक भगवत्स्वरूप सिद्ध पुरुष के पास पहुँचा दिया, जिनका जीवन युगों को आदर्श बनाने के लिए ही तराशा हुआ था। वे उन महान विभूतियों में से एक थे, जो भारत का सच्चा वैभव रहे हैं। ऐसे सिद्धजनों ने ही अवतरित होकर अपने देश को दुर्गति प्राप्त होने से बचाया है।

मेरे शैशव-काल में पिछले जन्म की स्मृतियाँ उभर रही थीं। ये स्मृतियाँ घटनाओं के घटित होने के क्रमानुसार नहीं थीं। उस जन्म की स्पष्ट स्मृतियाँ तब जागती थीं, जब मैं हिमालय का एक योगी था। अतीत की इन झांकियों ने अज्ञात से जुड़कर भविष्य की भी झलक दिखाई।

शिशु अवस्था की अवमाननाओं की स्मृति अभी भी बनी हुई है। चल-फिर पाने और अपनी भावनाओं को व्यक्त कर पाने में असमर्थता के कारण मैं क्षुब्ध रहता था। शरीर की अक्षमताओं का भान होते ही प्रार्थना की लहरें भीतर उठने लगती थीं। व्याकुल भाव अनेक भाषाओं में मन में व्यक्त होते थे। मैं धीरे-धीरे अपने लोगों के बंगाली शब्द सुनने का अभ्यस्त होता गया। यह थी शिशु-मस्तिष्क की मन बहलाने की सीमा।

इस विक्षुब्धता और शरीर के कारण कई बार मैं झल्लाकर रो पड़ता था। मेरी आकुलता पर परिवार का विस्मय मुझे याद है। सुखद स्मृतियाँ भी हैं— माँ का दुलार, तुतलाने तथा लड़खड़ा के चलने के मेरे प्रयास। हालाँकि इन आरंभिक सफलताओं को भुला दिया जाता है, परन्तु फिर भी ये आत्मविश्वास की आधार-शिलाएँ होती हैं।

मेरी इन स्मृतियों का होना कोई अपूर्व बात नहीं है। अनेक योगियों के विषय में ज्ञात है कि उन्होंने जन्म-मृत्यु के नाटकीय परिवर्तन में भी अपने

आत्मबोध को बनाए रखा। शैशवावस्था की स्पष्ट स्मृतियों का होना विलक्षण है, किन्तु ऐसी घटनाएँ दुर्लभ भी नहीं।

मेरा जन्म गोरखपुर में 5 जनवरी, 1893 ई. को हुआ था। वहीं जीवन के पहले आठ वर्ष व्यतीत हुए। हम आठ बच्चे थे, चार भाई और चार बहनें। मैं मुकुंदलाल घोष, भाइयों में दूसरा और चौथी संतान था।

मेरे माता-पिता बंगाली क्षत्रिय थे। दोनों ही संत-प्रकृति के थे। माता-पिता के बीच आपसी सामंजस्य चारों ओर चलने वाले आठ नन्हे जीवों के कोलाहल का शांत केन्द्र था।

मेरे पिता श्री भगवतीचरण घोष दयालु, गंभीर और कभी-कभी कठोर थे। वे असाधारण गणितज्ञ और तर्कशास्त्रवेत्ता थे तथा बुद्धि से ही काम लेते थे, किन्तु मां तो स्नेह की देवी थीं। मां के देहान्त के पश्चात् पिताजी अपनी आंतरिक कोमलता अधिक स्पष्ट रूप से व्यक्त करने लगे।

माँ के सान्निध्य में हम बच्चों का बचपन में ही धर्मग्रंथों के साथ परिचय हो गया। अनुशासन की आवश्यकता पर मां रामायण और महाभारत से कहानियाँ सुनाती थीं।

पिताजी के कार्यालय से घर आने पर शाम को मां बच्चों को कपड़े पहनाकर तैयार करतीं। पिताजी बंगाल-नागपुर रेलवे (बी.एन.आर.) में उपाध्यक्ष के समकक्ष पद पर कार्यरत थे। यात्रा उनके कार्य का एक हिस्सा थी; हमारा परिवार मेरे बाल्यकाल के दौरान अनेक शहरों में रहा।

माँ गरीबों की सहायता के लिए सदा तत्पर रहती थीं। पिताजी भी अपनी आर्थिक सीमा के अंदर ही व्यय करना पसंद करते थे। एक बार मां ने गरीबों को खिलाने में पिताजी की आय से अधिक रकम खर्च कर दी।

इस पर पिताजी ने मां से कहा, "कृपा करके अपना दानधर्म उचित सीमा के अंदर करो।" माँ को यह उलाहना व्यथाजनक लगा। माँ ने एक घोड़ागाड़ी मंगवाई।

"नमस्कार! मैं अपने मायके जा रही हूँ।" माँ ने प्राचीन धमकी दी।

हम लोग विलाप करने लगे। उसी समय हमारे मामा आ गए। उन्होंने पिताजी के कान में फुसफुसाकर कोई परामर्श दिया। पिताजी के स्पष्टीकरण के बाद मां ने घोड़ागाड़ी लौटा दी। एकमात्र विवाद का अंत हुआ, परन्तु एक विशेष संवाद याद आता है, "कृपया घर पर एक असहाय महिला के लिए मुझे

दस रुपए दीजिए।"

"दस किसलिए? एक रुपया काफी है।" पिताजी ने इसके साथ जोड़ दिया।

"मेरे पिताजी और दादा-दादी की मृत्यु होने के बाद मैंने गरीबी का अनुभव किया। मीलों चलकर स्कूल जाने से पहले मेरा नाश्ता होता था एक छोटा केला। कॉलेज पहुँचने तक अवस्था इतनी बुरी हो गई कि मैंने एक न्यायाधीश से मासिक एक रुपए की सहायता की प्रार्थना की। उसने मना कर दिया कि एक रुपया भी मूल्यवान होता है।"

"तुम जीती!" पिताजी ने अपना बटुआ खोला और कहा, "लो दस रुपए महिला को शुभकामनाओं सहित दे दो।"

किसी एक नए प्रस्ताव पर पहले 'नहीं' कह देना पिताजी का स्वभाव था। मैंने सदा ही देखा कि पिताजी संतुलित निर्णय लेते थे। यदि मैं पक्ष में अच्छे तर्क प्रस्तुत कर देता, तो वे मेरी इच्छा पूरी कर देते, चाहे वह छुट्टियों में भ्रमण की बात हो या नई मोटरसाइकिल की।

पिताजी अनुशासन में बच्चों के साथ दृढ़ता बरतते थे, परन्तु स्वयं सरल, सात्विक जीवन व्यतीत करते थे। वे कभी थियेटर नहीं गए। विभिन्न साधनाओं और भगवद्गीता पढ़ने में ही उन्हें आनंद आता था। उन्होंने सारे सुखों का त्याग कर दिया था। वे जूतों की एक जोड़ी का भी तब तक प्रयोग करते, जब तक वह बिल्कुल फट न जाए। उनके बेटों ने कारें खरीद लीं, परन्तु पिताजी ऑफिस जाने के लिए ट्रामगाड़ी से ही संतुष्ट रहे।

धनसंचय करने में पिताजी को कोई रुचि नहीं थी। कोलकाता अर्बन बैंक के गठन के बाद अपने लाभ के लिए उसके शेयर रखने से इनकार कर दिया। उनकी इच्छा तो केवल अपने नागरिक कर्त्तव्य का निर्वाह करने की थी।

पिताजी के सेवानिवृत्त होने के वर्षों बाद बंगाल-नागपुर रेलवे के बही-खातों की जांच करने इंग्लैंड से एक एकाउंटेंट आए। अधिकारी ने देखा कि पिताजी ने उचित समय पर अदा न किए गए बोनस के लिए कभी आवेदन नहीं किया था।

उन्होंने कंपनी को बताया, "इन्होंने अकेले तीन आदमियों के बराबर काम किया है। पिछली क्षतिपूर्तिस्वरूप का 1 लाख 25 हजार रुपया कंपनी से निकलता है।" कोषाध्यक्ष ने उक्त रकम का चेक भेज दिया, पर मेरे पिताजी

ने इस घटना को इतना नगण्य माना कि वे परिवार को बताना ही भूल गए। बहुत बाद में मेरे सबसे छोटे भाई विष्णु ने बैंक विवरण में इतनी बड़ी राशि देखकर पूछा था, "भौतिक लाभ से इतना उल्लासित क्यों हो?"

पिताजी ने कहा, "समभाव को जिसने अपना लक्ष्य बना लिया हो, वह न किसी लाभ से उल्लासित होता है, न ही किसी हानि से दुःखी। मनुष्य इस संसार में खाली हाथ आता है और खाली हाथ ही चला जाता है।"

वैवाहिक जीवन के शीघ्र बाद पिता महान गुरु, बनारस के लाहिड़ी महाशय के शिष्य हो गए। इससे पिताजी के विरक्त स्वभाव को और बल मिला। मां ने एक बार सबसे बड़ी बहन रोमा को एक बात बताई, "तुम्हारे पिताजी और मैं संतान प्राप्ति के लिए वर्ष में मात्र एक बार साथ सोते हैं।"

पिताजी लाहिड़ी महाशय से अविनाश बाबू के माध्यम से मिले थे। बचपन में अविनाश बाबू मुझे भारतीय संतों की कहानियाँ सुनाया करते थे। वे सदा अपने गुरु की महिमा के विषय में कहकर ही कहानी समाप्त करते थे।

"तुमने कभी सुना है, किन असाधारण परिस्थितियों में तुम्हारे पिताजी लाहिड़ी महाशय के शिष्य बने?" अविनाश बाबू ने मेरी उत्सुकता जगाने वाला यह प्रश्न मुझसे किया।

"तुम्हारे जन्म से कई वर्ष पहले मैंने अपने वरिष्ठ अधिकारी, अर्थात् तुम्हारे पिताजी से अपने गुरु का दर्शन करने हेतु बनारस जाने के लिए एक सप्ताह की छुट्टी की याचना की, पर तुम्हारे पिताजी ने उपहास किया।

"उन्होंने कहा, 'क्या तुम कट्टरवादी बनना चाहते हो? यदि जीवन में आगे बढ़ना चाहते हो, तो अपने काम पर ध्यान दो।'

"उस दिन उदास होकर मैं घर जा रहा था कि पालकी पर सवार तुम्हारे पिताजी से मेरी मुलाकात हो गई। उन्होंने पालकी और नौकरों को विदा कर दिया और मेरे साथ चलने लगे। वे सांसारिक सफलता के लिए प्रयास करने के लाभ समझाने लगे, पर मेरा हृदय बार-बार यही पुकार रहा था, 'लाहिड़ी महाशय मैं आपके दर्शन के बिना जी नहीं सकता!'

"हम लोग चलते-चलते एक सुनसान मैदान के किनारे पहुँच गए। उस मैदान में, हम से कुछ ही दूरी पर मेरे महान गुरु अकस्मात् प्रकट हो गए।

"उनका स्वर गूँज उठा, 'भगवती, तुम अपने कर्मचारी के प्रति अत्यंत

कठोर हो!' इसके साथ ही वे अंतर्धान हो गए। मैं जमीन पर घुटने टेककर 'लाहिड़ी महाशय! लाहिड़ी महाशय!' पुकार रहा था। तुम्हारे पिताजी स्तंभित हो गए।

वे बोले, "अविनाश, मैं न केवल छुट्टी दे रहा हूँ, बल्कि वाराणसी जाने के लिए मैं स्वयं भी छुट्टी ले रहा हूँ। प्रकट होने की शक्ति रखने वाले इन महान लाहिड़ी महाशय के दर्शन मुझे करने ही होंगे। मैं अपनी पत्नी को भी साथ लूँगा और इन महान गुरु से प्रार्थना करूँगा कि हमें अपने आध्यात्मिक पथ में दीक्षित करें।

"क्या तुम हम दोनों को उनके पास ले चलोगे?" मैंने पूछा।

"'अवश्य!' अपनी प्रार्थना के इस चमत्कारपूर्ण उत्तर को पाकर और घटनाओं के इतने शीघ्र अनुकूल मोड़ लेने पर मेरा मन आनंद से गद्गद हो उठा था।

"अगले दिन शाम को तुम्हारे माता-पिता और मैं रेलगाड़ी से वाराणसी के लिए चल पड़े। वहाँ पहुँचे तो, कुछ दूर घोड़ागाड़ी से फिर तंग गलियों से गुरु के घर पहुँचे। बैठक से प्रवेश करने पर वहाँ हमेशा की तरह पद्मासन में बैठे गुरुदेव को प्रणाम किया। उन्होंने हृदयवेधी आँखें झपकाईं और उन्हें तुम्हारे पिताजी पर स्थिर कर दिया, 'भगवती, तुम अपने कर्मचारी के प्रति अत्यंत कठोर हो!' उन्होंने फिर से दोहराया, फिर आगे कहा, "मुझे खुशी है कि तुमने अविनाश को आने की अनुमति दी और साथ में तुम भी अपनी पत्नी को साथ लेकर यहाँ आ गए।'

"तुम्हारे माता-पिता को गुरुदेव ने क्रियायोग की दीक्षा दी। उस दिन से ही तुम्हारे पिताजी और मैं गुरुभाई रहे हैं। लाहिड़ी महाशय ने तुम्हारे जन्म में विशेष रुचि दिखाई थी। तुम्हारा जीवन उनके जीवन के साथ जुड़ा रहेगा; गुरुदेव का आशीर्वाद कभी निष्फल नहीं होता।"

मेरे जन्म के थोड़े ही दिन बाद लाहिड़ी महाशय ने इस जगत से प्रस्थान किया। लाहिड़ी महाशय की एक फ्रेम में सजी हुई फोटो हमारे पूजा-घर में देवताओं के चित्रों और मूर्तियों के साथ विराजमान थी। लगभग रोज ही सुबह और शाम मां और मैं उस पूजा-वेदी के सामने ध्यान लगाकर बैठते थे। संयुक्त भक्ति द्वारा हम उस ईश्वरत्व की पूजा करते थे, जो लाहिड़ी महाशय में था।

जैसे-जैसे मैं बड़ा होता गया मेरे मन में महान गुरु का विचार दृढ़ होता

गया। ध्यान में प्रायः उनकी छवि छोटे-से फ्रेम से बाहर आ जाती और जीवित रूप में सामने बैठ जाती। जब मैं चरणों को स्पर्श करने का प्रयास करता, तब वे पुनः चित्र बन जाते। जब किशोरावस्था में प्रवेश किया, तो देखा कि लाहिड़ी महाशय की छवि मेरे मन में जीवित, ज्ञान-प्रदायिनी उपस्थिति बन चुकी है। परीक्षा की घड़ी में मैं उनसे प्रार्थना करता और उनका मार्गदर्शन पाता।

जैसे-जैसे मुझे उनकी गुप्त सर्वव्यापकता का पता चलता गया, वैसे-वैसे मेरा दुःख कम होता गया। अपने शिष्यों को, जो दर्शन के लिए लालायित रहते थे, उन्हें लिखा करते थे, 'जब मैं सदा तुम्हारी दिव्य दृष्टि की पहुँच में हूँ, तो मेरे अस्थि-मांस को देखने आने की क्या आवश्यकता है?'

लगभग 8 वर्ष की आयु में मुझे लाहिड़ी महाशय की फोटो से स्वास्थ्य लाभ प्राप्त हुआ। इस अनुभव ने मेरे प्रेम को और भी उत्कट कर दिया। मैं बंगाल के इच्छापुर में रह रहा था, तब मुझे हैजा हो गया। मेरे बचने की कोई आशा नहीं रही। पास बैठी मां ने मेरे सिर के ऊपर टंगी लाहिड़ी महाशय की फोटो की ओर देखने का इशारा किया।

"उन्हें मन-ही-मन प्रणाम करो!" वे जानती थीं, कि अब मुझमें हाथ उठाने की शक्ति नहीं बची थी, "यदि तुम भक्ति प्रकट करोगे और उनका चरणस्पर्श करोगे, तो जीवनदान मिल जाएगा!"

मैंने फोटो की ओर देखा, तो वहाँ प्रखर प्रकाश दिखाई पड़ा, जिसने मेरे शरीर और कमरे को अपने में समा लिया। मैं स्वस्थ हो गया। मुझमें इतनी शक्ति आ गई कि अपने गुरु में अपार श्रद्धा रखने वाली माँ को झुककर चरणस्पर्श किया।

मेरे पास जो अनमोल चीजें हैं, उनमें एक वह फोटो भी है। लाहिड़ी महाशय द्वारा पिताजी को दी गई फोटो एक पवित्र स्पंदन से युक्त है। फोटो की भी एक चमत्कारिक कहानी है। मैंने यह पिताजी के गुरुभाई कालीकुमार राय से सुनी थी।

विरोध के बावजूद उनकी और शिष्यों की, जिनमें कालीकुमार राय भी शामिल थे, एक सामूहिक फोटो खींची गई, पर उस समय आश्चर्य की सीमा न रही, जब फोटो में शिष्यों के चित्र तो स्पष्ट दिखाई दे रहे थे, परन्तु बीच में लाहिड़ी महाशय की कोई आकृति नहीं थी।

एक शिष्य गंगाधर बाबू ने, जो कुशल फोटोग्राफर थे, डींग मारी कि

लाहिड़ी महाशय चाहे जो कर लें, वे उनकी फोटो खींच सकते हैं। अगले दिन प्रातःकाल गुरुदेव पद्मासन में बैठे थे। उनके पीछे कपड़े का पर्दा भी लगा दिया गया था। गंगाधर बाबू वहाँ पहुँच गए। सफलता के लिए बारह फोटो खींचीं, किन्तु शीघ्र ही उन्हें दिखाई पड़ा कि हर प्लेट पर लकड़ी की बेंच और पर्दे का चित्र तो स्पष्ट है, पर गुरुदेव की आकृति का कहीं पता नहीं।

गंगाधर बाबू का अभिमान चूर-चूर हो गया। कई घंटों बाद लाहिड़ी महाशय ने अपना मौन तोड़ा, "मैं ब्रह्म हूँ। क्या तुम्हारा कैमरा सर्वव्यापी अगोचर का चित्र खींच सकता है।"

गंगाधर बाबू ने कहा, "परन्तु हे सर्वज्ञ गुरुदेव आपके देहमंदिर की एक फोटो प्राप्त करने की बहुत इच्छा है। आज तक मैं नहीं समझ पाया था कि आपमें ब्रह्म पूर्ण रूप से वास करता है।"

"कल सुबह आओ। मैं फोटो खिंचवा लूँगा।"

अगले दिन फोटोग्राफर ने अपना कैमरा फोकस किया। इस बार अगोचर रहस्यमयता के आवरण से रहित उस पवित्र महापुरुष की आकृति प्लेट पर स्पष्ट रूप से उभर आई। गुरुदेव ने इसके बाद कभी कोई फोटो नहीं खिंचवाई।

सांचे में ढली लाहिड़ी महाशय की मुखाकृति से पता नहीं चल पाता। उनकी रहस्यमय मुस्कान में ईश्वर-साक्षात्कार के आनंद की कुछ-कुछ झलक दिखाई देती है। बाह्य जगत में नाममात्र की रुचि का संकेत देती आँखें आंतरिक परमानंद का संकेत करती हुई आधी बंद भी हैं। वे आध्यात्मिक सहायता के लिए अपने जिज्ञासुओं की आध्यात्मिक समस्याओं के प्रति पूर्ण जागरूक रहते थे।

थोड़े दिन बाद ही मुझे दिव्य-दर्शन हुआ। प्रातः अपने बिछौने पर मैं एक गहन दिवास्वप्न में डूब गया।

"बंद आँखों के अंधकार के पीछे क्या है?" यह विचार तेजी से मन में उभर आया। तत्क्षण अंतर्दृष्टि के सामने प्रकाश कौंध गया। पर्वत-गुफाओं में ध्यानस्थ बैठे संतों की आकृतियाँ चलचित्रों की भाँति प्रकट होने लगीं।

"आप लोग कौन हैं?" मैंने उच्च स्वर में पूछा।

"हम हिमालय के योगी हैं।" इस उत्तर का आनंद वर्णनातीत था।

"हिमालय पर आकर आपके जैसा बनना चाहता हूँ!" दृश्य अंतर्धान हो

गया, परन्तु रजत किरणें मण्डलाकार अनंत की ओर विस्तृत होती गईं।

"यह अद्‌भुत् आलोक क्या है?"

"मैं ईश्वर हूँ। मैं प्रकाश हूँ।" ध्वनि बादलों की बुदबुदाहट जैसी थी।

"मैं आपके साथ एकाकार होना चाहता हूँ!"

यद्यपि वह ईश्वरीय आनंद क्रमशः क्षीण होता गया, पर उससे मैं ब्रह्म की स्थायी खोज की विरासत प्राप्त करने में सफल हुआ। ईश्वर शाश्वत, नित्य-नवीन आनंद है। यह स्मृति लम्बे समय तक बनी रही।

बचपन की एक अन्य स्मृति असाधारण है, क्योंकि उसका चिह्न आज भी मेरे हाथ पर है। एक दिन प्रातः समय मैं और बड़ी बहन उमा अपने गोरखपुर के घर के अहाते में नीम के पेड़ के नीचे बैठे थे। उमा दीदी मुझे बंगाली की पहली पुस्तक पढ़ने में मदद कर रही थीं।

उमा दीदी ने अपने पैर पर फोड़ा होने की बात बताई और वह उस पर लगाने के लिए मरहम की एक डिबिया ले आईं। मैंने थोड़ा मरहम अपने हाथ पर लगा लिया।

"तुम निरोग हाथ पर मरहम क्यों लगा रहे हो?"

"दीदी, लग रहा है कि कल मुझे यहाँ फोड़ा होने वाला है।"

उमा पर कोई असर नहीं पड़ा। एक दृढ़ निश्चय मेरी आवाज में ध्वनित होने लगा, "मैं इच्छाशक्ति के साथ कहता हूँ कि कल मेरे हाथ पर इसी जगह काफी बड़ा फोड़ा निकल आएगा और तुम्हारा फोड़ा दोगुना हो जाएगा।"

सुबह मेरे हाथ पर एक बहुत बड़ा फोड़ा निकल आया और उमा का फोड़ा आकार में दोगुना हो गया। मेरी बहन चीखती हुई माँ के पास भागी। "माँ, मुकुंद जादू टोना करना सीख गया है!" माँ ने गंभीर होकर मुझसे कहा कि हानि करने के लिए मैं शब्द-शक्ति का प्रयोग कभी न करूँ।

डॉक्टर के चीरे से बना चिह्न आज भी हाथ पर मौजूद है। मनुष्य के शब्द की शक्ति का स्मरण दिलाता यह चिह्न स्मारक के रूप में विद्यमान है।

बाद में मेरी समझ में आया कि किसी के जीवन को संकट से बचाने के लिए वाणी की विस्फोटक स्पंदन-शक्ति का सदुपयोग किया जा सकता है और इस प्रकार बिना चिह्न या कष्ट रहित शल्य-चिकित्सा की जा सकती है।

हमारा परिवार पंजाब के लाहौर में स्थानांतरित हुआ। वहाँ मैंने देवी काली के रूप में जगन्माता का एक चित्र प्राप्त किया। बालकनी में इस चित्र

का मंदिर बना। मेरे मन में यह विश्वास पैदा हो गया कि उस पवित्र स्थान पर की गई मेरी किसी भी प्रार्थना को पूर्ति का ताज पहना दिया जाएगा। एक दिन उमा के साथ खड़ा मैं दो लड़कों को दो घरों की छतों पर पतंग उड़ाते देख रहा था। इन दोनों घरों और हमारे घर के बीच एक संकरी गली थी।

"कितनी अद्भुत बात है कि मैं जो मांगता हूँ, जगन्माता दे देती हैं।" मैंने उमा से कहा।

"मैं समझती हूँ, वह तुम्हें वे दोनों पतंगें भी दे देंगी!" मेरी बहन ने उपहास किया।

"क्यों नहीं?" मैंने मौन प्रार्थना शुरू कर दी।

भारत में धागों पर मांजा (गोंद और शीशे का चूर्ण) लगाकर पतंगों का खेल खेला जाता है। प्रत्येक उड़ाने वाला अपने प्रतिद्वंद्वी की पतंग काटने का प्रयास करता है। कटी हुई पतंग छतों के ऊपर से जाती है, तब उसे पकड़ने में बड़ा मजा आता है। उमा और मैं ऐसी बालकनी में खड़े थे, जिसके ऊपर छत थी और दोनों ओर दीवारें भी थीं, इसलिए किसी कटी पतंग का हमारे हाथ आना असंभव प्रतीत होता था, क्योंकि स्वाभाविक तौर पर उसका धागा छत के ऊपर ही लटकता हुआ आगे निकल जाता।

गली के उस पार पतंग उड़ाने वालों ने अपना खेल शुरू किया। एक धागा कट गया। पतंग मेरी दिशा में लपकी। हवा बंद हो जाने के कारण पतंग एक क्षण के लिए स्थिर हो गई और उसका धागा सामने वाले घर के ऊपर उगे नागफनी के एक पौधे में उलझ गया। मेरे पकड़ने के लिए एक पूरा फंदा बन गया। मैंने यह पुरस्कार उमा को सौंप दिया।

मैंने तीव्रता से अपनी प्रार्थनाएँ जारी रखीं। उस दूसरे पतंग उड़ाने वाले के जोर से झटका मारने के कारण उसका धागा भी टूट गया। हवा में नाचती हुई पतंग मेरी ओर आने लगी। मेरे सहायक नागफनी के पौधे ने फिर से धागे को उलझाकर आवश्यक फंदा बना दिया, ताकि मैं उसे पकड़ सकूँ। मैंने अपना यह दूसरा पुरस्कार भी उमा को भेंट कर दिया।

"सचमुच जगन्माता तुम्हारी प्रार्थना सुनती हैं! यह विलक्षण है!" दीदी भयभीत मृगशावक की भाँति भाग गईं।

माँ का देहांत और अलौकिक तावीज

मेरी माँ की सबसे बड़ी इच्छा मेरे बड़े भाई के विवाह की थी।

अनंत की सगाई के समय मैं लगभग ग्यारह वर्ष का था। माँ कोलकाता में उसके विवाह की तैयारियों में जुटी हुई थीं। केवल पिताजी और मैं ही उत्तरी भारत में स्थित बरेली में अपने घर में रह गए थे।

घर में सबसे बड़ा पुत्र होने के नाते अनंत के विवाह की तैयारियाँ बड़े स्तर पर हो रही थीं। माँ प्रतिदिन दूर-दूर से कोलकाता पहुँचने वाले सगे-संबंधियों की आवभगत करने में व्यस्त थीं। माँ ने नए विशाल घर में उन सबके ठहरने की व्यवस्था की थी। सारी तैयारियाँ पूरी हो चुकी थीं।

पिताजी और मैं समय पर विवाह के लिए पहुँचने का विचार कर रहे थे, परन्तु शुभ दिन से थोड़े ही पहले मैंने एक अमंगलसूचक दृश्य ध्यान में देखा।

अर्द्धरात्रि का समय था। मैं पिताजी के साथ सोया हुआ था। मच्छरदानी की फड़फड़ाहट की ध्वनि से मेरी नींद खुल गई। मुझे अपनी प्रिय मां दिखाई पड़ीं।

"अपने पिताजी को जगाओ!" माँ की आवाज़ फुसफुसाहट की तरह लगी, "आज ही भोर को चार बजे चलने वाली गाड़ी पकड़ो। मुझे देखना चाहते हो तो जल्दी करो!" इसके बाद छाया अदृश्य हो गई।

"पिताजी, पिताजी! माँ प्राण त्याग रही हैं!" मेरी भयाकुलता ने उन्हें तत्क्षण जगा दिया। सुबकते हुए मैंने उन्हें सारी घटना सुना दी। उन्होंने मुझसे कहा, "चिंता की बात नहीं। तुम्हारे मन का भ्रम मात्र है। यदि कोई दुःखद समाचार मिल ही गया, तो हम कल चल पड़ेंगे।"

"यदि आप तुरन्त नहीं चले, तो अपने आपको कभी क्षमा नहीं कर पाएँगे और न ही मैं आपको कभी क्षमा करूँगा!"

प्रातःकाल स्पष्ट संदेश लेकर आया, 'माँ गंभीर रूप से अस्वस्थ; विवाह स्थगित; तुरन्त आइए।'

पिताजी और मैं निकल पड़े। रास्ते में जहाँ गाड़ी बदलनी पड़ती थी, वहाँ मेरे एक चाचा मिले। आकार में बड़ी-बड़ी होती जाती एक रेलगाड़ी वज्र-गर्जन के साथ हमारी ओर आ रही थी। आंतरिक क्षुब्धता के कारण अपने आपको गाड़ी के आगे झोंक देने का निश्चय अचानक मेरे मन में उठा। मुझे लगा कि माँ की छत्रछाया से वंचित हो जाने के बाद अब इस संसार को सहने की क्षमता मुझमें नहीं है। मैं माँ से सबसे प्रिय मित्र के रूप में प्यार करता था।

"क्या माँ अभी तक जीवित है?" चाचा से पूछा।

"निस्संशय वे जीवित हैं।" पर मुझे उन पर थोड़ा भी विश्वास नहीं हुआ।

हम घर पहुँचे तो हमें मृत्यु के अचेतन करने वाले रहस्य का सामना करना पड़ा। मैं मृतप्राय-सा होकर गिर पड़ा। मेरी आर्त पुकारों ने स्वर्ग के द्वारों को हिला दिया। आखिर जगन्जननी को आना ही पड़ा। उनके स्नेहस्निग्ध शब्दों ने मेरे रिसते घावों को भर दिया, "वह मैं ही थी, जिसने जन्म-जन्मांतर में अनेक माताओं की स्नेहवत्सलता के माध्यम से तुम्हारी देखभाल की। खोए हुए जिन दो सुंदर काले नयनों को तुम ढूँढ रहे हो, उन्हें मेरी आँखों में देखो!"

परमप्रिय माँ के श्राद्ध-कर्म के बाद पिताजी और मैं बरेली लौट आए। प्रतिदिन भोर में ही मैं बंगले के सामने नरम, हरित-स्वर्णिम हरियाली को छाया देते पारिजात वृक्ष की दुःखार्त होकर तीर्थयात्रा करता। कभी-कभी मैं सोचता कि पारिजात के श्वेत पुष्प अपनी भक्ति से हरित तृण-वेदी पर अपने को बिखेर रहे हैं। ओसबिन्दुओं के साथ अपने अश्रुबिन्दुओं को मिलाते हुए मैं प्रायः उषा से लोकोत्तर, अलौकिक प्रकाश निकलता देखा करता। ईश्वर को पाने की तीव्र कसक से मैं तड़प उठता। हिमालय में जाने की प्रबल इच्छा मुझ में जाग उठी।

मेरे चचेरे भाई हिमालय की यात्रा कर हमारे यहाँ आए। योगियों और स्वामियों के निवास स्थान की कहानियाँ मैंने उनसे सुनी।

"चलो, हिमालय भाग चलें।" यह प्रस्ताव मैंने मकान-मालिक के पुत्र द्वारका प्रसाद के समक्ष रखा, परन्तु वह सहमत नहीं था। उसने मेरे बड़े भाई को अवगत करा दिया, जो उसी समय पिताजी से मिलने आए थे। एक छोटे बच्चे की इस योजना का अनंत ने उपहास करने का निश्चय कर लिया।

“गेरुए कपड़े कहाँ हैं? उनके बिना तुम स्वामी नहीं बन सकते!”

उन शब्दों ने मेरे सामने एक स्पष्ट चित्र सामने खड़ा कर दिया, कि मैं संन्यासी बन कर भारत-भ्रमण कर रहा हूँ। मुझे पता चल गया कि प्राचीन संन्यास की परम्परा का गेरुआ वस्त्र मैं सहजता के साथ धारण कर सकूँगा।

एक दिन द्वारका के साथ बात करते हुए मैंने अनुभव किया कि ईश्वर-प्रेम की धारा मुझमें उतर रही है। इसके फलस्वरूप शब्दों का जो धारा-प्रवाह मुझमें बहने लगा उसकी ओर द्वारका का ध्यान नहीं था, पर मैं अपने आप को सुन रहा था।

उसी दिन दोपहर को नैनीताल की ओर भाग गया। बड़े भाई अनंत ने भी मेरा पीछा किया और विवश होकर मुझे बरेली वापस आना पड़ा। मेरा हृदय अपनी खोई हुई दोनों माताओं के लिए मूक रुदन करता रहा, एक मानवी माता, दूसरी जगन्माता।

माँ के स्वर्गवास से जो रिक्तता उत्पन्न हो गई वह कभी भरी नहीं जा सकती थी। पिताजी ने दूसरा विवाह नहीं किया। अपने बालवृन्द के माता-पिता की कठिन भूमिका उन्होंने स्वयं ही स्वीकार कर ली और इसके निर्वाह में वे हमारे साथ अधिक कोमल-हृदय, अधिक मिलनसार बन गए। कार्यालय से आने के पश्चात् किसी विरक्त की भाँति अपने कक्ष में चले जाते और आनंदपूर्ण प्रशांति में क्रिया योग का अभ्यास करते। बहुत समय बाद मैंने छोटी-छोटी बातों का ध्यान रखने के लिए एक अंग्रेजी परिचारिका रखने का प्रयास किया, ताकि पिताजी को कुछ आराम मिल सके, परन्तु पिताजी ने असहमति प्रकट की।

माँ के गुजर जाने के 14 महीने बाद ज्ञात हुआ कि वह मेरे लिए महत्वपूर्ण संदेश छोड़ गई हैं। अंतिम समय अनंत दा उनके पास थे और उन्होंने उनके शब्दों को लिख लिया था। माँ ने वह संदेश मुझे एक वर्ष में दिए जाने का निर्देश दिया था, पर भाई ने विलंब कर दिया था। उन्हें शीघ्र ही माँ द्वारा उनके लिए पसंद की हुई कन्या से विवाह करने के लिए कोलकाता प्रस्थान करना था। एक दिन संध्या को उन्होंने मुझे अपने पास बुलाया।

“मुकुंद! मुझे भय था कि इससे तुम्हारी गृहत्याग की इच्छा और भड़क उठेगी, परन्तु तुम वैसे भी ईश्वर-प्रेम से ओत-प्रोत हो। जब मैं तुम्हें हिमालय जाते हुए पकड़ लाया, तभी मैंने संकल्प कर लिया। मुझे अब अपना पवित्र

वचन निभाने में देर नहीं करनी चाहिए।" मेरे भाई ने मुझे एक छोटी-सी डिबिया दी और माँ का संदेश सुनाया।

माँ ने कहा था, 'मेरे मुकुंद मेरे ये शब्द तुम्हारे लिए मेरा अन्तिम आशीर्वाद हैं। अब वह समय आ गया है, जब मुझे तुम्हारे जन्म के पश्चात् घटी अलौकिक घटनाओं से तुम्हें अवगत करा देना चाहिए। जब तुम गोद में नन्हें-से शिशु थे, तभी मुझे तुम्हारे निहित मार्ग का पता चल गया था। मैं तुम्हें वाराणसी में अपने गुरु के घर ले गई थी। वहाँ शिष्यों की भीड़ की ओट में लगभग छिपे हुए, मैं ध्यानस्थ लाहिड़ी महाशय को कठिनता से देख पा रही थी।

"तुम्हें थपकियाँ देते-देते मैं मन-ही-मन प्रार्थना करती जा रही थी कि गुरुदेव को वहाँ हमारी उपस्थिति का ज्ञान हो जाए और वे तुम्हें आशीर्वाद दें। जब मेरी मूक भक्तिपूर्ण प्रार्थना तीव्र हो गई, तब उन्होंने आँखें खोलीं और मुझे पास आने का इशारा किया। मैंने जाकर उन पवित्र चरणकमलों में अपना सिर रखा। लाहिड़ी महाशय ने तुम्हें अपनी गोद में ले लिया और आध्यात्मिक दीक्षा के रूप में तुम्हारे ललाट पर अपना हाथ रखा।

"'छोटी माँ, तुम्हारा पुत्र योगी होगा। एक आध्यात्मिक इंजन बनकर वह अनेक आत्माओं को ईश्वर के साम्राज्य में ले जाएगा।'

"सर्वज्ञ गुरुदेव ने मेरी गुप्त प्रार्थना स्वीकार कर ली। तुम्हारे जन्म के कुछ पहले उन्होंने बताया था कि तुम उनके ही मार्ग पर चलोगे।

"मेरे पुत्र, अद्भुत आलोक के दर्शन होने का पता मुझे और तुम्हारी बड़ी बहन रमा को चल गया। हम दोनों उस वक्त साथ के कमरे से तुम्हें अपनी शय्या पर निश्चल बैठे देख रही थीं। तुम्हारे छोटे-से मुखमण्डल पर तेज प्रकट हुआ था; जब तुम भगवान को खोजने के लिए हिमालय में जाने की बात कर रहे थे, तब तुम्हारी आवाज़ में दृढ़ निश्चय ध्वनित हो रहा था।

"इन सब माध्यमों से, मेरे पुत्र, मैं समझ गई कि तुम्हारा मार्ग सांसारिक महत्वाकांक्षाओं से दूर है। एक अद्वितीय घटना ने तो इस पर निश्चितता की मुहर लगा दी। वही घटना आज मुझे मृत्यु-शय्या से यह संदेश तुम्हें देने के लिए विवश कर रही है।

"जब हमारा परिवार लाहौर में रहता था, तब एक प्रातःकाल नौकर कमरे में आया, 'मालकिन, एक अजीब साधु आया है; कहता है कि उसे मुकुंद की माँ से मिलना है।'

"मैं तुरन्त साधु से मिलने बाहर गई। उनके चरणों में प्रणाम करते समय मैं समझ गई कि मेरे सामने कोई सिद्ध-पुरुष खड़ा है।

"उन्होंने कहा, 'माता महान गुरुजन तुम्हें यह बता देना चाहते हैं कि इस पृथ्वी पर तुम्हारा वास अब अधिक दिन नहीं रहेगा। तुम्हारी अगली बीमारी तुम्हारे लिए अंतिम सिद्ध होगी।' इसके पश्चात थोड़ी देर मौन रहे। उस मौन के दौरान मैंने कोई भय या संकट नहीं, बल्कि महान शांति का अनुभव किया। अंततः वह फिर कहने लगे।

"'तुम्हें अपने पास अमानत के रूप में रखने के लिए चाँदी का एक तावीज दिया जाएगा। वह आज मैं तुम्हें नहीं दूँगा। मेरे कथन को सत्य प्रमाणित करने के लिए कल जब तुम ध्यान कर रही होगी, तब वह तुम्हारे हाथों में मूर्त रूप धारण कर लेगा। जब तुम्हारी मृत्यु की घड़ी निकट आएगी तब तुम्हें यह तावीज अपने बड़े बेटे अनंत को देकर उसे बताना होगा कि एक वर्ष तक वह उस तावीज को अपने पास रखे और उसके पश्चात् उसे तुम्हारे द्वितीय पुत्र को दे। महापुरुषों से प्राप्त उस तावीज के मर्म को मुकुंद समझ लेगा। उसे वह तावीज तब मिलना चाहिए। जब वह सारी सांसारिक आशा-आकांक्षाओं का त्याग कर प्राणार्पण से ईश्वर की खोज करने के लिए प्रस्तुत हो रहा हो। जब यह तावीज कुछ वर्षों तक उसके पास रह चुका होगा और जब उसका उद्देश्य पूरा हो चुका होगा, तब वह अपने आप अदृश्य हो जाएगा। अगर गुप्त से अति गुप्त स्थान में भी वह रखा होगा तब भी वह जहाँ से आया था, वहीं वापस चला जाएगा।'

"मैंने साधु को भिक्षा अर्पण कर भक्तिभाव से नमन किया। भिक्षा ग्रहण न कर, मुझे आशीर्वाद देकर वह चले गए। अगले दिन संध्या को जब मैं हाथ जोड़कर बैठी थी, तब चाँदी का एक तावीज मेरी हथेलियों के बीच में प्रकट हो गया। मैंने दो वर्षों से अधिक समय तक उसे सम्भालकर रखा और अब इसे अनंत के पास छोड़े जा रही हूँ। मेरे लिए कोई शोक मत करना, क्योंकि मुझे मेरे गुरुदेव ईश्वर की गोद में पहुँचा देंगे। अच्छा, मेरे बच्चे, अब मैं चलती हूँ। जगन्माता तेरी रक्षा करेंगी।"

तावीज मेरे हाथ में आते ही ज्ञान का उज्ज्वल प्रकाश मुझ पर छा गया; अनेक सुप्त स्मृतियाँ जागृत हो उठीं। तावीज गोल, दीखने में कुछ विचित्र-सा और प्राचीन लगता था। उस पर संस्कृत के अक्षर खुदे हुए थे। मैं समझ गया

कि इस जन्म के जीवन पथ पर भी अदृश्य रूप से मेरा मार्गदर्शन करनेवाले मेरे पूर्वजन्मों के गुरुओं ने इसे भेजा था। इसका एक और अधिक गहन अभिप्राय भी था; परन्तु तावीज के भीतरी रहस्य का भेद खोल देना उचित नहीं होगा।

मेरे जीवन की अत्यंत दुःखद घटनाओं के बीच वह तावीज अन्ततः किस प्रकार अदृश्य हो गया और उसका अदृश्य होना किस प्रकार मेरे लिए गुरुलाभ का सूचक सिद्ध हुआ, इस का वर्णन इस प्रकरण में करने की आवश्यकता नहीं।

हिमालय में जाने की अपनी चेष्टाओं में बार-बार असफल किया गया बालक तावीज के पंखों पर सवार होकर प्रतिदिन दूर-दूर तक यात्रा कर लेता था।

द्विशरीरी संत

"पिताजी, यदि मैं बिना किसी दबाव के घर लौटने का वचन दूँ, तो क्या दर्शन यात्रा के लिए बनारस जा सकता हूँ।"

मेरे यात्रा-प्रेम में पिताजी शायद ही कभी बाधा बनते थे। साधारणतया मेरे साथ एक या अधिक मित्र होते। प्रथम श्रेणी के पासों पर हम यात्रा करते। हमारे परिवार के खानाबदोश लोगों के लिए पिताजी का रेलवे अधिकारी का पद पूर्णतः संतोषप्रद था।

पिताजी ने मेरे अनुरोध पर यथोचित विचार करने का वचन दिया। दूसरे दिन उन्होंने बरेली से बनारस जाने-आने का एक पास, एक रुपए के कुछ नोट और दो पत्र देते हुए कहा, "बनारस के मित्र केदारनाथ बाबू को एक कार्य के विषय में प्रस्ताव भेजना है। उनके पते का कागज़ मैंने कहीं खो दिया है, परन्तु हम दोनों के मित्र स्वामी प्रणवानन्द की सहायता से तुम यह पत्र उन तक पहुँचा सकोगे। स्वामीजी मेरे गुरुभाई हैं, उन्होंने उन्नत आध्यात्मिक अवस्था प्राप्त कर ली है। उनके संग से तुम्हें भी लाभ होगा। यह दूसरा पत्र उन्हें तुम्हारा परिचय देगा।"

पिताजी की आँखें चमक उठीं, "याद रखो, अब कभी घर से नहीं भागना!"

अपनी बारह वर्ष की आयु के उत्साह के साथ मैं निकल पड़ा (यद्यपि समय ने नवीन दृश्यों और अपरिचित व्यक्तियों से मुझे मिलने वाले आनंद में अभी भी कोई कमी नहीं आने दी है)। बनारस पहुँचते ही मैं स्वामी जी के निवास स्थान की ओर चल पड़ा। दूसरी मंज़िल पर एक कमरे में पहुँचा। एक चौकी पर स्थूलकाय एक व्यक्ति केवल अधोवस्त्र धारण किए हुए पद्मासन में बैठे थे। होठों पर शांत मुस्कान खेल रही थी।

"बाबा आनंद!" इन शब्दों के साथ मेरा हार्दिक स्वागत किया। मैंने घुटने टेक कर चरणस्पर्श किए।

"क्या आप ही स्वामी प्रणवानंदजी हैं?"

"तुम ही भगवती के बेटे हो?" इससे पहले कि मुझे अपनी जेब से पिताजी का पत्र निकालने का अवसर भी मिल पाता, उनके शब्द निकल चुके थे। चकित होकर मैंने पिताजी का उनके लिए दिया हुआ अपना परिचय पत्र निकालकर उनके हाथ में दिया। जो अब निरर्थक जान पड़ता था।

"केदारनाथ बाबू को मैं अवश्य ढूँढ निकालूँगा।" संत ने पुनः अपनी अतीन्द्रिय दृष्टि से विस्मित कर दिया। उन्होंने पत्र पर एक दृष्टि डाली और मेरे पिताजी के संबंध में कुछ उद्‌गार व्यक्त किए।

"मुझे दो पेन्शनें मिलती हैं। एक तुम्हारे पिताजी की सिफारिश से, जिनके अधीन मैं रेलवे में काम करता था। दूसरी मेरे परमपिता के अनुग्रह से, जिनके लिए मैंने अपने जीवन के सांसारिक कर्त्तव्यों को पूर्ण कर लिया है।"

मुझे यह कथन अत्यंत गूढ़ लगा। "परमपिता से आपको कैसी पेन्शन मिलती है, स्वामी जी? वे क्या धन आपकी गोद में ड़ाल देते हैं?"

स्वामी जी हँस पड़े, "पेंशन से मेरा अभिप्राय है, अगाध शांति, अनेक वर्षों के गहन ध्यान का पुरस्कार। मुझे अब धन की इच्छा नहीं। मेरी आवश्यकताओं की पूर्ति ऐसे ही हो जाती है। दूसरी पेन्शन का तात्पर्य बाद में समझ जाओगे।"

अचानक वार्तालाप बन्द कर स्वामीजी को किसी रहस्यमय भाव ने आवृत कर लिया। उनकी आँखें चमक उठीं, जैसे किसी आकर्षक वस्तु को देख रही हों, बाद में निष्प्रभ हो गईं। मैं उनके अचानक मौन से उद्विग्न हो गया। उन्होंने अभी तक नहीं बताया था कि पिताजी के मित्र से कैसे मिल सकूँगा। तनिक बेचैन होकर मैंने उस खाली कमरे में दृष्टि दौड़ाई, जिसमें हम दोनों के अतिरिक्त और कुछ भी नहीं था। जिस चौकी पर वे बैठे थे, उस के नीचे रखी उनकी काठ की खड़ाऊँ पर मेरी दृष्टि पड़ी।

"छोटे महाशय, चिन्ता मत करो। जिनसे तुम मिलना चाहते हो, वे आधे घंटे में यहाँ पहुँच जाएँगे।" योगीवर मेरे मन को पढ़ रहे थे।

उन्होंने पुनः मौन धारण कर लिया। मुझे पता चला कि तीस मिनट बीत चुके हैं, तब स्वामीजी स्वयं ही उठ गए।

"लगता है, केदारनाथ बाबू दरवाजे के निकट पहुँच गए हैं।" उन्होंने कहा। मैंने सीढ़ियों से किसी के ऊपर आने की आहट सुनी। विस्मय में मैं डूब गया; मेरे विचार दौड़ने लगे, बिना किसी संदेशवाहक के पिताजी के मित्र को यहाँ बुलाना कैसे संभव हो सकता है?

मैं कमरे से बाहर आ गया और सीढ़ियाँ उतरने लगा। गौरवपूर्ण व्यक्ति से मेरी भेंट हुई। वे जल्दी में लग रहे थे।

"क्या आप केदारनाथ बाबू हैं?" मेरी आवाज़ में उत्तेजना थी।

"हाँ, और तुम भगवती के बेटे हो ना, जो यहाँ मेरी प्रतीक्षा कर रहे हो?" वे मुस्कुराए।

"महाशय, पर आप यहाँ कैसे आए?"

एक घंटे पहले मैंने गंगास्नान समाप्त किया ही था कि स्वामी प्रणवानन्दजी मेरे पास पहुँच गए। पता नहीं उन्हें कैसे पता चला कि मैं वहाँ था।

"'भगवती का बेटा मेरे घर तुम्हारी प्रतीक्षा कर रहा है,' उन्होंने कहा, 'तुम मेरे साथ चलोगे?' मैं खुशी से तैयार हुआ। हम लोग चलने लगे, किन्तु खड़ाऊँ के बावजूद स्वामीजी मुझे पीछे छोड़कर आगे निकल गए।"

"फिर प्रणवानन्दजी ने रुककर मुझ से पूछा, 'मेरे घर पहुँचने में कितना समय लगेगा? मुझे अभी कुछ और काम है।' उन्होंने एक रहस्यमय दृष्टि मुझ पर डाली, मुझे तुम्हें छोड़कर जाना होगा। तुम सीधे मेरे घर पहुँच जाओ, जहाँ मैं और भगवती का बेटा तुम्हारी प्रतीक्षा कर रहे होंगे।'

वे तेजी से निकल गए। मैं जितना तेज़ चल सकता था उतना तेज चलकर यहाँ पहुँचा।

केदारनाथ बाबू के इस कथन से मैं और भी हतबुद्धि हो गया। मैंने उनसे पूछा कि वे स्वामीजी को कब से जानते थे।

"पिछले वर्ष तो हमारी कुछ मुलाकातें हुई थीं, पर हाल में कभी भेंट नहीं हुई। आज पुनः स्नानघाट पर उनसे मिलकर मुझे बहुत खुशी हुई।"

"मुझे विश्वास नहीं हो रहा है। क्या आप उनसे मनः दृष्टि से मिले थे या वास्तव में देखा था, उनका हाथ स्पर्श किया था और उनकी पदचाप सुनी थी?"

गुस्से से उनका चेहरा तमतमा गया, "मैं झूठ नहीं बोल रहा हूँ। क्या तुम नहीं समझ पा रहे कि स्वामीजी के द्वारा ही तो मुझे पता चल सकता था कि तुम मेरी प्रतीक्षा कर रहे हो?"

"पर मैं एक घंटा पहले यहाँ आया और तब से स्वामी प्रणवानन्दजी एक क्षण के लिए भी ओझल नहीं हुए।" मैंने सारी कहानी सुना दी और स्वामीजी से वार्तालाप दुहरा दिया।

उनकी आँखें फैल गईं, "मैंने कभी भी इस प्रकार का चमत्कार देख पाने की आशा नहीं की थी। अभी तक मैं समझता था स्वामीजी केवल एक साधारण मनुष्य हैं, अब देखता हूँ कि वे एक और शरीर भी धारण कर सकते हैं, उसके द्वारा काम भी कर सकते हैं!" हम ने साथ-साथ कमरे में प्रवेश किया। केदारनाथ बाबू ने चौकी के नीचे पड़ीं खड़ाऊँ की ओर इशारा किया।

"ये वही खड़ाऊँ हैं, जो स्वामीजी ने घाट पर पहनी थीं," उन्होंने फुसफुसाकर कहा। "उन्होंने केवल एक अधोवस्त्र पहन रखा था, जैसे उन्होंने अभी पहन रखा है।"

केदारनाथ बाबू ने जब स्वामीजी के चरणों में प्रणाम किया तो वे बोले, "तुम इतने स्तम्भित क्यों हो? दृश्य जगत् की सूक्ष्म एकता सच्चे योगियों से छिपी नहीं रहती। मैं कोलकाता में रहने वाले शिष्यों के सामने क्षण-भर में प्रकट होकर वार्तालाप कर सकता हूँ।"

शायद मेरे बाल-हृदय में आध्यात्मिक उत्साह जगाने के उद्‌देश्य से ही स्वामीजी अपने दूरश्रवण और दूरदर्शन के योगबल के बारे में मुझे बताने के लिए राजी हुए, परन्तु मेरी ईश्वर-खोज एक विशिष्ट गुरु श्री युक्तेश्वरजी के मार्गदर्शन में ही होनी थी, जिनसे मैं अभी मिला भी नहीं था। अतः प्रणवानन्दजी को अपना गुरु मानने की कोई प्रवृत्ति मेरे मन में नहीं उठी।

स्वामीजी ने अपने गुरु महाराज के विषय में कुछ बातें बताते हुए मेरी अशांति दूर करने की चेष्टा की, "जितने योगियों को मैं जानता हूँ, उनमें लाहिड़ी महाशय सबसे महान थे। वे नरदेह में साक्षात् ईश्वर थे।"

जब शिष्य भी इच्छामात्र से एक और रक्त-मांस का शरीर धारण कर सकता है, तब गुरु के लिए कौन-सा चमत्कार असम्भव होगा?

गुरु की सहायता कितनी अमूल्य होती है, वह सुनो, मैं गुरुदेव के एक अन्य शिष्य के साथ नित्य रात को आठ घण्टे ध्यान करता था। दिन में हम दोनों रेलवे कार्यालय में काम करते थे। क्लर्क के कार्य में कठिनाई देख पूरा समय ईश-चिंतन में लगाने की इच्छा हुई। आठ वर्ष तक आधी रात मैं ध्यान में ही बिताता रहा। इस साधना से गहरी आध्यात्मिक अनुभूतियों से मन में

ज्ञान का प्रकाश फैलता था, परन्तु उस अनंत परमत्त्व और मेरे बीच सदैव एक झीना पर्दा बना रहता था। अतिमानवी एकाग्रता और निष्ठा के साथ प्रयास करते रहने पर भी मैंने पाया कि परम निर्विघ्न एकात्मता से मैं वंचित हूँ। एक दिन सायंकाल मैं लाहिड़ी महाशय की सेवा में उपस्थित हुआ और मध्यस्थता के लिए उनसे प्रार्थना की।

"गुरुदेव, मेरी आत्मा तड़प रही है। मैं उस परमप्रेमी के प्रत्यक्ष दर्शन बिना अब और जीवित नहीं रह सकता।"

"'तुम्हें अधिक गहराई से ध्यान करना पड़ेगा।'

"मैं आप से प्रार्थना करता हूँ, हे स्वामी, मैं आपको अपने समक्ष इस भौतिक शरीर में देख रहा हूँ; मुझे आशीर्वाद दीजिए कि आपके अनंत स्वरूप में आपके दर्शन कर सकूँ!'

"लाहिड़ी महाशय ने आशीर्वाद-मुद्रा में हाथ उठाते हुए कहा, 'तुम ध्यान करो। मैंने तुम्हारे लिए ब्रह्मा से प्रार्थना की है।"

"अपरिमित आनंद से उल्लासित होकर मैं घर लौटा। उस रात ध्यान में मुझे अपने जीवन के ज्वलंत चरम लक्ष्य की प्राप्ति हो गई। फिर कभी वह आनंद पूर्ण स्रष्टा माया के परदे के पीछे छिपकर मेरी दृष्टि से ओझल नहीं हुआ।"

प्रणवानन्दजी का मुख तेज से दमक रहा था। एक अलौकिक शांति मेरे हृदय में प्रविष्ट हुई। स्वामीजी ने और एक गुप्त बात मुझे बताई।

"कुछ महीनों बाद मैं फिर लाहिड़ी महाशय के चरणों में उपस्थित हुआ और उनके असीम वरदान के लिए कृतज्ञता प्रकट करने का मैंने प्रयास किया, फिर दूसरी एक बात छेड़ी।

"'दयानिधान गुरुदेव, मैं अब ऑफिस में काम नहीं कर सकता। कृपा करके मुझे मुक्त कर दीजिए। ब्रह्मा मुझे निरन्तर मदमस्त बनाए रखता है।'

"'अपनी कंपनी को पेन्शन के लिए अर्जी दो।'

"अगले दिन मैंने पेन्शन के लिए आवेदन दे दिया। डॉक्टर ने समयपूर्व पेन्शन के लिए कारण पूछा।

"काम करते समय मेरी रीढ़ में अत्यधिक तीव्र संवेदना उठती है और मैं कर्त्तव्यों का निर्वाह करने में असमर्थ हो जाता हूँ।"

"डॉक्टर ने पेन्शन के लिए मेरे पक्ष में सिफारिश लगा दी। मुझे शीघ्र ही

पेन्शन मिल गई। मैं जानता हूँ कि डॉक्टर और तुम्हारे पिता सहित सभी संबंधित रेलवे अधिकारियों के माध्यम से लाहिड़ी महाशय की दैवी इच्छा ही कार्य कर रही थी। और मुझे अखण्ड ईश-चिंतन के लिए मुक्त कर दिया गया।"

जब मैं भक्तिभाव से उनका चरणस्पर्श कर जाने के लिए अनुमति माँग रहा था, तब उन्होंने आशीर्वाद दिया, "तुम्हारा जीवन संन्यास और योगमार्ग के लिए है। तुम्हारे पिताजी और तुम्हारे साथ मेरी फिर एक बार भेंट होगी।" वर्षों बाद दोनों ही भविष्यवाणियाँ सत्य हुईं।

"तुम्हारे पिताजी ने रेलवे कंपनी के कोलकाता कार्यालय में मुझे एक पद का प्रस्ताव दिया है। स्वामी प्रणवानन्दजी को मिलनेवाली पेन्शनों में से कम-से-कम एक पेन्शन का अधिकारी हो पाना कितना सुखद होता, परन्तु यह असम्भव है; मैं बनारस छोड़ कर नहीं जा सकता। एक साथ दो शरीर धारण करने का मेरा समय अभी नहीं आया है।"

हिमालय की ओर मेरे पलायन में बाधा

"कोई भी छोटा-मोटा बहाना बनाकर अपनी कक्षा से बाहर निकल आओ और एक घोड़ागाड़ी किराए पर ले लो। हमारी गली में ऐसी जगह आकर ठहरना, जहाँ तुम्हें मेरे घर का कोई सदस्य न देख सके।"

हिमालय में मेरे साथ जाने की योजना बनाने वाले अपने सहपाठी अमर मित्तर को मेरा यह अंतिम निर्देश था। पलायन के लिए हम लोगों ने अगला दिन तय किया। अनंत दा मुझ पर कड़ी दृष्टि रखते थे। उन्हें सन्देह था कि मेरे मन में भाग जाने की प्रबल इच्छा है। वे मेरी योजना को विफल बनाने के लिए कृतसंकल्प थे। तावीज मेरे अंदर आध्यात्मिक उफान ला रहा था। मुझे आशा थी कि हिमालय में वे गुरु मिल जाएँगे, जिनका चेहरा मुझे अंतर्मन के दिव्य दर्शनों में दिखाई देता था।

पिताजी का स्थायी रूप से कोलकाता में स्थानान्तरण हो गया था और अब हमारा परिवार वहीं रह रहा था।

वहाँ मैं अटारी पर कमरे में नित्य ध्यान करके मन को ईश्वरानुसंधान के लिए तैयार कर रहा था।

सड़क पर अमर की घोड़ागाड़ी की आवाज़ सुनते ही मैंने जल्दी-जल्दी एक कम्बल में एक जोड़ा खड़ाऊँ, दो कौपीन, एक जपमाला, लाहिड़ी महाशय की फोटो और भगवद्‌गीता की एक प्रति बाँध ली। पोटली मैंने खिड़की से नीचे फेंक दी। मैं भागते हुए सीढ़ियों से नीचे उतरा और चाचाजी की बगल से आगे बढ़ गया।

एक उदासीन मुस्कुराहट के साथ मैं गली की ओर चल पड़ा। अपनी पोटली उठाकर मैं अमर से जा मिला। हम गाड़ी में बैठकर एक बाज़ार चाँदनी चौक गए। अंग्रेजी पोशाक खरीदने के लिए कई महीनों से प्रतिदिन जलपान

के पैसे बचाते आए थे। मेरे चालाक भाई गुप्तचर की भूमिका निभा सकते हैं, इसलिए यूरोपियन पोशाक पहनकर हम लोग उन्हें चकमा देना चाहते थे।

स्टेशन जाते समय रास्ते में हम चचेरे भाई जतिन घोष, जिन्हें मैं जतिन दा कहता था, के लिए रूके। वे नए-नए हमारे पंथानुयायी बने थे और हिमालय में किसी गुरु की शरण प्राप्त करने के आकांक्षी थे। एक नया सूट उन्होंने पहन लिया।

"अब केवल कैनवास जूतों की कमी है।" मैं उन दोनों को एक दुकान पर ले गया, "पवित्र यात्रा में जीव-हत्या द्वारा प्राप्त चमड़े की चीजें नहीं ले जानी चाहिए।" इसलिए अपनी भगवद्गीता की चमड़े की जिल्द और विलायती हैट पर लगे चमड़े के फीते फेंक दिए।

स्टेशन पर हम लोगों ने बर्दवान के टिकट खरीदे। हम बर्दवान में हिमालय के चरणों में स्थित हरिद्वार जाने के लिए गाड़ी बदलने वाले थे। गाड़ी भागने लगी, तो मैंने अपनी कुछ महान आशाओं को शब्द प्रदान किए।

"जरा कल्पना तो करो," मैंने उत्साहपूर्वक कहा, "महान गुरुओं से दीक्षा लेकर हम लोग ब्रह्मचैतन्य की समाधि का अनुभव करेंगे। हमारे शरीरों में ऐसी चुम्बकीय शक्ति पैदा हो जाएगी कि हिमालय के वन्य पशु पालतू जानवरों की भाँति हमारे पास आएँगे। बाघ हमारा दुलार पाने की प्रतीक्षा में बैठी रहनेवाली घरेलू बिल्लियों से अधिक कुछ न होंगे!"

भविष्य का चित्र प्रस्तुत करने वाला यह वर्णन, जिसे मैं लाक्षणिक तथा वास्तविक, दोनों दृष्टियों से चित्तमोहक मान रहा था, अमर के होठों पर मुस्कान ले आया, परन्तु जतिन दा ने अपनी दृष्टि दूसरी ओर घुमा ली और खिड़की से बाहर देखने लगे।

"पैसे को तीन हिस्सों में बाँट लेते हैं।" जतिन दा ने अपने मौन को तोड़ा, "बर्दवान में अपने टिकट अलग-अलग खरीदने चाहिए। इससे किसी को सन्देह नहीं होगा।"

सूर्यास्त के समय हमारी ट्रेन बर्दवान स्टेशन पर रुकी। जतिन दा टिकट-घर में घुस गए; अमर और मैं प्लेटफार्म पर बैठे रहे। पन्द्रह मिनट प्रतीक्षा की, फिर पूछताछ की, परन्तु वे उस छोटे-से स्टेशन में फैले अंधकार में लुप्त हो गए थे।

मैं पूर्णतः घबरा गया और इस आघात से मेरे हाथ-पाँव फूल गए।

"अमर, हमें लौट जाना चाहिए", मैं रो रहा था, "विफल होना ही इस यात्रा की नियति है।"

"यही है तुम्हारा ईश्वर-प्रेम? एक विश्वासघाती साथी की इस परीक्षा को भी तुम सह नहीं सकते?"

अमर द्वारा इसे ईश्वरीय परीक्षा बताने पर मेरा मन शांत हुआ। कुछ ही घंटों में हम हरिद्वार जाने वाली गाड़ी में बैठ गए। अगले दिन मुग़लसराय में जब हम प्रतीक्षा कर रहे थे, तब मैंने कहा, "अमर, हमें रेलवे अधिकारियों की पूछताछ का सामना करना पड़ सकता है। परिणाम चाहे जो भी हो, मैं झूठ नहीं बोलूँगा।"

"मुकुंद, मेरा तुमसे इतना ही अनुरोध है कि तुम चुप रहना।"

इतने में एक यूरोपियन रेलवे अधिकारी मेरे पास आया। उसने एक तार-पत्र हिला कर मुझे दिखाया।

"क्या तुम लोग गुस्से में घर से भाग रहे हो?"

"जी नहीं।" मैं प्रसन्न था कि उसके शब्दों ने मुझे उत्तर देने की अनुमति दे दी। मैं जानता था कि 'दैवी-वैराग्य' इस अस्वाभाविक व्यवहार का कारण था।

फिर वह अधिकारी अमर की ओर मुड़ा। उन दोनों के बीच बुद्धि-चातुर्य का जो द्वन्द्व हुआ, उसे सुनते हुए गंभीर्य बनाए रखने के अनुरोध का पालन करना कठिन होता गया।

अधिकारी, "तीसरा लड़का कहाँ है?"

"साहब, आपने चश्मा पहना हुआ है। क्या फिर भी आपको दिखाई नहीं देता कि हम केवल दो ही हैं?" अमर मुस्कुराया।

अधिकारी ने इस धृष्टता से हड़बड़ा कर पूछा, "तुम्हारा नाम क्या है?"

"मुझे टॉमस कहते हैं। मैं अंग्रेज माता और भारतीय धर्मांतरित ईसाई पिता की संतान हूँ।"

"तुम्हारे मित्र का क्या नाम है?"

"मैं उसे टॉमसन कहता हूँ"

मैं किसी से कुछ कहे बिना ट्रेन की ओर चल पड़ा, जो भगवान की दया से प्रस्थान के लिए सीटी बजा रही थी। अमर भी उस अधिकारी के साथ चला आया, जो अब इतना विश्वास करने लगा था कि उसने हमें यूरोपियन लोगों

के निर्धारित डिब्बे में बिठा दिया। स्पष्ट था कि दो अर्द्ध-अंग्रेज़ बालकों को हिंदुस्तानियों के डिब्बे में यात्रा करते देखना उसके लिए कष्टदायक था। उसके वहाँ से विनयपूर्वक प्रस्थान करने के बाद मैं सीट पर लेट गया।

तार मेरे भाई अनंत का था। लिखा था, 'यूरोपियन पोशाक पहने तीन बंगाली लड़के घर से भागकर मुग़लसराय के मार्ग से हरिद्वार जा रहे हैं। मेरे पहुँचने तक उन्हें रोके रखें?'

"अमर, मैंने तुम्हें कहा था कि निशान लगाए हुए टाइम-टेबल को घर में मत छोड़ना।" मेरी आँखों में नाराज़गी थी, "मेरे भाई को अवश्य ही वहाँ ऐसा कोई टाइम-टेबल मिल गया होगा।"

हम थोड़ी देर के लिए बरेली में रुके जहाँ द्वारका प्रसाद अनंत द्वारा भेजे तार के साथ प्रतीक्षा कर रहा था। द्वारका ने हमें रोके रखने का प्रयास किया, किन्तु मैंने उसे विश्वास दिला दिया कि यह पलायन मजाक में नहीं था। द्वारका ने हमारे साथ भाग चलने का प्रस्ताव स्वीकार नहीं किया।

उसी रात गाड़ी एक स्टेशन पर खड़ी थी। एक और अधिकारी ने आकर अमर को जगा दिया। वह भी 'टॉमस' और 'टॉमसन' नामों के जाल में फँस गया। भोर होते-होते गाड़ी ने हमें हरिद्वार पहुँचा दिया। हम तेज़ी से स्टेशन से बाहर निकले। हमारा पहला काम था देशी पोशाक धारण करना, क्योंकि अनंत दा को हमारे यूरोपियन वेश का पता लग गया था। पकड़े जाने का पूर्वाभास मेरे मन पर बोझ बन रहा था।

हमने ऋषिकेश जाने के लिए टिकटें खरीद लीं। मैं पहले ट्रेन में बैठ गया था। अमर अभी प्लेटफार्म पर ही था। एक पुलिस वाले ने उसे रोक लिया। वह हमें पुलिस स्टेशन में ले गया और हमारे सब पैसे ले लिए। उसने स्पष्ट किया कि हमें वहाँ रोककर रखना उनका कर्त्तव्य था।

यह जानकर कि इन दो भगोड़ों का गन्तव्य स्थल हिमालय था, उस सिपाही ने एक अद्‌भुत घटना सुनाई।

"तुम संतों के दीवाने हो। कल ही मेरी जिस संत से मुलाकात हुई, उस से बड़ा संत तुम्हें कभी नहीं मिलेगा। एक सहयोगी और मैं उनसे पहली बार पाँच दिन पहले मिले थे। एक हत्यारे की खोज में हम गंगा के पास गश्त लगा रहे थे। उसे जिन्दा या मुर्दा पकड़ने का आदेश था। उस के बारे में हमें सिर्फ यह ही ज्ञात था कि वह साधु के वेश में घूम रहा है। हमने एक आकृति देखी,

जो उस अपराधी से मिलती-जुलती थी। जब वह हमारे आदेश पर नहीं रुका तो उसे पकड़ने के लिए हम दौड़े। उसके पीछे पहुँचकर मैंने पूरी शक्ति से फरसे का वार कर दिया। उसका दाहिना हाथ कटकर लगभग अलग हो गया।

"आश्चर्य कि आवाज़ निकाले और भयंकर घाव पर दृष्टि डाले बिना वह तेज गति से चलता रहा। हम लपक कर उसके सामने खड़े हो गए, तो उसने शांत भाव से कहा, "जिस हत्यारे की तुम्हें तलाश है, वह मैं नहीं हूँ।"

"यह देख कर मुझे गहरा आघात लगा कि मैंने दिव्य-पुरुष से दिखनेवाले एक संत के शरीर को घायल कर दिया था। मैं उनके चरणों में लौट गया और क्षमायाचना करने लगा। खून की धार को रोकने के लिए मैंने अपनी पगड़ी का कपड़ा दिया।

"'बेटा, तुम्हारी भूल स्वाभाविक थी।' उस ने मेरी ओर स्नेह से देखते हुए कहा, 'पश्चात्ताप मत करो परमप्रिय जगन्माता मेरी देखभाल कर रही हैं।' उन्होंने लटकती भुजा को फिर उसी स्थान पर लगाया और वह जुड़ गई और रक्त-प्रवाह भी तुरन्त बन्द हो गया।

"'तीन दिन बाद उस पेड़ के नीचे आकर मिलना। तुम मुझे स्वस्थ पाओगे। तुम्हें पश्चात्ताप नहीं रहेगा।'

"कल मैं अपने सहयोगी के साथ वहाँ गया था। वह संत वहीं थे। उन्होंने हमें अपनी बाँह दिखाई। वहाँ न तो घाव का चिह्न था, न ही चोट का लक्षण!"

"' मैं ऋषिकेश होते हुए हिमालय में जा रहा हूँ।' महात्मा ने हमें आशीर्वाद दिया।

उस अफसर ने पवित्र उद्गार के साथ अपनी कथा समाप्त की।

अपनी कहानी से हमारा समय बिताने के लिए हमने पुलिस अधिकारी को धन्यवाद किया।

हिमालय के कितने निकट, किन्तु फिर भी बन्धन में होने के कारण कितने दूर!

"अवसर मिलते ही यहाँ से खिसक चलें। ऋषिकेश तक तो हम पैदल भी जा सकते हैं।" मैं मुस्कराया।

"यदि खतरनाक जंगल से पैदल चले, तो साधु-संतों के नगर में नहीं, बल्कि बाघों के पेट में पहुँच जाएँगे!"

अनंत और अमर के भाई तीन दिन बाद पहुँचे। अमर ने मुक्ति के आनंद

से अपने भाई का स्वागत किया, परन्तु मुझे इस पुनर्मिलन में कोई रुचि नहीं थी।

"तुम्हारी भावना मैं समझता हूँ।" अनंत दा बोले, "मैं तुमसे केवल इतना ही कहना चाहता हूँ कि एक बार मेरे साथ बनारस चलो, वहाँ एक विशिष्ट संत से मिल लो और फिर कुछ दिनों के लिए पिताजी से मिलने कोलकाता चले जाओ। उस के बाद तुम गुरु की खोज पुनः आरम्भ कर सकते हो।"

हमारी मण्डली बनारस के लिए रेलगाड़ी पर सवार हो गई।

अनंत दा ने पहले से ही व्यूह-रचना कर रखी थी। हरिद्वार में मुझ से मिलने से पहले वे बनारस उतर गए थे और वहाँ एक शास्त्रपंडित से मिलकर मुझे उपदेश दिलाने की व्यवस्था कर रखी थी।

अनंत दा मुझे उनके घर ले गए। पंडितजी के पुत्र ने आँगन में ही मेरा स्वागत किया। उसने एक लम्बे दार्शनिक तर्क-वितर्क में उलझा लिया। भविष्य को देख पाने का दावा करते हुए उन्होंने मेरे संन्यासी बनने के विचार पर असहमति प्रकट की।

"यदि तुम उत्तरदायित्वों को त्याग देने का हठ करोगे तो दुर्भाग्य का शिकार बनोगे और ईश्वर को पाने में असमर्थ रहोगे।" भगवद्गीता के शब्द मेरे होठों पर उभर आए।

"यदि कोई अतिशय दुराचारी भी अनन्य भाव से मुझे भजता है; तो उसके पिछले दुष्कर्मों का प्रभाव शीघ्र ही नष्ट हो जाता है। महात्मा बनकर वह शीघ्र ही शाश्वत शांति को प्राप्त करता है। हे कुन्तीपुत्र, तुम यह निश्चित रूप से जान लो, जो भक्त मुझमें पूर्ण विश्वास रखता है, उसका कभी विनाश नहीं होता!"

अपने हृदय की पूर्ण भक्ति से मैंने ईश्वर से प्रार्थना की, "अभी यहीं और इसी क्षण मेरी सारी व्यग्रता दूर कर मुझे उत्तर दें, कि तुम क्या चाहते हो, मैं संन्यासी का जीवन व्यतीत करूँ या संसारी मनुष्य का?"

पंडितजी के घर की चहारदीवारी के निकट ही मैंने एक उदात्त साधु को देखा। उन्होंने मेरे और स्वघोषित दिव्य द्रष्टा के बीच का वार्तालाप सुन लिया था। उन्होंने अपरिचित होते हुए भी मुझे अपने पास बुलाया। उनके प्रशांत नेत्रों से मैंने प्रचण्ड शक्ति को प्रवाहित होते हुए अनुभव किया।

"वत्स, उस मूढ़ की बातें मत सुनो। तुम्हारी प्रार्थना के प्रत्युत्तर स्वरूप

ईश्वर मुझे तुम्हें यह आश्वासन देने का निर्देश दे रहे हैं कि तुम्हारे जीवन का एकमेव मार्ग संन्यास ही है।"

मेरे उस संतवत् मार्गदर्शक ने आशीर्वाद मुद्रा में हाथ उठाया और धीरे-धीरे चले गए।

"वह साधु भी तुम्हारे समान पागल ही है।" यह टिप्पणी करने वाले श्वेतकेशधारी पंडितजी थे, "मैंने सुना है कि उसने भी ईश्वर की सन्दिग्ध खोज के लिए अपना घर-बार छोड़ दिया है।"

अनंत दा की ओर मुड़कर मैंने कहा कि मैं इन लोगों से और किसी तर्क में नहीं उलझना चाहता। भाई तत्काल प्रस्थान के लिए मान गए। हम शीघ्र ही कोलकाता जाने वाली गाड़ी पर सवार हो गए।

"श्रीमान गुप्तचरजी! यह तो बताइए कि आपको कैसे पता चला कि मैं दो साथियों के साथ भागा हूँ?" मैंने अपनी उबलती जिज्ञासा शांत करने के लिए घर जाते हुए रास्ते में अनंत दा से पूछा। वे शरारत भरे ढंग से मुस्कराए।

"तुम्हारे स्कूल में मुझे पता चला कि अमर अपनी कक्षा से बाहर चला गया था और लौटकर नहीं आया था। मैं अगले दिन सुबह उसके घर गया और वहाँ एक निशान लगाया हुआ एक टाइम-टेबल खोज निकाला। अमर के पिता उसी समय घोड़ागाड़ी से बाहर जा रहे थे और कोचवान से बातें कर रहे थे।

"'आज मेरा बेटा स्कूल जाने के लिए मेरे साथ गाड़ी में नहीं आएगा। वह गायब हो गया है!" पिता ने दुःखभरे स्वर में कहा।

"'मैंने अपने एक साथी कोचवान से सुना है कि आपका बेटा और दो अन्य लड़के दो यूरोपियन पोशाक पहने हावड़ा स्टेशन में एक गाड़ी में चढ़कर कहीं चले गए हैं।' कोचवान ने कहा, 'अपने चमड़े के जूते उन्होंने उस कोचवान को दे दिए थे।'

"इस प्रकार मुझे तीन सूत्र मिल गए, टाइम-टेबल, तीन लड़कों की मण्डली और अंगेजी वेश।"

अनंत दा के रहस्योद्घाटनों को मैं हँसी और खीझ के मिलेजुले भावों के साथ सुन रहा था।

"यह तो स्वाभाविक ही था कि मैंने टाइम-टेबल में निशान लगाए गए शहरों के रेलवे-अधिकारियों को तत्काल तार भेज दिए। उसने बरेली पर भी

निशान लगाया था, इसलिए मैंने वहाँ तुम्हारे दोस्त द्वारका को तार भेज दिया था। कोलकाता में अपने पड़ोस में पूछताछ करने पर मुझे पता चला कि हमारे चचेरे भाई जतिन दा एक रात के लिए गायब रहे पर दूसरे दिन सुबह ही अंग्रेजी वेश में वापस आ गए थे। मैंने उन्हें खोजा और भोजन पर निमन्त्रित किया। उन्होंने मेरे मैत्रीपूर्ण व्यवहार से निःशंक होकर निमन्त्रण स्वीकार किया। रास्तें में सन्देह-रहित ढंग से मैं उन्हें एक पुलिस स्टेशन में ले गया। वहाँ उन्हें अनेक पुलिस अधिकारियों ने घेर लिया जिन्हें मैंने उनकी डरावनी सूरत के कारण पहले से ही चुन रखा था। उनकी भयावह दृष्टि के आगे जतिन दा अपने रहस्यात्मक व्यवहार का स्पष्टीकरण देने के लिए तैयार हो गए।

"'आध्यात्मिक भावनामय उत्साह में मैं हिमालय की ओर चल पड़ा', उन्होंने कहा। 'सिद्ध महात्माओं के दर्शनों के विचार ने मेरे अंतःकरण को प्रेरणा से भर दिया था। परन्तु जैसे ही मुकुंद ने कहा, "हिमालय की गुफाओं में जब हम समाधि में बैठ जाएँगे, तब बाघ भी वशीभूत होकर हमारे इर्दगिर्द पालतू बिल्लियों की भाँति बैठेंगे," तो मेरा सारा जोश ठंडा हो गया और ललाट पर पसीने की बूँदें झलकने लगी। मैंने सोचा, "तब क्या होगा? यदि हमारे योगबल से हिंसक बाघों का स्वभाव नहीं बदल सका तो क्या वे हमारे साथ घरेलू बिल्लियों का-सा आचरण करेंगे?" अपने मनश्चक्षु में मैंने पहले से ही स्वयं को किसी बाघ के पेट के बलात् अंतर्वासी के रूप में देखा; वहाँ सम्पूर्ण शरीर के साथ एक ही बार में प्रवेश करके नहीं बल्कि शरीर के विभिन्न हिस्सों को अनेक किस्तों में!"

जतिन दा के अदृश्य हो जाने के कारण मेरा जो क्रोध था, वह हँसी में बदल गया। उन्होंने मुझे जो संताप दिया था उसका सारा मूल्य रेलगाड़ी में मिले लोटपोट करने वाले स्पष्टीकरण से चुकता हो गया। मुझे स्वीकार करना पड़ेगा कि मुझे इस बात से कुछ संतोष अवश्य हुआ कि जतिन दा भी पुलिस की खातिरदारी से नहीं बचे थे!

"अनंत दा! आप जन्मजात गुप्तचर हैं!" मेरी विनोदपूर्ण दृष्टि पूर्णतः क्रोधरहित नहीं थी।" और मैं जतिन दा से कहूँगा कि मुझे खुशी है कि वे विश्वासघात के किसी उद्देश्य से नहीं, जैसा कि प्रतीत होता था, बल्कि केवल आत्मरक्षा की सतर्क सहज प्रवृत्ति से प्रेरित हुए थे।"

कोलकाता में घर पहुँचने पर पिताजी ने मर्मस्पर्शी ढंग से अनुरोध किया

कि कम-से-कम उच्च विद्यालय की पढ़ाई पूरी कर लेने तक मैं पाँवों पर अंकुश लगाऊँ। उन्होंने एक महात्मा स्वामी केवलानंदजी के नियमित हमारे घर आने की व्यवस्था की योजना बनाई थी।

"ये महात्मा तुम्हारे संस्कृत शिक्षक होंगे।" पिताजी ने घोषणा की।

पिताजी को आशा थी कि वे मेरी आध्यात्मिक पिपासा एक विद्वान दार्शनिक से शिक्षा दिलाकर शांत कर देंगे, परन्तु परिणाम रहस्यपूर्ण ढंग से उलटा हुआ। मेरे शिक्षक मेरी ईश्वराकांक्षा को हवा देने लगे। पिताजी को ज्ञात नहीं था कि स्वामी केवलानंदजी लाहिड़ी महाशय के उन्नत शिष्य थे। उस अद्वितीय गुरु के सहस्रों शिष्य थे, जो उनकी अमोघ दैवी शक्ति के प्रभाव से अपने आप आकर्षित हो गए थे। मुझे बाद में ज्ञात हुआ कि लाहिड़ी महाशय केवलानन्दजी को प्रायः ऋषि कहकर संबोधित करते थे।

लम्बे घुंघराले केश मेरे शिक्षक के सुंदर मुख मण्डल की शोभा बढ़ा रहे थे। उनकी काली आँखें शिशु नेत्रों की भाँति निश्छल और भोली थीं। उनके छरहरे शरीर की सब गतिविधियों में एक प्रशांत गंभीरता थी। सदैव शांत और स्नेहमय केवलानन्दजी अनंत ब्रह्म के चैतन्य में दृढ़ता के साथ स्थिर हो गए थे। हम दोनों के सहवास के अनेक आनंदमय प्रहर गहरे क्रिया योग ध्यान में बीतते थे।

केवलानन्दजी प्राचीन शास्त्रों के सुप्रतिष्ठित पंडित थे; उनके इस अगाध ज्ञान के कारण ही उन्हें शास्त्री महाशय की उपाधि मिली थी। संस्कृत पांडित्य में मेरी प्रगति अनुल्लेखनीय थी। मैं सदा ताक में रहता कि किस तरह नीरस व्याकरण से जान बचे और योग तथा लाहिड़ी महाशय की चर्चा शुरू हो। शिक्षक महोदय ने एक दिन लाहिड़ी महाशय के साथ बिताए गए अपने जीवन के बारे में कुछ बताने का अनुग्रह किया।

"मुझे दस वर्ष तक लाहिड़ी महाशय के पास रहने का सौभाग्य प्राप्त हुआ। बनारस में उनका घर मेरा रात्रिकालीन तीर्थस्थान था। नीचे के तल्ले पर छोटी-सी बैठक में वे विराजमान रहते थे। चौकी पर पद्मासन में बैठे हुए वे अपने शिष्यों से अर्धवृत्ताकार में घिरे रहते थे। उनकी आँखें चमकती हुई ईश्वरीय आनंद से नाचती रहती थीं। सदैव अर्द्धोन्मीलित रहनेवाली आँखें भीतर के दूरदर्शी गोलक में से सदा शाश्वत-आनंद के लोक में झांकती रहती थीं। वे कदाचित् ही अधिक समय बोलते थे। यदा-कदा उनकी दृष्टि ऐसे

शिष्य पर केन्द्रित हो जाती, जिसे सहायता की आवश्यकता होती; तब शांतिप्रद वचन उनके मुख से झरने लगते।

"गुरुदेव के एक दृष्टिपात से मेरे अंदर अजीब शांति खिल उठती थी। मैं उनकी सुगन्ध से भर जाता था, जैसे वह अनंत के किसी पद्म की सुगंध हो। उनके साथ अनेकानेक दिनों तक एक शब्द भी बोले बिना रहना एक ऐसा अनुभव था, जो मेरे सम्पूर्ण अस्तित्व को परिवर्तित कर देता। यदि मेरी एकाग्रता में कोई अदृश्य बाधा आ खड़ी होती, तो गुरु के चरणों में ध्यान करने बैठ जाता। वहाँ सबसे सूक्ष्म अवस्थाओं का भी मुझे सहजबोध हो जाता। ऐसी अनुभूतियाँ मुझे निम्नतर कोटि के गुरुओं के सान्निध्य में नहीं होती थीं। गुरुदेव ईश्वर के सजीव मंदिर थे, जिनके गुप्तद्वार भक्ति के माध्यम से सभी शिष्यों के लिए खुले रहते थे।

"लाहिड़ी महाशय शास्त्रों के टीकाकार नहीं थे। वे सहज ही 'दैवी पुस्तकालय' में डुबकी लगा लेते थे। शब्दों के फेन और विचारों की फुहारें उनकी सर्वज्ञता के फव्वारे से फूट पड़ते थे। वेदों में युगों पहले अस्तमान हुए गहन दर्शनों के विज्ञान के रहस्यों को खोलने का अद्भुत कौशल उन्हें प्राप्त था। प्राचीन शास्त्रों में उल्लिखित चेतना के विविध स्तरों को समझाने का अनुरोध वे मुस्कराकर स्वीकार कर लेते थे।

"'मैं अभी उन अवस्थाओं में प्रवेश करता हूँ और अपनी अनुभूतियाँ तुम्हें बताता हूँ।' वे उन गुरुओं से बिल्कुल विपरीत थे, जो शास्त्रों को कंठस्थ कर बिना किसी वास्तविक अनुभूति के अपनी कल्पना से ही उनका अर्थ बताते हैं।

"'श्लोक का अर्थ तुम्हें जिस रूप में समझ आए, उसी प्रकार उनकी व्याख्या करो।' मितभाषी गुरुदेव प्रायः अपने पास बैठे किसी शिष्य को यह निर्देश देते। 'मैं तुम्हारे विचारों को परिचालित करूँगा, ताकि सही अर्थ तुम्हारे मुख से उच्चारित हो।' इस प्रकार लाहिड़ी महाशय की अनेक अनुभूतियों को उनके शिष्यों ने विस्तृत भाष्यों सहित लिपिबद्ध कर लिया।

"किसी बात पर आँख बंद कर विश्वास कर लेने की सलाह गुरुवर कभी नहीं देते थे। 'शब्द खोखले हैं,' वे कहते थे। 'ईश्वर की उपस्थिति के दृढ़ विश्वास को ध्यान में अपने परमानंदमय सम्पर्क से प्राप्त करो।'

"शिष्य की समस्या चाहे जो भी हो, उस के समाधान के लिए गुरुदेव क्रिया योग के अभ्यास का ही परामर्श देते थे।

"'तुम्हारा मार्गदर्शन करने के लिए जब मैं इस शरीर में नहीं रहूँगा, तब भी इस यौगिक कुंजी का सामर्थ्य कम नहीं होगा। यह प्रतिनिधि भव्य प्रेरणाओं की तरह जिल्द बाँधकर, अलमारी में रखकर, भूल जाने की वस्तु नहीं है। क्रिया योग के माध्यम से अनवरत अपने मुक्ति पथ पर चलते जाओ। जिस (क्रिया) की शक्ति इसके अभ्यास में निहित है।'

"मैं स्वयं क्रियायोग को मानव के अभी तक स्वतः प्रयास द्वारा अनंत ईश्वर की खोज के लिए विकसित साधनों में सबसे अधिक प्रभावशाली मानता हूँ।" केवलानन्दजी ने इस उत्साहपूर्ण प्रमाण के साथ अपने कथन का समापन किया, "इस के अभ्यास से सभी मनुष्यों में छिपे सर्वव्यापी ईश्वर लाहिड़ी महाशय और उनके अनेक शिष्यों की देह में प्रत्यक्ष रूप में अवस्थित हुए।"

एक चमत्कार लाहिड़ी महाशय द्वारा केवलानन्दजी की उपस्थिति में हुआ। एक दिन उन्होंने वह कहानी मुझे सुनाई। सामने मेज पर पड़ी संस्कृत की पुस्तकों से हटीं उनकी आँखें सुदूर कहीं लगी हुई थीं।

"एक दृष्टिहीन शिष्य रामू के लिए मैं करुणा अनुभव करने लगा। क्या उसकी आँखों की ज्योति कभी लौटकर नहीं आ सकती, जब वह इतनी श्रद्धा एवं निष्ठा के साथ हमारे गुरुदेव की सेवा कर रहा था, जिनमें ईवरत्व अपने पूर्ण तेज के साथ दीप्तिमान था? एक दिन सुबह मैं रामू से बात करना चाह रहा था, परन्तु वह शांतिपूर्वक घंटों तक गुरुदेव पर पंखा झलता रहा। अंततः जब वह कमरे से बाहर निकला, तो मैं उसके पीछे हो लिया, "रामू! तुम कब से अंधे हो?"

"'जन्म से ही, मुझे कभी सूर्यदर्शन का सौभाग्य प्राप्त नहीं हुआ।'

"'हमारे गुरु तुम्हारी सहायता कर सकते हैं। उनसे प्रार्थना तो करो।'

"अगले दिन रामू कुछ संकोचपूर्वक लाहिड़ी महाशय की सेवा में उपस्थित हुआ।

"'गुरुदेव, ब्रह्माण्ड को प्रकाश देनेवाला ईश्वर आप में विद्यमान है। मैं आपसे प्रार्थना करता हूँ कि उस की ज्योति मेरी आँखों को भी प्रदान करें।'

"'रामू! मेरे पास किसी को स्वस्थ करने की कोई शक्ति नहीं है।'

"गुरुदेव, आपमें विराजमान अनंत ईश्वर मुझे स्वस्थ कर सकते हैं।'

"रामू, ईश्वर की कोई सीमा नहीं। वह तारों को चमक देता है, कोशिकाओं में रहस्यमय प्राणशक्ति संचारित करता है, वह तुम्हारे नेत्रों को भी

ज्योति प्रदान कर सकता है।' तत्पश्चात् गुरुदेव ने रामू के माथे पर दोनों भौंहों के बीच स्पर्श किया।

"'अपने मन को यहाँ केन्द्रित रखो और सात दिनों तक बारम्बार रामनाम का जप करो। सूर्य का वैभव तुम्हारे लिए विशेष उषाकाल का दृश्य प्रस्तुत करेगा।'

"और एक सप्ताह में ऐसा ही हुआ। रामू ने प्रकृति के सुंदर रूप को प्रथम बार देखा। सर्वज्ञ गुरुदेव ने अपने शिष्य को रामनाम जपने का आदेश दिया, क्योंकि राम ही उनके ईष्ट देवता थे। रामू के विश्वास ने भक्ति से जाती हुई जमीन का काम किया, जिसमें गुरुदेव का स्थायी रूप से स्वस्थ कर देने वाला शक्तिशाली बीज अंकुरित हो गया।"

केवलानन्दजी ने क्षण भर मौन रहने के बाद गुरु के चरणों में एक और श्रद्धासुमन अर्पित किया।

"लाहिड़ी महाशय ने जो भी चमत्कार किए, उन सब में एक बात स्पष्ट थी कि उन्होंने अहं तत्त्व को कभी भी स्वयं को कारण-तत्त्व या कर्ता नहीं मानने दिया। सर्वोच्च रोग-निवारक शक्ति, अर्थात् ईश्वर के प्रति पूर्ण आत्मसमर्पण के कारण गुरुदेव उस शक्ति को अपने में से मुक्त रूप से प्रवाहित होना सुलभ बना देते थे।

"लाहिड़ी महाशय ने जिन अनेकानेक शरीरों को चमत्कारपूर्ण ढंग से स्वस्थ किया उन्हें अंततः चिताग्नि की ज्वालाओं का भक्ष्य बनना ही पड़ा। परन्तु उन्होंने लोगों के अंतर में जो आध्यात्मिक जागृति उत्पन्न की, जो ईसा-समान शिष्य तैयार किए, वही उनके अजरामर चमत्कार हैं।"

मैं संस्कृत का विद्वान कभी नहीं बना, केवलानन्दजी ने मुझे उससे भी दिव्य भाषा पढ़ा दी।

गंधबाबा के चमत्कारी प्रदर्शन

"इस संसार में हर वस्तु की एक विशेष ऋतु और हर काम का एक समय होता है।"

अपने मन को सांत्वना देने के लिए सोलोमन का यह ज्ञान उस समय मुझे प्राप्त नहीं था। मैं घूमने जाता, मेरी आँखें इर्दगिर्द मेरे लिए नियत गुरु को ढूँढती रहतीं।

अमर के साथ हिमालय की ओर पलायन और श्रीयुक्तेश्वर जी के मेरे जीवन में आगमन के महान दिवस के बीच दो वर्ष व्यतीत हो गए। इस बीच मैं अनेक साधु संतों से मिला, गंधबाबा, बाघस्वामी, नागेन्द्रनाथ भादुड़ी, मास्टर महाशय, और विश्वविख्यात बंगाली वैज्ञानिक जगदीशचन्द्र बोस।

गंधबाबा के साथ मेरी भेंट की दो भूमिकाएँ थीं। एक सामंजस्यपूर्ण थी और दूसरी विनोदपूर्ण।

"ईश्वर सरल है। अन्य सब कुछ जटिल है। प्रकृति के सापेक्ष जगत् में निरपेक्ष मूल्यों की आशा मत करो।"

जब मैं मंदिर में काली माता की मूर्ति के सामने मौन खड़ा था, तब यह दार्शनिक निष्कर्ष कोमल स्वर में मेरे कानों में प्रविष्ट हुआ। पलटकर मैंने देखा, तो मेरे समक्ष एक लम्बे कद का व्यक्ति खड़ा था। लगता था कि वह कोई परिव्राजक साधु था।

"आपने सचमुच मेरे विचारों के संभ्रम को जान लिया!" मैं कृतज्ञतापूर्वक मुस्कराया, "प्रकृति के कल्याणकर और भयंकर रूपों की उलझन ने, जिनका प्रतीक काली हैं, मुझसे अधिक बुद्धिमान लोगों को भी असमंजस में डाल दिया है।"

"बहुत ही कम लोग उसके रहस्य का भेद जान पाते हैं। अच्छा और बुरा

तो प्रत्येक मनुष्य की बुद्धि को चुनौती देनेवाली वह पहेली है, जिसे जीवन ने उसके सामने एक स्फिंक्स की भाँति रख दिया है। इस पहेली को सुलझाने का प्रयास किए बिना अधिकांश लोग अपनी मृत्यु रूप में इसका दंड भर देते हैं। एकाध अत्यंत उच्च व्यक्तित्व पराजय अस्वीकार कर देता है। द्वैत की माया से वह अद्वैत का अविभाजित सत्य खींच लेता है।"

"आप के शब्दों में दृढ़ विश्वास दिखता है, महाराज।"

"ज्ञान प्राप्ति के तीव्र दुःखदायी मार्ग पर चलते हुए मैंने दीर्घकाल तक अभ्यास किया है। आत्मपरीक्षण या अपने विचारों पर निरन्तर निर्मम दृष्टि रखना, एक कठोर और झकझोरने वाला अनुभव है। यह बलवान से बलवान अहंकार को भी चूर-चूर कर देता है, परन्तु सच्चा आत्मविश्लेषण गणित के नियमों की भाँति सिद्ध पुरुष उत्पन्न करने का कार्य करता है। अपने विचारों से अति प्रेम एवं व्यक्तिगत मान्यताओं में दृढ़ता का मार्ग अहंकारियों का निर्माण करता है, जो ईश्वर और सृष्टि की अपने ढंग से व्याख्या करना अपना अधिकार समझते हैं।"

"ऐसी अहंकारयुक्त मौलिकता के सामने तो सत्य निश्चित ही विनम्रतापूर्वक पीछे हट जाता है," मैंने कहा।

"मनुष्य जब तक अपने दुराग्रहों से मुक्त नहीं हो जाता, तब तक वह किसी शाश्वत सत्य को नहीं समझ सकता। मानवी मन असंख्य मायाभ्रमों से व्याप्त घृणाजनक जीवन से भरपूर है। यहाँ युद्ध की लड़ाई भी तब फीकी पड़ जाती है, जब मनुष्य अपने अन्तःशत्रुओं का विरोध करता है। ये साधारण मरने वाले शत्रु नहीं हैं, जिन्हें सेनाओं की सहायता से काबू में किया जा सके। प्राणघातक अस्त्रों से सज्जित ये सर्वव्यापी, अविराम कार्य करनेवाले अन्ध वासनाओं के सिपाही नींद में भी हम सब को धराशायी कर देने का अवसर खोजते रहते हैं। विचारहीन है वह मनुष्य, जो नियति के आगे आत्मसमर्पण कर आदर्शों का गला घोंट देता है। क्या उसे नपुंसक, निष्प्राण, मानवजाति पर कलंक के अतिरिक्त और कुछ भी कहा जा सकता है?"

"पूज्यवर, क्या विभ्रान्त, किंकर्तव्यविमूढ़ जनसाधारण के लिए आपके मन में कोई सहानुभूति नहीं है?"

साधु महाराज पल-भर के लिए चुप रहे, फिर बोले, "अदृश्य ईश्वर, जो सारे सद्गुणों का भण्डार है और दृश्यमान मनुष्य, जिसमें प्रायः एक भी सद्गुण

नज़र नहीं आता, दोनों से एक साथ प्रेम करना सिखा देता है, परन्तु विलक्षण बुद्धि का सामर्थ्य भी कम नहीं होता। अन्तःकरण का शोध शीघ्र ही सब लोगों के मन की एकता को प्रकट कर देता है। कम से कम इस एक अर्थ में मानवता की विश्वबंधुता का परिचय मिलता है। अहंकार को पूर्णतः पछाड़ देने वाला यह समानता का आविष्कार मनुष्य के मन में भयचकित विनम्रता उत्पन्न करता है। यह विनम्रता विकसित होते-होते आत्मा की निरामयकारिणी शक्तियों के अनुसंधान की ओर कोई ध्यान न देनेवाले अपने जातिबांधवों के प्रति सहानुभूति में परिवर्तित हो जाती है।"

"महाराज, सब युगों के संत आप ही के समान जगत के दुःखों से व्याकुल हुए हैं।"

"तुच्छ व्यक्ति ही दूसरों के दुःखों के प्रति संवेदनशीलता खो बैठता है, क्योंकि वह अपने ही संकीर्ण दुःखों में डूबा रहता है। जो अपने विचारों को चीरफाड़ कर मन का गहरा परीक्षण करेगा, वही अपने भीतर दया विकसित होती देखेगा। तब उसे अहंकार से मुक्ति मिल जाएगी। ऐसी ही मनोभूमि पर ईश्वर का प्रेम खिलता है। तब वह जीव स्रष्टा की ओर मुड़ता है, किसी और बात के लिए नहीं, तो केवल अपनी व्यथा में यह पूछने के लिए, 'क्यों, प्रभु, क्यों?' दुःख के कोड़े खाकर मनुष्य अंततः विधाता के समक्ष पहुँच ही जाता है, जिसका सौंदर्य ही मनुष्य को अपनी ओर आकृष्ट करने के लिए पर्याप्त है।"

उक्त साधु और मैं कोलकाता के कालीघाट मंदिर में वार्तालाप कर रहे थे। मंदिर की शोभा की ओर इशारा करते हुए उस सारे वैभव को साधु ने निष्प्रयोज्य ठहराया।

"ये सुर नहीं सुना सकते; केवल अन्तर की आवाज़ से ही हृदय के कपाट खुलते हैं।"

हम प्रवेश द्वार की ओर गए।

"ऋषियों ने आध्यात्मिक जीवन शैली के आदर्श स्थापित किए थे। उनके महान उपदेश आज के समय के लिए पर्याप्त हैं। उनके नियम न तो आज के लोकाचार के विरुद्ध हैं, न ही ऐसे हैं कि भौतिकवाद को भी कृत्रिम लगें। आज भी भारत पर उनकी पकड़ मजबूत है। सहस्राब्दियों से संशयशील समय ने वेदों की योग्यता की पुष्टि की है। इन्हें अपनी विरासत के रूप में ग्रहण करो।"

उन्होंने एक अतींद्रिय अनुभूति मुझे बताई, "तुम्हें आज एक असाधारण अनुभव होगा।"

मंदिर के अहाते से बाहर निकल कर मैं एक रास्ते पर बढ़ा ही था कि एक परिचित से भेंट हो गई। इन महाशय की संभाषण शक्ति समय की ओर कोई ध्यान नहीं देती थी।

उसने मेरा हाथ पकड़ लिया और थोड़ा-थोड़ा करके मुझसे जानकारी लेने लगा। मैं उससे जल्दी छुटकारा पाने की प्रार्थना माँ काली से करने लगा।

अचानक वह मुझे छोड़कर जाने लगा। अपने पीछे पदचाप सुनकर मैंने अपनी गति और बढ़ा दी, परन्तु एक छलांग लगाकर वह मेरे साथ हो लिया और मेरा कंधा पकड़ लिया।

"मैं तुम्हें गन्धबाबा के बारे में बताना भूल ही गया। वे उस सामने वाले मकान में रहते हैं। उनसे अवश्य मिलो; चलता हूँ," और वह सचमुच चला गया।

कालीघाट मंदिर में साधु द्वारा की गई भविष्यवाणी मन में कौंध उठी। मैं उस मकान के अंदर गया। वहाँ एक गलीचे पर कुछ लोग बैठे हुए थे। एक फुसफुसाहट मेरे कानों में टकराई, "वहाँ जो बैठे हैं, वही गन्धबाबा हैं। वे किसी भी फूल में किसी अन्य फूल की सुगन्ध भर सकते हैं या किसी मुरझाए फूल को फिर से ताज़ा कर सकते हैं या किसी मनुष्य की त्वचा से सुगन्ध निकलवा सकते हैं।"

मैंने उस संत की ओर देखा; उनकी दृष्टि भी उसी समय मुझपर स्थिर हुई।

"बेटा, बोलो तुम्हें क्या चाहिए? कोई सुगन्ध चाहिए? चमत्कार पूर्ण ढंग से सुगन्ध का आनंद लेने के लिए।"

"सुगन्ध बनाने के लिए भगवान का उपयोग?"

"तो उसमें क्या है? भगवान वैसे भी सुगन्ध तो बनाते ही हैं।"

"जी हाँ! परन्तु वे हर बार ताजा सुगन्ध लेने के लिए और लेने के बाद फेंक देने के लिए फूलों की कोमल पँखुड़ियों रूपी शीशियों का निर्माण करते हैं। क्या आप फूलों का निर्माण कर सकते हैं?"

"हाँ! परन्तु साधारणतः सुगन्ध ही निकालता हूँ।"

"तब तो इत्र के कारखाने बंद हो जाएँगे।"

"मेरी ओर से उन्हें अपना धन्धा करते रहने की अनुमति है! मेरा अपना उद्देश्य तो केवल ईश्वर की शक्ति दिखाना है।"

"महाराज, क्या ईश्वर की शक्ति का प्रमाण देना आवश्यक है? क्या वे सकल विश्व में सर्वत्र अपने चमत्कार नहीं कर रहे हैं?"

"कर रहे हैं, परन्तु कुछ सृजनात्मकता हमें भी प्रकट करनी चाहिए।"

"दैवी शक्ति से सुगंध बनाने के लिए आपने इतने वर्ष व्यर्थ गँवा दिए जबकि उन सुगंधों को आप कुछ ही रुपयों में प्राप्त कर सकते हैं।"

"फूलों की सुगन्ध उनके साथ ही चली जाती है।"

"मृत्यु के साथ भी सुगन्ध चली जाती है। मैं ऐसी सुगन्ध की कामना क्यों करूँ, जो केवल शरीर को सुख देती है?"

"महाशय, तुमने प्रसन्न कर दिया। अपना दाहिना हाथ बढ़ाओ।" उन्होंने अपना हाथ उठाया।

मैं गन्धबाबा से कई गज़ दूर था। मैंने हाथ आगे बढ़ाया, जिसे उस योगी ने छुआ तक नहीं।

मेरे आश्चर्य का ठिकाना न रहा, जब मेरी हथेली के मध्य गुलाब की सुगंध निकलने लगी। मैंने, यही गन्ध माँगी थी। एक फूलदान से एक गंधहीन श्वेत पुष्प निकाल लिया।

"क्या इस गंधहीन फूल में चमेली की सुगन्ध भरी जा सकती है?"

"तथास्तु।"

उस फूल से चमेली की सुगन्ध उठी। मैंने यही माँगा था। मैं उनके एक शिष्य के पास जाकर बैठ गया। शिष्य ने बताया कि गन्धबाबा यानी स्वामी विशुद्धानन्द ने तिब्बत के एक हजार वर्षीय योगी से अनेक सिद्धियाँ प्राप्त कर ली थीं।

"गंधबाबा केवल साधारण उच्चारण से सुगंध का निर्माण नहीं करते। व्यक्ति के स्वभाव के अनुसार भिन्न पद्धतियाँ अपनाते हैं। कोलकाता के पढ़े-लिखे लोग उनके शिष्य हैं।"

मैंने निश्चय किया कि मैं उन शिष्यों की संख्या में और वृद्धि नहीं करूँगा। गंधबाबा का अभिवादन कर मैं निकल पड़ा।

मैंने घर के द्वार से प्रवेश किया, मेरी बहन उमा सामने खड़ी थी।

"कितनी मोहक गुलाब की सुगन्ध है!" वह चहक उठी।

मैंने चुपचाप दैवी रूप से सुगंधित फूल उसकी नाक के नीचे रखा।

"ओह, चमेली मुझे बहुत पसंद है!" उसे अच्छी तरह ज्ञात था कि वह गंधहीन होता है, उसी फूल में से चमेली की सुगंध। उसकी प्रतिक्रिया ने मेरे मन से सन्देह मिटा दिया। हो सकता है, गन्धबाबा ने आत्म-सम्मोहन का प्रयोग किया हो, जिससे केवल मैं ही सुगन्ध का अनुभव कर सकूँ।

बाद में एक मित्र अलकानंद से पता चला कि गंधबाबा के पास ऐसी शक्ति भी थी, जो संसार के करोड़ों क्षुदा-पीड़ितों के पास होती, तो उनकी समस्या हल हो जाती।

"बर्दवान में गंधबाबा के घर में उस समय मैं भी था, "एक उत्सव था। योगीवर की ख्याति थी कि शून्य में से कुछ भी उत्पन्न कर सकते हैं। मैंने उनसे संतरे उत्पन्न करने का अनुरोध किया। तत्क्षण जो पूरियाँ परोसी गई थीं, उनके भीतर छिला हुआ संतरा आ गया। मैंने संतरा खाना शुरू किया। वह बड़ा ही स्वादिष्ट था।"

कई वर्षों बाद आत्म-साक्षात्कार के बल से मैं गंधबाबा के चमत्कारों के रहस्य को जान गया। मानव को शब्द, स्पर्श, रस, रूप, गंध की जो विभिन्न इंद्रियानुभूतियाँ होती हैं, वे इलेक्ट्रोन्स और प्रोटोन्स की स्पन्दनात्मक विविधा के कारण होती हैं। उनके स्पन्दनों को पंचप्राण नियंत्रण करते हैं। ये पंचप्राण आणविक ऊर्जाओं से भी सूक्ष्मतर होते हैं और प्रज्ञायुक्त पाँच विशिष्ट संवेदी तन्मात्राओं से युक्त होते हैं।

गंधबाबा कुछ यौगिक प्रक्रियाओं के बल से इस प्राणशक्ति के साथ समरस होकर प्राणकणिकाओं की स्पंदन-रचना में परिवर्तन लाने में समर्थ थे। ये लौकिक स्पंदनों के मूर्त्त रूप होते थे।

सम्मोहन-विद्या को डॉक्टरों द्वारा छोटी-छोटी शल्यक्रियाओं में उन लोगों पर प्रयुक्त किया गया है जिन के लिए बेहोशी की दवाएँ खतरनाक हो सकती हैं। परन्तु जिन पर बार-बार सम्मोहन का प्रयोग किया जाता है उनके लिए यह हानिकारक होता है। इसका हानिकारक मनोवैज्ञानिक परिणाम कालान्तर में मस्तिष्क की कोशिकाओं की रचना में गड़बड़ उत्पन्न कर देता है। सम्मोहन दूसरे की चेतना के क्षेत्र में अनधिकार प्रवेश है। इसके अस्थायी आभासों में और ईश्वरानुभूति-सम्पन्न पुरुषों द्वारा किए गए चमत्कारों में कोई समानता नहीं है। ईश्वर में जागृत हुए सच्चे संत नित्य सृजन करनेवाले उस विराट

स्वप्नद्रष्टा के साथ अपनी इच्छा को मिलाकर इस स्वप्न-सृष्टि में परिवर्तन करते हैं।

गंधबाबा के जैसे चमत्कार दिखाने से लोग आकर्षित तो होते हैं, परन्तु आध्यात्मिक दृष्टि से उन्हें कोई लाभ नहीं होता। बल्कि ईश्वर की खोज से ये साधक को पथच्युत कर देते हैं।

असाधारण शक्तियों के आडम्बरपूर्ण प्रदर्शन की सिद्धजनों ने निंदा की है। फारस के संत अबु सईद ने जल, हवा और अंतरिक्ष पर अपनी चमत्कारी शक्तियों की सत्ता का अभिमान करनेवाले कुछ फकीरों का उपहास किया था।

"मेंढक भी पानी में आराम से रह सकता है1" अबु सईद ने सौम्यता से उपहास करते हुए कहा था। "चील, कौए आसानी से हवा में उड़ सकते हैं; शैतान पूर्व में भी है और पश्चिम में भी। सच्चा मनुष्य वह है जो समाज में सदाचार का पालन करता हुआ रहता है और क्रय-विक्रय करते हुए भी कभी एक क्षण के लिए भी ईश्वर को नहीं भुलाता!" एक अन्य अवसर पर इस महान फारसी संत ने धार्मिक जीवन के विषय में अपना मत इस प्रकार व्यक्त किया था, "अपने दिमाग में जो कुछ है उसे निकाल देना (स्वार्थनिष्ठ इच्छा-आकांक्षाएँ); हाथ में जो कुछ है उस का मुक्त रूप से दान करना; आपत्तियों के आघात से कभी भी विचलित नहीं होना!"

न तो कालीघाट के निस्पृह महात्मा और न तिब्बत से प्रशिक्षित योगी ही मेरी गुरुप्राप्ति की तीव्र इच्छा को संतुष्ट कर सके। आध्यात्मिक स्तर पहचानने के लिए मेरे हृदय को शिक्षित करने की आवश्यकता नहीं थी। जब भी किसी सचमुच उदात्त व्यक्तित्व का सामना होता तब वह धन्य-धन्य कर उठता, यह धन्य-धन्य और भी गूँजनेवाली होती क्योंकि यह कभी-कभार ही और वह भी अंतरतम गहराइयों से उठती। अंततः जब अपने गुरु से मेरा साक्षात्कार हुआ तब उन्होंने केवल उदाहरण की अत्युच्चता के द्वारा ही मुझे सच्चे पुरुष का परिमाण सिखाया।

बाघ स्वामी

“मैंने बाघ स्वामी का पता खोज निकाला है। चलो, कल उनका दर्शन किया जाए।”

यह प्रस्ताव हाईस्कूल के मेरे मित्र चण्डी से मिला। अपने संन्यासपूर्व जीवन में केवल हाथों से बाघों के साथ लड़ने और उन्हें पकड़नेवाले इस संत का दर्शन करने के लिए मैं भी उत्सुक था।

दूसरे दिन प्रातःकाल कोलकाता के बाहर भवानीपुर में बहुत देर खोज करने के बाद हम पहुँच गए। दरवाज़े पर लोहे की दो गोलाकार कड़ियाँ थीं। उन्हें जोर-जोर से खटखटाया। एक नौकर धीरे-धीरे चलता हुआ आया।

वहाँ लम्बी प्रतीक्षा मन में शंकाएँ उत्पन्न करने लगीं। सत्य की खोज करनेवाले के लिए नियम है धैर्य।

अन्ततः बुलाए जाने पर चण्डी और मैं शयनकक्ष में गए। वहाँ सुविख्यात सोऽहम् स्वामी पलंग पर बैठे हुए थे। हम लोग उनके भीमकाय शरीर को आँखें फाड़े देखते रहे। वैसी विशाल छाती और बाजुएँ हमने पहले कभी नहीं देखी थीं। अत्यंत मजबूत, भरी गर्दन पर स्वामीजी का उग्र दिखनेवाला परन्तु शांत मुखमण्डल, मूँछ, दाढ़ी और झूलते केशों से सुशोभित था। उनकी काली आँखों में कबूतर एवं बाघ-समान गुणों का मिलाजुला संकेत चमक रहा था। दृढ़ मांसल कटि-प्रदेश को घेर कर पहने हुए एक व्याघ्र चर्म के अतिरिक्त शरीर पर कोई कपड़ा नहीं था।

जब हमारी वाक्शक्ति लौट आई, तब बाघों के साथ लड़ने में उनकी वीरता के प्रति आदरयुक्त विस्मय प्रकट करते हुए मैंने उनका अभिवादन किया, “वन्य पशुओं में सबसे भयंकर रॉयल बंगाल टाइगर को केवल हाथों से परास्त करना कैसे संभव है?”

वे बच्चों के समान खिलखिलाकर हँसे, "तुम बाघों को बाघ मानते हो; मैं उन्हें मात्र बिल्लियाँ समझता हूँ।"

"स्वामीजी, मैं अपने को तो विश्वास दिला सकूँगा कि बाघ बिल्लियाँ मात्र हैं, परन्तु क्या बाघों को मैं वैसा विश्वास करा सकूँगा?"

"निश्चय ही शक्ति भी आवश्यक है! केवल कोई बच्चा बाघ को घरेलू बिल्ली मान लेगा, तो उसे बाघ पर विजय मिल जाएगी यह मानना व्यर्थ है। मेरे शक्तिशाली हाथ शस्त्र के रूप में पर्याप्त हैं।"

उन्होंने हमें आँगन में आने को कहा, जहाँ एक दीवार के किनारे पर उन्होंने प्रहार किया। दीवार की एक ईंट टूट कर ज़मीन पर गिर पड़ी। मैं हक्का-बक्का रहा गया। जो आदमी एक ही प्रहार से दीवार में चिनी हुई ईंट गिरा सकता है, वह अवश्य ही बाघों के दाँत भी तोड़ सकता है!

"अनेक लोगों में मेरे समान शक्ति होती है, परन्तु फिर भी दृढ़ आत्म-विश्वास का अभाव होता है। जो शरीर से तो बलिष्ठ होते हैं, परन्तु मन से नहीं, वे जंगल में विचरण करते हिंसक पशु को देखकर ही मूर्च्छित हो सकते हैं। प्राकृतिक परिस्थितियों में वास करने वाला और अपने मूल हिंसक स्वभाव के अनुसार जीने वाला बाघ सर्कस के अफ़ीम खिलाए बाघ से अत्यंत भिन्न होता है!

"भीम के समान शक्तिशाली होते हुए भी अनेक व्यक्ति रॉयल बंगाल टाइगर के आक्रमण के सामने असहाय हो उठते हैं। इस प्रकार बाघ मनुष्य को उसके ही मन की कल्पना में एक साधारण बिल्ली की भयभीत अवस्था के समान स्थिति में डाल देता है। परन्तु जिस मनुष्य में बलिष्ठ शरीर के साथ-साथ अत्यंत दृढ़ निश्चय हो, वह परिस्थिति को बाघ पर ही उलट सकता है और उसे यह मानने पर विवश कर सकता है कि वह एक बिल्ली के समान ही आत्मरक्षा करने में असमर्थ है।"

मैं यह मानने के लिए तैयार था कि मेरे समक्ष उपस्थित अतिशक्तिशाली पुरुष बाघ को बिल्ली में रूपान्तरित करने में समर्थ थे। वह कुछ उपदेश देने की मनःस्थिति में प्रतीत हुए।

"मनुष्य ही मांसपेशियों को नियंत्रित करता है। मनुष्य की शारीरिक शक्ति उसकी आक्रामक इच्छाशक्ति की तीव्रता पर निर्भर करती है। मन ही अक्षरशः शरीर का निर्माण करता है और वही उसे जीवित रखता है। गत जन्मों की

प्रवृत्तियों की प्रबलता के अनुसार अच्छे या बुरे स्वभाव धीरे-धीरे मानव-चेतना में उतरते हैं। ये स्वभाव व गुण आदतों में ढल जाते हैं और ये आदतें एक वांछनीय या अवांछनीय शरीर के रूप में प्रदर्शित होती हैं। बाह्य दुर्बलता की जड़ मन में होती है और आदत से लाचार शरीर मन की अवहेलना करता है। मन भी शरीर की आज्ञाओं का पालन करके उसका दास बन जाता है।"

"बचपन से ही बाघों से लड़ने की महत्वाकांक्षा मेरे मन में थी। इच्छा शक्तिशाली थी, परन्तु देह दुर्बल थी।"

मेरे मुँह से आश्चर्योद्‌गार फूट पड़ा। यह अविश्वसनीय लगता था कि "पृथ्वी का भार उठाने के योग्य कन्धों" वाले इस मनुष्य का दुर्बलता के साथ दूर-दूर भी कभी कोई परिचय रहा हो।

"स्वस्थ और शक्ति के चिंतन में अदम्य दृढ़ता द्वारा ही मैंने इस बाधा को दूर करने में सफलता प्राप्त की। प्रभावशाली मानसिक शक्ति ही रॉयल बंगाल टाइगरों को पराजित करने वाली शक्ति थी।"

"स्वामीजी, क्या मैं भी कभी बाघों के साथ लड़ पाऊँगा?" यह महत्वाकांक्षा मेरे मन में उठी।

"हाँ।" वे मुस्करा रहे थे। "परन्तु बाघ अनेक प्रकार के होते हैं; कुछ मनुष्य की इच्छा-वासनाओं के जंगल में घूमते हैं। अच्छा यह है कि अंतर में घूमते बाघों को पराजित किया जाए।"

"स्वामीजी, आप हिंसक बाघों को वश में करते-करते हिंसक वासनाओं को वश में कैसे करने लग गए?"

"जब मेरी कीर्ति चरम पर पहुँच गई तब मुझे गर्व का नशा चढ़ गया। मैंने तय किया कि मैं न केवल बाघों से लड़ूँगा, बल्कि लोगों के सामने उनसे विविध करतब भी करा ऊँगा। मैं हिंसक पशुओं को पालतू जानवरों की तरह बर्ताव करने पर विवश कर दूँगा। मैं सार्वजनिक रूप से करतब दिखाने लगा और सफलता से मुझे खुशी भी होने लगी।

"एक दिन मेरे पिताजी चिन्तातुर मनःस्थिति में मेरे कमरे में आए, "बेटा, मैं तुम्हें सावधान करने आया हूँ। आनेवाले अमंगलों रो मैं तुम्हें बचाना चाहता हूँ।"

"'पिताजी, अंधविश्वास से क्या मेरी गतिविधियों के शक्तिशाली प्रवाह को अवरुद्ध होने देना चाहिए?'

"पवित्र शास्त्रों में कहे गए प्रतिफल के नियम में मेरा विश्वास है। जंगल परिवार में तुम्हारे विरुद्ध आक्रोश व्याप्त है; यह आक्रोश तुम्हारी जान के लिए खतरा बन सकता है।"

"'पिताजी, कृपया आप मुझे बाघ-पालक मानें, हत्यारा नहीं। ये सत्कर्म मेरा अनिष्ट कैसे कर सकते हैं? आप मुझे अपने जीवन का मार्ग बदलने की आज्ञा न दें।"'

बाघ स्वामी आगे कहते गए, "पिताजी ने मेरा स्पष्टीकरण सुना। तदुपरान्त उन्होंने एक रहस्योद्घाटन किया।

"बेटा, तुम मुझे एक संत की अमंगल भविष्यवाणी दोहराने पर विवश कर रहे हो। कल जब मैं ध्यान कर रहा था, तब वे मेरे पास आए।

"'मित्रवर, मैं आपके युद्ध प्रिय बेटे के लिए एक संदेश लेकर आया हूँ। उससे कहिए कि वह अपनी बर्बर गतिविधियाँ बन्द कर दे, अन्यथा बाघ के साथ उसकी अगली लड़ाई में उसे अनेक घाव होंगे, जिससे छह महीने तक वह मरणासन्न पड़ा रहेगा। तब वह पुराना मार्ग छोड़कर संन्यासी बन जाएगा।'"

"इस कहानी का मुझ पर कोई प्रभाव नहीं पड़ा। मैंने यही माना कि पिताजी किसी भ्रान्तिग्रसित कट्टरवादी की भ्रान्ति का शिकार हो गए हैं।"

काफी देर तक वे गंभीर मुद्रा में मौन बैठे रहे, फिर उन्होंने अकस्मात् ही अपनी कहानी आगे शुरू की।

"पिताजी की चेतावनी के कुछ दिन बाद मैं कूचबिहार गया। जैसा हर जगह होता था, यहाँ भी सड़कों पर मेरे पीछे-पीछे उत्सुक लोगों की भीड़ चलती रहती थी।

कुछ ही घंटों में मेरी वहाँ उपस्थिति से सारे शहर में खलबली मच गई।

"संध्या के समय मैं आराम कर रहा था कि घोड़ों की टापों की ध्वनि सुनाई दी। लम्बे कद के पगड़ीधारी सिपाहियों का एक दल अंदर घुस आया।

अत्यंत विनय के साथ मेरा अभिवादन किया, "'आदरणीय महोदय, कूचबिहार के युवराज की ओर से आपका स्वागत करने के लिए हमें भेजा गया है। उन्होंने कल प्रातःकाल आपको अपने राजप्रासाद में पधारने का आमंत्रण भेजा है।'

पुलिसवालों की विनयशीलता ने मेरे हृदय को छू लिया; मैंने निमंत्रण स्वीकार किया।

"दूसरे दिन मुझे अपने द्वार पर चार घोड़े जुते शाही कोच तक ले जाया गया। एक सेवक तीव्र धूप से बचाने के लिए एक अलंकृत छाता मेरे ऊपर पकड़े खड़ा रहा। युवराज स्वयं मेरा स्वागत करने के लिए उपस्थित थे। अपने स्वर्णखचित आसन पर उन्होंने मुझे बैठाया और स्वयं उससे कम सज्जायुक्त आसन पर बैठ गए।

"इधर-उधर की थोड़ी बातें करने के बाद युवराज का उद्देश्य प्रकट हो ही गया।

"नगर में अफ़वाह है कि आप अपने नंगे हाथों से जंगली बाघों के साथ लड़ सकते हैं। क्या यह सच है?"

"'बिल्कुल सच है।'

"'हमें इस पर विश्वास नहीं होता। आप शहरी लोगों के पालिश किए हुए चावल पर पले कोलकाता के बंगाली हैं। कृपया सच-सच बताइए।' उनका स्वर ऊँचा और व्यंग्य भरा था।

"उस अपमानजनक प्रश्न का उत्तर देना मैंने आवश्यक नहीं समझा।"

"'हम हाल ही में पकड़े गए अपने बाघ राजाबेगम के साथ लड़ने की आपको चुनौती देते हैं। यदि आप उसका सफलतापूर्वक सामना कर सके और उसे जंजीर से बाँधकर पिंजरे से बाहर निकाल सके, तो वह रॉयल बंगाल टाइगर आपका हो जाएगा। इसके अतिरिक्त सहस्रावधि रुपए एवं अन्य कई उपहार भी आपको मिलेंगे। यदि आपने उससे लड़ना अस्वीकार कर दिया, तो हम आपको अपने राज्य में पाखण्डी घोषित कर देंगे!"

"उनके उद्धृत शब्द मुझे गोलियों की बौछार के समान लग गए। मैंने गुस्से से उनकी शर्तें स्वीकार कर लीं। उत्तेजना में आसन से आधे उठ खड़े युवराज निष्ठुर मुस्कान के साथ वापस बैठ गए।

युवराज ने कहा, "'आपकी लड़ाई आज से एक सप्ताह बाद होगी। खेद है कि लड़ाई से पहले बाघ को देखने की अनुमति नहीं दे सकते।'

"युवराज को यह भय तो नहीं कि मैं बाघ पर सम्मोहन का प्रयोग करूँगा या उसे अफ़ीम खिलाने का प्रयास करूँगा, मैं नहीं जानता।

"मैं राजप्रासाद से चल पड़ा। मज़े की बात यह थी कि अबकी बार न तो राज-छत्र था और न ही वह सज्जायुक्त कोच!

सप्ताह भर मैं अग्निपरीक्षा के लिए अपने मन और शरीर दोनों को

विधिवत् तैयार करता रहा। पिताजी के पास संत ने जो भीषण भविष्यवाणी की थी, वह किसी प्रकार लोगों में फैल गई। भोले-भाले लोगों का विश्वास था कि एक दुष्ट आत्मा ने देवताओं के शाप के कारण बाघ का जन्म लिया था, जो रात को विभिन्न आसुरी रूप धारण करती है, परन्तु दिन में बाघ बनकर रहती है। लोगों का अनुमान था कि यह वही आसुरी बाघ है, जिसे मेरा गर्व हनन करने के लिए भेजा गया है।

"एक अन्य कल्पना यह थी कि बाघों के देवता से की गई प्रार्थनाओं का उत्तर राजाबेगम के रूप में आ गया है। समग्र व्याघ्र जाति के इस धृष्ट दोपाये को मुझे दण्डित करने के लिए नियत किया गया है। लोग यह भी कह रहे थे कि सभी अपमानित बाघों के द्वेष ने मिलकर इतना जोर पकड़ लिया है कि बाघों का मानमर्दन करने वाले इस अभिमानी पुरुष का पतन कराने के लिए वह जोर अब सूक्ष्म नियमों को कार्यान्वित कर रहा है।

"युवराज स्वयं मानव और पशु के बीच होने वाले इस द्वंद्व का व्यवस्थापन संभाल रहे थे। उन्होंने हज़ारों लोगों के बैठने योग्य एक ऐसे विशाल तंबू का निर्माण कराया, जो आंधी-तूफान में भी सुरक्षित खड़ा रह सके। तंबू के मध्य लोहे के एक विशाल पिंजरे में राजाबेगम को रखा गया था। राजाबेगम खून जमा देनेवाली भयंकर गर्जनाएँ करता जा रहा था। उसकी क्षुधाग्नि और क्रोधाग्नि को भड़काने के लिए बहुत कम खाना दिया जा रहा था। शायद युवराज को आशा थी कि मैं उसका भोजन बनूँगा।

"लोगों ने भारी संख्या में टिकटें खरीदीं। द्वन्द्व के दिन सीटों की कमी के कारण सैकड़ों लोगों को लौटा दिया गया। कई लोग तंबू की दरारों में से अंदर घुस आए या गैलरी के नीचे जहाँ भी जगह मिली वहीं खड़े हो गए।

"मैंने शांत मन से तंबू में प्रवेश किया। लंगोट के अतिरिक्त मेरे शरीर पर और कोई कपड़ा नहीं था। मैंने सुरक्षात्मक घेरे के दरवाजे का कुंडा सरकाकर उसे खोला और अंदर जाकर अपने पीछे शांत मन से दरवाज़े को बंद कर लिया। बाघ को रक्त की गन्ध लग गई और उसने उछलकर लोहे की छड़ों से टकराने के साथ मेरा स्वागत किया। दर्शकों में सन्नाटा छा गया; उस बाघ के सामने मैं निरीह मेमना लग रहा था।

"पलक झपकते ही मैं पिंजरे में घुस गया। मैंने जैसे ही दरवाजा बन्द किया, राजाबेगम उछलकर मेरे ऊपर आ गया। मेरा दाहिना हाथ बुरी तरह

क्षत-विक्षत हो गया। संत की भविष्यवाणी सत्य होने के आसार नज़र आने लगे।

"इस प्रकार की गंभीर चोट मुझे जीवन में पहली बार आई थी, पर मैं तुरन्त संभल गया। रक्तरंजित अँगुलियों को लंगोट में घुसाकर छिपा लिया और बाएँ हाथ से एक हड्डी-तोड़ प्रहार बाघ पर किया। बाघ लड़खड़ाकर पीछे हट गया, फिर पलटकर पुनः झपटा। मेरे सुविख्यात मुष्टि प्रहार उसके सिर पर बरसने लगे।

"परन्तु राजाबेगम को रक्त का स्वाद लग गया था। बीच-बीच में कान बैठा देने वाली दहाड़ें मारते हुए उसके आक्रमणों की उग्रता बढ़ती ही जा रही थी। उसके दाँतों और नखों के आगे मेरा केवल एक हाथ से बचाव करना अपर्याप्त था, परन्तु मैं तिलमिलाने वाले प्रहार उस पर करता गया। दोनों ही जीवन-मरण का युद्ध लड़ रहे थे। बाघ के गले से पीड़ा और खूनी प्राण-पिपासा के चीत्कार फूट रहे थे।

"'गोली चलाओ! बाघ को मार डालो! दर्शक चीख रहे थे। मानव और पशु इतनी तेज़ गति से हिल रहे थे कि एक सिपाही की गोली निशाना चूक गई। मैंने अपनी सारी संकल्पशक्ति एकत्र की और भीषण गर्जना के साथ उसके मस्तक पर एक अंतिम खोपड़ी-तोड़ प्रहार किया। बाघ गिर गया और ठण्डा होकर पड़ा रहा।"

स्वामीजी खिलखिलाकर हँस पड़े, फिर उन्होंने तन्मय कर देने वाली अपनी कहानी को आगे बताना शुरू किया, "आखिर राजाबेगम पराजित हो गया। रक्तरंजित हाथों से मैंने उसका जबड़ा खोला और उस खुले मृत्युद्वार में अपना सिर रखा। ज़मीन पर पड़े ज़ंजीरों के ढेर से एक ज़ंजीर खींचकर उससे बाघ की गर्दन पिंजरे की छड़ों के साथ बाँध दी। विजयोल्लास में मैं दरवाजे की ओर चलने लगा।

"परन्तु वह शैतान राजाबेगम विस्मयकारी झटके के साथ ज़ंजीर तोड़कर मेरी पीठ पर झपट पड़ा। मेरा कंधा उसके जबडे में फँसा था और मैं जोर से नीचे गिरा, परन्तु पलक झपकते ही मैंने उसे अपने नीचे धर दबोचा। निष्ठुर प्रहारों से वह अर्द्ध-मूर्छित हो गया। इस बार मैंने उसे अधिक सावधानीपूर्वक बाँध दिया। धीरे-धीरे मैं पिंजरे से बाहर निकला।

"फिर से चारों तरफ चीख-पुकार सुनाई दी, इस बार वह हर्षोल्लास की

थी। मैं भीषण रूप से घायल हो गया था, परन्तु फिर भी मैंने द्वन्द्व की तीनों शर्तें पूरी कर दी थी। इसके अलावा मैंने उसे इस तरह भयभीत कर दिया था कि मेरे सिर को अपने मुख में पाकर भी उसने कोई ध्यान नहीं दिया।

"मेरे घावों का प्राथमिक उपचार करने के बाद मेरा सम्मान किया गया और मुझे पुष्पहार पहनाए गए। मेरे चरणों में स्वर्ण मुहरों की वर्षा की गई। बाघ पर मेरी विजय की चर्चाएँ चारों ओर सुनाई दे रही थीं। वचन के अनुसार राजाबेगम मुझे दे दिया गया, परन्तु मुझे कोई हर्ष नहीं हुआ। मेरे हृदय में आध्यात्मिक परिवर्तन आ गया था। ऐसा प्रतीत हो रहा था कि पिंजरे से बाहर निकलने के साथ ही मैंने संसार में अपनी महत्वाकांक्षाओं का द्वार भी बंद कर दिया था।

"रक्त में विष फैलने के कारण छह महीनों तक मैं मरणासन्न अवस्था में पड़ा रहा। कूचबिहार छोड़ने योग्य ठीक होते ही मैं अपने गाँव लौट आया।

"एक दिन मैंने पिताजी से कहा, 'काश! मैं किसी प्रकार उन्हें ढूँढ पाता!' मेरी लालसा सच्ची थी, क्योंकि एक दिन वही संत बिना किसी सूचना के हमारे घर पधारे।

"'बाघों का दमन बहुत हो गया। मेरे साथ आओ; मैं तुम्हें मानव-मन के जंगलों में विचरने वाले अज्ञान के पशुओं का दमन करना सिखाऊँगा। तुम्हें दर्शकों की आदत हो गई है; अब योगाभ्यास में तुम्हारी रोमांचित पारंगति से झूम उठनेवाले देवता तुम्हारे दर्शक होंगे।'

"मेरे गुरु ने मुझे आध्यात्मिक मार्ग की दीक्षा दी। मेरी आत्मा के दीर्घकाल तक अप्रयुक्त रहने से मोर्चा लगे द्वार उन्होंने खोल दिए। शीघ्र ही एक दूसरे का हाथ थामे, हम दोनों हिमालय की ओर चल पड़े।"

चण्डी और मैंने स्वामी के चरणों में प्रणाम किया। हमें भरपूर प्रतिफल मिल गया था।

प्लवनशील संत

"कल रात एक सभा में मैंने एक योगी को जमीन से कई फीट ऊपर हवा में ठहरे हुए देखा।" मेरा मित्र उपेन्द्र मोहन चौधरी बोल रहा था।

मैंने उत्साह के साथ कहा, "कहीं वे अप्पर सर्क्युलर रोड के भादुड़ी महाशय तो नहीं थे?"

उपेन्द्र ने स्वीकृति में सिर हिलाया। संतों के बारे में मेरी जिज्ञासा से सभी मित्र परिचित थे। कोई नई जानकारी मिलते ही मुझे उनके पीछे लगा देने में उन्हें बड़ा आनंद आता था।

"ये योगी महाराज मेरे घर के निकट रहते हैं। मैं प्रायः उनसे मिलने जाता हूँ।" उपेन्द्र के चेहरे पर उत्सुकता के भाव देख मैंने उसे और भी बातें बताना शुरू किया।

"उनके कई कमाल मैंने देखे हैं। पतंजलि प्रणीत प्राचीन अष्टांग योग की विभिन्न प्राणायाम विधियों में वे निष्णात हैं। एक बार भादुड़ी महाशय ने भस्त्रिका प्राणायाम इतने ज़ोर से किया कि लगता था कमरे में तूफ़ान आ गया हो, फिर उन्होंने गर्जन करते श्वासोच्छ्वास को बंद कर दिया और वे अतिचेतनता (समाधि) की उच्च अवस्था में निश्चल बैठे रहे। तूफ़ान के बाद शांति का वह वातावरण भुलाया नहीं जा सकता।

"विगत बीस वर्षों से वे घर के भीतर ही रहते हैं। केवल त्योहारों के अवसर पर नियम थोड़ा ढीला करते हैं। वे अपने ही अहाते में स्थित सामने की पगडंडी तक जाते हैं। वहाँ पर भिखारी जमा हो जाते हैं, क्योंकि संत भादुड़ी अपने दयार्द्र हृदय के लिए प्रसिद्ध हैं।

"कुछ प्राणायामों के अभ्यास से योगियों के शरीर की जड़ता नष्ट हो जाती है। तब उनका शरीर हवा में उठ जाता है या फिर मेंढक की तरह यहाँ

से वहाँ फुदकने लगता है। जो संत योगाभ्यास नहीं करते, वे भी ईश्वर के प्रति तीव्र भक्ति की अवस्था में ऊपर उठते पाए गए हैं।

उस दिन दोपहर को स्कूल से लौटते समय मैं भादुड़ी महाशय के निवास के पास से गुज़र रहा था। उनका दर्शन करने की इच्छा हो गई। एक शिष्य इस बात का ध्यान रखता था कि उनके एकान्त में खलल न पड़े। उसने मुझसे पूछा कि क्या मैंने भेंट के लिए पहले से समय लिया है? गुरुदेव उसी समय आ पहुँचे और उन्होंने मुझे 'बहिर्गत' किए जाने से बचा लिया।

"मुकुंद जब भी आना चाहे, उसे आने दिया करो।" संतवर की आँखें चमक उठीं, "एकान्त नियम मेरी सुविधा के लिए नहीं, लोगों की सुविधा के लिए है। संसारी लोगों को उनके मोहजाल को तहस-नहस कर देनेवाली स्पष्टवादिता अच्छी नहीं लगती। संत न केवल दुर्लभ हैं, बल्कि वे लोगों को व्याकुल भी कर देते हैं।"

मैं भादुड़ी महाशय के पीछे उनके सादे कक्ष में जा पहुँचा, जहाँ से वे शायद ही कभी बाहर निकलते थे। संसार की क्षुद्र उत्तेजनाओं के बदलते चित्रों की ओर संत प्रायः ध्यान केन्द्रित रखता है।

"महर्षि, आप पहले ऐसे योगी हैं, जो हमेशा घर के अंदर ही रहते हैं।"

"भगवान कभी-कभी संतों को अप्रत्याशित परिस्थितियों में डाल देते हैं कि कहीं हम यह न सोचें कि हम संतों को एक विशिष्ट नियम की चौखट में बिठा सकते हैं।"

अपना शरीर उन्होंने पद्मासन में स्थिर किया। उनकी आयु सत्तर और अस्सी वर्ष के बीच थी। परन्तु आयु या निष्क्रिय जीवन पद्धति का कोई अप्रिय लक्षण उनके शरीर पर नहीं था। उनका सुगठित एवं सीधा शरीर प्रत्येक दृष्टि से आदर्शस्वरूप था। उनका मुखमण्डल पुराणों में वर्णित ऋषियों के समान था, भव्य मस्तक, भरपूर दाढ़ी, शांत आँखें सदैव ईश्वर की सर्वव्यापकता पर स्थिर।

हम दोनों ध्यानस्थ हो गए। एक घंटे बाद उनकी सौम्य वाणी ने मुझे जगा दिया।

"तुम प्रायः ध्यान लगाते हो, परन्तु क्या तुम्हें कुछ अनुभव हुआ है? साधन को ही साध्य समझ लेने की भूल नहीं करना।"

उन्होंने मुझे कुछ आम दिए। अपने गंभीर स्वभाव में भी विनोद बुद्धि को प्रकट करते हुए उन्होंने कहा, "साधारणतया लोगों को ध्यानयोग से जलयोग

(जलपान) अधिक अच्छा लगता है।" योग के विषय में उनकी इस शब्दक्रीड़ा को सुनकर मैं हँसने लगा।

"क्या हँसी है तुम्हारी!" वात्सल्यपूर्ण चमक उनकी दृष्टि में प्रकट हुई। उनका अपना चेहरा सदैव गंभीर ही रहता था, परन्तु उसमें परमानन्दभरी मुस्कराहट की झलक होती थी। उनके विशाल कमलनयनों में सदैव एक दिव्य हँसी छिपी होती थी।

"वे पत्र अमेरिका से आए हैं," उन्होंने मेज पर पड़े लिफाफों की ओर संकेत किया, "वहाँ की कुछ सोसाइटियों के साथ, जिनके सदस्य योगशास्त्र में रुचि रखते हैं, मैं पत्र-व्यवहार करता हूँ। उनकी सहायता में मुझे खुशी होती है। योगशास्त्र का ज्ञान भी उन सब के लिए है, जो इसे प्राप्त करने के इच्छुक हैं।

"जिसे मानव की मुक्ति के लिए ऋषियों ने अनिवार्य समझा है, उसे पाश्चात्य लोगों के लिए हल्का करने की आवश्यकता नहीं है। बाह्य अनुभव भिन्न होते हुए भी सबकी आत्मा समान ही है। जब तक योग का अभ्यास नहीं किया जाता, तब तक न ही पाश्चात्य और न ही पौर्वात्य लोग उन्नति कर सकते हैं।"

मेरी समझ में तब यह नहीं आया कि उनके वक्तव्य में मार्गदर्शन छिपा हुआ था। उनका संकेत था कि मैं किसी दिन भारत की शिक्षाओं को अमेरिका ले जाऊँगा।

"महर्षि, आप जगत् के कल्याण के लिए योगशास्त्र पर पुस्तक लिखें।

"मैं शिष्यों को तैयार कर रहा हूँ। वे स्वयं और शिष्यों की शृंखला जीवन्त पुस्तकों का काम करेगी, जो समय के स्वाभाविक क्षय और टीकाकारों की अस्वाभाविक टीकाओं से अछूते रहेंगे।"

संध्याकाल शिष्यों के आने तक मैं उनके साथ रहा। शिष्यों के आने के बाद भादुड़ी महाशय ने प्रवचन शुरू किया। श्रोताओं के मन के कूड़े को बहा कर वे उन्हें ईश्वर की ओर ले चले।

उस दिन भादुड़ी महाशय संत-संगति को पाने के लिए अपने राजसी जीवन का त्याग करनेवाली मीराबाई के जीवन संबंधित दार्शनिक तत्त्वों को समझा रहे थे। एक बार एक महान संन्यासी सनातन गोस्वामी ने गीराबाई से मिलने से इसलिए इन्कार कर दिया कि वे शास्त्री थीं। उत्तर में मीराबाई ने जो कहा उसे सुनकर गोस्वामी उनके चरणों में नत हो गए।

"महात्माजी से कहो," मीराबाई ने कहा, "मैं नहीं जानती थी कि सृष्टि में ईश्वर के अतिरिक्त और भी कोई पुरुष है। क्या हम सब उनके सामने स्त्रियाँ नहीं हैं?" (शास्त्रों का एक सिद्धान्त यह है कि केवल ईश्वर ही एकमात्र सृजनक्षम पुरुष तत्त्व हैं, उसकी सृष्टि तो केवल निष्क्रिय माया है।)

मीराबाई ने भक्तिरस से ओतप्रोत अनेक पदों की रचना की है जो आज भी भारत में प्रेम और श्रद्धा के साथ गाए जाते हैं। उनमें से एक है:

साधन करना चाहि रे मनवा, भजन करना चाहि।
प्रेम लगाना चाहि रे मनवा, प्रीत लगाना चाहि॥
नीर-नहन से हरि मिले, तो जल जन्तु होई।
फल-मूल खाकर हरि मिले, तो बादूर बंदराई॥
तुलसी पूजनेसे हरि मिले, तो मैं पूजु तुलसी झाड़।
पत्थर पूजने से हरि मिले, तो मैं पूजु पहाड़॥
तृण भक्षण से हरि मिले, तो बहुत मृगी अजा।
स्त्री छोड़न से हरि मिले, तो बहुत मिले खोजा॥
दूध पीवन से हरि मिले, तो बहुत वत्स बाला।
मीरा कहे बिना प्रेम से न मिले नन्दलाला॥

भादुड़ी महाशय जहाँ आसन में बैठते थे, वहीं पास पड़ी उनकी खड़ाऊँ पर शिष्य प्रणामी रख देते थे। श्रद्धापूर्ण चढ़ावे का अर्थ है कि शिष्य भौतिक सम्पदा गुरु के चरणों में अर्पित कर रहा है।

यह सर्वविदित था कि भादुड़ी महाशय ने बचपन में ही पैतृक संपत्ति को त्याग दिया था, जब उन्होंने अनन्यभाव से योगमार्ग में पदार्पण किया।

भादुड़ी महाशय के मुखारविंद पर सौम्य भाव प्रकट हुए, "मैंने अंतहीन आनंद का विराट साम्राज्य प्राप्त करने के लिए कुछ थोड़े-से रुपए और सुख-विलासों को छोड़ दिया, फिर मैंने कोई त्याग कहाँ किया है? और उस निधि को बाँटने में जो आनंद मिल सकता है, उसका मुझे ज्ञान है। इसे क्या त्याग कहा जा सकता है? अल्पदृष्टिवाले सांसारिकजन ही वास्तव में सच्चे त्यागी हैं! वे अद्वितीय दिव्य संपत्ति को उस संसार के मुट्ठी भर तुच्छ खिलौनों के लिए त्याग देते हैं।" त्याग की इस लोकविरुद्ध व्याख्या को सुनकर मेरी हँसी छूट गई।

"विधि का विधान हमारे भविष्य की योजना किसी बीमा कंपनी से अधिक अच्छी तरह बनाता है।" उनके ये शब्द अपनी श्रद्धा का अनुभव सिद्ध धर्म था, "संसार बाह्य सुरक्षा में विश्वास करने वाले लोगों से भरा है। उनके कटु विचार उनके घावचिह्नों के समान हैं। जिसने हमारे प्रथम श्वास के साथ ही हमारे लिए हवा और दूध की व्यवस्था कर दी, वह भगवान अपने भक्तों की दिन-प्रतिदिन की व्यवस्था करना भी जानता है।"

मैंने स्कूल से छुट्टी होते ही इन संत के द्वार की यात्रा का क्रम जारी रखा।

भादुड़ी महाशय के मुझसे कहे गए अंतिम शब्दों का उल्लेख मैं यहाँ करना चाहता हूँ। पश्चिम की ओर प्रस्थान करने से पहले मैं उनके दर्शन करने गया, तो वे बोले, "बेटा, अमेरिका जाओ। युगयुगान्तर की भारत की महिमा को अपनी ढाल के रूप में ले जाओ। विजय तुम्हारे ललाट पर लिखी हुई है; उस देश के भले लोग तुम्हारा हृदयपूर्वक स्वागत करेंगे।"

भारत के महान वैज्ञानिक सर जगदीशचन्द्र बोस

"जगदीशचन्द्र बोस ने वायरलेस का आविष्कार मार्कोनी से पहले ही कर लिया था।"

यह टिप्पणी सुनकर मैं रास्ते के किनारे खड़े होकर विज्ञान विषयक चर्चा कर रहे प्राध्यापकों के एक दल के पास जाकर खड़ा हुआ।

प्राध्यापक महोदय ने स्पष्टीकरण दिया, "वायरलेस कोहीरर (wireless coherer) और विद्युत तरंगों की वक्रता दर्शाने वाले एक यंत्र का आविष्कार सबसे पहले बोस ने किया था, परन्तु इस भारतीय वैज्ञानिक ने अपने आविष्कारों से कोई आर्थिक लाभ उठाने की चेष्टा नहीं की। शीघ्र ही उन्होंने अपना ध्यान अजैव से जैव जगत् की ओर मोड़ दिया। वनस्पति शास्त्रज्ञ के रूप में उनके द्वारा किए गए क्रांतिकारी आविष्कार उनके भौतिक विज्ञानी के रूप में किए गए आविष्कारों से भी कहीं अधिक बढ़-चढ़कर हैं।"

दूसरे ही दिन मैं ऋषितुल्य महान ज्ञानवेत्ता से मिलने उनके घर गया। गंभीर, प्रशांत और एकान्तप्रेमी वनस्पति शास्त्रज्ञ ने शिष्टतापूर्वक मेरा स्वागत किया। उनका विशुद्ध उच्चारण उनके वैज्ञानिक स्वभाव को दर्शाता था।

"पश्चिम की वैज्ञानिक सोसाइटियों की सभाओं में भाग लेकर मैं वापस आया हूँ। मेरे द्वारा आविष्कृत जीवन की अविभाज्य एकता दर्शाने वाले उपकरणों में उनके सदस्यों ने गहरी रुचि दिखाई। बोस क्रेस्कोग्राफ (crescograph) की परिवर्धन-शक्ति (magnifying power) एक करोड़ गुना है। माइक्रोस्कोप तो केवल कुछ सहस्र गुना ही परिवर्धन करता है, फिर भी उसने जीवविज्ञान को तीव्र गति प्रदान कर दी, जीवविज्ञान में प्राण फूँक दिए। क्रेस्कोग्राफ अगणित मार्ग खोलता है।"

"सर, आपने विज्ञान की अमूर्त बाँहों से पूर्व और पश्चिम के आलिंगनबद्ध होने की प्रक्रिया के लिए बहुत कुछ किया है।"

"प्रयोगों के आधार पर किसी भी सिद्धान्त की सूक्ष्म-से-सूक्ष्म जाँच करने की पाश्चात्य पद्धति सराहनीय है। यह प्रयोगमूलक कार्यपद्धति अपनी पौर्वात्य विरासत में मिली आत्मपरीक्षण की क्षमता के साथ जुड़कर और भी अधिक प्रभावी हो गई। इन दोनों की युति ने मुझे दीर्घकाल से अबोल रहे प्रकृति-जगत् के मौन को तोड़ने में समर्थ बनाया। सारे भेद खोल देने वाले मेरे क्रेस्कोग्राफ के रेखाचित्र प्रमाण हैं। पेड़-पौधों में भी संवेदनशील स्नायु-तंत्र होता है। उनका जीवन विभिन्न भावनाओं से युक्त होता है। प्रेम, घृणा, आनंद, भय, सुख, दुःख, मूर्च्छा और अन्य उत्तेजनाओं के प्रति प्रतिक्रियाओं की भावानुभूति सब प्राणियों को होती है, उसी प्रकार पेड़-पौधों को भी होती है।"

"सर, एक संत कभी कोई फूल नहीं तोड़ते थे। वे कहते थे, 'गुलाब के पौधे से मैं उसका सौन्दर्याभिमान कैसे छीन लूँ? अपनी उद्दण्डता से उसे विवस्त्र करके उसके आत्म-सम्मान को धक्का कैसे पहुँचाऊँ?' उनके शब्दों को आपके आविष्कारों ने अक्षरशः यथार्थ सिद्ध कर दिया है।"

"कवि सत्य से अंतरंग होता है, जब कि वैज्ञानिक अजीबोगरीब ढंग से उस तक पहुँचने का प्रयास करता है। किसी दिन मेरी प्रयोगशाला में आकर क्रेस्कोग्राफ के असंदिग्ध प्रमाणों को देख लो।"

कृतज्ञतापूर्वक मैंने आमन्त्रण स्वीकार कर उनसे विदा ली।

इंस्टीट्यूट का उद्घाटन हुआ, तब मैं समारोह में उपस्थित था। विज्ञान के इस पीठ की कलात्मकता और आध्यात्मिक प्रतीकात्मकता देखकर मैं मुग्ध हुआ। उसका प्रवेशद्वार किसी प्राचीन मंदिर के अवशेष जैसा है। कमलों से भरे एक जलकुंड के पीछे मशालधारी स्त्री मूर्ति नारी के लिए अमर प्रकाश-दात्री के रूप में भारत के आदर को सूचित करती है। एक उद्यान में अगोचर ब्रह्म को समर्पित एक छोटा-सा मंदिर है। मंदिर में मूर्तिविहीन रिक्त स्थान ईश्वर की निराकारता को सूचित करता है।

इस महान अवसर पर सर जगदीशचन्द्र बोस का भाषण ऐसा लग रहा था, मानो वह किसी ऋषि के मुख से निःसृत हो रहा हो।

"इस संस्था को मैं आज केवल एक प्रयोगशाला के रूप में नहीं, वरन् एक मंदिर के रूप में समर्पित करता हूँ। अपनी खोज में मैं पदार्थ विज्ञान और प्रकृति विज्ञान के सीमा क्षेत्र में पहुँच गया। मैंने देखा कि सजीव जगत और निर्जीव जगत के बीच की सीमारेखाएँ मिटती जा रही हैं और स्पर्शबिन्दु उभरते

जा रहे हैं। मैंने देखा कि निर्जीव जगत निष्क्रिय नहीं था; वह तो असंख्य शक्तियों के प्रभाव में पुलकित हो रहा था।

"सब में एकसमान प्रतिक्रिया धातु, वनस्पति और प्राणी को एक ही सामान्य नियम में बाँधती प्रतीत हुई। वे सब थकान और खिन्नता के तत्त्वतः एकसमान लक्षण प्रदर्शित करते थे, जिसमें पुनः तरोताजा और हर्षोत्फुल्ल होने की संभावनाएँ बनी रहती थीं। मृत्यु के साथ जुड़ी हुई स्थायी प्रतिक्रियाहीनता के प्रदर्शनता में भी सब एक समान थे। इस विराट सामान्यत्व से विस्मयविभोर होकर मैंने बहुत बड़ी आशा के साथ अपने प्रयोगों के परिणामों को रॉयल सोसायटी के समक्ष रखा, परन्तु प्रकृति विज्ञानियों ने मुझे उनके लिए सुरक्षित क्षेत्रों पर अतिक्रमण करने के बदले उस पदार्थ-विज्ञान के क्षेत्र तक ही अपने अनुसंधान को सीमित रखने की सलाह दी, जिस में मेरी सफलता का भरोसा था।

"यह प्रायः भुला दिया जाता है कि जिस परमसत्ता ने हमें चारों ओर से सृष्टि के इस बढ़ते जाते रहस्य से घेर रखा है, उसी ने प्रश्न करने और समझने की इच्छा भी हम में प्रतिष्ठापित कर दी है। विज्ञान के उपासक का जीवन अनिवार्य रूप से अनंत संघर्ष से भरा होता है। लाभ और हानि, सफलता और विफलता को एक समान मानते हुए उसे अपना जीवन प्रेमश्रद्धायुक्त अर्घ्य के रूप में अर्पण करना पड़ता है।

"कालांतर में विश्व की प्रमुख वैज्ञानिक सोसायटियों ने मेरे सिद्धांतों और निष्कर्षों को स्वीकार करके विज्ञान में भारत के योगदान को स्वीकार किया।

"भारत में सदा ऐसे लोग उत्पन्न होते आए हैं, जिन्होंने समय के मोहक पुरस्कार को ठुकराकर जीवन के सर्वोच्च अभीष्टों को पाने का प्रयास किया है। संघर्ष को अस्वीकार करने वाले के पास कुछ प्राप्त न कर पाने के कारण त्यागने के लिए कुछ नहीं होता। जिसने संघर्ष कर विजय प्राप्त की हो, वही संसार को अपनी विजय के अनुभव का फल प्रदान कर उसे समृद्ध कर सकता है।

"इस बोस प्रयोगशाला में जड़ पदार्थों की प्रतिक्रिया पर अब तक किए जा चुके कार्य से और वनस्पति-जीवन के अप्रत्याशित तथ्य सामने आ जाने से पदार्थ विज्ञान, प्रकृति विज्ञान, चिकित्सा, कृषि और यहाँ तक कि मनोविज्ञान के क्षेत्र में भी अनुसंधान के अत्यंत विस्तृत क्षेत्र खुल गए हैं।

"कठोर सटीकता के बिना उच्च सफलता नहीं मिल सकती। इसलिए

प्रवेश कक्ष में अपने-अपने केस रखे गए। मेरे द्वारा आविष्कृत अतिसंवेदनशील उपकरणों और वैज्ञानिक यंत्रों की लम्बी-लम्बी कतारें लगी हैं। वे दृश्यमान आभास के पीछे छिपे सत्य को खोजने के लिए दीर्घकालिक अनवरत प्रयत्न की व मानव के सीमित सामर्थ्य की परिसीमाओं को लाँघने के लिए आवश्यक अविराम कठोर परिश्रम, लगन और उद्योगशीलता की गाथा सुनाते हैं। सभी आविष्कारक जानते हैं कि वास्तविक प्रयोगशाला मन है, जहाँ वे माया के पीछे छिपे सत्य को खोज निकालते हैं।

"यहाँ जो लेक्चर दिए जाएँगे, वे किसी से प्राप्त ज्ञान की पुनरावृत्ति नहीं होंगे। इन कक्षों में प्रथम बार सिद्ध आविष्कारों का ज्ञान दिया जाएगा। इस संस्था के कार्य नियमित प्रकाशनों से समस्त विश्व में पहुँच जाएँगे। वे सार्वजनिक सम्पत्ति बन जाएँगे। कभी भी किसी भी बात का 'पेटेंट' नहीं लिया जाएगा। हमारी राष्ट्रीय संस्कृति का सार ही यह है कि हमें ज्ञान का प्रयोग केवल अपने लाभ के लिए करने की संस्कृतिहीनता से दूर रहना चाहिए।

"मेरी यह भी इच्छा है कि इस संस्था की सुविधाएँ सभी देशों के लिए उपलब्ध हों। इसमें मैं अपने देश की परम्पराओं को आगे चलाने का प्रयास कर रहा हूँ। पच्चीस शताब्दियों पूर्व भी भारत नालंदा और तक्षशिला के अपने प्राचीन विश्वविद्यालयों में विश्व के सभी हिस्सों से आने वाले छात्रों को ज्ञान प्राप्ति की सुविधा उपलब्ध कराता था।

"विज्ञान अपनी सार्वलौकिकता के कारण सब देशों का है। भारत इसमें योगदान देने के लिए विशेष रूप से योग्य है। भारतीयों की ज्वलंत कल्पनाशक्ति परस्पर विरोधी लगने वाले तथ्यों से भी नया सूत्र निकाल सकती है, परन्तु एकाग्रता की आदत ने इसे रोक रखा है। यह संयम मन को अनंत धीरज के साथ सत्य की खोज में लगाए रखने की शक्ति प्रदान करता है।"

उद्घाटन दिवस के थोड़े दिनों बाद मैं अनुसंधान केन्द्र फिर से गया। महान वनस्पतिशास्त्रज्ञ मुझे अपनी प्रयोगशाला में ले गए।

"अब मैं इस फर्न के पौधे को क्रेस्कोग्राफ लगाता हूँ, इसकी गतिविधियों का अनेक गुना परिवर्धित चित्र उभरेगा। इसी तरह यदि घोंघे की रेंगने की क्रिया को परिवर्धित किया जाए, तो घोंघा एक्सप्रेस ट्रेन की गति से चलता दिखाई देगा!"

मेरी आँखों के सामने फर्न का पौधा धीरे-धीरे बढ़ रहा था। बोस महाशय

ने पौधे की नोंक को धातु की एक छोटी-सी छड़ से हुआ। पर्दे पर चल रहा नृत्य हठात् रुक गया, जैसे ही छड़ हटाई वैसे ही उसकी थिरक पुनः शुरू हो गई।

"तुमने देखा तनिक-सा बाह्य हस्तक्षेप संवेदनशील ऊतकों के लिए बाधक है," बोस महाशय ने कहा। "अब देखो; मैं इसे क्लोरोफॉर्म दूँगा और फिर उसका प्रभाव नष्ट करने वाली औषधि भी।"

क्लोरोफॉर्म के प्रभाव ने विकास को रोक दिया; औषधि ने उसे पुनः शुरू कर दिया। बोस महाशय ने उस फर्न के एक हिस्से में तीक्ष्ण औजार घुसा दिया; फड़फड़ाहट ने दर्द का संकेत दिया। उन्होंने पौधे के तने को ब्लेड से अंशतः काट दिया, तब छाया में तीव्र छटपटाहट दिखाई दी, फिर मृत्यु की अंतिम बाधा में वह शांत हो गया।

"एक विशाल वृक्ष को पहले क्लोरोफॉर्म देकर फिर उसका स्थानान्तरण करने में मैंने सफलता प्राप्त कर ली। साधारणतया वनों के ये राजा स्थानान्तरित करने के कुछ दिन बाद मर जाते हैं।

मेरे सूक्ष्मग्राही यंत्रों के रेखाचित्रों ने सिद्ध कर दिया है कि प्राणियों में जैसे रक्तसंचार होता है, वैसे ही पेड़-पौधों में रस-संचार होता है। पेड़-पौधों में रस की ऊर्ध्वगति को केवल कोशिका आकर्षण सदृश किसी यांत्रिक क्रिया के आधार पर स्पष्ट नहीं किया जा सकता है। क्रेस्कोगाफ ने इसे सजीव कोशिकाओं की क्रिया के रूप में दर्शाया है। पेड़ के अंदर से लम्बी गोलाकार नली चलती है, जिसमें क्रमिक वृत्तों में सिकुड़ने वाली लहरें उठती रहती हैं, जो हृदय का काम करती हैं। इस बहुविध का प्रत्येक रूप एक ही सूत्र में बँधा है।"

"मैं तुम्हें टिन के एक टुकड़े पर कुछ प्रयोग कर दिखाता हूँ। धातुओं की प्राणशक्ति उत्तेजना के प्रभाव में अनुकूल या प्रतिकूल प्रतिक्रिया दिखाती है। स्याही के निशान विभिन्न प्रतिक्रियाओं को चिह्नांकित करेंगे।

जब प्रोफेसर साहब ने टिन को क्लोरोफॉर्म लगाया, तब कंपन-लेखन थम गया। जब टिन की सामान्य अवस्था लौट आई, तब वह पुनः शुरू हो गया। फिर एक विषैला रसायन लगाया। टिन के छटपटाते छोर के साथ-साथ सुई ने अद्‌भुत रूप से रेखाचित्र पर मृत्यु की सूचना अंकित कर दी।

"बोस के यन्त्रों ने प्रदर्शित कर दिया है कि कैंची और मशीनरी में प्रयुक्त

इस्पात सदृश धातु भी थकते हैं और विश्राम मिलने पर उनमें पुनः ताजगी आ जाती है। विद्युत प्रवाह या अति भारी दबाव से धातुओं में जीवन को गंभीर क्षति पहुँचती है या वह धड़कन रुक भी सकती है।"

रेजोनेन्ट कार्डियोग्राफ का आविष्कार करने के बाद बोस महाशय असंख्य भारतीय पेड़-पौधों के विस्तृत अनुसंधान में लग गए। उपयुक्त औषधियों की एक विराट भेषज-तालिका तैयार हो गई। कार्डियोग्राफ से एक सेकंड का शतांश तक रेखाचित्र में अंकित हो जाता है। पेड़-पौधे, प्राणी मानव-शरीर की संरचना के सूक्ष्मातिसूक्ष्म स्पंदन भी यह कोर्डियोग्राफ अंकित कर लेता है। उस महान वनस्पति-शास्त्रज्ञ ने भविष्यवाणी की कि वैद्यकीय अनुसंधान के लिए प्राणियों के अंगच्छेदन की आवश्यकता नहीं रहेगी; कार्डियोग्राफ के प्रयोग से पेड़-पौधों के अंगछेदन से ही काम चल जाएगा।

"किसी औषधि के पौधे और प्राणी पर एक साथ किए गए प्रयोग के परिणामों के अंकन से साफ पता चलता है कि उन दोनों पर उस औषधि के प्रभाव में आश्चर्यजनक समानता है," उन्होंने स्पष्ट किया, "मनुष्य में जो कुछ भी है, उस सब का पूर्वाभास पेड़-पौधों में विद्यमान है। वनस्पति जगत पर प्रयोग प्राणियों और मानवों की यातना को कम करने में योगदान देंगे।"

कई वर्षों के बाद महाशय के पथप्रदर्शक वनस्पति आविष्कारों की अन्य वैज्ञानिकों द्वारा पुष्टि की गई। कोलम्बिया युनिवर्सिटी में 1938 में किए गए शोध कार्य की रिपोर्ट 'द न्यूयॉर्क टाइम्स' में प्रकाशित हुई थी।

परमानन्दमग्न भक्त और उनकी ईश्वर के साथ प्रेमलीला

"छोटे महाशय, बैठो। मैं अपनी जगन्माता से वार्तालाप कर रहा हूँ।" मैंने अत्यंत श्रद्धा के साथ कमरे में चुपचाप प्रवेश किया था। मास्टर महाशय के देवता के सदृश रूप ने मुझे चकाचौंध कर दिया। ऊपर की ओर उठा उनका चेहरा और जुड़े हुए हाथ देखकर मैं समझ गया कि मेरे आगमन ने उनकी अर्चना में बाधा डाली है।

उस समय तक मुझे जितने धक्के लगे थे, उन सबसे बढ़कर तीव्र धक्का उनके स्वागतपूर्ण सरल शब्दों से लगा। माँ की मृत्यु के कारण हुए विरह-दुःख को ही मैं दुःख की पराकाष्ठा मानता आ रहा था। अब अपनी जगन्माता से विरह की भावना मेरी आत्मा को अवर्णनीय यातना देने लगी। विलाप करते हुए मैं जमीन पर गिर पड़ा।

"छोटे महाशय, शांत हो जाओ!" संतवर को दुःख हो रहा था।

"महात्मन् आप जगन्माता से पूछिए क्या मुझ पर उनकी कृपा दृष्टि होगी?" मुझे विश्वास हो गया कि मास्टर महाशय जगन्माता से घनिष्ठता के साथ वार्तालाप कर रहे थे। मेरी आँखें जगन्माता को देख नहीं सकती थीं, जिन्हें संत की निर्मल दृष्टि निहार रही थी। उनके पाँव पकड़े हुए और उनके विरोध को अनसुना करते हुए मैं बार-बार उनकी मध्यस्थता की याचना करता रहा।

"मैं परमप्रिय माँ तक तुम्हारी प्रार्थना पहुँचा दूँगा।" मास्टर महाशय ने आखिर मुस्कराते हुए कहा। क्या शक्ति थी उन शब्दों में कि मेरा मन विरह-व्याकुलता से तुरन्त मुक्त हो गया!

लम्बे जीने से नीचे उतरते हुए अतीत की स्मृतियों से मेरा मन भर आया।

इसी घर में, जो अब मास्टर महाशय का आवास था, किसी समय मेरा परिवार रहा करता था। यहीं मेरी माँ की मृत्यु हुई थी। स्वर्गवासी माता के लिए यहीं पर मेरा मानवी हृदय पीड़ित हुआ था, और यहीं पर आज जगन्माता के विरह में मेरी आत्मा तड़प उठी थीं। मेरे शोकविहल मन की वेदनाओं और अंततः मेरी निरामयता की मौन साक्षी बनीं ये पुनीत दीवारें थीं।

घर जाते हुए मेरे पाँव जल्दी-जल्दी उठ रहे थे। अपनी छोटी-सी अटारी में मैं दस बजे तक एकान्त में ध्यान करता रहा। अन्धकार अचानक एक अद्भुत दृश्य के साथ प्रकाशमान हो उठा।

"दिव्य आभायुक्त जगन्जननी मेरे सामने खड़ी थीं।

"सदा ही मैंने तुम्हें प्रेम किया है। सदैव मैं तुमसे प्रेम करती रहूँगी!" उनका दिव्य स्वर अभी वातावरण में गूँज ही रहा था कि वे अदृश्य हो गईं।

दूसरे दिन प्रातःकाल सूर्य ने क्षितिज पर अभी झाँकना आरम्भ ही किया था कि मैं मास्टर महाशय के घर पहुँच गया। मास्टर महाशय ने स्वयं ही दरवाजा खोल दिया। मेरी आत्मा की खिड़कियों को खोलने की कुंजी मास्टर महाशय के पास थी; मैंने उनके चरणों में साष्टांग प्रणाम किया, परन्तु मेरी आँखों में से जो अश्रु बह रहे थे, वे अतीव हर्ष के थे, दुःख के नहीं।

"क्या तुम सोचते हो कि तुम्हारी भक्ति ने माता की अनंत करुणा को नहीं छुआ है? ईश्वर का मातृभाव, जिसे तुमने मानवी और दैवी रूपों में पूजा है, तुम्हारी आर्त्त पुकार का उत्तर दिए बिना कदापि नहीं रह सकता।"

ये सीधे-सादे संत कौन थे, जिनका परमसत्ता से किया गया छोटे-से-छोटा अनुरोध भी मधुर स्वीकृति पा जाता था? इस संसार के जीवन में उनकी भूमिका अत्यंत साधारण थी, जो मेरी दृष्टि में विनम्रता के सर्वश्रेष्ठ व्यक्ति के अनुरूप थी। एमहर्स्ट स्ट्रीट के इस घर में मास्टर महाशय लड़कों के लिए एक छोटा-सा हाईस्कूल चलाते थे। उनके मुँह से कभी डाँट का कोई शब्द नहीं निकलता था। उनका अनुशासन किसी नियम या छड़ी की वजह से नहीं था। इन कक्षाओं में उच्चतर गणित सिखाई जाती थी और सिखाया जाता था प्रेम का रसायन शास्त्र।

आध्यात्मिक संसर्ग द्वारा ही वे अपने ज्ञान का प्रसार करते थे। जगन्जननी के विशुद्ध प्रेम में वे इतने चूर रहते थे कि मान-अपमान की ओर उनका कोई ध्यान ही नहीं रहता था।

"मैं तुम्हारा गुरु नहीं हूँ; तुम्हारे गुरु थोड़े समय बाद आएँगे" उन्होंने मुझसे कहा, "उनके मार्गदर्शन में प्रेम और भक्ति के रूप में तुम्हें मिली ईश्वर की अनुभूतियाँ उनके अगाध ज्ञान की अनुभूतियों में रूपांतरित हो जाएँगी।"

प्रतिदिन दोपहर ढलते मैं उनके घर पहुँच जाता। मुझे मास्टर महाशय के उस दिव्य चमक की चाह रहती थी, जो इतना लबालब भरा हुआ था कि उसकी बूँदे प्रतिदिन मेरे ऊपर छलकती थीं। पहले कभी भी इतने भक्तिभाव से मैं नतमस्तक नहीं हुआ था। अब तो मास्टर महाशय के चरणस्पर्श से पुनीत हुई भूमि पर केवल चलने का अवसर मिलने को भी मैं अपना सौभाग्य मानने लगा।

"महाशय। कृपया इस पुष्पहार को धारण कीजिए। मैंने यह खास आपके लिए बनाई है।" एक दिन शाम को मैं पुष्पमाला लिए उनके घर पहुँच गया, परन्तु इस सम्मान को अस्वीकार करते हुए वे पीछे हट गए। अन्ततः उन्होंने मुस्कराते हुए उसे स्वीकार कर लिया।

"चूँकि हम दोनों ही माँ के भक्त हैं, इसीलिए इस शरीर में वास करने वाली माँ के प्रति अपनी श्रद्धा के रूप में तुम वह माला इस देह-मंदिर को पहना सकते हो।"

"कल हम लोग मेरे गुरु के वास से सदा के लिए धन्य हुए दक्षिणेश्वर के काली मंदिर चलेंगे।" श्रीरामकृष्ण परमहंस के शिष्य मास्टर महाशय बोले।

अगले दिन सुबह दक्षिणेश्वर तक की यात्रा हमने नाव से तय की। काली मंदिर के नौ गुम्बदों वाले मंदिर में प्रवेश किया, जहाँ माँ काली और शिव जी की मूर्ति अति कौशल से निर्मित चाँदी के चमकदार सहस्त्रदल कमल पर विराजमान है। मास्टर महाशय आनंद से प्रफुल्लित हो उठे। वे अपनी प्रिय माँ के साथ प्रेममति में मग्न थे। जैसे-जैसे वे माँ का नाम जपते, मेरा आनंदित मन मानो सहस्त्रधाराओं में फूट पड़ रहा था।

कुछ देर बाद हम झाउ के झुरमुट में रुक गए। उनका नाम जप चलता रहा। झाउ के पुष्पों के बीच मैं घास पर एक निश्चल शरीर से बैठा रहा। उतने समय के लिए मैं शरीर को भूलकर दिव्य लोकों की यात्रा करता रहा। मास्टर महाशय से मैंने ईश्वर के मातृत्व पक्ष या ईश्वरीय करुणा के माधुर्य को जाना।

"ये तो पृथ्वी पर स्वर्ग के साक्षात् देवताओं के प्रतिरूप हैं!" एक दिन उन्हें प्रार्थना करते देख मेरे मन में विचार उठा। निंदा-आलोचना या गुण दोष

का विचार कभी उनके मन में नहीं उठा। वे इस जगत् को आद्य पवित्रता से परिचित अपनी दृष्टि से ही निहारते थे। उनके काया, वाणी, मन, कर्म, सब उनकी आत्मा की सरलता के साथ सामंजस्य रखते थे।

"मेरे गुरुदेव ने मुझे यही बताया था।" हर उपदेश को इसी श्रद्धा पूरित वाक्य के साथ वे समाप्त करते थे। श्रीरामकृष्ण परमहंस के साथ मास्टर महाशय की एकात्मा इतनी गहरी हो गई थी कि अपने किसी भी विचार को अब वे अपना विचार नहीं मानते थे।

एक दिन संध्या के समय हम दोनों समय उनके स्कूल के पास चल रहे थे। तभी एक परिचित घमंडी वहाँ आ पहुँचा। उसने अपने प्रवचन से तंग कर दिया।

"तुम इस आदमी से प्रसन्न नहीं हो।" मास्टर महाशय की फुसफुसाहट उस घमंडी को सुनाई नहीं दी, "मैंने इस बारे में जगन्माता को बता दिया है; उन्होंने वचन दिया है कि हम उस लाल मकान के पास पहुँचेंगे, वे इसे एक आवश्यक काम याद दिला देंगी।"

उसके लाल द्वार पर पहुँचते ही वह व्यक्ति अचानक मुड़कर चला गया। एक अन्य दिन मैं हावड़ा स्टेशन के पास टहल रहा था। मैं एक छोटे-से मंदिर के पास खड़ा हो गया। वहाँ ढोलक, करताल के शोर में कीर्तन करते लोगों को कोसने लगा। अचानक मास्टर महाशय को आते देख मैं विस्मित हो गया।

उस संत ने सीधे मेरे मन के विचार का उत्तर दिया, "प्रभु का नाम किसी भी मुँह से क्यों न निकला हो, मधुर ही लगता है, चाहे वह मुँह अज्ञानी का हो या ज्ञानी का?" उन्होंने स्नेहपूर्वक एक हाथ से मुझे अपने अंक में भर लिया।

"क्या तुम बायोस्कोप देखना चाहोगे?" एक दिन यह प्रश्न सुनकर मुझे आश्चर्य हुआ। मैं सहमत हो गया; उनके सान्निध्य में रहने का आनंद मेरे लिए पर्याप्त था। हम कोलकाता विश्वविद्यालय के सामने स्थित बगीचे में पहुँच गए। मास्टर महाशय ने दीघी (जलकुंड) के पास बेंच की ओर इशारा किया।

"यहाँ कुछ देर बैठते हैं। जब भी कोई जलाशय दिखाई दे, तो ध्यान करना चाहिए। यह शांत जल ईश्वर की विराट शांति का स्मरण करता है। जिस प्रकार जल में सभी वस्तुओं का प्रतिबिंब पड़ता है, उसी प्रकार सम्पूर्ण ब्रह्माण्ड विश्व-चैतन्य में प्रतिबिंबित होता है। थोड़ी देर बाद हम लोग

विश्वविद्यालय के एक कक्ष में गए, जहाँ एक लेक्चर चल रहा था। बीच-बीच में स्लाइड्स चित्र भी दिखाए जा रहे थे, किन्तु दोनों ही अत्यंत नीरस थे।

"तुम्हें यह बायोस्कोप अच्छा नहीं लग रहा है। मैंने यह बात जगन्जननी को बता दी है। उन्होंने कहा है कि अभी बिजली बंद हो जाएगी और तब तक नहीं जलेगी, जब तक हम यहाँ से खिसक न लें।"

तभी कक्ष में अंधेरा छा गया। प्रोफेसर महोदय की वाणी विस्मय से एक पल के लिए रुक गई, फिर उन्होंने कहा, "विद्युत प्रणाली में कुछ गड़बड़ मालूम होती है।" इतने में मास्टर महाशय और मैं उस कक्ष के द्वार से बाहर निकल चुके थे।

"छोटे महाशय, उस बायोस्कोप से तुम निराश हो गए थे, परन्तु मैं समझा हूँ कि तुम्हें दूसरा बायोस्कोप अवश्य पसंद आएगा।" मास्टर महाशय और मैं एक फुटपाथ पर खड़े थे। उन्होंने हृदय के स्थान पर मेरी छाती पर धीरे से एक थपकी दी।

एक निःस्तब्धता छा गई। जैसे आधुनिक टॉकीज के ध्वनियन्त्र में कुछ खराबी आ जाए तो मूक चलचित्र बन जाते हैं, उसी प्रकार विधाता के हाथ ने किसी अगम्य चमत्कार द्वारा जगत के सारे कोलाहल का गला घोंट दिया। पदयात्री, ट्रामगाड़ियाँ, मोटर कारें, बैलगाड़ियाँ, घोड़ागाड़ियाँ सब बिना कोई आवाज किए इधर से उधर आ-जा रहे थे। मैं अपने पीछे, दाएँ, बाएँ के सभी दृश्य वैसे ही देख रहा था, जैसे सामने के दृश्य; मानो मेरी दृष्टि सर्वव्यापी हो गई हो। समस्त परिदृश्य मेरे समक्ष बिना कोई आवाज किए चल रहा था।

मेरा शरीर उस परिदृश्य में विद्यमान परछाईंयों से अधिक कुछ भी नहीं लग रहा था; फर्क इतना था कि मेरे शरीर की परछाईं निश्चल थी, जबकि अन्य सभी परछाईंयाँ बिना किसी आवाज के आ-जा रहीं थीं। जो मेरे मित्र थे मेरी ओर आए और चले गए; यद्यपि उन्होंने मेरी ओर सीधे देखा, परन्तु उसमें पहचान का कोई संकेत नहीं था।

इस मूकनाट्य ने मुझे आनंद से विभोर कर दिया। मैं जी भरकर अमृतपान कर रहा था। अकस्मात् मेरी छाती पर पुनः मास्टर महाशय का कोमल आघात हुआ। जगत का कोलाहल मेरी श्रवणेंद्रियों पर टूट पड़ा, जैसे किसी ने स्वप्न से जगा दिया हो। वह दिव्य मदिरा मेरी पहुँच से बाहर हटा दी गई थी।

"मैं देख रहा हूँ कि यह दूसरा बायोस्कोप तुम्हें अच्छा लगा," मैं भूमि पर माथा टेकने के लिए झुकने लगा, "अब तुम यह नहीं कर सकते," उन्होंने कहा, "भगवान तुम्हारे देहमंदिर में भी स्थित हैं। मैं जगन्माता को तुम्हारे हाथों के माध्यम से अपने चरणों को छूने नहीं दूँगा!"

यदि किसी ने मास्टर महाशय को और मुझे उस फुटपाथ से जाते देखा होगा, तो अवश्य ही सन्देह हुआ होगा कि हम दोनों नशे में धुत हैं। मुझे लग रहा था कि संध्या के प्रकाश की रंग बदलती छटाएँ भी हमारी तरह ईश्वर के नशे में डूबी जा रही थीं।

सभी धर्मों के संतों ने ईश्वर को दिव्य प्रियतम मानकर ईश्वर-साक्षात्कार किया है। चूँकि परब्रह्म निर्गुण और अचिंत्य है, इसलिए मानवी विचार और आकांक्षा ने सदा ही उसे जगन्माता का रूप दिया है। साकार, सगुण ईश्वर और निराकार, निर्गुण ब्रह्म के मतों का संयोग प्राचीन उपलब्धि है, जिसका प्रतिपादन वेदों और भगवद्गीता में किया गया है। परस्पर विरोधी विचारों का यह मिलाप हृदय और बुद्धि दोनों को ही संतुष्ट करता है। भक्ति और ज्ञान मूलतः एक ही हैं। प्रपत्ति (ईश्वर में आश्रय लेना) और शरणागति (ईश्वरीय अनुकम्पा के प्रति समर्पण भाव) सर्वोच्च ज्ञान के पथ हैं।

संतों की विनम्रता इस बोध से उपजती है कि वे ईश्वर पर निर्भर हैं, जो एकमात्र विधाता है। चूँकि ईश्वर का स्वरूप ही आनंद है, अतः ईश्वर के साथ तदात्म वाला मनुष्य सहज ही असीम आनंद को अनुभव करता है। "आनंद उन सब चीजों में सर्वप्रथम और सर्वोपरि है, जिनके लिए आत्मा और इच्छा शक्ति तड़पती है।"

संतों ने शिशुसुलभ भाव से जगन्माता को प्राप्त किया और उन्होंने सदा ही जगन्माता को उनके साथ खेलते पाया। ईश्वर की दृष्टि में अपनी अतिशय सूक्ष्म-दर्शिता के औचित्य को न लगाया होता, तो क्या आकाश अभिजित और स्वाति नक्षत्रों जैसी गौरवशाली रचनाओं को धारण कर पाता?

अपने गुरु श्रीयुक्तेश्वरजी से मेरी भेंट

"ईश्वर में श्रद्धा कोई भी चमत्कार कर सकती है, केवल एक को छोड़कर, अध्ययन के बिना परीक्षा में उत्तीर्ण होना।" झुँझलाकर मैंने वह पुस्तक बंद कर दी, "लेखक का कथन उसकी ईश्वर में श्रद्धा का अभाव दर्शाता है। रात-भर पढ़ाई में उसे विश्वास है!" महीने बीतते गए पर मैं क्लास रूम में कम और कोलकाता के स्नान घाटों के पास सुनसान जगहों पर अधिक होता था। उन घाटों के पास स्थित श्मशान, जो योगी को आकर्षित करते हैं। जिसे अमर तत्व की खोज करनी हो, उसे नरकपालों को देखकर विचलित नहीं होना चाहिए। विभिन्न अस्थियों से व्याप्त उस विषादालय में मानवी अपूर्णता उजागर होती है। मेरा रात्रि-जागरण विद्यार्थियों के रात्रि-जागरण से भिन्न था।

वार्षिक परीक्षा का सप्ताह तेजी से निकट आ रहा था। परीक्षा का यह समय दहशत उत्पन्न करता है, फिर भी मेरा मन शांत था। भूत-पिशाचों के क्षेत्र में जाकर मैं एक ऐसे ज्ञान को खोद कर निकाल रहा था, जो कक्षाओं में कभी नहीं मिल सकता था। मेरा तर्क था कि प्रभु मेरी दुविधा समझकर मुझे उबार लेंगे। विपत्तियों से उबारने के ईश्वर के कारनामों से भक्त के मन में तर्कशून्यता आ जाती है।

एक दिन अपराह्न मेरी कक्षा के एक सहपाठी नंतू से अचानक मेरी भेंट हुई।

"वार्षिक परीक्षा के लिए तुम बिल्कुल तैयार नहीं हो।" उसने कहा, "मुझे ही तुम्हारी सहायता करनी होगी!"

नंतू के ये सहज-सरल शब्द दैवी आश्वासन बनकर मेरे कानों में उतरे। तत्परता के साथ मैं उसके घर गया। परीक्षा में जिन प्रश्नों के पूछे जाने की

सम्भावना उसे प्रतीत हो रही थी, उनके उत्तर उसने मुझे समझा दिए। मुझे नंतू ने परीक्षा के लिए तैयार कर दिया था, परन्तु समयाभाव के कारण संस्कृत को भूल गया था। भगवान ने इस भूल की याद दिला दी। दूसरे दिन प्रातःकाल मैं सैर कर रहा था। अचानक मेरी दृष्टि कुछ बिखरे कागजों पर पड़ी। मैंने कागज उठा लिए। मेरे हाथ में संस्कृत के श्लोक थे। मैंने एक पंडित को पकड़ा। उनकी मधुर वाणी ने वातावरण को उस प्राचीन भाषा के सौंदर्य से भर दिया।

उन श्लोकों का अर्थ जानने के कारण दूसरे दिन मैं संस्कृत की परीक्षा में पास हो सका। नंतू ने जो सहायता की थी, उसके कारण अन्य सभी विषयों में भी उत्तीर्णांक मिल गए। पिताजी खुश हुए कि मैंने हाईस्कूल की पढ़ाई पूरी करने का अपना वचन निभाया था। मेरी कृतज्ञता ईश्वर के चरणों में समर्पित हुई।

नई प्रतिष्ठा से गौरवांवित होकर अब मैं खुले रूप से घर छोड़ने की योजना बनाने लगा। मैंने अपने एक मित्र जितेन्द्र मजूमदार के साथ वाराणसी के एक आश्रम, श्री भारत धर्म महामंडल में जाकर रहने और आध्यात्मिक शिक्षा ग्रहण करने का निश्चय किया।

अपने परिवार से वियोग की कल्पना एक दिन गहरा विषाद बन कर मुझ पर छा गई। मैं शीघ्रतापूर्वक अपने एकान्त स्थान छोटी-सी अटारी में जा पहुँचा दो घंटों के अश्रुपात के बाद मैंने अपने में एक परिवर्तन अनुभव किया, जैसे किसी चमत्कारी परिष्कारक तत्व से मेरा अन्तर धुलकर एकदम साफ हो गया हो। सारी आसक्ति हवा हो गई। ईश्वर की खोज करने का मेरा निश्चय और भी दृढ़ हो गया।

मैं पिताजी के समक्ष उनका आशीर्वाद लेने के लिए खड़ा था।

"पूज्य पिताजी, मैं आपके प्रति अपने प्रेम को किन शब्दों में व्यक्त कर सकता हूँ? परन्तु उस परमपिता के लिए मेरा प्रेम उससे भी बढ़कर है, जिसने इस लोक में आप जैसा आदर्श पिता प्रदान किया। मुझे जाने दीजिए, ताकि मैं अधिक दिव्य ज्ञान के साथ आपके पास लौट सकूँ।"

पिताजी की स्वीकृति के साथ वाराणसी के आश्रम में पहुँचने पर स्वामी दयानन्दजी ने मेरा स्वागत किया। मेरे इस नए घर में-भी एक अटारी थी। भोर

और प्रातःकाल मैं वहीं समय व्यतीत करने लगा। आश्रमवासियों को ध्यानाभ्यास का अत्यल्प ज्ञान था, अतः उनका विचार था कि मुझे अपना सारा समय आश्रम के प्रबन्धात्मक कार्यों में लगाना चाहिए। अपराह्न उनके कार्यालय में मैं जो काम करता था, उसके लिए वे मेरी सराहना करते थे।

"ईश्वर को इतनी जल्दी पकड़ने का प्रयास मत करो!" एक आश्रमवासी ने मेरा उपहास किया। मैं दयानन्दजी के पास गया।

"स्वामीजी, मुझसे क्या अपेक्षा की जाती है। मुझे ईश्वर की प्रत्यक्ष अनुभूति की जिज्ञासा है। ईश्वर के अतिरिक्त मैं किसी चीज से संतुष्ट नहीं हो सकता न अच्छे कार्यों से, न उसके सिद्धान्त से, न उन्हें करने से।"

गेरुआ वस्त्रधारी स्वामीजी ने स्नेहपूर्वक मेरा कन्धा थपथपाया।

"मुकुंद, मैं देख रहा हूँ कि तुम्हारे पिताजी तुम्हें नियमित रूप से पैसा भेजते हैं। वह पैसा उन्हें लौटा दो; यहाँ तुम्हें किसी पैसे की आवश्यकता नहीं। यहाँ तुम्हारे नियम-पालन में दूसरी बात भोजन से संबंधित है। तुम कितने ही भूखे क्यों न हों, उसके विषय में कभी किसी से मत कहो।"

मैं इतना अवश्य जानता था कि मुझे भूख लगी थी। आश्रम में दिन के प्रथम भोजन का नियत समय 12 बजे का था। मैं अपने घर में प्रातः 9 बजे ही भर पेट नाश्ता करने का आदी था। अब मैं अपनी भूख को नियंत्रित करने की चेष्टा करने लगा; मैंने चौबीस घंटे का उपवास पूरा किया। दुगने चाव और उत्कंठा के साथ मैं दूसरे दिन के मध्याह्न की प्रतीक्षा करने लगा।

"दयानंदजी की ट्रेन विलम्ब से चल रही है; उनके आने तक भोजन नहीं होगा।" दो सप्ताहों तक बाहर रहे स्वामीजी के सम्मान में अनेक स्वादिष्ट व्यंजन बनाकर रखे हुए थे। उनकी भूख बढ़ाने वाली सुगंध से वातावरण भर गया था। किसी से भूख का जिक्र न करने की जो निषेधता दयानंदजी ने मुझे दे रखी थी। घड़ी मंथर गति से घंटे पर घंटे दर्शाती गई। जब हमारे प्रमुख महाराज ने मुख्यद्वार से प्रवेश किया, तब अंधेरा छा रहा था। मैंने आनंदातिरेक के साथ उनका अभिवादन किया।

"दयानन्दजी अब स्नान करेंगे, तत्पश्चात ध्यान करेंगे और तब जाकर भोजन परोसा जाएगा।" जितेन्द्र फिर मेरे पास आ गया था।

मैं लगभग गिरने जैसा हो गया। दुर्भिक्ष-पीड़ितों के चित्र प्रेतात्माओं की तरह मेरे सामने से गुजरने लगे।

"दुर्भिक्ष से वाराणसी में अगली मृत्यु अब किसी भी क्षण इसी आश्रम में होने वाली है," मैं सोच रहा था। सम्भावित मृत्यु नौ बजे टल गई। खाने का बुलावा आया। उस रात का भोजन मेरी समृति में जीवन में सबसे सार्थक अवसरों में से एक बन गया है।

भोजन में तल्लीनता भी मुझे यह देखने से नहीं रोक पाई कि दयानन्दजी का मन खाने में नहीं था। वे मेरी सहानुभूतियों से ऊपर थे।

"स्वामीजी, क्या आपको भूख नहीं लगी थी?" उनके कमरे में मैं अकेला उनसे पूछ बैठा।

"भूख तो अवश्य लगी थी," उन्होंने कहा, "पिछले चार दिनों से मैंने कुछ भी खाया-पिया नहीं था। मैं ट्रेन में कभी कुछ नहीं खाता, क्योंकि वहाँ का वातावरण संसारी लोगों के विविध प्रकार के स्पन्दनों से भरा रहता है। मेरे संप्रदाय के संन्यासियों के लिए निर्धारित सारे शास्त्रीग नियमों का मैं कड़ाई से पालन करता हूँ।

"आश्रम की कुछ समस्याएँ मेरे मन पर छाई हुई थीं। इसीलिए आज रात भोजन में मेरा मन नहीं था। जल्दी भी क्या है? कल मैं ठीक से भोजन करने का ध्यान रखूँगा।" वे हँस पड़े।

लज्जा के मारे मेरा दम घुटने लगा, परन्तु कल की यातना को भुला भी तो नहीं सकता था। मैंने कहने का साहस किया।

"स्वामीजी, कल्पना कीजिए कि मैं कभी खाना न माँगू और कोई अपने आप मुझे खाना न दे। तब तो मैं भूख से मर ही जाऊँगा।"

"तब मरो!" इस भयंकर उपदेश ने जैसे वातावरण में विस्फोट कर दिया, "यदि मरना ही पड़ा, तो मर जाओ, मुकुंद कभी भी यह मत मानो कि तुम भगवान की शक्ति से नहीं; अन्न की शक्ति से जीवित रहते हो। जिसने भूख दी है वह भगवान अगने भक्तों का भरण-पोषण भी अवश्य करेगा। कभी यह कल्पना भी मत करना कि तुम चावल से जीवित हो या रुपया-पैसा या लोग तुम्हारा पालन-पोषण करते हैं। यदि प्रभु तुम्हारी प्राणशक्ति को वापस ले ले,

तो क्या इनमें से कोई तुम्हारी सहायता कर सकेगा? ये सब तो उस भगवान के ही साधन मात्र हैं। क्या इसमें तुम्हारा कोई अपना कर्तव्य है कि अन्न का तुम्हारे पेट में पाचन होता है? मुकुंद, माध्यम की जंजीरों को काट दो और उस सब के पीछे विद्यमान 'परम कारण' को पहचानो!"

उनके शब्द मुझे अपनी गहरी मज्जा में उतरते प्रतीत हुए। तहस-नहस हो गई प्राचीन काल से चली आ रही वह भ्रांति, जिसके कारण शरीर के आदेश आत्मा को झुका देते थे। उसी क्षण मैंने परमात्मा की सर्वसमर्थता का रसास्वादन किया।

कोलकाता से अपने साथ लाई हुई मेरी एकमात्र दौलत थी साधु का वह चाँदी का तावीज, जो माँ ने मेरे लिए रख छोड़ा था। मैंने उसे अपने कमरे में छिपा कर रखा था। तावीज देखकर होने वाले आनंद को ताजा करने के लिए मैंने एक दिन प्रातः उस डिबिया को खोला। सीलबंद लिफाफा तो जैसा का तैसा था, परन्तु आश्चर्य! तावीज गायब था। शोकाकुल होकर लिफाफा फाड़कर देखा। भविष्यवाणी के अनुसार, जिस शून्य से साधु ने उसे आमंत्रित किया था, उसी शून्य में वह वापस चला गया था।

दयानन्दजी के शिष्यों के साथ मेरे संबंध क्रमशः अधिकाधिक बिगड़ते चले गए। आश्रमवासी मुझसे दूर होते चले गए। जिस 'आदर्श' के लिए मैंने सारी आकांक्षाओं को छोड़ दिया था, उसका ध्यान करने की मेरी दृढ़ निष्ठा पर चारों ओर से तानाकशी होने लगी। दुःख से व्यथित होकर एक दिन मैंने यह निश्चय करके अटारी में प्रवेश किया कि जब तक उत्तर नहीं मिलेगा, तब तक मैं प्रार्थना करता ही जाऊँगा।

"हे, करुणामयी जगन्माते! या तो तुम स्वयं ही दिव्य दर्शनों के माध्यम से मुझे सिखाओ या फिर जिसके माध्यम से सिखाओगी उस गुरु को भेज दो!"

कई घंटे बीत गए पर सुबक-सुबक कर की जा रही मेरी प्रार्थनाओं का कोई उत्तर नहीं आया। अचानक मुझे ऐसा लगा मानो मैं सशरीर ऊपर उठता हुआ असीम महाशून्य में पहुँच गया हूँ।

"तुम्हारे गुरु आज आएँगे।" महाशून्य में एक नारी स्वर गूँजा। इतने में असीम जगत के उस दिव्य अनुभव को एक चीख ने छिन्न-भिन्न कर दिया। नीचे रसोईघर से हबू नाम का एक युवा पुजारी पुकार रहा था।

"मुकुंद, बहुत हो गया ध्यान, एक काम पर तुम्हें जाना है।" अब मैंने अपना अश्रुसिक्त चेहरा पोंछा और चुपचाप उसके पास चल दिया। हबू और मैं आश्रम से दूर बंगाली टोले के बाजार जाने के लिए निकले। हम बाजार में सामान खरीद रहे थे; सूर्य तप रहा था, पर अभी मध्याह्न नहीं हुआ था। हम गृहणियों, गाइडों, पंडे-पुरोहितों, विधवाओं, ब्राह्मणों और सांड़ों की रंग-बिरंगी भीड़ से रास्ता निकालते जा रहे थे। मैंने अपनी गर्दन घुमाकर एक संकरी गली की ओर देखा।

गली के छोर पर गेरुआ परिधान धारण किए एक महापुरुष निश्चल खड़े थे। उन पर दृष्टि पड़ते ही लगा, मानो युगों से मैं उन्हें जानता था। एक क्षण के लिए प्यासी आँखों ने उनका पान किया, परन्तु फिर मन में संशय जाग उठा।

मन कहने लगा, "इस संन्यासी का चेहरा तुम्हारे किसी परिचित से शायद मिलता है। स्वप्नदर्शी, चलते चलो।" दस मिनट पश्चात मेरे पाँव सुन्न हो गए ऐसा लगा, जैसे दोनों पाँव पत्थर बन गए हों। बड़े परिश्रम से मैं पीछे मुड़ा, दोनों पाँव स्वाभाविक अवस्था में आ गए। फिर पीछे मुड़ने पर वही विचित्र भारीपन लौट आया।

"वह महापुरुष मुझे चुम्बकीय ढंग से अपनी ओर खींच रहे हैं!" इस विचार के मन में आते ही मैंने थैले हबू के हाथ में थमा दिए। मेरे मन में हलचल मचा रही भावना थी। मैं चुपचाप तेजी से चल दिया।

मैं ऐसे वापस चला, जैसे पंख लग गए हों और शीघ्र ही उस गली में जा पहुँचा। मैंने देखा कि वह शांत मूर्ति स्थिर दृष्टि से मेरी ओर देख रही थी। कुछ ही कदम मैंने उठाए और सीधे उनके चरणों में पहुँच गया।

"गुरुदेव!" यह दिव्य चेहरा वही था, जिसे मैंने हजारों बार दिव्य दर्शनों में देखा था। नुकीली दाढ़ी और लहराते केशों से सज्जित सिंह समान मस्तक में स्थित उन शांत, तेजस्वी नेत्रों ने प्रायः मेरे रात्रिकालीन विशृंखल ध्यान के धुंधलेपन से ऐसे झाँककर देखा था, जैसे उनमें कोई आश्वासन झलक रहा हो।

"ओ, मेरे प्रिय, तुम मेरे पास आ गए!" आनंदकंपित स्वर में मेरे गुरु बंगाली भाषा में बार-बार यह कह रहे थे, "कितने वर्षों से मैं तुम्हारी प्रतीक्षा कर रहा था!"

निःशब्दता की एकता में हम दोनों एक हो गए; शब्दों का प्रयोजन निकृष्टतम प्रतीत होने लगा। संवाद गुरु के हृदय से शब्दरहित सांत्वना बन कर शिष्य के हृदय में समाता चला गया। अपने अंतर्मन में मैं निर्विवाद रूप से जान गया कि मेरे गुरु ईश्वर को जानते हैं और मुझे ईश्वर तक पहुँचा सकते हैं।

मेरे गुरु मुझे काशी के राणामहल क्षेत्र में स्थित अपने डेरे पर ले गए। उस समय उनकी आयु लगभग पचपन वर्ष थी, परन्तु उनकी लम्बी और सीधी देह में युवकों की-सी चपलता थी। उनकी काली, विशाल, सुंदर आँखों में अथाह ज्ञान का तेज था। हलके-से घुँघराले केश उनके रौबीले मुख को सौम्यता प्रदान कर रहे थे। उनमें शक्ति और सौम्यता का सूक्ष्म संगम था। जब गंगा किनारे स्थित एक मकान की ओर हम जा रहे थे, तब उन्होंने कहा, "मैं अपने आश्रम और जो कुछ भी मेरा है, वह सब तुम्हें दे दूँगा।"

"गुरुदेव, मैं केवल ज्ञान और ईश्वर प्रप्ति के लिए आपके पास आया हूँ। मुझे आपका केवल वही गुप्तधन चाहिए।"

मेरे गुरु ने पुनः बोलने के लिए मुँह खोला, तब तक सांध्य आलोक की धूमिलता आधी उतर आई थी, "मैं तुम्हें अपना निःस्वार्थ प्रेम प्रदान करता हूँ।"

"अमूल्य शब्द! उनके होंठ भावोत्कटता प्रकट करने में अनभिज्ञ थे; उनके सागर समान विशाल हृदय को मौन प्रिय था, क्या तुम भी वैसा ही निःस्वार्थ प्रेम दोगे?"

"मैं सदा-सर्वदा प्रेम करूँगा, गुरुदेव।"

"साधारणतः प्रेम स्वार्थी होता है, उसका मूल कामनाओं के दलदल में स्थित होता है। दिव्य प्रेम में कोई शर्त नहीं होती, कोई सीमा नहीं होती, कोई परिवर्तन नहीं होता। शुद्ध प्रेम के स्पर्श से हृदय में नित्य होने वाले परिवर्तन रुक जाते हैं।" उन्होंने आगे कहा, "यदि कभी भी तुम मुझे ईश्वर प्राप्ति की अवस्था से गिरता देखो, तो मुझे वचन दो कि तुम मेरा सिर अपनी गोद में लेकर मुझे उस प्रियतम प्रभु के पास लौटा लाने में सहायता करोगे, जिसे हम दोनों पूजते हैं।"

वे उठकर खड़े हुए और मुझे अंदर एक कमरे में ले गए। वार्तालाप चल

रहा था। उन्होंने सहजभाव से मेरे स्वभाव का गहरा ज्ञान व्यक्त किया। उनकी विनम्रता और अगाध व ज्ञान के प्रताप को देखकर मैं विभोर हो गया।

"तावीज के लिए दुःख मत करो। उसका उद्देश्य पूरा हो चुका है।" गुरु ने स्पष्टतया मेरे सम्पूर्ण जीवन के प्रतिबिंब को देख लिया था।

"तुम्हें कोलकाता लौट जाना चाहिए। मानवजाति के प्रति अपने प्रेम से अपने रिश्तेदारों को ही क्यों वंचित करो?" उनके इस सुझाव से मैं निराश हो गया। मेरे परिवार के घर लौट आने के अनुरोध पत्रों की मैं उपेक्षा करता रहा था, वे तब भी मेरे लौटने की भविष्यवाणी कर रहे थे। अनंत ने तो कहा था, "इस पक्षी शावक को आध्यात्मिक आकाश में उड़ लेने दो। वहाँ के भारी वातावरण में इसके पंख थक जाएँगे। तब हम इसे घर की ओर झपट्टा मारते और पंख समेटकर चुपचाप अपने पारिवारिक घोंसले में आराम करते देखेंगे।" उत्साह भंग करने वाली यह तुलना मेरे मन में अभी ताजी थी और मैं कोलकाता की दिशा में कोई झपट्टा न मारने के लिए कृतसंकल्प था।

"गुरुदेव, मैं लौटकर घर नहीं जाऊँगा, परन्तु मैं आपके साथ कहीं भी चलने को तैयार हूँ। कृपा करके मुझे अपना नाम और पता बता दीजिए।"

"श्रीयुक्तेश्वर गिरि। मेरा मुख्य आश्रम श्रीरामपुर में रायघाट लेन में है। यहाँ मैं केवल थोड़े दिनों के लिए अपनी माँ से मिलने आया हूँ।"

भगवान की अपने भक्तों के साथ गूढ़ लीला देखकर मैं हैरान था। श्रीरामपुर कोलकाता से केवल बारह मील दूर है, फिर भी कभी मुझे अपने गुरु की झलक नहीं मिली। एक दूसरे से मिलने के लिए हमें यात्रा करके लाहिड़ी महाशय की स्मृतियों से पुनीत प्राचीन नगरी काशी आना पड़ा।

"तुम चार सप्ताहों में मेरे पास आ जाओगे," श्रीयुक्तेश्वर के स्वर में पहली बार कठोरता थी, "जब मैंने तुम्हें अपने प्रेम के बारे में बता दिया है और तुम्हें पाने पर अपना हर्ष प्रकट कर दिया है, तो तुम मेरे अनुरोध की अवहेलना करने पर तुले हो। अगली बार जब हम मिलेंगे, तब तुम्हें अपने मैं मेरी रुचि को पुनः जागृत करना पड़ेगा। मैं तुम्हें शिष्य स्वीकार नहीं करूँगा। मेरी कठोर शिक्षा के द्वारा संपूर्ण समर्पण तुम्हें करना होगा।" मैंने उनके चरणों में आदरपूर्वक प्रणाम किया और वहाँ से चल दिया। अर्द्धरात्रि के अन्धकार में आश्रम की ओर चलता हुआ मैं सोचता जा रहा था कि हमारी इस अद्भुत

भेंट का अन्त इतना बेसुरा क्यों हुआ? माया का तराजू प्रत्येक आनंद के साथ समतुल्य दुःख भी तौल देता है!

दूसरे दिन सुबह मैंने देखा कि आश्रमवासियों का मेरे प्रति द्वेषभाव और भी अधिक बढ़ गया है। वे अशिष्टताओं से मुझे दिन भर सताने लगे। दयानंद जी एक सम्मेलन में भाग लेने के लिए मुम्बई चले गए। मुझ अभागे के सिर पर जैसे पहाड़ टूट पड़ा।

"मुकुंद परजीवी है। आश्रम की सुविधाओं का तो लाभ उठा रहा है, पर बदले में कुछ नहीं करता।" पहली बार मुझे खेद हुआ कि मैंने सारा पैसा पिताजी को भेजने के आदेश को मान लिया था। मैं अपने मित्र जितेन्द्र के पास जा पहुँचा।

"मैं आश्रम छोड़कर जा रहा हूँ। जब दयानंदजी लौट आएँ तो उनके चरणों में मेरा प्रणाम कहकर मेरी ओर से क्षमा माँग लेना।"

"मैं भी आश्रम छोड़कर जा रहा हूँ।" जितेन्द्र निश्चयपूर्वक बोल रहा था। "मैं एक ईश्वर संत से मिला हूँ। चलो हम उनके पास श्रीरामपुर चलते हैं।"

दो अकिंचन बालक वृन्दावन में

"यदि पिताजी तुम्हें उत्तराधिकार से वंचित कर दें, तो कोई अन्याय नहीं होगा, मुकुंद। कितनी मूर्खता से तुम अपना जीवन व्यर्थ गँवा रहे हो!" भ्राता का यह उपदेश मेरे कानों पर आक्रमण कर रहा था। जितेन्द्र और मैं रेलगाड़ी से उतरकर अनंत दा के घर पहुँचे थे, जो हाल ही में कोलकाता से स्थानांतरित होकर आगरा में रहने आए थे। वे सरकारी लोकनिर्माण विभाग में सुपरवाईजिंग एकाउण्टेन्ट थे।

"आप को भली भाँति मालूम है अनंत दा, कि मैं अपने परमपिता से अपना उत्तराधिकार प्राप्त करना चाहता हूँ।"

"लगता है आश्रम में बड़ा ज्ञान पा लिया है पर बनारस तो तुमने छोड़ दिया है!" अनंत दा की आँखें तृप्ति के भाव से चमक रही थीं; उन्हें अब भी आशा थी कि वे मुझे पारिवारिक घोंसले में सुरक्षित रख पाएँगे।

"बनारस में मेरा अल्पवास व्यर्थ नहीं हुआ। मेरा हृदय जिसके लिए तड़प रहा था। उसे मैंने वहाँ पा लिया है।

"तो अब तुम्हारा क्या विचार है,

"जितेन्द्र ने मुझे आगरा आने के लिए मनाया। यहाँ हम ताजमहल की सुंदरता देखेंगे और उसके बाद हम लोग मेरे गुरु के पास जाएँगे, जिनका आश्रम श्रीरामपुर में है," मैंने कहा। उस दिन शाम को मैंने उन्हें कई बार दृष्टि गड़ाए देखा। मैंने सोचा, "कोई षड़यन्त्र रचा जा रहा है!"

सुबह जल्दी नाश्ता करने बैठे तब षड्यन्त्र का रहस्योद्घाटन हो गया।

"तो तुम्हें पिताजी की सम्पत्ति की कोई आवश्यकता नहीं लगती।" अनंत ने कहा।

"मुझे बोध है कि मैं ईश्वर पर निर्भर हूँ।"

यदि तुम्हें भोजन और आश्रय के लिए उसी ईश्वर के अदृश्य हाथ पर निर्भर रहना पड़ता तो तुम्हारी क्या दशा होती? ईश्वर को छोड़कर किसी पथिक से कोई आशा मैं कदापि न करता। भगवान अपने भक्त के लिए हजार अन्य उपाय कर सकते हैं।" अनंत दा वातावरण में गंभीरता को बढ़ाने के लिए थोड़ी देर रुके, फिर गम्भीतापूर्वक बोलने लगे।

"मेरा यह प्रस्ताव है कि मैं तुम्हें और तुम्हारे गुरुभाई जितेन्द्र को अभी सुबह निकट वृन्दावन भेजूँ। तुम एक भी रुपया नहीं ले जाओगे; तुम भिक्षा भी नहीं माँगोगे, तुम किसी को भी अपनी परिस्थिति से अवगत नहीं कराओगे। तुम भोजन से वंचित नहीं रहोगे और तुम वृन्दावन में फँस कर भी नहीं रहोगे। यदि आज रात बारह बजे तक इनमें से किसी भी शर्त को तोड़े बिना तुम दोनों मेरे बंगले पर लौट आओ, तो मैं आगरा में सबसे अधिक चकित मनुष्य होऊँगा!"

"मुझे यह चुनौती स्वीकार है।" मेरे शब्दों में भी और मेरे हृदय में कोई भी हिचकिचाहट नहीं थी। ईश्वर की तत्काल कृपा की कृतज्ञतापूर्ण स्मृतियाँ मेरे मन में कौंध गईं।

मैं कभी भी यह मानने के लिए तैयार नहीं होता कि मेरा तत्वज्ञान संसार की किसी भी कसौटी पर खरा नहीं उतरेगा।

"मैं तुरन्त ही तुम लोगों को रेल गाड़ी पर बिठा देता हूँ।" अनंत ने कहा।

आधे घंटे बाद जितेन्द्र के और मेरे हाथ में आगरा से वृन्दावन के टिकट आ गए।

"मुकुंद, मैं निष्ठुर नहीं हूँ।" कोमलता की हल्की-सी झलक अनंत के स्वर में आ गई थी। शायद दो अकिंचन बालकों को एक अपरिचित शहर में भेजने के लिए या फिर ईश्वर में उनकी अनास्था के लिए, "यदि संयोगवश या भगवान की कृपा से तुम इस वृन्दावन परीक्षा में सफल हो गए, तो मैं तुमसे अपना शिष्य बनाकर दीक्षा देने का निवेदन करूँगा।"

प्रतिज्ञा में एक विसंगति थी। बड़ा भाई अपने छोटे भाइयों के आगे नतमस्तक नहीं होता; बल्कि पिता के बाद उसी को परिवार में सम्मान मिलता है, परन्तु कुछ कहने के लिए समय नहीं था; हमारी गाड़ी छूटने वाली थी।

गाड़ी दौड़ती जा रही थी और जितेन्द्र उदास होकर खामोश बैठा था।

"अब खुश हो जाओ जितेन्द्र, हम आज वृंदावन के पवित्र स्थानों का

पहली बार दर्शन करने जा रहे हैं। मुझे तो गहरा आनंद हो रहा है कि श्रीकृष्ण की पदधूलि से पुनीत भूमि पर आज हम चलेंगे।"

हमारे डिब्बे का दरवाजा खुला और दो सज्जन अंदर आकर बैठ गए। अगले ही स्टेशन पर हमें उतरना था।

"बच्चो, वृन्दावन में क्या कोई तुम्हारी जान-पहचान का है?" मेरे सामने बैठा व्यक्ति हममें रुचि ले रहा था।

"इससे प्रयोजन?" मैंने अपनी दृष्टि घुमा ली।

"शायद तुम चित्तचोर के सम्मोहन में परिवारों से भागे जा रहे हो। मैं स्वयं भक्तिप्रधान मनुष्य हूँ। मैं अपना कर्तव्य मानता हूँ कि इस गर्मी में मैं तुम लोगों के रहने-खाने की व्यवस्था करूँ।"

"नहीं, महोदय, हमें अकेला छोड़ दीजिए। यह आपकी बड़ी कृपा है, परन्तु हमें घर से भागे हुए समझने में आप भूल कर रहे हैं।"

गाड़ी स्टेशन पर पहुँच चुकी थी। जितेन्द्र और मैं प्लेटफार्म पर उतरे तो सहयात्री बने सज्जनों ने हमारे हाथ थाम कर एक घोड़ागाड़ी को बुलाया।

हम एक भव्य, वैभवशाली आश्रम के सामने उतरे। हमें लेकर आने वाले सज्जन यहाँ से भलीभाँति परिचित थे, कुछ भी कहे बिना एक लड़का हमें बैठक में ले गया। शीघ्र ही वहाँ एक सौम्यदर्शना प्रौढ़ महिला आ पहुँचीं।

"गौरी माँ, राजकुमार तो नहीं आ सके।" दो में से एक सज्जन ने आश्रमवासी महिला से कहा, "अन्तिम क्षण में उन्हें अपना कार्यक्रम बदलना पड़ा, परन्तु दूसरे अतिथियों को ले आए हैं। जब गाड़ी में इनसे हमारी मुलाकात हुई तो मुझे ये कृष्णभक्त प्रतीत हुए।"

"अच्छा, बच्चों हम चलते हैं। भगवान ने चाहा तो फिर मुलाकात होगी।" दोनों सज्जनों ने दरवाजे की ओर जाते हुए कहा।

"यहाँ तुम दोनों का स्वागत है," गौरी माँ ममतामयी ढंग से मुस्कराईं, "तुम्हारे आगमन का आज से अधिक अच्छा दिन दूसरा कोई न होता। आज इस आश्रम के दो आश्रयदाता राजकुमार यहाँ आने वाले थे। कितने खेद की बात होती कि मेरे बनाए पकवान को सराहने वाला कोई न होता।"

इन मधुर शब्दों का जितेन्द्र पर आश्चर्यजनक प्रभाव पड़ा! उसकी आँखों से अश्रुधाराएँ बहने लगीं। वृंदावन में जिसका उसे भय था, वह राजसी सत्कार में बदल रही थी। गौरी माँ ने कौतूहल से उसकी ओर देखा, पर कहा कुछ नहीं।

भोजन का बुलावा आ गया; गौरी माँ हमें एक बरामदे में ले गईं! बरामदा नाना प्रकार के व्यंजनों की सुगंध से महक रहा था, फिर वे साथ ही लगे रसोईघर में चली गईं।

मैं इस क्षण के विषय में पहले से ही विचार कर रहा था।

"संशयात्मा! भगवान व्यवस्था करते हैं, जल्दी से भी!"

गौरी माँ एक पंखा लेकर लौट आईं। वे हमें पंखा झलती रहीं। आश्रमवासी शिष्य तीस-एक व्यंजनों को परोसते आ-जा रहे थे। उसे राजसी भोज कहना अधिक संगत होगा।

"ये व्यंजन तो सचमुच राजकुमारों के ही योग्य हैं, पूज्य माताजी आपने हमें जीवनभर के लिए एक स्मृति प्रदान कर दी है।"

अनंत की शर्त से मुँह बन्द किए जाने के कारण हम उस करुणामयी, भद्र नारी से यह भी नहीं कह सकते थे कि हमारे धन्यवाद का दोहरा महत्व था। कम-से-कम हमारे हृदय की सच्चाई उन उद्गारों में स्पष्ट थी। हम उनके आशीर्वाद और आश्रम में पुनः आने के निमंत्रण के साथ वहाँ से चल पड़े।

जितेन्द्र और मैं आश्रम के पास स्थित एक विशाल कदम्ब वृक्ष की छाया में खड़े हो गए। वहाँ पहुँचते ही जितेन्द्र के मुँह से शब्दबाण चलने लगे, "तुमने मुसीबत में फँसा दिया है। यह भोजन तो एक संयोग था। हम दोनों के पास एक भी पैसा नहीं, शहर का दृश्यावलोकन कैसे करेंगे? बिना पैसे के तुम मुझे अनंत के घर तक वापस कैसे ले चलोगे?"

"तुम भगवान को भूल जाते हो, तुम्हारा पेट जो भर गया है!" मेरे शब्दों में आरोप था। मनुष्य के मन में दैवी कृपा की स्मृति कितनी अल्पकालिक होती है! ऐसा कोई भी मनुष्य नहीं, जिसकी कोई-न-कोई प्रार्थना कभी पूरी न हुई हो।"

"तुम्हारे जैसे पागल का साथ देने का दुस्साहस करके मैंने जो भूल की है, उसे मैं कभी नहीं भूल सकूँगा।"

"शांत हो जाओ, जितेन्द्र, जिस भगवान ने हमें खाना खिलाया, वही हमें वृन्दावन का दर्शन भी कराएँगे और आगरा वापस भी ले जाएँगे।"

इतने में एक क्षीणकाय युवक हमारी ओर आता दिखाई पड़ा। उसने मेरे सामने शीश झुकाया, "प्रिय मित्र, आप और आपके साथी निश्चय ही यहाँ नए हैं। आइए, मैं आपकी अगवानी और पथप्रदर्शन करता हूँ।" मैंने उस प्रस्ताव को नम्रता से अस्वीकार कर दिया।

"निश्चय ही आप मुझे भगा नहीं रहे हैं?" उस अजनबी के चेहरे पर व्यग्रता के भाव उभरे। "क्यों नहीं?"

"आप मेरे गुरु हैं।" विश्वास से भरी उसकी आँखें मेरी आँखों में झाँकने लगीं, "मेरी मध्याह्न-उपासना के दौरान भगवान श्रीकृष्ण मेरी अंतर्दृष्टि में प्रकट हुए। उन्होंने इसी वृक्ष के नीचे मुझे दो असहाय आकृतियाँ दिखाईं। उनमें से एक आपका ही चेहरा था, मेरे गुरुदेव, मैंने यह चेहरा प्रायः ध्यान में देखा है। आप यदि मेरी सेवा स्वीकार करें, तो मुझे कितना आनंद होगा!"

"मुझे भी आनंद हुआ है कि तुमने मुझे ढूँढ निकाला। न तो भगवान ने, न ही मनुष्य ने हमारा परित्याग किया है!" यूँ तो अपने सामने के उत्सुक चेहरे की ओर देखकर मुस्कराता हुआ मैं निश्चल खड़ा था; तथापि एक आन्तरिक प्रणाम ने मुझे प्रभु के चरणों में डाल दिया।

"प्रिय मित्रो, क्या आप मेरे घर की शोभा नहीं बढ़ाएँगे?"

"हम ऐसा नहीं कर सकते। पहले ही आगरा में भाई के अतिथि हैं।"

"आपके साथ वृन्दावन घूमने की स्मृतियाँ तो देते जाइए।"

मैं सहर्ष तैयार हो गया। उस युवक प्रताप चटर्जी ने एक घोड़ागाड़ी रुकवाई। हमने मदनमोहन मंदिर और कुछ अन्य कृष्ण मंदिरों में जाकर दर्शन किए। दर्शन समाप्त होने से पहले ही रात हो गई।

"क्षमा कीजिए, मैं थोड़ा संदेश ले आता हूँ।" प्रताप रेलवे स्टेशन के नजदीक एक दुकान में चला गया। जितेन्द्र और मैं उस चौड़ी सड़क पर टहलने लगे। हमारा मित्र जब आया, तो अनेक मिठाइयों के उपहार लेकर आया।

"कृपया मुझे इतना पुण्य कमाने दीजिए।" प्रताप ने अनुरोधपूर्ण ढंग से एक रुपए के नोटों का एक बंडल और आगरा के दो टिकट हमारे सामने बढ़ा दिए।

हमने स्टेशन पर एक एकांत स्थान ढूँढ निकाला।

"प्रताप, मैं तुम्हें महान योगी लाहिड़ी महाशय के क्रिया योग में दीक्षित करूँगा। उनकी यह साधना ही अब तुम्हारी गुरु होगी।"

आधे घंटे में दीक्षा समाप्त हुई, "क्रिया अब तुम्हारी चिंतामणि है," मैंने शिष्य से कहा, "यह प्रविधि सरल है। इस में मनुष्य के आध्यात्मिक विकास की गति बढ़ाने की प्रक्रिया है। शास्त्र कहते हैं कि जन्म लेने वाली आत्मा को माया से मुक्त होने में दस लाख वर्ष लगते हैं। यह प्राकृतिक अवधि क्रिया

योग के अभ्यास से बहुत घट जाती है। जैसे पौधे की विकास-गति को उसकी प्राकृतिक गति से कहीं अधिक बढ़ाया जा सकता है, वैसे ही मनुष्य के मनोवैज्ञानिक विकास की गति को भी वैज्ञानिक तरीके से बढ़ाया जा सकता है। यदि निष्ठापूर्वक साधना करो तो तुम समस्त गुरुओं के गुरु के पास पहुँच जाओगे।"

"इस चिर-इच्छित यौगिक कुंजी को पाकर मैं जैसे दूसरे लोकों में पहुँच गया हूँ," प्रताप ने गंभीर होकर कहा, "मेरे इन्द्रिय बन्धनों से उद्धार करने वाला इसका प्रभाव मुझे उच्चतर अनुभूतियों के लिए मुक्त कर देगा। अंतर्दृष्टि में आज भगवान श्रीकृष्ण का दर्शन मेरे परममंगल का ही द्योतक है।"

हम थोड़ी देर शांत बैठे रहे, फिर धीरे-धीरे स्टेशन की ओर चलने लगे। जब मैं गाड़ी में चढ़ रहा था, तो मैं आनंद से भरा था, पर जितेन्द्र के लिए आज आँसू बहाने का ही दिन था। इस यात्रा में जितेन्द्र फिर एक बार गहरे दुःख में डूबा हुआ था; इस बार अपनी खातिर नहीं, बल्कि अपने विरुद्ध।

"मेरा विश्वास कितना उथला है; मेरा हृदय पत्थर बना हुआ था। अब फिर कभी मैं भगवान के संरक्षण के प्रति सन्देह नहीं करूँगा।"

मध्यरात्रि होने को थी। अकिंचन अवस्था में भेजे गए उन दो बालकों ने अनंत के शयन-कक्ष में प्रवेश किया। उनका चकित चेहरा अब देखते ही बनता था। मैंने चुपचाप एक टेबल पर रुपए के नोटों की वर्षा कर दी।

"जितेन्द्र, सच-सच बताओ!" अनंत दा मजाक करने के अंदाज में बोले, "इस लड़के ने रास्ते में किसी को लूटा है न?"

परन्तु जैसे-जैसे यात्रा की कहानी खुलती गई, मेरे भाई शांत होकर फिर गंभीर हो गए।

"माँग और पूर्ति का नियम जैसे मैंने सोचा था, उससे कहीं अधिक सूक्ष्म स्तर पर कार्य करता है," अनंत एक ऐसे आध्यात्मिक उत्साह के साथ बोल रहे थे, जो उनमें पहले कभी दृष्टिगोचर नहीं हुआ था, "तिजोरियों और इस संसार की सामान्य चीजों के संचय के प्रति तुम्हारी उदासीनता को आज पहली बार मैं समझ पा रहा हूँ।"

रात बहुत बीत गई थी, तब भी अनंत दा ने आग्रह किया कि उन्हें उसी समय क्रिया योग की दीक्षा दी जाए। 'गुरु' मुकुंद को एक ही रात में दो-दो अनचाहे 'शिष्यों' की जिम्मेदारी अपने कंधों पर लेनी पड़ी।

दूसरे दिन प्रातःकाल का जलपान एक ऐसे मधुर और मिलनसार वातावरण में सम्पन्न हुआ, जिसका पहले दिन नितान्त अभाव था।

मैं जितेन्द्र की ओर देखकर मुस्कराया, "तुम ताजमहल देखने से वंचित नहीं रहोगे। श्रीरामपुर के लिए निकलने से पहले हम चलते हैं।"

अनंत से विदा लेकर मेरा मित्र और मैं शीघ्र ही आगरा के गौरव ताजमहल के सामने पहुँचे और जी भरकर देखा।

अब मैं अपने गुरु के पास जाने के लिए आतुर हो रहा था। शीघ्र ही जितेन्द्र और मैं रेलगाड़ी से दक्षिण दिशा में बंगाल की ओर जा रहे थे।

"मुकुंद, मैंने कई महीनों से अपने परिवारजनों को नहीं देखा है। मैंने अपना इरादा बदल दिया है; शायद फिर कभी मैं तुम्हारे गुरु से मिलने श्रीरामपुर आऊँगा।"

मेरे मित्र ने, जिसे सौम्य भाषा में अस्थिरचित कहा जा सकता है, कोलकाता में मेरा साथ छोड़ दिया। मैं एक लोकल ट्रेन पकड़कर शीघ्र ही कोलकाता के उत्तर में स्थित श्रीरामपुर पहुँच गया।

जैसे ही मुझे यह एहसास हुआ कि बनारस में गुरुदेव से मिले ठीक अठाईस दिन बीत गए थे, विस्मय से मेरा हृदय धड़कने लगा, "तुम चार सप्ताह में मेरे पास आ जाओगे!" और मैं धड़कते हृदय से रायघाट लेन में उनके आँगन में खड़ा था।

अपने गुरु के आश्रम की कालावधि

"तुम आ गए!" श्रीयुक्तेश्वर जी ने व्याघ्रचर्म पर बैठे-बैठे ही कहा। उनका स्वर ठंडा था, और ढंग भावशून्य।

"जी गुरुदेव, मैं आपके अनुसरण के लिए आया हूँ।" मैंने चरणस्पर्श किया।

"परन्तु तुम तो मेरी इच्छाओं की अवहेलना करते हो।"

"अब ऐसा नहीं होगा, गुरुजी! आपकी इच्छा ही मेरा धर्म होगी।"

"तो मेरा पहला अनुरोध है कि अपने परिवार के पास लौट जाओ। मैं चाहता हूँ कि तुम कोलकाता जाकर कॉलेज में प्रवेश लो।"

"ठीक है, गुरुदेव!" मैंने अपनी व्याकुलता को छिपा लिया।

"किसी दिन तुम्हें पाश्चात्य जगत में जाना होगा। वहाँ के लोग भारत के प्राचीन ज्ञान के प्रति अधिक ग्रहणशील होंगे यदि गुरु के पास विश्वविद्यालय की डिग्री होगी।"

"आप बेहतर जानते हैं, गुरुजी।" मेरी उदासी छँट गई।

"तुम पास ही रहोगे, जब भी समय मिले, आ जाना।"

"संभव हुआ तो प्रतिदिन आऊँगा, गुरुदेव, अपने जीवन के प्रत्येक पहलू पर मैं आपका अधिकार स्वीकार करता हूँ। आप मुझे भगवत्साक्षात्कार कराने का वचन दें।"

एक घंटे बाद तक वाक्‌युद्ध चलता रहा। गुरुवचन मिथ्या नहीं हो सकता। श्रीयुक्तेश्वर जी के ईश्वर के साथ तादात्म्य को मैं जान गया था और उनका शिष्य होने के नाते उनसे यह वचन प्राप्त करने के लिए दृढ़निश्चयी था।

"तुम बहुत हठी हो।" गुरुदेव की सहमति गूँज उठी, "तुम्हारी इच्छा ही मेरी इच्छा हो।"

मेरे हृदय से पर्दा हट गया; अनिश्चित खोज का अंत हो गया। मुझे सद्गुरु के चरणों में आश्रय मिल गया।

"आओ, मैं तुम्हें आश्रम दिखाता हूँ।" गुरुदेव अपने व्याघ्रचर्म से उठे। मैंने दीवार पर टंगी एक तस्वीर देखी, "लाहिड़ी महाशय!" मैंने साश्चर्य कहा।

"हाँ, मेरे ईश्वरतुल्य गुरु," श्रीयुक्तेश्वरजी का स्वर, "वे उन सब गुरुओं से महान थे, एक मनुष्य और एक योगी के रूप में, जिनका जीवन मेरे अन्वेषण की परिसीमा में आया।"

उस तस्वीर को मैंने मौन प्रणाम किया। मेरी भक्ति उस लोकोत्तर गुरु के लिए बह निकली, जिन्होंने मेरे शैशवकाल को अपने आशीर्वाद से धन्य करके मेरा मार्गदर्शन किया।

गुरुदेव के पीछे मैं उस घर में घूमा। आश्रम के बीच में एक आँगन था। आश्रम परिसर में कबूतर सपाट, धूसर छत पर फड़फड़ा रहे थे। पिछवाड़े एक बगीचा था। इस दोमंजिला भवन के ऊपर के कमरों के बरामदे आँगन को तीन ओर से घेरे थे। नीचे के तल्ले पर एक हाल था। गुरुदेव ने बताया कि इसका उपयोग वार्षिक दुर्गा पूजा के लिए होता था। श्रीयुक्तेश्वरजी की बैठक में जाने के लिए एक संकरी सीढ़ी थी। बालकनी से सड़क दिखती थी। आश्रम में हर चीज सादी, स्वच्छ और उपयोगी थी।

गुरुदेव ने मुझे रात वहीं रहने के लिए निमन्त्रित किया। आश्रम में दो लड़कों ने रात को भोजन के समय रसदार सब्जी परोसी।

"गुरुदेव, कृपया अपने जीवन के विषय में कुछ बताइए।" मैं उनके पास एक चटाई पर बैठा था।

"मेरा पारिवारिक नाम प्रियनाथ कड़ार था। मेरा जन्म यहीं श्रीरामपुर में हुआ था। मेरे पिताजी एक धनवान व्यापारी थे। वे ही यह पैतृक मकान छोड़ गए, जो अब मेरा आश्रम है। मेरी स्कूली पढ़ाई बहुत कम हुई। युवावस्था के आरंभ में मैंने गृहस्थ धर्म स्वीकार कर लिया। मेरी एक बेटी है, जिसका विवाह हो चुका है। प्रौढ़ जीवन लाहिड़ी महाशय के मार्गदर्शन से धन्य हुआ। पत्नी की मृत्यु के पश्चात् मैंने स्वामी परम्परा के अंतर्गत संन्यास ग्रहण कर लिया और मुझे नया नाम मिला श्रीयुक्तेश्वर। यही मेरा सरल वृत्तांत है।"

मेरे उत्सुक चेहरे को देखकर गुरुदेव मुस्कराए। उनके वृत्तांत ने केवल बाह्य परिचय ही दिया।

"गुरुजी, मुझे बचपन की कहानियाँ सुनने की इच्छा है।"

"एक बार माँ ने कमरे में भूत होने की कहानी बताकर डराने की चेष्टा की। मैं तुरन्त वहाँ गया और भूत को न पाकर निराशा प्रकट की। उसके बाद माँ ने कभी कोई डरावनी कहानी नहीं सुनाई। इससे मुझे नैतिक शिक्षा मिली कि भय का सामना करो, वह तुम्हें सताना बंद कर देगा।

"एक पड़ोसी के भद्दे कुत्ते की मेरी चाह थी। कुत्ते को पाने के लिए मैंने सारे घर को सिर पर उठाए रखा। सुंदर कुत्ते के सारे प्रस्ताव जैसे मेरे कानों तक पहुँच ही नहीं पाते थे। नैतिक शिक्षा—मोह अंधा बना देता है; वह इच्छित वस्तु के चारों ओर आकर्षण का मायाजाल रच देता है।

"माँ को यह कहते सुनता था, 'जो मनुष्य किसी और के मातहत नौकरी स्वीकार कर लेता है, वह दास है।' यह धारणा मन में पक्की बैठ गई। मैंने सारी नौकरियाँ ठुकरा दीं। पैतृक सम्पत्ति को भूमि के व्यवसाय में लगाकर अपनी आजीविका चलाई। नैतिक शिक्षा—अच्छी और सकारात्मक शिक्षाएँ ही बच्चों के मन में जानी चाहिए। धारणाएँ दीर्घ काल तक स्पष्ट बनी रहती हैं।"

गुरुदेव प्रशांत मौन में डूब गए। मध्यरात्रि के आसपास उन्होंने एक खाट सोने के लिए दी। उस रात की नींद गाढ़ी और मधुर थी।

श्रीयुक्तेश्वरजी ने दूसरे दिन प्रातःकाल मुझे क्रिया योग की दीक्षा देने का निश्चय किया। इसकी दीक्षा मुझे पहले ही लाहिड़ी महाशय के दो शिष्यों से मिल चुकी थी, परन्तु गुरुदेव के पास रूपांतर करने की शक्ति थी; उनके स्पर्शमात्र से एक प्रचण्ड ज्योति मेरे सम्पूर्ण अस्तित्व पर छा गई। आनंद की बाढ़ ने मेरे हृदय को अभिभूत कर दिया। मैं दूसरे दिन लगभग सायंकाल आश्रम से जाने के लिए तैयार हो पाया।

"तुम तीस दिन में लौट जाओगे।" जब मैंने कोलकाता के अपने घर के द्वार में प्रवेश किया तो गुरुदेव की भविष्यवाणी भी मेरे साथ थी।

मैं अपनी अटारी में गया और प्रेम-भरी दृष्टि दौड़ाई, मानो वह कोई जीवन्त उपस्थिति हो, "तुम मेरे ध्यान की साक्षी हो और मेरी साधना की भी। अब मैं अपने दिव्य गुरु के आश्रय में पहुँच गया हूँ।"

"बेटा, आज मैं बहुत खुश हूँ तुम्हें गुरु मिल गए, जैसे चमत्कारी ढंग से मुझे अपने गुरु मिले थे। तुम्हारे गुरु कोई दुर्गम हिमालय के संत नहीं, बल्कि निकट के ही निकले। मेरी प्रार्थनाएँ स्वीकार हो गईं। ईश्वर-खोज में मेरी दृष्टि

से सदा के लिए ओझल नहीं कर दिया गया।"

पिताजी को इस बात की बहुत खुशी थी कि मेरी औपचारिक पढ़ाई फिर से आरम्भ होगी। दूसरे दिन कोलकाता में स्थित स्कॉटिश चर्च कॉलेज में मैंने दाखिला ले लिया।

कक्षाओं में मैं कम ही दिखाई पड़ता था। श्रीरामपुर आश्रम का आकर्षण दुर्निवार था। मेरी वहाँ नित्य उपस्थिति पर गुरुदेव ने कभी कुछ नहीं कहा। सभी को पता चल गया था कि मैं विद्यालंकृत बनने के लिए नहीं बना था, फिर भी हर बार न्यूनतम उत्तीर्णांक प्राप्त करता रहा।

आश्रम में दैनिक जीवन शांत, सरल रूप से चलता था। गुरुदेव ब्रह्मबेला में जाग जाते थे। पड़े-पड़े ही या कभी बिस्तर पर बैठे हुए वे समाधि में प्रवेश कर जाते थे। गुरुदेव कब जागे यह पहचानना सरल था, जबरदस्त गर्जन करते खर्राटों का अकस्मात् रुकना। एकाध दीर्घ निःश्वास; कभी शरीर की कोई हलचल, फिर श्वासरहित की निःशब्द अवस्था और वे गहरे समाधि-आनंद में डूब जाते।

इसके बाद गंगा के किनारे लम्बा भ्रमण होता था और ज्ञान के अधिकार से ध्वनित होता उनका स्वर गूँजता रहता था।

स्नान और फिर मध्याह्न भोजन। भोजन तैयार करने का जिम्मा तरुण शिष्यों का था। गुरुदेव शाकाहारी थे। शिष्यों के लिए उनका उपदेश यही था कि अपनी प्रकृति के अनुसार कोई भी सादा आहार लें।

गुरुदेव बहुत कम खाते थे; प्रायः हल्दी या चुकन्दर अथवा पालक के रस में बने चावल और इस पर भैंस का घी या पिघला हुआ मक्खन। किसी दिन केवल मसूर की दाल या पनीर की रसेदार सब्जी और उसके साथ कोई तरकारी। अन्त में वे चावल की खीर के साथ आम, संतरा या फिर कटहल का रस लेते।

अपराह्न में दर्शनार्थी आया करते। गुरुदेव सभी आने वालों के साथ सौजन्यपूर्ण व्यवहार करते थे। एक सद्गुरु, जिसने अपने आपको देह या अहम् नहीं, बल्कि सर्वव्यापी आत्मा के रूप में पहचान लिया हो, सभी मनुष्यों में एक अद्भुत समानता देखता है।

संतों की निष्पक्षता ज्ञान में स्थापित होती है। उन पर माया का कोई प्रभाव नहीं पड़ता। अज्ञानी लोगों की समझ को उलझन में डाल देने वाले

राग-द्वेष उन्हें छू भी नहीं पाते। श्रीयुक्तेश्वरजी ऐसे लोगों को कोई पृथक महत्व नहीं देते थे, जो सत्ताधारी, शक्तिशाली, धनी या विशेष उपलब्धि प्राप्त हों, न ही वे कभी किसी की गरीबी या अनपढ़ता के कारण उपेक्षा करते थे। किसी बच्चे के मुँह से भी वे ज्ञान के वचन आदरपूर्वक सुनते और किसी दम्भी पंडित की खुले रूप से उपेक्षा करते।

आठ बजे रात्रिभोजन का समय था, जिसमें कभी-कभी वहाँ मौजूद अतिथि भी सम्मिलित होते। गुरुदेव अकेले भोजन करने नहीं बैठते थे; कोई भी उनके आश्रम से भूखा नहीं लौटता था। श्रीयुक्तेश्वरजी अतिथियों के आगमन से न कभी घबराते थे, न ही कभी व्यग्र होते थे। वे मितव्ययी भी थे और अपनी थोड़ी-सी पूँजी से बहुत कुछ कर लेते थे, "फिजूलखर्जी अशांति पैदा करेगी," वे प्रायः कहते थे। चाहे आश्रम में आतिथ्य-सत्कार का कार्य हो या भवन-निर्माण या मरम्मत का या कोई भी कार्य हो, छोटी-से-छोटी बातों में गुरुदेव मौलिकता का परिचय देते।

सायंकाल प्रायः गुरुदेव प्रवचन करते। प्रत्येक शब्द ज्ञान से तराशा होता था। अलौकिक आत्म-विश्वास निरुपण में झलकता था। उनकी तरह बोलने वाला मैंने कोई नहीं देखा। विचारों को शब्दों का परिधान पहनाने से पहले वे उन्हें विवेक के नाजुक तराजू में तोलते थे। सत्य का मूल तत्व, सर्वव्यापक भौतिक रूप में भी विद्यमान, उनसे आत्मा के सौरभ की तरह निःसृत होता था। मुझे सदा इस बात का आभास था कि मैं भगवान के जीवन्त विग्रह के सान्निध्य में हूँ।

यदि अतिथि भाँप जाते कि श्रीयुक्तेश्वरजी अनंत ईश्वर में मग्न हो रहे हैं, तो गुरुदेव तुरन्त उनके साथ वार्तालाप शुरू कर देते। ईश्वर के साथ सदा एकरूप, उन्हें ध्यान के लिए अलग से समय निकलाने की आवश्यकता नहीं थी। आत्मज्ञानी सिद्धों ने ध्यान की सीढ़ी को पहले ही पीछे छोड़ दिया होता है। मध्यरात्रि होते-होते गुरुदेव प्रायः सहजता के साथ निद्राधीन हो जाते। बिस्तर का कोई महत्व नहीं होता। वे बिना तकिए के संकीर्ण मेज पर सो जाते, जो उनके व्याघ्रचर्म के पीछे रखी होती थी।

तत्वज्ञान की चर्चा में पूरी रात कट जाना असामान्य नहीं था। तब मुझे न तो थकान महसूस होती थी, न ही नींद आती थी; गुरुदेव के शब्द पर्याप्त थे, "ओह! भोर हो गई। चलो, गंगा किनारे चलें।"

श्रीयुक्तेश्वरजी के सान्निध्य के प्रारम्भिक कुछ महीनों में ही मुझे एक उपयोगी शिक्षा मिली, 'मच्छरों को चालाकी से कैसे मात दें!' मैं हैरान हुआ कि श्रीरामपुर आश्रम में इस प्रथा का पालन उसके उल्लंघन के रूप में होता था, तथापि मच्छरों का पूरा साम्राज्य था; सिर से पाँव तक मुझे वे काटते रहते थे।

गुरु को मुझ पर दया आ गई, "अपने लिए एक मच्छरदानी खरीद लो और एक मेरे लिए भी। तुम यदि अपने लिए ही लाओगे, तो मच्छर मुझ पर टूट पड़ेंगे।"

मैंने इस आज्ञा का पालन किया। जिस रात मैं श्रीरामपुर में रह जाता, गुरुदेव मच्छरदानियाँ लगाने के लिए अवश्य कहते।

एक रात गुरुदेव मच्छरदानी लगाने के लिए कहना भूल गए। मैं व्याकुल होकर मच्छरों की भिनभिनाहट सुन रहा था। लेटकर मैंने उन्हें शांत करने के लिए एक प्रार्थना उनकी दिशा में प्रवाहित कर दी। आधे घंटे बाद गुरुदेव का ध्यान आकर्षित करने के लिए मैंने खाँस कर देखा।

गुरुदेव की ओर से कोई हलचल नहीं; मैं उनके समीप गया। उनकी श्वास नहीं चल रही थी। उन्हें इतने निकट से समाधि अवस्था में देखने का यह मेरा पहला अवसर था। मैं भयभीत हो उठा, "इनका हार्टफेल तो नहीं हो गया!" उनकी नाक के नीचे एक आईना रखा; उस पर श्वास की भाँप नहीं पड़ी। सुनिश्चित करने के लिए कई मिनटों तक उनका मुँह और नाक अपनी उँगलियों से बन्द करके रखा। उनकी देह ठंडी और निश्चल थी। मैं लोगों को बुलाने के लिए दरवाजे की ओर मुड़ा।

"अच्छा, एक उभरता हुआ प्रयोगकर्त्ता! मेरी बेचारी नाक!" गुरुदेव का स्वर था, "तुम सोते क्यों नहीं? क्या तुम्हारे लिए दुनिया बदल जाएगी? अपने को बदलो, मच्छरों की चेतना से अपने को मुक्त करो।"

मैं चुपचाप बिस्तर पर लौट आया। इसके बाद एक भी मच्छर मेरे पास नहीं फटका। मैं समझ गया कि गुरुदेव को मच्छरों का कोई डर नहीं था। अपनी योगशक्ति से वे उन्हें काटने से रोक सकते थे या चाहते, तो ध्यान अवस्था में जा सकते थे, जिसमें मच्छरों का पता ही नहीं चलता।

"वे मुझे दिखा रहे थे कि यह योगावस्था है, जिसे मुझे प्राप्त करने का प्रयास करना होगा।" सच्चा योगी समाधि की अंतिम अवस्था में जा सकता है और उसी अवस्था में रह सकता है, उन समस्त विक्षेपों के बावजूद, जिनका

इस धरातल पर कभी अभाव नहीं होता, कीटकों की भिनभिनाहट! सूर्यप्रकाश की तीव्रता! समाधि की प्रथमावस्था (सविकल्प) में साधक इंद्रियबोध को बंद कर देता है। तब उसे भूस्वर्ग से भी अधिक सुंदर अंतर्जगत की ध्वनियों और दृश्यों का प्रतिदान प्राप्त होता है।

ये मच्छर आश्रम में मुझे एक और प्रारम्भिक शिक्षा मिलने का कारण बने। यह सायंकाल का शांत समय था। मेरे गुरुदेव शास्त्रों की व्याख्या कर रहे थे। उनके चरणों में मैं सम्पूर्ण शांति में था। एक धृष्ट मच्छर घुस आया और उसने जैसे ही अपनी विषैली सुई मेरी जाँघ में घुसाई, मैंने अपना हाथ प्रतिशोध के लिए ऊपर उठाया। निकटवर्ती प्राणदण्ड स्थगित कर दो! मुझे पतंजलि के अहिंसा पर सूत्र की याद आ गई।

"तुमने अपना काम पूरा क्यों नहीं किया?"

"गुरुदेव, क्या आप प्राणहरण का समर्थन करते हैं?"

"नहीं, परन्तु अपने मन में तुमने उस पर जानलेवा प्रहार कर दिया था। अहिंसा से पतंजलि का तात्पर्य था हिंसा की इच्छा को भी त्याग देना।" श्रीयुक्तेश्वरजी के लिए मेरा मन खुली किताब की तरह था, "यह जगत अहिंसा के पालन के लिए व्यवस्थित है। मनुष्य हानिकारक जीवों का नाश करने के लिए बाध्य हो सकता है, परन्तु उसके अनुरूप क्रोध या द्वेष को अनुभव करने के लिए वह बाध्य नहीं है। हिंसा की भावना को नष्ट कर सभी लोग इस सत्य को समझ सकते हैं।"

गुरुदेव, क्या हिंसक प्राणी का वध करने के बजाय अपनी बलि दे देनी चाहिए?"

"नहीं, मस्तिष्क और मेरुदण्ड में स्थित चक्रों के कारण क्रमविकास की दृष्टि से मानवदेह सबसे मूल्यवान है। ये चक्र उन्नत साधक को ब्रह्मचैतन्य की स्थितियों को प्राप्त करने और अभिव्यक्त करने की क्षमता प्रदान करते हैं। निकृष्ट योनि के जीव में यह क्षमता नहीं होती। मनुष्य किसी-किसी जीव को मारने पर बाध्य हो सकता है, तब उसे थोड़ा पाप तो लगता ही है, परन्तु शास्त्र कहते हैं कि मानवशरीर का व्यर्थ में नाश कर्म सिद्धांत का गंभीर उल्लंघन है।"

गुरुदेव का कभी किसी बाघ या चीते से सामना नहीं हुआ, परन्तु एक विषैले नाग से पाला पड़ा था और उस नाग को उन्होंने अपने प्रेम से वश में

किया था। यह घटना पुरी में हुई थी, जहाँ गुरुदेव का समुद्र तट पर आश्रम था। गुरुदेव के जीवन के उत्तरकाल में उनका शिष्य बना प्रफुल्ल उस समय उनके साथ था।

"हम आश्रम के पास बाहर बैठे थे," प्रफुल्ल ने मुझे बताया, "चार फीट लम्बा एक नाग पास ही निकला। वह तेजी से हमारी ही ओर आ रहा था। श्रीयुक्तेश्वरजी को हाथों से लयबद्ध ताल देते देखकर मैं भयभीत हो उठा। वे उसका स्वागत कर रहे थे। मैं भगवान से प्रार्थना करता खड़ा रहा। नाग गुरुदेव के निकट पहुँच गया था, पर अब वह निश्चल हो गया। ऐसा प्रतीत हो रहा था कि उनके पुचकारने का ढंग देखकर सम्मोहित हो गया था। फन धीरे सिकुड़ गया। नाग गुरुदेव के पाँवों के बीच से झाड़ी में अदृश्य हो गया।

"उस घटना से मेरी समझ में आया कि गुरुदेव को किसी प्राणी से भय नहीं है।" प्रफुल्ल ने कहानी समाप्त करते हुए कहा।

एक दिन अपराह्न में मैंने युक्तेश्वरजी की भेदक दृष्टि अपने ऊपर स्थिर पाई, "तुम बहुत दुबले-पतले हो, मुकुंद!"

अपनी धँसी हुई आँखें और कृश देह मुझे भी अच्छी नहीं लगती थी। मुझे बचपन से ही अजीर्ण की शिकायत थी। किसी से भी मुझे कोई लाभ नहीं हुआ था। मैं सोचा करता था कि क्या इतने दुर्बल शरीर में जीने का भी कोई अर्थ हो सकता है?

"औषधियों की अपनी सीमाएँ हैं; दिव्य संजीवनी प्राणशक्ति की कोई सीमा नहीं। विश्वास रखो तुम स्वस्थ और बलवान हो जाओगे।"

मुझे यह विश्वास हो गया कि मैं निहित सत्य का अपने जीवन में सफल प्रयोग कर सकता हूँ। अन्य कोई भी चिकित्सक मुझमें इतना गहरा विश्वास नहीं जगा सका था।

मेरे स्वास्थ्य और बल में वृद्धि होने लगी। श्रीयुक्तेश्वर के आशीर्वाद से दो सप्ताहों में मेरा वजन मुझे प्राप्त हो गया। मेरे पेट के सारे विकार सदा के लिए दूर हो गए।

"कई वर्ष पहले मैं भी अपना वजन बढ़ाने के लिए आतुर था," मुझे स्वस्थ करने के थोड़े ही दिन बाद गुरुदेव मुझे बता रहे थे, "एक उग्र बीमारी से उठने के बाद मैं स्वास्थ्यलाभ कर रहा था कि लाहिड़ी महाशय के दर्शन करने के लिए चला गया।

"मैंने कहा, 'गुरुदेव, मैं बहुत बीमार था। मेरा वजन कम हो गया।"

"'युक्तेश्वर, तुमने पहले अपने को अस्वस्थ कर लिया और अब सोचते हो कि तुम दुबले भी हो गए हो।'

मेरे गुरुदेव ने मुझे हिम्मत दिलाते हुए आगे कहा, "'मुझे देखने दो, मुझे विश्वास है कि कल तक तुम्हारा स्वास्थ्य बेहतर हो जाएगा।'

"दूसरे दिन प्रातःकाल ही मैं उनके पास पहुँच गया और उल्लास के साथ मैंने कहा, 'गुरुदेव, मुझे कल की अपेक्षा आज बहुत अच्छा लग रहा है।'

"'सचमुच, आज तुमने अपने आपको शक्ति से भर लिया है।'

"'नहीं, गुरुदेव! ये तो आप हैं, जिन्होंने मुझे स्वस्थ कर दिया है। आज पहली बार मैं कुछ शक्ति अनुभव कर रहा हूँ।'

"'हाँ-हाँ, तुम्हारी बीमारी तो काफी गंभीर थी। तुम्हारा शरीर अभी काफी दुर्बल है; कौन कह सकता है, यह कल कैसा रहेगा?'

"दुर्बलता के लौट आने की सम्भावना से मैं सिहर उठा। दूसरे दिन सुबह मैं मुश्किल से अपने को वहाँ तक घसीट सका।

"'गुरुदेव, मैं फिर बीमार हो गया हूँ।'

"'तो फिर तुमने अपने आपको बीमार बना लिया।'

"मेरा धैर्य समाप्त हो गया। मैंने कहा, 'गुरुदेव, मेरी समझ में नहीं आता कि मेरी बातों पर आपको विश्वास क्यों नहीं होता।'

"'सचमुच, वे तुम्हारे विचार ही हैं, जिन्होंने तुम्हें दुर्बल और स्वस्थ अनुभव कराया। तुमने देख लिया कि कैसे स्वास्थ्य अवचेतन प्रत्याशाओं के अनुसार बदलता रहा। विचार भी एक शक्ति है। मानव-मन ईश्वर के चैतन्य का एक स्फुल्लिंग है। तुम्हारा शक्तिशाली मन जिस किसी बात में तीव्र विश्वास रखेगा, वह घटित होकर रहेगा।'

मैंने भावविभोर होकर उनसे कहा, 'गुरुदेव, यदि मैं सोचूँ कि मैं स्वस्थ हूँ और मेरा वजन पूर्ववत हो गया है, तो क्या ऐसा हो जाएगा?'

"'इसी क्षण भी ऐसा ही है।' गुरुदेव ने गंभीरता से कहा।

"मैंने तत्क्षण न केवल अपनी शक्ति में, बल्कि वजन में भी वृद्धि अनुभव की। लाहिड़ी महाशय पुनः अपने मौन में खो गए। उनके चरणों में कुछ घंटे बैठने के बाद मैं अपनी माँ के घर लौटा।

"बेटे, जलशोथ की बीमारी से क्या तुम्हारा शरीर फूल रहा है?' माँ को

विश्वास नहीं हो रहा था। मेरा शरीर हृष्ट-पुष्ट हो गया था, जैसा बीमारी से पहले था।

"मैंने अपना वजन किया। एक दिन में मेरा वजन पचास पौंड बढ़ गया था। जिन परिचितों ने मेरा क्षीण शरीर देखा था, वे आश्चर्य से हतप्रभ रह गए। उनमें से अनेक ने अपनी जीवन-दिशा बदल ली और लाहिड़ी महाशय के शिष्य बन गए।

"ईश्वर में सदा जागृत मेरे गुरुदेव जानते थे कि यह संसार और कुछ न होकर केवल सृष्टा का मूर्त्तरूप धारण किए हुए स्वप्न है। लाहिड़ी महाशय को उस दिव्य स्वप्नद्रष्टा के साथ अपनी एकात्मता का पूर्ण भान था, इसलिए वे दृश्य जगत के स्वप्नाणुओं को प्रकट करने या लुप्त करने या उनमें अपनी इच्छानुसार कोई भी परिवर्तन करने में समर्थ थे।

आखिर में श्रीयुक्तेश्वरजी ने कहा, "सम्पूर्ण सृष्टि विधि-नियम के अधीन है। बाह्य सृष्टि में कार्यरत नियम, जिनकी खोज वैज्ञानिक कर सकते हैं, प्राकृतिक नियम कहलाते हैं, परन्तु इन नियमों की अपेक्षा सूक्ष्मतर नियम भी हैं, जो अनंतश्चेतना के आध्यात्मिक जगत में कार्यरत हैं। इन नियम-सिद्धांतों को योग द्वारा जाना जा सकता है। पदार्थ जगत के सच्चे स्वरूप को आत्मज्ञानी ही समझता है।

श्रीयुक्तेश्वरजी शास्त्रों की अद्वितीय व्याख्या करते थे। मेरी सबसे सुखद स्मृतियाँ उनके प्रवचनों के साथ जुड़ी हैं। मेरे शरीर की बेचैन हलचल या ध्यान की थोड़ी-सी भी अवधानता गुरुदेव की शास्त्र-व्याख्या को तत्क्षण बंद कराने के लिए काफी थी।

"तुम यहाँ नहीं हो।" एक दिन अपराह्न श्रीयुक्तेश्वरजी ने यह टिप्पणी करते हुए अपना वाक्प्रवाह खंडित कर दिया।

"गुरुजी, मैं जरा भी नहीं हिला; मेरी पलकें भी नहीं हिलीं; आपने जो-जो अभी कहा, मैं एक-एक शब्द दुहरा सकता हूँ!"

"फिर भी पूर्ण रूप से तुम मेरे साथ नहीं थे। तुम अपने मन की पृष्ठभूमि में तीन संस्थाओं का निर्माण कर रहे थे। एक मैदानी क्षेत्र में एकांत आश्रम, दूसरी पहाड़ी के शिखर पर, तीसरी एक समुद्र-तट पर।"

ये अस्पष्ट विचार अवचेतन स्तर पर मेरे मन में सचमुच चल रहे थे।

"ऐसे गुरु के साथ मैं कर ही क्या सकता हूँ, जो यदा-कदा अचानक मेरे मन में उठने वाले विचारों को भी पकड़ लेते हैं?"

"तुमने स्वयं ही वह अधिकार मुझे दिया है। मैं जिन सूक्ष्म तत्वों को समझा रहा हूँ, उन्हें मनोयोग के बिना नहीं समझ सकते। जब तक आवश्यक न हो, मैं दूसरों के मन के एकांत में नहीं झाँकता। मनुष्य को अपने विचारों में गुप्त तरीके से विचरण करने का स्वाभाविक अधिकार है। बिन बुलाए तो भगवान भी वहाँ प्रवेश नहीं करते; न ही मैं वह हिम्मत कर सकता हूँ। तुम्हारे ये वास्तु-स्वप्न साकार होंगे। अभी केवल अध्ययन का समय है।"

इस प्रकार मेरे गुरु ने प्रसंगवश ही, अपने सहज ढंग से मेरे जीवन में आने वाली तीन महत्वपूर्ण घटनाओं का अपना पूर्वज्ञान प्रदर्शित कर दिया। श्रीयुक्तेश्वरजी ने जिस क्रम में बताया था, ठीक उसी क्रम में इन तीन दृश्यों ने साकार रूप धारण किया। सर्वप्रथम रांची के एक मैदानी क्षेत्र में मेरे द्वारा स्थापित बालकों के लिए योग विद्यालय की स्थापना, फिर लॉस ऐंजेलिस में एक पहाड़ी पर मेरा अमेरिकी मुख्यालय और उसके बाद विशाल प्रशांत महासागर के तट पर कैलिफोर्निया के एन्सीनीटस में एक आश्रम।

श्रीयुक्तेश्वरजी स्वभाव से मितभाषी, स्पष्टवादी और पूर्णतः आडम्बररहित थे। उनके विचारों में न तो कहीं अस्पष्टता थी, न स्वप्निलता का ही कोई अंश। उनके पाँव जमीन पर दृढ़ थे, मस्तक स्वर्ग की शांति में स्थिर था। व्यावहारिक स्वभाव के लोग उन्हें अच्छे लगते थे। वे कहते थे, "ईश्वरानुभूतियाँ किसी को अक्षम नहीं बनातीं! चरित्र-बल की सक्रिय अभिव्यक्ति तीक्ष्णतम बुद्धि को विकसित करती है।"

मेरे गुरु सूक्ष्म लोकों की चर्चा नहीं करते थे। पूर्ण सादगी ही 'असामान्यता' का एकमात्र लक्षण बनकर उनमें दिखाई पड़ती थी। वार्तालाप में विस्मयकारी संदर्भ देने से वे बचते थे। कार्यों में अपने सामर्थ्य को मुक्त रूप से अभिव्यक्त करते थे। श्रीयुक्तेश्वरजी शायद ही कभी सूक्ष्म नियमों का उल्लेख करते, पर गुप्त रूप से अपनी इच्छानुसार उन्हें कार्यान्वित करते।

"आत्मदर्शी पुरुष कभी कोई चमत्कार नहीं करता, जब तक उसे अंतर से आज्ञा नहीं मिलती," गुरुदेव कहते थे, "ईश्वर नहीं चाहते कि उनकी सृष्टि के रहस्यों को यत्र-तत्र प्रकट किया जाए। प्रत्येक व्यक्ति को अपनी स्वतंत्र इच्छाशक्ति का अधिकार है। कोई संत उस स्वतंत्रता का कभी अतिक्रमण नहीं करेगा।"

श्रीयुक्तेश्वरजी का मौन उनकी अनंत ब्रह्म की अनुभूतियों के कारण था।

गुरु अनवरत रूप से जिस 'ज्ञान' को व्यक्त करने में दिन-भर व्यस्त रहते थे, उसके लिए उनके पास कोई समय नहीं बचता था।

श्रीयुक्तेश्वरजी ने भी अन्य लोगों की तरह ही जन्म लिया था। वे सृष्टि के नियंता के साथ एक बन चुके थे। ईश्वरत्व में मनुष्यत्व के विलयन में गुरुदेव ने कोई दुर्लंघ्य बाधा नहीं पाई।

श्रीयुक्तेश्वरजी के चरणों का स्पर्श करते मैं सदा रोमांचित हो उठता था। गुरु को श्रद्धापूर्ण स्पर्श से शिष्य आध्यात्मिक शक्ति से पूर्ण हो जाता है। शिष्य के मस्तिष्क में विद्यमान अवांछनीय प्रवृत्ति-प्रणालियाँ प्रायः भस्म हो जाती हैं; उसकी सांसारिक प्रवृत्तियों के खाँचों में कल्याणप्रद उथल-पुथल मच जाती है। वह माया के गुप्त पर्दे उठते अनुभव कर सकता है और परमानंद की सच्चाई की झलक पा सकता है। मैं जब भी अपने गुरु के चरणों पर माथा टेकता था, मेरा सम्पूर्ण शरीर जैसे एक मुक्तिप्रदायक तेज से भर जाता था।

गुरुदेव ने मुझे बताया, "जब लाहिड़ी महाशय मौन रहते थे, तब भी या किसी ऐसे विषय पर चर्चा कर रहे हों, जो पूर्णतः धार्मिक न हो, तब भी, मैंने देखा कि उन्होंने मुझमें अगाध ज्ञान का संचार कर दिया है।"

मुझ पर भी श्रीयुक्तेश्वरजी का प्रभाव ऐसा ही जान पड़ता था। यदि अन्यमनस्क मन से आश्रम में प्रवेश करता, तो मेरी मनोवृत्ति बदल जाती। गुरु के दर्शनमात्र से एक सुखद शांति मुझमें आ जाती। उनके सान्निध्य में प्रतिदिन आनंद, शांति और ज्ञान का नया अनुभव होता था। "माया का अन्धकार धीरे-धीरे चुपचाप हमारी ओर बढ़ रहा है। आओ, अपने अन्तर में अपने घर की ओर भाग चलें।" शिष्यों को गुरुदेव नित्य क्रियायोग के अभ्यास की याद दिलाते थे। कभी कोई नया शिष्य योगाभ्यास के लिए अपनी योग्यता में संदेह प्रकट कर देता था।

"अतीत को भूल जाओ," श्रीयुक्तेश्वरजी सांत्वना देते, बीता हुआ जीवन कलुषित है। मनुष्य का कोई भरोसा नहीं होता, जब तक वह ईश्वर में अधिष्ठित न हो जाए। सब सुधर जाएगा, यदि तुम अभी से आध्यात्मिक प्रयास शुरू कर दो।"

आश्रम में सदा बाल शिष्य रहते थे। उनकी बौद्धिक और आध्यात्मिक शिक्षा में गुरुदेव को रुचि रहती थी। देहत्याग से पहले भी उन्होंने दो छह साल के बच्चे और एक सोलह साल के नवयुवक को आश्रमवासी शिष्यों के रूप

में स्वीकार किया था। शिष्यों को वे सावधानीपूर्वक शिक्षा देते थे; शिष्य और शिक्षा अनुशासन सहित इन शब्दों का मूल एक है और व्यावहारिक स्तर पर एक-दूसरे से संबंधित हैं।

आश्रमवासियों के मन में गुरु के प्रति नितांत प्रेम और आदर था। गुरु की ताली पर सभी उनके पास दौड़ पड़ते थे। वे जब गंभीर या अंतर्मुख प्रतीत होते, तब कोई बातचीत का साहस न करता।

श्रीयुक्तेश्वरजी शायद ही किसी को व्यक्तिगत काम करने के लिए कहते, न ही वे किसी शिष्य से सेवा स्वीकार करते, जब तक वह स्वयं खुशी से आगे न बढ़ा हो। यदि शिष्य गुरु के कपड़े धोने का काम भूल जाए, तो वे स्वयं ही धो लेते थे।

वे साधारणतया गेरुए कपड़े पहनते थे। घर के अंदर बिना फीते के जूते पहनते, जो व्याघ्र या मृगचर्म से बनाए जाते थे।

श्रीयुक्तेश्वरजी अंग्रेजी, फ्रेंच, बंगाली और हिन्दी धाराप्रवाह बोलते थे। संस्कृत भी अच्छी थी। वे शिष्यों को संस्कृत और अंग्रेजी स्व-आविष्कृत सरल पद्धतियों से सिखाते थे।

गुरुदेव को अपने शरीर की अधिक चिंता नहीं थी, परन्तु वे सावधानी बरतते थे। वे कहते थे कि ईश्वर शारीरिक और मानसिक स्वस्थता में अच्छी प्रकार अभिव्यक्त होते हैं। उन्हें किसी बात में अति पसंद नहीं थी। एक शिष्य को, जो दीर्घ काल तक उपवास करना चाहता था, मेरे गुरु ने हँसते हुए कहा, "कुत्ते को हड्डी क्यों न डाल दी जाए?"

श्रीयुक्तेश्वरजी का स्वास्थ्य उत्तम था। शिष्यों को, यदि वे चाहें, तो डॉक्टर के पास जाने देते थे। वे कहते थे, "डॉक्टरों को भौतिक पदार्थों के लिए निर्धारित ईश्वरीय नियमों के अनुसार चिकित्सा कार्य करना चाहिए।" पर वे मानसिक शक्ति के द्वारा रोग-निवारण की पद्धति को श्रेष्ठ मानते थे और प्रायः कहते थे, "ज्ञान ही सबसे बड़ा परिष्कारक है।" वे अपने शिष्यों से कहते थे, "शरीर एक कपटी मित्र है। उसे उतना ही दो जितना जरूरी है। सुख-दुःख अल्पकालिक हैं। जगत के सभी द्वंद्वों को शांतिपूर्वक सहन करो और उनके प्रभाव से परे जाने का प्रयास करते रहो। कल्पना ही वह द्वार है, जिससे रोग प्रवेश करते हैं और रोग-निवारण भी होता है। बीमार होने पर बीमारी के अस्तित्व में विश्वास मत करो; उपेक्षित अतिथि अपने आप भाग जाएगा।"

बहुत से डॉक्टर गुरुदेव के शिष्य थे। गुरुदेव कहते थे, "जिन्होंने शरीर-विज्ञान का अध्ययन किया है, उन्हें आत्म-विज्ञान का अनुसंधान करना चाहिए। शरीर की यंत्रावली के पीछे आध्यात्मिक संरचना छिपी है।"

श्रीयुक्तेश्वरजी अपने शिष्यों से पौर्वात्य और पाश्चात्य सद्गुणों का संगम बनने के लिए कहते थे। उनकी आदतें पाश्चात्य संचालक के समान थीं, अंतर में पौर्वात्य आध्यात्मिकता भरी हुई थी। वे पश्चिम के प्रगतिशील, युक्तिपूर्ण और आरोग्यपूर्ण तरीकों के प्रशंसक थे, तो पूर्व को धन्य करने वाले और चारों ओर आध्यात्मिक तेज-मंडल निर्माण करने वाले आदर्शों के पुजारी भी थे।

अनुशासन मेरे लिए कोई नई बात नहीं थी; घर में पिताजी अनुशासन में दृढ़ थे, अनंत दा तो प्रायः निष्ठुर ही हो जाते थे, परन्तु श्रीयुक्तेश्वरजी के प्रशिक्षण को कम नहीं कहा जा सकता। चाहे तात्कालिक व्यवहार में हो या साधारण आचार के सूक्ष्म अर्थों में, वे गुरु शिष्यों की छोटी-से-छोटी गलती की भी आलोचना किया करते थे।

"शिष्टाचार का पालन यदि निष्कपट न किया जाए, तो वह मृत सुंदर नारी के समान है। सभ्यतारहित स्पष्टवादिता डॉक्टर की छुरी के समान है, जो गुणकारी तो है, परन्तु अप्रिय लगती है। सौजन्ययुक्त स्पष्टवादिता लाभदायक भी है और अच्छी भी लगती है।"

गुरुदेव मेरी आध्यात्मिक उन्नति से संतुष्ट थे, क्योंकि उसके बारे में शायद ही टिप्पणी करते थे। अन्य बातों में फटकारें सुनना नित्य की बात थी। मेरे मुख्य अपराध होते थे अन्यमनस्कता, बीच-बीच में विषण्णता, शिष्टाचार का उल्लंघन और अव्यवस्थितता।

मैंने अपने बचपन के एक अल्पकालिक शिक्षक से कई गलत शिक्षाएँ ग्रहण कर ली थीं, किन्तु गुरुदेव के कठोर अनुशासन में मैं शीघ्र ही उत्तरदायित्वहीनता की सुखद भ्रान्तियों से जाग गया।

"जो लोग इस जगत के लिए उपयोगी होते हैं, वे किसी दूसरे जगत की शोभा बनते हैं," श्रीयुक्तेश्वरजी ने एक दिन कहा, "जब तक तुम मुक्त हवा में श्वास ले रहे हो, तब तक बदले में सेवा देना तुम्हारा कर्तव्य है। जो समाधि की श्वासरहित अवस्था में प्रतिष्ठित हो गया हो, वही जगत के कर्तव्यों से मुक्त है। जब तुम उस अंतिम पूर्णता की अवस्था में पहुँच जाओगे, तब मैं तुम्हें उस बारे में सूचित करने में चूकूँगा नहीं।"

मेरे गुरु को घूस से वश में नहीं किया जा सकता था, प्रेम से भी नहीं। जिसने शिष्य बनना स्वीकार कर लिया, उसके प्रति वे नरमी नहीं दिखाते थे। वे सदा ही अपनी बात स्पष्ट कहते और तीव्र फटकार भी लगाते। थोड़ा अवधान या थोड़ी असंगति होने पर फटकार से बचना असंभव था, परन्तु मैंने भी अपनी प्रत्येक मानसिक ऐंठन को श्रीयुक्तेश्वरजी द्वारा सीधी करा लेने का प्रण कर लिया था। इस विराट परिवर्तन को लाने के लिए जब वे लगे हुए थे, तब अनेक बार उनके अनुशासनरूपी हथौड़े के प्रहार से मैं तिलमिला उठता था।

"तुम्हें यदि मेरी बातें अच्छी नहीं लगती हों, तो तुम कभी भी यहाँ से चले जाने के लिए मुक्त हो। मैं तुम्हारी उन्नति के अतिरिक्त और किसी चीज की अपेक्षा नहीं रखता।"

मेरे मिथ्याभिमान को तोड़ने वाले जो प्रहार उन्होंने किए, उनके लिए कृतज्ञ हूँ। कठोर झटकों के बिना अहंकार की जड़ को उखाड़ फेंकना कठिन है। अहंकार के जाते ही ईश्वर के अंदर आने का मार्ग निष्कंटक बन जाता है। श्रीयुक्तेश्वरजी का अंतर्ज्ञान अन्तर्भेदी था; चाहे कोई जो कह रहा हो, वे उसके अव्यक्त विचारों का उत्तर देते थे। मेरे गुरु कहते थे, "शांत मन से मनुष्यों के शब्दाडंबर की अस्तव्यस्तता के पीछे छिपे विचारों को पहचानने का प्रयास करो!"

दिव्य अंतर्दृष्टि प्रकट किए हुए रहस्य सांसारिक कानों को प्रायः कटु लगते हैं। ओछे शिष्यों में गुरुदेव लोकप्रिय नहीं थे। समझदार लोगों में, जो सदा ही थोड़े रहते हैं, उनके प्रति गहरी श्रद्धा थी।

श्रीयुक्तेश्वरजी भारत में सर्वाधिक लोकप्रिय गुरु होते यदि उनकी वाणी इतनी स्पष्ट और कटु आलोचनात्मक न होती।

"जो मुझसे शिक्षा प्राप्त करने आते हैं, उनके साथ मैं अत्यंत सख्त होता हूँ," उन्होंने मेरे समक्ष स्वीकार किया, "यही मेरा तरीका है। चाहे तो उसे स्वीकार करो या छोड़ दो, परन्तु तुम अपने शिष्यों के साथ अधिक सहृदय रहोगे, वही तुम्हारा तरीका है। विवेक और ज्ञान का यदि साथ-साथ उपयोग किया जाए, तो कठोर और कोमल दोनों ही तरीके समान रूप से प्रभावकारी हैं।" फिर उन्होंने आगे कहा, "तुम्हें विदेशों में जाना पड़ेगा, जहाँ अहं पर निर्दय प्रहार पसंद नहीं किए जाते। वहाँ के लोगों के अनुरूप धैर्य और सहनशीलता

के बिना कोई गुरु भार के संदेश का प्रचार-प्रसार नहीं कर सकता।"

मेरे गुरु के अत्यंत स्पष्ट बोलने के कारण पृथ्वी पर उनके जीवनकाल में बड़ी संख्या में शिष्य नहीं बने, परन्तु उनकी शिक्षाओं का अध्ययन और अभ्यास करने वाले सच्चे शिष्यों की निरंतर बढ़ती संख्या के माध्यम से उनका ज्ञान आज भी विश्व में जीवित है।

गुरुदेव शिष्यों की नगण्य त्रुटियों को भी अर्थगर्भित गंभीरता के साथ बताते थे। एक दिन श्रीयुक्तेश्वरजी का दर्शन करने मेरे पिताजी श्रीरामपुर आए। पिताजी त्रुटियों का लम्बा वर्णन सुनकर स्तब्ध हो गए। वे तेजी से मेरे पास आए।

"तुम्हारे गुरु की बातें सुनकर तो मुझे लगता है कि तुम पूरे चौपट हो गए हो!" पिता जी की अवस्था हँसने और रोने के बीच की थी।

श्रीयुक्तेश्वरजी के मुझ पर कोप का कारण था कि मैं एक व्यक्ति को अध्यात्म मार्ग पर लाने का प्रयत्न कर रहा था।

मैं तेजी से गुरुदेव के पास पहुँचा। उन्होंने अपनी दृष्टि नीची कर ली। "गुरुदेव! आपने मेरे पिताजी के सामने इतनी निर्दय आलोचना क्यों की?"

"फिर कभी नहीं करूँगा।" श्रीयुक्तेश्वरजी ने क्षमायाचना की।

तत्काल मैं निरस्त्र हो गया। उस महान पुरुष ने कितनी तत्परता से अपनी भूल स्वीकार कर ली! उसके बाद जहाँ चाहे, जब चाहे मेरी खबर लेना उन्होंने जारी रखा।

श्रीयुक्तेश्वरजी के साथ नए शिष्य भी कई बार दूसरों की आलोचना करने लगते। जैसे गुरु के समान ही ज्ञानी, निर्दोष विवेक की मूर्तियाँ हों, परन्तु जो आक्रमण करता है, उसे बचाव की भी व्यवस्था रखनी चाहिए। गुरुदेव ने जैसे ही उन परछिद्रान्वेषी शिष्यों पर अपने विश्लेषणात्मक तरकश से तीर चला दिए। सब-के-सब वहाँ से भाग निकले।

उन भगोड़ों पर प्रतिक्रिया व्यक्त करते हुए श्रीयुक्तेश्वरजी कहते थे, "आलोचना के हलके-से स्पर्श से बिदक जाने वाली दुर्बलताएँ उन रोगग्रस्त अंगों के समान हैं, जो जरा-सा हाथ लगाने से ही पीछे हट जाते हैं।"

अनेक शिष्यों के मन में गुरु के बारे में पूर्वनिर्धारित कल्पना होती है। ऐसे लोगों को यह शिकायत रहती है कि वे श्रीयुक्तेश्वरजी को समझ नहीं पाए।

"और न ही तुम ईश्वर को समझते हो," एक अवसर पर मैं बरस पड़ा,

"तुम यदि एक संत को समझ पाते, तो स्वयं संत बन जाते, "सृष्टि के अरबों रहस्यों का भेद हम जान नहीं पाए, तब भी कोई यह सोचने का साहस करे कि एक सिद्ध पुरुष के अथाह स्वभाव का ज्ञान उसे तत्क्षण हो जाए?

अनेक शिष्य आते जाते रहे। जो आसान मार्ग चाहते थे, जिसमें उन्हें आते ही सहानुभूति मिले और उनके गुणों की सराहना हो, उन्हें आश्रम में निराशा ही हाथ लगती थी। गुरुदेव शिष्यों को आश्रय, संरक्षण एवं मार्गदर्शन देने के लिए तैयार थे, परन्तु अनेक शिष्य अपने अहंकार की तृप्ति भी चाहते थे। विनम्रता की अपेक्षा वे आश्रम छोड़कर चले गए। उनकी आध्यात्मिक रुग्णता के लिए श्रीयुक्तेश्वरजी की ज्ञान किरणें दुस्सह थी।

गुरुदेव के साथ आरम्भ में मुझे उनकी फटकार का भय लगा रहता था, परन्तु बाद में समझ में आ गया कि उनकी यह चीर फाड़ केवल उन्हीं पर की जाती थी, जिन्होंने उनके अनुशासन की माँग की थी। यदि कोई मर्माहत शिष्य प्रतिवाद करता तो, श्रीयुक्तेश्वरजी उसका बुरा न मानते और मौन हो जाते थे। उनके शब्दों में कभी क्रोध नहीं होता था, ज्ञान की अलिप्तता होती थी। जो शिष्य उनसे शिक्षा प्राप्त करना चाहते थे, उनके प्रति श्रीयुक्तेश्वरजी अपना उत्तरदायित्व गंभीरता से लेते थे। वह सचमुच बड़ा साहसी है, जो अहंकारलिप्त मानवता की अशुद्धियों से भरपूर कच्ची धातु को रूपांतरित करने का कार्य हाथ में ले लेता है।

जब मैंने अपने आंतरिक रोष को छोड़ दिया, तब मैंने देखा कि मुझे मिलने वाली प्रताड़नाओं में स्पष्ट कमी आई। गुरुदेव मेरे प्रति थोड़े नरम हो गए थे। मैंने तर्क-वितर्क तथा अवचेतन निग्रहों की वह प्रत्येक दीवार ढहा दी, जिसके पीछे व्यक्तित्व आड़ लेता है। अपने गुरु के साथ अनायास ही मेरा तालमेल बैठ गया। तभी मैंने जाना कि वे दूसरों पर विश्वास करते हैं, उनका ख्याल रखते हैं और प्रेम करते हैं, परन्तु स्नेह का एक शब्द भी कभी उनके मुख से नहीं निकला। भावों को प्रकट करना उनके स्वभाव में नहीं था।

मेरा स्वभाव भक्तिप्रवण है। वे पूर्ण ज्ञान की मूर्ति थे, किन्तु प्रत्यक्ष भक्तिशून्य दिखाई पड़ने वाले गुरु कठोर आध्यात्मिक गणित की भाषा में बातें करते देखकर उनके स्वभाव के साथ मेरा तालमेल बैठता गया, तो मैंने अनुभव किया कि ईश्वर के प्रति मेरी भक्ति में वृद्धि ही होती गई। आत्म-साक्षात्कारी गुरु अपने शिष्यों का उनकी प्रकृतियों के अनुसार मार्गदर्शन करने में समर्थ होते हैं।

श्रीयुक्तेश्वरजी के साथ शब्दों का प्रयोग बहुत कम होता था। आंतरिक स्तर पर धाराप्रवाह संवाद चलता रहता था। मेरे विचारों पर उनके समर्थन की मूक छाप लग चुकी है, जिससे वाणी का कोई प्रयोजन ही नहीं रहता था। मैं अनुभव करता था कि उनकी असीम कृपा शांतिपूर्वक मेरे सारे अस्तित्व पर वर्षा कर रही है

अपने कॉलेज-जीवन के प्रथम वर्ष की ग्रीष्मकालीन छुट्टियों में अपने गुरु के साथ कुछ महीनों तक समय बिताने के इस अवसर की मैं लम्बे समय से प्रतीक्षा कर रहा था।

श्रीयुक्तेश्वरजी प्रसन्न थे, "आश्रम का कार्यभार तुम्हें संभालना है। तुम्हारा काम होगा अतिथियों का स्वागत और शिष्यों की देखरेख।"

पन्द्रह दिन बाद कुमार नाम का पूर्वी बंगाल का एक लड़का आश्रम में शिक्षा ग्रहण करने के लिए रहने लगा। बुद्धिमान होने के कारण वह शीघ्र ही गुरुदेव का प्रेमपात्र बन गया। किसी कारण इस नए आश्रमवासी के प्रति श्रीयुक्तेश्वरजी ने अनालोचनात्मक रवैया भी अपनाया था।

एक माह बाद गुरुदेव ने आदेश दिया, "अब तुम्हारा कार्य कुमार संभालेगा। तुम झाड़ू लगाने और खाना बनाने में समय लगाओ।" इसके बाद कुमार आश्रम में तानाशाही करने लगा। मूक विद्रोह के रूप में अन्य शिष्य परामर्श के लिए मेरे पास आते रहे। एक दिन मेरे कानों में कुमार और गुरुदेव के बीच चल रहा संवाद पड़ा।

"मुकुंद के कारण मेरे काम में दिक्कत हो रही है," कुमार कह रहा था, लोग उसी के पास जाते हैं और उसी का कहना मानते हैं।"

"इसीलिए मैंने उसे रसोईघर का और तुम्हें बैठकखाने का काम दिया, ताकि समझ में आ सके कि एक योग्य नेता में सेवा की इच्छा होती है, अधिकार चलाने की नहीं।" श्रीयुक्तेश्वरजी का कठोर स्वर था, "तुम्हें मुकुंद का पद चाहिए था, परन्तु तुम उस पद को नहीं सम्भाल सके। अब अपने पुराने पद रसोईघर के सहायक के रूप में काम करो।"

गुरुदेव ने पुनः कुमार के प्रति तुष्टीकरण की नीति अपना ली। कुगार में श्रीयुक्तेश्वरजी को एक सुंदर फव्वारा नजर आ रहा था, ऐसा फव्वारा जो गुरुभाइयों के लिए फुहारे नहीं छोड़ता था। यह लड़का गुरुदेव को सबसे प्रिय हो गया था। मैं कभी हतोत्साहित नहीं हुआ। स्वभावगत विलक्षणताएँ, जो

सिद्ध पुरुषों में होती हैं, जीवन के चित्र को विविधंगी बनाती है। मैं श्रीयुक्तेश्वरजी से कहीं अधिक महान लाभ पाने का आकांक्षी था। एक दिन कुमार ने अकारण मुझ पर विष उगल दिया; मैं आहत हुआ, "तुम्हारा दिमाग घमंड से फूल गया है," आगे मैंने एक चेतावनी भी जोड़ दी, "तुमने अपने तौर-तरीकों में सुधार नहीं किया, तो किसी दिन आश्रम से निकाल दिए जाओगे।"

कुमार ने गुरुदेव को यह बात बताई, जो वहाँ आ पहुँचे थे। मैं सकपकाकर एक कोने में खड़ा हो गया।

"मुकुंद ठीक ही कह रहा है।" गुरुदेव के शब्द सुनाई दिए।

एक वर्ष बाद कुमार अपने गाँव जाने के लिए निकल पड़ा। कुछ महीनों बाद वह लौटकर आया, तो उसमें तेजस्वी चेहरे का राजसी कुमार अब लुप्त हो गया था। अब एक साधारण देहाती सामने खड़ा था, जिसने बुरी आदतें भी अपना ली थीं।

गुरुदेव ने मुझे बुला लिया और भग्न हृदय से मुझसे चर्चा करते रहे कि कुमार अब आश्रम के संन्यास जीवन के योग्य नहीं रहा।

"मुकुंद, कुमार को आश्रम छोड़कर जाने के लिए कहने का काम तुम पर छोड़ता हूँ," श्रीयुक्तेश्वरजी की आँखें भर आईं, "यदि यह लड़का मेरी बात मानता और जाकर अवांछनीय संगति में नहीं पड़ता, तो इस हद तक कभी नहीं गिरता। इसने मेरे संरक्षण को ठुकरा दिया है।"

कुमार के जाने पर मैं दुःखी अंतःकरण से सोचता रहा कि जिसमें एक सिद्ध पुरुष का प्रेम जीत लेने की शक्ति थी, वह भी कितनी आसानी से संसार के प्रलोभनों में फँस गया। इन्द्रियों की धूर्तता की तुलना सदाबहार करवीर के पौधे के साथ की जा सकती है, जिसके गुलाबी पुष्पों से सुगंध आती रहती है, पर इसके अंग-प्रत्यंग में विष भरा होता है। तृप्ति का धाय तो अंतर में स्थित है, जो उस सुख से दीप्तिमान है, जिसे हजार बाह्य दिशाओं में अंधों की तरह ढूँढा जा रहा है।

मेरे गुरु अपने पुरुष और स्त्री शिष्यों को अपनी संतान मानकर उनसे खुलकर मिलते थे। उनकी आत्मा की समानता को जानते हुए वे उनमें कोई भेद नहीं करते थे और कोई पक्षपात नहीं दर्शाते थे।

वे कहते थे, "नींद में पता नहीं चलता कि वह पुरुष है या स्त्री। स्त्री

का वेष धारण कर कोई पुरुष स्त्री नहीं बन जाता, उसी प्रकार आत्मा स्त्री या पुरुष का रूप धारण कर लेने पर भी अपरिवर्तित ही रहती है। आत्मा ईश्वर का निर्विकार, निर्गुण प्रतिरूप है।"

श्रीयुक्तेश्वरजी नारी को 'पुरुष के अधःपतन का कारण नहीं मानते थे। वे कहते थे कि नारी को भी पुरुष-आकर्षण का सामना करना पड़ता है। मैंने पूछा कि एक संत ने नारी को 'नर्क का द्वार' क्यों कहा?

श्रीयुक्तेश्वरजी ने तीखे स्वर में कहा, "युवावस्था में कोई लड़की बाधक सिद्ध हुई होगी, अन्यथा वह नारी को नहीं, बल्कि अपने आत्मसंयम को दोष देता।"

यदि कोई आगंतुक विकारमयी बातें बताने की धृष्टता कर देता, तो गुरुदेव मौन हो जाते। वे शिष्यों से कहते, "सुंदर चेहरे के प्रहार अपने ऊपर मत होने दो। इन्द्रियों के दास जगत का आनंद कैसे ले सकते हैं? वासनाओं में आसक्त मनुष्य का विवेक खो जाता है, उसे अच्छे-बुरे का पता नहीं चलता।"

मायाजनित कामवासना से बचने की इच्छा करने वाले शिष्यों को श्रीयुक्तेश्वरजी से समझदारी से ओतप्रोत मार्गदर्शन मिलता था।

वे कहते थे, "जिस प्रकार भूख का एक यथार्थ उद्देश्य है, परन्तु लोलुपता का नहीं, उसी प्रकार काम प्रवृत्ति को भी प्रकृति ने केवल प्रजाति के प्रवर्तन के लिए बनाया है, अपनी गलत इच्छाओं को अभी ही नष्ट कर दो, अन्यथा स्थूल शरीर छूट जाने के बाद भी सूक्ष्म शरीर में वे तुम्हारे साथ चिपकी रहेंगी। यदि प्रलोभन तुम पर आक्रमण करे, तो अदम्य इच्छाशक्ति द्वारा उस पर विजय प्राप्त करो।

"अपनी शक्तियों को बचाकर रखो। विशाल समुद्र के समान बनो, जिसमें इन्द्रियों की सब नदियाँ चुपचाप विलीन होती चली जाएँ। प्रतिदिन नई शक्ति के साथ जागती वासनाएँ तुम्हारी आंतरिक शांति को सोख लेंगी; आत्म-संयम के सिंह बनकर विचरण करो। इन्द्रिय-दुर्बलताओं की लातें खाकर लुढ़कते मत रहो।"

सच्चा साधक वासनाओं की विवशता से मुक्त हो जाता है। मानवी स्नेह की अपनी आवश्यकता को वह उस ईश्वर की लालसा में बदल देता है, जो एकमात्र प्रेम है, क्योंकि वह सर्वव्यापी है।

श्रीयुक्तेश्वरजी की मातृश्री काशी में रहती थीं। मैं अपने गुरु से मिलने प्रथम बार गया था। वे करुणामय और दयालु थीं, परन्तु सुनिश्चित मतों की भी थीं। एक दिन मैं बालकनी में माँ-बेटे को वार्तालाप करते देख रहा था। तर्कसंगत पद्धति से श्रीयुक्तेश्वरजी उन्हें समझाने का प्रयास कर रहे थे, क्योंकि माताजी विरोध कर रही थी, "नहीं, बेटे, तुम जाओ! तुम्हारा उपदेश मेरे काम का नहीं। मैं तुम्हारी शिष्या नहीं हूँ।"

श्रीयुक्तेश्वरजी एक भी शब्द मुँह से निकाले बिना वहाँ से हट गए। माँ के अनुचित बर्ताव में भी उनके प्रति श्रीयुक्तेश्वरजी का महान आदर देखकर मैं गद्‌गद हो गया। माताजी उन्हें अपने बच्चे के रूप में देख रही थीं, एक ज्ञानी के रूप में नहीं। मेरे गुरु के असाधारण स्वभाव पर प्रकाश पड़ रहा था, अंदर से विनम्र परन्तु बाहर से फौलाद।

संन्यास धर्म स्वामियों को संसार से संबंध बनाए रखने की अनुमति नहीं देता। गृहस्थों के परंपरागत पारिवारिक धार्मिक विधि संन्यासी सम्पन्न नहीं कर सकते, फिर भी प्राचीन संन्यास-आश्रम का नवनिर्माण करने वाले आदि शंकराचार्य ने इन नियमों की उपेक्षा की थी। अपनी प्रिय माता के स्वर्गवास के बाद उन्होंने हाथ ऊपर उठाकर अग्नि का आह्वान किया और प्रकट हुई दिव्य अग्निशिखा से माता का दाह-संस्कार किया।

श्रीयुक्तेश्वरजी ने भी इन नियमों की उपेक्षा की, पर शंकराचार्य से कम चमत्कारी ढंग से। जब उनकी माता का स्वर्गवास हुआ, तब उन्होंने पवित्र गंगातट पर उनकी अन्त्येष्टि की व्यवस्था की और गृहस्थ-परम्परा के अनुसार अनेक ब्राह्मणों को भोजन कराया।

शास्त्रों के विधि-निषेध संन्यासियों की संकुचित संबंधों के दायरे से बाहर निकलने में सहायता करने के लिए बनाए गए थे। शंकराचार्य और श्रीयुक्तेश्वरजी ने अपना संपूर्ण अस्तित्व विराट निराकार ब्रह्म में विलीन कर दिया था, उन्हें अपने बचाव के लिए किसी नियम की आवश्यकता नहीं थी। कभी-कभी सिद्ध पुरुष केवल यह दर्शाने के लिए भी किसी नियम का जान-बूझकर उल्लंघन करते हैं कि उनमें निहित सिद्धांत नियम से श्रेष्ठ है और सिद्धांत नियम के बन्धन में नहीं है।

श्रीयुक्तेश्वरजी शास्त्रों के अतिरिक्त अन्य कोई पुस्तक शायद ही कभी पढ़ते थे, फिर भी वे नवीनतम वैज्ञानिक आविष्कारों तथा ज्ञान के विभिन्न क्षेत्रों

में हुई प्रगति से सदा ही पूर्ण परिचित रहते थे। वे वार्तालाप में अत्यंत निपुण थे और अतिथियों के साथ विचारों के आदान-प्रदान में आनंद लेते थे। बाइबिल के एक वचन को उद्धृत करते हुए वे कहते थे, "ईश्वर को पाने के लिए मनुष्य को अपना 'चेहरा विकृत करने' की आवश्यकता नहीं। ईश्वर को पाने का अर्थ होगा, सभी दुःखों का अन्त।"

जो लोग आश्रम में आते रहते थे, उनमें कई लोग यह सोचकर आते थे कि उनकी मुलाकात किसी रूढ़िवादी धार्मिक व्यक्ति से होने वाली है। उनकी दृष्टि से यही प्रकट होता था कि नवागंतुकों को सदाचार के उपदेशों के अतिरिक्त कोई अन्य अपेक्षा नहीं थी। श्रीयुक्तेश्वरजी के साथ चर्चा करने और यह देखने के बाद कि उनके अपने क्षेत्र में भी श्रीयुक्तेश्वरजी का पूर्ण ज्ञान है, वे अनिच्छापूर्वक ही वहाँ से प्रस्थान करते थे।

एक बार एक विख्यात रसायनशास्त्री श्रीयुक्तेश्वरजी के साथ तर्कयुद्ध में भिड़ गए। ये महाशय ईश्वर के अस्तित्व को इसलिए स्वीकार नहीं कर रहे थे कि विज्ञान ईश्वर की खोज का कोई उपाय ढूँढ नहीं पाया।

"आप लोग उस परमशक्ति को टेस्ट ट्यूब में पृथक् करने में विफल रहे। आपको इसका कोई स्पष्टीकरण नहीं मिल रहा है। मैं आपको एक नया प्रयोग बताता हूँ, चौबीस घंटों अपने विचारों का परीक्षण कीजिए। आपको ईश्वर की अनुपस्थिति पर विस्मय नहीं होगा।"

एक गणमान्य पंडित को भी धक्का लगा। दीवारें गूँज रही थीं, जब ये महाशय महाभारत, उपनिषदों और शंकराचार्य के भाष्यों के परिच्छेद सुनाते जा रहे थे।

"उद्धरण तो आपने बहुत दे दिए, परन्तु आप अपने वैयक्तिक जीवन से कौन-सी मौलिक व्याख्या प्रस्तुत कर सकते हैं? किस शास्त्र या सूत्र को आपने अपने जीवन में उतारा है? इन त्रिकालाबाधित सत्यों ने आपके स्वभाव में क्या-क्या अच्छे परिवर्तन किए हैं? क्या आप दूसरे मनुष्यों के शब्दों का उच्चारण करके संतुष्ट हैं?"

"मैं हार गया!" पंडितजी ने अकुलाहट से कहा, "मुझे कोई अनुभूति नहीं है।"

पहली बार पंडितजी की समझ में आ गया कि पुस्तकीय ज्ञान आध्यात्मिक अनुभूति के अभाव की पूर्ति नहीं कर सकता। पंडितजी के वहाँ से चले जाने

के बाद गुरुदेव ने कहा, “ये समझते हैं कि बौद्धिक व्यायाम से तत्वज्ञान बन जाता है। चाहे बाह्य कृत्यों की अपक्वता हो या अंतर्परिष्कारक अनुशासन, इन दोनों से इन लोगों के उन्नत विचार सावधानीपूर्वक असंबंधित रहते हैं!”

“विस्तृत शब्दज्ञान को ही ज्ञान मान लेने की भूल मत करो,” वे कहते, “यदि एक ही श्लोक को धीरे-धीरे आत्मसात् किया जाए, तो वे धर्मशास्त्र अनुभूति की जिज्ञासा जगाने में लाभकारी हो सकते हैं। अन्यथा निरन्तर बौद्धिक अध्ययन से मिथ्याभिमान, झूठा संतोष और अपरिपक्व ज्ञान से अधिक कुछ प्राप्त नहीं होता।”

पूर्वी बंगाल के एक वन में स्थित आश्रम था, जहाँ उन्होंने एक विख्यात गुरु श्री डबरु बल्लव की पद्धति का अवलोकन किया। उनकी पद्धति, जो सरल भी थी और कठिन भी। यह प्राचीन भारत में प्रयोग में लाई जाती थी।

डबरु बल्लव ने शिष्यों को अपने पास बिठा लिया था। पावन श्रीमद्‌भगवद्‌गीता की पुस्तकें उनके सामने खुली थीं। वे लोग आधे घंटे तक एक श्लोक को स्थिर दृष्टि से देखते रहे, फिर उन्होंने आँखें बन्द कर लीं। आधा घंटा बीत गया। अब गुरु ने उस पर संक्षिप्त भाष्य किया। निश्चल अवस्था में उन्होंने फिर से एक घंटे तक ध्यान किया। अंततः गुरु ने कहा, “यह श्लोक समझ में आ गया?”

“जी, गुरुदेव!” शिष्य मंडली में से एक ने कहा।

“नहीं, पूरी तरह नहीं। उस आध्यात्मिक प्राण को पहचानने की चेष्टा करो, जिसने इन शब्दों को वर्षों से भारत को नवजीवन प्रदान करने की शक्ति दी है।” एक घंटे तक मौन चिंतन चला। तत्पश्चात् गुरु ने शिष्यों को छुट्टी दे दी और श्रीयुक्तेश्वरजी की ओर मुड़कर उन्होंने कहा, “आपको भगवद्‌गीता का ज्ञान है?”

“नहीं महाराज, मैं उसे ठीक से समझ नहीं पाया हूँ, यद्यपि मेरे नेत्र और मन कई बार उसके पन्नों को पढ़ चुके हैं।”

“सैकड़ों लोगों ने मुझे इससे भिन्न उत्तर दिए!” महात्मा श्रीयुक्तेश्वरजी आशीर्वाद देने की मुद्रा में मुस्कराए और बोले, “यदि शास्त्र संपदा के बाह्य प्रदर्शन में ही कोई व्यस्त रहे, तो अमूल्य रत्नों के लिए अंतर में डुबकी लगाने का समय ही कहाँ बचता है?”

श्रीयुक्तेश्वरजी अपने शिष्यों को इसी एकाग्रता की पद्धति से अध्ययन

कराते थे, "ज्ञान आँखों से नहीं, अणु-परमाणुओं से आत्मसात् किया जाता है। जब सत्य का ज्ञान तुम्हारे दिमाग में न रहकर सम्पूर्ण अस्तित्व में समा जाएगा, तभी तुम उसके अर्थ के बारे में कह सकते हो।"

वे कहते, "इस विचार से अधिक शीघ्रता से मुक्ति दिलाने वाला और क्या हो सकता है कि 'ईश्वर है,' बल्कि केवल 'ईश्वर'?"

किन्तु समय इस मूल सरलता की ओर आसानी से नहीं लौटता। बुद्धिवादी का लक्ष्य शायद ही कभी 'ईश्वर' होता है, उसे विद्यालंकृत शब्दाडंबर ही अधिक भाता है। उसका अहंकार इसी में तृप्त हो जाता है कि वह इतने गहन पांडित्य को समझ सकता है।

जिन लोगों में धन-संपत्ति या सामाजिक मान-मर्यादा का अहंभाव होता था, उनके साथ यह संभावना बनी रहती थी कि गुरुदेव के सान्निध्य में विनम्रता धन भी जुड़ जाए। एक बार पुरी में उनके आश्रम में एक मजिस्ट्रेट मिलने आए। मजिस्ट्रेट अपनी निष्ठुरता के लिए जाने जाते थे और आश्रम से बेदखल करना उनके अधिकार में था। मैंने गुरुदेव को अवगत कराया, परन्तु कोई प्रभाव नहीं पड़ा। मजिस्ट्रेट को कोई महत्व न देकर वे साधारण भाव से बैठे रहे और उनका स्वागत करने के लिए खड़े भी नहीं हुए।

श्रीयुक्तेश्वरजी ने मुझसे मजिस्ट्रेट के लिए कुर्सी लाने को भी नहीं कहा, उन्हें लकड़ी के एक डिब्बे पर बैठकर ही संतोष करना पड़ा। पद की गरिमा के अनुसार स्वागत किए जाने की उनकी आशा की पूर्ति नहीं हुई।

मजिस्ट्रेट शास्त्रों का अर्थ बताने में गलतियाँ करते गए और जैसे-जैसे गलतियाँ करते, वैसे-वैसे उनका क्रोध बढ़ता गया।

"आप जानते हैं कि मैं एम. ए. की परीक्षा में प्रथम आया था?"

"महोदय, यह आपकी अदालत का कमरा नहीं," गुरुदेव ने कहा, "आपकी बचकानी बातों से तो लगता है कि आपका विद्यार्थी जीवन प्रतिभावान नहीं रहा। यूनिवर्सिटी की डिग्री का वैदिक ज्ञान के साथ कोई संबंध नहीं। संत एकाउंटेंटों की भाँति प्रतिवर्ष समूह में नहीं निकलते।"

"पहली बार किसी दैवी मजिस्ट्रेट के साथ सामना हुआ है," उन्होंने कहा। बाद में उन्होंने कानूनी भाषा में 'प्रत्याशी' शिष्य के रूप में स्वीकार किए जाने का औपचारिक निवेदन किया।

लाहिड़ी महाशय की तरह श्रीयुक्तेश्वरजी ने भी संन्यास ग्रहण के इच्छुक

परावृत्त किया। दोनों गुरु अपरिपक्व शिष्यों को कहते थे, "ईश्वरानुभूति का अभाव होते हुए भी गेरुआ वस्त्र धारण करने का अर्थ समाज को ठगना है। त्याग के इन बाह्य प्रतीकों का विचार मत करो, जो तुममें अहंकार उत्पन्न करके हानि कर सकते हैं। तुम्हारी दैनिक आध्यात्मिक प्रगति के अलावा और कोई महत्व नहीं। उसके लिए क्रियायोग का उपयोग करो।"

किसी व्यक्ति को योग्य या अयोग्य ठहराने के लिए संतजन एक ही अचल मापदण्ड को अपनाते हैं, जो संसार के नित्य बदलते मापदण्डों से सर्वथा भिन्न है।

मेरे गुरु अपनी जमीन-जायदाद की देखभाल स्वयं करते थे। विश्वासघाती लोगों ने गुरुदेव की पैतृक जमीन-जायदाद पर कब्जा कर लेने का प्रयास किया। उन सबको श्रीयुक्तेश्वरजी ने उनके विरुद्ध मुकदमे दायर करके, मात दे दी। वे भिक्षाजीवी गुरु नहीं बनना चाहते थे, न ही अपने शिष्यों पर बोझ बनना चाहते थे।

आर्थिक स्वतंत्रता एक कारण थी कि मेरे गुरु कूटनीति से पूर्णतया अनभिज्ञ थे। उन गुरुओं के विपरीत, जिन्हें उनका भार वहन करने वाले दाताओं के अहं को संतुष्ट करना पड़ता है। मेरे गुरु दूसरों के धनैश्वर्य के प्रभाव में नहीं आते थे। मैंने उन्हें किसी से पैसा माँगते नहीं सुना। आश्रम की शिक्षा सभी शिष्यों के लिए निःशुल्क थी।

एक बार श्रीरामपुर आश्रम में सम्मन देने अदालत का एक कर्मचारी आया। कन्हाई और मैं उसे गुरुदेव के पास ले गए।

"आपकी भलाई इसी में है कि आप इस आश्रम से बाहर निकलकर अदालत की सत्यनिष्ठ हवा खाएँ।" उसने अपमानसूचक स्वर में कहा।

"इसके आगे यदि गुस्ताखी का एक भी शब्द तुम्हारे मुँह से निकला, तो तुम धूल चाटते नजर आओगे।" मैं उसकी ओर बढ़ने लगा।

कन्हाई भी उस कर्मचारी पर चिल्ला रहा था, "अरे दुष्ट! तुम्हारा इतना साहस कि तुम अपनी दुष्टता को इस पवित्र आश्रम में भी ले आए?"

गुरुदेव उस कर्मचारी के रक्षक बनकर उसके सामने खड़े हो गए, "अकारण उत्तेजित होने की आवश्यकता नहीं। यह आदमी केवल अपने कर्तव्य का पालन कर रहा है।"

वह कर्मचारी चकित रह गया और क्षमा माँगकर वहाँ से चलता बना।

उग्र इच्छाशक्ति वाला सिद्धपुरुष अंदर से इतना शांत-शीतल भी था। वेदों में संत के विषय में दी गई परिभाषा श्रीयुक्तेश्वरजी पर सटीक थी। 'वज्रादपि कठोराणि मृदूनि कुसुमादपि।' अर्थात् जहाँ दया का प्रश्न है, वहाँ फूलों से भी कोमल, जहाँ सिद्धांतों का प्रश्न है, वहाँ वज्र से भी कठोर।

यदि मेरे तेजस्वी गुरु का मन ख्याति या सांसारिक उपलब्धियों पर केन्द्रित हो जाता, तो वे सम्राट या विश्व को थर्रा देने वाले योद्धा बन सकते थे, परन्तु उन्होंने क्रोध और अहंकार के उन आंतरिक दुर्गों को ध्वंस करना पसंद किया, जिनके पतन में मनुष्य की चरम उपलब्धि निहित है।

विनिद्र संत

"कृपया मुझे हिमालय में जाने की अनुमति दीजिए। वहाँ के अखण्ड एकांत में मैं ईश्वर से अनवरत तादात्म्य स्थापित कर सकूँगा।"

साधक के मन में अप्रत्याशित रूप से उत्पन्न होने वाले भ्रम के जाल में मैं फँस गया था। कॉलेज की पढ़ाई और आश्रम के कर्तव्यों के प्रति दिनोंदिन उदासीनता मुझे अधीर किए जा रही थी। मैंने यह प्रस्ताव तब रखा था, जब श्रीयुक्तेश्वरजी के साथ रहते मुझे केवल छह महीने ही हुए थे।

"हिमालय में कई लोग रहते हैं, उन्हें कोई ईश्वरानुभूति नहीं है। जड़ पर्वत की अपेक्षा किसी आत्मज्ञान से ज्ञान प्राप्त करना अच्छा है।"

गुरुदेव के इस संकेत कि गुरु पर्वत नहीं, बल्कि वे स्वयं हैं, उपेक्षा कर पुनः प्रार्थना दुहराई। श्रीयुक्तेश्वरजी ने उत्तर नहीं दिया। मैंने उनके मौन को स्वीकृति मान लिया।

उस दिन मैं यात्रा की तैयारी में जुट गया। एक कंबल में कुछ सामान को बाँधते समय मुझे उस गठरी की सहसा याद आ गई, जिसे मैंने कुछ वर्ष अपनी अटारी की खिड़की से नीचे फेंका था। कहीं यह भी एक और अनिष्ट-ग्रहयोगयुक्त हिमालय-पलायन साबित न हो। पहली बार मेरा आध्यात्मिक उत्साह उछाल पर था। आज अपने गुरु को छोड़कर जाने के विचार पर अंतर्मन धिक्कार रहा था।

दूसरे दिन प्रातः मैं अपने संस्कृत प्राध्यापक बिहारी पंडित के पास जा पहुँचा, "सर, लाहिड़ी महाशय के एक महान शिष्य के साथ अपनी मित्रता के बारे में आपने मुझे बताया था। कृपया उनका पता बता दीजिए।"

"तुम्हारा आशय रामगोपाल मजूमदार से है। मैं उन्हें विनिद्र संत कहता हूँ। वे सदा ही ब्रह्मानंद में निमग्न रहते हुए जागृत रहते हैं। उनका घर तारकेश्वर के निकट रणबाजपुर में है।"

मैं तुरन्त तारकेश्वर जाने के लिए ट्रेन पर सवार हो गया। इस विनिद्र संत से हिमालय में एकांत ध्यान में रत होने की अनुमति लेकर मैं अपनी आशंका को शांत करना चाहता था। बिहारी पंडित ने बताया था कि रामगोपाल को बंगाल की निर्जन गुफाओं में वर्षों तक क्रिया योग का अभ्यास करने के पश्चात् आत्म-साक्षात्कार हो गया था।

तारकेश्वर में मैं वहाँ के सुविख्यात मंदिर की ओर चल पड़ा। हिन्दू लोगों के मन में इस मंदिर के प्रति नितांत श्रद्धाभाव है। तारकेश्वर में रोग-निवारण के असंख्य चमत्कार घटित हुए हैं, जिसमें से एक मेरे परिवार के एक सदस्य के साथ भी हुआ था।

"मैं मंदिर में पूरे एक सप्ताह तक बैठी रही," मेरी सबसे बड़ी चाची ने बताया था, "पूर्ण उपवास करते हुए मैं तुम्हारे शारदा चाचा की जीर्ण रोग से मुक्ति के लिए प्रार्थना करती रही। सातवें दिन मेरी अंजलि में अपने आप एक बूटी प्रकट हो गई। मैंने उसका काढ़ा तैयार किया और तुम्हारे चाचा को पिला दिया। उनका रोग तत्क्षण गायब हो गया।"

मैंने तारकेश्वर के पवित्र मंदिर में प्रवेश किया। उस मंदिर में एक गोल पत्थर के अतिरिक्त और कुछ नहीं है। उसकी अनादि और अनंत परिधि अनंत ब्रह्म का उचित प्रतीक है।

मनःस्थिति इतनी वैराग्यपूर्ण थी कि पत्थर के आगे नतमस्तक होने की इच्छा नहीं हुई, क्योंकि ईश्वर को अपनी आत्मा में ही ढूँढा जाना चाहिए।

मैं वहाँ प्रणाम किए बिना ही मंदिर से बाहर आ गया और रणबाजपुर की ओर चल पड़ा। रास्ते में एक व्यक्ति से मैंने रणबाजपुर का रास्ता पूछा, "आगे एक चौराहा आएगा, वहाँ से दाहिने मुड़ जाओ और चलते जाओ।"

मैं नहर के किनारे-किनारे चलता गया। अंधेरा हो गया। चाँद का प्रकाश इतना मंद था कि रास्ता दिखाई देना कठिन था। दो घंटे तक ठोकरें खाता रहा।

मेरे जोर-जोर से पुकारने पर आखिर एक किसान मेरे पास आ गया।

"मैं रामगोपाल बाबू की खोज में हूं।"

"इस नाम का कोई व्यक्ति हमारे गाँव में नहीं रहता।" उस आदमी ने कटु स्वर में कहा।

मैंने हृदयस्पर्शी ढंग से अपनी सुनाई। वह मुझे घर ले गया और मेरी अच्छी आवभगत की।

"रणबाजपुर तो यहाँ से काफी दूर है," उसने कहा, "चौराहे पर तुम्हें बाएँ मुड़ना चाहिए था, दाहिने नहीं।"

मैं सोचने लगा, वह पहला आदमी अनभिज्ञ पथिकों के लिए एक निश्चित अभिशाप था। स्वादिष्ट भोजन के बाद एक छोटी-सी झोंपड़ी में मैं सोने चला गया। उस रात नींद आने का तो प्रश्न ही नहीं था, मैं एकांतवासी योगी रामगोपाल के पास पहुँच जाने के लिए गहरी प्रार्थना करता रहा।

जैसे ही मेरी झोंपड़ी के छिद्रों से उषा की पहली किरण अंदर आई, मैं रणबाजपुर के लिए निकल पड़ा। यदा-कदा मिल जाने वाला कोई किसान पूछने पर एक ही उत्तर देता कि रणबाजपुर बस एक कोस दूर है। छह घंटों में सूर्य ने अपनी यात्रा तय कर ली, मुझे लगने लगा कि मैं रणबाजपुर से सदा के लिए एक कोस दूर ही रहूँगा।

दोपहर भी आधी ढल गई, तब भी मेरा विश्व अंतहीन धान के खेतों में ही सिमट कर रह गया था। आकाश से हो रही अग्नि वर्षा से बचने का कोई उपाय नहीं था। उसकी दाहकता ने मुझे लगभग चक्कर खाकर गिर पड़ने की अवस्था तक पहुँचा दिया था। मैंने एक आदमी को अपने पास आते देखा। अब मुझे उससे फिर वही प्रश्न पूछने का साहस नहीं हो रहा था। वह मेरे पास आकर रुक गया। नाटे कद और दुबले-पतले शरीर का आदमी अपनी तेजस्वी आँखों के अतिरिक्त पूर्णतः अप्रभावशाली था।

"मैं रणबाजपुर से जाने वाला था, परन्तु तुम्हारा उद्‌देश्य अच्छा था, इसलिए मैंने तुम्हारी प्रतीक्षा की। तुम बिना सूचित किए मुझ पर झपट पड़ने की चतुराई दिखाना चाहते थे न? उस प्राध्यापक बिहारी को यह अधिकार नहीं था कि वह तुम्हें मेरा पता दे दे।"

मैं अवाक् खड़ा रहा अचानक उसने अगला प्रश्न किया, "अच्छा बताओ तो, तुम्हारे विचार में भगवान कहाँ है?"

"वह मेरे भीतर और सर्वत्र है।"

"सर्वव्यापी, हाँ?" वे हँसे, "तब क्यों, तुमने कल तारकेश्वर मंदिर में प्रस्तर-प्रतीक में विद्यमान ब्रह्म के आगे सिर नहीं झुकाया? तुम्हारे अभिमान के कारण ही तुम्हें उस पथिक द्वारा, जिसने दाहिने-बाएँ के सूक्ष्म भेदों की चिंता ही नहीं की, गलत दिशानिर्देश दिए जाने का दण्ड मिला। आज भी तुम्हें काफी मुसीबतें झेलनी पड़ी हैं!"

मैं विस्मय-विभोर था कि अतिसामान्य दिखने वाले उस शरीर में सर्वव्यापी दृष्टि छिपी हुई थी। उनकी बात से मैं पूर्णतः सहमत हुआ। योगी से एक व्यथा-निवारक शक्ति निःसृत्त हो रही थी। मैं उस दाहक खेत में भी तत्क्षण ताजगी अनुभव करने लगा।

"भक्त में यह सोचने की प्रवृत्ति होती है कि उसने जो मार्ग अपनाया है, वही ईश्वर-प्राप्ति का एकमेव मार्ग है," उन्होंने कहा, "योग, जिससे अपने भीतर ही ईश्वर मिल जाता है, निस्संशय सर्वोच्च मार्ग है, जैसा कि लाहिड़ी महाशय ने हमें बताया है, परन्तु भीतर ईश्वर की प्राप्ति हो जाने पर हम शीघ्र ही बाहर भी उसकी अनुभूति करते हैं। तारकेश्वर तथा अन्य स्थानों के पवित्र मंदिरों के प्रति उन्हें आध्यात्मिक शक्ति के केन्द्र मानकर जो श्रद्धाभाव लोगों में है। वह बिल्कुल सही है।"

उन्होंने मेरा कंधा थपथपाया, "छोटे योगी, मैं देख रहा हूँ कि तुम अपने गुरु से दूर भाग रहे हो। उनके पास वह सब कुछ है, जिसकी तुम्हें आवश्यकता है, तुम्हें उनके पास लौट जाना चाहिए। पर्वत तुम्हारे गुरु नहीं बन सकते।" श्रीयुक्तेश्वरजी द्वारा प्रकट किया गया वही विचार।

"सिद्ध जन केवल पर्वतों में ही निवास करें, ऐसा कोई विधि का विधान नहीं है," वे कहते जा रहे थे, "भारत और तिब्बत के हिमालय का संतों पर कोई एकाधिकार नहीं है। जिसे अपने अंदर पाने का कष्ट न किया जाए, उसे शरीर को यहाँ-वहाँ ले जाने से प्राप्त नहीं किया जा सकता। जैसे ही साधक आध्यात्मिक ज्ञानलाभ के लिए विश्व के अंतिम छोर तक भी जाने को तैयार हो जाता है, उसका गुरु उसके पास ही प्रकट हो जाता है।"

मैं सहमत हो गया। मुझे काशी के आश्रम में अपनी प्रार्थना का स्मरण हो आया, जिसके बाद एक गली में श्रीयुक्तेश्वरजी से भेंट हुई थी।

"क्या तुम एक ऐसे छोटे-से कमरे की अपने लिए व्यवस्था कर सकते हो जिसका दरवाजा बंद कर तुम अंदर एकांत में रह सको?"

"जी, हाँ।"

"तो वही तुम्हारी गुफा है," योगिराज ने ज्ञान जगा देने वाली एक ऐसी दृष्टि मुझ पर डाली कि मैं उसे आज तक नहीं भूल पाया, "वही तुम्हारा पावन पर्वत है। वहीं तुम्हें ईश्वर की प्राप्ति होगी।"

उनके शब्दों ने हिमालय के लिए मेरी आसक्ति एक पल में समाप्त कर

दी। मैं पर्वतों और अनंत बर्फ के स्वप्न से जाग गया।

"तुम्हारी ईश्वर लालसा प्रशंसनीय है। मैं तुम्हारे प्रति तीव्र प्रेम अनुभव कर रहा हूँ।" रामगोपाल बाबू ने मेरा हाथ पकड़ा और बस्ती में मुझे ले गए।

अपनी छोटी-सी कुटी में संत महाराज ने मुझे एक बाँस के मचान पर बैठाया। उन्होंने नींबू का शरबत और मिश्री का एक टुकड़ा दिया, तत्पश्चात् हम उनके आँगन में गए और पद्मासन लगाकर ध्यानस्थ हो गए। ध्यान में चार घंटे बीत गए। मैंने आँखें खोलकर देखा, चंद्रमा के प्रकाश में योगिराज की मूर्ति निश्चल बैठी थी। मैं अपने पेट को दृढ़तापूर्वक याद दिला रहा था कि मनुष्य केवल अन्न से ही जीवित नहीं रहता, तभी रामगोपाल अपने आसन से उठ गए।

"तुम्हें बहुत जोर से भूख लगी है," उन्होंने कहा, "भोजन अभी तैयार हो जाएगा।"

आँगन में ही उन्होंने मिट्टी के चूल्हे में आग जलाई। थोड़ी ही देर में हम केले के पत्तों पर चावल और दाल खा रहे थे। उन्होंने खाना बनाने में मेरी कोई सहायता स्वीकार नहीं की थी।

कुटी का वह छोटा-सा कमरा एक मृदु प्रकाश में रहस्यमय रूप से आलोकित लग रहा था। रामगोपाल ने मेरा बिस्तर बनाने के लिए कुछ फटे कंबल जमीन पर बिछा दिए और स्वयं एक चटाई पर बैठ गए। उनके आध्यात्मिक आकर्षण से विभोर होकर मैंने एक निवेदन किया, "महाराज, मुझे आप समाधि क्यों नहीं प्रदान कर देते?"

"प्रिय वत्स, मैं खुशी से तुम्हें यह ईश-संपर्क करा देता, परन्तु उसका मुझे अधिकार नहीं है। शीघ्र ही तुम्हारे गुरुदेव तुम्हें वह अनुभव प्रदान कर देंगे। इस क्षण तुम्हारा शरीर उसके लिए तैयार नहीं है। तुम्हारी नाड़ियाँ अभी महाप्राण के उस अत्यधिक भारी प्रवाह को सहन करने योग्य नहीं हैं। इसी समय यदि मैं तुम्हें समाधि दे दूँ, तो तुम ऐसे जलोगे कि मानो तुम्हारे शरीर की प्रत्येक कोशिका में आग लग गई हो।

"तुम मुझसे ब्रह्मज्ञान चाहते हो," योगीवर सोच में डूबे कहते जा रहे थे, "जब कि जितना नगण्य व्यक्ति मैं हूँ और जितनी अत्यल्प ध्यान-धारणा मैंने की है, उससे मैं स्वयं अचरज में हूँ कि क्या मैं भगवान को प्रसन्न करने में सफल हो पाया हूँ? और उसकी दृष्टि में अंतिम मूल्यांकन के समय मेरा मूल्य क्या होगा?"

"महाराज, क्या आप लम्बे समय से अनन्यभाव से ईश्वर प्राप्ति का प्रयास नहीं करते आ रहे हैं?"

"मैंने कुछ खास नहीं किया है। बीस साल तक मैं एक निर्जन गुफा में प्रतिदिन 18 घंटे ध्यान करता था, फिर उससे भी अधिक दुर्गम क्षेत्र में एक गुफा में जाकर पच्चीस साल तक रहा। वहाँ मैं प्रतिदिन बीस घंटे यौगिक ध्यान में लीन रहता था। निद्रा की आवश्यकता नहीं थी। मैं सदा ईश्वर के साथ ही रहता था। निद्रा की साधारण अवचेतन अवस्था की आंशिक शांति से मेरे शरीर को जितना विश्राम मिलता, उससे कहीं अधिक समाधि की अधिचेतन अवस्था की पूर्ण शांति में मिलता था।

"निद्रावस्था में मांसपेशियों को विश्राम मिलता है, परन्तु हृदय, फेफड़े और रक्त संचार प्रणाली निरन्तर कार्यरत रहती है; उन्हें कोई विश्राम नहीं मिलता। अधिचेतन अवस्था में सभी आंतरिक अवयव भी महाप्राण की शक्ति से आवेशित निष्क्रिय जीवंतता की अवस्था में स्थिर रहते हैं। ऐसी अवस्थाओं के कारण वर्षों से निद्रा मेरे लिए अनावश्यक हो गई है। एक समय आएगा, जब तुम्हें भी निद्रा की आवश्यकता नहीं रहेगी।"

"हे भगवान, आप इतनी अधिक ध्यान-धारणा करते आ रहे हैं और आपको पता नहीं कि आपने प्रभु को प्रसन्न कर लिया है या नहीं?" मैंने आश्चर्य से कहा, "हम जैसे साधारण लोगों का क्या होगा?"

"वत्स, ईश्वर स्वयं अनंत काल है? यह सोचना कि पैंतालीस वर्षों की ध्यान-धारणा से कोई उसे जान लेगा, असंगत अपेक्षा है। बाबाजी हमें विश्वास दिलाते हैं कि थोड़ी-सी ध्यान-धारणा भी मृत्युभय और परलोक की अवस्था के भय से रक्षण करती है। तुच्छ पर्वतों को अपना आध्यात्मिक आदर्श न बनाकर निर्गुण ईश्वर-प्राप्ति के तारे पर अपना लक्ष्य केन्द्रित करो। यदि कठिन परिश्रम करोगे तो वहाँ पहुँच जाओगे।"

मध्यरात्रि होने पर रामगोपाल मौन हो गए और मैं लेट गया। मैंने आँखें बंद कीं, तो बिजलियाँ कौंधती दिखाई देने लगीं, मेरे अंदर का विशाल अंतराल पिघले हुए प्रकाश से भर गया। मैंने आँखें खोलीं, तो वही चुँधियाने वाला प्रकाश दिखाई दे रहा था। यह कुटी उस अनंत महाकाश का एक छोटा-सा हिस्सा बन गई थी, जिसे मैं अपनी अंतर्दृष्टि से देख रहा था।

तभी योगिराज ने कहा, "तुम सोते क्यों नहीं?"

"महाराज मैं कैसे सो सकता हूँ, जब मेरे चारों ओर बिजलियाँ कौंध रही हों, चाहे मेरी आँखें बन्द हों या खुलीं!"

"तुम धन्य हो जो तुम्हें यह अनुभव मिल रहा है। इन आध्यात्मिक प्रभा-किरणों का दर्शन आसानी से नहीं होता।"

उषाकाल होने पर रामगोपाल ने मुझे मिश्री के कुछ टुकड़े दिए और वापस लौट जाने के लिए कहा। उनसे विदा लेने में अश्रु बहने लगे।

"मैं तुम्हें खाली हाथ नहीं जाने दूँगा।" योगिराज ने कहा।

उन्होंने अपनी दृष्टि मुझ पर स्थिर की। मैं निश्चल हो गया, मानो जमीन से चिपक गया होऊँ। उनसे निःसृत होने वाली शांति की धाराओं ने मेरे संपूर्ण अस्तित्व को आप्लावित कर दिया। मेरी पीठ का दर्द ठीक हो गया, जो वर्षों से मुझे तकलीफ देता रहता था।

ज्योतिर्मय आनंद के सागर में नहाकर नव उल्लास प्राप्त करने से अब मेरा रूदन बंद हो गया। रामगोपाल की चरणवंदना करके मैं जंगल में प्रवेश कर गया। आखिर मैं तारकेश्वर पहुँचा।

तारकेश्वर में दूसरी बार मैं फिर मंदिर गया और वहाँ भगवान के सामने साष्टांग दण्डवत किया। वह गोल पत्थर मेरी अंतर्दृष्टि के सामने आकार में बढ़ता गया और आकाशपिंड बन गया जिसमें वलयों पर वलय, अंचलों पर अंचल, सभी ईश्वर की प्रभा से ओतप्रोत लग रहे थे।

एक घंटे बाद मैं खुशी-खुशी कोलकाता की गाड़ी में बैठ गया।

समाधि लाभ

"मैं आ गया हूँ, गुरुजी," मेरा लज्जित चेहरा मेरे मनोभावों को अधिक स्पष्टता से व्यक्त कर रहा था।

"चलो, रसोईघर में खाने के लिए कुछ देखते हैं।"

श्रीयुक्तेश्वरजी का बर्ताव सहज था।

"गुरुदेव, मेरे कर्तव्यों को छोड़कर चले जाने से आपको अवश्य निराशा हुई होगी। मुझे तो लगा था आप मुझ पर क्रोधित होंगे!"

"नहीं, बिल्कुल नहीं, क्रोध केवल इच्छा के अवरोध से उत्पन्न होता है। मैं कभी दूसरों से कोई अपेक्षा नहीं रखता, इसलिए उनका कोई भी कार्य मेरी इच्छाओं के विपरीत नहीं हो सकता। मैं अपने किसी स्वार्थ के लिए तुम्हारा उपयोग कभी नहीं करता, मैं तो केवल तुम्हारे सच्चे सुख में ही खुश हूँ।"

"गुरुदेव, दिव्य प्रेम के बारे में मैंने केवल सुना ही था और कुछ धुँधली-सी कल्पना कर सकता था, परन्तु आज आपके देवतास्वरूप उदाहरण में मैं उसका प्रत्यक्ष दर्शन कर रहा हूँ। संसार में पुत्र यदि पिता को सूचना दिए बिना छोड़कर चला जाता है, तो पिता आसानी से उसे क्षमा नहीं करता, परन्तु आप में जरा-सी नाराजगी नहीं है, जबकि काम अधूरे छोड़ जाने से आपको असुविधा हुई होगी।"

हम दोनों ने एक दूसरे की आँखों में देखा। दोनों के ही नेत्रों में अश्रु भर आए थे। आनंद की एक लहर ने मुझे निमग्न कर दिया। मुझे यह बोध हो रहा था कि मेरे गुरु के रूप में साक्षात् भगवान मेरे हृदय के प्रेम की सीमित उत्कण्ठाओं को विराट प्रेम में विस्तारित कर रहे थे।

एक दिन सुबह मैं गुरुदेव के बैठक-कक्ष में गया। वहाँ ध्यान करने का विचार था, परन्तु मेरा अवज्ञाकारी मन इस उद्‌देश्य में सहयोग के लिए तैयार नहीं था। विचार ऐसे बिखर रहे थे।

"मुकुंद!" एक बालकनी से श्रीयुक्तेश्वरजी की आवाज आई।

मेरे विचार जितने विद्रोही थे, उतना ही विद्रोही मैं भी बन गया। "गुरुदेव सदा ध्यान करने को कहते हैं।" मैं बड़बड़ाया। उन्हें मालूम है कि मैं यहाँ किसलिए आया हूँ। उन्हें बाधा नहीं डालनी चाहिए।

उन्होंने फिर मुझे बुलाया। मैं चुप ही बैठा रहा। तीसरी बार जब उन्होंने फिर पुकारा, तो उनके स्वर में कठोरता आ गई थी।

"मैं ध्यान कर रहा हूँ, गुरुजी।" मैं विरोध में चिल्लाया।

"मैं जानता हूँ तुम कैसा ध्यान कर रहे हो," मेरे गुरु ने उधर से कहा, "आँधी में उड़ रहे पत्तों के समान मन से। यहाँ मेरे पास आओ।"

खिन्न मन से चुपचाप उनके पास जाकर खड़ा हो गया।

"नादान बच्चे, तुम्हें जो चाहिए वह पर्वत तुम्हें नहीं दे सके।" गुरुदेव स्नेह भरे, सांत्वना देते स्वर में बोल रहे थे। उनकी शांत दृष्टि अथाह बन गई थी, "तुम्हारे हृदय की लालसा अवश्य पूरी होगी।" उन्होंने मेरी छाती पर हृदय के ऊपर धीरे से थपथपाया।

मेरा शरीर निश्चल होकर जमीन से चिपक गया। श्वास तेजी से फेफड़ों से बाहर खिंच गई, मानो किसी महाकाय चुम्बक ने उसे खींच लिया हो। आत्मा और मन तत्क्षण शरीर के बन्धन से मुक्त हो गए और किसी प्रवाहमान तीक्ष्ण तेज के समान मेरे शरीर के रोम-रोम से बाहर बहने लगे। स्थूल शरीर मृतवत हो गया। अपने तीव्र बोध में मुझे यह भान हो रहा था कि मैं पहले कभी पूर्ण रूप से जीवित नहीं था। अपने अस्तित्व का बोध संकुचित रूप से केवल शरीर तक ही सीमित नहीं था, बल्कि चारों ओर व्याप्त अणु-परमाणुओं में फैल गया था। दूर सड़कों पर चल रहे लोग मेरी ही सुदूरस्थित परिधि पर चलते प्रतीत हो रहे थे। भूमि की धुँधली पारदर्शिता में पेड़-पौधों की जड़ें दिखाई दे रही थीं, उनके अंदर चल रहे रस-प्रवाह का मैं स्पष्ट अवलोकन कर रहा था।

आस-पास का क्षेत्र मेरे सामने अनावृत्त हो गया था। केवल सामने देख पाने वाली मेरी साधारण दृष्टि अब चतुर्दिग्दर्शी विशाल मंडलाकार दृष्टि में परिवर्तित हो गई थी, जो सर्वदर्शी भी थी। मस्तक के पीछे से मैं रायघाट लेन में दूर चलते-फिरते लोगों को देख रहा था और एक श्वेत गाय को भी वहाँ देखा, जो धीरे-धीरे आश्रम की ओर आ रही थी। जब वह आश्रम के खुले द्वार

पर पहुँच गई, तो मैंने उसे ऐसे देखा मानो अपनी दो स्थूल आँखों से देखा हो। जब वह आश्रम के अहाते की दीवार के पीछे चली गई, तब भी मैं उसे स्पष्ट देख रहा था।

मेरी विशालदर्शी दृष्टि में दिखने वाली सारी वस्तुएँ तेज चलने वाले चलचित्रों की भाँति कंपित और स्पन्दित थीं। मेरा शरीर, गुरुदेव का शरीर, चारों ओर से खम्बों से घिरा आश्रम का चौक, फर्नीचर और फर्श, पेड़-पौधे और धूप यदा-कदा उग्रता से स्पन्दित होते, जब तक कि सब कुछ प्रकाश-सागर में विलीन नहीं हो गया। सब कुछ अपने में विलीन करने वाला यह प्रकाश बीच-बीच में आकार धारण कर लेता था, फिर वह आकार उसी प्रकाश में विलीन हो जाता था। प्रकाश और स्थूल आकार पर्यायक्रम से एक-दूसरे में रूपांतरित होकर सृष्टि के कार्य-कारण सिद्धांत को स्पष्ट कर रहे थे।

मेरी आत्मा के शांत अनंत तट पर सागर के समान आनंद उमड़ पड़ा। मैंने अनुभव किया कि ईश्वर का स्वरूप अक्षय आनंद है। उसके शरीर प्रकाश के असंख्य तंतु हैं। मेरे अन्दर उमड़ती दिव्य ज्योति ने विस्तृत होते-होते नगरों, महाद्वीपों, पृथ्वी, सूर्यमंडल, तारामंडल, निहारिका-पुंज और अंतरिक्ष में प्रवर्तमान ब्रह्मांडों को अपने में समा लिया। ब्रह्मांड की स्पष्ट रेखांकित परिधि के परे चमकने वाला तीव्र प्रकाश उसके दूरतम किनारों तक पहुँचते-पहुँचते किंचित क्षीण-सा होता जा रहा था। वहाँ मुझे एक मृदु तेज दिखाई दे रहा था। वह तेज अवर्णनीय रूप से सूक्ष्म था, नक्षत्र-पुंजों के आकार अपेक्षाकृत स्थूल प्रकाश से बने हुए थे।

मुझे यह ज्ञान हुआ कि इस समस्त तेजोब्रह्मांड का केन्द्र मेरे हृदय में स्थित अंतर्ज्ञानानुभूति का बिन्दु है। एक प्रकाशकारी ज्योति मेरी नाभि से समस्त ब्रह्मांड के प्रत्येक भाग को प्रसारित हो रही थी। परमानंदमय अमृत मेरे अस्तित्व के कण-कण में पारे के प्रवाह की भाँति व्याप्त हो रहा था। ईश्वर की सृजनात्मक ध्वनि को, ब्रह्मांड के प्रेरक यंत्र की ध्वनि को मैं ओम् की झंकार में प्रतिध्वनित होते सुन रहा था।

अचानक श्वास मेरे फेफड़ों में लौट आई। लगभग असह्य निराशा के साथ मैं जान गया कि मेरी विराट असीमता लुप्त हो गई थी, फिर एक बार मैं अपमानास्पद देह-पिंजड़े में आबद्ध हो गया था, जिसमें ब्रह्म को आसानी से कोई स्थान नहीं मिल सकता। घर से भागे बालक की भाँति मैं अपने विराट

तेजोधाम से भाग आया था और अपने आपको मैंने एक संकीर्ण पार्थिव देह के क्षुद्र पिंजड़े में कैद कर लिया था।

मेरे गुरु मेरे सामने निश्चल खड़े थे। लम्बे समय से मुझे जिस ब्रह्म चैतन्य के अनुभव की उत्कट लालसा थी, वह अनुभव उन्होंने मुझे करा दिया था। उनके प्रति कृतज्ञता व्यक्त करने के लिए जैसे ही मैं उनके सामने साष्टांग दण्डवत करने लगा, तो रोककर उन्होंने मुझे सीधा खड़ा कर दिया और शांतभाव से बोले, "तुम्हें परमानंद में डूबे नहीं रहना है। तुम्हारे लिए अभी जगत में बहुत-सा काम करना बाकी है। आओ, बरामदे में पहले झाड़ू लगाते हैं और फिर गंगा के किनारे घूमने जाएँगे।"

मैं जानता था कि गुरुदेव मुझे संतुलित जीवन की शिक्षा दे रहे थे। शरीर के अपने दैनिक कर्तव्यों का निर्वाह करते हुए आत्मा को विश्वोत्पत्ति के रहस्यों को अपने में समाते हुए विस्तारित होते रहना चाहिए।

जब श्रीयुक्तेश्वरजी और मैं घूमने निकले, तब भी मैं अनिर्वचनीय आनंद में विभोर था। मैं दोनों के शरीरों को प्राणशक्ति से बने चित्रों के रूप में देख रहा था, जो प्रकाश से बनी एक नदी के किनारे-किनारे प्रकाश के ही बने एक रास्ते पर चल रहे थे।

इस विश्व-रूप दर्शन से मुझे कई स्थायी शिक्षाएँ मिलीं। प्रतिदिन अपनी चितवृत्तियों का निरोध कर मैं इस भ्रमात्मक धारणा से मुक्त हो सकता था कि मेरा शरीर स्थूल भूमि पर चलने-फिरने वाला एक हाड़-मांस का पिण्ड मात्र है। मैंने देखा कि श्वास और चंचल मन ऐसे तूफानों के समान हैं, जो प्रकाश-सागर को आलोड़ित कर उसमें पृथ्वी, आकाश, मानव, प्राणी, पक्षी, वृक्ष आदि भौतिक आकारों की लहरें उत्पन्न करते हैं। इन तूफानों को शांत किए बिना उस अनंत परमतत्व की एकमात्र अखण्ड प्रकाश के रूप में अनुभूति नहीं की जा सकती।

जब-जब मैंने इन दो प्राकृतिक तूफानों को शांत किया, तब-तब मैंने सृष्टि की असंख्य उत्ताल तरंगों को उस प्रकाश-सागर में ठीक उसी प्रकार विलीन होते देखा, जिस प्रकार समुद्र की लहरें तूफान के थम जाने के बाद शांत होकर विलीन हो जाती हैं।

गुरु तभी विश्व-चैतन्य का यह अनुभव अपने शिष्य को प्रदान करता है, जब उसने ध्यान-धारणा द्वारा अपने मन को इतना सुदृढ़ बना लिया हो कि वह

इन विराट दृश्यों को देखकर घबरा न जाए। केवल बौद्धिक इच्छा या खुले दिमाग का होना ही इसके लिए पर्याप्त नहीं है। योग-साधना और भक्ति द्वारा एवं चेतना की समुचित रूप से उन्नति द्वारा ही साधक सर्वव्यापकता के मुक्तिदायी आघात को सहन करने के योग्य बनता है।

सच्चे भक्त को यह दिव्य अनुभव अवश्य होता है। उसकी अत्यंत तीव्र लालसा ईश्वर को इस प्रकार खींचने लगती है कि ईश्वर उसका प्रतिकार नहीं कर सकता। उस चुम्बकीय उत्कंठा से सृष्टिपति विराट दर्शन के रूप में साधक की चेतना की सीमा में खिंच आते हैं।

श्रीयुक्तेश्वरजी ने मुझे यह दिव्य आनंदपूर्ण अनुभव अपनी इच्छानुसार जब चाहे प्राप्त करने और जिनकी अंतर्ज्ञान प्रणाली विकसित हो गई हो, ऐसे लोगों को इसे प्रदान करने का तरीका सिखाया।

कई महीनों तक मैं इस परमानंदमय एकात्मता की अवस्था में तल्लीन रहा और प्रतिदिन यह बात समझ में आती रही कि उपनिषदों में ईश्वर को रस स्वरूप, 'रसै वै सः' क्यों कहा गया है, परन्तु एक दिन सुबह मैं एक समस्या लेकर गुरुदेव के पास गया, "मैं जानना चाहता हूँ, गुरुदेव, मुझे ईश्वर प्राप्ति कब होगी?"

"तुम्हें ईश्वर-प्राप्ति हो चुकी है।"

"जी नहीं, गुरुदेव, मुझे तो ऐसा नहीं लगता!"

मेरे गुरु मुस्करा रहे थे, "मुझे विश्वास है कि तुम सृष्टि के किसी जीवाणुरहित साफ सुथरे कोने में सिंहासन पर विराजमान किसी पूजनीय व्यक्ति को ईश्वर नहीं मान रहे हो। तुम्हारी कल्पना है कि चमत्कारी शक्तियों का किसी के पास होना ही प्रमाण है कि उसने ईश्वर को प्राप्त कर लिया है। नहीं, ऐसा नहीं है। किसी को पूरे ब्रह्मांड को नियन्त्रित करने की शक्ति तो मिल सकती है, परन्तु फिर भी वह ईश्वर उसकी पहुँच से दूर रह सकता है। आध्यात्मिक उन्नति को बाह्य शक्तियों के प्रदर्शन से नहीं मापा जा सकता, बल्कि उसका मापदण्ड केवल यह है कि ध्यान में वह आनंद की कितनी गहराई में उतरता है।

"नित्यनवीन आनंद ही ईश्वर है। वह अक्षय है; वर्षों तक जैसे-जैसे तुम ध्यान करते जाओगे, वैसे-वैसे वह अनंत युक्तियों से तुम्हें मोहित करता रहेगा। तुम्हारे जैसे भक्त, जिन्हें ईश्वर का मार्ग मिल जाता है, स्वप्न में भी

ईश्वर के स्थान पर दूसरे किसी सुख की कल्पना नहीं कर सकते। ईश्वर तुलना या प्रतिस्पर्धा से भी परे बेजोड़ विमोहक है।

"इहलौकिक सुखों से हम कितनी जल्दी ऊब जाते हैं! भौतिक सुखों की कामनाओं का अन्त नहीं है। मनुष्य कभी पूर्ण तृप्त नहीं होता और एक के बाद दूसरे लक्ष्य के पीछे दौड़ता ही रहता है। सुख के लिए वह जिस 'कुछ और' की खोज करता रहता है, वह 'कुछ और' ईश्वर ही है और केवल वही शाश्वत आनंद प्रदान कर सकता है।

"बाह्य इच्छाएँ हमें अभ्यन्तर के 'स्वर्ग' से बाहर खींच लाती हैं। वे मिथ्या आनंद देती हैं, जो आत्मिक आनंद का छद्म आभास मात्र है। खोया हुआ आंतरिक स्वर्ग दिव्य ध्यान के द्वारा शीघ्र ही पुनः प्राप्त किया जा सकता है। ईश्वर अकल्पित नित्य-नूतनता है, अतः हम कभी उससे ऊब नहीं सकते। जो परमानंद अनंत काल तक सदा के लिए आह्लाद विविधताओं से भरा हो, उससे क्या कभी किसी का मन भर सकता है?"

"मेरी समझ में आ गया गुरुदेव कि संतों ने ईश्वर को अगाध क्यों कहा है। अमर जीवन भी ईश्वर को समझने के लिए पर्याप्त नहीं है।"

"यह सच है, किन्तु वह निकट संबंधी और प्रियजन भी है। जब क्रियायोग द्वारा मन इन्द्रियजन्य विकारों से रहित हो जाता है, तब ध्यान ईश्वर का प्रमाण प्रस्तुत कर देता है। नित्य-नवीन आनंद उसके अस्तित्व का प्रमाण है, जो हमारे प्रत्येक अणु को भी उसकी प्रतीति करा देता है और ध्यान में हमारी प्रत्येक समस्या के लिए ईश्वर का तत्क्षण मार्गदर्शन, उसका समुचित प्रत्युत्तर, भी मिलता है।"

"गुरुजी आपने हमारी प्रत्येक समस्या का निराकरण कर दिया। मैं जान गया हूँ कि मैंने ईश्वर को पा लिया है। क्योंकि जब भी कार्यशीलता के बीच ध्यान का आनंद सुप्त मन में लौट आता है, तब प्रत्येक कार्य में, यहाँ तक कि उससे सम्बन्धित छोटी से छोटी बात में भी सही दिशा अपनाने को सूक्ष्म मार्गदर्शन मिलता रहता है।"

"केवल ईश्वर ही अचूक मार्गदर्शन देता है; आखिर वह नहीं तो और कौन सृष्टि का भार वहन कर रहा है?"

फूलगोभी की चोरी

"गुरुदेव, आपके लिए भेंट इन छह फूलगोभियों को मैंने अपने हाथों से लगाया था और इनकी देखभाल उसी ममता के साथ की थी, जैसे कोई माँ अपने बच्चे की देखभाल करती है।" मैंने बड़ी भाव-भंगिमा के साथ गोभियों की टोकरी प्रस्तुत की।

"शाबाश!" श्रीयुक्तेश्वरजी ने अपनी स्वीकृति प्रकट की, "अभी इन्हें कमरे में रखो; कल एक विशेष भोज में काम आ जाएगी।"

कॉलेज की गर्मियों की छुट्टियाँ गैं अपने गुरु के साथ बिताने के लिए उनके पुरी आश्रम में पहुँचा था। इस दो मंजिले छोटे-से आश्रम के सामने ही बंगाल की खाड़ी है।

दूसरे दिन तड़के ही मैं जाग गया। गुरुदेव मुझे पुकार रहे थे। मैंने फूलगोभियों को अपनी खटिया के नीचे रख दिया था।

"आओ, समुद्र-तट पर चलें।" गुरुदेव आगे चलने लगे। कई शिष्य और मैं उनके पीछे चलने लगे। गुरुदेव ने हम पर दृष्टि दौड़ाई।

"जब हमारे पाश्चात्य बंधु चलते हैं, तब उन्हें तालबद्ध ढंग से चलना अभिमानास्पद लगता है। अब कृपया दो पंक्तियों में एक-दूसरे के साथ पग मिलाकर चलो।" हम चलने लगे। श्रीयुक्तेश्वरजी की दृष्टि हम पर जमी रही। उन्होंने गाना शुरू कर दिया, "लड़के चलते जाते हैं, पंक्ति में भाते हैं।" चुस्ती और फुर्ती से चलते शिष्यों के साथ जिस आसानी से पग मिलाकर श्रीयुक्तेश्वरजी चल रहे थे, उसे देखकर मैं विस्मित हुए बिना नहीं रह सका।

"ठहरो!" मेरे गुरु ने मेरी आँखों में आँखें गड़ा दी। तुमने याद से आश्रग के पिछवाड़े में ताला लगाया था?"

"जहाँ तक मुझे लगता है, लगाया था गुरुजी!"

"नहीं तुम भूल गए," आखिर वे बोले, "ईश-चिंतन को सांसारिक लापरवाही का बहाना नहीं बनाया जा सकता। तुमने आश्रम की सुरक्षा के कर्त्तव्य की अवहेलना की है। तुम्हें सजा मिलनी चाहिए। तुम्हारी छह फूलगोभियाँ शीघ्र ही पाँच बन जाएँगी।"

गुरुदेव का आशीर्वाद पाकर हम पंक्तिबद्ध आश्रम की ओर चल दिए। जब आश्रम के पास पहुँचे तो गुरुदेव ने कहा, "यहाँ थोड़ी देर ठहरो। मुकुंद अपनी बाईं तरफ अहाते के उस पार की सड़क को देखते रहो। अभी वहाँ एक आदमी पहुँचेगा वही तुम्हारी सजा का माध्यम बनेगा।"

सड़क पर शीघ्र ही एक किसान दिखाई पड़ा; अपने हाथ इधर-उधर उछालकर निरर्थक अंगविक्षेप करता हुआ वह नाच रहा था। कौतूहल से मैं उस दृश्य को देखता रहा। जैसे ही वह आदमी सड़क पर ऐसे स्थान पर पहुँचा, जहाँ से वह हमारी दृष्टि से ओझल हो जाता, श्रीयुक्तेश्वरजी ने कहा, "अब वह लौटकर वापस आएगा।"

किसान तुरन्त आश्रम के पिछवाड़े चल पड़ा। वह पीछे के रास्ते से आश्रम में घुस गया। मैंने दरवाजे में ताला नहीं लगाया था। शीघ्र ही वह आदमी मेरी एक गोभी हाथ में लिए बाहर आ गया। अब वह सम्भ्रांत ढंग से चलने लगा।

घटनाक्रम इतना हतबुद्धि कर देने वाला नहीं था कि मैं चोर का पीछा करना भूल जाऊँ। मैं आधी दूर ही पहुँचा था कि गुरुदेव ने मुझे वापस बुला लिया। हँसी के मारे उनका सारा शरीर हिल रहा था।

उन्होंने बताया, "उस बेचारे को एक फूलगोभी की जरूरत थी। मैंने सोचा उसे तुम्हारी गोभियों में से एक मिल जाए तो अच्छा ही होगा।"

मैं दौड़कर अपने कमरे में पहुँचा। वहाँ मैंने देखा कि उस चोर ने, कंबल पर पड़ी मेरी सोने की अँगूठियों, घड़ी और पैसे को छुआ तक नहीं था। इस के बदले खटिया के नीचे घुस गया था जहाँ उसे अपनी एकमात्र मनोवांछित वस्तु मिल गई।

उस दिन शाम को मैंने इस घटना को समझाने का अनुरोध श्रीयुक्तेश्वरजी से किया।

"किसी दिन यह बात तुम्हारी समझ में आ जाएगी। विज्ञान शीघ्र ही इन गुप्त नियमों में से अनेक को खोज निकालेगा।"

कुछ वर्षों बाद रेडियो की ध्वनि विश्व में गूँजने लगी, तो गुरुदेव की

भविष्यवाणी स्मरण हो आई। काल और देश की युगों पुरानी कल्पना का उन्मूलन हो गया; घर इतना छोटा नहीं रहा कि उसमें लंदन या कोलकाता प्रविष्ट न हो सके। मानव की सर्वव्यापकता के एक पहलू के प्रमाण के आगे मन्द बुद्धि भी विस्तारित हो गई।

मेरे गुरु एक सर्वांगपूर्ण मानव रेडियो थे। विचार और कुछ न होकर केवल आकाश में संरचण करने वाले सूक्ष्म स्पन्द हैं। जिस प्रकार उचित स्टेशन मिलाते ही हर दिशा से आनेवाले हजारों अन्य कार्यक्रमों में से आपको जो गाना सुनना है, वही गाना रेडियो पकड़ लेता है, उसी प्रकार विचारों को प्रसारित करने वाले विश्व के मानव-मनों के असंख्य विचारों में से एक अचूक प्रसंगोचित विचार (फूलगोभी के लिए लालायित उस मनुष्य के विचार) के प्रति श्रीयुक्तेश्वरजी अत्यंत संवेदनशील रूप से ग्रहणशील हो गए थे। जैसे ही गुरुदेव ने उस किसान की लालसा के विचार को पकड़ा, वैसे ही वे लालसा की पूर्ति करने के लिए तैयार हो गए। उनकी दिव्य दृष्टि ने पहले ही सड़क पर आ रहे उस आदमी को देख लिया था। ताला न लगाने की मेरी भूल से गुरुदेव को मुझे अपनी गोभियों में से एक से वंचित कर देने का बहाना मिल गया था।

एक ग्राही यंत्र का काम करने के बाद श्रीयुक्तेश्वरजी ने इच्छाशक्ति को प्रयुक्त कर एक प्रसारण-यंत्र का काम किया। उन्होंने उस मनुष्य को दिशा बदलने और केवल एक फूलगोभी के लिए एक निश्चित कमरे में जाने का निर्देश दिया।

अंतर्ज्ञान आत्मा का मार्गदर्शन है, जो मनुष्य के मन में तब प्रकट होता है, जब वह शांत होता है। हर व्यक्ति को कभी कोई 'पूर्व संकेत' मिलने का अनुभव है या कभी-न-कभी लगभग हर व्यक्ति ने किसी दूसरे को अपने विचार संप्रेषित किए हैं।

चंचलता और अशांति की खरखराहट से मुक्त मानव मन रेडियो के समस्त कार्य करने में समर्थ हो जाता है, तथा अवांछनीय विचारों को रोक भी सकता है और ग्रहण भी कर सकता है। जिस प्रकार किसी रेडियो प्रसारण केन्द्र पर निर्भर करता है कि वह अपनी शक्ति को कितनी विद्युतशक्ति को काम में ला सकता है, उसी प्रकार मनुष्यरूपी रेडियो की परिणामकारिता हर व्यक्ति में विद्यमान इच्छा शक्ति पर निर्भर करती है।

सभी विचार हमेशा के लिए ब्रह्माण्ड में स्पन्दित होते रहते हैं। गहन एकाग्रता द्वारा सिद्ध पुरुष किसी भी मनुष्य के विचारों को जान सकता है, चाहे वह मनुष्य जीवित हो या मृत। विचार किसी भी व्यक्ति में नहीं, बल्कि सृष्टि में अवस्थित हैं; सत्य का सृजन नहीं किया जा सकता, केवल जाना जा सकता है। गलत विचार विवेक की छोटी-बड़ी त्रुटि के परिणाम हैं। योग विज्ञान का लक्ष्य मन को शांत करना है, ताकि विचार रहित होकर वह अंतर्वासी परमात्मा की अमोध मन्त्रणा सुन सके।

रेडियो और टेलीविजन के कारण लोग घर बैठे ही सुदूर स्थित लोगों की आवाज तत्क्षण सुन सकते हैं और उन्हें देख सकते हैं, जो इस बात का संकेत है कि मनुष्य सर्वत्र व्याप्त आत्मा है। यद्यपि अहंकार उसे अपना दास बनाए रखने का यत्न करता है, तथापि मनुष्य किसी स्थान में आबद्ध शरीर नहीं, बल्कि तत्त्वरूप से सर्वव्यापी आत्मा है।

कुछ ही दिन बाद एक विनोदी घटना घटी। मिट्टी के तेल का एक दीया ढूँढने पर भी नहीं मिल रहा था। अपने गुरु की सर्वदर्शी अंतर्दृष्टि से मैंने सोचा कि वे प्रदर्शित कर देंगे कि दीये को ढूँढना उनके लिए खेल है।

गुरुदेव मेरे मन की बात ताड़ गए। उन्होंने सबसे पूछताछ की। एक शिष्य ने स्वीकार किया कि उसने कुएँ पर जाने के लिए उस दीये का उपयोग किया था।

श्रीयुक्तेश्वरजी ने आदेश किया, "दीये को कुएँ के पास खोजो।"

यहाँ भी दीया नहीं था। मैं अपने गुरु के पास आया। वे जोर-जोर से हँस रहे थे।

"अफसोस कि मैं तुम्हें खोए हुए दीये तक नहीं पहुँचा सका। मैं कोई ज्योतिषी तो हूँ नहीं!" उनकी आँखें चमक उठी थीं।

मैं समझ गया, गुरुदेव तुच्छ बातों में शक्तियाँ प्रदर्शित नहीं करेंगे।

श्रीयुक्तेश्वरजी का एक नगर संकीर्तन शोभायात्रा निकालने का विचार था। उन्होंने मुझसे सड़कों तथा समुद्रतट से शोभायात्रा ले जाने के लिए कहा। उत्सव के दिन प्रातःकाल से ही भीषण गर्मी थी।

"गुरुजी, मैं शिष्य-मंडली को नंगे पाँव तप्त रेत पर कैसे ले जा सकूँगा।"

प्रभु एक मेघ-छत्र भेज देंगे; तुम सुखद वातावरण में चलोगे।"

हमारा दल आश्रम से सत्संग की पताका लेकर रवाना हुआ। इस पताका

की परिकल्पना श्रीयुक्तेश्वरजी द्वारा तैयार की गई थी, जिस पर तृतीय नेत्र या दिव्यचक्षु का प्रतीक बना हुआ था।

जैसे ही आश्रम से बाहर निकले, आकाश मेघाच्छन्न हो गया। वर्षा की हलकी बौछार भी हो गई। सड़कें और रेत भी शीतल हो गई।

दो घंटों की संकीर्तन-यात्रा के दौरान बूँदें पड़ती रहीं। हमारा दल आश्रम में लौट आया, उसी क्षण बादल और वर्षा लुप्त हो गए।

गुरुदेव के पास जाकर जब मैंने कृतज्ञता व्यक्त की, तो उन्होंने कहा, "देखो, भगवान हमारा कितना ध्यान रखते हैं? वे सबको प्रत्युत्तर देते हैं और सबका काम करते हैं। जैसे उन्होंने मेरी प्रार्थना पर वर्षा भेज दी, वैसे ही वे किसी भी भक्त की कोई भी सच्ची इच्छा पूर्ण करते हैं। जो भी श्रद्धा से उनके चरणों में जाता है, उस मनुष्य की प्रार्थना वे स्वीकार करते हैं। उनकी संतानों को परमपिता की कृपालुता में विश्वास रखना चाहिए।"

श्रीयुक्तेश्वरजी सम्पात और अयनसंधि के दिन चार वार्षिक उत्सवों का आयोजन करते थे। मकर संक्रान्ति का आयोजन श्रीरामपुर में होता था। उससे मुझे एक स्थायी कल्याणकारी लाभ हुआ।

प्रातःकाल सड़कों पर नंगे पाँव शोभायात्रा के साथ उत्सव आरम्भ हुआ। सैकड़ों शिष्य भजन-कीर्तन कर रहे थे। हमारी गूँजती हरिनाम-स्तुति की ध्वनि सुनकर नगर जन खुशी से पुष्पवृष्टि कर रहे थे। अनेक रास्तों से घूमते हुए शोभायात्रा आश्रम के आँगन में समाप्त हुई। हम अपने गुरु को घेर कर नाम गान करते रहे।

बहुत-से अतिथि आश्रम में ऊपर गए, जहाँ उन्हें पनीर और संतरे से बनी खीरनुमा मिठाई दी गई। मैं अपने गुरुबन्धुओं की ओर चला गया, जो आज रसोइयों का काम कर रहे थे। इतनी बड़ी संख्या में जब लोग आते थे। तब खाना बाहर खुली जगह में ही बड़े-बहड़ों में बनाना पड़ता था।

भोज की तैयारी की हर बात का ध्यान रखने के लिए गुरुदेव भी आ पहुँचे।

ऊपर की मंजिल पर संकीर्तन चल रहा था। श्रीयुक्तेश्वरजी उसे सुन रहे थे, उन्हें संगीत का ज्ञान था।

"वे बेसुरा गा रहे हैं।" गुरुदेव संगीत तालों के बीच पहुँच गए। संगीत की धुन फिर सुनाई दी, इस बार वह सही स्वर-ताल में थी।

संगीत विज्ञान की सबसे पहली जानकारी सामवेद में है, ब्रह्मा, विष्णु और शिव आद्य संगीतकार थे। शिव ने अपने नटराज के रूप में ब्रह्मांड की सृष्टि, स्थिति और लय की प्रक्रिया के नृत्य में लय के अनंत प्रकारों को जन्म दिया। ब्रह्मा और विष्णु करताल और मृदंग पर ताल पकड़े हुए थे।

प्राचीन ऋषियों ने प्रकृति और मानव के बीच ध्वनि संबंधों के नियमों को खोज निकाला। चूँकि प्रकृति नादब्रह्म या ओंकारध्वनि का घनीभूत रूप है, अतः मनुष्य मंत्रों के प्रयोग द्वारा प्राकृतिक अभिव्यक्तियों पर नियंत्रण कर सकता है।

भारतवर्ष के सभी प्रख्यात गीतों की रचना भागवतों अर्थात् ईशभक्तों द्वारा की गई है। 'संगीतज्ञ' को संस्कृत में भागवतार कहते हैं, अर्थात् जो भगवान का गुणगान करता है।

संकीर्तन योग आध्यात्मिक साधना का एक प्रभावशाली प्रकार है, जिसमें मूलविचार और ध्वनि में तीव्र एकाग्रता तथा तन्मयता आवश्यक होती है। मानव स्वयं नादब्रह्म या ओम् ध्वनि की एक अभिव्यक्ति है, इसलिए ध्वनि उस पर तत्काल प्रबल प्रभाव डालती है। पौर्वात्य और पाश्चात्य दोनों ही प्रकार का भक्तिसंगीत मनुष्य में आनंद उत्पन्न कर देता है, क्योंकि इस प्रकार का संगीत मनुष्य के मेरुदण्ड में स्थित चक्रों में से किसी चक्र में उतने समय के लिए स्पन्दनात्मक जागृति उत्पन्न कर देता है। आनंद के उन क्षणों में उसे अपने ईश्वरीय मूल का अस्फुट सा स्मरण हो आता है।

उत्सव के दिन श्रीयुक्तेश्वरजी की ऊपर की बैठक से आती संकीर्तन की ध्वनि खाना बना रहे शिष्यों को चारों ओर उबलते-खौलते बर्तनों के बीच भी प्रेरणा दे रही थी। मेरे गुरु भाई और मैं आनंदित होकर हाथ से ताल बजाते हुए टेक गा रहे थे।

सूर्यास्त तक हम लोगों ने अपने सैकड़ों अतिथियों को खिचड़ी, सब्जी और चावल की खीर का भोजन करा दिया था। आँगन में हमने सूती दरियाँ बिछा दी थीं। शीघ्र ही तारों से भरे आकाश के नीचे जनसमूह बैठ गया और श्रीयुक्तेश्वरजी के अमृतमय ज्ञानोपदेश को मनोयोगपूर्वक सुनने लगा। उनके सार्वजनिक प्रवचनों में क्रियायोग और आत्म-सम्मानपूर्ण जीवन, शांति दृढ़संकल्प, सादा आहार और नियमित व्यायाम के महत्व पर विशेष बल दिया जाता था।

अत्यंत छोटी आयु के बाल शिष्यों ने फिर स्तोत्रपाठ किया। उसके बाद

उत्कट संकीर्तन के साथ सभा विसर्जित हुई। गुरुदेव ने मुझे अपने पास बुलाया, "तुम्हारे गत पूरे सप्ताह के परिश्रम से मैं प्रसन्न हूँ। मैं तुम्हें अपने साथ चाहता हूँ। आज तुम मेरे साथ सो सकते हो।"

यह मेरा सौभाग्य था। हम थोड़ी देर गहन दैवी प्रशांति में निमग्न बैठे रहे। लेट जाने के दस मिनट बाद ही गुरुदेव उठ गए और कपड़े पहनने लगे।

"क्या हुआ गुरुदेव?"

"कुछ शिष्य गाड़ियाँ न मिलने के कारण कुछ ही समय में यहाँ पहुँचने वाले हैं। चलो, उनके लिए कुछ भोजन तैयार करके रखना चाहिए।"

"गुरुजी! रात में एक बजे कोई नहीं आएगा।"

"तुम सो जाओ, तुमने बड़ा कठिन परिश्रम किया है, पर मैं खाना बनाने जा रहा हूँ।"

श्रीयुक्तेश्वरजी का स्वर सुनते ही मैं पलंग से कूद पड़ा और उनके पीछे रसोईघर में जा पहुँचा। शीघ्र ही चावल और दाल उबल रहे थे।

मेरे गुरु स्नेहपूर्वक मुस्कराए, "तुमने थकान और परिश्रम के भय को जीत लिया है; भविष्य में इनसे तुम्हें परेशानी नहीं होगी।"

आँगन में पगध्वनि सुनाई पड़ीं। मैं दौड़कर नीचे गया और दरवाजा खोला, तो शिष्यों का एक दल अंदर प्रविष्ट हुआ।

उनमें से एक ने कहा, "प्रिय बन्धु, ऐसे समय गुरुदेव को कष्ट देना हमें अच्छा नहीं लगता, पर हमने सोचा कि यहाँ तक आने के बाद अपने गुरु के दर्शन किए बिना लौट जाना उचित नहीं।"

"वे आप लोगों की प्रतीक्षा कर रहे हैं और आपके लिए भोजन भी बना रहे हैं।"

श्रीयुक्तेश्वरजी की स्वागत-वाणी गूँज उठी। मैं विस्मयचकित अतिथियों को रसोईघर में ले गया। गुरुदेव मेरी ओर मुड़े। उनकी आँखों में चमक नाच रही थी।

आधे घंटे बाद मैं ईशतुल्य गुरु के पास सोने के सौभाग्य की सुखद आशा करता हुआ उनके पीछे पीछे उनके शयन-कक्ष में पहुँच गया।

शशि और तीन नीलम

"तुम्हारी और मेरे बेटे की स्वामी श्रीयुक्तेश्वरजी के बारे में इतनी ऊँची धारणा के कारण ही मैं उनसे मिलने जाऊँगा।" डॉक्टर नारायण चंदर राय के स्वर से यह स्पष्ट था कि वे केवल मूर्खों की सनक के प्रति सौजन्यता दिखा रहे थे।

ये पशु-चिकित्सक थे, पक्के नास्तिक थे। उनके पुत्र संतोष ने मुझसे उनमें रुचि लेने के लिए अनुनय-विनय किया था।

दूसरे दिन डॉक्टर राय मेरे साथ श्रीरामपुर आश्रम आए। श्रीयुक्तेश्वरजी के साथ साक्षात्कार के बाद अधिकांश समय मौन में ही कट गया, वे हठात् वहाँ से चल पड़े।

"किसी मरे हुए मनुष्य को आश्रम में लाने का क्या प्रयोजन है?" श्रीयुक्तेश्वरजी प्रश्नसूचक दृष्टि से देखते हुए पूछने लगे।

"गुरुदेव! डॉक्टर तो जीते-जागते मनुष्य हैं!"

"किन्तु शीघ्र ही मरने वाले हैं।" मैं स्तब्ध रह गया।

"गुरुदेव, उनके बेटे को आघात लगेगा। संतोष को आशा है कि समय उसके पिता के दृष्टिकोण को बदल देगा। मैं आपसे प्रार्थना करता हूँ, गुरुदेव! उनकी सहायता कीजिए।"

गुरुजी का चेहरा भावशून्य था, "यह अहंकारी डॉक्टर भीतर-ही-भीतर मधुमेह की बीमारी से जर्जर हो चुका है। पन्द्रह दिन में वह बिस्तर पकड़ लेगा। चिकित्सक जवाब दे देंगे। उसका इस लोक से विदा होने का समय आज से छह सप्ताहों के बाद पूरा होना तय है, किन्तु तुम्हारी मध्यस्थता के कारण उस दिन वह अच्छा हो जाएगा, परन्तु उसे ग्रहशांति के लिए कड़ा पहनना पड़ेगा।

"जैसे ही वह अच्छा हो जाएगा, उससे कहो कि वह मांसाहार न करे,

किन्तु वह नहीं मानेगा। छह महीनों में, जब उसे स्वास्थ्य अच्छा लग रहा होगा, अचानक चल बसेगा।" मेरे गुरु ने आगे कहा, "जीवन के ये छह महीने उसे केवल तुम्हारी प्रार्थना के कारण दिए जा रहे हैं।"

दूसरे दिन मैंने संतोष को बताया कि वह जौहरी को कड़ा बनाने के लिए कह दें, परन्तु डॉक्टर ने उसे पहनने से इनकार कर दिया।

"मेरा स्वास्थ्य ठीक है। तुम लोग इस अंधश्रद्धा को मेरे मन में कभी प्रवेश नहीं दिला सकते।" डॉक्टर मेरी ओर देख रहे थे।

सात दिन बीत गए। डॉक्टर अचानक बीमार हो गए और अब कड़ा पहनने के लिए राजी हो गए। दो सप्ताहों बाद डॉक्टर ने मुझे बताया कि उनके बचने की कोई आशा नहीं है। उन्होंने मधुमेह से अपने शरीर में विध्वंसकारी क्षति होने का वर्णन सुना दिया।

मैंने कहा, "मेरे गुरु ने कहा है, एक महीने के बाद डॉक्टर ठीक हो जाएँगे।"

डॉक्टर अविश्वास से मेरी ओर देखते रह गए, परन्तु पन्द्रह दिन बाद वे मेरे पास आए।

"डॉक्टर राय स्वस्थ हो गए हैं," वे बोल पड़े, "यह चकित कर देने वाली घटना है। मैंने किसी मरणासन्न व्यक्ति को अकल्पनीय रूप से स्वस्थ होते नहीं देखा। तुम्हारे गुरु सचमुच कोई सिद्ध पुरुष हैं!"

मैंने मांसाहार वर्जित करने की सलाह दुहरा दी। छह महीने तक फिर उनसे नहीं मिला। एक दिन शाम मैं घर के बरामदे में बैठा था, तो वे बातें करने के लिए थोड़ी देर रुक गए।

"अपने गुरु से बोल दो कि मांसाहार से ही मैंने अपनी पुरानी शक्ति प्राप्त कर ली है। उनकी अवैज्ञानिक कल्पनाओं का मुझ पर असर नहीं पड़ा।" डॉक्टर राय पूर्ण स्वस्थ दिखाई पड़ रहे थे।

संतोष दूसरे दिन दौड़ता हुआ आया, "आज सुबह पिताजी की मृत्यु हो गई।"

गुरुजी के साथ मेरे अनुभवों में से यह सबसे विलक्षण था। उन्होंने पशु-चिकित्सक को रोगमुक्त कर दिया और जीवन की अवधि छह महीनों से बढ़ा दी, केवल इस कारण कि मैंने इसकी तीव्र प्रार्थना की थी। भक्त की उत्कृष्ट प्रार्थना को पूर्ण करने में श्रीयुक्तेश्वरजी अपार दया के सागर थे।

अपने मित्रों को श्रीयुक्तेश्वरजी के पास ले आना मेरा सबसे बड़ा सौभाग्य था। उनमें से अनेक नास्तिकता का अपना जामा उतार फेंकते थे।

मेरा एक मित्र शशि अनेक रविवार आश्रम में बिताता था। गुरुदेव उसे बहुत चाहने लगे थे, पर उसके असंयम जीवन पर खेद उन्हें होता था।

"शशि, अगर तुमने अपने तौर-तरीके नहीं बदले, तो अब से एक साल में तुम घातक रूप से बीमार हो जाओगे।" श्रीयुक्तेश्वरजी मेरे मित्र को प्रेम के साथ देख रहे थे, "बाद में मत कहना कि मैंने सावधान नहीं किया।"

शशि ने कहा, "गुरुदेव, मेरी इस दशा में मेरे भाग्य को नियंत्रित करने वाली शक्तियों को मेरे प्रति दीनवत्सल बनाने का भार मैं आप पर छोड़ता हूँ। मैं सुधरना चाहता हूँ, पर मेरा मन अति दुर्बल है। मेरे रक्षणकर्ता केवल आप हैं; मैं किसी और में विश्वास नहीं करता।"

"तो दो कैरेट का एक नीलम धारण करो। उससे सहायता होगी।"

"मैं उसे खरीदने में असमर्थ हूँ। और वैसे भी, गुरुजी, यदि कोई विपत्ति आ ही जाती है, तो मुझे पूरा विश्वास है कि आप मेरी रक्षा करेंगे।"

"तुम एक वर्ष में तीन नीलम ले आओगे, पर तब उनसे कोई लाभ नहीं होगा।" श्रीयुक्तेश्वरजी ने कहा।

एक वर्ष बीत गया। एक दिन मैं कोलकाता में गुरुदेव के एक शिष्य नरेन बाबू के घर में गुरुदेव से मिलने गया, जहाँ वे ठहरे हुए थे। सुबह दस बजे जब वे दूसरी मंजिल पर बैठे थे, तब मैंने द्वार के खुलने की आवाज सुनी।

उन्होंने गंभीरतापूर्वक कहा, "ये वही शशि हैं। एक वर्ष पूरा हो गया; उसके दोनों फेफड़े बेकार हो चुके हैं। उसने मेरी बात नहीं मानी। उससे कह दो कि मैं उससे मिलना नहीं चाहता।"

श्रीयुक्तेश्वरजी की कठोरता देखकर मैं स्तम्भित रह गया और तेजी से सीढ़ियों से नीचे उतरने लगा। शशि सीढ़ियाँ चढ़ रहा था।

"ओ मुकुंद, मुझे आशा है कि गुरुदेव यहाँ हैं; मेरे मन में अचानक यह विचार उठा था कि वे यहाँ हो सकते हैं।"

"हाँ, परन्तु वे किसी से मिलना नहीं चाहते।"

शशि अचानक रो पड़ा और मुझे एक तरफ ठेलकर तेजी से सीढ़ियाँ चढ़ गया। अपने आपको उसने श्रीयुक्तेश्वरजी के चरणों में झोंक दिया और तीन सुंदर नीलम निकालकर वहाँ रख दिए।

“हे सर्वज्ञ गुरुदेव, डॉक्टर लोग कहते हैं कि मुझे फेफड़ों का क्षयरोग हो गया है। वे कहते हैं कि मैं तीन महीनों से अधिक जीवित नहीं रह सकता। आपकी सहायता के लिए मैं आपसे विनम्र प्रार्थना करता हूँ।”

“अब थोड़ी देर हो गई है? अपने रत्न लेकर चले जाओ, उनकी उपयोगिता का समय बीत चुका है।” गुरुदेव कठोर मौन धारण कर पत्थर की मूर्ति के समान बैठे रहे। बीच-बीच में केवल दया की भीख माँगते शशि की सिसकियाँ सुनाई दे रही थीं।

मेरे अंतर्मन में धारणा जागी कि श्रीयुक्तेश्वरजी रोगमुक्त करने की दैवी शक्ति में शशि के विश्वास की परीक्षा ले रहे हैं। एक घंटे के बीतने के बाद जब श्रीयुक्तेश्वरजी ने साष्टांग प्रणत मित्र पर सहानुभूतिपूर्ण दृष्टि डाली, तो कोई आश्चर्य नहीं हुआ।

“उठो शशि नीलम को वापस कर दो, परन्तु ग्रहशांति का एक कड़ा ले आओ और उसे पहनो। कुछ सप्ताहों में तुम ठीक हो जाओगे।”

शशि की मुस्कराहट ने उसके अश्रुसिक्त चेहरे को उज्ज्वल बना दिया, “पूज्य गुरुदेव, क्या मैं डॉक्टरों की दवाएँ लेता रहूँ?”

“जैसा तुम चाहो, उन्हें चाहे लो या फेंक दो, इससे कोई फर्क नहीं पड़ता। अब तुम्हारा क्षयरोग से मरना असंभव है,” फिर अचानक श्रीयुक्तेश्वरजी कह उठे, “इससे पहले कि मेरा विचार बदल जाए, यहाँ से चले जाओ!”

घबराकर नमस्कार कर शशि शीघ्रता से चला गया। कुछ सप्ताहों में मैं जाकर उससे मिला और दिन-ब-दिन बिगड़ती अवस्था देखकर हैरान रह गया।

“शशि आज की रात नहीं निकाल सकता।” उसके डॉक्टर के इन शब्दों को सुनकर मैं शीघ्र श्रीरामपुर जा पहुँचा। वृतान्त को गुरुदेव निःस्पृह भाव से सुनते रहे।

“तुम्हारे सामने ही तो मैंने शशि को स्वास्थ्यलाभ का आश्वासन दिया था।”

अत्यंत श्रद्धा के साथ उन्हें नमस्कार कर मैं दरवाजे की ओर बढ़ा। श्रीयुक्तेश्वरजी गहरे मौन में डूब गए। पलकें झपकना बन्द हो गईं, नेत्र अर्द्धोन्मीलित हो गए। दृष्टि किसी दूसरे लोक में लग गई।

मैं तुरन्त लौटकर कोलकाता में शशि के घर गया। विस्फारित नेत्रों से मैं देखता ही रह गया कि मेरा मित्र उठकर बैठा हुआ दूध पी रहा है।

"ओ मुकुंद, क्या चमत्कार हुआ! चार घंटे पहले मैंने अपने कमरे में गुरुदेव की उपस्थिति अनुभव की और उसी क्षण मेरे भयंकर रोग के लक्षण गायब हो गए।"

कुछ ही सप्ताहों में शशि इतना हृष्ट-पुष्ट और स्वस्थ हो गया, जितना पहले कभी नहीं था। इसके बाद वह श्रीयुक्तेश्वरजी के दर्शनों के लिए फिर कभी शायद ही आया हो। एक दिन उसने बताया कि उसे इतना खेद था कि गुरुदेव के सामने जाने में उसे लज्जा आती थी।

स्कॉटिश चर्च कॉलेज में मेरी पढ़ाई के पहले दो वर्ष समाप्त होने को आ रहे थे। कक्षा में मेरी उपस्थिति अत्यंत कम रही थी; मैंने जो कुछ थोड़ी-सी पढ़ाई की थी, वह भी केवल अपने परिवार के लोगों को शांत रखने के लिए की थी। मेरे दो गृह-शिक्षक नियमित रूप से मेरे घर आया करते; मैं नियमित रूप से अनुपस्थित रहता।

इंटरमीडिएट आर्ट्स की परीक्षा सामने खड़ी थी। मैं पुरी भाग गया, जहाँ मेरे गुरुदेव कुछ सप्ताह रहने के लिए गए थे। मैंने उन्हें परीक्षा के लिए तैयार न होने की बात बताई।

श्रीयुक्तेश्वरजी मुस्कराए, "तुमने मन लगाकर आध्यात्मिक कर्तव्यों का पालन किया है, अतः कॉलेज की उपेक्षा स्वाभाविक थी। अब सप्ताह भर कठोर परिश्रम करो; तुम्हें इस परीक्षा में सफलता मिल जाएगी।"

मैं कोलकाता लौट आया। अपनी मेज पर पड़ी पुस्तकों के पहाड़ को देखकर मुझे जंगल में रास्ता भटके किसी मुसाफिर जैसा लग रहा था।

श्रम-बचत की एक युक्ति आई। प्रत्येक पुस्तक को कहीं भी खोलकर जो भी पृष्ठ सामने आता, उसी का अध्ययन करता। एक सप्ताह तक प्रतिदिन अट्ठारह घंटों तक पढ़ाई करने के बाद मैं अपने आपको रटने की कला में निपुण मानने लगा।

परीक्षा के दौरान यह सिद्ध हो गया कि अस्त-व्यस्त प्रतीत होने वाली मेरी पढ़ाई योग्य ही थी। सभी विषयों में मैं न्यूनतम से अत्यल्प ही अधिक अंकों से पास हो गया।

पुरी से युक्तेश्वरजी लौट आए, तो उन्होंने मुझे एक सुखद आश्चर्य दिया, "कोलकाता में तुम्हारी पढ़ाई अब समाप्त हुई," उन्होंने कहा, "अब मैं ऐसी व्यवस्था करता हूँ कि तुम विश्वविद्यालय की अगले दो वर्षों की पढ़ाई श्रीरामपुर में ही रहकर कर सको।"

मैं उलझन में पड़ गया, "गुरुदेव, इस कस्बे में तो बी.ए. नहीं है।"

गुरुदेव के चेहरे पर मुस्कराहट उभर आई, "अब तुम्हारे लिए बी.ए. का कॉलेज बनाने की खातिर चंदा जमा करते घूमने की उम्र नहीं रही। मुझे किसी और माध्यम से यह व्यवस्था करनी पड़ेगी।"

दो महीने बाद श्रीरामपुर कॉलेज के अध्यक्ष प्रोफेसर दॉवेल्स ने घोषणा की कि डिग्री कोर्स शुरू करने के लिए धन एकत्रित करने में सफलता मिल गई है। श्रीरामपुर कॉलेज कोलकाता विश्वविद्यालय की संबद्ध शाखा बन गया। उस में बी.ए. के लिए दाखिला लेने वाले प्रथम छात्रों में मैं एक था।

"गुरुजी, आप कितने दयालु हैं! मेरी इच्छी थी कि यहाँ श्रीरामपुर में मैं प्रतिदिन आपके पास रहूँ।"

श्रीयुक्तेश्वरजी ने मेरी ओर देखा, "अब तुम्हें पढ़ाई के लिए बहुत सारा समय मिलेगा। शायद अब तुम अध्ययनकर्ता विद्यार्थी बनोगे।"

परन्तु उनके स्वर में कहीं विश्वास का अभाव लग रहा था।

एक मुस्लिम चमत्कार-प्रदर्शक

"कई वर्ष पहले, ठीक इसी कमरे में, जहाँ तुम अभी रहते हो, एक मुस्लिम चमत्कार-प्रदर्शक ने मेरे समक्ष चार चमत्कार दिखाए थे।"

श्रीयुक्तेश्वरजी मेरे कमरे में पहली बार आए, तब उन्होंने यह बात कही। श्रीरामपुर कॉलेज में प्रवेश लेने के बाद ही मैंने निकट स्थित पंथी नामक छात्रावास में कमरा ले लिया था।

"यह कैसा संयोग है, गुरुदेव।" अपने कमरे में नए कौतूहल के साथ दृष्टि दौड़ाई।

"यह एक लम्बी कहानी है।" मेरे गुरु मुस्कराए, "उस फकीर का नाम अफजल खान था। एक हिन्दू योगी के साथ अनायास भेंट हो जाने के फलस्वरूप उसे असाधारण सिद्धियाँ मिल गई थीं।

"'बेटा, बहुत प्यास लगी है; थोड़ा पानी ला दो।' अफजल के बचपन में बंगाल के एक गाँव में एक दिन एक संन्यासी ने उससे याचना की।

"'बाबाजी, मैं मुसलमान हूँ। आप मेरे हाथ का पानी कैसे पिएँगे?'

"'बेटा, मैं भेदभाव और छुआछूत के नियमों का पालन नहीं करता। जाओ, जल्दी से पानी लेकर आओ।'

"अफजल की श्रद्धापूर्ण आज्ञाकारिता से प्रसन्न होकर संन्यासी ने प्रेमभरी दृष्टि से उसकी ओर देखा, "तुम्हारे पिछले जन्मों के कर्म बहुत अच्छे हैं, मैं तुम्हें एक योगक्रिया सिखा रहा हूँ, जिसके द्वारा अदृश्य लोकों में से एक लोक पर तुम्हारी सत्ता स्थापित हो जाएगी। उससे तुम्हें जो शक्तियाँ प्राप्त होंगी, उनका उपयोग केवल अच्छे उद्देश्यों के लिए करना, परन्तु मैं देख रहा हूँ कि पूर्वजन्मों की विध्वंसक प्रवृत्तियों के कुछ बीज अभी भी तुम में हैं। उन्हें अब नए बुरे कर्मों से सींचकर अंकुरित मत करना। तुम्हें अपने इस जीवन का

उपयोग यौगिक उपलब्धियों को उच्चतम लोक हितैषी लक्ष्यों को प्राप्त करने में ही करना चाहिए।"

"चकित फकीर अफजल को एक प्रक्रिया समझाने के बाद अंतर्धान हो गए।

"अफजल ने बीस वर्षों तक निष्ठापूर्वक उस यौगिक प्रक्रिया का अभ्यास किया। उसके चमत्कारी कृत्यों की ख्याति फैलने लगी। मालूम होता है, उसके साथ सदैव कोई अदृश्य आत्मा रहती थी, जिसे वह 'हजरत' कह कर पुकारा करता था। वह अदृश्य अस्तित्व अफजल की छोटी-से-छोटी इच्छा को भी पूर्ण करने में समर्थ था।

"अपने गुरु की चेतावनी को भूलकर अफजल ने अपनी शक्तियों का दुरुपयोग आरम्भ कर दिया। वह जिस किसी वस्तु को उठाकर रख देता, वह अदृश्य हो जाती। इसीलिए किसी को भी उसका अपने घर-दुकान पर आना अच्छा नहीं लगता था।

"समय-समय पर वह कोलकाता में जवाहरात की बड़ी-बड़ी दुकानों में खरीददारी के बहाने पहुँच जाता। वहाँ जिस-जिरा रत्न को भी वह छू लेता, वे सभी रत्न उसकी दुकान से अफजल के जाते ही गायब हो जाते।

"अफजल प्रायः सैकड़ों शिष्यों से घिरा रहता। कभी-कभी वह यात्रा में उन्हें अपने साथ ले लेता। रेलवे स्टेशन पर वह टिकटों की गड्डी को छू लेता, फिर उस गड्डी को वह क्लर्क की ओर यह कहते हुए सरका देता कि, 'मैंने इरादा बदल दिया है, अब मुझे ये टिकट नहीं चाहिए।' परन्तु जब वह अपनी शिष्य मंडली के साथ ट्रेन पर सवार हो जाता, तब सबके लिए आवश्यक टिकटें उसके पास होतीं।

"बंगाल के जौहरी और टिकट वाले बाबू व्याकुल हो उठे। पुलिस वाले असहाय हो गए, क्योंकि उसे दोषी ठहराने वाले प्रमाण को वह केवल यह कहकर अदृश्य कर सकता था, 'हजरत, इसे हटा दो।'"

श्रीयुक्तेश्वरजी उठकर मेरे कमरे के बाहर बनी बालकनी में जा खड़े हुए जहाँ से गंगा का दृश्य दिखता था।

"यह गंथी भवन पहले मेरे एक मित्र का था। उसकी अफजल से पहचान हो गई और उसने उसे यहाँ बुला लिया, जिसमें मैं भी था। मैं एक नवयुवक मात्र था और फकीर के प्रति मेरे मन में जिज्ञासा जाग उठी थी। कोई बहुमूल्य

वस्तु न पहनने की सावधानी मैंने बरती थी। अफजल ने मुझे कुतूहलपूर्ण दृष्टि से देखा, फिर कहा, "'तुम्हारे हाथ बड़े मजबूत हैं। नीचे बगीचे में जाओ; एक चिकना-सा पत्थर उठा लाओ और उस पर खड़िया से अपना नाम लिखो; फिर उसे गंगा में जितनी दूर फेंक सकते हो, फेंको।'

"मैंने वैसा ही किया। जैसे ही पत्थर दूर गंगा की लहरों में डूब गया, वैसे ही अफजल ने फिर मुझसे कहा, "'इस घर के साथ-साथ बहने वाले गंगा के पानी को एक बर्तन में भरकर ले आओ।'

"जब मैं पानी भरकर बर्तन ले आया, तब अफजल ने पुकारा, 'हजरत, वह पत्थर इस बर्तन में डालो!'

"तत्क्षण पत्थर वहाँ प्रकट हो गया। मैंने उसे बर्तन से निकालकर देखा, तो अपने नाम को उस पर यथावत् पाया।

"कमरे में मेरा 'बाबू' नाम का एक मित्र भी था, जिसने सोने की घड़ी और चेन पहन रखी थी। अफजल ने सराहना के साथ उसकी जाँच-परख की। शीघ्र ही वे गायब हो गईं।

"'अफजल, कृपया मेरी घड़ी और चेन लौटा दो। वे मेरी अनमोल पारम्परिक सम्पत्ति हैं!' बाबू रुआँसा होकर कह रहा था।

"उसने कहा, 'तुम्हारे घर की तिजोरी में पाँच सौ रुपए हैं, वे मेरे पास ले आओ, तो बताऊँगा, तुम्हारी घड़ी कहाँ मिलेगी।'

"बाबू तुरन्त घर के लिए निकल पड़ा। शीघ्र ही वापस आ गया और उसने अफजल को पाँच सौ रुपए दे दिए।

"'अपने घर के पास की छोटी पुलिया पर जाओ और हजरत को अपनी घड़ी और चेन देने के लिए पुकारो,' अफजल ने उससे कहा।

"बाबू तीर की तरह दौड़ा। जब वापस आया, तो उसके चेहरे पर मुस्कान तो थी, पर कोई घड़ी या चेन नहीं थी।

"'जब मैंने निर्देश के अनुसार हजरत को पुकारा, तो मेरी घड़ी और चेन मेरे दाहिने हाथ में आ गईं। यहाँ आने के पहले मैं सीधा घर गया और उन दोनों वस्तुओं को तिजोरी में डालकर मैंने ताला लगा दिया!'

"घड़ी के बदले धन लिए जाने के प्रत्यक्षदर्शी बाबू के मित्र अफजल को तिरस्कार से घूर रहे थे। उन्हें शांत करने के लिए अफजल ने मृदु स्वर में कहा, "'आप लोगों को जो पीने के लिए चाहिए उसका नाम बताइए; हजरत उसे ला देगा।'

"कुछ ने दूध माँगा, अन्य ने फलों का रस माँगा। बाबू ने व्हिस्की मांगी। अफजल ने आदेश दिया, हजरत ने तुरन्त सीलबंद बोतलें प्रस्तुत कर दीं।

चौथे चमत्कार के लिए अफजल ने वहीं भोजन देने का प्रस्ताव किया।

"'बाबू ने खिन्न स्वर में कहा, 'मुझे अपने पाँच सौ रुपए के बदले राजसी भोज चाहिए। सब सोने की थालियों में परोसे होने चाहिए!'

सोने के बड़े-बड़े थाल हमारे सामने प्रकट हुए। भोजन की हर चीज स्वादिष्ट थी। खाना-पीना चलने के बाद हम बाहर जाने लगे। इतने में बड़े जोर की खनखनाहट सुनाई दी, मानो बर्तनों को एकत्र किया जा रहा हो। देखा तो वहाँ थालियों की निशानी नहीं थी।"

"गुरुजी, अफजल सोने की थालियाँ इतनी आसानी से प्राप्त कर सकता था, तो उसे दूसरों की संपत्ति की लालसा क्यों थी?"

"अफजल आध्यात्मिक दृष्टि से बहुत उन्नत नहीं था," श्रीयुक्तेश्वरजी ने कहा, "योग की एक विशेष प्रक्रिया पर प्रभुत्व पा लेने से उसकी पहुँच सूक्ष्म लोक तक हो गई थी, जहाँ किसी भी इच्छा को तुरन्त मूर्त रूप दिया जा सकता है। अफजल अपनी इच्छाशक्ति द्वारा सूक्ष्म ऊर्जा से किसी भी वस्तु के अणुओं को खींचकर उसको प्रकट कर सकता था, परन्तु ये थोड़े समय के लिए ही अस्तित्व में रह सकती हैं। अफजल को संपत्ति की भूख थी, जिसे कमाने के लिए अधिक मेहनत करनी पड़ती है, जो अधिक टिकाऊ भी होती है।

"अफजल ईश्वर-प्राप्त संत नहीं था। स्थायी और कल्याणप्रद चमत्कार सच्चे संत ही कर सकते हैं, क्योंकि वे सर्वशक्तिमान जगतसृष्टा के साथ एकात्मता प्राप्त कर चुके होते हैं। परलोक में काफी मोहक आकर्षण जान पड़ते हैं।"

"मैंने उस दिन के बाद अफजल को फिर कभी नहीं देखा, परन्तु कुछ वर्षों के बाद बाबू एक दिन मेरे घर समाचार पत्र में छपी अफजल की खुली स्वीकारोक्ति का विवरण दिखाने आया। मैंने तुम्हें उसके बचपन में हिन्दू गुरु से दीक्षा मिलने की जो बात अभी-अभी बताई थी, उसकी जानकारी मुझे उसी विवरण से हुई थी।"

उस प्रकाशित विवरण के अन्तिम भाग का सारांश इस प्रकार था, "मैं अफजल खान, पश्चाताप के रूप में और अलौकिक शक्तियाँ प्राप्त करने के

इच्छुकों को सावधान करने के लिए यह सब लिख रहा हूँ। भगवान और गुरु से मुझे जो क्षमताएँ प्राप्त हुई थीं, उनका मैंने कई वर्षों तक दुरुपयोग करता आ रहा हूँ।

"हाल ही में सड़क पर एक बूढ़े आदमी से मुलाकात हुई। वह दर्द के कारण लंगड़ाता चल रहा था। उसके हाथ में सोने जैसी कोई वस्तु चमक रही थी। मेरे मन में लालच पैदा हो गया। मैंने उससे कहा,

"मैं महान फकीर अफजल खान हूँ। तुम्हारे हाथ में क्या है?"

"'यह सोने का गोला मेरी एकमात्र सम्पत्ति है; एक फकीर के लिए यह बेकार है। मेरी प्रार्थना है, मेरा लँगड़ाना ठीक कर दीजिए।'

"मैंने उस गोले को स्पर्श किया और कोई उत्तर दिए बिना बढ़ गया। बूढ़ा मेरे पीछे आने लगा। वह शोर मचाने लग गया, 'मेरा सोना गायब हो गया!'

"वह अचानक बुलंद आवाज में बातें करने लगा, "'क्या तुमने मुझे पहचाना नहीं?'

"मैं अवाक् रह गया; लँगड़ा कोई और नहीं, वही महान संत थे, जिन्होंने कई वर्ष पहले मुझे योग की दीक्षा दी थी। वे सीधे खड़े हो गए; उनका शरीर एक क्षण में मजबूत हो गया।

मेरे गुरु की आँखों से अंगारे बरस रहे थे, "'तुम अपनी शक्तियों का उपयोग एक घटिया चोर की तरह करते हो! मैं तुम्हारी सारी शक्तियाँ वापस लेता हूँ। मेरी बुद्धि पर पड़ा काला पर्दा अचानक हट गया। मेरी जिंदगी कितनी निन्दनीय हो गई थी।

"मैं गुरुजी के चरणों में गिर पड़ा। मैंने कहा, भगवान का ध्यान करने पर्वतों में चला जाऊँगा। इससे मेरे पाप भरे अतीत का प्रायश्चित्त हो जाएगा।'

'मैं तुम्हारे हृदय की सच्चाई को देख रहा हूँ। शुरुआत के वर्षों में तुमने जो कठोर आज्ञा का पालन किया और आज जिस सच्चे प्रायश्चित की आग में जल रहे हो, उसके लिए तुम्हें एक वर देता हूँ। जब भी तुम्हें अन्न या वस्त्र की आवश्यकता होगी, तब तुम अभी भी हजरत से सिर्फ वह प्राप्त कर सकते हो। पर्वतों के एकान्त में पूरा मन लगाकर ईश्वर का ज्ञान प्राप्त करने में अपने आपको समर्पित कर दो।'

मेरे गुरु कोलकाता में, प्रकट होते हैं श्रीरामपुर में

"ईश्वर के अस्तित्व के विषय में शंकाओं से मैं प्रायः उद्विग्न हो जाता हूँ। क्या आत्मा में ऐसी सम्भावनाएँ नहीं हो सकतीं, जिन्हें मानवजाति ने कभी प्रयुक्त ही न किया हो? यदि इन सम्भावनाओं का पता मनुष्य नहीं लगा पाता, तो क्या वह अपने वास्तविक लक्ष्य से चूक नहीं जाता?"

यह मन्तव्य छात्रावास में मेरे साथ रहने वाले दिजेन बाबू ने तब प्रकट किया, जब मैंने उन्हें अपने गुरु से मिलने के लिए कहा।

"श्रीयुक्तेश्वरजी क्रियायोग की दीक्षा देंगे। उससे दिव्य आंतरिक विश्वास के द्वारा द्वंद्वात्मक वैचारिक खलबली शांत हो जाती है।"

शाम को दिजेन बाबू मेरे साथ आश्रम आए। उन्हें आध्यात्मिक शांति का लाभ हुआ। शीघ्र ही वे नियमित रूप से आने लगे।

दैनिक जीवन की आवश्यकताओं की पूर्ति में व्यस्त रहने से गहनतम आवश्यकताओं की पूर्ति नहीं हो पाती। मनुष्य में ज्ञान की स्वाभाविक तृष्णा होती है। मेरे गुरु की बातों से दिजेन बाबू अपने अन्तर में अधिक गहरे सच्चे आत्मास्वरूप को खोजने का प्रयास करने में प्रेरित हुए।

दिजेन और मैं श्रीरामपुर कॉलेज में बी.ए. की पढ़ाई कर रहे थे, इसीलिए यह आदत ही बन गई कि कॉलेज से छुट्टी मिलते ही आश्रम पहुंच जाते थे।

एक दिन दोपहर को जब हम आश्रम पहुँचे, तो आश्रम में कन्हाई ने हमें निराश करने वाला समाचार सुना दिया, गुरुदेव नहीं हैं; उन्हें कोलकाता जाना पड़ा।

दूसरे दिन मुझे गुरुदेव का एक पोस्टकार्ड मिला। उन्होंने लिखा था, “मैं बुधवार की सुबह यहाँ से चल पड़ूँगा। तुम और दिजेन सुबह नौ बजे श्रीरामपुर स्टेशन पर मिलो।”

बुधवार को सुबह साढ़े आठ बजे श्रीयुक्तेश्वरजी का मनःसमाचार पद्धति से भेजा गया संदेश मेरे मन में बार-बार दृढ़तापूर्वक उभरने लगा, “मुझे रुकना पड़ रहा है; स्टेशन पर मत आना।” दिजेन बाबू को मैंने यह नवीनतम संदेश सुनाया।

मैं गुरुदेव के लिखित संदेश पर विश्वास करना श्रेष्ठ समझता हूँ। दिजेन बाबू गुस्से में बड़बड़ाते हुए दरवाजे से बाहर गए।

मैं सड़क की ओर खुलने वाली खिड़की के पास जाकर खड़ा हो गया। सूर्य का मन्द प्रकाश हठात् एक ऐसी तीव्र ज्योति में बदल गया कि उसमें लोहे की छड़ें लगी खिड़की पूर्णतः अदृश्य हो गई। इस दीप्तिमान पृष्ठभूमि पर श्रीयुक्तेश्वरजी स्पष्टता से प्रकट हुए।

मैं तुरन्त कुर्सी से उठ खड़ा हुआ और झुका। मैंने उनके जूतों का स्पर्श किया। उनका गेरुआ वस्त्र उड़-उड़ कर मेरे शरीर को स्पर्श कर रहा था। न केवल उनके वस्त्र की बुनाई को ही, बल्कि उनके जूतों के खुदरेपन को और उनके भीतर हाथों को लगते उनके पाँवों की उँगलियों के दबाव को भी मैं स्पष्ट रूप से अनुभव कर रहा था। आश्चर्य से उनकी ओर देखता रहा।

“मैं खुश हूँ कि तुम्हें मेरा मनःसंचारित संदेश मिल गया। अब कोलकाता में मेरा काम समाप्त हो गया है और दस बजे की गाड़ी से मैं श्रीरामपुर पहुँच रहा हूँ।”

श्रीयुक्तेश्वरजी कहते गए, “यह मेरा हाड़-मांस का शरीर है। अत्यंत दुर्लभ यह अनुभव तुम्हें प्रदान करने की आज्ञा मुझे ईश्वर ने दी है। मुझे स्टेशन पर मिलो; अभी मैं जिस परिधान में हूँ, उसी में तुम और दिजेन मुझे अपनी ओर आते देखोगे। मेरे आगे उसी ट्रेन से उतरा एक छोटा बच्चा हाथ में चाँदी का लोटा लिए चल रहा होगा।”

मेरे गुरु ने दोनों हाथ मेरे मस्तक पर रखकर आशीर्वाद दिया। जैसे ही उन्होंने विदा लेने के लिए, “तबे आशी” कहा, मुझे एक अजीब प्रकार की

गड़गड़ाहट सुनाई देने लगी। उस तीव्र प्रकाश में धीरे-धीरे उनका शरीर विलीन होने लगा। पहले उनके चरण और टाँगें विलीन होकर अदृश्य हो गए, बाद में धड़ और फिर सिर। अंतिम क्षण तक मेरे बालों पर हलके से टिकी उनकी उँगलियों का स्पर्श मैं अनुभव कर रहा था। धीरे-धीरे वह दीप्तिमान प्रकाश भी लुप्त हो गया। अब मेरी दृष्टि के सामने छड़ें लगी खिड़की और मंद सूर्यप्रकाश के अतिरिक्त कुछ नहीं रहा।

शीघ्र ही दिजेन बाबू मुँह लटकाए कमरे में दाखिल हुए, "गुरुदेव न तो नौ बजे पहुँचने वाली गाड़ी में थे और न ही साढ़े नौ वाली में।" उनके स्वर में भूल की झलक थी।

"चलो, वे दस बजे की गाड़ी से आ रहे हैं।" मैंने दिजेन बाबू का हाथ पकड़ा और उन्हें खींचता ले गया। हम स्टेशन पहुँच गए, जहाँ गाड़ी अभी-अभी आकर रुक ही रही थी।

"पूरी गाड़ी गुरुदेव के तेज के आलोक से भरी हुई है! वे इसमें हैं!" आनंद से मेरे उद्‌गार निकले।

"तुम ऐसे ही सपना देख रहे हो?" दिजेन बाबू हँस रहे थे।

"मैंने गुरुदेव किस प्रकार आएँगे, वह बताया। श्रीयुक्तेश्वरजी हमें दिखाई पड़े। उन्होंने वही कपड़े पहन रखे थे। वे एक चाँदी का लोटा पकड़े बच्चे के पीछे आ रहे थे।

अपने विचित्र एवं अपूर्व अनुभव पर मैं एक क्षण के लिए भय से सिहर उठा। मुझे ऐसा लग रहा था, मानो बीसवीं शताब्दी का भौतिकवादी संसार मेरी पकड़ से फिसल रहा है।

दिजेन और मैं अवाक् खड़े थे, श्रीयुक्तेश्वरजी उस स्थान के समीप आ गए, तब गुरुदेव ने दिजेन की ओर देखकर कहा, "मैंने तुम्हें भी संदेश भेजा था, पर तुम उसे ग्रहण नहीं कर सके।"

गुरुदेव को आश्रम पहुँचा देने के बाद दिजेन बाबू और मैं श्रीरामपुर कॉलेज की ओर जाने लगे। रास्ते में अचानक दिजेन बाबू रुक गए, उनके प्रत्येक रंध्र से जैसे रोष बह रहा था, "गुरुदेव ने मेरे लिए संदेश भेजा था। तुमने उसे छुपाकर रखा। इसका कोई कारण बता सकते हो?"

"यदि तुम्हारे मन को अशांति है कि गुरुदेव के निर्देशों को तुम पढ़ नहीं पाते, तो मैं क्या कर सकता हूँ?"

दिजेन बाबू के चेहरे से क्रोध लुप्त हो गया, "अब मेरी समझ में आ रहा है, तुम क्या कहना चाहते हो," उन्होंने खेद-भरे स्वर में कहा, "मुझे बताओ कि लोटा पकड़े बच्चे के बारे में पूर्व जानकारी कैसे मिली?"

उस दिन प्रातःकाल छात्रावास में गुरुदेव के प्रकट होने की अलौकिक कहानी मैंने पूरी की।

दिजेन बाबू ने कहा, "तुम्हारे गुरु की शक्तियों का जो वर्णन मैंने तुमसे सुना, उसके आगे संसार के सारे विश्वविद्यालय शिशु-विद्यालय हैं।"

कश्मीर-यात्रा में बाधा

"पिताजी, मैं गर्मी की छुट्टियों में गुरुदेव और चार मित्रों को लेकर हिमालय की तलहटी में स्थित पहाड़ियों के क्षेत्र में जाना चाहता हूँ। क्या आप मुझे कश्मीर के छह रेलवे-पास और यात्रा में खर्च के लिए पर्याप्त रुपए देंगे?"

पिताजी ठहाका मारकर हँसने लगे, "यह तीसरी बार है कि तुम मुझे फिर वही कहानी सुना रहे हो और अन्तिम क्षण में श्रीयुक्तेश्वरजी जाने से मना कर देते हैं।"

यह सच है, पिताजी, लेकिन यदि मैं उन्हें यह बता दूँ कि मैंने आपसे पास भी ले लिए हैं, तो किसी कारण से मुझे लगता है कि वे इस बार यात्रा के लिए राजी हो जाएँगे।

उन्होंने मुझे छह पास और दस-दस रुपए के नोटों की गड्डी थमा दी और साथ में कहा, "मैं नहीं समझता कि यात्रा के लिए प्रत्यक्ष सहारों की आवश्यकता पड़ेगी, परन्तु फिर भी इन्हें अभी रख लो।"

उसी दिन दोपहर को मैंने श्रीयुक्तेश्वरजी को वह खजाना दिखा दिया। परन्तु उनके शब्द गोलमोल थे, "मैं जाना तो चाहता हूँ, पर देखेंगे।" मैंने जब कन्हाई को साथ चलने के लिए कहा, तब भी वे कुछ नहीं बोले। मैंने तीन अन्य मित्रों को भी चलने के लिए कहा, राजेन्द्र नाथ मित्र, ज्योतिन आड्डी और एक अन्य लड़का। प्रस्थान के लिए अगले सोमवार का दिन तय था।

सोमवार को प्रातः ही मैं सामान के साथ श्रीरामपुर पहुँच गया। आश्रम के द्वार पर ही राजेन्द्र से भेंट हो गई।

"गुरुदेव टहलने गए हैं। उन्होंने जाने से इनकार कर दिया है।"

मुझे जिद चढ़ गई, "मैं पिताजी को अपनी तीसरी यात्रा का मजाक उड़ाने का अवसर नहीं दूँगा। चलो, हम लोग ही चले चलते हैं।"

राजेन्द्र मान गया। मैं किसी नौकर को ढूँढने के लिए आश्रम से निकल पड़ा। मैं जानता था कि गुरुदेव नहीं जाएँगे, तो कन्हाई भी नहीं जाएगा और सामान की देखभाल के लिए कोई-न-कोई तो चाहिए ही था। मेरे मन में बिहारी का ख्याल आया। वह हमारे घर में नौकर था। वह अब श्रीरामपुर में एक शिक्षक के यहाँ नौकरी कर रहा था। गिरजाघर के सामने गुरुदेव से भेंट हो गई।

गुरुजी, मुझे पता चला कि आप और कन्हाई यात्रा में शामिल नहीं होंगे। मैं बिहारी को खोजने जा रहा हूँ। पिछले साल वह कश्मीर देखने के लिए इतना उत्सुक था कि बिना मजदूरी के सेवा को तैयार था।"

"मुझे याद है, फिर भी मुझे नहीं लगता कि बिहारी जाना चाहेगा।"

गुरु आगे बढ़ गए। बिहारी घर के आँगन में ही था। मुझे देखते ही वह मेरी ओर आया, परन्तु जैसे ही मैंने कश्मीर की बात छेड़ी, उसकी मुस्कराहट हवा हो गई। उसने क्षमा माँगी और घर के भीतर चला गया। मैं आधे घंटे तक वहीं खड़ा रहा कि बिहारी मेरे साथ आने की तैयारी कर रहा होगा। आखिर मैंने द्वार पर दस्तक दी।

"बिहारी तो आधे घंटे पहले ही पीछे की सीढ़ी से कहीं चला गया है," एक आदमी ने बताया।

मैं यह सोचते हुए वहाँ से चल पड़ा कि गुरुदेव का अदृश्य प्रभाव काम कर रहा था? गिरजाघर पार करते ही गुरुदेव पुनः बोल पड़े, "तो बिहारी नहीं जाएगा। अब तुम्हारी क्या योजना है?"

मैं स्वयं को किसी जिद्दी बच्चे की तरह समझ रहा था, "गुरुदेव, मैं अपने चाचाजी के पास जा रहा हूँ कि वे अपने नौकर लालधारी को मेरे साथ भेज दें।"

"मुझे नहीं लगता वहाँ जाने पर तुम्हें कोई खुशी होने वाली है।"

मैं कचहरी में जा पहुँचा। चाचा शारदा घोष ने, जो सरकारी वकील थे, प्रेम से मेरा स्वागत किया।

"मैं आज ही कुछ मित्रों के साथ कश्मीर जा रहा हूँ," मैंने उन्हें बताया।

"मुकुंद, यात्रा को आरामदायक बनाने के लिए मैं कुछ कर सकता हूँ?"

मैंने कहा, "चाचाजी, लालधारी को मेरे साथ भेज सकेंगे?"

गुस्से से वे चीख उठे, "स्वार्थी लड़के, तुम्हारी मति मारी गई है। अपनी

इस मटरगश्ती पर तुम नौकर को ले जाओगे, तो मेरे काम कौन करेगा?"

यह सोचते हुए कि नरम स्वभाव के चाचाजी के रवैये में परिवर्तन अगम्य रहस्यों से पूर्ण दिन का एक और रहस्य है। जिस चाल से मैं कचहरी से बाहर निकला, उसमें शीघ्रता अधिक थी।

मैं आश्रम लौट आया। मेरे मन में यह विश्वास जोर पकड़ रहा था कि गुरुदेव के रवैये के पीछे कोई गहन उद्‌देश्य अवश्य है। मेरा मन ग्लानि से भर आया।

"मुकुंद, क्या तुम थोड़ी देर मेरे साथ यहाँ रहना नहीं चाहोगे?" श्रीयुक्तेश्वरजी पूछ रहे थे, "राजेन्द्र और बाकी लोग आगे जाकर कोलकाता में रुक सकते हैं। कोलकाता से कश्मीर के लिए शाम को छूटने वाली गाड़ी पकड़ने के लिए बहुत समय मिलेगा।"

"गुरुदेव, मैं आपके बिना नहीं जाना चाहता।" मैंने कहा।

मेरे मित्रों ने एक घोड़ागाड़ी मँगाई और सामान सहित चले गए। कन्हाई और मैं चुपचाप अपने गुरुदेव के चरणों में बैठ गए। आधे घंटे के बाद गुरुदेव उठे और भोजन कक्ष की ओर चल दिए।

"कन्हाई, मुकुंद का खाना परोस दो। ट्रेन का समय हो रहा है।"

अचानक मुझे मिचली आने लगी और पेट में मरोड़ के साथ भयंकर शूल उठने लगा। यातना इतनी तीव्र थी कि जैसे मुझे अचानक नर्क-कुंड में फेंक दिया हो। लड़खड़ाते कदमों से मैं गुरु की ओर बढ़ने लगा और उनके सामने जाकर ढह पड़ा। वे सब एशियाटिक कालरा के सब लक्षण थे। श्रीयुक्तेश्वरजी और कन्हाई मुझे उठाकर बैठकखाने में ले गए।

मैं चीख उठा, "गुरुदेव, मैं अपना जीवन आपके चरणों में समर्पित करता हूँ।"

श्रीयुक्तेश्वरजी ने मेरा सिर गोद में रख लिया और सहलाते हुए बोले, "तुम यदि स्टेशन पर होते तो क्या होता? मुझे विचित्र प्रकार से तुम्हारी देखभाल करनी पड़ी, क्योंकि यात्रा के विशिष्ट समय के बारे में मेरे निर्णय पर तुमने शक किगा।"

आखिर मेरी समझ में आ गया। कदाचित ही सिद्ध पुरुष अपनी शक्तियों का खुला प्रदर्शन करना उचित समझते हैं, इसलिए उस दिन की घटनाएँ किसी भी मनुष्य को स्वाभाविक जान पड़तीं। मेरे गुरुदेव का हस्तक्षेप इतने सूक्ष्म

स्तर पर हो रहा था कि उसका पता चलना असंभव था। उन्होंने बिहारी, मेरे चाचा और राजेन्द्र तथा अन्य लोगों के माध्यम से इच्छाशक्ति को कार्यान्वित किया था। मुझे छोड़कर शायद हर किसी ने परिस्थितियों को तर्कसंगत और सामान्य समझा था।

श्रीयुक्तेश्वरजी ने डॉक्टर को बुला लाने और चाचाजी को सूचित करने के लिए कन्हाई को भेज दिया।

मैंने विरोध दर्शाते हुए कहा, “गुरुदेव, मुझे केवल आप ही ठीक कर सकते हैं। मैं किसी भी डॉक्टर की शक्ति से बाहर जा चुका हूँ।”

“मेरे गुरुदेव के शब्द निकलते ही तीव्र वेदना अचानक गायब हो गई। मैं उठकर बैठ गया। डॉक्टर वहाँ आए। उन्होंने जाँच की, “तुम्हारा संकट टल गया है,” उन्होंने कहा, “टेस्ट के लिए कुछ नमूने ले जाता हूँ।”

प्रातःकाल में ही डॉक्टर आए। मैं स्वस्थचित बैठा हुआ था। उन्होंने कहा, “तुम तो इस प्रकार बैठे हो, जैसे मृत्यु पास फटकी भी नहीं थी। परीक्षण से जब पता चला कि तुम्हें एशियाटिक कालरा हो गया है, तो तुम्हें जीवित देखने की बहुत कम आशा थी। तुम बहुत भाग्यवान हो कि तुम्हें रोग-निवारण की दैवी शक्ति से संपन्न गुरु मिले हैं।

जब डॉक्टर निकल रहे थे, तो राजेन्द्र और आइ्डी आ पहुँचे। डॉक्टर और मेरे मुरझाए चेहरों पर दृष्टि पड़ते ही उनके चेहरों पर रोष के भाव सहानुभूति में बदल गए।

“गुरुदेव, मैंने कहा, “बारह वर्ष की आयु से मैंने हिमालय जाने का कई बार असफल प्रयास किया। अब मुझे विश्वास हो गया है कि आपके आशीर्वाद के बिना देवी पार्वती मुझे नहीं आने देंगी।”

हमारी कश्मीर यात्रा

"अब तुम यात्रा करने योग्य स्वस्थ हो गए हो। मैं भी तुम्हारे साथ कश्मीर चलूँगा।" श्रीयुक्तेश्वरजी ने मेरे ठीक हो जाने के दो दिन बाद कहा।

उसी दिन शाम को छह लोगों का हमारा दल उत्तर की ओर जाने के लिए गाड़ी पर सवार हो गया। हमारा पहला पड़ाव शिमला में हुआ। हम सड़कों पर घूमे।

"स्ट्राबेरी ले लो।" बाजार में बैठी एक वृद्धा चिल्ला रही थी।

अपरिचित फलों को देखकर गुरुदेव का कौतूहल जागा। उन्होंने टोकरी भर फल खरीद लिए और पास ही खड़े कन्हाई और मुझे खाने को दिए। मैंने एक फल खाकर देखा, पर तुरन्त ही थूक दिया, "कितना खट्टा है गुरुदेव, मुझे स्ट्राबेरी अच्छी नहीं लग सकती!"

"अमेरिका में तुम्हें ये अच्छी लगेंगी। वहाँ एक रात्रि-भोज में जिसके घर तुम खाना खा रहे होंगे, उस घर की गृहणी तुम्हें मलाई और शक्कर के साथ स्ट्राबेरी देगी। जब वह काँटे से स्ट्राबेरियों को कुचलकर तुम्हें देंगी, तब कहोगे, 'कितनी स्वादिष्ट है स्ट्राबेरी!' तब तुम्हें शिमला में आज का दिन याद आएगा।"

श्रीयुक्तेश्वरजी की भविष्यवाणी मेरे दिमाग से निकल गई थी, परन्तु वर्षों बाद मेरे अमेरिका जाने पर याद आ गई। मैसाच्युसेट्स प्रांत के वेस्ट सोमरविल नगर में श्रीमती एलिस टी. हैसी (योगमाता) के घर में एक रात्रि-भोज पर मैं निमंत्रित था। भोजन के अन्त में जब स्ट्राबेरी टेबल पर लाकर रखी गई, तो श्रीमती हैसी ने एक काँटा उठाकर उससे मेरे सामने रखी गई स्ट्राबेरियों को अच्छी तरह कुचल दिया और उसमें मलाई एवं शक्कर डाल दी, "यह फल कुछ अधिक ही खट्टा होता है। आपको इसे इस तरह खाना पसंद आएगा,"

उन्होंने कहा। "मैंने थोड़ा-सा उठाकर मुँह में डाला, "कितनी स्वादिष्ट स्ट्राबेरी!" मेरे मुँह से अनायास ही निकल पड़ा। उसी क्षण शिमला में की गई मेरे गुरुदेव की भविष्यवाणी मानस पटल पर उभर आई। मैं विभोर हो उठा कि बहुत पहले ही उनके ईश्वर-लीन मन ने भविष्य के ईथर में विचरण करने वाले प्रारब्धीय घटनाक्रम को देख लिया था।

हम लोग रावलपिंडी जाने के लिए गाड़ी में बैठ गए। वहाँ से कश्मीर की राजधानी श्रीनगर तक की सात दिन की यात्रा के लिए हमने दो घोड़ों द्वारा खींची जाने वाली एक बड़ी बग्घी किराए पर ली, जो चारों ओर से बन्द थी और उस पर छत भी थी। हमारी इस उत्तर की ओर यात्रा में हिमालय की विस्तीर्णता दृष्टिगोचर होने लगी। जैसे-जैसे हमारी बग्घी आगे बढ़ रही थी, वैसे-वैसे पर्वत शोभा के बदलते सुंदर दृश्यों को देखकर हम मुग्ध हो रहे थे।

"गुरुदेव," आड्डी ने कहा, "आपकी पवित्र संगत में इन वैभवशाली दृश्यों का बहुत आनंद आ रहा है।"

श्रीयुक्तेश्वरजी मेरी ओर मुड़कर फुसफुसाते स्वर में बोले, "आड्डी को उतना आनंद नहीं आ रहा है, जितना सिगरेट पीने के लिए पर्याप्त समय तक हमसे दूर हो सकने की संभावना से आ रहा है।"

मैंने धीमे स्वर में कहा, "गुरुदेव कृपया रंग में भंग मत डालिए। मुझे विश्वास नहीं होता कि आड्डी सिगरेट पीने के लिए बेचैन हो रहा है।"

"ठीक है। मैं आड्डी को कुछ नहीं कहूँगा," गुरुदेव ने हँसते हुए कहा, "परन्तु तुम शीघ्र ही देखोगे कि जैसे ही बग्घी रुकेगी, वह उस अवसर का लाभ उठाने के लिए कितना तत्पर होगा।"

बग्घी एक सराय पर पहुँच गई। घोड़ों को पानी पिलाने के लिए ले जाया जा रहा था। आड्डी ने पूछा, "गुरुदेव, ताजी हवा खाने के लिए मैं थोड़ी देर कोचवान के साथ बैठूँ, आप बुरा तो नहीं मानेंगे?"

श्रीयुक्तेश्वरजी ने अनुमति तो दे दी, पर मुझसे कहा, "उसे ताजा धुआँ चाहिए, ताजी हवा नहीं।"

बग्घी फिर धूल भरी सड़क पर चलने लगी। गुरुदेव की आँखों में चमक आ गई थी; मुझसे उन्होंने कहा, "दरवाजे से गर्दन निकालो और देखो, आड्डी कैसी हवा खा रहा है।"

मैं देखकर स्तंभित रह गया कि आड्डी मुँह से सिगरेट के धुएँ के छल्ले छोड़ रहा है। मैंने हार मानकर गुरुदेव की ओर देखा।

जैसे-जैसे हम मध्य कश्मीर के निकट पहुँचने लगे, हमारे हृदयों में आनंदाशाएँ उमड़ने लगीं। कश्मीर—कमल पुष्पों से भरे सरोवरों की, तैरते उद्यानों की, सुसज्जित शिकारों की, बहुसेतु-शोभित झेलम नदी की, पुष्पों से युक्त हरियाली की स्वर्ग भूमि। उस पर यह चारों ओर से हिमालय से घिरा हुआ!

श्रीनगर के मार्ग पर दोनों ओर ऊँचे-ऊँचे वृक्ष खड़े थे। जहाँ से सुंदर पहाड़ नजर आते थे। एक दुमंजिली धर्मशाला में हमने कमरे लिए। वहाँ नल नहीं थे। पास के एक कुएँ से पानी लाते थे। वहाँ ग्रीष्म ऋतु सुखद थी। दिन में साधारण गर्मी, रात में हलकी-सी ठंड।

हम लोग श्रीनगर में शंकराचार्य के प्राचीन मंदिर में दर्शनार्थ गए। पर्वत-शिखर पर दूर से ही स्पष्ट दिखाई पड़ने वाले इस आश्रम पर दृष्टि पड़ते ही मैं परमानंदमय अवस्था में चला गया। उस अवस्था में एक सुंदर देश में पहाड़ी के शिखर पर एक भवन दिखाई देने लगा; शंकराचार्य का भव्य मंदिर उस भवन में परिवर्तित हो गया, जहाँ मैंने वर्षों बाद अमेरिका में सेल्फ-रियलाईजेशन फेलोशिप के मुख्य आश्रम की स्थापना की। (जब मैं पहली बार कैलिफोर्निया में लॉस ऐंजिलिस गया और वहाँ माऊंट वाशिंगटन के शिखर पर स्थित वह विशाल भवन देखा, तो तुरन्त उसे वर्षों पहले कश्मीर और अन्यत्र अपने अंतर में देखे दृश्यों के भवन के रूप में पहचान लिया।)

कुछ दिन श्रीनगर में बिताने के बाद हम लोग आठ हजार पाँच सौ फीट की ऊँचाई पर स्थित गुलमर्ग 'पुष्प युक्त पर्वतीय मार्ग' गए। मैंने जीवन में पहली बार बड़े घोड़े की सवारी की। राजेन्द्र एक टट्टू पर सवार था। हम खिल्लनर्म के लिए निकल पड़े। रास्ता सीधी चढ़ाई का था और घने जंगल से होकर जाता था। कोहरे से ढँकीं पगडंडियाँ प्रायः दिखाई नहीं पड़ती थीं।

जीवन में पहली बार मैंने चतुर्दिक दृष्टि घुमाकर सब तरफ केवल हिमालय के हिमशिखरों को देखा। पर्वत-शिखरों की मालाओं पर मालाएँ, जो ध्रुवप्रदेश के विशालकाय सफेद रीछों की आकृति के समान दिख रही थीं। मेरी आँखें सूर्यकिरणोज्ज्वल नीले आकाश की पृष्ठभूमि में अनंत फैले बर्फीले पहाड़ों के विस्तार की शोभा का परमहर्ष से पान कर रही थीं।

नीचे वापस लौटते समय हमने दूर पीले फूलों का जैसे एक विशाल कालीन देखा, जिससे विवर्ण पहाड़ियों का पूरा रूप ही बदल गया था।

लाल, कशीदाकारी किए हुए छत्र पाली नौकाओं में बैठकर हम लोग डल सरोवर में अनेक बार घूमे। यहाँ लठ्ठों और मिट्टी की सहायता से बने अनेक तैरते उद्यान दिखाई देते हैं। वास्तव में प्रथम दृष्टि में दूर-दूर तक फैले हुए पानी के बीच साग-सब्जियों और तरबूजों की फसल का दृश्य ही इतना विसंगत लगता है कि कोई भी चकित हुए बिना नहीं रहता। 'पसंद न करने के कारण किसान अपने चौरस 'खेत' को उस बहुशाखा-प्रशाखा युक्त झील में नाव से रस्सी के सहारे एक जगह से दूसरी जगह खींच कर ले जाते हुए कभी-कभी दिखाई देते हैं।

इस सीढ़ीदार घाटी में पृथ्वी के हर प्रकार के सौंदर्य का सार दृष्टिगोचर होता है। कश्मीर रूपी सुंदरी ने पर्वतों का मुकुट पहना है, गले में झीलों की माला और पाँवों में पुष्प पादुकाएँ पहने हैं। बाद के वर्षों में अनेक देशों की यात्रा करने के बाद मैं समझ गया कि कश्मीर को संसार का सर्वाधिक सुंदर प्रदेश क्यों कहा जाता है। स्विट्ज़रलैंड के आल्प्स पर्वत, स्कॉटलैंड की लॉच लोमण्ड झील तथा इंग्लैंड की अतिसुंदर झीलों की कुछ झाँकियाँ यहाँ मिल जाती हैं।

प्राकृतिक सौंदर्य में पहला पुरस्कार मैं तो मेक्सिको के जोकिमिल्को के शानदार दृश्य को दूँगा, जहाँ आकाश, पर्वत और पोप्लर वृक्ष पानी की असंख्य धाराओं में अठखेलियाँ करती मछलियों के बीच प्रतिबिम्बित होते हैं। या फिर कश्मीर की झीलों को दूँगा, जो हिमालय के कठोर पहरे में सुरक्षित सुंदरियों के समान लगती हैं। ये स्थान मेरी स्मृति में पृथ्वी पर सबसे सुंदर स्थलों के रूप में उभर आते हैं।

कश्मीर में कुछ सप्ताह बिताने के पश्चात् हमें बंगाल लौटने के लिए विवश होना पड़ा, क्योंकि श्रीरामपुर कॉलेज का नया सत्र आरंभ होने वाला था। श्रीयुक्तेश्वरजी, कन्हाई और आइडी कुछ दिन और श्रीनगर में रुकने वाले थे। प्रस्थान से कुछ समय पहले गुरुदेव ने संकेत दिया कि कश्मीर में उनका शरीर अस्वस्थ होने वाला है।

"गुरुदेव, परन्तु आप तो पूर्णतः स्वस्थ लग रहे हैं।" मैंने कहा।

"ऐसी भी संभावना है कि मैं इस संसार से ही उठ जाऊँ।"

"गुरुजी, चरणों में गिरकर मैं गिड़गिड़ाने लगा, "वचन दीजिए, कि अभी देहत्याग नहीं करेंगे। मैं अभी आपके बिना चल सकने के लिए तैयार हूँ।

श्रीयुक्तेश्वरजी चुप रहे, परन्तु इतनी अनुकंपा के साथ मुस्कराए कि मैं आश्वस्त हो गया। अनिच्छापूर्वक ही मैं वहाँ से चल पड़ा।

"गुरुदेव अस्वस्थ; स्थिति अत्यंत नाजुक।" आड्डी का तार मिला।

मैंने तुरन्त तार भेजा, "गुरुदेव, मैंने आपसे देहत्याग न करने का वचन माँगा था। कृपा कर शरीर मत छोड़िए, नहीं तो मैं भी मर जाऊँगा।"

"तथास्तु!" वह गुरुदेव का कश्मीर से जवाब था।

कुछ दिनों में आड्डी का एक पत्र आया कि गुरुदेव स्वस्थ हो गए हैं। अगले पखवाड़े जब गुरुदेव श्रीरामपुर आए, तो उनका आधा शरीर देखकर अत्यंत दुःख हुआ।

श्रीयुक्तेश्वरजी के शिष्यों के लिए अच्छी बात यह थी कि श्रीयुक्तेश्वरजी ने कश्मीर में अपने भीषण ज्वर की अग्नि में अपने अनेक पापों को जला डाला था। उच्चकोटि के योगियों को एक शरीर से रोग निकालकर अपने शरीर में ले लेने का ज्ञान होता है। आध्यात्मिक महामानव अपने शिष्यों के कर्मभार के कुछ हिस्से को अपने ऊपर लेकर उनके मानसिक कष्टों को कम कर सकता है। गुरु अपने शिष्यों की दुर्गति को कम करने के लिए अपनी स्वास्थ्य-संपदा के कुछ हिस्से को तिलांजलि दे देता है।

एक गुप्त योग पद्धति द्वारा संत अपने मन और सूक्ष्म देह को पीड़ित व्यक्ति के मन और सूक्ष्म देह के साथ जोड़ लेता है और इस प्रक्रिया में रोग पूर्ण या आंशिक रूप से योगी के शरीर में संक्रमित हो जाता है। देह-भूमि पर ईश्वर-साक्षात्कार की फसल काट लेने के बाद सिद्ध पुरुष अपने शरीर की चिंता नहीं करता, फिर वह दूसरों के कष्ट कम करने के लिए अपने शरीर को रोगग्रस्त होने देता है, तो भी उसके कभी दूषित न हो सकने वाले मन पर उसका कोई प्रभाव नहीं पड़ता। ऐसी सहायता कर पाने के लिए वह अपने आपको भाग्यवान मानता है। ईश्वर में सायुज्य मोक्ष प्राप्त करने में ही मानव-देह का उद्‌देश्य संपूर्ण रूप से पूरा होना अंतर्निहित है। यह हो जाने के बाद सिद्ध पुरुष उसकी जैसी इच्छी हो, वैसा अपनी देह का उपयोग करता है।

गुरु का संसार में कार्य है मानवजाति के दुःख कम करना, वह आध्यात्मिक उपायों से हो या बौद्धिक उपदेशों से या इच्छाशक्ति द्वारा हो या उनके रोगों को अपने ऊपर लेने द्वारा हो। इच्छा मात्र से अधिचेतन अवस्था में प्रविष्ट होकर सद्‌गुरु अपने शारीरिक कष्ट से अलिप्त हो सकता है, परन्तु

कभी-कभी शिष्यों के लिए उदाहरण स्थापित करने हेतु वह शारीरिक पीड़ा को उदासीनभाव से स्वेच्छा से सहन करता है।

आध्यात्मिक नियम यह अनिवार्य नहीं बनाता कि कोई गुरु या सिद्ध पुरुष दूसरे को रोगमुक्त करे, तो वह स्वयं बीमार हो जाएँ। तुरन्त स्वस्थ करने की विभिन्न पद्धतियाँ संतों को ज्ञात होती हैं। संतजन ऐसी ही पद्धति से रोगमुक्त कर देते हैं, परन्तु कोई गुरु अपने शिष्यों के क्रमविकास में अत्यधिक गति लाना चाहता है, तब वह उनके अवांछनीय कर्मों के बड़े भाग को अपने ऊपर लेकर उनके परिणामों को भोगकर उन्हें निष्फल कर सकता है।

केवल आत्म-साक्षात्कार प्राप्त ब्रह्मज्ञानी सिद्ध पुरुष ही अपनी प्राणशक्ति को दूसरों में संचरित कर सकते हैं या उनके रोगों को अपने शरीर में ला सकते हैं। हिन्दू शास्त्र कहते हैं कि अपने शरीर को स्वस्थ रखना मनुष्य का अनिवार्य कर्तव्य है, अन्यथा उसका मन भगवत्-ध्यान में एकाग्र नहीं रह सकता।

अति बलशाली मन सभी शारीरिक बाधाओं को पार कर ईश्वर-साक्षात्कार को प्राप्त कर सकता है। अनेक संतों ने रोगों की ओर कोई ध्यान न देकर ईश्वरानुसंधान में सफलता प्राप्त की है। असीसी के सेंट फ्रांसिस गंभीर रोगों से ग्रस्त होने के बावजूद दूसरे लोगों का रोगनिवारण करते थे और मृत लोगों को सिर से जिंदा भी कर देते थे।

मैं एक ऐसे भारतीय संत को जानता था, जिनका आधा शरीर कभी फोड़ों से भरा हुआ था। मधुमेह इतना उग्र था कि लगातार पंद्रह मिनट स्थिर नहीं बैठ सकते थे, किन्तु उनकी आध्यात्मिक आकांक्षा अटल थी। वे प्रार्थना करते, "प्रभु, क्या आप मेरे इस भग्न मंदिर में आएँगे?" प्रचण्ड इच्छाशक्ति के बल से वे प्रतिदिन अट्ठारह घंटों तक पद्मासन में समाधि लगाकर बैठने लगे। उन्होंने कहा, "तीन साल होते-होते मैंने ईश्वर के अनंत प्रकाश को अपने भीतर जगमगाते पाया। उसके आनंद में मग्न मैं अपने शरीर को भूल गया। बाद में देखा कि ईश्वर की दया से मेरा शरीर पूर्णतः स्वस्थ हो गया था।"

जैसे आजीवन स्वस्थता आंतरिक ज्ञानप्रकाश का द्योतक नहीं है, वैसे ही बीमार शरीर रहने का अर्थ यह नहीं है कि उस महात्मा में दिव्य शक्तियों का अभाव है। संत की पहचान शारीरिक अवस्था पर नहीं, बल्कि आध्यात्मिक अवस्था पर आधारित होती है।

किसी के सिद्ध पुरुष होने का प्रमाण केवल यही है कि उसमें अपनी

इच्छानुसार श्वासोच्छ्वासरहित सविकल्प समाधि में जाने की क्षमता हो और उसे अखंड आनंद (निर्विकल्प समाधि की अवस्था) प्राप्त हो। ऋषियों ने बताया है कि केवल इन उपलब्धियों द्वारा ही मनुष्य यह प्रदर्शित कर सकता है कि उसने द्वैत के इन्द्रजाल या माया पर अधिकार पा लिया था। केवल वही आत्मज्ञान की गहराइयों से कह सकता है, 'एकम् सत' (केवल एक का ही अस्तित्व है)।

केवल सद्गुरु ही शिष्यों के कर्म अपने ऊपर ले सकते हैं। श्रीनगर में श्रीयुक्तेश्वरजी कभी कष्ट न भोगते, यदि उन्हें अपने अंतर में वास करने वाले परमात्मा से अपने शिष्यों की उस विलक्षण ढंग से सहायता करने की अनुमति न मिलती।

मैंने अपने गुरु को देखकर सहानुभूति जताने का प्रयास किया, तो उन्होंने विनोदपूर्वक कहा, "इसके लिए कुछ अच्छे पहलू भी हैं। अब मैं उन छोटी बनियानों को भी पहन सकता हूँ, जिन्हें कई वर्षों से नहीं पहना है!"

गुरुदेव की हँसी सुनकर मुझे सेंट फ्रांसिस डि सेल्स के वे शब्द याद आ गए, "जो संत उदास रहता है, वह व्यर्थ संत है!"

मेरा संन्यास-ग्रहण–स्वामी-संस्थान के अंतर्गत

"गुरुदेव, मेरे पिताजी मुझसे बंगाल-नागपुर रेलवे में एक अधिकारी का पद ग्रहण करने के लिए आग्रह करते रहे हैं, परन्तु मैंने साफ मना कर दिया है।" फिर मैंने आशा के साथ आगे कहा, "गुरुदेव, क्या आप मुझे स्वामी परंपरा की संन्यास दीक्षा नहीं देंगे?" मैं अनुनयपूर्वक अपने गुरु की ओर देखता रहा।

"ठीक है। मैं तुम्हें कल संन्यास दीक्षा दे दूँगा।" उन्होंने शांत भाव से कहा।

अगला दिन मेरे जीवन का सबसे अविस्मरणीय दिन था। मुझे याद है कि कॉलेज से ग्रेजुएट होने के कुछ सप्ताह बाद ही यह सन् 1915 के जुलाई महीने का एक गुरुवार था। अपने श्रीरामपुर आश्रम के भीतर के एक बरामदे में श्रीयुक्तेश्वरजी ने एक श्वेत रेशमी वस्त्र को संन्यास धर्म के परंपरागत गेरुए रंग में डुबोया। जब वस्त्र सूख गया, तो मेरे गुरु ने उसे एक संन्यासी वस्त्र के तौर पर मेरे बदन पर लपेट दिया।

"किसी दिन तुम पश्चिम में जाओगे, जहाँ रेशमी वस्त्रों को पसंद किया जाता है," उन्होंने कहा, "उसी के प्रतीकस्वरूप मैंने तुम्हारे लिए परंपरागत सूती वस्त्र के स्थान पर यह रेशमी वस्त्र चुना है।"

अनेक योगी रेशमी वस्त्र पहनते हैं, क्योंकि रेशमी वस्त्र शरीर के कुछ सूक्ष्म प्रवाहों को सूती वस्त्रों की अपेक्षा अधिक अच्छी तरह से रोककर रखते हैं।

"मुझे अनुष्ठान, संस्कार आदि के कर्मकाण्ड में कोई रुचि नहीं," श्रीयुक्तेश्वरजी जी ने कहा, "मैं तुम्हें विद्वत् (कर्मकाण्ड रहित) पद्धति से संन्यास दीक्षा दूँगा।"

संन्यास की आद्योपांत अनुष्ठान-संस्कार युक्त दीक्षा में एक हवन-विधि

भी होती है, जिसमें प्रतीकात्मक अंत्येष्टि क्रिया-कर्म, श्राद्ध आदि किया जाता है। दीक्षा लेने वाले शिष्य की स्थूल देह को मृत एवं ज्ञानाग्नि में भस्मीभूत माना जाता है। तत्पश्चात् नवदीक्षित संन्यासी को एक महावाक्य दिया जाता है, जैसे 'अयमात्माब्रह्म' अथवा 'तत्वमसि' अथवा 'अहंब्रह्मास्मि' परन्तु सादगी प्रेमी श्रीयुक्तेश्वरजी ने सभी औपचारिक विधियों को छोड़ मुझे एक नया नाम चुनने को कहा।

"नाम चुनने का अधिकार मैं तुम्हें ही देता हूँ।" उन्होंने कहा।

'योगानंद' मैंने एक पल सोचने के बाद कहा। इस नाम का अर्थ है 'ईश्वर के साथ मिलन (योग) द्वारा आनंद।'

"तथास्तु! अब से तुम स्वामी परंपरा की गिरी शाखा के योगानंद कहलाओगे।"

स्वामी संप्रदाय के सभी संन्यासी एक ही गुरु, आदि 'प्रथम' शंकराचार्य से जुड़े होते हैं। वे अपरिग्रह (सांसारिक संपत्ति में अनासक्ति), ब्रह्मचर्य तथा संघ प्रमुख या आध्यात्मिक प्रमुख की आज्ञा के पालन का व्रत लेते हैं।

स्वामी अगने नाम के आगे एक ऐसी उपाधि लगाता है, जिससे स्वामी संप्रदाय की दस शाखाओं में से किसी एक के साथ उसके जुड़े होने का परिचय मिलता है। इन दस शाखाओं में या दशनामियों में एक है गिरी, जिससे स्वामी श्रीयुक्तेश्वरजी गिरी और उनका शिष्य होने के नाते मैं स्वयं संलग्न हूँ।

स्वामी का संन्यासाश्रम का नाम, जिसके आगे साधारणतया आनंद लगा होता है, किसी विशिष्ट मार्ग, अवस्था या आध्यात्मिक गुण, जैसे प्रेम, ज्ञान, विवेक, भक्ति, सेवा, योग के द्वारा प्राप्त करने की उसकी आकांक्षा का द्योतक होता है। उसके नाम के बाद लगने वाली दशनामी में से एक उपाधि प्रकृति के साथ उसकी सरसता का प्रतीक होती है।

समस्त मानवजाति की निःस्वार्थ सेवा तथा व्यक्तिगत संबंधों एवं महत्वाकांक्षाओं के त्याग के आदर्श के कारण अधिकांश स्वामीगण भारत में और कभी-कभी विदेशों में भी सक्रिय रूप से मानवतावादी एवं शैक्षणिक कार्यों में लग जाते हैं। जाति, पंथ, वर्ग, वर्ण, वंश या स्त्री-पुरुष का भेदभाव छोड़कर स्वामी विश्वबंधुत्व के आदर्श पर चलता है।

श्रीयुक्तेश्वरजी स्वामी भी थे और योगी भी। पूज्य स्वामी संप्रदाय से जुड़ा होने के कारण स्वामी बना हर संन्यासी योगी नहीं होता। जो ईश्वर-साक्षात्कार

के लिए किसी वैज्ञानिक प्रविधि का अभ्यास करता हो, वही योगी होता है। वह विवाहित भी हो सकता है और अविवाहित भी, सांसारिक जिम्मेदारियों को निभाने वाला भी हो सकता है या विशिष्ट धर्म-संप्रदाय से संबद्ध भी।

स्वामी केवल शुष्क कारण-मीमांसा एवं कठोर त्याग के मार्ग पर चलने वाला भी हो सकता है, परन्तु योगी एक सुनिश्चित क्रमानुगत प्रणाली का अभ्यास करता है, जिससे शरीर और मन सुनियंत्रित हो जाते हैं और आत्मा धीरे-धीरे मुक्त हो जाती है। वह किसी भावनात्मक आधार पर प्रविधियों का क्रमानुसार अभ्यास करता है।

किसी भी अन्य विज्ञान की तरह ही योग विज्ञान का किसी भी देश और काल के लोगों द्वारा प्रयोग किया जा सकता है।

योगसाधना विचारों के स्वाभाविक कोलाहल को शांत करने की एक पद्धति है। विचारों का यह कोलाहल सभी देशों के सभी मनुष्यों को समान रूप से अपने मूल आत्मस्वरूप की झलक देखने से वंचित कर देता है।

प्राचीन ऋषि पतंजलि योग की व्याख्या इस प्रकार करते हैं, "चित्त में एक के बाद एक उठती ही रहने वाली लहरों को शांत करना।" उनका संक्षिप्त परन्तु अत्यंत ज्ञानयुक्त ग्रन्थ 'योगसूत्र' हिन्दू-षड्दर्शन में से एक दर्शन है।

उत्तरकालीन उपनिषद कहते हैं कि छह दर्शनों में से योगसूत्र में ही सत्य की प्रत्यक्ष अनुभूति करने की सबसे प्रभावी पद्धतियाँ हैं।

पतंजलि की योग-पद्धति अष्टांग योग के नाम से जानी जाती है।

यह प्रश्न मन में आ सकता है कि, "कौन बड़ा है, 'स्वामी या योगी?" जब ईश्वर के साथ एकता स्थापित हो जाती है, तब विभिन्न मार्गों के भेद अपने आप ही समाप्त हो जाते हैं, परन्तु भगवत्गीता में कहा गया है कि योग शास्त्र की पद्धतियाँ सर्वसमावेशक हैं। ये पद्धतियाँ केवल विशिष्ट प्रकार के या विशिष्ट स्वभावगुणों वाले व्यक्तियों, जैसे संन्यस्त जीवन की ओर झुकाव रखने वाले अत्यंत कम लोगों के लिए ही निर्धारित नहीं हैं, योग साधना के लिए किसी विशिष्ट संप्रदाय के साथ औपचारिक तौर पर जुड़े रहना भी आवश्यक नहीं है। योग-विज्ञान उस मूलभूत आवश्यकता की पूर्ति करता है जो सबके लिए एक समान होती है, अतः यह सबके लिए समान रूप से लागू होता है।

सच्चा योगी अपने कर्तव्यों का निर्वाह करते हुए संसार में रह सकता है।

यदि मनुष्य अपने अहंकार की इच्छा-वासनाओं में मानसिक रूप से लिप्त न हो और जीवन में अपनी भूमिका को केवल ईश्वर का एक स्वैच्छिक माध्यम बनकर अदा करे, तो सांसारिक कर्तव्यों को निभाने के लिए उसे ईश्वर से अलग होने की आवश्यकता नहीं रहती।

कुछ पाश्चात्य लेखकों ने योग शास्त्र के बारे में गलत धारणा बना ली है। योग के सम्मान में यहाँ स्विट्ज़रलैंड के प्रख्यात मानसशास्त्री डॉ. सी. जी. युग के विचार उल्लेख करने योग्य हैं, "जब कोई साधना-प्रणाली अपने को 'वैज्ञानिक पद्धति' कहकर प्रस्तुत करती है, तो पश्चिम में अनुयायी मिलने के प्रति वह निश्चिंत हो सकती है। योग साधना इस पर खरी उतरती है। नवीनता के आकर्षण और आधी समझी गई बात के प्रति अनुभूत होने वाली जिज्ञासा के अतिरिक्त भी योग को अनेकानेक अनुयायी मिल सकने के अच्छे खासे कारण हैं।"

जिन धारणाओं पर योग आधारित है, उन धारणाओं के ज्ञान के बिना योग साधना विशेष प्रभावकारी नहीं होती। वह साधना शारीरिक और आध्यात्मिक पहलुओं में असामान्य रीति से सामंजस्य स्थापित कर देती है।

पश्चिम में भी वह दिन अब निकट आ रहा है जब आत्म-संयम के आंतरिक विज्ञान की उतनी ही आवश्यकता महसूस होगी, जितनी कि बाह्य प्रकृति पर विजय की। अब वैज्ञानिक निर्विवाद रूप से इस सत्य के साथ सिद्ध हुए हैं कि घन पदार्थ वास्तव में और कुछ न होकर केवल ऊर्जा-शक्ति का घनीभूत रूप है, इस आणविक युग में मनुष्य का मन अधिक संयमी और विस्तृत होगा। पत्थरों और धातुओं में निहित शक्तियों से कहीं अधिक महान शक्तियों को मानवी मन अपने अंदर उन्मुक्त कर सकता है और उसे करना चाहिए, ताकि कहीं अभी-अभी बंधनमुक्त हुआ पदार्थ जगत का विवेकहीन विनाश न कर दे। अणुबम के विषय में मानवजाति की चिंता का एक अप्रत्यक्ष लाभ यह हो सकता है कि योग-विज्ञान में लोगों की व्यावहारिक रुचि बढ़ जाएगी, जो सच्चे अर्थ में 'बम से रक्षा का आश्रयस्थान' है।

भाई अनंत एवं बहन नलिनी

“अनंत अब अधिक दिन जीवित नहीं रह सकता, इस जन्म के लिए उसके कर्मों का भोग पूरा हो चुका है।”

मैं गहन ध्यान में बैठा था। मेरी अंतर्चेतना में ये शब्द उभर आए। संन्यास लेने के बाद मैं अनंत के घर गया था। उन्होंने अचानक बिस्तर पकड़ लिया था। मैं उनकी सेवा में जुट गया।

मैं दुःखी हो उठा। भाई को मुझसे छीने जाते देखने के लिए मैं अब गोरखपुर में नहीं रह सकता। टीका-टिप्पणी की परवाह न करते हुए मैं सबसे पहले जो जहाज मिला, उसी पर सवार होकर बाहर चला गया। जहाज जापान पहुँचा। मैं कोबे शहर में जहाज से उतर गया और कुछ दिन वहाँ रहा। मेरा मन अत्यंत दुःखी था।

जहाज शंघाई में रुका। मैंने श्रीयुक्तेश्वरजी और अपने परिवारजनों एवं मित्रों के लिए वहाँ से उपहार खरीदे। अनंत के लिए अति सुंदर कारीगरीयुक्त बाँस की एक वस्तु ली। वह मेरे हाथ से छूटकर गिर गई और मेरे मुँह से निकल पड़ा, “इसे मैंने अपने प्रिय मृत भाई के लिए खरीदा है!”

मुझे स्पष्ट अनुभूति हो गई थी कि अनंत दा की आत्मा उसी क्षण शरीर से मुक्त होकर अनंत की ओर जा रही थी। सिसकियाँ भरते हुए मैंने बाँस की सतह पर लिखा, मेरे प्रिय अनंत दा के लिए, जो अब चले गए हैं!

मेरे साथ खड़े डॉक्टर मित्र मुझे देख रहे थे। जहाज जब कोलकाता पहुँचा, तब डॉक्टर मित्र मेरे साथ बाहर निकले। मेरा सबसे छोटा भाई विष्णु लेने आया हुआ था। “मुझे पता है कि अनंत दा अब नहीं रहे,” मैं बोल पड़ा, “मुझे और इन डॉक्टर साहब को इतना बता दो कि अनंत दा कि मृत्यु कब हुई।” विष्णु ने दिन बता दिया। वह वही दिन था जब मैंने शंघाई में उपहार खरीदे थे।

मैंने जैसे ही घर में प्रवेश किया, पिताजी गले मिले, "तुम आ गए," उन्होंने कहा।

थोड़े ही दिन बाद मेरी छोटी बहन नलिनी दैवी-शक्ति के हस्तक्षेप से मृत्यु के मुख से लौट आई।

बचपन में नलिनी और मेरे बीच के संबंध मधुर नहीं थे। मैं दुबला पतला था और वह मुझसे भी अधिक दुबली पतली थी। मैं बहन की काया को लक्ष्य कर उसे चिढ़ाया करता था। वह भी मुँह तोड़ जवाब देती थी। कभी-कभी माँ को हस्तक्षेप करना पड़ता था और वह हमारी बचकानी हरकतों का अंत कर देतीं।

नलिनी की सगाई डॉक्टर पंचानन बोस के साथ हो गई। यथासमय विवाह सम्पन्न हो गया। घर की बैठक में हँसी-मजाक करते रिश्तेदारों के बीच मैं बैठ गया। दूल्हे राजा सुनहरी जरी के काम किए एक तकिये की टेक लगाए बैठे थे, उनके एक ओर नलिनी बैठी थी। भारी रेशमी साड़ी भी उसकी कृशता को छिपा नहीं पा रही थी। मैं अपने बहनोई को देखकर मैत्रीपूर्ण भाव के साथ मुस्कराने लगा। उन्होंने विवाह पूर्व नलिनी को देखा नहीं था।

मेरी सहानुभूति भाँपकर डॉ. बोस ने नलिनी की ओर इशारा करके मेरे कान में कहा, "यह क्या है?"

मैंने कहा, "यह आपकी जाँच-परीक्षण के लिए कंकाल है!"

डॉक्टर बोस हमारे परिवार के प्रिय पात्र बनते गए। वे और मैं घनिष्ठ मित्र बन गए। प्रायः हँसी-मजाक का विषय अधिकतर नलिनी हुआ करती।

एक दिन बहनोई ने कहा, "यह चिकित्सा विज्ञान के लिए एक आश्चर्य है। मैंने आपकी इस अस्थिपंजर बहन पर सब कुछ आजमाकर देख लिया, ऑईल, मक्खन, माल्ट, फिर भी एक शतांश इंच मांस शरीर पर नहीं आया।"

कुछ दिन बाद मैं उनके घर गया। वहाँ मेरा काम कुछ मिनटों में ही खत्म हो गया और मैं जाने लगा। जैसे ही दरवाजे पर पहुँचा, नलिनी का स्वर सुनाई दिया, "इधर आइए, दादा। इस बार आप मुझे चकमा देकर नहीं जा सकते। मुझे आपसे कुछ बातें करनी हैं। मैं सीढ़ी चढ़कर उसके कमरे में पहुँचा। यह देखकर मुझे आश्चर्य हुआ कि वह रो रही थी।

उसने कहा, "दादा, आध्यात्मिक पथ पर आपके पाँव दृढ़ता के साथ जमे हैं। आप हट्टे-कट्टे हो गए हैं; क्या आप मेरी मदद नहीं करेंगे? मेरे पति मेरे

पास फटकते भी नहीं और मैं उनसे इतना प्यार करती हूँ, परन्तु मेरी मुख्य इच्छा ईश्वर-साक्षात्कार में उन्नति करने की है, भले ही मैं दुबली, पतली और अनाकर्षक ही बनी रहूँ।"

उस दिन उसने मेरी शिष्या बनने की इच्छा प्रकट की।

उसकी श्रद्धा की परीक्षा लेने के लिए मैंने उससे मछली, मांस और अंडे खाना छोड़ देने के लिए कहा। कई महीनों तक नलिनी मेरे बताए नियमों का पालन करती रही। एक दिन मैं उसके घर पहुँच गया।

"बहना, तुमने पूर्ण अन्तःकरण के साथ आध्यात्मिक नियमों का पालन किया है; अब उसका फल मिलने का समय आ गया है।"

"मैं तुम्हारे जितनी ही हट्टी-कट्टी बनना चाहती हूँ।"

मैंने गंभीर होकर कहा, "ईश्वरीय कृपा से आज से ही तुम्हारे शरीर में परिवर्तन शुरू हो जाएगा, एक महीने में तुम्हारा वजन मेरे वजन जितना हो जाएगा।"

तीस दिन में नलिनी का वजन मेरे वजन जितना ही हो गया। गोलमटोलता ने सुंदरता प्रदान की। पति को उससे गहरा प्रेम हो गया। उनका वैवाहिक जीवन आदर्शजनक रूप से सुखी हुआ।

मैं जापान से लौटकर आया, तो पता चला कि नलिनी टायफाइड से बीमार हो गई थी। मैं उसके घर गया। वह अत्यंत दुबली हो चुकी थी और बेहोशी की अवस्था में थी।

मेरे बहनोई ने बताया, "वह बार-बार कहा करती थी, 'यदि मुकुंद दादा यहाँ होते, तो मेरी यह दशा नहीं होती। आशा की कोई किरण नजर नहीं आती। अब उसे आँव-रक्त की पेचिश शुरू हो गई है।"

मैंने अपनी प्रार्थनाओं से आकाश और पाताल तक को हिला दिया। मुझे पूर्ण सहयोग देने वाली एक एंग्लो-इंडियन नर्स को नियुक्त कर मैं अपनी बहन पर रोगमुक्ति की यौगिक पद्धतियों का प्रयोग करने लगा। आँव-रक्त की पेचिश बन्द हो गई।

परन्तु डॉक्टर बोस शोकार्त स्वर में बोले, "अब बाहर निकलने के लिए इसके शरीर में खून ही नहीं बचा।"

"वह ठीक हो जाएगी," मैंने दृढ़ता के साथ कहा, "सात दिन में उसका बुखार चला जाएगा।"

उस दिन से उसके स्वास्थ्य में तेजी से सुधार हुआ। उसका शरीर पहले की तरह गोलमटोल तो हो गया, पर उसके दोनों पैरों में पक्षाघात हो गया। डॉक्टरों ने उसे असाध्य विकलांग घोषित कर दिया। उसके जीवन की रक्षा के लिए मैंने जो प्रार्थना युद्ध छेड़ रखा था, उससे मैं थक गया था। मैं श्रीयुक्तेश्वरजी की सहायता लेने के लिए श्रीरामपुर गया।

"एक महीने में तुम्हारी बहन के पाँव ठीक हो जाएँगे।" फिर उन्होंने आगे कहा, "उसे अपनी त्वचा का स्पर्श करते हुए दो कैरट का एक छिद्रविहीन मोती पहनने को कहो, जो एक बंध में दोनों ओर से आँकड़ों में जड़ा हो।" मैंने आनंद के साथ राहत की साँस लेते हुए उनके चरणों में साष्टांग प्रणाम किया।

उन्होंने नलिनी की, जिसे उन्होंने कभी देखा भी नहीं था, शारीरिक और मानसिक विशिष्टताओं का सविस्तार वर्णन कर दिया।

मैंने पूछा, "गुरुदेव, क्या यह ज्योतिषीय विश्लेषण है? आपको तो उसका जन्मकाल या जन्मदिन मालूम नहीं है!"

श्रीयुक्तेश्वरजी मुस्कराए, "एक गहनतर ज्योतिष भी है, जो पंचांगों और घड़ियों के प्रमाणों पर निर्भर करता है, उसका स्थूल शरीर होता है, वैसे ही सूक्ष्म शरीर भी होता है। मानवी नेत्र केवल स्थूल शरीर को देखते हैं। अन्तर्चक्षु अधिक गहराई में जाकर उस विश्वरूप को भी देख सकता है, जिसका प्रत्येक मनुष्य एक अविभाज्य और स्वतंत्र अंग है।"

एक महीने बाद उसके पाँव पूर्णतः ठीक हो गए। नलिनी ने गुरुदेव से अपनी हार्दिक कृतज्ञता व्यक्त करने के लिए मुझ से कहा। श्रीयुक्तेश्वरजी ने उसके संदेश को सुन लिया। उन्होंने एक अर्थगर्भित बात कही, "तुम्हारी बहन को डॉक्टरों ने बताया है कि वह माँ नहीं बन सकती। उसे विश्वास दिला दो कि कुछ ही वर्षों में वह दो पुत्रियों को जन्म देगी।"

कुछ वर्षों बाद नलिनी की खुशी का ठिकाना न रहा जब उसने एक पुत्री को जन्म दिया और उसके कुछ वर्ष बाद दूसरी को।

क्रिया योग विज्ञान

इस पुस्तक में जिस क्रिया योग का उल्लेख हुआ है, उसका भारत में दूर-दूर तक प्रसार मेरे गुरु के गुरु लाहिड़ी महाशय के माध्यम से हुआ। क्रिया शब्द संस्कृत के कृ धातु से बना है, जिसका अर्थ है, करना, कर्म और प्रतिकर्म करना, इसी धातु से कर्म शब्द भी बना है, जिसका अर्थ है कार्य-कारण का नैसर्गिक नियम। अतः क्रियायोग का अर्थ होता है, एक विशिष्ट कर्म या विधि (क्रिया) द्वारा अनंत परमतत्व के साथ मिलन (योग)। इस विधि का निष्ठापूर्वक अभ्यास करने वाला योगी धीरे-धीरे कर्म-बंधन से या कार्य-कारण संतुलन की नियमबद्ध शृंखला से मुक्त हो जाता है।

इस पुस्तक में मैं क्रिया योग का पूर्ण विवरण नहीं दे सकता। इसकी वास्तविक प्रविधि योगदा सत्संग सोसाइटी सेल्फ-रियलाइजेशन फेलोशिप के किसी अधिकृत क्रियायोगी से सीखनी चाहिए।

क्रिया योग एक सरल मनःकायिक प्रणाली है, जिसके द्वारा मानव-रक्त कार्बन रहित होकर ऑक्सीजन से पूरित हो जाता है। इस अतिरिक्त ऑक्सीजन के अणु प्राण-धारा में रूपान्तरित हो जाते हैं, जो मस्तिष्क और मेरुदण्ड के चक्रों में नवशक्ति का संचार कर देती है। शिराओं में बहने वाले अशुद्ध रक्त का संचय रुक जाने से योगी ऊतकों में होने वाले ह्रास को रोक सकता है या कम कर सकता है। उन्नत योगी अपनी कोशिकाओं को प्राणशक्ति में रूपांतरित कर देता है।

लाहिड़ी महाशय को यह विज्ञान उनके महान गुरु बाबाजी से प्राप्त हुआ था, जिन्होंने इसके लुप्त हो जाने के बाद फिर से परिष्कृत किया। बाबाजी ने इसे क्रिया योग का सीधा-सादा नाम दिया।

बाबाजी ने लाहिड़ी महाशय से कहा था, "क्रिया योग उसी विज्ञान का

पुनरुत्थान है, जो श्रीकृष्ण ने सहस्राब्दियों पहले अर्जुन को दिया था और जो बाद में पतंजलि, ईसामसीह, सेंट जॉन, सेंट पॉल और ईसा मसीह के अन्य शिष्यों को प्राप्त हुआ।"

भगवद्‌गीता में भगवान श्रीकृष्ण एक श्लोक में कहते हैं, "अपान वायु में प्राणवायु के हवन द्वारा और प्राणवायु में अपान वायु के हवन द्वारा योगी प्राण और अपान, दोनों की गति को रुद्ध कर देता है और इस प्रकार वह हृदय से मुक्त कर लेता है और प्राणशक्ति पर नियंत्रण प्राप्त कर लेता है।" तात्पर्य यह है कि "योगी फेफड़ों और हृदय की कार्यशीलता को शांत कर प्राणशक्ति की उस अतिरिक्त आपूर्ति की सहायता से शरीर में होने वाले परिवर्तनों को भी रोक देता है। इस प्रकार ह्रास और वृद्धि, दोनों को रोककर योगी प्राण-नियंत्रण सीख लेता है।"

गीता के अन्य कुछ श्लोकों में कहा गया है, "वह ध्यान-पारंगत (मोक्षपरायण) मुनि सदा के लिए मुक्त हो जाता है, जो 'चरम लक्ष्य' की प्राप्ति के लिए अपनी दृष्टि को भ्रूमध्य में स्थित करके नासिका तथा फेफड़ों में विचरने वाले प्राण और अपान का निराकरण (सम) करते हुए बाहरी विषय-भोगों से अपने ध्यान को हटाने में और इच्छा, भय तथा क्रोध को निकाल बाहर करने में समर्थ है और जिसने अपने इंद्रियग्राही मन एवं बुद्धि को जीत लिया है।"

ऋषि पतंजलि ने लिखा है, "शारीरिक तप, मनोनिग्रह तथा ओम् का ध्यान मिलाकर क्रिया योग बनता है।" ध्यान में सुस्पष्ट सुनाई देने वाले ओम् के ब्रह्मनाद को पतंजलि ईश्वर कहते हैं। ओम् सृष्टिकर्ता शब्दब्रह्म है, वह स्पन्दनशील सृष्टियन्त्र गुंजन है और ईश्वर के अस्तित्व का साक्षी है। योग का नया साधक भी शीघ्र ही ओम् की अद्‌भुत ध्वनि को सुन सकता है। इस परमानन्दमय आध्यात्मिक प्रोत्साहन से उसे पूर्ण विश्वास हो जाता है कि सूक्ष्म लोकों से उसका सम्पर्क हो रहा है।

पतंजलि प्राणायाम की चर्चा इस प्रकार करते हैं, "उस प्राणायाम द्वारा मुक्ति प्राप्त की जा सकती है, जो श्वास और प्रश्वास के गतिविच्छेद से निष्पन्न होता है।"

सेंट पॉल प्राणशक्ति को इंद्रियों में प्रवाहित कर सकते थे और उसे इंद्रियों से वापस भी खींच सकते थे। इसीलिए वे कह सके, "मुझे ईसा में जो परम

आनंद प्राप्त होता है, उस आनंद की शपथ खाकर मैं कहता हूँ कि मैं रोज मरता हूँ" शरीर की सम्पूर्ण प्राणशक्ति को अन्तर में केन्द्रित करने की एक विधि द्वारा सेंट पॉल हर रोज कूटस्थ चैतन्य के परमानंद के साथ वास्तविक योग (तादात्म्य) का अनुभव करते थे। उस परमानन्दमय अवस्था में वे इंद्रिय-भ्रम या माया-जगत के प्रति 'मर' जाने या उससे मुक्त होने के प्रति सचेत रहते थे।

ईश-तादात्म्य की आरम्भिक अवस्थाओं (सविकल्प समाधि) में साधक की चेतना परमतत्व में विलीन हो जाती है, उसकी प्राणशक्ति शरीर से खिंच जाती है, और शरीर निश्चल और कड़ा या "मृत" प्रतीत होता है। योगी को यह पूर्ण भान रहता है कि उसके शरीर में चलने वाली सारी जीवनक्रियाएँ उस अवस्था में रुकी हुई होती हैं, परन्तु जैसे-जैसे वह उन्नति कर उच्चतर आध्यात्मिक अवस्थाओं (निर्विकल्प समाधि) में पहुँचता है, वैसे-वैसे वह शरीर की निश्चेष्टा के बिना ही परमतत्व के साथ तादात्म्य कर लेता है।

श्रीयुक्तेश्वरजी अपने शिष्यों को बताते थे, "क्रिया योग एक ऐसा साधन है, जिसके द्वारा मानवी क्रमविकास की गति बढ़ाई जा सकती है। प्राचीन योगियों ने यह पता लगा लिया था कि ब्रह्मचैतन्य का रहस्य श्वास-नियंत्रण के साथ घनिष्ठता से जुड़ा हुआ है। उच्चतर कार्यों के लिए, हृदय-क्रिया को चलाते रहने में सामान्यतः खर्च हो जाने वाली प्राणशक्ति को किसी ऐसी प्रविधि की सहायता से श्वास की अनवरत आवश्यकता से मुक्त करना आवश्यक है, जो श्वास को शांत और निःस्तब्ध कर सके।"

क्रियायोगी मन से अपनी प्राणशक्ति को मेरुदण्ड के छह चक्रों (आज्ञा, विशुद्ध, अनाहत, मणिपुर, स्वाधिष्ठान तथा मूलाधार) में ऊपर-नीचे घुमाता है। ये छह चक्र विराट् पुरुष के प्रतीक स्वरूप राशिचक्र की बारह राशियों के समान हैं। मनुष्य के सूक्ष्मग्राही मेरुदण्ड में आधे मिनट के प्राणशक्ति के ऊपर-नीचे प्रवहन से उसके क्रमविकास में सूक्ष्म प्रगति होती है।

मानव के सूक्ष्म देह सर्वदर्शी आध्यात्मिक नेत्र रूपी सूर्य की परिक्रमा करने वाली छह (ध्रुवता की गणना से बारह) चक्ररूपी राशियों और स्थूल जगत् के सूर्य एवं बारह राशियों के बीच परस्पर संबंध है।

प्राचीन ऋषियों ने यह ढूँढ निकाला कि मानव सांसारिक और आकाशीय

परिस्थितियाँ उसे बारह वर्ष के कालचक्र के क्रम में स्वाभाविक उन्नति के उसके मार्ग पर आगे सरकाती हैं।

साढ़े आठ घंटे में की गई एक हजार क्रियाएँ योगी में एक दिन में एक हजार वर्ष का नैसर्गिक विकास लाती हैं, एक वर्ष में 3 लाख 65 हजार वर्षों का विकास। इस प्रकार क्रियायोगी तीन वर्षों में ही अपने जागरुक आत्म-प्रयास के द्वारा वह परिणाम प्राप्त कर लेता है, जिसे करने में प्रकृति दस लाख वर्ष लगाती है।

क्रिया योग का नया साधक दिन में दो बार केवल चौदह या चौबीस क्रिया करने के साथ अपनी साधना शुरू करता है। अनेक योगी छह या बारह या चौबीस या अड़तालीस वर्षों में मुक्ति के अपने लक्ष्य को पा लेते हैं। जो योगी कैवल्य ज्ञान की प्राप्ति से पहले ही दिवंगत हो जाता है, उसके साथ क्रिया प्रयास के अच्छे कर्म संलग्न रहते हैं, अपने नए जन्म में वह अपने चरम लक्ष्य की ओर स्वाभाविक रूप से प्रेरित होता है।

क्रिया की पद्धतियाँ ऐसी हैं कि ये अभ्यास करने में आसान हैं और निश्चित रूप से फल देने वाली हैं। इनके अभ्यास को धीरे-धीरे बढ़ाते जाने से मनुष्य के शरीर में दिन-प्रतिदिन सूक्ष्म परिवर्तन होते जाते हैं और शरीर अन्ततः उस महाप्राणशक्ति की अनंत संभावनाओं को व्यक्त करने के योग्य हो जाता है।

यह प्राचीन यौगिक प्रविधि श्वास को मनःसत्व में परिवर्तित कर देती है। जैसे-जैसे आध्यात्मिक उन्नति होती है, वैसे-वैसे साधक श्वास को केवल एक मनोधारणा के रूप में जानने लगता है।

मनुष्य की श्वास-गति और उसकी चेतना की भिन्न-भिन्न अवस्थाओं के अनेकानेक उदाहरण दिए जा सकते हैं। किसी व्यक्ति का चित्त पूरी तरह मग्न हो, जैसे किसी गहन बौद्धिक वादविवाद में या किसी असाधारण नाजुक या कठिन शारीरिक करतब करने में होता है, तो उसकी श्वास अपने आप बहुत धीरे चलती है। चित्त की मग्नता श्वास की धीमी गति पर निर्भर करती है; भय, काम, क्रोध आदि हानिकारक भावावेगों की अवस्थाओं में श्वास अनिवार्य रूप से असमान गति से चलती है।

निद्रा से जो नवस्फूर्ति प्राप्त होती है, उसका कारण है, निद्रा के दौरान

मनुष्य का शरीर एवं श्वास के प्रति अचेत होना। निद्राधीन मनुष्य योगी बन जाता है; हर रात वह अचेतन रूप से देहात्म बोध से मुक्त होने एवं प्राणशक्ति को मष्तिष्क के मुख भाग तथा मेरुदण्ड के छह चक्रों के शक्तिकेन्द्रों में बहती स्वास्थ्यकारी धाराओं में विलीन करने की यौगिक क्रिया को सम्पन्न करता है। इस प्रकार, मनुष्य निद्राधीन होकर उस महाप्राणशक्ति से पुनरोवेशित हो जाता है, जो समस्त जीव-जगत् का प्राणधार है।

क्रिया योगी अपनी प्रविधि को अपने शरीर की समस्त कोशिकाओं को अक्षय प्रकाश से सराबोर करने के लिए और इस प्रकार उन्हें आध्यात्मिक चुंबकत्व की अवस्था में बनाए रखने के लिए प्रयुक्त करता है। वह वैज्ञानिक रूप से श्वास को अनावश्यक बना देता है और (अपने अभ्यास के दौरान) कभी निद्रा, अचेतना अथवा मृत्यु की अधोमुखी अवस्थाओं में नहीं जाता।

माया के अधीन या प्रकृति के नियम के अधीन जीने वाले मनुष्यों में प्राणशक्ति का प्रवाह बाह्य जगत की ओर होता है और इंद्रियों में व्यय हो जाता है तथा उसका दुरुपयोग होता है। क्रिया योग का अभ्यास इस प्रवाह को वापस मोड़ देता है; प्राणशक्ति को मन के द्वारा अंतर्जगत में ले जाता है, जहाँ प्राणशक्ति मेरुदण्ड की सूक्ष्म शक्तियों के साथ पुनः एक हो जाती हैं। यह अपेक्षा की जाती है कि दस लाख वर्षों की अवधि में मस्तिष्क रूपी भवन की इतनी शुद्धि हो जाएगी कि उसमें ब्रह्मचैतन्य प्रकट हो सके, परन्तु क्रियायोगी एक आध्यात्मिक विज्ञान को प्रयुक्त कर प्रकृति के नियमों के इतने लम्बे समय तक सावधानीपूर्वक पालन की आवश्यकता से अपने आपको मुक्त कर लेता है।

आत्मा को शरीर से बाँधकर रखने वाली श्वास रूपी डोरी को खोलकर क्रिया दीर्घायु प्रदान करती है तथा चेतना का अनंतता में विस्तार करती है। यह यौगिक प्रविधि मन और भोगलिप्त इंद्रियों के बीच चल रही खींचातानी को समाप्त कर देती है और साधक को अपने अनंत साम्राज्य पर पुनः अधिकार करने के लिए मुक्त कर देती है।

अपने शरीर एवं मन का स्वामी बनकर क्रियायोगी अन्ततः "अन्तिम शत्रु" मृत्यु पर विजय पा लेता है।

आत्मचिंतन या "एकांतवास" अपने ईश्वरत्व की ओर लौटने की चेष्टा करते चिंतनशील मन को प्राणधाराएँ बार-बार इंद्रियों की ओर वापस खींच

लाती है। सीधे प्राणशक्ति के ही द्वारा मन को नियंत्रित करने वाला क्रिया योग अनंत परमतत्व की ओर जाने का सबसे सरल, सबसे प्रभावी और वैज्ञानिक मार्ग है।

इंद्रियों से संबंध तोड़ने की शक्ति प्राप्त हो जाने के बाद योगी के लिए अपनी इच्छानुसार दिव्य लोकों से या भूलोक से अपने मन को जोड़ना आसान हो जाता है। अब प्राणशक्ति उसकी इच्छा के विरूद्ध उसे उपद्रवी संवेदनों और अशांत विचारों के पार्थिव जगत में खींचकर नहीं ला सकती।

उन्नत क्रिया योगी का जीवन अतीत के कर्मों से नहीं, बल्कि केवल उसकी आत्मा के निर्देशों से प्रभावित होता है। साधक इस प्रकार साधारण जीवन के अच्छे-बुरे अहंकारजनित कर्मों की देखरेख में मंथनगति से होने वाले क्रमविकास के बन्धन से बच निकलता है।

आत्मा में स्थित जीवन की यह श्रेष्ठतर पद्धति योगी को मुक्त कर देती है; अपने अहंकार के कारागार से बाहर निकल कर वह सर्वव्यापकता की गहन हवा का स्वाद लेता है। इसलिए जो दस लाख वर्षों की अवधि को विद्रोहपूर्ण दृष्टि से देखते हैं, उनके लिए शरीर और मन अपने आप को अलग कर आत्मा के साथ जुड़ जाने की और इस प्रकार उस बृहद् अवधि को नगण्य लगने वाली अल्पावधि में बदल देने की योगियों की पद्धतियाँ ही श्रेयस्कर हैं।

"बाह्य कर्मकाण्ड अज्ञान का विनाश नहीं कर सकता, क्योंकि ये दोनों परस्पर-विरोधी हैं," शंकराचार्य ने अपने सुप्रसिद्ध आत्मबोध में लिखा है। अपरोक्षानुभूति में वे लिखते हैं, "केवल अनुभूत ज्ञान ही अज्ञान को नष्ट करता है...प्रश्न-विचार के अतिरिक्त किसी और उपाय से ज्ञान मिलता है। 'मैं कौन हूँ? यह सृष्टि कैसे उत्पन्न हुई? इसका सृष्टा कौन है? इसका भौतिक कारण क्या है?' इस प्रकार के प्रश्नों के विचार से यहाँ तात्पर्य है।" बुद्धि के पास इन प्रश्नों का कोई उत्तर नहीं है, इसलिए ऋषियों ने ऐसे आध्यात्मिक प्रश्न-विचार के लिए योग को विकसित किया।

सच्चा योगी अपने विचारों, संकल्पों और भावनाओं को शरीर की इच्छा-आकांक्षा-वासनाओं के साथ जुड़ने से दूर रखता है और अपने मन को मेरुदण्ड के तीर्थों में स्थित पराचेतन शक्तियों के साथ तादात्म्य करते हुए इस जगत की योजनानुसार अपना जीवन व्यतीत करता है।

योग की अमोघ और क्रमबद्ध फलोत्पादकता की ओर संकेत करते हुए भगवान श्रीकृष्ण विधिवत् योगाभ्यास करने वाले योगी की प्रशंसा इन शब्दों में करते हैं, "योगी शारीरिक तप करने वाले तपस्वियों से श्रेष्ठ है, ज्ञानयोगियों से भी श्रेष्ठ है अथवा कर्मयोगियों से भी श्रेष्ठ है! इसलिए मेरे शिष्य अर्जुन! तू योगी बन।"

भगवद्गीता में बार-बार जिस यज्ञ की महिमा का वर्णन किया गया है, वह यज्ञ क्रियायोग ही है। एकमेव अद्वितीय ईश्वर को समर्पित अद्वैत के हवन में योगी अपनी समस्त मानवीय इच्छा-वासनाओं की आहुति डाल देता है। यही वस्तुतः सच्चा यज्ञ है, जिसमें ईश-प्रेम की ज्वाला में सारी गत-वर्तमान इच्छा-वासनाएँ जल कर राख हो जाती हैं।

रांची में योग-विद्यालय की स्थापना

"तुम संगठनात्मक कार्य के इतने विरुद्ध क्यों हो?"

"यह ऐसा कार्य है, गुरुदेव कि व्यक्ति चाहे जो करे या न करे, उसके सिर दोष ही मढ़ा जाता है।"

"यदि उदार-हृदय गुरुओं की लम्बी परंपरा अपना ज्ञान दूसरों को देने की इच्छुक नहीं होती, तो क्या तुम या कोई दूसरा योग द्वारा कभी ईश्वर के साथ तादात्म्य कर पाता?" वे कहते गए, "ईश्वर शहद है, संगठन मधुमक्खियों के छत्ते हैं; दोनों की ही आवश्यकता है। आध्यात्मिक शहद से भरे मधु-छत्तों का निर्माण तुम क्यों नहीं कर सकते?"

उनके उपदेश का मुझ पर गहरा प्रभाव पड़ा। एक दृढ़ संकल्प उभर आया, समस्त मानवजाति में मैं इन मुक्तिदायक सत्यों को वितरित करूँगा। मैंने प्रार्थना की, "हे प्रभु! मुझे आशीर्वाद दो कि तुम्हारा प्रेम मेरी भक्ति की वेदी पर सदा आलोकित रहे और मैं तुम्हारे प्रेम को सभी हृदयों में जगा सकूँ।"

मेरे संन्यास ग्रहण के पहले श्रीयुक्तेश्वरजी ने एक बात कही थी, "वृद्धावस्था में तुम्हें पत्नी का अभाव कितना खलेगा! पत्नी और बच्चों के पालन-पोषण के सार्थक काम में व्यस्त गृहस्थ मनुष्य ईश्वर की दृष्टि में प्रशंसनीय हैं?"

मैंने कहा था, "गुरुदेव, आप जानते हैं कि इस जीवन में मेरी एकमात्र इच्छा उस विराट प्रेमी को प्राप्त करने की है।"

उन्होंने कहा था, "जो मनुष्य अपने सांसारिक कर्तव्यों को त्याग देता है, वह त्याग को तभी उचित सिद्ध कर सकता है, जब उससे कहीं अधिक बृहद परिवार का दायित्व स्वीकार करता है।"

तब मैंने एक ऐसे विद्यालय की स्थापना करने का दृढ़ संकल्प किया, जिसमें बच्चे पूर्ण मानव में विकसित हो सकें। बंगाल के एक छोटे-से गाँव दीहिका में सात बच्चों के साथ मैंने उस दिशा में अपना पहला कदम उठाया।

1918 में कासिम बाजार के महाराजा सर मणीन्द्र चन्द्र नन्दी की उदारता के कारण मैं अपने शिष्यवृन्द को राँची स्थानांतरित कर सका। कोलकाता से करीब दो सौ मील दूर। राँची का कासिम बाजार पैलेस मेरे विद्यालय, जिसे मैंने 'योगदा सत्संग ब्रह्मचर्य' नाम दिया था, का मुख्य भवन बना।

मैंने प्राथमिक एवं उच्च विद्यालय की शिक्षाओं की व्यवस्था की। इसमें कृषि, औद्योगिक, व्यावसायिक तथा अन्य शिक्षण विषयों के पाठ्यक्रम का समावेश था। ऋषियों की शिक्षा पद्धति का अनुसरण करते हुए मैंने अधिकांश पढ़ाई खुले आकाश के नीचे कराने की व्यवस्था की।

योगदा प्रशिक्षण से छात्र अच्छी उपलब्धियाँ अर्जित करने लगे। शरीर के एक हिस्से से दूसरे हिस्से में प्राणशक्ति को स्थानांतरित करने की तथा कठिन आसनों में पूर्ण स्थिर रहते हुए बैठे रहने की असाधारण क्षमता उन्होंने विकसित कर ली।

मेरा सबसे छोटा भाई विष्णु चरण घोष भी उसी विद्यालय में पढ़ा और बाद में शरीर सौष्ठव एवं बल संवर्द्धन के क्षेत्र में विख्यात प्रशिक्षक बना। उसने और उसके एक चेले ने 1938-39 में पाश्चात्य देशों की यात्रा की और शारीरिक बल एवं स्नायु-नियंत्रण के प्रयोगों के प्रदर्शन किए। शरीर पर मन के नियंत्रण की शक्ति का प्रभाव देखकर अनेक विश्वविद्यालयों के प्राध्यापक चकित हो गए।

एक दिन पिताजी अपना आशीर्वाद प्रदान करने राँची पधारे। उन्होंने कहा, "बेटा, तुमने जीवन का जो रास्ता चुना है, उसके लिए तुम्हारे प्रति मेरी नाराजगी अब दूर हो गई। इन बच्चों के बीच तुम्हें देखकर मुझे हार्दिक आनंद हो रहा है, मेरे पीछे फिर रहे छोटे बच्चों की ओर उन्होंने इशारा किया।

बीस एकड़ उपजाऊ जमीन में छात्र शिक्षक और मैं प्रतिदिन बाग-बगीचे के काम का और अन्य कार्यों का आनंद लिया करते थे। हमने अनेक पालतू पशु पाल रखे थे, जिनमें एक हिरन का बच्चा भी था। सभी बच्चे हिरन के

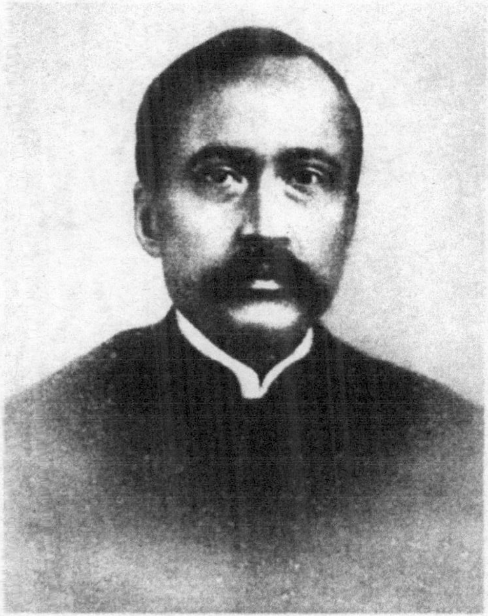

मेरे पिताश्री भगवतीचरण घोष
लाहिड़ी महाशय के शिष्य

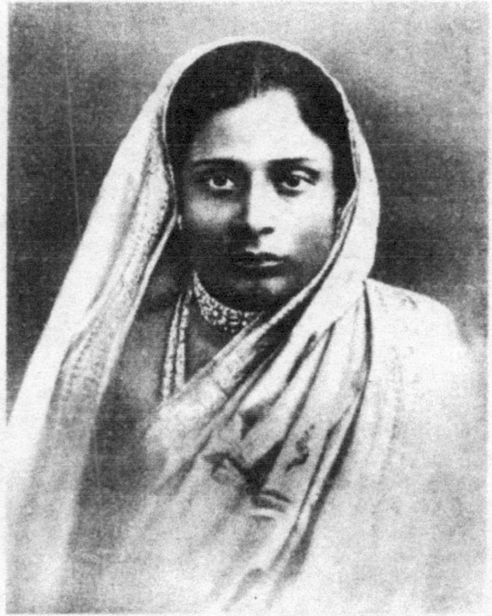

मेरी माताश्री ज्ञानप्रभा घोष
लाहिड़ी महाशय की शिष्या

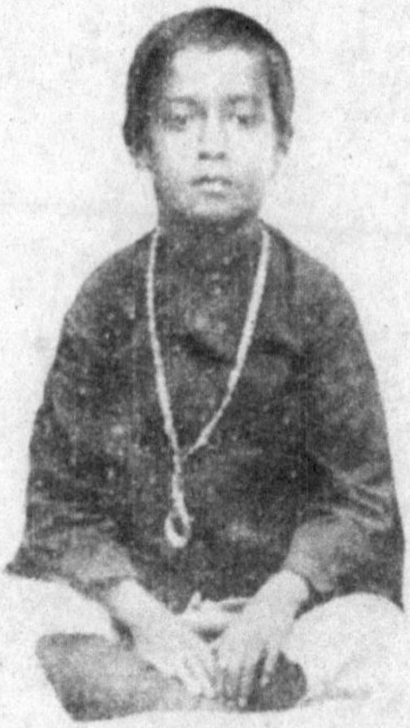

छह वर्ष के योगानंद जी

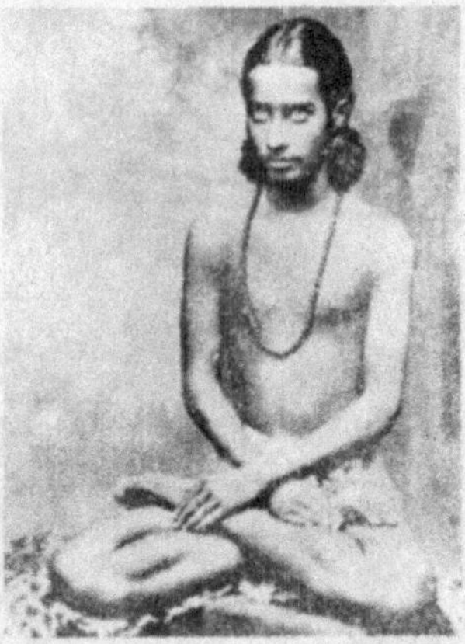

सोलह वर्ष की आयु में योगानंद जी

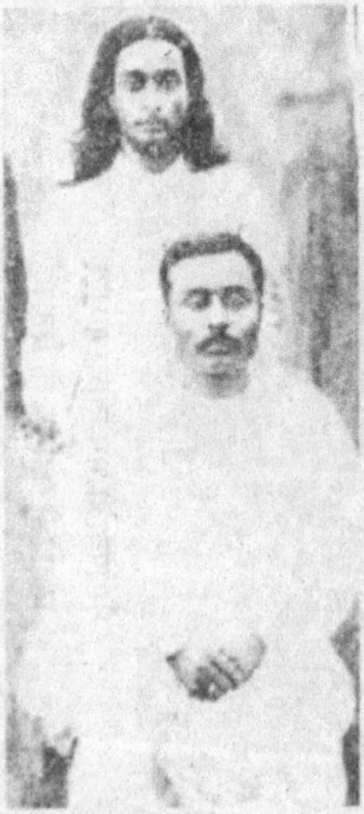

हाई स्कूल युवक के रूप में योगानंद जी (खड़े हुए) अपने बड़े भाई अनंत के साथ।

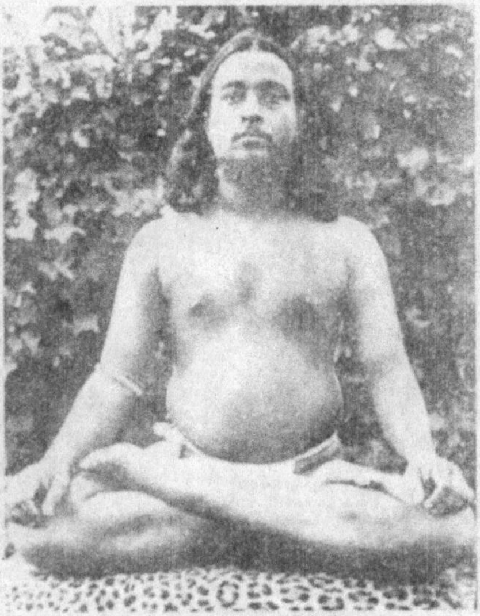

26 वर्ष के योगानंद जी
रांची, भारत, 1919

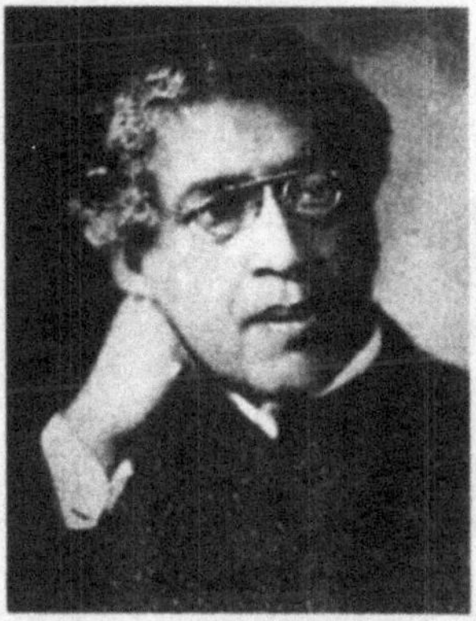

जगदीश चन्द्र बोस, भारत के महान भौतिक-विज्ञानी, वनस्पति-विज्ञानी और क्रिस्कोग्रॉफ के आविष्कारक।

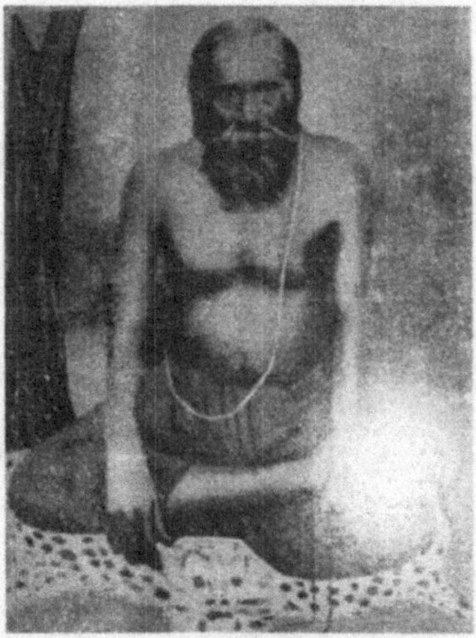

रामगोपाल मजूमदार
"एक निद्रारहित संत"

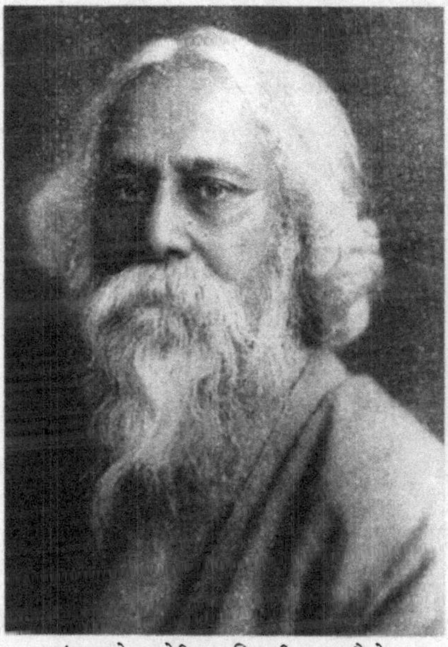

बंगाल के उत्प्रेरित कवि रवीन्द्रनाथ टैगोर, साहित्य के नोबेल पुरस्कार विजेता

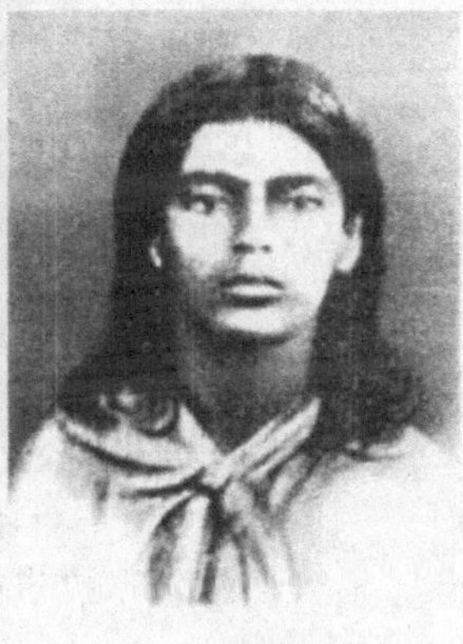

काशी
रांची स्कूल के छात्र

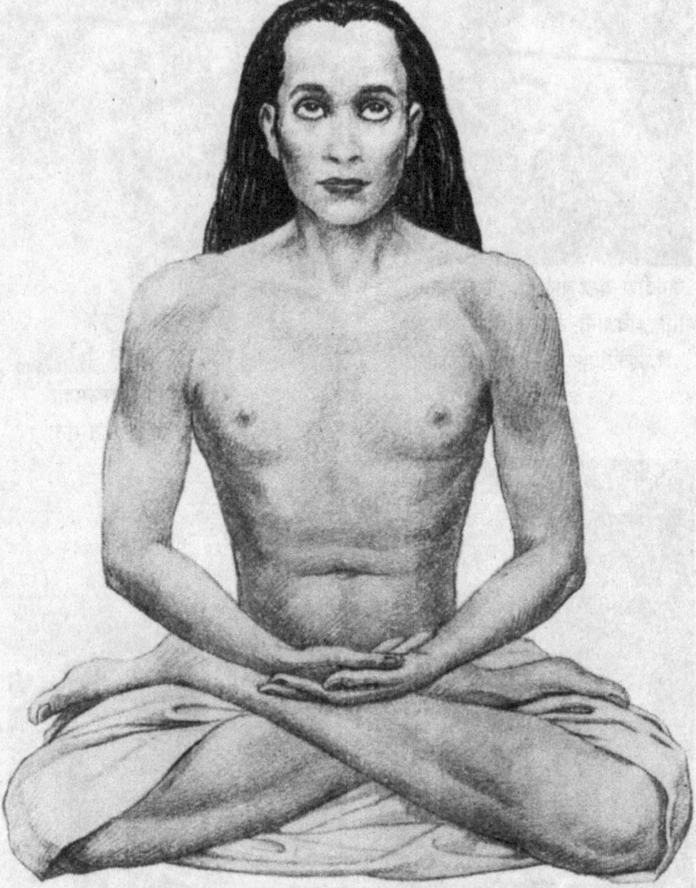

श्री श्री महावतार बाबा जी
श्री श्री लाहिड़ी महाशय के गुरु

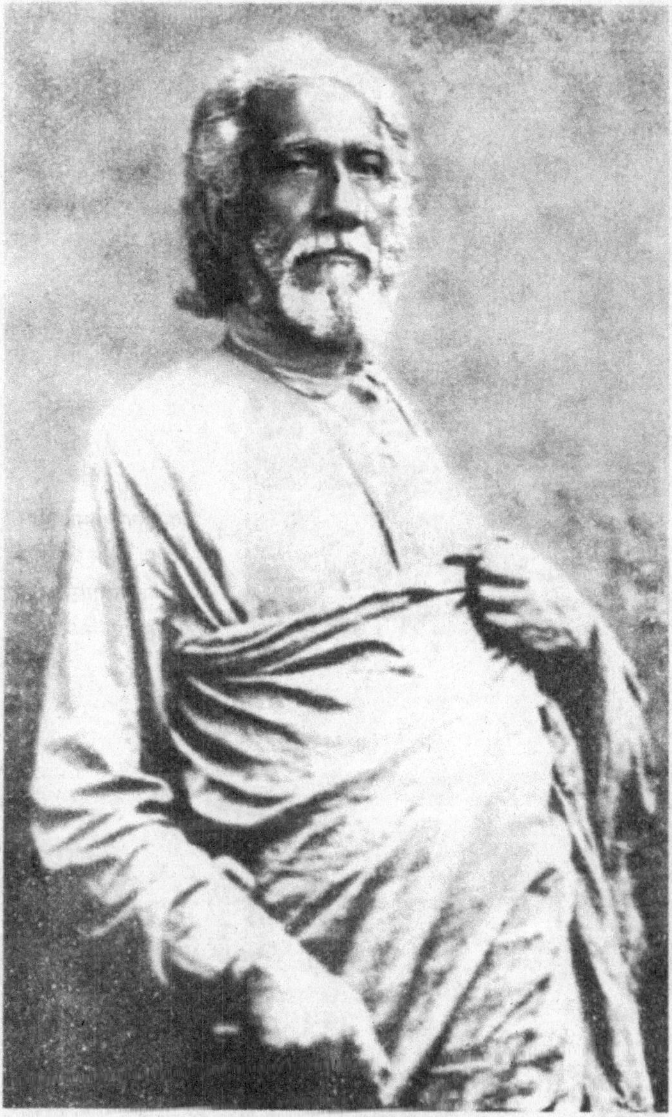

मेरे गुरु श्री श्री स्वामी युक्तेश्वर गिरि,
श्री श्री लाहिड़ी महाशय के शिष्य

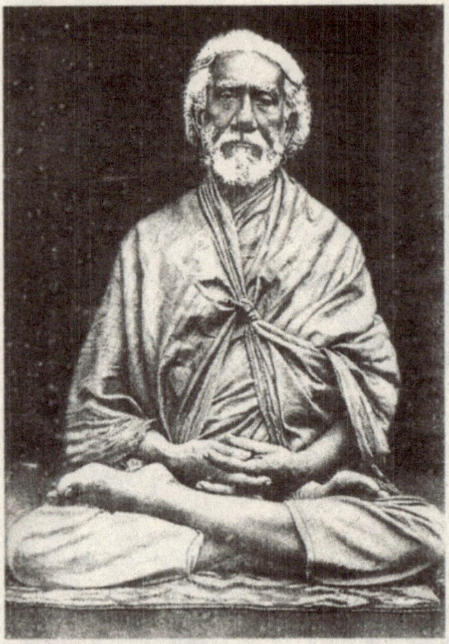

कमलासन में बैठे
स्वामी श्री श्री
युक्तेश्वर गिरि

भारत शाखा मठ और
आश्रम, रांची की योगदा
सत्संग सोसायटी का
प्रशासनिक भवन

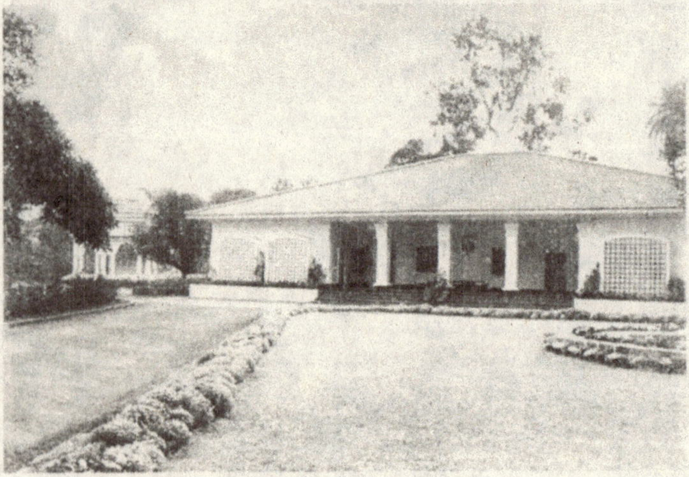

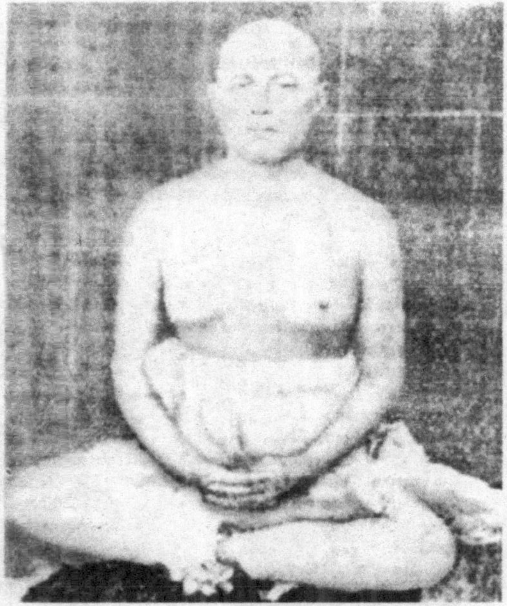

स्वामी प्रणबानंद
"दो शरीरों वाले बनारसी संत"

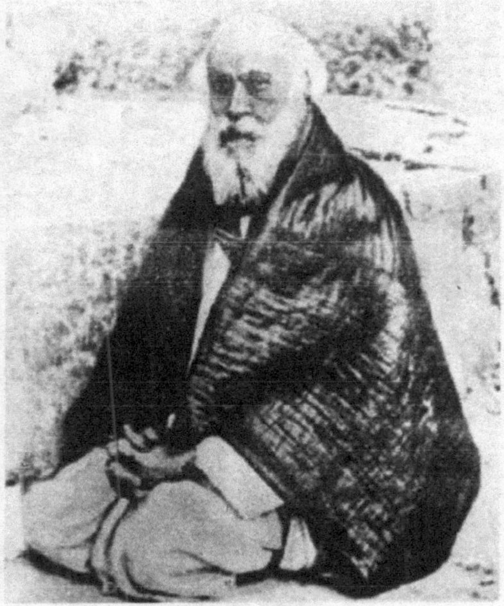

मास्टर महाशय
"आनंदित भक्त"

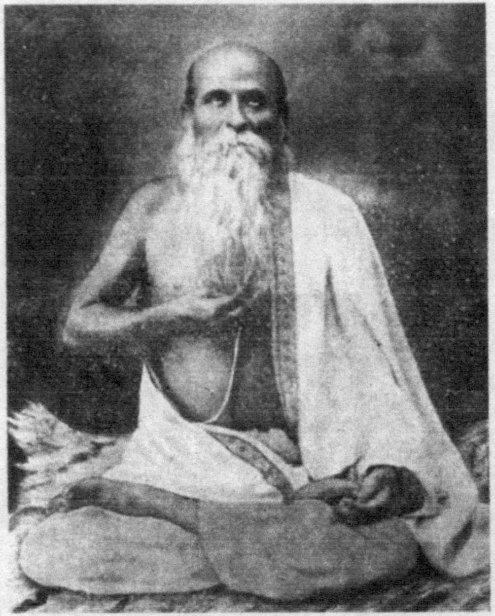

नागेंद्र नाथ भादुड़ी
"एक गगनविहारी संत"

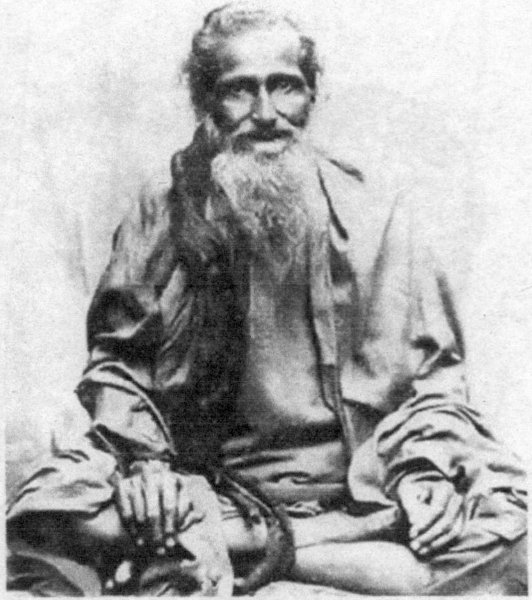

स्वामी केवलानंद
योगानंद के प्रिय संस्कृत-शिक्षक

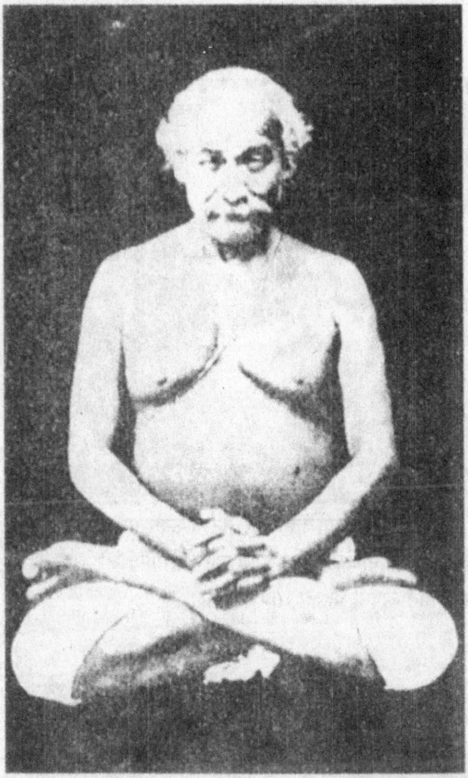

लाहिड़ी महाशय,
बाबाजी के शिष्य और स्वामी
श्री श्री युक्तेश्वर के गुरु

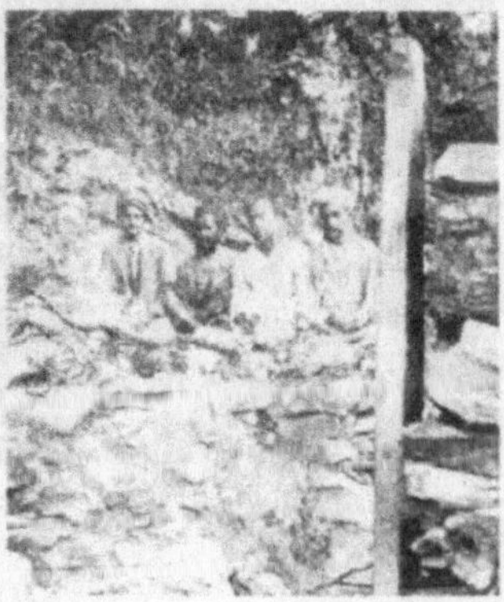

हिमालय में बाबाजी की गुफा।
रानीखेत के पास इस गुफा में लाहिड़ी महाशय को अपने गुरु से क्रिया योग की दीक्षा प्राप्त हुई। लाहिड़ी महाशय के पोते, आनंद मोहन लाहिड़ी (सफेद कपड़ों में) तीन अन्य भक्तों के साथ पवित्र स्थल का दौरा करते हुए।

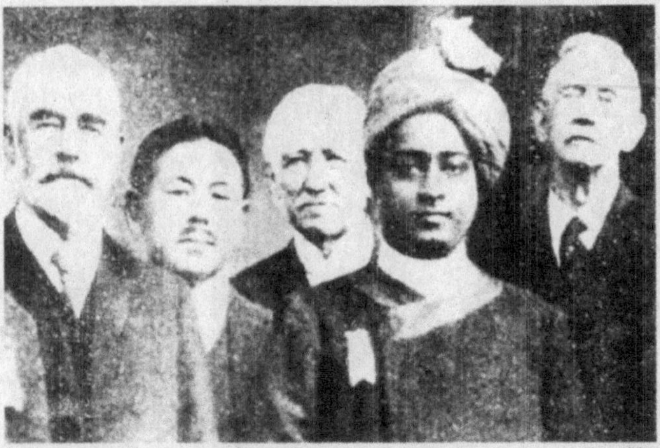

अक्तूबर 1920 में बॉस्टन, अमेरिका में आयोजित अंतरराष्ट्रीय उदारतावादी धार्मिक सम्मेलन में कुछ विदेशी प्रतिनिधियों के साथ परमहंस योगानंद जी, जिसमें उन्होंने अपना पहला भाषण दिया।

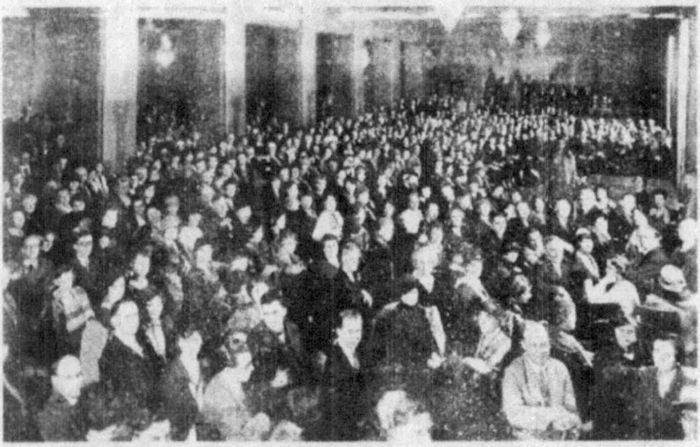

वाशिंगटन, डी.सी. में भाषण देते हुए परमहंस योगानंद जी।

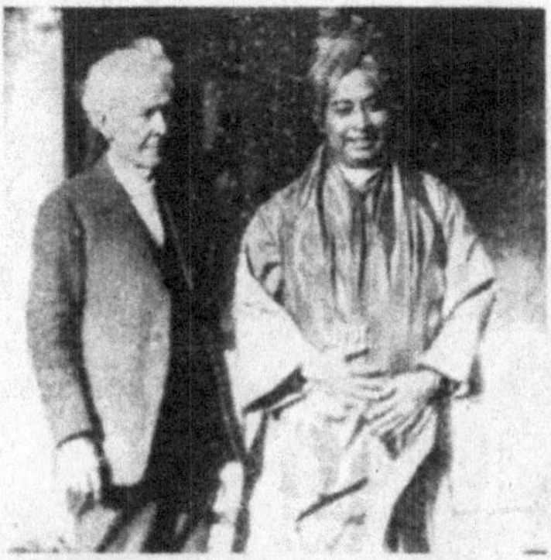

लूथर बरबैंक और योगानंद जी
सेंटा रोसा, कैलिफोर्निया, 1924

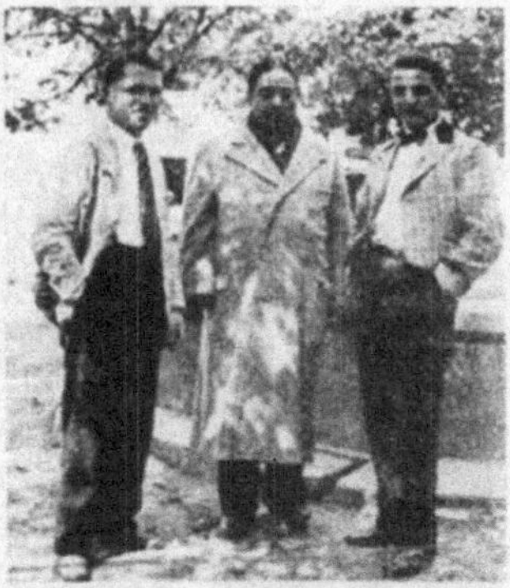

न्यूमन भाइयों के साथ योगानंद जी

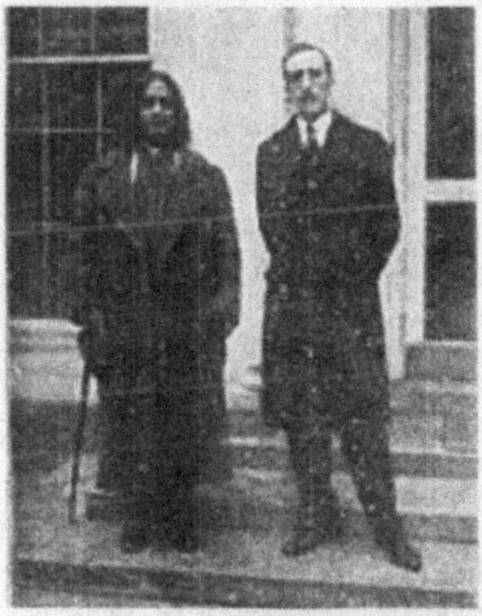

श्री श्री परमहंस योगानंद और श्री जॉन बाल्फोर
व्हाइट हाउस में, जहाँ योगानंद जी की अगवानी
राष्ट्रपति कूलिज ने की। वॉशिंगटन, डी.सी., 1927

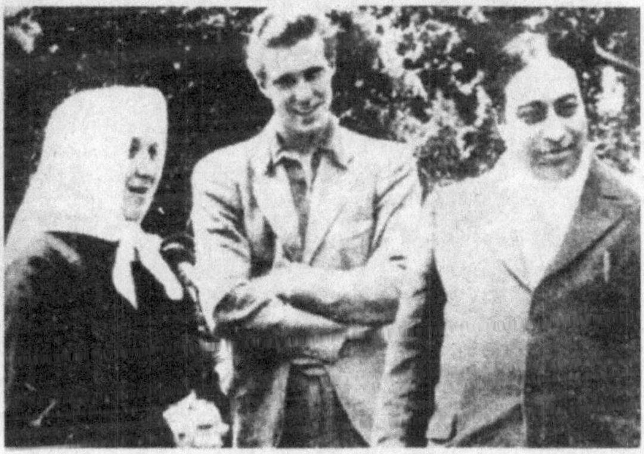

प्रसिद्ध कैथोलिक
स्टिगमैटिस्ट, जिन्होंने
मुझे 1935 में मेरी
कोनेर्सरूथ, बवेरिया
की तीर्थयात्रा के लिए
प्रेरित किया।

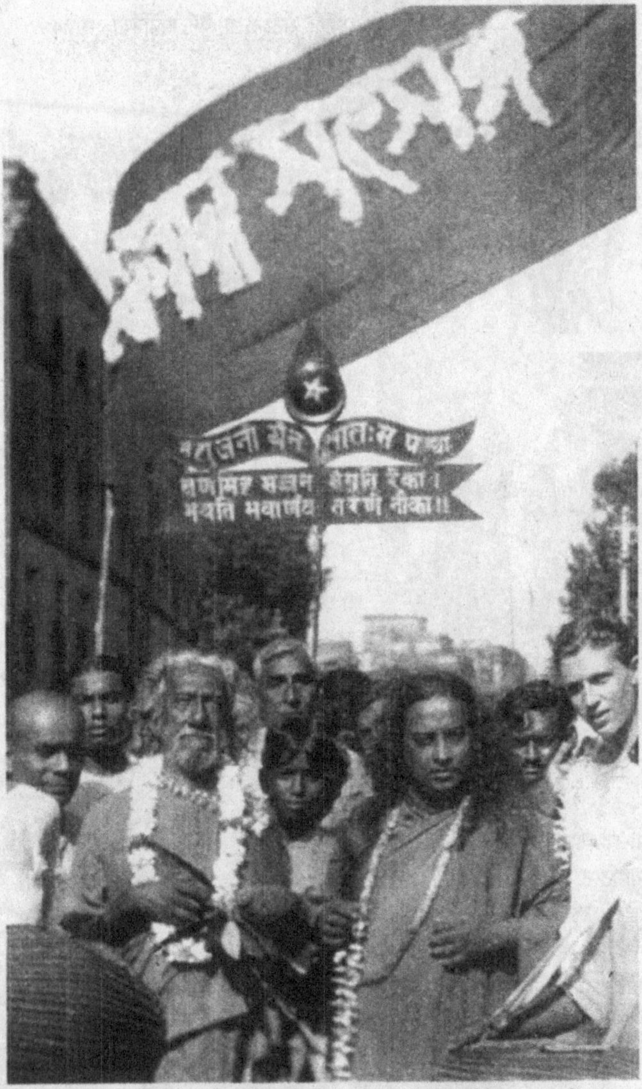

परमहंस योगानंद जी 1935 में कोलकाता के एक धार्मिक जुलूस में
स्वामी श्री श्री युक्तेश्वर के साथ।

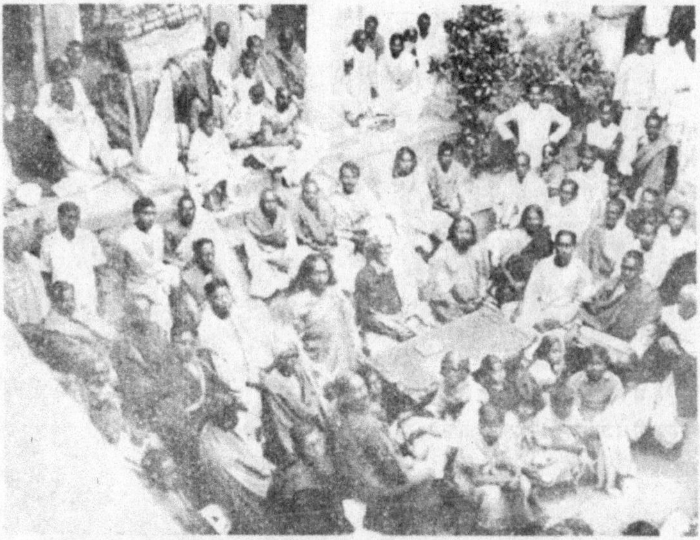

स्वामी श्री श्री युक्तेश्वर द्वारा दिसंबर 1935 में मनाया गया अंतिम अयनांत पर्व। योगानंद जी सेरमपुर आश्रम के विशाल आँगन के बीच में रखी मेज पर अपने महान गुरु (मध्य में) से अगले स्थान पर बैठे हैं।

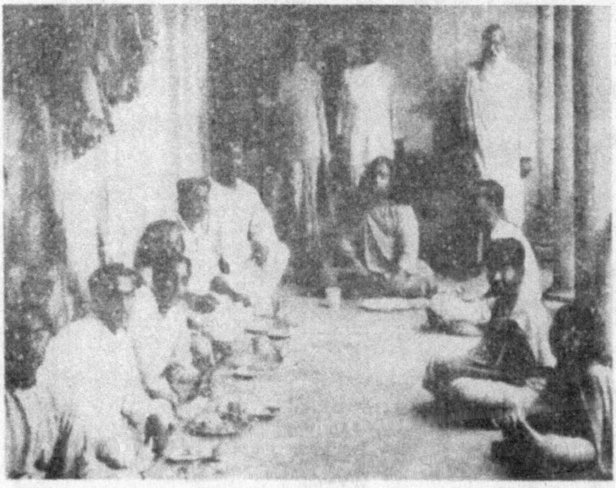

सेरमपुर आश्रम के भोजन-आँगन में योगानंद जी अपने गुरु स्वामी श्री श्री युक्तेश्वर के चरणों में।

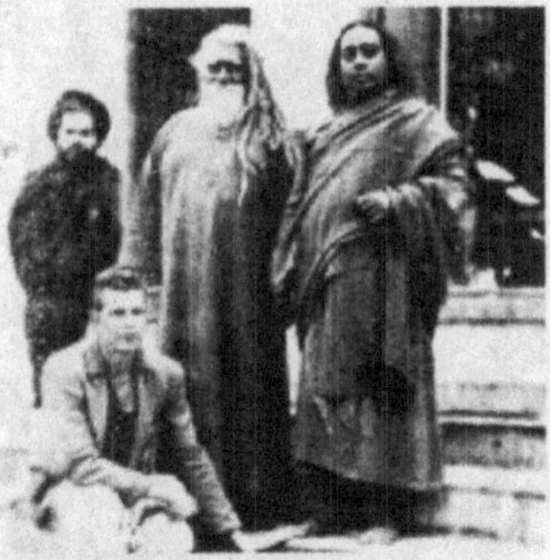

1936 में स्वामी केशबानंद जी के वृंदावन आश्रम में स्वामी केशबानंद, योगानंद जी और सी. रिचर्ड राइट।

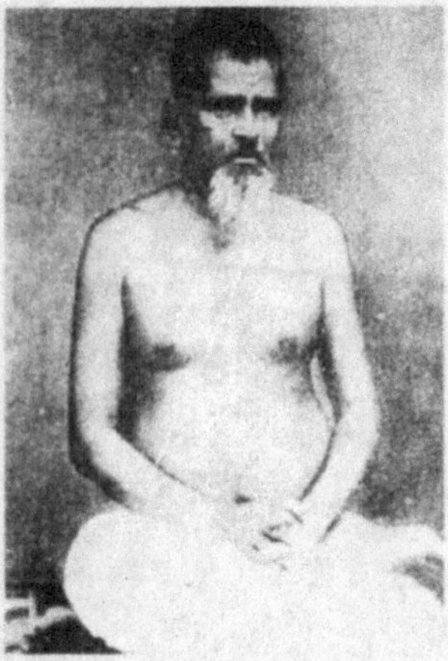

पंचानन भट्टाचार्य,
श्री श्री लाहिड़ी महाशय के शिष्य

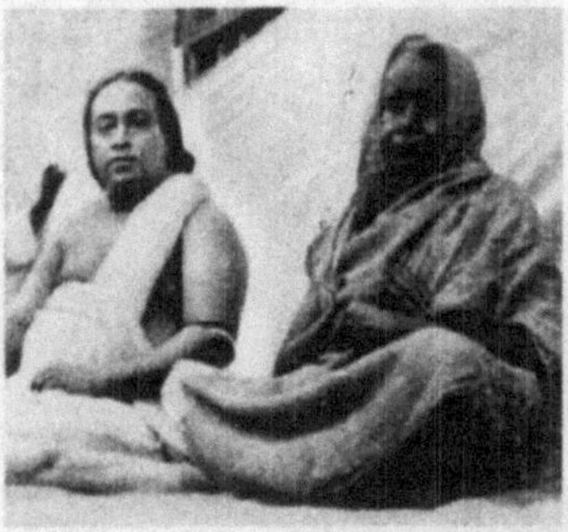

भोजन न करने वाली संत गिरि बाला के साथ योगानंद जी।

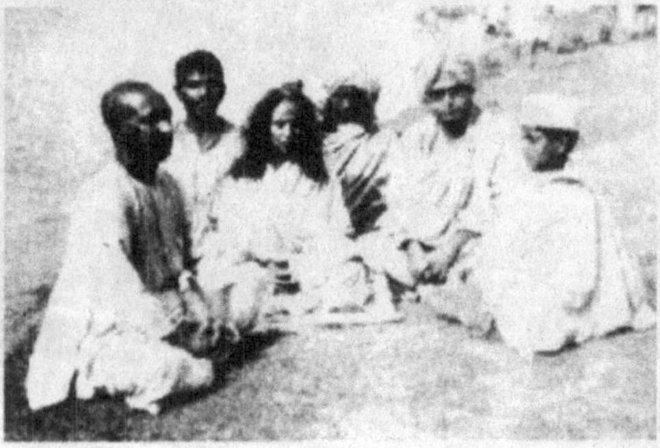

1938, हरिद्वार के कुंभ मेले में 112-वर्षीया योगिनी, शंकरी माई जियु, त्रैलंग स्वामी की एकमात्र जीवित शिष्या।

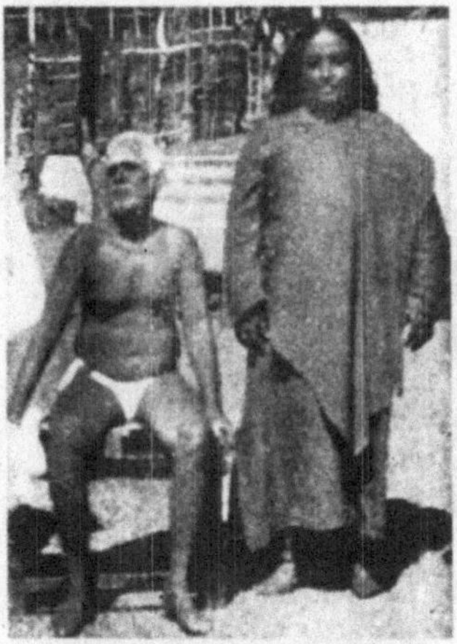

रमन महर्षि और योगानंद जी, श्री रमन के अरुणाचल आश्रम में।

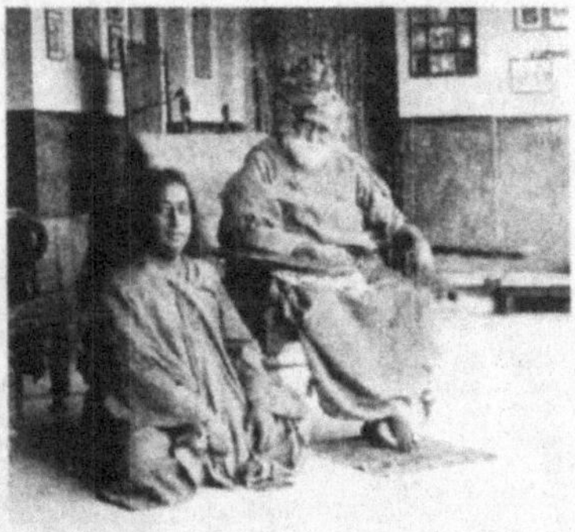

1936 में बनारस के महामंडल आश्रम में योगानंद जी और स्वामी दयानंद जी।

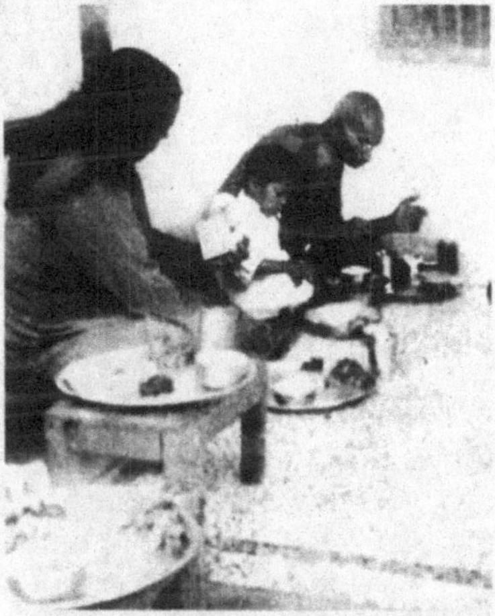

वर्धा के आश्रम में महात्मा गाँधी जी के साथ भोजन करते हुए योगानंद जी।

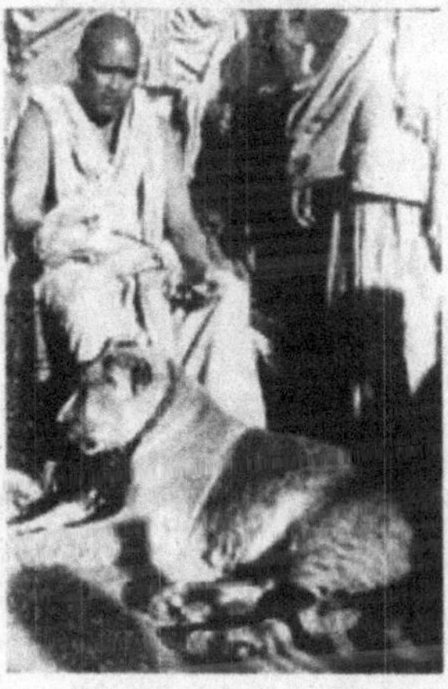

गहरी, आकर्षक गर्जना गें 'ओम' क। उच्चारण करने वाली अपनी पालतू शाकाहारी शेरनी के साथ स्वामी केशबानंद, इलाहाबाद में 1936 के कुंभ मेले में।

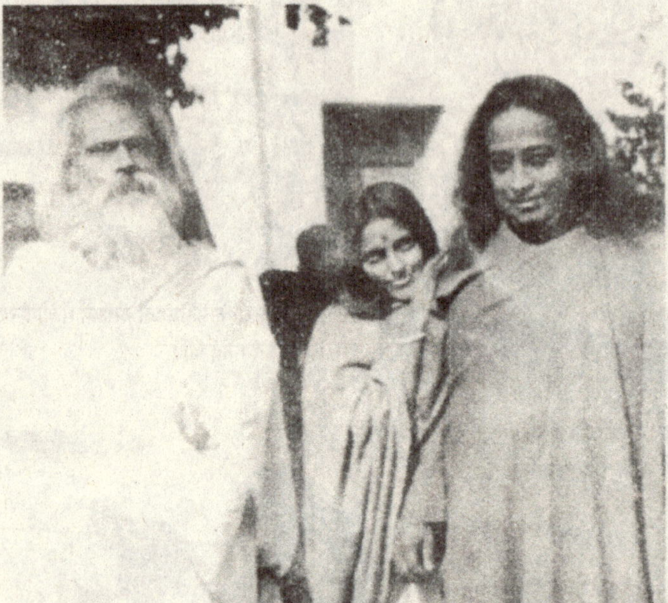

1935 में कोलकाता के श्री श्री आनंद मोयी माँ और उनके पति भोलानाथ के साथ योगानंद जी।

इस बच्चे से बहुत प्यार करते थे। मुझे भी उस मृग शावक से इतना प्यार हो गया था कि मैं उसे अपने कमरे में ही सोने देता था।

एक दिन मुझे किसी काम से राँची जाना था इसलिए मैंने उस शावक को रोज के समय से पहले ही दूध पिला दिया। बच्चों से मैंने कह दिया कि उस हिरन को कोई कुछ न पिलाए। मैं लौट कर आया, तो दुःखद समाचार मेरी प्रतीक्षा कर रहा था, "हिरन का बच्चा ज्यादा दूध के कारण मरणासन्न है।"

आँसू बहाते हुए मैंने अपने उस प्रिय शावक के मृतप्राय शरीर को अपनी गोद में ले लिया। अत्यंत दयनीय होकर मैं ईश्वर से उसके जीवन का दान मांगने लगा। कई घंटे बीत जाने के बाद वह नन्हा-सा बच्चा आँखें खोलकर उठ खड़ा हुआ।

परन्तु उसी रात मुझे एक गहरी शिक्षा मिली, जिसे मैं कभी भूल नहीं सकता। मैं रात दो बजे तक हिरन के बच्चे के साथ जागा, फिर मुझे नींद आ गई। स्वप्न में वह हिरन आया और उसने मुझसे कहा, "कृपा कर मुझे जाने दीजिए, जाने दीजिए!"

मैं कमरे के उस कोने की ओर भागा, जहाँ हिरन को रखा था। वह मेरी ओर लड़खड़ाया और मरकर मेरे कदमों में गिर पड़ा।

पशुओं की नियति का संचालन और नियमन करने वाले सामूहिक कर्मों के अनुसार उस हिरन का जीवन काल समाप्त हो गया था और वह उच्चतर योनि में जाने के लिए तैयार हो गया था, परन्तु अपनी गहरी आसक्ति और अपनी तीव्र प्रार्थनाओं के द्वारा मैं उसे उस पशु रूप के बंधन में जकड़े रखने में सफल हो रहा था, जिससे मुक्त होने के लिए उसकी आत्मा तड़प रही थी।

मेरा सारा शोक दूर हो गया, फिर एक बार यह बात मेरी समझ में आ गई कि ईश्वर की इच्छा है कि उसकी संतानें सबको उसका अंश समझकर प्रेम करें और भ्रम में यह न मानें कि मृत्यु के साथ ही सब कुछ समाप्त हो जाता है।

राँची का विद्यालय एक छोटी-सी, सादी-सी शुरुआत से विकसित होकर बिहार एवं बंगाल में सुपरिचित संस्था बन गया है। मिदनापुर एवं लखनपुर में विद्यालय की विकासोन्मुख शाखाएँ स्थापित हो गई हैं।

राँची के मुख्यालय में एक चिकित्सा विभाग भी चलाया जाता है, जहाँ उस क्षेत्र के गरीबों को निःशुल्क चिकित्सा एवं दवाइयाँ उपलब्ध कराई जाती हैं। विद्यालय ने खेलकूद-प्रतिस्पर्द्धाओं के साथ-साथ शिक्षा के क्षेत्र में भी अपनी छाप बनाई है।

गत तीन दशकों में अनेक सुविख्यात पौर्वात्य और पाश्चात्य स्त्री-पुरुषों ने राँची के विद्यालय को भेंट देकर उसका मान बढ़ाया है। वाराणसी के 'द्विशरीरी संत' स्वामी प्रणवानंदजी 1978 में कुछ दिन के लिए राँची आए थे। संध्या समय छोटे-छोटे बच्चों को घंटों यौगिक ध्यान में बैठे देखकर वे प्रभावित हुए।

उन्होंने कहा, "बच्चों को सही शिक्षा के लाहिड़ी महाशय के आदर्शों का इस संस्था में पालन होता देखकर मुझे अत्यंत आनंद हो रहा है। इस संस्था को मेरे गुरुदेव के आशीर्वाद प्राप्त हों।"

स्वामी प्रणवानन्दजी से मिलने मैं पिताजी के साथ कोलकाता में उस घर गया जहाँ वे कुछ दिन के लिए ठहरे थे। वर्षों पहले की प्रणवानन्दजी की भविष्यवाणी मन में उभर आई, "मैं तुमसे मिलूँगा, जब तुम अपने पिताजी के साथ आओगे।"

उस महान योगी ने अपने आसन से उठकर पिताजी का प्रेमादर के साथ आलिंगन किया। उन्होंने पिताजी से कहाः "भगवती, तुम स्वयं के लिए क्या कर रहे हो? क्या तुम देखते नहीं तुम्हारा बेटा किस तेजी के साथ अनंत ईश्वर की ओर बढ़ रहा है?" "तुम्हें याद है हमारे गुरु बार-बार कहा करते थे, 'बनत बनत बन जाए,' इसलिए क्रिया योग का अनवरत अभ्यास करते चलो और जल्दी-जल्दी भगवान के द्वार पर पहुँच जाओ।"

उनके शरीर पर अब वृद्धावस्था के स्पष्ट लक्षण प्रकट हो गए थे, तथापि शरीर अभी भी एकदम सीधा था।

"स्वामीजी क्या वृद्धावस्था का आप पर कोई प्रभाव नहीं पड़ रहा? क्या आपकी ईश्वरानुभूतियों में कोई कमी आ रही है?"

उन्होंने कहाः "प्रियतम प्रभु अब मेरे और निकट आ गए हैं। मुझे अभी भी दो पेन्शनें मिल रही हैं, एक इन भगवती से और दूसरी ऊपर से।"

प्रणवानन्दजी के कमरे में अनेक पौधे और बीजों के पैकेट देखकर मैंने जिज्ञासा प्रकट की, तो उन्होंने बताया, "मैंने काशी हमेशा के लिए छोड़ दी है और अब हिमालय की ओर जा रहा हूँ। वहाँ मैं अपने शिष्यों के लिए एक आश्रम खोलूँगा। इन बीजों से पालक और कुछ अन्य साग-सब्जियाँ पैदा होंगी।"

पिताजी ने अपने गुरुभाई से पूछा कि वे फिर कब कोलकाता आएंगे, "अब कभी नहीं," प्रणवानन्दजी ने उत्तर दिया, "लाहिड़ी महाशय ने मुझे बताया कि मैं सदा के लिए अपनी प्राणप्रिय काशी छोड़कर हिमालय में देहत्याग करूँगा।"

कुछ महीनों बाद मेरी मुलाकात एक पुराने मित्र सनन्दन से हो गई, जो प्रणवानन्दजी का एक अंतरंग शिष्य था।

"मेरे पूज्य गुरुदेव चले गए," सिसकते हुए उसने मुझे बताया, "ऋषिकेश के पास उन्होंने एक आश्रम बनाया और अत्यंत प्रेम के साथ हमें शिक्षा देते रहे। एक दिन उन्होंने ऋषिकेश में बहुत बड़े जनसमूह को भोज देने का मन्तव्य प्रकट किया।

"'यह मेरा अंतिम उत्सव है,' उन्होंने कहा।

करीब दो हजार लोगों को हमने खाना खिलाया। भोज के उपरान्त एक ऊँचे मंच पर विराजमान होकर उन्होंने अनंत परमात्मा पर प्रवचन किया। प्रवचन के अन्त में हजारों लोगों की आँखों के सामने उन्होंने मेरी ओर मुड़कर असाधारण प्रबलता के साथ कहा, "'सनन्दन, तैयार हो जाओ, मैं अब इस शरीर को छोड़ने वाला हूँ।'

"थोड़ी देर अवाक् रहने के बाद मैं जोर से चीख उठा, 'गुरुदेव! ऐसा मत कीजिए!' जन समूह मेरे शब्दों पर आश्चर्य करता चुप बैठा रहा। प्रणवानन्दजी मेरी ओर देखकर मुस्कराए, पर उनकी दृष्टि पहले ही अनंत में लग चुकी थी।

"उन्होंने कहा, 'स्वार्थी मत बनो और न ही मेरे लिए शोक करो। मैंने लम्बे समय तक खुशी के साथ तुम सबकी सेवा की है; अब तुम लोग खुशी के साथ मुझे विदा करो। मैं अपने विराट प्रेमी से मिलने जा रहा हूँ,' फिर धीरे

से उन्होंने कहा, 'मैं जल्दी ही फिर जन्म लूँगा। अनंत परमानन्द में थोड़ा समय बिताने के बाद मैं इस लोक में वापस आऊँगा और बाबाजी के साथ मिल जाऊँगा। तुम्हें जल्दी ही पता चल जाएगा कि मेरी आत्मा ने कब और कहाँ नया जन्म लिया है।'

"वे पुनः बोले, 'सदानन्द, मैं दूसरी क्रिया द्वारा शरीर छोड़ता हूँ।'

"उन्होंने हमारे सामने बैठे जनसागर की ओर देखकर आशीर्वाद दिया। अपनी दृष्टि को दिव्य चक्षु की ओर मोड़कर वे निश्चल हो गए। विस्मित जनसमूह सोच ही रहा था कि वे समाधि में निमग्न हो गए हैं, परन्तु वे हाड़-मांस के शरीर को छोड़कर अपनी आत्मा को अनंतता में विलीन कर चुके थे।

अनेक वर्षों बाद मुझे स्वामी केशवनन्दजी से पता चला कि प्रणवानन्दजी नया जन्म लेने के कुछ वर्ष बाद हिमालय में बदरीनारायण चले गए और वहाँ महान गुरु बाबाजी के साथ रहने वाले संतों में शामिल हो गए।

काशी का पुनर्जन्म और उसका पता लगना

"पानी में मत उतरना। सब बाल्टी से पानी लेकर नहाएँगे।" पहाड़ी पर मेरे साथ चल रहे राँची के विद्यालय के बच्चों को मैं निर्देश दे रहा था। सामने फैले हुए तालाब में उतरने की इच्छा तो हो रही थी। अधिकांश बच्चे पानी में अपनी बाल्टियाँ डुबाने लगे, पर कुछ लड़के ठंडे पानी के आकर्षण का विरोध नहीं कर सके। जैसे ही उन्होंने पानी में छलांग लगाई, बड़े-बड़े जलसर्प उनके इर्दगिर्द तैरने लगे। पानी से बाहर निकलने में वह कैसी हास्यप्रद तत्परता थी।

पहाड़ी पर जाने के बाद हम लोगों ने वनभोज का आनंद लिया। मैं एक वृक्ष के नीचे बैठ गया और बच्चे मुझे घेरकर बैठ गए। मुझे अन्तःप्रेरणा के भाव में देखकर बच्चों ने मुझ पर प्रश्नों की झड़ी लगा दी।

अनेक प्रश्नों के उत्तर दे चुकने के बाद मुझसे काशी नाम के एक बच्चे ने प्रश्न पूछा, "गुरुजी, "मेरे भाग्य में क्या लिखा है?"

"तुम्हारी शीघ्र ही मृत्यु हो जाएगी।" मानो किसी अदमनीय प्रबल शक्ति ने मेरे मुँह से ये शब्द निकाल दिए।

विद्यालय में लौट आने के बाद काशी मेरे कमरे में आया, "यदि मेरी मृत्यु हो गई, तो मेरा नया जन्म होने के बाद क्या आप मुझे ढूँढकर फिर से आध्यात्मिक मार्ग पर ले आएँगे?" उसने पूछा।

उसके कई सप्ताहों तक काशी मेरे पीछे रहा। अन्ततः उसे हताशा में टूटने की कगार पर देखकर मैंने आश्वासन दे दिया, "हाँ," मैंने वचन दिया। "भगवान मेरी मदद करेंगे, तो मैं तुम्हें ढूँढने का प्रयत्न करूँगा।"

गर्मियों की छुट्टियों में मैं थोड़े दिनों के लिए बाहर जा रहा था। काशी को यात्रा पर निकलने से पहले मैंने अपने कमरे में बुला लिया और उसे समझा

दिया कि चाहे कुछ भी हो जाए, वह हर दशा में विद्यालय के आध्यात्मिक स्पन्दनों से युक्त वातावरण में ही रहे।

जैसे ही मैं वहाँ से निकला, काशी के पिता राँची पहुँच गए। पन्द्रह दिन तक वे अपने पुत्र का निश्चय बदलने की कोशिश करते रहे। काशी निरन्तर इनकार करता रहा। आखिर पिता उसे पुलिस की सहायता से घर ले गए। काशी विचलित हो गया। वह नहीं चाहता था कि उसके कारण विद्यालय की कोई बदनामी हो। उसे और कोई रास्ता नजर नहीं आया।

कुछ ही दिनों बाद मैं लौटकर राँची आया। जैसे ही मैंने सुना कि काशी को कैसे ले जाया गया, तो मैं तुरन्त कोलकाता जाने के लिए रेलगाड़ी में बैठ गया। वहाँ पहुँचकर मैंने एक घोड़ागाड़ी किराए पर ले ली। यह आश्चर्यजनक ही था कि जैसे ही मेरी घोड़ागाड़ी गंगा पर बने हावड़ा पुल को पार कर आगे बढ़ी, सबसे पहले मुझे जो लोग दिखाई दिए, वे थे काशी के पिता और अन्य संबंधी जन, सब सूतक के वस्त्र धारण किए हुए। चिल्लाकर मैंने कोचवान से गाड़ी रोकने के लिए कहा और नीचे कूदकर उस अभागे पिता की ओर गुस्से से घूर-घूर कर देखने लगा, "हत्यारे," मैं कुछ ज्यादा ही जोर से चिल्ला पड़ा, "तुमने मेरे बच्चे को मार डाला!"

काशी को जबरदस्ती कोलकाता लाने में अपनी भूल का उन्हें पहले ही अहसास हो चुका था। जो थोड़े-बहुत दिन बच्चे ने वहाँ बिताए थे, उस दौरान उसने दूषित अन्न खाया था, जिससे उसे कॉलरा हो गया और वह चल बसा।

काशी के लिए मेरा प्रेम और उसे खोज निकालने का दिया हुआ वचन अब दिन-रात मेरे मन को सताने लगा। जहाँ कहीं भी जाता वहीं उसका चेहरा सामने दिखने लगता।

लगा कि भगवान ने जो बुद्धि दी है, उसका उपयोग करके उन सूक्ष्म नियमों का पता लगाने के लिए अपनी सारी शक्तियों को दाँव पर लगा देना चाहिए, जिनके द्वारा मैं काशी को सूक्ष्म लोकों में ढूँढ सकूँ।

एक गूढ़ यौगिक पद्धति का उपयोग कर मैंने भ्रमध्य में स्थित अपने आध्यात्मिक नेत्र के 'माइक्रोफोन' के द्वारा काशी की आत्मा को अपना प्रेम प्रेषित किया। मेरे अंतर में ऐसी प्रेरणा मुझे मिल रही थी कि काशी जल्दी ही

पृथ्वीलोक में वापस आ जाएगा और यदि मैं अनवरत रूप से उसे पुकार भेजता रहूँ, तो उसकी आत्मा अवश्य उत्तर देगी।

अपने हाथों को आकाश की ओर ऊपर उठाकर उनका ऐंटिना की तरह उपयोग करता हुआ मैं उस स्थान की दिशा का पता लगाने के लिए प्रायः गोल-गोल घूमा करता, जिससे मुझे विश्वास था कि काशी का गर्भ के रूप में पुनर्जन्म हो चुका है। मैं एकाग्रता द्वारा अपने हृदय के 'रेडियो' में उसके प्रत्युत्तर को प्राप्त करने की आशा कर रहा था। काशी की मृत्यु के बाद लगभग छह महीनों तक, अपने उत्साह में कोई कमी आने दिए बिना मैं इस यौगिक प्रविधि का स्थिरचित से अभ्यास करता रहा।

"लगता है, मैंने काशी को ढूँढ लिया है!"

मैं गोल-गोल घूमने लगा। विद्युत-तरंगें मेरी उँगलियों में तभी झनझनाती थीं, जब मैं पास के एक रास्ते की ओर मुड़ता था, जिसका नाम भी संयोगवश 'सर्पन्टाइन लेन' था। जब मैं दूसरी दिशाओं में मुड़ता था, तब वह सूक्ष्म तरंगें लुप्त हो जाती थीं। "आह," मैं चिल्ला पड़ा, "काशी की आत्मा अवश्य इस गली में रहने वाली किसी माता के गर्भ में है।"

मेरे मित्र और मैं सर्पन्टाइन लेन की ओर बढ़ने लगे। अब मेरे ऊपर उठे हाथों में विद्युत तरंगें और प्रबल तथा स्पष्ट रूप से अनुभव होने लगीं। मानो किसी चुम्बक के द्वारा, मैं रास्ते के दाहिने ओर खींच लिया गया।

एक घर के दरवाजे के सामने पहुँचते ही मेरे आश्चर्य का ठिकाना नहीं रहा, जब मैंने देखा कि मेरा सारा शरीर जड़वत् हो गया। हर्षोन्माद में अपनी साँस को भी रोके रखकर मैंने दरवाजा खटखटाया। मुझे लग रहा था कि मेरी लम्बी असाधारण खोज सफल हो गई थी।

दरवाजा एक नौकरानी ने खोला। उससे पता चला कि गृहस्वामी भी घर में ही हैं। वे दूसरे तल्ले से सीढ़ियों से उतरकर नीचे आए।

"कृपया यह बताइए महाशय कि क्या आप और आपकी धर्मपत्नी पिछले छह महीनों से बच्चे की प्रत्याशा में है?

"हाँ, वह तो है," उन्होंने विनम्रतापूर्वक कहा, "दया करके इतना बता दीजिए कि आपको मेरे घर की इन बातों का ज्ञान कैसे हुआ?" जब उन्होंने

काशी के और उसे दिए गए वचन के बारे में सुना, तो उस आश्चर्यचकित सज्जन को मेरी बात पर विश्वास हो गया।

"आपको गौरवर्ण के एक पुत्र की प्राप्ति होगी," मैंने उनसे कहा, "उसकी मुखाकृति चौड़ी होगी और उसके माथे के ऊपर सामने की ओर झुका हुआ घुँघराले बालों को एक गुच्छा होगा। उसकी वृत्ति आध्यात्मिक रहेगी।" मुझे यह पूरा विश्वास था कि जन्म लेने वाले इस शिशु में काशी के ये सभी लक्षण होंगे।"

बाद में जाकर मैंने उस बच्चे को देखा भी। उसके माता-पिता ने उसे उसके पूर्वजन्म का ही काशी नाम दिया था।

कुछ वर्षों बाद किशोरावस्था में पहुँचे उस बालक ने मुझे पत्र लिखा, जब मैं अमेरिका में रह रहा था। उसने संन्यास मार्ग का अवलंब करने की अपनी तीव्र आकांक्षा उसमें व्यक्त की थी।

रवीन्द्रनाथ टैगोर और मेरे विद्यालयों की तुलना

"रवीन्द्रनाथ टैगोर ने हम लोगों को आत्माभिव्यक्ति के एक स्वाभाविक रूप में, पक्षियों की भाँति सहज ढंग से गीत गाना सिखाया।"

एक दिन प्रातःकाल जब मैंने राँची के अपने विद्यालय के एक चौदह वर्षीय छात्र भोलानाथ के सुरीले गायन की प्रशंसा की, तो उसने यह बात बताई। मेरे विद्यालय में आने से पहले वह रवीन्द्रनाथ टैगोर के बोलपुर स्थित सुप्रसिद्ध शांतिनिकेतन विद्यालय का छात्र रहा था।

भोला ने और मैंने साथ-साथ टैगोर के कई ध्रुव गाए। उन्होंने हजारों भारतीयों गीतों को संगीत में ढाला है, जिनमें से कुछ तो उनकी अपनी रचनाएँ हैं और कुछ प्राचीन गीत हैं।

हमारा गायन जब समाप्त हुआ तो मैंने कहा, "साहित्य के लिए रवीन्द्रनाथ को नोबेल पुरस्कार मिलने के शीघ्र बाद ही मैं उनसे मिला था। मुझे उनसे मिलने की इच्छा इसलिए हो रही थी कि अपने साहित्य के आलोचकों से निपटने में स्पष्टवादिता का उनका साहस मुझे बहुत अच्छा लगता था।" यह कहकर मैं हँस पड़ा।

भोला ने पूरी कहानी सुनने की उत्सुकता प्रकट की।

मैंने बताना शुरू किया, "बंगाली काव्य में नई शैली लाने के लिए विद्वानों ने टैगोर की कटु आलोचना की। उन्होंने पंडितों को अत्यंत प्रिय लगने वाले निर्धारित नियमों को ठुकराकर लोकभाषा की पदावली को शास्त्रीय पदावली के साथ मिला दिया। उनके गीतों में मन को छू लेने वाले शब्दों में गहन दार्शनिक सत्य होता है; प्रचलित साहित्यिक ढंग की उन्होंने परवाह नहीं की।

"एक प्रतिष्ठित समालोचक ने अत्यंत द्वेष के साथ 'अपनी गुटर गूँ को छापकर एक रुपए में बेचने वाला 'कपोत-कवि' कह कर रवीन्द्रनाथ का उल्लेख किया, किन्तु टैगोर को भी अपना बदला लेने का अवसर जल्दी ही मिल गया। अपनी गीतांजलि का उन्होंने स्वयं ही जब अंग्रेजी में अनुवाद किया, तो संपूर्ण पाश्चात्य साहित्यिक जगत ने उनके चरणों में अपने श्रद्धासुमन अर्पित कर दिए। रेलवे की एक पूरी गाड़ी भरकर पंडित, जिनमें एक समय के उनके आलोचक भी शामिल थे, उनका अभिनंदन करने के लिए शांतिनिकेतन पहुँचे।

"जान-बूझकर उन्हें काफी देर तक बिठाकर रखने के बाद ही रवीन्द्रनाथ उनसे मिले और फिर निर्विकार भाव से, मौन रहकर उनकी प्रशंसा सुनते रहे। अंततः आलोचना के उनके ही प्रचलित अस्त्र को उन्होंने उन्हीं की ओर मोड़ दिया।

"उन्होंने कहा, 'सज्जनो, आप जिन गौरव-सुरभियों की वर्षा मुझ पर कर रहे हैं, उसमें गतकालीन घृणा की दुर्गंध भी विसंगत रूप से मिली है। मेरे नोबेल पुरस्कार मिलने और आप लोगों की प्रखर प्रशंसात्मक बुद्धि के अचानक जागृत होने के बीच कहीं कोई संबंध तो नहीं? मैं तो अभी भी वही कवि हूँ, जिसने आप लोगों को तब बड़ा नाराज कर दिया था, जब मैंने प्रथम बार बंगाल-मंदिर में अपने विनम्र काव्य सुमन अर्पित किए थे।'

"समाचार पत्रों ने टैगोर द्वारा सुनाई गई निर्भीक फटकार का वृत्तांत प्रकाशित किया। चापलूसी से सम्मोहित न हुए उस पुरुष के स्पष्टवादी शब्द मुझे बहुत पसंद आए। कोलकाता में रवीन्द्रनाथ के सेक्रेटरी श्री सी. एफ. एण्ड्रयूज ने मेरा उनसे परिचय करा दिया। मैं जब वहाँ गया तो श्री एण्ड्रयूज केवल एक बंगाली धोती पहने हुए थे। वे टैगोर का उल्लेख प्रेम से 'गुरुदेव' कह कर करते थे।

"रवीन्द्रनाथ ने शिष्टतापूर्वक मेरा स्वागत किया। उन्होंने बताया कि वे मुख्यतः हमारे धार्मिक ग्रन्थों तथा चौदहवीं शताब्दी के एक लोकप्रिय कवि विद्यापति से प्रभावित रहे हैं।"

इन स्मृतियों से आह्लादित होकर मैं एक पुराने बंगाली गीत की टैगोर द्वारा की गई पुनः प्रस्तुति, आमार ए घरे, आपनार करे गृह-दीपखानि ज्वालो'

(मेरी कुटिया में अपने कर-कमल से प्रेम का अपना दीप जला दो) को गाने लगा। भोला और मैं आनंद में यह गीत गाते हुए विद्यालय के प्रांगण में टहलने लगे।

शांतिनिकेतन में आने के लिए मुझे रवीन्द्रनाथ का निमंत्रण मिला, ताकि हम दोनों अपने शैक्षणिक आदर्शों पर चर्चा कर सकें। जब मैं उनसे मिलने पहुँचा, तब वे अपने अध्ययन-कक्ष में बैठे हुए थे। प्राचीन रोम के कुलीन पुरुष की तरह तीखे नाक-नक्श का, सुंदरता के साथ तराशा हुआ-सा उनका चेहरा, लहराते केश और लम्बी दाढ़ी के बीच सुशोभित था। विशाल दयार्द्र नेत्र, देवता सदृश सौम्य मुस्कराहट तथा बाँसुरी की ध्वनि की याद दिलाती आवाज सचमुच मंत्रमुग्ध कर देती थी।

टैगोर और मैं शीघ्र ही प्रचलित पद्धति से हटकर बनाए गए हमारे विद्यालयों के तुलनात्मक अध्ययन में मग्न हो गए। हमने दोनों विद्यालयों में कई बातों की समानता पाई, खुले आकाश के नीचे शिक्षा, सादगी, बच्चों की रचनात्मक प्रवृत्ति के विकास के लिए पर्याप्त अवसर। रवीन्द्रनाथ ने साहित्य और काव्य के अध्ययन पर तथा संगीत और गायन द्वारा आत्माभिव्यक्ति पर काफी जोर दिया था।

"मैंने छायादार वृक्षों और आकाश के सौंदर्य के तले शांतिनिकेतन की स्थापना की।" बगीचे में अध्ययन करते बच्चों की ओर इशारा करते हुए उन्होंने कहा, "बच्चा फूलों और गाते पक्षियों के बीच अपने स्वाभाविक वातावरण में रहता है। वहाँ वह अपनी व्यक्तिगत प्रतिभा की गुप्त निधि को अधिक सरलता से व्यक्त कर सकता है। सच्ची शिक्षा को बाह्य साधनों द्वारा भरा या ठूँसा नहीं जा सकता, बल्कि सच्ची शिक्षा तो वह है, जो भीतर में निहित अनंत ज्ञान भंडार को ऊपर ला सके।" मैंने उनके साथ सहमति प्रकट की।

कविवर अपने पिता देवेन्द्र के बारे में बोलने लगे, "पिताजी ने यह उपजाऊ जमीन मुझे दे दी, जहाँ उन्होंने पहले ही एक अतिथिशाला और मंदिर का निर्माण कर लिया था। मैंने 1901 में यहाँ केवल 10 बच्चों के साथ अपना शैक्षणिक प्रयोग आरंभ किया। नोबेल पुरस्कार के साथ जो आठ हजार पौण्ड मिले, वह विद्यालय पर ही खर्च हो गए।"

अपनी मधुर आवाज में रवीन्द्रनाथ ने हमें अपनी कुछ अति उत्कृष्ट नवरचित कविताएँ पढ़ कर सुनाईं। अपने विद्यार्थियों को आनंद देने के लिए रचे गए अधिकांश गीतों एवं नाटकों की रचना उन्होंने शांतिनिकेतन में ही की। मेरी दृष्टि में उनके पद्यों की सुंदरता इसमें है कि लगभग प्रत्येक छंद में ईश्वर के नाम का उल्लेख किए बिना ईश्वर का जिक्र करने की उनकी अद्‌भुत कला उनमें प्रकट होती है। उन्होंने लिखा, 'सुरेर घोरे आपनाके जाई भुले, बन्धु बोले डाकि मोर प्रभु के।' गाने के आनंद में मैं अपने को इतना भूल जाता हूँ कि आपको भी मित्र कहने लगता हूँ, जो मेरे प्रभु हैं।"

दूसरे दिन दोपहर के भोजन के पश्चात् मैंने अनिच्छापूर्वक ही कविवर से विदा ली।

चमत्कारों का नियम

महान लियो टालस्टाय ने एक अत्यंत रोचक कथा लिखी थी, 'तीन वैरागी' उनके मित्र निकोलस रोरिच ने उसे संक्षेप में इस प्रकार प्रस्तुत किया :

"एक द्वीप पर तीन वृद्ध वैरागी रहते थे। वे इतने भोले-भाले थे कि उन्हें केवल एक ही प्रार्थना आती थी, 'हम तीन हैं, तू (ईश्वर) तीन है, हम पर दया कर!' इस प्रार्थना के समय महान चमत्कार प्रकट होते थे।

"वहाँ के बिशप ने इन तीन वैरागियों और उनकी अस्वीकार्य प्रार्थना के बारे में सुना और उसने उन्हें धर्मनियमों के अनुसार अधिकृत प्रार्थना सिखाने के लिए उनके पास जाने का निश्चय किया। उसने उन्हें कुछ प्रचलित प्रार्थनाएँ सिखाईं। उसके बाद बिशप एक नाव पर सवार होकर चल पड़े। उसने नाव के पीछे आते एक दीप्तिमान प्रकाश को देखा। उसने प्रकाश में उन तीन वैरागियों को देखा, जो एक-दूसरे का हाथ पकड़े नाव की बराबरी में आने के लिए पानी की लहरों पर दौड़ रहे थे।

"तीनों बैरागी बिशप के पास पहुँचे। वे बोले, 'आपने हमें जो प्रार्थनाएँ सिखाई थीं, वे सब हम भूल गए हैं और इसलिए आप फिर से हमें वे प्रार्थनाएँ सिखा दें।'

"बिशप ने उनसे कहा, 'पुरानी प्रार्थना ही जारी रखो!'

"ये तीन वैरागी पानी पर कैसे चल सके? ईसा मसीह सूली पर लटके मृत शरीर को पुनरुजीवित कैसे कर सके? लाहिड़ी महाशय और श्रीयुक्तेश्वरजी अपने चमत्कार कैसे कर सके?"

वेदशास्त्र कहते हैं कि भौतिक जगत माया के एक ही मूल सिद्धांत के अंतर्गत कार्य करता है, सापेक्षता और द्वैत का सिद्धांत। समस्त जीवन सृष्टि एकमात्र ईश्वर ही है और वह अखंड, निरपेक्ष एकत्व है। सृष्टि की पृथक् और

भिन्न-भिन्न अभिव्यक्तियों में प्रकट होने के लिए वह झूठा या अवास्तविक चोला पहन लेता है। यह झूठा, द्वित्व प्रदान करने वाला चोला ही माया है। आधुनिक काल के अनेक बड़े-बड़े वैज्ञानिक आविष्कारों से प्राचीन ऋषियों की इस सरल घोषणा की पुष्टि होती है।

प्रकृति की मूलभूत क्रियाएँ अपनी माया-मूलकता का ही परिचय देती हैं। उदाहरण के लिए, विद्युतशक्ति आकर्षण और विकर्षण के कारण निर्मित होती है; उसके इलेक्ट्रॉन और प्रोट्रॉन परस्पर-विरोधी विद्युत आवेग हैं। दूसरा उदाहरण, अणु, अर्थात् पदार्थ की सूक्ष्मतम कणिका स्वयं पृथ्वी की तरह ही धनात्मक और ऋणात्मक ध्रुवों से युक्त एक चुंबक हैं। यह समस्त गोचर जगत ध्रुवता के प्रभाव में है।

अतः भौतिक विज्ञान माया के बाहर के किसी नियम का सूत्र नहीं बना सकता। सृष्टि का मूल ताना-बाना ही माया है, उसकी मूल रचना ही माया है। स्वयं प्रकृति माया है; प्राकृतिक विज्ञान के पास केवल प्रकृति के अपरिहार्य सारभूत तत्वों का ही अध्ययन और उन्हीं का प्रयोग करने के सिवा और कोई चारा ही नहीं है। अपने क्षेत्र में प्रकृति शाश्वत और अपार है; भावी वैज्ञानिक उसकी विविधरूपी अनंतता के एक के बाद एक पहलू की खोज करते जाने से अधिक कुछ नहीं कर पाएँगे। विज्ञान इस प्रकार सदा के लिए परिवर्तनों के क्रम से ही गुजरता रहेगा और अंतिम कारण तक कभी नहीं पहुँच पाएगा। पहले से ही अस्तित्व में आए हुए और कार्य करते हुए ब्रह्मांड के नियमों का पता लगाने की तो उसमें क्षमता है, किन्तु नियम बनाने वाले विधाता और कार्य चलाने वाले जगन्नियंता को ढूँढ पाने में असमर्थ है।

'द मिस्टिरियस युनिवर्स' रहस्यपूर्ण ब्रह्मांड में सर जेम्स जीन्स लिखते हैं, 'ज्ञान का प्रवाह अब यंत्रविहीन वास्तविकता की ओर बहने लगा है; अब ब्रह्मांड एक विराट यंत्र नहीं, बल्कि एक विराट विचार प्रतीत होने लगा है। इस प्रकार बीसवीं सदी का विज्ञान प्राचीन वेदों की भाषा बोलने लगा है।

अतः यदि आध्यात्मिक शिक्षा द्वारा नहीं, तो विज्ञान द्वारा ही सही, मनुष्य को यह दार्शनिक सत्य समझ लेना चाहिए कि भौतिक जगत नाम की कोई चीज ही नहीं है। उसका ताना-बाना भी केवल भ्रम है, माया है। विश्लेषण करने पर उसकी सत्यता की मृगमरीचिकाएँ विलुप्त हो जाती हैं।

पदार्थ के वस्तुमान और ऊर्जा की समतुल्यता दर्शाने वाले अपने

सुविख्यात समीकरण में आइंस्टाइन ने यह सिद्ध किया है कि पदार्थ के किसी भी कण में निहित ऊर्जा उसके वस्तुमान या वजन के साथ प्रकाशगति के वर्ग के गुणनफल के बराबर होती है। पदार्थ-कणों के विनाश द्वारा आणविक ऊर्जाओं को मुक्त किया जाता है। पदार्थ की 'मृत्यु' ने एक आणविक युग को जन्म दिया है।

यह संकल्पना हमें चमत्कारों के नियम द्वार पर ला कर खड़ा कर देती हैं। जो सिद्धजन अपने शरीर को तथा अन्य वस्तुओं को प्रकट या अदृश्य कर देने की, प्रकाश की गति से संचार करने की और सृजनक्षम प्रकाश किरणों का उपयोग कर किसी भी वस्तु को तत्क्षण मूर्त रूप देने की शक्ति रखते हैं, उन्होंने इस विहित शर्त को पूरा कर दिया होता है, उनका वस्तुमान अनंत होता है।

सिद्ध योगी चेतना को उसके छोटे से शरीर से बंधी न रहकर अनायास ही ब्रह्मांड की रचना के साथ तद्रूप हो जाती है। गुरुत्वाकर्षण के कारण सभी भौतिक पदार्थ भारयुक्त होते हैं, परन्तु यह गुरुत्वाकर्षण, फिर चाहे न्यूटन उसे 'शक्ति' कहें या आइंस्टाइन उसे 'जड़ता की अभिव्यक्ति' कहें, किसी सिद्ध को भार का गुणधर्म व्यक्त करने के लिए विवश करने में असमर्थ है। जो अपने को सर्वव्यापी परमतत्व के रूप में जाना जाता है, वह फिर काल और देश की सीमा में आबद्ध नहीं रहता। आबद्ध कर रखने वाली सीमाओं के सारे घेरे अहं ब्रह्मास्मि के तेज में विलुप्त हो जाते हैं।

'प्रकाश हो! और प्रकाश हो गया।' सृष्टि की रचना में ईश्वर के प्रथम आदेश से सृष्टि का आधार तत्व प्रकाश अस्तित्व में आ गया। इस अलौकिक माध्यम (प्रकाश) की किरणों पर ही ईश्वर की सारी अभिव्यक्तियाँ मूर्त होती हैं। प्रत्येक युग के संतों ने अग्निशिखा और प्रकाश के रूप में ईश्वर के प्रकट होने की बात कही है।

जो योगी अखंड ध्यान द्वारा अपनी चेतना को परम चैतन्य में विलीन कर देता है, वह प्रकाश (प्राणशक्ति स्पन्दन) की सृष्टि के आधार तत्व के रूप में देखता है। उसके लिए फिर पानी बनकर सामने आने वाली प्रकाश किरणों में और जमीन बन कर सामने आने वाली प्रकाश किरणों में कोई अंतर नहीं होता। पदार्थ-चेतना से और भौतिक जगत के तीन आयामों से तथा काल के चौथे आयाम से मुक्त होकर सिद्ध पुरुष अपने प्रकाश-शरीर को पृथ्वी, जल,

अग्नि, वायु की प्रकाश किरणों के बीच से या उनके ऊपर से आसानी से अपने साथ कहीं भी ले जा सकता है।

'इसलिए यदि तुम्हारी आँख एक हो जाए, तो तुम्हारा सारा शरीर प्रकाश से भर जाएगा।' मुक्ति प्रदायक ज्ञान चक्षु पर लम्बे समय तक मन को एकाग्र करने से योगी भौतिक जगत और उसके गुरुत्वाकर्षणजन्य भार के समस्त भ्रमों को नष्ट करने में समर्थ हो जाता है। तब वह सृष्टि को उसी रूप में देखता है, जिस रूप में विधाता ने उसकी रचना की थी—तत्वतः विभेदहीन प्रकाश।

चमत्कारों के नियम को ऐसा कोई भी मनुष्य कार्यान्वित कर सकता है, जिसने यह अनुभव कर लिया हो कि सृष्टि प्रकाश से ही बनी है, अर्थात् सृष्टि का मूल तत्व प्रकाश है। सिद्ध पुरुष तत्व के अपने दिव्य ज्ञान का उपयोग सर्वव्यापी प्रकाश-अणुओं को किसी भी इंद्रिय-गोचर अभिव्यक्ति में तत्काल प्रकट करने के लिए कर सकता है। इस प्रकटीकरण के प्रत्यक्ष रूप (वह जो भी हो—कोई वृक्ष या कोई औषधि या कोई मानव शरीर) का निर्धारण योगी की इच्छा तथा उसकी संकल्प शक्ति और मानस चित्रण पर निर्भर होता है।

रात में मनुष्य स्वप्न-चैतन्य में प्रवेश करता है और प्रतिदिन उसे हर तरफ से आबद्ध कर रखने वाले अहंकार की सीमाओं से मुक्त हो जाता है। नींद में उसे अपने मन की सर्वशक्तिमत्ता का बार-बार प्रदर्शन देखने को मिलता है।

सभी मनुष्यों को अपने कुछ स्वप्नों में थोड़े समय के लिए अनुभव होने वाली यह मुक्त और अप्रतिबंधित चेतना ईश्वरमग्न संत के मन की नित्य अवस्था होती है।

इसी उद्देश्य से मनुष्य और सृष्टि को बनाया गया था कि वह सृष्टि पर अपने प्रभुत्व को जाने और माया का स्वामी बनकर उससे ऊपर उठे।

1915 में संन्यास लेने के कुछ ही दिन बाद मैंने ध्यान में एक बड़ा ही विचित्र दृश्य देखा। उस अनुभव से मानव चेतना की सापेक्षता मेरी समझ में आ गई और माया के दुःखद द्वैतों के पीछे मैंने अनंत प्रकाश की अखंडता स्पष्ट देखी।

जब मैं आँखें बन्द कर ध्यान में बैठा था, तब अचानक मेरी चेतना एक युद्धपोत के कप्तान के शरीर में संक्रमित हो गई। जहाज की तोपें और समुद्र तट पर स्थित तोपखाना एक-दूसरे पर गोले दाग रहे थे। एक बहुत बड़ा गोला आकर हमारे बारूद भंडार से टकराया और हमारा जहाज तहस-नहस हो

गया। जो थोड़े बहुत नाविक इस विस्फोट में बच गए थे, उनके साथ मैं समुद्र में कूद पड़ा।

मैं किनारे पर सुरक्षित पहुँच गया, परन्तु कहीं से तीव्र गति के साथ आती हुई एक गोली सीधी मेरी छाती में घुस गई। कराहते हुए मैं जमीन पर गिर पड़ा। मेरा पूरा शरीर सुन्न हो गया, परन्तु मुझे उसके अस्तित्व का भान था।

'मृत्यु के गुप्त कदम आखिर मुझ तक पहुँच ही गए,' मैंने सोचा। मैं मूर्छा में डूबने ही वाला था कि अचानक देखा मैं तो गड़पार रोड पर अपने कमरे में पद्मासन में बैठा हूँ!

मैं अपने पुनः प्राप्त शरीर को टटोल-टटोल कर और चिकोटी काट-काटकर देखने लगा और मेरे नेत्रों से आनंदातिरेक के अश्रु बहने लगे। इस शरीर की छाती में गोली का कोई घाव नहीं था। अपने आपको आश्वस्त करने के लिए कि मैं सचमुच जिंदा हूँ, मैंने लम्बी-लम्बी साँसें लीं। अचानक मेरी चेतना फिर से रक्तरंजित समुद्रतट पर पड़े कप्तान के शव में संक्रमित हो गई। मेरा मन पूरी तरह उलझन में पड़ गया।

मैं प्रार्थना करने लगा, "मैं मृत हूँ या जीवित?"

समस्त क्षितिज प्रकाश से दीप्तिमान हो उठा। मृदु गर्जन करता एक कंपन शब्द बनकर सुनाई देने लगा, "जीवन या मृत्यु का प्रकाश के साथ क्या संबंध? अपने प्रकाश की मूर्ति के रूप में मैंने तुम्हें बनाया है। जीवन और मृत्यु के द्वंद्वों का संबंध केवल माया से है, अपने मायातीत स्वरूप को देखो! जागो, मेरे बच्चे, जागो!"

मानव की जागृति के क्रम में ईश्वर यथासमय और यथास्थान वैज्ञानिकों को अपनी सृष्टि के रहस्यों को जानने के लिए प्रेरित करता है। अनेक आधुनिक आविष्कार इस बात को समझने में मानव की सहायता करते हैं कि सृष्टि एक ही शक्ति की विविध अभिव्यक्तियाँ मात्र हैं कि ये सारी अभिव्यक्तियाँ ईश्वरीय प्रज्ञा से युक्त प्रकाश की हैं। चलचित्र, रेडियो, टेलीविजन, राडार, फोटो-इलेक्ट्रिक सेल अणुशक्तियों के सारे चमत्कार प्रकाश के विद्युत-चुंबकीय गुणों पर आधारित हैं।

एक दिन यूरोप के युद्ध क्षेत्रों की न्यूज-रील देखने के लिए मैं एक थिएटर में गया। प्रथम विश्व युद्ध पाश्चात्य जगत में तब भी चल रहा था। न्यूज-रील में नरसंहार इतना वास्तविक लग रहा था कि मैं अत्यंत व्यथित हृदय से

थिएटर से बाहर निकला। मैं प्रार्थना करने लगा, "प्रभु, इतना दुःख क्यों होने देते हैं?"

मेरे आश्चर्य का ठिकाना न रहा, जब प्रत्यक्ष यूरोप के युद्धक्षेत्रों के दिव्य दर्शन के रूप में मेरी प्रार्थना का तत्काल उत्तर आया! मृतकों और मरणासन्न लोगों से भरे ये दृश्य न्यूज-रील के चित्रांकन से कहीं अधिक भयंकर थे।

"ध्यान से देखो!" मेरी अंतर्चेतना से एक मृदु एवं सौम्य वाणी कह रही थी, "तुम देखोगे कि फ्रांस में अभी अभिनीत किए जा रहे ये दृश्य प्रकाश-छाया के खेल के अतिरिक्त कुछ नहीं हैं। ये सृष्टि के चलचित्र हैं, उतने ही वास्तविक और उतने ही अवास्तविक, जितनी तुमने अभी-अभी न्यूज-रील में देखी थी। नाटक के भीतर और एक नाटक।"

मेरे हृदय को अभी सांत्वना नहीं मिली। दिव्य वाणी आगे कहती गई, "सृष्टि प्रकाश और छाया दोनों ही है, अन्यथा कोई चित्र संभव नहीं हो सकता। माया के भले एवं बुरे गुण बारी-बारी से एक दूसरे पर हावी होते रहते हैं। इसी संसार में यदि अखंड आनंद प्राप्त हो जाए तो क्या मनुष्य किसी दूसरे लोक की कामना करेगा? दुःख-दर्द मिले बिना तो वह इस बात को याद करने की कोशिश नहीं करता कि उसने अपना नित्य धाम त्याग दिया है। दुःख से बचने का उपाय ज्ञान है। मृत्यु की विभीषिका मिथ्या है, अवास्तविक है। जो लोग उसके नाम से काँप उठते हैं वे नाटक के उस नासमझ नट के समान हैं, जो उस पर पिस्तौल से नकली गोली दागी जाने पर भय के मारे मंच पर ही मर जाता है। मेरी संतानें प्रकाश की हैं। वे सदा के लिए माया के अंधकार में सोई नहीं रहेंगी।"

मैंने शास्त्रों में माया के विषय में बहुत कुछ पढ़ा था, परन्तु उससे मुझे माया का वैसा गहरा ज्ञान प्राप्त नहीं हुआ था, जैसा ध्यान में दिखने वाले दृश्यों और उनके साथ आने वाले सांत्वनादायक शब्दों से प्राप्त हुआ।

इस प्रकरण को पूरा लिखने के पश्चात् मैं अपने पलंग पर पद्मासन में बैठ गया। मेरे कमरे में दो मंद लैम्पों का धुँधला प्रकाश फैला हुआ था। मैंने दृष्टि ऊपर उठाई तो देखा कि छत में सरसों के रंग के छोटे-छोटे प्रकाश बिन्दु रेडियम के समान चमकते हुए झिलमिला रहे थे। असंख्य प्रकाश किरणें वर्षा के जलरेखीय बाणों के समान एक पारदर्शी किरणावली बनकर शांति से मुझ पर बरसती रहीं।

तत्काल मेरी स्थूल देह की जड़ता समाप्त हो गई और वह सूक्ष्म देह के समान झीनी बन गई। मुझे हवा में तैरने का आभास हो रहा था। मेरा भारहीन शरीर पलंग को नाममात्र का स्पर्श करते हुए बारी-बारी से दाहिने-बाएँ सरकने लगा। मैंने कमरे में दृष्टि दौड़ाई। दीवारें और सारा फर्नीचर अपनी-अपनी जगह यथास्थित था, परन्तु प्रकाश की अल्प किरणावली इतनी विस्तृत और व्यापक हो गई थी कि अब छत नजर ही नहीं आ रही थी। मैं विस्मित हो गया।

मानो उस प्रकाश से ही एक आवाज आई, "सृष्टि के चलचित्र की बनावट ऐसी ही है। पलंग पर बिछी तुम्हारी चादर के सफेद पर्दे पर अपना प्रकाश स्तंभ प्रक्षेपित कर वह तुम्हारे शरीर के चित्र को उत्पन्न कर रही है। देखो! तुम्हारा शरीर प्रकाश के अतिरिक्त कुछ भी नहीं है!"

लम्बे समय तक मैं अपने कमरे के मंद प्रकाशयुक्त थिएटर में अपने शरीर का यह चलचित्र अनुभव करता रहा। ध्यान में और ध्यान के अतिरिक्त भी मुझे अनेकानेक दर्शन हुए हैं, परन्तु यह उन सबसे पूर्णतः निराला था। जब मेरे ठोस शरीर का भ्रम पूर्णतः विलुप्त हो गया और जब इस बात का ज्ञान गहराई तक मेरी चेतना में उतर गया कि सभी वस्तुओं का सार केवल प्रकाश ही है, तो मैंने दृष्टि उठाकर ऊपर प्राण कण्पों की उस धड़कती धारा की ओर देखा और उससे याचना करने लगा, "हे दिव्य प्रकाश, मेरे तुच्छ शरीर के चित्र को अपने में समा लो, जैसे एलाइजा को प्रकाश के रथ पर स्वर्ग में वापस ले लिया गया था।"

"और फिर," दार्शनिक दृष्टिकोण अपनाते हुए मैंने विचार किया, "मेरी इस धृष्टता से एलाइजा भी तो नाराज हो जाते।"

पुण्यशीला माता से भेंट

"पूज्य माताजी, मैं जब नन्हा-सा बच्चा था, तभी आपके अवतारी पति का आशीर्वाद मुझे मिल गया था। वे मेरे माता-पिता और मेरे गुरु श्रीयुक्तेश्वरजी के भी गुरु थे। अतः क्या आप अपने पावन जीवन के कुछ प्रसंग सुनाकर मुझे धन्य करेंगी?"

मैं लाहिड़ी महाशय की धर्मपत्नी श्रीमती काशीमणि से चर्चा कर रहा था। मैं थोड़े समय के लिए बनारस में था, अतः इस पूज्य महिला से मिलने की अपनी चिरकालीन आकांक्षा पूर्ण कर रहा था।

बनारस के गरुड़ेश्वर मुहल्ले में लाहिड़ी परिवार के घर में उन्होंने अत्यंत प्रेम से मेरा स्वागत किया। वृद्ध होने पर भी वे कमल की तरह खिली हुई थीं, आध्यात्मिक सुगंध उनसे निःसृत होती थी। उनका शरीर मध्यम आकार का, गौरवर्ण था, गर्दन पतली और नेत्र विशाल, तेजस्वी थे।

"यहाँ तुम्हारा स्वागत है बेटा। ऊपर चलें।"

माताजी मुझे अपने साथ एक छोटे से कमरे में ले गईं, जहाँ कभी वे अपने पति के साथ रहती थीं। उस पवित्र स्थल के दर्शन कर मैं धन्य हुआ, जहाँ अद्वितीय गुरु ने वैवाहिक जीवन की मानवी लीला करना स्वीकार किया था। दयामयी माता ने अपने पास ही एक छोटी-सी गद्दी पर बैठने का मुझे संकेत किया।

"कई वर्षों के पश्चात् ही मुझे अपने पति की दैवी महानता की पहचान हो पाई," उन्होंने बताया, "एक रात इसी कमरे में मुझे एक स्पष्ट स्वप्न दिखा। तेजस्वी देवता अकल्पनीय मोहकता के साथ मेरे सिर के ऊपर हवा में तैर रहे थे। वह दृश्य इतना वास्तविक लग रहा था कि मैं तत्काल जाग उठी; बड़ी अद्भुत बात थी कि यह कमरा दीप्तिमान प्रकाश से चमक गया था।

"'मेरे पतिदेव पद्मासन में स्थित कमरे के बीचोंबीच देवताओं से घिरे

हवा में थे। अत्यंत विनम्रता के साथ देवता दोनों हाथ जोड़कर मेरे पति का पूजन कर रहे थे।

''मैं इतनी विस्मित हुई कि लगा मैं अभी भी स्वप्न में ही हूँ।

''तभी लाहिड़ी महाशय ने कहा, 'नारी! तुम स्वप्न नहीं देख रही हो। अपनी निद्रा हमेशा-हमेशा के लिए त्याग दो।' जब वे धीरे-धीरे धरातल पर उतर आए, तो मैंने उनके चरणों में साष्टांग प्रणाम किया।

''मैंने कहा, 'मेरे गुरुदेव! मैं आपके चरणों में बारंबार प्रणाम करती हूँ। अब तक मैंने आपको अपना पति माना, इसके लिए क्या आप मुझे क्षमा करेंगे? मैं यह जानकर लज्जा से मरी जा रही हूँ कि मैं एक दिव्य रूप से जाग्रत पुरुष के साथ रहते हुए भी अज्ञान की नींद में सोती रही। इस रात से आप मेरे पति नहीं, गुरु हैं। आप क्या इस तुच्छ अबला को अपनी शिष्या के रूप में स्वीकार करेंगे?'

"मुझे गुरुदेव ने सप्रेम स्पर्श किया। 'पवित्र आत्मा, उठो। तुम्हें स्वीकारा जाता है,' उन्होंने देवताओं की ओर संकेत किया, 'इन पूज्य संतों में से हरेक को बारी-बारी से प्रणाम करो।'

"जब मैंने विनम्रता से सबको प्रणाम कर लिया, तो एक साथ सभी देवताओं की वाणी गूँजी, जो पावन वेदघोष के समान थी।

"'इस दिव्य पुरुष की अर्धांगिनी! आप धन्य हैं। हम सब आपको प्रणाम करते हैं।' उन्होंने मेरे चरणों में प्रणाम किया और आश्चर्य के साथ उनके शरीर अदृश्य हो गए। कमरे में अंधेरा छा गया।

"मुझसे मेरे गुरुदेव ने क्रियायोग दीक्षा लेने के लिए कहा।

"निसंदेह!" मैंने कहा, "मुझे खेद है कि इससे पहले ही मैंने इस सौभाग्य को क्यों नहीं प्राप्त किया।"

गुरुदेव ने मुझे क्रियायोग की प्रविधि बताई।

"उस रात के बाद लाहिड़ी महाशय फिर कभी मेरे कक्ष में नहीं सोए। वे उसके बाद कभी सोए ही नहीं। वे दिन-रात नीचे सामने के कमरे में अपने शिष्यों के साथ ही रहते थे।"

इतना बताने के बाद माता काशीमणि चुप हो गईं। उस महान योगी के साथ उनके संबंध की अद्वितीयता को समझते हुए मैंने झिझकते हुए उनसे कुछ और घटनाएँ बताने का अनुरोध किया।

"तुम बहुत लालची हो, बेटा! फिर भी तुम्हें एक और कहानी अवश्य बताऊँगी," वे संकोच से मुस्कराईं, "यहाँ मैं अपने एक पाप को स्वीकार करूँगी, जो मैंने अपने गुरु-पति के विरुद्ध किया था। मेरी दीक्षा के कुछ महीने बाद मैं असहाय और उपेक्षित अनुभव कर रही थी। एक सुबह लाहिड़ी महाशय इस छोटे-से कमरे में कोई वस्तु लेने के लिए आए। मैं तुरन्त उनके पीछे ही यहाँ पहुँच गई। माया के वशीभूत होकर मैंने उन्हें बेहद कटु शब्दों में संबोधित किया।

"अपना सारा समय आप अपने शिष्यों के साथ बिताते हैं। अपनी पत्नी और बच्चों के प्रति आपके दायित्वों का क्या? मुझे खेद है कि परिवार के लिए अधिक धन एकत्र करने में आपको कोई रुचि नहीं है।'

"गुरुदेव ने एक पल के लिए मुझे निहारा, फिर वे अदृश्य हो गए। विस्मयचकित और भयग्रस्त, मुझे एक दिव्य वाणी कमरे में प्रत्येक भाग से गूँजती सुनाई दी :

"'मैं यहाँ हूँ।' यह उत्तर मेरे ही ऊपर से आया। मैंने ऊपर दृष्टि घुमाई तो गुरुदेव को हवा में प्रकट होते देखा, उनका सिर छत को छू रहा था। उनकी आँखें चौंधिया देने वाली अग्नि ज्वालाओं के समान थीं। जब वे चुपचाप जमीन पर उतर आए तो मैं भयक्रान्त होकर सिसकते हुए उनके चरणों में लोट गई।

"उन्होंने कहा, 'नारी! तुच्छ सांसारिक चमक-दमक की नहीं, दिव्य परम धन की इच्छा करो। जब अंतर की निधि को पा लोगी तो बाह्य पूर्ति सदैव अपने आप होते देखोगी।' फिर उन्होंने कहा, 'मेरा एक आध्यात्मिक पुत्र तुम्हारी व्यवस्था कर देगा।'

"मेरे गुरु के शब्द सत्य तो सिद्ध होने ही थे, एक शिष्य हमारे परिवार के लिए काफी धन दे गया।"

मुझे अपने अद्भुत अनुभव बताने के लिए मैंने माता काशीमणि का धन्यवाद किया। दूसरे दिन मैं फिर उनके घर गया और कई घंटों तक तीनकौड़ी तथा दुकौड़ी लाहिड़ी के साथ ज्ञान-चर्चा का आनंद लेता रहा। भारत के महान योगी के ये दो संतवत् बेटे अपने पिता के आदर्श पदचिह्नों पर चल रहे थे। दोनों ही गौरवर्ण, लम्बे कद के, सुदृढ़ कद-काठी के थे और घनी दाढ़ी रखते थे। दोनों की आवाजें सौम्य थीं, आचार-व्यवहार की दोनों शैली पहले युग की थी।

लाहिड़ी महाशय की पत्नी ही उनकी इकलौती शिष्या नहीं थीं, सैकड़ों अन्य महिलाएँ भी उनकी शिष्याएँ थीं, जिनमें से एक मेरी मां भी थी। एक बार एक शिष्या ने लाहिड़ी महाशय से उनकी एक फोटो माँगी। उन्होंने उसे एक फोटो देते हुए कहा, "तुम इसे यदि अपना रक्षा-कवच मानोगी तो यह रक्षा-कवच ही सिद्ध होगा, नहीं तो यह एक चित्र मात्र ही रहेगा।"

कुछ दिन पश्चात् वही शिष्या लाहिड़ी महाशय की बहू के साथ एक टेबल के पास बैठकर भगवत्गीता का अध्ययन कर रही थी। टेबल के पीछे लाहिड़ी महाशय की वह फोटो टँगी हुई थी। अचानक भयंकर आँधी शुरू हुई और बिजलियाँ कड़कड़ाने लगीं।

"लाहिड़ी महाशय, हमारी रक्षा करो!" दोनों महिलाएँ फोटो के सामने नतमस्तक हो गईं। तभी टेबल पर पड़ी पुस्तक पर बिजली गिरी, उन दोनों को कोई चोट नहीं पहुँची।

"मुझे ऐसा लगा मानो उस तीव्र उष्णता से बचाने के लिए मेरे चारों ओर बर्फ की दीवारें खड़ी कर दी गई थीं," उस शिष्या ने बाद में बताया।

लाहिड़ी महाशय ने अपनी एक शिष्या अभया से संबंधित दो चमत्कार किए थे। एक दिन अभया अपने पति के साथ, जो कोलकाता में वकील थे, गुरु-दर्शन के लिए काशी जाने के लिए घर से चल पड़ी। अत्यंत व्यस्त यातायात के कारण उनकी घोड़ागाड़ी स्टेशन पर देरी से पहुँची। वे लोग जिस समय हावड़ा स्टेशन पर पहुँचे, उस समय काशी जाने वाली ट्रेन चलने के लिए सीटी दे रही थी।

अभया टिकट-घर के पास चुपचाप खड़ी हो गई।

"लाहिड़ी महाशय! मैं आपसे प्रार्थना करती हूँ कि इस गाड़ी को कृपा करके रोकिए," वह मन-ही-मन प्रार्थना कर रही थी, "आपके दर्शन के लिए और एक दिन रुकने की कसक मैं सहन नहीं कर सकती।"

छुक-छुक करती गाड़ी के पहिए गोल-गोल घूमते रहे, पर गाड़ी आगे नहीं बढ़ी। गाड़ी का ड्राइवर और यात्रीगण यह अद्भुत घटना देखने के लिए प्लेटफार्म पर उतर पड़े। रेलवे का एक अंग्रेज गार्ड अभया और उसके पति के पास आया। उसने कहा, "बाबू! पैसा मुझे दीजिए। मैं आपके टिकट लेता हूँ, तब तक आप लोग गाड़ी में चढ़िए।"

वह दंपति जैसे ही गाड़ी में बैठ गए और उनके टिकट उनके हाथ में

आ गए, ट्रेन धीरे-धीरे आगे सरकने लगी। जल्दी-जल्दी में ड्राइवर और यात्रीगण अपनी-अपनी जगह की ओर दौड़ पड़े। उनमें से कोई यह समझ नहीं सका कि गाड़ी अचानक कैसे चल पड़ी और पहली बात तो, वह रुकी ही क्यों थी।

काशी में लाहिड़ी महाशय के घर पहुँचने पर अभया ने लाहिड़ी महाशय के आगे साष्टांग प्रणाम किया और उनके चरण स्पर्श करने का प्रयास करने लगी।

तभी लाहिड़ी महाशय बोल पड़े, "अभया अपने आपको संभालो, मुझे कष्ट देने में तुम्हें कितना आनंद आता है! जैसे कि तुम यहाँ अगली गाड़ी से आ ही नहीं सकती थी!"

अभया एक अन्य स्मरणीय अवसर पर लाहिड़ी महाशय के पास आई थी। इस बार उसे उनकी मध्यस्थता ट्रेन के लिए नहीं, वरन् संतान के लिए चाहिए थी।

"मैं आपसे विनती करती हूँ कि मेरी नौवीं संतान बच जाए," उसने कहा, "मुझे आठ बच्चे हुए और सभी जन्म के शीघ्र ही बाद मर गए।"

लाहिड़ी महाशय सहानुभूतिपूर्वक मुस्कुराए। ''तुम्हारी होने वाली नौवीं संतान जीवित रहेगी। मेरे निर्देशों का अत्यंत सावधानी से पालन करना। यह संतान एक बच्ची होगी और इसका जन्म रात को होगा। इस बात का ध्यान रखना कि तेल का दीया सूर्योदय तक जलता रहे। बीच में सो मत जाना जिससे दीपक को बुझने का अवसर मिल जाए।''

ठीक जैसा कि सर्वज्ञ गुरु ने पहले ही देख लिया था, अभया को बच्ची ही हुई और उसका जन्म रात्रि को ही हुआ। अभया ने अपनी दाई को दीये में तेल डालते रहने के लिए कह रखा था। दोनों महिलाओं ने करीब भोर तक जाग कर अनिवार्य पहरा रखा, परन्तु आखिर में सो गईं। दीये का तेल लगभग समाप्त हो गया था, उसकी ज्योत मंद होकर फड़फड़ा रही थी। तभी कमरे के द्वार की कुण्डी खुल गई और जोर की आवाज के साथ दरवाजा खुल गया। चकित महिलाएँ जाग उठीं। आश्चर्यचकित आँखों ने लाहिड़ी महाशय के प्रतिबिंब को देखा।

''अभया! देखो, दीपक लगभग बुझ ही गया है!'' उन्होंने दीपक की ओर इशारा किया, जिसमें दाई तुरन्त तेल डालने लगी। जैसे ही दीये की लौ तेज

हो गई, लाहिड़ी महाशय अन्तर्धान हो गए। दरवाजा अपने आप बंद हो गया, कुण्डी बिना किसी दृश्यमान साधन के अपने आप लग गई।

अभया की नौवीं संतान बच गई; 1934 में जब मैंने उसके बारे में पूछताछ की, तब भी वह जीवित थी।

लाहिड़ी महाशय के एक शिष्य आदरणीय श्री कालीमार राय ने मुझे गुरु के साथ बिताए अपने जीवन के अनेक रोचक संस्मरण सुनाए थे।

राय ने मुझे बताया, "मैं प्रायः वाराणसी में लाहिड़ी महाशय के घर पर कई बार सप्ताहों तक अतिथि बनकर रहता था। मैं देखा करता था कि अनेक साधु संत, दण्डीस्वामी आदि रात्रि की नीरवता में गुरुदेव के चरणों में बैठने के लिए आते थे। कभी-कभी वे ध्यान की या दार्शनिक तत्वों की चर्चा भी छेड़ देते थे। अरुणोदय के आस-पास वे सब महात्मा गण वहाँ से प्रस्थान करते थे। मैं जब-जब भी वहाँ रहा, तब-तब मैंने देखा कि लाहिड़ी महाशय एक बार भी कदाचित् सोने के लिए नहीं लेटे।

"गुरुदेव के साथ संबंध के प्रारंभिक काल में मुझे अपने मालिक का विरोध सहना पड़ा। मेरे मालिक घोर भौतिकवादी थे।

"'अपने कर्मियों में मुझे कट्टर धर्मांध लोग नहीं चाहिए, वे तिरस्कार के साथ कहा करते थे, 'तुम्हारे पाखंडी गुरु से कभी मेरी भेंट हो गई, तो मैं उसे कुछ ऐसा सुनाऊँगा कि उसे याद रहेगा।"

"इस धमकी का मेरी नियमित दिनचर्या पर कोई असर नहीं पड़ा; मैं प्रतिदिन शाम को अपने गुरु की सेवा में व्यतीत करता। एक शाम मेरे मालिक मेरे पीछे-पीछे आए और धृष्टता से लाहिड़ी महाशय की बैठक में घुस गए। बेशक वे अपने कथनानुसार लाहिड़ी महाशय को कुछ उलटा-सीधा कहने के लिए ही आए थे। जैसे ही वे वहाँ बैठ गए, लाहिड़ी महाशय ने वहाँ उपस्थित लगभग एक दर्जन शिष्यों के दल को संबोधित करना शुरू किया।

"'तुमको सिनेमा देखना है?'

"जब हम सभी ने हाँ में सिर हिलाया, तो उन्होंने बैठक में अंधेरा करने के लिए कहा, 'मंडलाकार में एक के पीछे एक बैठकर अपने हाथ अपने आगे बैठे आदमी की आँखों पर रखो।' उन्होंने कहा।

"मुझे यह देखकर कोई आश्चर्य नहीं हुआ कि मेरे मालिक भी, अनिच्छापूर्वक ही क्यों न हों, लाहिड़ी महाशय के निर्देशों का पालन कर रहे

थे। कुछ क्षण बीतने के बाद लाहिड़ी महाशय ने हमसे पूछा कि हमें क्या दिखाई दे रहा था?

"मैंने उत्तर दिया, 'गुरुवर! एक सुंदर स्त्री दिख रही है। उसने लाल किनारे की साड़ी पहन रखी है। वह समुद्रसोख की बेल के पास खड़ी है।' अन्य सब शिष्यों ने भी यही वर्णन किया। गुरुदेव मेरे मालिक की ओर मुड़े, 'क्या आप उस स्त्री को जानते हैं?'

"'जी, स्पष्ट प्रतीत हो रहा था कि वे उन भावनाओं से जूझ रहे थे, जो उनके स्वभाव के लिए नई थीं, 'घर में साध्वी पत्नी के होते हुए भी मैं मूर्खों की तरह उस पर अपना धन लुटा रहा हूँ। मैं जिस उद्देश्य से यहाँ आया था, उसके लिए बहुत शर्मिंदा हूँ। क्या आप मुझे क्षमा कर शिष्य के रूप में स्वीकार करेंगे?'

"'यदि तुम छह महीनों तक सदाचारपूर्वक जीवन व्यतीत करोगे तो मैं तुम्हें स्वीकार कर लूँगा।' और फिर गुरुदेव ने कहा, 'अन्यथा मुझे तुमको दीक्षा देनी ही पड़ेगी।'

"तीन महीनों तक तो मेरे मालिक ने किसी प्रकार अपने आपको संयत रखा; फिर उसी स्त्री के साथ दोबारा अपने संबंध बना लिए। दो महीने बाद उनका देहांत हो गया। तब उनको दीक्षा देने की अनिश्चितता के बारे में गुरुदेव की गुप्त भविष्यवाणी का अर्थ मेरी समझ में आया।"

सुप्रसिद्ध त्रैलंग स्वामी लाहिड़ी महाशय के मित्र थे, जिनकी आयु तीन सौ वर्ष से अधिक होने की मान्यता थी। दोनों योगी कई बार साथ-साथ ध्यान में बैठते थे। त्रैलंग स्वामी की ख्याति इतनी दूर तक फैली हुई थी कि शायद कोई हिन्दू कभी उनके विस्मयकारी चमत्कारों की किसी कहानी पर संदेह करता।

कई बार देखा गया कि घातक विष को पीने के बाद भी त्रैलंग स्वामी पर उसका कोई असर नहीं हुआ। हजारों लोगों ने, जिनमें से कुछ आज भी जीवित हैं, त्रैलंग स्वामी को गंगा के पानी के ऊपर तिरते देखा है।

कई-कई दिनों तक वे पानी के ऊपर बैठे रहते या बहुत दिनों तक लहरों के नीचे छिपे रहते। भारतीय सूर्य की निर्दयी धूप में मणिकर्णिका घाट के दहकते प्रस्तर-खंडों पर निश्चल अवस्था में त्रैलंग स्वामी की निर्वस्त्र मूर्ति दिखाई देना एक सामान्य-सी बात थी।

इन असाधारण कृतियों से त्रैलंग स्वामी लोगों को यह सिखाना चाहते थे कि मानव-जीवन का ऑक्सीजन या किन्हीं विशेष परिस्थितियों और सावधानियों पर निर्भर रहना आवश्यक नहीं है। चाहे योगिराज पानी के ऊपर रहते हों या पानी के नीचे, चाहे उनका शरीर उग्र सूर्य-किरणों को ललकारता हो या नहीं, उन्होंने यह सिद्ध कर दिया कि वे ईश-चैतन्य के द्वारा जीते थे, मृत्यु उनको स्पर्श नहीं कर सकती थी।

त्रैलंग स्वामी हमेशा पूर्ण निर्वस्त्र रहते थे। वाराणसी की त्रस्त पुलिस उन्हें बौखलाने वाले शरारती बच्चे के समान मानने लगी थी। प्राकृतिक अवस्था में रहना उनके लिए सहज था, ईडेन के गार्डन में रहने वाले प्रथम मानव आदम की भाँति ही उन्हें भी नग्नावस्था का भान नहीं था, परन्तु पुलिस को पूरा भान था और उन्हें पकड़कर जेल में डाल दिया गया। इससे पुलिस ही मुश्किल में पड़ गई, त्रैलंग स्वामी की महाकाय देह शीघ्र ही अपनी संपूर्ण नित-सामान्य अवस्था में जेल की छत पर दिखाई देने लगी। उनकी कोठरी पर ताला लगा ज्यों का त्यों था, वे बाहर कैसे निकले, किसी को भी समझ नहीं आ रहा था।

हतोत्साहित पुलिस अधिकारियों ने एक बार फिर अपना कर्तव्य पूरा किया। इस बार उन्होंने कोठरी के सामने एक सिपाही को भी खड़ा कर दिया। सत्य के सामने शक्ति को फिर एक बार मात खानी पड़ी। महान योगिराज शीघ्र ही अपने निश्चिंत भाव से छत पर टहलते दिखाई दिए।

न्यायदेवी आँखों पर पट्टी बांधे रहती हैं; त्रैलंग स्वामी के मामले में निरुतर हुई पुलिस ने न्यायदेवी का ही अनुसरण करने का फैसला कर लिया।

त्रैलंग स्वामी हमेशा मौन रहते थे। गोल-गोल चेहरा और बड़े पीपे की तरह विशाल पेट होते हुए भी वे कभी-कभी ही खाते थे। कई सप्ताहों तक निराहार रहने के बाद वे हांड़ियाँ भर-भरकर भक्तों द्वारा अर्पित किया गया दही खाकर अपना उपवास तोड़ते। एक बार एक नास्तिक ने त्रैलंग स्वामी को पाखंडी सिद्ध करने का निश्चय किया। उसने दीवारों की सफेदी के लिए इस्तेमाल किया जाने वाला चूना घोलकर एक बाल्टी भर उनके सामने रख दिया।

फिर उसने बड़ी श्रद्धा का ढोंग करते हुए कहा, "महात्मन्! मैं आपके लिए कुछ दही लाया हूँ। कृपया इसे स्वीकार करें।"

त्रैलंग स्वामी ने बिना किसी हिचक के उस जलते हुए चूने के कई लीटर

घोल की आखिरी बूंद तक पी ली। कुछ ही मिनटों में वह कुकर्मी पीड़ा से छटपटाते हुए भूमि पर लौटने लगा।

"बचाइए, स्वामीजी, बचाइए!" वह चीखने लगा, "मेरा शरीर जल रहा है! मेरी कुटिल परीक्षा के लिए क्षमा कर दीजिए!"

महान योगिराज ने अपना मौन भंग किया और कहा, "शैतान," उन्होंने कहा, "तुमने जब यह विष मुझे पीने के लिए दिया तब तुम्हारी समझ में यह नहीं आया कि मेरा जीवन तुम्हारे जीवन के साथ एक है। यदि मुझे यह ज्ञान नहीं होता कि मेरे पेट में ईश्वर उसी तरह विद्यमान है, जिस तरह वह ब्रह्मांड के हर अणु-परमाणु में है, तब तो चूने के घोल ने मुझे मार ही डाला होता। अब तो कर्म का दैवी अर्थ तुम्हारी समझ में आ गया है, इसलिए फिर कभी किसी के साथ कोई चाल चलने की कोशिश मत करना।"

त्रैलंग स्वामी के इन शब्दों के साथ ही वह पापी कष्टमुक्त हो गया और चुपचाप वहाँ से चला गया।

मृतक राम को पुनः जीवन-दान

एक सुहानी सुबह श्रीयुक्तेश्वरजी श्रीरामपुर के अपने आश्रम की बालकनी में बैठकर धर्मग्रन्थ सुन रहे थे। गुरुदेव के कुछ अन्य शिष्यों के अतिरिक्त मैं भी रांची के अपने छात्रों के दल के साथ वहाँ उपस्थित था। वे व्यक्ति के पुनः जीवित होने की बात सुना रहे थे।

श्रीयुक्तेश्वरजी लाजारस के पुनः जी उठने की विलक्षित कथा को आगे पढ़ते गए। जब कहानी समाप्त हुई, तो गुरुदेव लम्बे समय तक मौन रहे, पवित्र पुस्तक उनकी गोद में खुली रखी हुई थी।

"ऐसा ही एक चमत्कार देखने का सौभाग्य मुझे भी प्राप्त हुआ था," मेरे गुरु ने आखिर गहरे भक्तिभाव के साथ कहा, "लाहिड़ी महाशय ने मेरे एक मित्र को मर जाने के बाद पुनः जीवित किया था।"

गुरुदेव ने बताना शुरू किया, "मेरा मित्र राम और मैं कभी एक-दूसरे के बिना नहीं रहते थे। वह स्वभाव से बड़ा शर्मीला और एकांतप्रिय था, इसीलिए हमारे गुरु लाहिड़ी महाशय के पास वह केवल मध्यरात्रि और प्रभात के बीच के समय ही जाना पसंद करता था, जब दिन में आने वाले भक्तों के समान भीड़ नहीं होती थी। घनिष्ठतम मित्र होने के कारण मुझे वह अपने अनेक गहरे आध्यात्मिक अनुभव बताया करता था। उसकी आदर्श संगत में मुझे प्रेरणा मिलती थी।" मेरे गुरु के चेहरे पर पुरानी स्मृतियों के कोमल भाव छा गए।

गुरुदेव आगे कहते गए, "अचानक राम की एक कड़ी परीक्षा ली गई। उसे हैजा हो गया। गंभीर बीमारियों में डॉक्टरों को बुलाने में हमारे गुरु कभी आपत्ति नहीं करते थे, इसीलिए दो विशेषज्ञों को बुला लिया गया। रोगी की सेवा करने की हड़बड़ी के बीच मैं मन-ही-मन गहराई से लाहिड़ी महाशय की

प्रार्थना किए जा रहा था। आखिर जल्दी-जल्दी मैं उनके घर गया और रोते-रोते उन्हें सारी कहानी सुना दी।

"'डॉक्टर राम को देख ही रहे हैं। वह ठीक हो जाएगा।' मेरे गुरुदेव ने प्रसन्नचित से मुस्कराते हुए कहा।

"'मैं खुशी-खुशी अपने मित्र की रुग्ण शय्या के पास लौट आया। देखा तो वह मरणासन्न था।'

"'यह एक-दो घंटे से अधिक नहीं जी सकता,' एक डॉक्टर ने निराशाजनक हाव-भाव के साथ मुझे बताया। फिर से मैं तुरन्त लाहिड़ी महाशय के पास जा पहुँचा।

"'डॉक्टर लोग अपना काम जानते हैं और उन्हें अपनी जिम्मेदारी का पूरा एहसास है। मुझे पक्का विश्वास है कि राम ठीक हो जाएगा।' गुरुदेव ने आनंदपूर्वक मेरी बात काट दी।

"जब मैं घर पहुँचा, तो देखा कि दोनों डॉक्टर वहाँ से चले गए थे। उनमें से एक ने मेरे लिए चिट्ठी छोड़ी थी, 'हम जो कर सकते थे, हमने किया, परन्तु इसके बचने की कोई आशा नहीं है।'

"मेरा मित्र सचमुच आखिरी साँसें लेता प्रतीत हो रहा था। मेरी समझ में नहीं आ रहा था कि लाहिड़ी महाशय के शब्द असत्य कैसे सिद्ध हो सकते थे, परन्तु राम का बुझता जा रहा जीवनदीप बार-बार मेरे मन में यही विचार ला रहा था, 'अब सब कुछ समाप्त हो गया।' इस प्रकार विश्वास और संदेह के बीच डावाँडोल मन से मैं यथाशक्ति अपने मित्र की सेवा करता रहा। अचानक चौकस होकर उसने जोर से कहा, "युक्तेश्वर! दौड़कर गुरुदेव के पास जाओ और उन्हें बता दो कि मैं चला गया। मेरी अंत्येष्टि होने से पहले मेरे शरीर को आशीर्वाद देने के लिए उनसे प्रार्थना करना।' इन शब्दों के साथ ही राम ने गहरा निःश्वास छोड़ा और प्राण त्याग दिए।"

"मैं उसकी शय्या के पास बैठा एक घंटे तक रोता रहा। उसे हमेशा ही शांति प्रिय रही थी, अब उसे मृत्यु की संपूर्ण शांति प्राप्त हो गई थी। इतने में एक अन्य शिष्य वहाँ आ पहुँचा। मैंने उसे अपने लौट आने तक वहीं रुकने के लिए कहा। बेसुध-सा मैं बोझिल कदमों से फिर गुरुदेव के घर की ओर चल पड़ा।

"'अब राम कैसा है?'

"'आपको जल्दी ही पता चल जाएगा वह कैसा है, गुरुदेव!' मैंने भावुकता के आवेग में कह दिया, 'कुछ ही घंटों में उसके शव को शमशान घाट ले जाया जाएगा, तब आप देख ही लेंगे।' मैं फफककर रो पड़ा और वहाँ सबके सामने ही विलाप करने लगा।

"'युक्तेश्वर! अपने आपको संभालो। शांत होकर बैठ जाओ और ध्यान करो।' मेरे गुरुदेव समाधि में चले गए।

"भोर के समय लाहिड़ी महाशय ने मुझ पर सांत्वनापूर्ण दृष्टि डाली। 'मैं देख रहा हूँ कि तुम अभी भी अशांत हो। कल ही तुमने मुझे स्पष्ट क्यों नहीं बता दिया था कि तुम मुझसे राम के लिए ठोस सहायता चाहते हो किसी दवा के रूप में?' गुरुदेव ने एक दीये की ओर संकेत किया, जिसमें अरंडी का तेल था, वे बोले, 'किसी छोटी-सी शीशी में उस दीये का तेल भर लो और राम के मुँह में उसकी सात बूँदें डालो।'

"मैंने प्रतिवादसूचक स्वर में कहा, 'गुरुदेव! वह कल दोपहर से मृत पड़ा है। अब इस तेल से क्या लाभ?'

"'उसकी चिंता मत करो, केवल मैं जो कह रहा हूँ, वह करो।' मेरे गुरुदेव का प्रसन्न भाव मेरी समझ में नहीं आ रहा था; मैं अभी तक शोक की भीषण वेदना से व्यथित था। थोड़ा-सा तेल निकालकर मैं राम के घर की ओर चल पड़ा।

"मेरे मित्र का मृत शरीर सख्त हो गया था। उसकी भयंकर अवस्था की ओर ध्यान न देते हुए मैंने अपने दाहिने हाथ की तर्जनी से उसके होंठ खोले और बाएँ हाथ से शीशी के ढक्कन की सहायता से किसी प्रकार बूँद-बूँद तेल उसके पक्के बैठे दाँतों पर डालने लगा। जैसे ही सातवीं बूँद ने उसके ठंडे होंठों का स्पर्श किया, राम का शरीर जोर से काँपने लगा। सिर से पाँव तक उसकी सारी मांसपेशियाँ काँपती रही और वह आश्चर्य करता हुआ उठ बैठा।

"'मैंने प्रखर प्रकाश में लाहिड़ी महाशय को देखा!' वह चीख पड़ा। 'वे सूर्य की भाँति चमक रहे थे, "उठो, निद्रा त्याग दो," उन्होंने मुझे आदेश दिया, "युक्तेश्वर के साथ मुझसे मिलने आओ।"

"जब मैंने राम को उठकर अपने हाथों से कपड़े पहनते देखा और उसमें मरणांतक बीमारी के बाद भी हमारे गुरु के घर की ओर चलने की शक्ति आ गई, तो मैं अपनी आँखों पर विश्वास न कर सका। वहाँ पहुँचकर राम ने

लाहिड़ी महाशय को साष्टांग प्रणाम किया। उसकी आँखों से कृतज्ञता के आँसू बह रहे थे।

1895 में लाहिड़ी महाशय ने देहत्याग किया। 1945 में उनके देहत्याग के पचास वर्ष पूरे हुए। उसी वर्ष यह पुस्तक पूरी हुई। यह संयोग देखकर मैं आश्चर्यचकित हुए बिना नहीं रह सकता था कि 1945 के वर्ष के साथ ही क्रांतिकारी आणविक शक्तियों का नया युग भी आरंभ हुआ।

लाहिड़ी महाशय के अतीत की कहानी कुछ इस प्रकार रही —

श्री गौरमोहन लाहिड़ी घुरणी को छोड़कर सपरिवार काशी में जा बसे। वहाँ उन्होंने एक शिव मंदिर की स्थापना की। वैदिक धर्म के अनुसार रोज पूजा-पाठ, दानधर्म, शास्त्राध्यन आदि उनके घर में होता था। वे न्याय परायण तथा उदार दृष्टिकोण वाले व्यक्ति थे, आधुनिक विचारधारा की उपयोगिता की वे अवहेलना नहीं करते थे।

बालक लाहिड़ी ने काशी की पाठशालाओं में हिंदी और उर्दू की पढ़ाई की। उन्होंने जयनारायण घोषाल के विद्यालय में संस्कृत, बंगाली, फ्रेंच तथा अंग्रेजी की शिक्षा प्राप्त की। वेदों का वे गहरा अध्ययन करते थे और विद्वान ब्राह्मणों की शास्त्र-चर्चाओं को मन लगाकर सुनते थे। इन विद्वानों में एक महाराष्ट्रीय पंडित श्री नागभट्ट भी थे।

श्यामचरण दयालु, विनम्र और साहसी बच्चा था, जो अपने सभी साथियों में अत्यंत लोकप्रिय था। उसका शरीर सुडौल, स्वस्थ तथा बलिष्ठ था। तैराकी तथा शारीरिक पटुता के अनेक कार्यों में वह निपुण था।

सन् 1846 में श्री देवनारायण सन्याल की सुपुत्री काशीमणि के साथ श्यामाचरण लाहिड़ी का विवाह हुआ। काशीमणि देवी एक आदर्श भारतीय गृहणी थीं, जो अपने गृह-कर्तव्यों का और अतिथि सेवा तथा दरिद्रनारायण सेवा के अपने गृहस्थ धर्म का प्रसन्नतापूर्वक पालन करती थीं। इस विवाह युक्ति से तीनकौड़ी और दुकौड़ी नाम के संतवत् पुत्रों तथा दो पुत्रियों का जन्म हुआ। 1851 में तेईस वर्ष की आयु में लाहिड़ी महाशय ब्रिटिश सरकार के मिलिटरी इंजीनियरिंग विभाग में लेखपाल के पद पर नियुक्त हुए। अपने सेवाकाल में अनेक बार उनकी पदोन्नति हुई। इस प्रकार न केवल ईश्वर की आँखों में ही वे सिद्ध पुरुष थे, बल्कि इस छोटे-से मानवीय नाटक में भी, जिसमें वे साधारण ऑफिस-कर्मचारी की भूमिका अदा कर रहे थे, उन्होंने सफलता प्राप्त की थी।

मिलिटरी इंजिनियरिंग विभाग ने भिन्न-भिन्न समय पर गाजीपुर, मिर्जापुर, नैनीताल, दानापुर तथा वाराणसी में उनका स्थानांतरण किया। पिता की मृत्यु के बाद युवा लाहिड़ी महाशय ने पूरे परिवार का सारा दायित्व अपने ऊपर ले लिया। परिवार के लिए उन्होंने काशी में भीड़-भाड़ से दूर गरुड़ेश्वर मुहल्ले में एक घर खरीद लिया।

लाहिड़ी महाशय के जीवन के तैंतीसवें वर्ष में उस उद्‌देश्य की पूर्ति हुई, जिसके लिए उन्होंने इस धरती पर पुनः जन्म लिया था। हिमालय में रानीखेत के पास उनकी भेंट अपने महान गुरु बाबाजी से हुई और उन्हें क्रिया योग की दीक्षा मिली।

आधुनिक भारत के महावतार बाबाजी

बद्रीनाथ के आसपास के उत्तरी हिमालय पर्वत आज भी लाहिड़ी महाशय के गुरु बाबाजी की सजीव उपस्थिति से पावन हो रहे हैं। जन संसर्ग से दूर निर्जन प्रदेश में रहने वाले ये महागुरु शताब्दियों से, शायद सहस्राब्दियों से अपने स्थूल शरीर में वास कर रहे हैं। मृत्युंजय बाबाजी एक 'अवतार' हैं। इस संस्कृत शब्द का अर्थ है 'नीचे उतरना' यह 'अव' अर्थात् 'नीचे' और 'तृ,' अर्थात् 'तरण' शब्दों से बना है।

"बाबाजी की आध्यात्मिक अवस्था मानवी आकलन शक्ति से हटकर है।"

श्रीयुक्तेश्वरजी ने एक बार मुझे बताया, "मनुष्य की अल्पबुद्धि को उनकी परात्पर अवस्था का ज्ञान कभी नहीं हो सकता। इस अवतार के योगेश्वर्य की केवल कल्पना करने का प्रयास भी व्यर्थ है। वह पूर्णतः कल्पनातीत है।"

प्राचीन भारत में कृष्ण, राम, बुद्ध तथा पतंजलि जैसे अवतार हुए। दक्षिण भारत के एक अवतार अगस्त्य पर विपुल काव्य-साहित्य की रचना हुई है। उन्होंने ईसा के बाद की अनेक शताब्दियों में अनेक चमत्कार किए हैं और उनके विषय में यह मान्यता है कि वे आज भी सशरीर इस संसार में विद्यमान हैं।

भारत में बाबाजी का कार्य रहा है, जिन विशेष कार्यों के लिए अवतार इस जगत में आते हैं, उन कार्यों की पूर्ति में उनकी सहायता करना। इस प्रकार शास्त्रीय वर्गीकरण के अनुसार वे एक महावतार हैं। उन्होंने स्वयं बताया है कि संन्यास आश्रम के पुनरसंगठक एवं अद्वितीय तत्वज्ञानी जगदगुरु आदि शंकराचार्य तथा सुप्रसिद्ध मध्ययुगीन संत कबीर को उन्होंने योग दीक्षा दी

थी। 19वीं शताब्दी के उनके मुख्य शिष्य, जैसा कि हम जानते हैं, लाहिड़ी महाशय थे, जिन्होंने लुप्त क्रिया योग विद्या का पुनरुद्धार किया। बाबाजी के परिवार या जन्मस्थान के विषय में कभी किसी को कुछ पता नहीं चल पाया। इस मामले में इतिहास लेखकों को निराश ही होना पड़ेगा। साधारणतया वे हिंदी में बोलते हैं, परन्तु किसी अन्य भाषा को भी आसानी से बोल लेते हैं। उन्होंने बाबाजी का सीधा-सादा नाम ले लिया है। लाहिड़ी महाशय के शिष्यों ने उन्हें श्रद्धा से जो अन्य नाम दिए हैं, वे हैं महामुनि बाबाजी महाराज, महायोगी तथा त्र्यंबक बाबा या शिव बाबा। एक पूर्ण मुक्त सिद्ध पुरुष का कुल-गौत्र क्या कोई महत्व रखता है?

लाहिड़ी महाशय कहा करते थे, "जब भी कोई श्रद्धा के साथ बाबाजी का नाम लेता है, उसे तत्क्षण आध्यात्मिक आशीर्वाद प्राप्त होता है।"

उन्होंने मुझे एक बार बताया, "अद्वितीय महागुरु अपने शिष्यों के साथ पर्वतों में एक स्थान से दूसरे स्थान पर भ्रमण करते रहते हैं। उनकी छोटी-सी शिष्य-मंडली में दो अत्यंत उन्नत अमेरिकी शिष्य भी हैं। किसी स्थान पर कुछ समय बिताने के बाद बाबाजी कहते हैं, 'डेरा डंडा उठाओ।' वे अपने पास एक डंडा रखते हैं। उनका आदेश अपनी मंडली के साथ तत्क्षण किसी दूसरे स्थान पर पहुँचने का संकेत होता है। वे हमेशा ही एक स्थान से अदृश्य होकर दूसरे स्थान पर प्रकट होने की इस पद्धति का उपयोग नहीं करते। कभी-कभी वे एक शिखर से दूसरे शिखर पर पैदल भी जाते हैं।

"जब बाबाजी की इच्छा होती है, तभी उन्हें कोई देख या पहचान पाता है। उन्होंने विभिन्न भक्तों को किंचित्-से परिवर्तन के साथ भिन्न-भिन्न रूपों में दर्शन दिया है, कभी दाढ़ी-मूँछ के साथ, तो कभी दाढ़ी-मूँछ के बिना। उनकी अक्षय देह के लिए किसी आहार की आवश्यकता नहीं पड़ती, इसीलिए कदाचित् ही कभी वे कुछ खाते हैं। हाँ, शिष्यों को जब वे दर्शन देते हैं, तब लौकिक शिष्टाचार के रूप में कभी-कभी फल या चावल की खीर स्वीकार कर लेते हैं।"

केवलानंदजी बताते गए, "बाबाजी के जीवन की दो विस्मयकारी घटनाएँ मुझे ज्ञात हैं। एक रात उनके शिष्य वैदिक होम के लिए जल रही विशाल अग्नि ज्वालाओं को घेर कर बैठे थे। अचानक महागुरु ने एक जलती लकड़ी

उठा ली और अग्नि के पास ही बैठे एक शिष्य के नंगे कंधे पर उससे हल्का-हल्का सा प्रहार किया।

"यह तो क्रूरता है, गुरुदेव!" वहाँ उपस्थित लाहिड़ी महाशय ने अपना विरोध प्रकट किया।

"अपने गतकर्मों के फलस्वरूप तुम्हारी आँखों के सामने वह पूरा जलकर राख हो जाता, तो क्या वह तुम्हें अच्छा लगता?'

"इन शब्दों के साथ ही बाबाजी ने शिष्य के आहत कंधे पर अपना आरोग्यप्रद वरद्हस्त रखकर दाह से मुक्त कर दिया है। उन्होंने कहा, 'आज रात मैंने तुम्हें पीड़ादायक मृत्यु के हाथों किंचित्-सी पीड़ा का अनुभव कराया जिससे तुम्हारा कर्मभोग मिट गया है।'

"एक अन्य अवसर पर एक अपरिचित व्यक्ति के आगमन से बाबाजी की पवित्र टोली की शांति थोड़ी-सी भंग हो गई। वह व्यक्ति गुरु के डेरे के निकट ही स्थित एक दुर्लघ्य पर्वत शिखर पर विस्मयकारी निपुणता के साथ चढ़ आया था।

'महाराज! अवश्य आप ही महान बाबाजी हैं।' उस आदमी का चेहरा अवर्णनीय श्रद्धा और आदर से दमक रहा था, 'इन दुर्गम पर्वतों में मैं महीनों से आपकी तलाश में भटक रहा हूँ। आपसे इतनी ही प्रार्थना है कि आप मुझे शिष्य रूप में स्वीकार करें।'

"जब महागुरु ने उसकी ओर कोई ध्यान नहीं दिया, तो उस आदमी ने पर्वत शिखर के नीचे पत्थरों से भरी खाई की ओर हाथ दिखाकर कहा, 'आप यदि मुझे स्वीकार नहीं करेंगे, तो मैं इस पर्वत से कूद पड़ूंगा। ईश्वर तक पहुँचने के लिए यदि मैं आपका मार्गदर्शन नहीं पा सकता, तो मेरे जीवित रहने का कोई अर्थ नहीं है।'

"'तो कूद पड़ो,' बाबाजी ने निर्विकार रहते हुए कहा, 'उन्नति की तुम्हारी वर्तमान अवस्था में मैं तुम्हें स्वीकार नहीं कर सकता।'

"उस मनुष्य ने तुरन्त अपने आपको नीचे झोंक दिया। स्तब्ध हुए शिष्यों को बाबाजी ने उसके शरीर को उठा लाने का आदेश दिया। जब शिष्यों ने वह क्षत-विक्षत शव लाकर उनके सामने रख दिया, तो बाबाजी ने उस पर अपना

हाथ रखा। परम आश्चर्य! उस आदमी ने आँखें खोलीं और सर्वशक्तिमान गुरु के चरणों में साष्टांग लोट गया।

'अब तुम शिष्य बनने के अधिकारी हो गए हो।' पुनर्जीवित चेले की ओर देखकर अत्यंत स्नेह से मुस्कराते हुए बाबाजी ने कहा, 'तुमने साहस के साथ इस कठिन परीक्षा में सफलता प्राप्त की है। अब मृत्यु कभी तुम्हारा स्पर्श नहीं करेगी। अब तुम हमारी अमर मंडली में शामिल हो गए हो।' फिर उन्होंने सदा की तरह प्रस्थान का आदेश दिया, 'डेरा डंडा उठाओ।' पूरा दल तत्क्षण उस पर्वत से अदृश्य हो गया।"

हिमालय में महल का सृजन

"लाहिड़ी महाशय की बाबाजी के साथ पहली भेंट एक रोमांचक कहानी है और वह उन कई कहानियों में से केवल एक है, जिनसे उस मृत्युंजय महागुरु की विस्तृत झाँकी मिलती है।"

उस अद्भुत कहानी को शुरू करने से पूर्व स्वामी केवलानंदजी के ये प्रस्तावना शब्द थे। पहली बार उन्होंने जब यह कहानी मुझे बताई थी, तो मैं अक्षरशः मंत्रमुग्ध हो गया था।

लाहिड़ी महाशय ने बताया था, "बाबाजी के साथ मेरी प्रथम भेंट मेरे तैंतीसवें वर्ष में हुई थी। 1861 की शरद ऋतु में मैं दानापुर में सरकार के मिलिटरी इंजीनियरिंग विभाग में एकाउण्टेण्ट के पद पर कार्यरत था। एक दिन सुबह ऑफिस मैनेजर ने मुझे अपने ऑफिस में बुलाया।

"'लाहिड़ी,' उन्होंने कहा, 'अभी-अभी हमारे मुख्यालय से एक तार आया है। आपका स्थानांतरण रानीखेत कर दिया गया है, जहाँ सेना का एक कैम्प स्थापित किया जा रहा है।'

"एक नौकर को साथ लेकर मैं उस 500 मील की यात्रा पर निकल पड़ा। घोड़े और बग्घी से यात्रा करते हुए हम लोग तीस दिन में हिमालय में स्थित रानीखेत पहुँच गए।

"अंततः एक छोटी-सी खुली जगह में मैं पहुँच गया, जिसके दोनों ओर गुफाएँ थीं। वहीं पर बाहर को निकली एक चट्टान पर एक युवक मुस्कराते हुए स्वागतार्थ हाथ फैलाए खड़ा था। यह देखकर मुझे आश्चर्य हुआ कि ताम्रवर्ण केशों को छोड़कर वह दिखने में बिल्कुल मेरे जैसा ही था।

"'लाहिड़ी, तुम आ गए!' उस संत ने हिंदी में मुझसे कहा, 'यहाँ इस गुफा में आराम करो। वह मैं ही था जिसने तुम्हें पुकारा था।'

"मैंने एक छोटी-सी, स्वच्छ गुफा में प्रवेश किया, जिसमें कई ऊनी कंबल और कुछ कमंडल रखे हुए थे।

"'लाहिड़ी तुम्हें वह आसन याद है?' उस योगी ने एक कोने में रखे कंबल की ओर हाथ दिखाया।

"'नहीं, महाराज!' अपनी साहसिक यात्रा की विचित्रता पर मैं कुछ हक्का-बक्का-सा हो रहा था। मैंने आगे कहा, 'अब मुझे अंधेरा होने के पहले निकलना होगा। सुबह कार्यालय में काम है।'

"उस रहस्यमय संत ने अंग्रेजी में उत्तर दिया, 'He office was brought for you, and not you for the office.'(कार्यालय को तुम्हारे लिए लाया गया है, तुम्हें कार्यालय के लिए नहीं)।

"मैं अवाक् रह गया कि यह वनवासी तपस्वी अंग्रेजी भी बोलता है।

"'मैं उस तार की चर्चा कर रहा हूँ, जिसके कारण तुम इस निर्जन प्रदेश में पहुँच गए हो। मैंने ही तुम्हारे वरिष्ठ अधिकारी के मन को गुप्त रूप से यह सुझाव दिया था कि तुम्हारा स्थानांतरण रानीखेत कर दिया जाए। जब कोई मनुष्य मानव मात्र के साथ एकता अनुभव करता है, तब उसके लिए सभी मानव-मन संचार केन्द्र बन जाते हैं और वह उनके माध्यम से अपनी इच्छानुसार कार्य कर सकता है।' फिर उन्होंने कहा, 'लाहिड़ी, निश्चय ही यह गुफा तो तुम्हें सुपरिचित प्रतीत होती होगी?'

"जब मैं चकित होकर चुपचाप खड़ा रहा, तो उस संत ने मेरे पास आकर मेरे माथे पर धीरे-से आघात किया। उनके चुंबकीय स्पर्श से मेरे मस्तिष्क में एक अद्‌भुत प्रवाह बह पड़ा, जिसने मेरे पूर्वजन्म की मधुर स्मृतियाँ जगा दीं।

"'मुझे याद हो आया!' आनंद के आवेग से मेरा कंठ अवरुद्ध-सा हो गया, 'आप मेरे गुरु बाबाजी हैं, जो सदा ही मेरे रहे हैं! अतीत के दृश्य मेरे मन में स्पष्टता के साथ उभर रहे हैं; यहाँ इसी गुफा में मैंने अपने पिछले जन्म के कई साल बिताए थे!' वर्णनातीत स्मृतियों से भावविभोर होकर मैंने अश्रुपात करते हुए अपने गुरुदेव के चरणों का आलिंगन किया।

"'तीन दशकों से भी अधिक समय से मैं तुम्हारे लौट आने की प्रतीक्षा कर रहा हूँ।' स्वर्गीय प्रेम से बाबाजी की वाणी झंकृत हो रही थी।

"'तुम चले गए और मृत्योपरांत जीवन की प्रचण्ड लहरों में खो गए। तुम्हारे कर्मों की जादुई छड़ी ने तुम्हारा स्पर्श किया और तुम चले गए। तुम्हारी

दृष्टि मुझसे हट गई, पर मेरी दृष्टि से तुम कभी ओझल नहीं हुए। उस सूक्ष्म ज्योति-सागर में भी मैं तुम्हारे पीछे था, जहाँ तेजस्वी देवता विचरते हैं। अपने बच्चे की रक्षा करने वाले पक्षी की तरह मैं अंधकार, तूफान, उथल-पुथल और प्रकाश में सतत तुम्हारे पीछे-पीछे चलता रहा। जब तुम मानव गर्भावस्था में थे और जब शिशुरूप में तुमने जन्म लिया, तब भी मेरी दृष्टि लगातार तुम पर लगी हुई थी। जब तुम धुरनी की नदी में अपने नन्हे शरीर को पद्मासन में स्थिर कर बालू से ढँक लेते थे, तब भी अदृश्य रूप से मैं वहाँ उपस्थित रहता था। महीनों पर महीने और वर्षों पर वर्ष इसी शुभ दिन की प्रतीक्षा करता हुआ मैं तुम पर दृष्टि रखता आया हूँ। अब तुम मेरे पास आ गए हो! यह रही तुम्हारी गुफा, जो तुम्हें कभी इतनी प्रिय थी। मैंने तुम्हारे लिए सदा इसे पवित्र रखा है। यह रहा तुम्हारा पवित्र कंबल-आसन, जिस पर बैठकर तुम प्रतिदिन अपने विस्तारित होते हृदय में भगवान को भर लेते थे। यह रहा तुम्हारा कटोरा, जिससे तुम मेरे बनाए हुए अमृत का पान करते थे। देखो इस पीतल के कटोरे को मैंने कैसा चमकाकर रखा है, ताकि किसी दिन फिर से तुम उसका उपयोग कर सको। मेरे अपने पुत्र, क्या अब तुम समझ गए?'

"'मेरे गुरुवर! मेरे पास कहने के लिए और क्या हो सकता है?' गद्गद स्वर में मैं धीरे-से बोला। 'कहीं किसी ने कभी ऐसे अमर प्रेम के बारे में सुना भी है?' मैं अपने शाश्वत धन, जीवन एवं मरण में अपने साथ रहने वाले अपने गुरु की ओर आनंदविभोर होकर लम्बे समय तक देखता रहा।

"'लाहिड़ी, तुम्हारी शुद्धि आवश्यक है। इस कटोरे में रखा तेल पी लो और जाकर नदी तट पर लेटे रहो।' इस बात की स्मृति मन में जागते ही मेरे होंठों पर एक क्षण के लिए मुस्कराहट आ गई कि बाबाजी की व्यावहारिकता सदैव सर्वोपरि रहती थी।

"उनके निर्देशों का मैंने पालन किया। हिमालय की अति ठंडी रात गहरी होनी शुरू हो गई थी, फिर भी मेरे भीतर एक सुखद उष्णता फैल रही थी। मुझे आश्चर्य हुआ। क्या उस अज्ञात तेल में दिव्य उष्णता का कोई गुण था?

"चारों ओर से बर्फीली हवाएँ मुझे थपेड़े मार-मारकर चीखती हुई भयंकर रूप से ललकार रही थीं। पथरीले किनारे पर सीधे लेटे मेरे शरीर से गगास नदी की लहरें बार-बार टकराने लगीं। आस-पास बाघों की गर्जना सुनाई दे रही थी, पर मेरा हृदय भय से पूर्ण मुक्त था। मुझमें उत्पन्न होती जा रही

नवजात शक्ति मुझे अभेद्य सुरक्षा के प्रति आश्वस्त कर रही थी। कई घंटे बड़ी तेजी से बीत गए। गत जन्म की अस्पष्ट यादें अपने गुरु के साथ पुनर्मिलन के मेरे वर्तमान उज्ज्वल विचारों में घुलमिलने लगीं।

"'एकांत में पड़े-पड़े चल रही मेरी विचारधारा किसी के निकट आने की आहट से भंग हो गई। अंधेरे में एक आदमी के हाथ ने मुझे खड़ा होने में सहायता दी और कुछ सूखे वस्त्र दिए।

"'आओ, बन्धु,' उस आदमी ने कहा, 'गुरुदेव तुम्हारी प्रतीक्षा कर रहे हैं।' वह जंगल में मुझे रास्ता दिखाता हुआ मेरे आगे-आगे चलने लगा। जब हम अपने रास्ते के एक मोड़ पर पहुँचे, तब अचानक दूर दिखाई देने वाले एक स्थिर प्रकाश से रात में उजाला हो गया।

"'क्या सूर्योदय हो रहा है?' मैंने पूछा, 'पूरी रात तो अवश्य ही नहीं गुजरी है?'

"'आधी रात का समय है।' मेरा मार्गदर्शक मृदुल हँसी हँसते हुए बोला, 'वहाँ दूर जो प्रकाश दीख रहा है, वह एक स्वर्ण महल की आभा है, जिसका सृजन अद्वितीय महागुरु बाबाजी ने आज रात किया है। सुदूर अतीत में कभी तुमने महल के सौंदर्य का आनंद लेने की इच्छा व्यक्त की थी। हमारे गुरुदेव आज तुम्हारी वह इच्छा पूरी करके तुम्हें अपने कर्मों के अंतिम बंधन से मुक्त कर रहे हैं।' फिर उसने कहा, "वह भव्य महल आज रात तुम्हारी क्रियायोग दीक्षा का साक्षी बनेगा। यहाँ के तुम्हारे सब भाई तुम्हारे वनवास की समाप्ति पर आनंद मनाते हुए तुम्हारा स्वागत कर रहे हैं। देखो!'

"हमारे समक्ष देदीप्यमान स्वर्ण का एक विशाल महल खड़ा था। अगणित रत्न उसमें जड़े थे। कलाकौशलपूर्ण सुंदर उद्यानों के बीच खड़े उस महल का शांत जलाशयों में पड़ता प्रतिबिम्ब अभूतपूर्व दृश्य प्रस्तुत कर रहा था। महल की ऊँची-ऊँची कमानों में अत्यंत सुंदर महीन नक्काशी में अमूल्य हीरे, माणिक, पन्ने और तरह-तरह के रत्न जड़े हुए थे। उज्ज्वल माणिकों की लाल-लाल आभा से देदीप्यमान लगते द्वारों पर देवताओं जैसे दीखने वाले दिव्य कांतिमान पुरुष खड़े किए गए थे।

"साथी के पीछे-पीछे मैं एक प्रशस्त दीवानखाने में पहुँचा। धूप और गुलाबों की सुगंध से वहाँ का वातावरण महक रहा था; मन्द दीपों का रंगबिरंगा प्रकाश फैला था। वहाँ भक्तों की छोटी-छोटी मंडलियाँ बैठी हुई थीं,

जिनमें कुछ भक्त गौरवर्ण थे, तो कुछ श्यामवर्ण। उनमें से कुछ धीरे स्वर में मंत्रोच्चारण कर रहे थे, तो कुछ आंतरिक शांति में मग्न होकर चुपचाप ध्यानस्थ बैठे हुए थे। समस्त वातावरण आनंद से भरा हुआ था।

"यह सब देखकर मेरे मुँह से कुछ आश्चर्योद्‌गार फूट पड़े, जिन्हें सुनकर मेरे साथी ने सहानुभूतिपूर्ण मुस्कराहट के साथ कहा, 'देख लो, अपनी आँखों को तृप्त कर लो; इस महल की कलाकृति की भव्यता का पूरा-पूरा आनंद लो, क्योंकि केवल तुम्हारे सम्मान में ही इसका सृजन किया गया है।'

"मैंने कहा, 'बंधु! इस महल का सौंदर्य मानव-कल्पना से परे है। कृपा करके इसकी उत्पत्ति का रहस्य मुझे बताइए।'

"उसकी काली आँखें ज्ञान के तेज से चमक उठीं। उसने कहा, 'मैं सहर्ष तुम्हें सब कुछ बता दूँगा। इस महल के प्रकटीकरण के बारे में समझ में न आने वाली कोई बात ही नहीं है। सारा ब्रह्मांड विधाता के विचार का मूर्त्त रूप है। अंतरिक्ष में भ्रमण करता पृथ्वी का यह भारी गोला ईश्वर का एक स्वप्नमात्र है। भगवान ने सभी कुछ मात्र अपने मन से निर्मित किया, ठीक उसी प्रकार, जैसे मनुष्य अपने स्वप्न में स्वप्न सृष्टि की रचना करता है और उस सृष्टि में सृष्टजीवों को भी भर देता है।

"'परमेश्वर ने पहले केवल पृथ्वी की कल्पना की। फिर उसने उस कल्पना को गति प्रदान की, जिसके फलस्वरूप अणुशक्ति और फिर पदार्थजगत अस्तित्व में आया। तत्पश्चात् उसने पृथ्वी के अणुओं को एकत्रित किया और ठोस गोला बनाया। इस गोले के सारे अणु ईश्वर की इच्छाशक्ति से ही एकत्रित हुए हैं। जब ईश्वर अपनी इच्छाशक्ति को वापस निकाल लेंगे, तब पृथ्वी के सारे अणु ऊर्जा में रूपांतरित हो जाएँगे। वह आणविक ऊर्जा अपने मूल स्रोत चैतन्य में वापस चली जाएगी। पृथ्वी की कल्पना अपना मूर्त रूप छोड़कर अमूर्त हो जाएगी।

"स्वप्नकर्ता के अवचेतन विचार से ही स्वप्नसृष्टि मूर्त रूप धारण करके रहती है। जागृतावस्था में जब वह एकत्रित पकड़ रखने वाला विचार वापस खींच लिया जाता है, तो स्वप्न और उस स्वप्न के तत्व विलीन हो जाते हैं। मनुष्य आँखें बन्द कर स्वप्न सृष्टि खड़ी कर लेता है, जो जागने पर वह बिना किसी प्रयास के विसर्जित कर देता है। वह मूल ईश्वरीय प्रारूप का ही अनुकरण करता है। इसी प्रकार, जब वह ब्रह्मचैतन्य में जागता है, तो इस

ब्रह्म-स्वप्नसृष्टि के भ्रम को अनायास ही विसर्जित कर देता है।

"'ईश्वर की अनंत सर्वार्थसाधक इच्छाशक्ति के साथ एक होने के कारण बाबाजी मूलभूत अणु-परमाणुओं को एकत्रित करके कोई भी आकार धारण करने की आज्ञा दे सकते हैं। क्षण भर में मूर्त रूप दिया गया यह स्वर्णमहल उतना ही वास्तविक है, जितनी वास्तविक यह पृथ्वी है। बाबाजी ने उसी प्रकार इस महल का सृजन अपने मन से किया है और अपनी इच्छाशक्ति से उसके अणुओं को एकत्रित पकड़कर रखा है, जिस प्रकार ईश्वर के विचार ने पृथ्वी का सृजन किया और उसकी इच्छाशक्ति इसके अस्तित्व को बनाए हुए है।' फिर उसने कहा, 'जब इस महल के निर्माण का उद्देश्य पूरा हो जाएगा, तब बाबाजी उसे विसर्जित कर देंगे।'

"मैं जब विस्मय और आदर से अवाक् रहा, तो मेरे उस साथी ने महल की ओर हाथ दिखाते हुए कहा, 'नाना प्रकार के रत्नों से सजाया हुआ यह जगमगाता महल मानव प्रयासों से निर्मित हुआ है; इसका सोना और जवाहरात परिश्रमपूर्वक खानों से नहीं निकाला गया है। यह विशाल महल मानव के समक्ष विशाल चुनौती के रूप में खड़ा है। जो कोई भी अपने ईश्वर के पुत्र के रूप में पहचान लेगा, जैसे बाबाजी ने अपने को पहचान लिया है, वह अपने अंदर छिपी अनंत शक्तियों के द्वारा कोई भी लक्ष्य प्राप्त कर सकता है। जिस प्रकार सामान्य पत्थर में भी विराट परमाणविक शक्तियाँ हुई हैं, उसी प्रकार क्षुद्रतम मर्त्य मानव भी ईश्वरीय शक्तियों का भंडार है।'

"उस महात्मा ने पास ही रखी एक मेज से एक अत्यंत सुंदर फूलदान उठा लिया, जिसकी मूठ जड़े हीरों से जगमगा रही थी।

'हमारे महान गुरु ने मुक्त विचरण करती कोटि-कोटि ब्रह्मांड-रश्मियों को घनीभूत कर इस महल का सृजन किया है,' वह कहता गया, 'इस फूलदान को और इन हीरों को स्पर्श करके देखो, वे इंद्रियानुभूति की हर कसौटी पर खरे उतरेंगे।'

"मैंने फूलदान का परीक्षण किया; उसके हीरे किसी महाराजा के विशेष संग्रह में रहने योग्य थे। चमकते हुए स्वर्ण से निर्गित मोटी-मोटी दीवारों पर भी मैंने हाथ फेरा। मेरे मन में गहरी तृप्ति छा गई। साथ ही ऐसा लगा कि मेरे पूर्वजन्मों से मेरे अवचेतन में छिप कर बैठी एक इच्छा तृप्त होकर समाप्त हो गई।

“वह तेजस्वी पुरुष मुझे सुसज्जित कमानों और दलानों में से ले जाता हुआ अनेक कमरों में ले गया, जो किसी सम्राट के महल के कमरों के समान साज-सामान से भरे हुए थे। फिर हमने एक अत्यंत विशाल हॉल में प्रवेश किया। उस हॉल के मध्य में एक स्वर्ण-सिंहासन रखा हुआ था, जिसमें जड़े हुए रत्न रंग-बिरंगी छटाएँ फेंक रहे थे। उस सिंहासन पर पद्मासन में बैठे थे महानतम बाबाजी। मैंने उनके सामने चमकती फर्श पर सिर लगाकर उन्हें प्रणाम किया।

“‘लाहिड़ी! क्या स्वर्ण-महल की अपनी स्वप्न-आकांक्षाओं की पूर्ति में अभी तुम्हें आनंद आ रहा है?’ मेरे गुरु की आँखें उनके ही द्वारा सृष्ट रत्नों की भाँति चमक रही थीं। ‘जागो! तुम्हारी सारी ऐहिक तृष्णाएँ अब सदा-सदा के लिए तृप्त होने वाली हैं।’ उन्होंने आशीर्वादस्वरूप कुछ गूढ़ मंत्रों का धीमे स्वर में उच्चारण किया, ‘मेरे पुत्र, उठो। क्रिया योग की दीक्षा ग्रहण कर ईश्वर के राज्य में प्रवेश करो।’

“बाबाजी ने अपना हाथ उठाया। धधकती अग्नि ज्वालाओं से युक्त एक यज्ञ कुंड तत्क्षण वहाँ प्रकट हुआ। हवन के चारों ओर फल-फूल सजे हुए थे। इस अग्नि-वेदी के समक्ष मुझे मुक्तिदायक क्रिया योग की दीक्षा मिली।

“सुबह होते-होते सारे विधि-संस्कार संपन्न हो गए। परमानंद की उस अवस्था में मुझे निद्रा की कोई आवश्यकता प्रतीत नहीं हुई। दीक्षा के बाद मैं महल की अमूल्य वस्तुओं और उत्कृष्टतम कलाकृतियों से सुसज्जित कमरों में भटकता हुआ उद्यानों में गया। वहाँ आसपास वही गुफाएँ और पर्वत-शिलाएँ मुझे दिखाई दीं जो मैंने कल देखी थीं, परन्तु कल वे किसी महल या पुष्पोद्यान के समीप तो नहीं लगी थीं!

“हिमालय के सुहाने सूर्यप्रकाश में वह महल अब कल्पनातीत आभा के साथ चमक रहा था। मैं महल में वापस जाकर अपने गुरु के सामने खड़ा हो गया। वे अभी सिंहासन पर विराजमान थे और उनके इर्द-गिर्द अनेक शिष्य चुपचाप बैठे हुए थे।

“‘लाहिड़ी, तुम्हें भूख लगी है,’ बाबाजी ने फिर कहा, ‘अपनी आँखें बन्द करो।’

“जब मैंने पुनः आँखें खोलीं, तो अपने उद्यानों सहित वह मंत्रमुग्ध कर देने वाला महल अदृश्य हो गया था। मैं, बाबाजी और उनके सभी शिष्य अब

केवल भूमि पर, ठीक उसी स्थान पर बैठे हुए थे, जहाँ थोड़ी देर पहले तक वह अद्भुत महल खड़ा था। यह स्थान सूर्यप्रकाश में स्पष्ट दिखती गुफाओं के प्रवेश-द्वारों से दूर नहीं था। मुझे याद आया कि मेरे उस पथ प्रदर्शक ने मुझे बताया था कि महल विसर्जित कर दिया जाएगा, उसमें पकड़कर रखे हुए सब अणु-परमाणुओं को मुक्त कर उनके मूल विचार स्वरूपों में विलीन कर दिया जाएगा, जहाँ से वे आए थे। मैं स्तंभित हो गया था, फिर भी मैंने पूर्ण विश्वास के साथ अपने गुरु की ओर देखा। चमत्कारों से भरे इस दिन आगे क्या होने वाला है, मालूम नहीं था।

"'महल का जिस उद्देश्य के लिए सृजन किया गया था, वह पूरा हो चुका है,' बाबाजी ने स्पष्ट किया। उन्होंने भूमि से एक हाँडी उठाई।

"'इस पर अपना हाथ रखो और जो भी तुम्हारी खाने की इच्छा होगी, वह इसमें से निकाल लो।'

"मैंने उस चौड़ी, खाली हाँडी का स्पर्श किया। घी में तली गरम-गरम पूरियाँ, रसेदार भाजी और मिठाइयाँ उसमें प्रकट हो गईं। जैसे-जैसे मैं खाता जा रहा था, मैंने देखा कि हाँडी सदा वैसी-की-वैसी भरी रहती थी। जब भोजन पूरा हो गया, तो मैं पानी के लिए इधर-उधर देखने लगा। मेरे गुरु ने मेरे सामने रखी हाँडी की ओर इशारा किया। सारे खाद्य पदार्थ उसमें से गायब हो गए थे और उनके स्थान पर अब शुद्ध, निर्मल जल उसमें दिखाई दे रहा था।

"'बहुत ही थोड़े मर्त्य मानवों को यह ज्ञात है कि ईश्वर के राज्य में ऐहिक परिपूर्तियाँ भी सम्मिलित हैं,' बाबाजी ने कहा, 'दैवी जगत की सत्ता इहलोक में भी चलती है, परन्तु इहलोक का स्वरूप ही भ्रमात्मक होने के कारण उसमें सत्य के दैवी तत्व का अभाव है।'

"'परमप्रिय गुरुदेव! गत रात्रि को आपने मेरे लिए पृथ्वी पर स्वर्ग के सौंदर्य को प्रकट किया!' अदृश्य हुए महल की स्मृति में मैं मुस्कराने लगा; निश्चय ही किसी साधारण योगी ने ब्रह्म के श्रद्धास्पद गूढ़ तत्वों की खोज का आरंभ इतनी विलास-ऐश्वर्यपूर्ण परिस्थितियों में नहीं किया होगा। अब उसके पूर्णतः विपरीत दिखने वाले दृश्य को मैं शांत दृष्टि से निहारने लगा। नीचे सूखी, सख्त भूमि, ऊपर आकाश की छत, सामने आदिकालीन स्तर का आसरा प्रदान करती गुफाएँ, सब कुछ मेरे चारों ओर बैठे दिव्य संतों के योग्य रमणीय नैसर्गिक परिस्थितिगत लग रहा था।

"उस दिन दोपहर को मैं पिछले जन्म की दैवी उपलब्धियों से पुनीत हुए अपने कंबल पर बैठा। मेरे ईश्वरतुल्य गुरु मेरे पास आए और उन्होंने मेरे सिर पर हाथ फेरा। मैं निर्विकल्प समाधि में पहुँच गया और सात दिन तक उसी परमानंद की अखंड अवस्था में रहा। आत्मज्ञान के एक के बाद एक आने वाले स्तरों को पार करते हुए मैंने अंतिम, अक्षय सत्य की अनुभूति कर ली। माया के सभी बंधन टूट कर गिर गए और मेरी आत्मा परमात्मा की वेदी पर पूर्ण रूप से प्रतिष्ठापित हो गई।

"आठवें दिन मैं अपने गुरु के चरणों में लोट गया और मुझे इस पवित्र वन में सदा अपने पास ही रखने का उनसे अनुरोध करने लगा।

"बाबाजी ने मुझे अपने आलिंगन पाश में बाँधते हुए कहा, 'मेरे पुत्र! इस जन्म में तुम्हें जनसाधारण की आँखों के सामने ही अपनी भूमिका निभानी है। इस जन्म से अनेक जन्मों में निर्जन प्रदेशों में तपस्या कर तुम धन्य हो चुके हो, अब तुम्हें मनुष्यों के संसार में जाकर उनसे मिल जाना होगा।'

"'इस तथ्य के पीछे एक गहन उद्देश्य था कि इस जन्म में तुम विवाह कर गृहस्थ बनने और परिवार एवं पारिवारिक उत्तरदायित्वों से घिर जाने से पहले मुझसे नहीं मिले। हिमालय में हमारी इस गुप्त मंडली में शामिल होने का विचार तुम्हें त्यागना ही पड़ेगा। तुम्हारा आदर्श गृहस्थ-योगी का उदाहरण बनकर शहरों की भीड़भाड़ के बीच रहने के लिए है।

"वे आगे बोलते गए, 'व्याकुल नर-नारियों का आर्तनाद महापुरुषों के कानों से टकराकर अनसुना नहीं हो गया। तुम्हें सच्चे जिज्ञासुओं को क्रिया योग के माध्यम से आध्यात्मिक दिलासा देने के लिए चुना गया है। पारिवारिक बंधनों और भारी सांसारिक कर्तव्यों से दबे लक्ष-लक्ष लोगों और उनके समान ही गृहस्थ-जीवन व्यतीत करने वालों को तुमसे नई हिम्मत मिलेगी। यह समझने में तुम्हें उनकी सहायता करनी होगी कि उच्चतम यौगिक उपलब्धियाँ गृहस्थों के लिए दुष्प्राप्य नहीं है। संसार में रहकर भी जो योगी व्यक्तिगत स्वार्थ और आसक्तियों को त्याग कर पूर्ण निष्ठा के साथ अपने कर्तव्यों का निर्वाह करता है, वह ब्रह्मज्ञान प्राप्ति के सुनिश्चित मार्ग पर ही चल रहा होता है।

"'तुम्हारे लिए संसार को त्यागने की कोई आवश्यकता नहीं है, क्योंकि आंतरिक स्तर पर तुमने पहले ही इसके प्रत्येक कर्म-बंधन को तोड़ दिया है। इस संसार के न होते हुए भी तुम्हें उसी में रहना है। अभी कई वर्षों तक तुम्हें

पूर्ण अंतःकरणपूर्वक अपने पारिवारिक, व्यावसायिक, नागरिक और आध्यात्मिक कर्तव्यों को पूरा करना है। संसारी मनुष्यों के रुक्ष हृदयों में एक नई मधुर दिव्य आशा का संचार करना है। तुम्हारे संतुलित जीवन से यह बात उनकी समझ में आ जाएगी कि मुक्ति बाह्य त्याग पर नहीं, बल्कि आंतरिक वैराग्य पर निर्भर करती है।'

"मैं जब हिमालय के उच्च निर्जन प्रदेश में अपने गुरु की बातें सुन रहा था, तब मेरा परिवार, ऑफिस, संसार कितना सुदूर लग रहा था! फिर भी उनके शब्दों में वज्रसत्य तो था ही; अतः विवश होकर मुझे शांति के उस स्वर्ग को छोड़कर जाने की बात माननी ही पड़ी। गुरु से शिष्य को योगविद्या दिए जाने के संबंध में बाबाजी ने मुझे प्राचीन कठोर नियमों का ज्ञान कराया।

"उन्होंने कहा, 'केवल योग्य शिष्यों को ही क्रिया की यह कुंजी देना। ध्यान के विज्ञान द्वारा जीवन के अंतिम रहस्यों का पता लगाने के लिए केवल वही योग्य है, जो ईश्वर की खोज में अन्य सब कुछ त्याग देने का संकल्प करता है।'

"'दयामय गुरुदेव! विलुप्त हुई क्रिया योग विद्या का पुनरुद्धार कर आपने पहले ही मानवजाति पर इतनी बड़ी कृपा की है। अब शिष्यत्व की कठोर आवश्यकताओं को शिथिल करके क्या और थोड़ी कृपा नहीं करेंगे?' मैं अनुनयपूर्वक बाबाजी की ओर देखता रहा। 'मेरी आपसे प्रार्थना है कि आप मुझे सभी सच्चे जिज्ञासुओं को क्रिया योग सिखाने की अनुमति प्रदान करें, भले ही वे प्रारंभ में पूर्ण आंतरिक वैराग्य की प्रतिज्ञा न कर पाएँ। संसार के त्रिविध तापों से त्रस्त नर-नारियों को विशेष प्रोत्साहन देने की आवश्यकता है। यदि क्रिया दीक्षा से उन्हें वंचित रखा जाए, तो शायद वे कभी मुक्ति के मार्ग पर चलने का प्रयास ही न करें।'

"'तथास्तु! तुम्हारे माध्यम से ईश्वरीय इच्छा प्रकट हुई है। जो भी विनम्रता के साथ तुमसे सहायता की याचना करे, उन सबको क्रिया दे दो,' करुणामय गुरुदेव ने कहा।

"'थोड़ी देर मौन रहकर बाबाजी ने कहा, 'अपने प्रत्येक शिष्य को भगवद्‌गीता का वह अमर वचन अवश्य बताना, "स्वल्पमप्यस्य धर्मस्य त्रायते महतो भयात्।'" (इस धर्म का थोड़ा-सा भी साधन जन्म-मृत्यु के चक्र में निहित महान भय से तुम्हारी रक्षा करेगा।)

"दूसरे दिन प्रातः काल जब मैं विदा लेने के लिए गुरुदेव के चरणों में प्रणाम कर रहा था, तब उन्हें छोड़कर जाने में मेरी गहरी अनिच्छा को उन्होंने भाँप लिया।

"'हम लोगों के लिए कोई वियोग नहीं है, प्रिय वत्स!' उन्होंने प्रेम से मेरे कन्धे का स्पर्श किया। 'तुम जहाँ कहीं भी रहोगे, जब भी मुझे बुलाओगे, तब मैं तत्क्षण तुम्हारे सामने प्रकट हो जाऊँगा।'

"उनके इस अमूल्य वरदान से आश्वस्त होकर और ब्रह्मज्ञान के नवप्राप्त स्वर्ण से समृद्ध होकर मैं पर्वत से नीचे उतरने लगा। ऑफिस में मेरे सहयोगियों ने मेरा स्वागत किया; दस दिन तक वे सोच रहे थे कि मैं हिमालय के जंगलों में खो गया था। इसके शीघ्र बाद ही मुख्यालय से एक पत्र आया।

"उस पत्र में लिखा था, 'लाहिड़ी को दानापुर कार्यालय में वापस लौट जाना चाहिए। उनका रानीखेत स्थानांतरण गलती से हुआ है। रानीखेत में किसी दूसरे आदमी को भेजा जाना चाहिए था।'

"भारत के इस दूरतम स्थान में मुझे पहुँचा देने वाली घटनाओं के पीछे छिपे गुप्त प्रवाहों का विचार कर मैं मुस्कराया।

"दानापुर वापस लौटने के पहले मैं मुरादाबाद के एक बंगाली परिवार के घर में कुछ दिन रहा। वहाँ छह मित्र मुझसे मिलने आए। जब मैंने चर्चा का रुख आध्यात्मिक विषयों की ओर मोड़ दिया, तो जिसके घर में मैं ठहरा था, उस व्यक्ति ने उदास स्वर में कहा, 'ओह! आजकल भारत संतों में विहीन हो गया है!'

"मैंने जोर से उसका विरोध किया, 'बाबू! अभी भी इस भूमि में महान संत विद्यमान हैं!'

"आध्यात्मिक उत्साह के कारण हिमालय के अपने चमत्कारपूर्ण अनुभवों का वर्णन करने की उत्कट प्रेरणा मेरे मन में जाग गई। मित्र मंडली ने विनम्रतापूर्वक अविश्वास व्यक्त किया।

"उनमें से एक ने सांत्वना के स्वर में कहा, 'लाहिड़ी! पर्वतों की विरल हवा में तुम्हारे मस्तिष्क पर दबाव पड़ा है। तुमने अभी जो बताया है, वह कोई दिवास्वप्न है।'

"सच्चाई के जोश में मैंने बिना सोचे समझे बोल दिया, 'यदि मैं अपने गुरु को पुकारूँ, तो वे अभी इसी घर में प्रकट हो जाएँगे।'

"सबकी आँखें कौतूहल से चमक उठीं। इसमें कोई आश्चर्य नहीं था कि वे सब ऐसी किसी घटना को देखने के लिए उत्सुक थे। कुछ अनिच्छापूर्वक ही मैंने एक शांत कमरे और दो नए ऊनी कंबलों की व्यवस्था करने के लिए कहा।

"'गुरुदेव हवा में से यहाँ प्रकट होंगे,' मैंने कहा, 'द्वार के बाहर शांत बैठे रहो; मैं जल्दी ही आप लोगों को बुला लूँगा।'

"ध्यानावस्था में डूबकर मैं विनम्रतापूर्व गुरुदेव का आवाहन करने लगा। अंधेरे कमरे में मंद शांतिदायक प्रकाश भर गया; बाबाजी की तेजस्वी ज्योतिर्मय मूर्ति प्रकट हो गई।

"'लाहिड़ी! क्या तुम मुझे ऐसी व्यर्थ की बातों के लिए बुलाते हो?' गुरुदेव की दृष्टि कठोर थी। 'सत्य सच्चे साधकों के लिए है, व्यर्थ कौतूहल वालों के लिए नहीं। देखने के बाद विश्वास करना तो आसान है, उसमें फिर किसी आत्मशोध की आवश्यकता नहीं रहती। इंद्रियातीत सत्य की खोज केवल वही लोग कर पाते हैं, जो अपनी स्वाभाविक संसारजन्य शंका-कुशंकाओं से ऊपर उठते हैं और केवल वही इसके अधिकारी भी हैं।' फिर उन्होंने गंभीर होकर कहा, 'मुझे जाने दो!'

"मैं अनुनय-विनय करता हुआ उनके चरणों में गिर पड़ा। 'पूज्य गुरुदेव! अपनी गहरी भूल मेरी समझ में आ गई है; मैं उसके लिए आपसे क्षमा माँगता हूँ। इन आध्यात्मिक दृष्टि से अंधे लोगों के हृदय में विश्वास जगाने के लिए ही मैंने आपको बुलाने का साहस किया। अब जब आप मेरी प्रार्थना पर कृपा कर यहाँ पधारे ही हैं, तो कृपया मेरे मित्रों को आशीर्वाद दिए बिना चले मत जाइए। वे अविश्वासी भले ही हों, परन्तु कम-से-कम मेरे अद्भुत कथन की जाँच करने के लिए तो तैयार हैं।'

"'ठीक है, मैं थोड़ी देर रुक जाता हूँ। मैं नहीं चाहता कि तुम्हारे मित्रों के सामने तुम्हारी बात मिथ्या सिद्ध हो।' बाबाजी का चेहरा अब नरम पड़ गया था, परन्तु उन्होंने सौम्य स्वर में आगे कहा, 'इसके बाद, मेरे पुत्र, मैं तभी आऊँगा, जब तुम्हें मेरी आवश्यकता होगी; जब-जब तुम बुलाओगे तब-तब सदैव ही नहीं आऊँगा।'

"जब मैंने दरवाजा खोला, तब बाहर बैठी छोटी-सी मंडली में तनावपूर्ण सन्नाटा छाया हुआ था। मेरे मित्र कंबल के आसन पर विराजमान ज्योतिर्मय

मूर्ति की ओर ऐसे देख रहे थे, मानो उन्हें अपनी आँखों पर विश्वास नहीं हो रहा हो।

"'यह सामूहिक सम्मोहन है!' एक व्यक्ति उद्धत भाव से हँसा, 'हमें पता चले बिना कोई भी इस कमरे में नहीं जा सकता था!'

"बाबाजी मुस्कराते हुए आगे बढ़े और उनमें से प्रत्येक को आकर अपने उष्ण, ठोस शरीर का स्पर्श करके देखने के लिए उन्होंने संकेत किया। सारे संदेह मिट गए; मेरे मित्रों ने पश्चात्ताप विदग्ध श्रद्धा और आदर के साथ उनके चरणों में साष्टांग प्रणाम किया।

"'हलवा बनाया जाए,' बाबाजी ने कहा। मैं समझ गया कि उन लोगों को अपने स्थूल शरीर की वास्तविकता का और अधिक विश्वास दिलाने के लिए ही बाबाजी ने वह आदेश दिया था। जब तक हलवा तैयार हो रहा था, महागुरु विनम्रता के साथ बातें करते रहे। उन संशयात्माओं का दृढ़ भक्तों में रूपांतरण देखते ही बनता था। हलवा खाने के बाद बाबाजी ने हम सबको एक-एक कर आशीर्वाद दिया। अचानक प्रकाश कौंधा; हम सबने बाबाजी के शरीर के विद्युत तत्वों को पल भर में रसायन-विकर्षित होकर फैलते जाते बाष्पमय प्रकाश में परिवर्तित होते देखा। महागुरु की ईश्वर के साथ एकरूप हुई इच्छाशक्ति ने उनके शरीर के रूप में एकत्रित पकड़ रखे आकाशतत्व के अणुओं पर अपनी पकड़ ढीली कर दी और उसी के साथ कोटयवधि प्राणकणिकाओं के स्फुल्लिंग अनंत ब्रह्म सागर में विलीन हो गए।

"'स्वयं अपनी आँखों से आज मैंने मृत्यु पर विजय पाने वाले को देख लिया।' उस मंडली में से एक व्यक्ति ने अत्यंत श्रद्धा के साथ कहा। नवजागृति के आनंद से उनका चेहरा ही बदल गया था। 'परम गुरु देश और काल के साथ ऐसा खिलवाड़ कर गए, जैसे कोई बच्चा पानी के बुलबुलों के साथ खेलता है। मैंने ऐसे पुरुष का दर्शन कर लिया, जिनके हाथ में स्वर्ग और पृथ्वी की कुंजियाँ हैं।'

लाहिड़ी महाशय ने अन्त में कहा था, 'इसके बाद शीघ्र ही मैं दानापुर चला गया। परमतत्व में दृढ़ता के साथ स्थिर होकर मैंने पुनः गृहस्थ के बहुविध पारिवारिक एवं व्यावसायिक दायित्वों को स्वीकार कर लिया।'

लाहिड़ी महाशय ने स्वामी केवलानंदजी और स्वामी श्रीयुक्तेश्वरजी को बाबाजी के साथ अपनी एक और भेंट की कहानी बताई थी। वह अवसर उन

अनेक अवसरों में से एक था, जब परम गुरु ने अपना वचन निभाया था कि "मैं तभी आऊँगा, जब तुम्हें मेरी आवश्यकता होगी।"

"घटना-स्थल था इलाहाबाद का एक कुंभ मेला," लाहिड़ी महाशय ने अपने शिष्यों को बताया था। ऑफिस की थोड़े दिनों की छुट्टियों में मैं वहाँ गया था। कुंभ मेले में सम्मिलित होने के लिए दूर-दूर से आए साधु-संन्यासियों के बीच मैं घूम रहा था, तभी मेरी दृष्टि भस्म रमाए, हाथ में भिक्षापात्र लिए एक साधु पर पड़ी। तुरन्त ही मेरे मन में विचार उठा कि वह साधु पाखंडी है, जिसने वैराग्य के बाह्य चिह्न तो धारण कर रखे हैं, पर अंतर में उन चिह्नों से संबंधित चारूता नहीं है।

"इस साधु से आगे बढ़ा ही था कि मेरी विस्मित दृष्टि बाबाजी पर पड़ी। वे एक जटाधारी संन्यासी के आगे नतमस्तक थे।

"'मैं इस संन्यासी का पद-प्रक्षालन कर रहा हूँ और इसके बाद से इनके खाने पकाने के बर्तन मांजूँगा।' बाबाजी मेरी ओर देखकर किसी नन्हे शिशु की तरह मुस्कराए; मैं समझ गया कि वे मुझे सूचित कर रहे थे कि मैं कभी किसी की आलोचना न करूँ, बल्कि सभी देह-मंदिरों में समान रूप से वास करने वाले ईश्वर को देखूँ, वह देह मंदिर चाहे उच्च व्यक्ति का हो या नीच व्यक्ति का।

"तत्पश्चात् परम गुरु ने कहा, 'ज्ञानी-अज्ञानी साधुओं की सेवा करके मैं उस सबसे बड़े सद्गुण को सीख रहा हूँ, जो ईश्वर को अन्य सभी सद्गुणों से अधिक प्रिय है, विनम्रता।'"

लाहिड़ी महाशय का अवतार सदृश जीवन

बाबाजी और लाहिड़ी महाशय के बीच का संबंध कालातीत था। मृत्युंजय गुरु बेहद वात्सल्य के साथ अपने शिष्य के दो जन्मों के बीच के अथाह सागर को पार कर बालक लाहिड़ी और फिर युवा लाहिड़ी द्वारा उठाए गए कदमों का मार्गदर्शन करते रहे। शिष्य के जीवन के तैंतीसवें वर्ष में पदार्पण करने से पहले बाबाजी ने प्रकट रूप से पुनः उस संबंध को स्थापित करना उपयुक्त नहीं समझा, जो कभी टूटा ही नहीं था।

रानीखेत के निकट अल्प समय के मिलन के बाद निःस्वार्थी गुरु ने अपने प्रिय शिष्य को अपने पास नहीं रखा, बल्कि लाहिड़ी महाशय को जगत में अपना जीवन कार्य पूरा करने के लिए छोड़ दिया, "मेरे पुत्र! जब भी तुम्हें मेरी आवश्यकता होगी, मैं आ जाऊँगा।" कौन-सा मर्त्य प्रेमी इस प्रकार के वचन में निहित अनंत तथ्यों की पूर्ति कर सकता है?

काशी के एक एकाकी कोने में सन् 1861 एक महान आध्यात्मिक पुनरुत्थान का श्रीगणेश हुआ। साधारण लोक समाज इससे पूर्णतः अनभिज्ञ था। जिस प्रकार फूलों की सुगंध को छिपा कर नहीं रखा जा सकता, उसी प्रकार आदर्श गृहस्थ का जीवन चुपचाप व्यतीत करते लाहिड़ी महाशय अपने वास्तविक तेज को छिपाकर नहीं रख सके। भारत के कोने-कोने से भक्त-भ्रमर इस जीवनमुक्त सद्गुरु से सुधापान करने के लिए मँड़राने लगे।

लाहिड़ी महाशय को प्रेम से 'आनंदमग्न बाबू' कहने वाले अंग्रेज ऑफिस सुपरिंटेन्डेन्ट के ध्यान में सबसे पहले यह बात आई कि उनके कर्मचारी में कोई अज्ञात श्रेष्ठ परिवर्तन आ रहा है।

"सर आप दुःखी लगते हैं क्या बात है?" एक दिन सुबह लाहिड़ी महाशय ने अपने सुपरिंटेन्डेन्ट से पूछा।

"इंग्लैण्ड में मेरी पत्नी गंभीर रूप से बीमार है। मुझे बहुत चिंता हो रही है।"

"मैं आपको कुछ समाचार ला देता हूँ।" लाहिड़ी महाशय वहाँ से चले गए और एकांत स्थान में जाकर कुछ देर बैठे रहे। जब वापस आए तो धीरज देने के अंदाज में मुस्करा रहे थे।

"आपकी पत्नी की हालत सुधर रही है; अभी वे आपको पत्र लिख रही हैं।" सर्वज्ञ योगीवर ने पत्र के कुछ अंश भी सुना दिए।

"आनंदमग्न बाबू! इतना तो मैं पहले ही जान गया हूँ कि आप साधारण मनुष्य नहीं हैं। फिर भी मुझे विश्वास नहीं हो पा रहा है कि आप अपनी इच्छा मात्र से ही देश और काल की सीमाओं को मिटा सकते हैं।"

अन्ततः वह पत्र आ पहुँचा। देखकर सुपरिंटेन्डेन्ट चकित रह गया कि पत्र में न केवल उसकी पत्नी के अच्छी होने का शुभ समाचार था, बल्कि उन्हीं शब्दों में वह वाक्य भी थे, जो महान गुरु ने कई सप्ताह पूर्व कह सुनाए थे।

कुछ महीनों बाद पत्नी भी भारत आ गई। जब लाहिड़ी महाशय से मुलाकात हुई, तो वह श्रद्धा और आदर के साथ उन्हें देखती ही रहीं। फिर बोलीं, "सर, महीनों पहले लंदन में अपनी रुग्णशय्या के पास प्रकाश में मैंने आपको ही देखा था। उसी क्षण मैं पूर्ण स्वस्थ हो गई! और थोड़े ही दिन बाद भारत की लम्बी समुद्र-यात्रा करने में समर्थ हो गई।"

प्रति दिन महान गुरु एक-दो साधकों को क्रिया योग की दीक्षा देते थे। अपने इन आध्यात्मिक कर्तव्यों एवं व्यावसायिक तथा पारिवारिक जीवन के उत्तरदायित्वों के अलावा वे शिक्षा के क्षेत्र में भी सोत्साह हिस्सा लेते थे। उन्होंने कई घरों में छोटी-छोटी पाठशालाएँ शुरू करवा दी थीं और काशी के बंगाली टोला मुहल्ले में एक बड़े हाईस्कूल के विकास में सक्रिय योगदान दिया था। साप्ताहिक सभाओं में, जो बाद में 'गीता-सभा' के नाम से प्रतिष्ठित हुई, महान गुरु अनेक जिज्ञासुओं को शास्त्रों का अर्थ समझाते थे।

इन बहुमुखी गतिविधियों द्वारा लाहिड़ी महाशय उस सामान्य प्रतिवाद का उत्तर देने की चेष्टा कर रहे थे, "व्यावसायिक और सामाजिक कर्तव्यों को निभाते-निभाते ध्यान-धारणा का समय ही कहाँ बचता है?" इस महान गृहस्थ-योगी गुरु का पूर्ण संतुलित जीवन हजारों नर-नारियों के लिए प्रेरणा का स्रोत बना। केवल साधारण-सा वेतन पाते हुए भी, किफायती खर्च करते हुए

ये आडंबरहीन गुरु, जिनके पास कोई भी पहुँच सकता था, अत्यंत स्वाभाविक तरीके से सुखपूर्वक संयमित सांसारिक जीवन व्यतीत कर रहे थे।

हर धर्म के लोगों को क्रियायोग दीक्षा का दान लाहिड़ी महाशय के जीवन की उल्लेखनीय विशिष्टता थी। केवल हिंदू ही नहीं, बल्कि उनके प्रमुख शिष्यों में मुसलमान और ईसाई भी थे। द्वैतवादी हो या अद्वैतवादी, चाहे वह किसी भी धर्म का अनुयायी हो या किसी भी प्रचलित धर्म को न मानता हो, विश्वगुरु सबका निष्पक्ष रूप से स्वागत करते और उन्हें शिक्षा देते थे। उनके एक मुसलमान शिष्य अब्दुल गफ्फूर खान अत्यंत ऊँची अवस्था में पहुँच हुए थे। स्वयं सर्वोच्च ब्राह्मण जाति के होते हुए भी लाहिड़ी महाशय ने अपने समय की कट्टर जाति व्यवस्था को तोड़ने की दिशा में साहसिक कदम उठाए थे। जीवन के सभी क्षेत्रों के लोगों को इस गुरु की सर्वव्यापी छत्रछाया में आसरा मिलता था। सभी ईश-प्रेरित संतों के समान ही लाहिड़ी महाशय ने भी समाज के पतित-दलितों के हृदयों में आशा की नई किरण जगाई।

"यह याद रखो कि तुम किसी के नहीं हो और कोई तुम्हारा नहीं है। इस पर विचार करो कि किसी दिन तुम्हें इस संसार का सब कुछ छोड़कर चल देना होगा, इसलिए अभी से भगवान को जान लो," महान गुरु अपने शिष्यों से कहते। "'ईश्वरानुभूति के गुब्बारे में प्रतिदिन उड़कर मृत्यु की भावी सूक्ष्म यात्रा के लिए अपने को तैयार करो। माया के प्रभाव में तुम अपने को हाड़-मांस की गठरी मान रहे हो, जो दुःखों का घर मात्र है। अनवरत ध्यान करो ताकि तुम जल्दी से जल्दी अपने को सर्व-दुःख-क्लेशमुक्त अनंत परमतत्व के रूप में पहचान सको। क्रिया योग की गुप्त कुंजी के उपयोग द्वारा देह-कारागार से मुक्त होकर परमत्व में भाग निकलना सीखो।"

गुरुदेव अपने विभिन्न शिष्यों को अपने-अपने धर्म के अच्छे परम्परागत नियमों का निष्ठा के साथ पालन करने के लिए प्रोत्साहित करते थे। मुक्ति की व्यावहारिक प्रविधि के रूप में क्रिया योग के सर्वसमावेशक स्वरूप के महत्व को स्पष्ट करने के बाद फिर लाहिड़ी महाशय अपने शिष्यों को अपने-अपने वातावरण एवं पालन-पोषण के अनुसार अपना जीवन जीने की स्वतन्त्रता देते थे।

वे कहते थे, "मुसलमान को रोज पाँच बार नमाज़ पढ़नी चाहिए। हिन्दू को दिन में कई बार ध्यान में बैठना चाहिए। ईसाई को रोज़ कई बार पाठ करना चाहिए।"

लाहिड़ी महाशय अत्यंत विचारपूर्वक अपने अनुयायियों को उनकी स्वाभाविक प्रवृत्तियों के अनुसार भक्तियोग, कर्मयोग, ज्ञानयोग के मार्ग पर चलाते थे। संन्यास लेने की इच्छा रखने वाले शिष्यों को वे आसानी से उसकी अनुमति नहीं देते थे; हमेशा उन्हें संन्यास-जीवन को उग्र तपश्चर्या पर पहले भली-भाँति विचार कर लेने का परामर्श देते थे।

अपने शिष्यों को वे शास्त्रों की अनुमानमूलक चर्चा में न उलझने का परामर्श देते थे। वे कहते, "केवल वही बुद्धिमान है, जो प्राचीन दर्शनों का केवल पठन-पाठन करने के बजाय उनकी अनुभूति करने का प्रयास करता है। ध्यान में ही अपनी सब समस्याओं का समाधान ढूँढो, व्यर्थ अनुमान लगाते रहने के बदले ईश्वर से प्रत्यक्ष संपर्क करो।

"शास्त्रों के अमर ज्ञान से उत्पन्न मतांध धारणाओं के कचरे को अपने मन से निकाल फेंको और उसके स्थान पर प्रत्यक्ष अनुभूति के आरोग्यप्रद मीठे जल को अंदर आने दो। अन्तरात्मा के सक्रिय मार्गदर्शनों से मन की तार को जोड़ लो; उसके माध्यम से बोलने वाली ईश्वर-वाणी के पास जीवन की प्रत्येक समस्या का उत्तर है। अपने आप को संकट में डालने के मामले में मनुष्य की प्रतिभा का कोई अंत प्रतीत नहीं होता, परन्तु उस परम दयालु ईश्वर के पास सहायता की युक्तियों की कोई भी कमी नहीं है।"

एक दिन भगवद्गीता पर लाहिड़ी महाशय का प्रवचन सुन रहे शिष्यों को उनकी सर्वव्यापिता की झलक देखने को मिली। लाहिड़ी महाशय सकल स्पन्दशील सृष्टि में व्याप्त कुटस्थ चैतन्य का अर्थ समझा रहे थे। तभी हठात् वे हाँफने लगे, मानो उनका दम घुट रहा था, और साथ ही चिल्ला उठे।

"जापान के समुद्र तट के पास मैं अनेक लोगों के शरीरों के माध्यम से डूब रहा हूँ!"

कुछ दिनों के बाद शिष्यों ने समाचार पत्रों में उस दिन जापान के पास डूबे एक जहाज़ में यात्रा कर रहे अनेक लोगों की डूबने से मृत्यु का समाचार पढ़ा।

अनेक दूर दूर तक रहने वाले शिष्यों को अपने इर्द-गिर्द लाहिड़ी महाशय की संरक्षक एवं मार्गदर्शक उपस्थिति का अनुभव होता था। जो शिष्यगण परिस्थितिवश उनके पास नहीं रह सकते थे, उन्हें लाहिड़ी महाशय सांत्वना देते हुए कहते थे, "जो क्रिया का अभ्यास करते हैं, उनके पास मैं सदैव रहता हूँ।

तुम्हारी अधिकाधिक व्यापक बनती जाती आध्यात्मिक अनुभूतियों के माध्यम से मैं परमपद प्राप्त करने में तुम्हारा मार्गदर्शन करूँगा।"

लाहिड़ी महाशय के एक मुख्य शिष्य श्री भूपेन्द्रनाथ सन्याल ने बताया कि 1892 ईस्वी में, जब वे किशोरावस्था में थे, तो काशी जाने में असमर्थ होने के कारण उन्होंने आध्यात्मिक उपदेश के लिए लाहिड़ी महाशय से प्रार्थना की। लाहिड़ी महाशय ने उनके स्वप्न में आकर उन्हें दीक्षा दी। बाद में किशोर भूपेन्द्रनाथ काशी गए और वहाँ उन्होंने लाहिड़ी महाशय से दीक्षा के लिए अनुरोध किया। लाहिड़ी महाशय ने उत्तर दिया, "मैंने स्वप्न में तुम्हें पहले ही दीक्षा दे दी है।"

यदि कोई शिष्य किसी सांसारिक दायित्व की उपेक्षा करता, तो लाहिड़ी महाशय उसे प्यार से समझाकर रास्ते पर ले आते।

"जब किसी शिष्य के दोषों के बारे में खुले आम बोलने के लिए उन्हें विवश होना पड़ता, तब भी लाहिड़ी महाशय अत्यंत सौम्य और शांतिदायक शब्दों में बोलते थे," श्रीयुक्तेश्वर जी ने एक बार मुझे बताया। फिर विचारमग्न होते हुए आगे कहा, "कोई भी शिष्य कभी हमारे गुरुदेव की फटकार से बचने के लिए भागा नहीं।" मैं अपनी हँसी को रोक नहीं सका, परन्तु मैंने सच्चे हृदय से अपने गुरु को विश्वास दिलाया कि तीखा हो या कोमल, उनका हर शब्द मेरे कानों के लिए मधुर संगीत के समान है।

लाहिड़ी महाशय ने अत्यंत विचारपूर्वक क्रिया योग को साधक की प्रगति के अनुसार चार क्रमों में दी जाने वाली दीक्षाओं में विभाजित किया। साधक की एक निश्चित हद तक उन्नति होने के बाद ही वे उसे तीन उच्चतर क्रियाओं की दीक्षा देते थे। एक शिष्य को ऐसा लग रहा था कि उसका उचित मूल्यांकन नहीं हो रहा है। एक दिन उसने अपना असंतोष शब्दों में प्रगट किया।

उसने कहा, "गुरुदेव! अब तो मैं निश्चय ही द्वितीय दीक्षा पाने के योग्य हो गया हूँ।" उसी समय दरवाज़ा खुला और एक विनम्र साधक, वृन्दा भगत ने कमरे में प्रवेश किया। वे काशी में पोस्टमैन थे।

"वृन्दा! यहाँ मेरे पास आकर बैठो।" महान गुरु उनकी ओर देखकर स्नेहपूर्वक मुस्कराए। "यह बताओ कि क्या तुम द्वितीय क्रिया के योग्य हो गए हो?"

पोस्टमैन ने दीनभाव से हाथ जोड़ दिए और चौकन्ने होकर कहा, "गुरुदेव! अब मुझे और कोई दीक्षा नहीं चाहिए! किसी उच्चतर शिक्षा को अब मैं कैसे आत्मसात् कर सकता हूँ? आज तो मैं आपका आशीर्वाद माँगने ही आया था, क्योंकि प्रथम क्रिया से ही मुझे ऐसा दिव्य नशा चढ़ जाता है कि ठीक से अपना पत्र बाँटने का काम भी नहीं कर पा रहा हूँ।"

"वृन्दा ब्रह्मानन्द सागर में पहले ही तैर रहा है।" लाहिड़ी महाशय के मुख से ये शब्द सुनकर उस द्वितीय दीक्षा माँगने वाले शिष्य ने शर्म से अपना सिर झुका लिया और कहा,

"गुरुदेव! मेरी समझ में आ गया है कि मैं एक ऐसा घटिया कारीगर हूँ, जो अपने औजारों को दोष दिया करता है।"

बाद में उस दीन, अशिक्षित पोस्टमैन ने क्रिया के द्वारा अपनी अंतर्दृष्टि को इतना विकसित कर लिया कि कभी-कभी विद्वान और पंडित भी शास्त्रों के जटिल मुद्दों पर उसका मत जानने के लिए उसके पास पहुँच जाते थे। वाक्यों और शब्दों की रचना से तथा अहंकार और पाप से अनभिज्ञ वृन्दा पंडितों में प्रख्यात हो गया।

काशी के असंख्य शिष्यों के अतिरिक्त भारत के सुदूर भागों से भी सैकड़ों लोग लाहिड़ी महाशय के पास आते थे। लाहिड़ी महाशय स्वयं भी अपने दो पुत्रों के ससुराल वालों से मिलने के लिए अनेक बार बंगाल में जाते थे। इस प्रकार बार-बार उनकी उपस्थिति से पावन हुए बंगाल में क्रिया योगियों की छोटी-छोटी मंडलियों का जाल-सा बन गया। विशेषतः कृष्णनगर एवं विष्णुपुर जिलों में चुपचाप अपनी साधना करने वाले अनेकानेक साधकों ने आज तक आध्यात्मिक ध्यान की अदृश्य धारा को बहती रखा है।

लाहिड़ी महाशय ने क्रिया दीक्षा प्राप्त करने वाले अनेकानेक संतों में काशी के प्रख्यात स्वामी भास्करानन्द सरस्वती तथा देवघर के अत्यंत उच्च कोटि के तपस्वी बालानन्द ब्रह्मचारी भी थे। कुछ समय के लिए लाहिड़ी महाशय काशी के महाराजा ईश्वरी नारायण सिंह बहादुर के पुत्र के निजी शिक्षक भी रहे थे। उनकी आध्यात्मिक उपलब्धियों को पहचान कर महाराजा एवं उनके पुत्र, दोनों ने लाहिड़ी महाशय से क्रिया दीक्षा ली। महाराजा ज्योतीन्द्र मोहन ठाकुर ने भी उनसे दीक्षा ली।

लाहिड़ी महाशय के अनेक शिष्य समाज में ऊँचे-ऊँचे स्थानों पर थे और

वे प्रचार द्वारा क्रियायोग का प्रसार करना चाहते थे। परन्तु लाहिड़ी महाशय ने इसकी अनुमति नहीं दी। एक शिष्य काशी नरेश के राजवैद्य थे। उन्होंने लाहिड़ी महाशय को "काशी बाबा" नाम देकर उस नाम का प्रसार करने का संगठित प्रयास किया। लाहिड़ी महाशय ने इस बात के लिए भी मना कर दिया।

वे कहते थे, "क्रिया योग रूपी पुष्प की सुगन्ध को स्वाभाविक रूप से अपने आप फैलने दो। क्रियायोग का बीज आध्यात्मिक दृष्टि से उर्वरा हृदय-भूमियों में निश्चित रूप से जड़ पकड़ेगा।"

लाहिड़ी महाशय ने संगठन या मुद्रणालय के आधुनिक माध्यम से प्रचार करने की पद्धति का अवलम्ब नहीं किया, तथापि वे जानते थे कि उनके संदेश की शक्ति रोकी न जा सकने वाली बाढ़ की भाँति उमड़ पड़ेगी और अपने शक्तिवेग से मानव-मनों में घुस जाएगी। उनके शिष्यों का परिवर्तित और शुद्ध हुआ जीवन क्रिया की अमर-अपार शक्ति का प्रत्यक्ष प्रमाण था। रानीखेत में दीक्षा ग्रहण करने के 25 वर्ष बाद सन 1886 ईस्वी में लाहिड़ी महाशय पेन्शन पर रिटायर हो गए। अब दिन में भी उनके उपलब्ध होने के कारण उनके पास आने वाले भक्तों की संख्या में अधिकाधिक वृद्धि होती गई। अब महान गुरु अधिकांश समय निश्चल पद्मासन में मौन बैठे रहते थे। वे सदा अपने छोटे-से बैठकखाने में ही बैठे रहते थे; यहाँ तक कि कभी टहलने जाने या घर से दूसरे हिस्सों में जाने के लिए भी वे शायद ही कभी वहाँ से उठते थे। गुरु के दर्शन के लिए शिष्यों के आगमन का क्रम लगभग अखंड रूप से चलता रहता था।

लाहिड़ी महाशय के शरीर में अधिकांश समय अतिमानवी लक्षणों का दिखाई देना प्रायः दर्शनार्थियों को चिंता और विस्मय में डाल देता था; जैसे श्वासरहिता, निद्रारहितता, नाड़ी और हृदय धड़कन का रूका हुआ होना, घंटों तक पलकें झपकाए बिना शांत आँखों का खुला होना, और उनके चारों ओर शांति का प्रगाढ़ वलय होना। वहाँ से लौटने वालों में कोई ऐसा नहीं होता था जो दिव्य प्रेरणा से भरित न हुआ हो। सभी को यह ज्ञान हो जाता था कि उन्हें एक सच्चे भगवत-स्वरूप संत का मौन आशीर्वाद प्राप्त हो गया है।

बाद में लाहिड़ी महाशय ने अपने एक शिष्य पंचानन भट्टाचार्य को कोलकाता में 'आर्य मिशन इंस्टिट्यूट' नाम का एक योग केन्द्र स्थापित करने

की अनुमति दी। यह केन्द्र कुछ जड़ी-बूटियों की यौगिक औषधियाँ वितरित करता था और उसने बंगाल में भगवद्गीता का प्रथम सस्ता-सुलभ संस्करण प्रकाशित किया था। हिंदी और बंगाली में प्रकाशित यह 'आर्य मिशन गीता' हजारों घरों में पहुँची। साधारणतया लोगों को विभिन्न रोगों के निवारण के लिए लाहिड़ी महाशय परम्परा के अनुसार नीम का तेल देते थे। जब वे किसी शिष्य को तेल निकालने के लिए कहते, तो वह शिष्य आसानी से तेल निकाल लेता। अन्य कोई यदि वह तेल निकालने का प्रयास करता, तो उसके सामने विचित्र बाधाएँ खड़ी हो जाती थी; जैसे जब वह आसवन के लिए आवश्यक प्रक्रिया पूरी करता, तो उसे दिखाई देता कि पूरा तेल ही भाप बनकर उड़ चुका है। स्पष्ट है कि गुरु का आशीर्वाद उस प्रक्रिया में एक आवश्यक तत्व था।

अनेक असंख्य महान संतों की तरह ही लाहिड़ी महाशय ने स्वयं कोई पुस्तक नहीं लिखी, परन्तु शास्त्रों पर अपनी व्याख्याओं का अनेक शिष्यों को उपदेश दिया। लाहिड़ी महाशय के पौत्र और मेरे प्रिय मित्र श्री आनंदमोहन लाहिड़ी ने लिखा है,

"भगवद्गीता तथा महाभारत के अन्य हिस्सों में भी अनेक ग्रन्थियाँ (व्यासकूट) हैं। उन व्यासकूटों का विचार न किया जाए, तो उनमें केवल ऐसी कथाएँ मिलती हैं, जो विचित्र भी लगती हैं और जिन्हें कोई भी गलत समझ सकता है। इन ग्रन्थियों को स्पष्ट न किया जाए, तो एक ऐसा विज्ञान हमारी दृष्टि से ओझल ही रहेगा, जिसे हजारों-हजारों वर्ष के प्रयोगों के अनुसंधान के बाद भारतवर्ष ने अतिमानवी धैर्य के साथ संभालकर रखा है।

"लाहिड़ी महाशय शास्त्रों की कल्पनासृष्टि से गूढ़ वाक्यों में कुशलतापूर्वक छिपाए गए धर्म विज्ञान को रूपकों से अलग कर प्रकाश में लाए। शास्त्र कूटवाक्यों का शब्दजाल मात्र नहीं रहे। लाहिड़ी महाशय ने सिद्ध कर दिया कि वैदिक पूजा-विधियों के पीछे वैज्ञानिक अर्थ है।

"हम जानते हैं कि मनुष्य कुप्रवृत्तियों के आवेगों के आगे साधारणतया असहाय हो जाता है, परन्तु जब क्रियायोग के अभ्यास से उसकी चेतना में इंद्रियसुख से कहीं अधिक श्रेष्ठ और चिरस्थायी आनंद जागृत हो जाता है, तब वे कुप्रवृत्तियाँ बलहीन हो जाती हैं और उनकी ओर प्रवृत्त होने की मनुष्य के मन में कोई इच्छा नहीं रह जाती। इसमें तुच्छ इच्छाओं का परित्याग और श्रेष्ठ विचारों की प्राप्ति की प्रक्रिया साथ-साथ घटित होती है। ऐसी प्रणाली

के बिना, केवल निषेधात्मक निर्देश देने वाले नैतिक विधि-नियम हमारे किसी काम के नहीं होते।

"संपूर्ण गोचर अभिव्यक्तियों के पीछे शक्ति का महासागर, अनंत ईश्वर ही है। सांसारिक कार्यों के प्रति हमारी आतुरता हमारे श्रद्धायुक्त विस्मय भाव को नष्ट कर देती है। आधुनिक विज्ञान हमें प्रकृति की शक्तियों का उपयोग कैसे किया जाता है यह सिखाता है, इसलिए समस्त नाम-रूपों में निहित महाप्राण शक्ति को हम समझ नहीं पाते। प्रकृति के साथ घनिष्ठता के कारण उसके चरम रहस्यों के प्रति हमारे मन में आदर समाप्त हो गया और उसके हमारे संबंध ने व्यावहारिक व्यवसाय का रूप ले लिया। एक प्रकार से कहा जाए तो हम उसके साथ छेड़खानी करते रहते हैं, ताकि हमें पता चल जाए कि किस-किस प्रकार से उसे हमारे उद्‌देश्यों की पूर्ति के लिए विवश किया जा सकता है। हम उसकी शक्तियों का उपभोग तो करते हैं, पर अभी तक हमें उन शक्तियों के बारे में कुछ भी मालूम नहीं है। विज्ञान के मार्ग में प्रकृति के साथ हमारा संबंध कुछ ऐसा है जैसा एक दास के साथ उसके अहंकारी, हेकड़ मालिक का होता है या दार्शनिक दृष्टिकोण से कहें तो प्रकृति को मानो बन्दी बनाकर साक्षी के कटघरे में खड़ा कर दिया गया हो। हम उससे प्रतिप्रश्न करते हैं, उसे चुनौती देते हैं और उसके साक्ष्य को बारीकी से मानवीय तराजुओं में तोलते हैं, जो उससे छिपे मूल्यों को कभी नाप नहीं सकते।

"दूसरी तरफ आत्मा जब उच्चतर शक्ति के साथ एकाकार हो जाती है, तब प्रकृति बिना किसी जोर-जबरदस्ती के मनुष्य की इच्छा का पालन करती है। प्रकृति पर इस अनायास प्रभुत्व को अबोध भौतिकवादी 'चमत्कार' कहते हैं।

"लाहिड़ी महाशय के जीवन ने एक उदाहरण स्थापित कर दिया, जिससे यह गलत धारणा दूर हो गई कि योग एक गूढ़ साधना है। भौतिक विज्ञान की यथार्थता के बावजूद प्रत्येक मनुष्य को क्रिया योग के माध्यम से प्रकृति के साथ अपने सच्चे संबंध को समझाने का और प्रकृति की समस्त घटनाओं के प्रति आध्यात्मिक आदर एवं श्रद्धा अनुभव करने का कोई न कोई तरीका मिल ही सकता है, चाहे वे घटनाएँ गूढ़ प्रतीत होने वाली हों या दैनन्दिन जीवन की साधारण घटनाएँ हो। हमें यह याद रखना चाहिए कि आज से हजार वर्ष पूर्व जो गूढ़ लगता था, वह अब गूढ़ नहीं रहा, और आज जो कुछ गूढ़ लग रहा हो वह कुछ ही वर्षों में आसानी से समझने वाला तथ्य बन सकता है।

"क्रिया योग का विज्ञान शाश्वत है। यह गणित के समान सत्य है; संख्याओं को जोड़ने और घटाने के सरल नियमों की तरह ही क्रियायोग का नियम भी कभी नष्ट नहीं हो सकता। भले ही गणित की सारी पुस्तकों को दबा दिया जाए, तब भी जब शुद्ध भक्ति और उस भक्ति से उत्पन्न होने वाले शुद्ध ज्ञान से युक्त कोई महात्मा आएगा, तब योग के सारे मूलभूत तत्व उसके सामने अपने आप प्रकट हो जाएँगे।"

जिस प्रकार बाबाजी "महावतार" या सबसे महान अवतारों में हैं और श्रीयुक्तेश्वरजी को "ज्ञानवतार" कहना सार्थक होगा, उसी प्रकार लाहिड़ी महाशय "योगावतार" थे।

गुणवत्ता और परिणाम दोनों ही मापदण्डों के इस महान गुरु ने समाज के आध्यात्मिक स्तर को उन्नत किया। अपने अन्तरंग शिष्यों को ईसा मसीह के समान उच्च अवस्था में पहुँचा देने की शक्ति और जनसाधारण में व्यापक स्तर पर उनके द्वारा दिए गए सत्य के ज्ञान से लाहिड़ी महाशय की गणना मानवजाति के उद्धारकों में होती हैं।

गुरु के रूप में उनकी अद्भुत विशिष्टता यह है कि उन्होंने एक निश्चित प्रणाली—क्रिया योग—पर व्यावहारिक जोर देते हुए प्रथम बार सभी मनुष्यों के लिए योग साधना का द्वार खोल दिया। उनके अपने जीवन के असंख्य चमत्कारों के अतिरिक्त, योग मार्ग की प्राचीन जटिलताओं को सर्वसामान्य लोगों की समझ में आसानी से आने लायक प्रभावशाली सरल रूप देकर योगावतार ने सब प्रकार के चमत्कारों की पराकाष्ठा कर दी।

चमत्कारों के विषय में लाहिड़ी महाशय प्रायः कहा करते थे, "सामान्य जन के लिए अज्ञात (चमत्कारों के) सूक्ष्म नियमों के परिचालन की पात्र-अपात्र का सरासर विचार किए बिना सार्वजनिक चर्चा नहीं करनी चाहिए, न ही उन्हें छापकर प्रकाशित करना चाहिए।" यदि इन पन्नों में कहीं मैं उनकी इस चेतावनी का उल्लंघन करता प्रतीत हो रहा हूँ, तो उसका कारण यह है कि उन्होंने मुझे इसके बारे में आंतरिक आश्वासन दिया है। परन्तु फिर भी बाबाजी, लाहिड़ी महाशय और श्रीयुक्तेश्वरजी के जीवन के विषय में लिखते हुए मैंने कुछ चमत्कारों की कहानियों को न लिखना ही उचित समझकर उन्हें छोड़ दिया है। गूढ़ और समझने में अत्यंत कठिन तत्वों पर स्पष्टीकरणों का एक पूरा ग्रंथ ही लिखे बिना उन कहानियों को मैं इस पुस्तक में डाल भी नहीं सकता था।

लाहिड़ी महाशय स्वयं एक गृहस्थ-योगी थे और उन्होंने जो संदेश इस संसार को दिया है, वह आज के संसार की आवश्यकताओं के अनुरूप ही है। प्राचीन भारत की उच्च कोटि की आर्थिक और धार्मिक परिस्थितियाँ अब नहीं रहीं। इसलिए भिक्षापात्र लिए घुमन्तू योगी के प्राचीन आदर्श को उन्होंने प्रोत्साहन नहीं दिया, बल्कि उन्होंने इस बात को अधिक लाभदायक बताते हुए उसी पर जोर दिया कि योगी को अपनी आजीविका का स्वयं उपार्जन करना चाहिए, उसे पहले ही भार के नीचे दबे समाज पर अपने पोषण का और बोझ नहीं डालना चाहिए तथा अपने घर के एकांत में ही उसे योग साधना करनी चाहिए। इस उपदेश में उन्होंने स्वयं अपना ही ज्वलंत उदाहरण जोड़कर उसे और भी अधिक बल प्रदान किया। वे एक ऐसे आदर्श आधुनिक योगी थे जिन्होंने आधुनिक समय की आवश्यकताओं का ध्यान रखते हुए अनंत की साधना के महत्वहीन अंगों को स्वयं ही तिलांजलि दे दी थी। बाबाजी ने ही उनके जीवन के तरीके की योजना बनाई थी, जो कि विश्व के सब भागों में रहने वाले योगसाधना के जिज्ञासुओं को मार्ग दिखाने के लिए ही बनी थी।

नए मनुष्यों के लिए नई आशा! योगावतार ने घोषणा कर दी थी, "परमेश्वर-साक्षात्कार आत्मप्रयास से संभव है, वह किसी धार्मिक विश्वास या किसी ब्रह्माण्ड नायक की मनमानी इच्छा-अनिच्छा पर निर्भर नहीं है।"

जो कोई किसी भी मनुष्य के देवत्व पर विश्वास नहीं कर सकते, वे क्रिया की कुंजी को प्रयुक्त कर अंततः स्वयं अपने में पूर्ण देवत्व का दर्शन करेंगे।

पश्चिम के प्रति बाबाजी की अभिरुचि

"गुरुदेव! क्या आपको कभी बाबाजी का दर्शन हुआ है?"

गर्मियों के मौसम की शांत रात्रि का समय था। सिर पर गगन में बड़े-बड़े तारे चमक रहे थे। मैं श्रीरामपुर के आश्रम में दूसरे तल्ले के बरामदे में श्रीयुक्तेश्वरजी के पास बैठा हुआ था।

मेरे इस छोटे-से प्रश्न पर मुस्कराते हुए उन्होंने कहा, "हाँ, हुआ है।" और उनकी आँखें श्रद्धा एवं आदर से चमक उठीं। "अमर गुरु का तीन बार दर्शन करने का सौभाग्य मुझे मिला है। प्रथम दर्शन प्रयाग के कुम्भ मेले में हुआ था।"

अति प्राचीन काल से ही भारत में कुम्भ मेले लगते आ रहे हैं। इन मेलों ने आध्यात्मिक लक्ष्यों को सामान्य जनता की दृष्टि के सामने अनवरत रूप से बरकरार रखा है। हर बारह वर्षों के बाद लाखों श्रद्धालु हिन्दू हजारों साधुओं, योगियों, स्वामियों तथा सब प्रकार के तपस्वियों से मिलने के लिए एकत्रित होते हैं। इनमें अनेक तपस्वी ऐसे होते हैं जो केवल कुम्भ मेलों में ही आकर सांसारिक नर-नारियों पर अपने आशीर्वादों की वर्षा करते हैं, अन्यथा कभी अपने एकांत स्थानों से बाहर ही नहीं निकलते।

"जब बाबाजी से मेरी मुलाकात हुई, तब मैं स्वामी नहीं बना था," श्रीयुक्तेश्वरजी बता रहे थे, "परन्तु मुझे लाहिड़ी महाशय से क्रिया दीक्षा मिल गई थी। लाहिड़ी महाशय ने ही मुझे 1894 के जनवरी महीने में प्रयाग में होने वाले कुम्भ मेले में जाने के लिए कहा था। कुम्भ मेले में जाने का यह मेरा पहला अवसर था। विशाल जनसागर और उसके कोलाहल को देखकर मैं किंचित हक्का-बक्का-सा हो गया था। मैं ध्यानपूर्वक चारों ओर शोध करती दृष्टि से देखता चल रहा था, पर किसी सिद्ध का चेहरा नजर नहीं आ रहा

था। गंगा किनारे पर एक पुल के पास से मैं जैसे ही आगे बढ़ा, मेरी दृष्टि एक परिचित मनुष्य पर पड़ी जो अपना भिक्षा पात्र आगे बढ़ा रहा था।

"'ओह, यह मेला कोलाहल और भिखारियों के जमघट के सिवा कुछ नहीं है,' मेरे मन में विचार आया। मेरा मोहभंग हो गया था। "धर्म का नाम लेकर केवल भिक्षा पर ही सारा ध्यान रखने वाले इन निकम्मों से तो मानवजाति की प्रत्यक्ष भलाई के लिए धैर्यपूर्वक ज्ञान की सीमाओं का विस्तार करने वाले पाश्चात्य वैज्ञानिक ही भगवान को अधिक प्रसन्न करते होंगे," मैं सोच रहा था।

"समाज-सुधार के बारे में मेरे मन में सुलगते विचारों में उस समय अचानक बाधा पड़ गई, जब मेरे सामने आकर खड़े हुए लम्बे कद के संन्यासी की आवाज मेरे कानों में पड़ी।

"'महाराज!' उसने कहा, 'एक संत आपको बुला रहे हैं।'

"'कौन हैं वे?'

"'आकर खुद ही देख लीजिए।'

"इस संक्षिप्त उत्तर पर कुछ झिझकते हुए मैं उसके साथ गया और शीघ्र ही एक वृक्ष के पास पहुँच गया जिसकी छाया में मन को आकर्षित करने वाले शिष्यों की मंडली से घिरे एक गुरु बैठे हुए थे। अलौकिक तेजोमूर्ति थे वे। उनकी आँखें तेजस्वी थीं। मेरे पहुँचते ही वे उठ खड़े हुए और उन्होंने मुझे आलिंगन में बांध लिया।

"अत्यंत प्रेम से उन्होंने कहा, 'आइए, स्वामीजी!'

"'मैं स्वामी नहीं हूँ, महाराज!' मैंने जोर देते हुए कहा।

"'ईश्वर की आज्ञा से मैं जिसे स्वामी की उपाधि प्रदान करता हूँ, वह कभी उस उपाधि का त्याग नहीं करता।' उस संत ने अत्यंत सरल भाव से मुझसे कहा परन्तु उनके शब्दों में गहरा सत्य ध्वनित हो रहा था; मैं तत्क्षण आध्यात्मिक आशीर्वाद की लहरों में हिलोरे लेने लगा। अचानक स्वामी पद पर अपनी उन्नति देखकर मैं मुस्कराया और इस तरह मुझे महान सम्मान प्रदान करने वाले उस नरदेहधारी महान और देवता सदृश आत्मा के चरणों में मैंने प्रणाम किया।

"बाबाजी ने मुझे उस वृक्ष के नीचे अपने पास बैठने का संकेत किया। वे मजबूत कदकाठी के और युवा थे और दिखने में लाहिड़ी महाशय जैसे थे;

लेकिन फिर भी इस समानता ने मेरे दिमाग के किसी तार को नहीं छेड़ा, जब कि मैं इन दो महागुरुओं के चेहरों में असाधारण साम्य के बारे में प्रायः सुना करता था। बाबाजी के पास एक ऐसी शक्ति है, जिससे वे किसी भी व्यक्ति के मन में किसी विशिष्ट विचार को आने से रोक सकते हैं। स्पष्ट है कि वे चाहते थे कि मैं उनकी उपस्थिति में पूर्णतः स्वाभाविक अवस्था में रहूँ और उन्हें पहचान कर स्तंभित न हो जाऊँ।

"'कुम्भ मेले के बारे में आपका क्या विचार है?'

"'मुझे बहुत निराशा हुई, महाराज,' मैंने कहा, किन्तु तुरन्त आगे कह दिया, 'आपका दर्शन होने तक। किसी कारण से संतों में और इस कोलाहल में कोई मेल नजर नहीं आता।'

"बेटा!' गुरु ने कहा, जबकि मैं स्पष्ट, उनसे दोगुनी आयु का लग रहा था, 'अनेक संतों के दोष के कारण सभी को दोषी मत मानो। इस जगत में हर चीज मिश्रित रूप में है, शक्कर और रेत के मिश्रण की तरह। चींटी की भाँति बुद्धिमान बनो, जो केवल शक्कर के कणों को चुन लेती है और रेत-कणों को स्पर्श किए बिना छोड़ देती है। इस मेले में अनेक साधु अभी भी माया में भटक रहे हैं, फिर भी कुछ ईश्वर-साक्षात्कारी संतों ने इसे पावन किया हुआ है।'

"इस परम गुरु के स्वयं दर्शन के कारण मैं उनकी इस बात से तुरन्त सहमत हो गया।

"मैंने अपना विचार प्रकट किया, 'महाराज, मैं सुदूर अमेरिका और यूरोप में रहने वाले प्रमुख पाश्चात्य वैज्ञानिकों के बारे में सोच रहा था, जो यहाँ जमा हुए अधिकांश लोगों से कहीं अधिक बुद्धिमान हैं। वे अलग-अलग धर्मों के अनुयायी हैं और इस प्रकार के मेलों के वास्तविक महत्व से अनभिज्ञ हैं। ये ही वे लोग हैं जिन्हें भारत के सिद्ध पुरुषों से मिलकर बहुत लाभ हो सकता है। परन्तु बौद्धिक उपलब्धियों की दृष्टि से अत्यंत उन्नत होते हुए भी अनेक पाश्चात्य लोग अत्यंत भौतिकवाद में आकंठ डूबे हुए हैं। अन्य कुछ ऐसे हैं जो विज्ञान और दर्शनशास्त्र में विख्यात हैं, परन्तु धर्म की मूलभूत एकता को नहीं मानते। उनके धर्म ऐसे दुर्लंघ्य बाधाएँ बन चुके हैं, जो उन्हें हम लोगों से सदा के लिए अलग कर सकते हैं।'

"बाबाजी का मुखमंडल प्रसन्नता से चमक उठा। उन्होंने कहा, 'मैंने जान

लिया था कि तुम्हें पूर्व और पश्चिम में समान रूप से रुचि है। समस्त मानवजाति के लिए व्याकुल होने वाले तुम्हारे अन्तःकरण की व्यथा को मैंने पहचान लिया। इसलिए मैंने तुम्हें यहाँ बुलाया है।'

वे आगे कहते गए, 'पूर्व और पश्चिम को कर्म और आध्यात्मिकता से मिलकर बना सुवर्णमध्य मार्ग स्थापित करना होगा। भौतिक विकास में भारत को पाश्चात्य जगत से बहुत कुछ सीखना है और बदले में भारत सभी द्वारा अपनाई जा सकने वाली ऐसी विधियों का ज्ञान दे सकता है, जिनसे पाश्चात्य जगत अपने धार्मिक विश्वासों को योग विज्ञान की अटल नींव पर स्थापित कर सकता है।

"'स्वामीजी, आपको पूर्व और पश्चिम के बीच भविष्य में होने वाले सौहार्द्रपूर्ण आदान-प्रदान में एक भूमिका निभानी है। कुछ वर्षों बाद मैं आपके पास एक शिष्य भेजूँगा, जिसे आप पश्चिम में योग का ज्ञान प्रसारित करने के लिए प्रशिक्षित कर सकते हैं। वहाँ के अनेक मुमुक्षुओं के ज्ञानपिपासु स्पन्दन बाढ़ की भाँति मेरी ओर आते रहते हैं। मैं अमेरिका और यूरोप में संत बनने योग्य अनेक लोगों को देख रहा हूँ, जिन्हें जगाए जाने भर की देर है।'"

अपनी कथा के इस बिन्दु पर पहुँचते ही श्रीयुक्तेश्वरजी ने अपनी पूर्ण दृष्टि मेरी ओर घुमाई।

"मेरे पुत्र!" चाँद के उज्ज्वल प्रकाश में मुस्कराते हुए उन्होंने कहा, "तुम ही वह शिष्य हो जिसे मेरे पास भेजने का वचन बाबाजी ने कई वर्ष पहले दिया था।"

यह जानकर मुझे अत्यंत हर्ष हुआ कि स्वयं बाबाजी ने मेरे कदम श्रीयुक्तेश्वरजी की ओर मोड़ दिए थे, फिर भी अपने प्रिय गुरु से और आश्रम की सादगीयुक्त शांति से दूर पाश्चात्य जगत में अपने होने की कल्पना करना मेरे लिए कठिन था।

श्रीयुक्तेश्वरजी ने अपनी बात जारी रखी, "फिर बाबाजी भगवद्गीता के बारे में बोलने लगे। मेरे आश्चर्य का ठिकाना नहीं रहा जब प्रशंसा के कुछ शब्दों से उन्होंने स्पष्ट संकेत दे दिया कि उन्हें इस बात का ज्ञान था कि मैंने गीता के कुछ अध्यायों पर टीका लिखी थी।

"'मेरी आपसे विनती है स्वामीजी, कि आप और एक काम को हाथ में ले लें,' परमगुरु ने कहा। 'क्या आप हिंदू और ईसाई धर्मग्रन्थों में निहित

एकता पर एक छोटी-सी पुस्तक नहीं लिखेंगे? मनुष्यों के धार्मिक मतभेदों के कारण उनकी मूल एकता पर किसका ध्यान नहीं जा रहा है। समानार्थी उद्धरणों को प्रस्तुत कर यह लिख दीजिए कि ईश्वर के सभी ज्ञानी पुत्रों ने एक ही सत्य का उपदेश दिया है।'

"मैंने झिझकते हुए कहा, 'महाराज! आपने यह कैसा आदेश दे दिया! क्या मैं इसे पूर्ण कर सकूँगा?'

"बाबाजी ने मधुर हँसी हँसकर दिलासा देते हुए कहा, 'बेटा? यह संदेह क्यों? सचमुच, यह सब किसका कार्य है और कौन सब कार्यों का कर्त्ता है? प्रभु ने जो भी मेरे मुँह से कहलवाया है उसका सत्य बनकर साकार होना अवश्यंभावी है।'

"मुझे ऐसा प्रतीत हुआ कि उन संत महाराज के आशीर्वाद से मुझमें वह काम करने की समर्थता आ गई थी, अतः मैं पुस्तक लिखने के लिए सहमत हो गया। विदा होने का समय आ गया यह जानकर मैं अनिच्छापूर्वक अपने पर्णासन से उठा।

"'तुम लाहिड़ी को जानते हो?' संत ने पूछा। 'वह महान आत्मा है, है न? उसे हमारी इस भेंट के बारे में बता देना।' फिर उन्होंने मुझे लाहिड़ी महाशय के लिए एक संदेश दिया।

"विदा लेने के लिए जब मैंने उनके चरणों में भक्तिभाव से प्रणाम किया तो वे कृपापूर्वक मुस्कराए। 'जब तुम्हारी पुस्तक पूरी हो जाएगी, तब मैं तुमसे पुनः मिलने आऊँगा,' उन्होंने वचन दिया। 'अब हम चलते हैं।'

"दूसरे दिन मैं प्रयाग छोड़कर काशी जाने के लिए रेलगाड़ी पर सवार हो गया। अपने गुरु के घर पहुँचकर मैंने कुंभ मेले में अद्भुत संत से हुई अपनी भेंट की सारी कहानी सुना दी।

"'ओह! तुमने उन्हें पहचाना नहीं?' लाहिड़ी महाशय की आँखों में हँसी नाच रही थी। 'मैं देख रहा हूँ कि तुम उन्हें नहीं पहचान सके, क्योंकि उन्होंने तुम्हें उन्हें पहचानने से रोक दिया था। वे ही मेरे अद्वितीय, अलौकिक गुरु हैं बाबाजी!'

"'बाबाजी!' मैंने श्रद्धा और विस्मय से विभोर होकर कहा, 'योगी-अवतार बाबाजी! दृश्य-अदृश्य तारणहार बाबाजी! काश, यदि मैं अतीत को फिर सामने ला सकता और केवल उनके चरण कमलों में अपनी भक्ति अर्पित करने के लिए फिर एक बार उनकी उपस्थिति में हाजिर हो सकता!'

"'कोई बात नहीं,' लाहिड़ी महाशय ने सांत्वना भरे स्वर में कहा, 'उन्होंने तुम्हें फिर से दर्शन देने का वचन दिया है।'

"'गुरुदेव! परमगुरु ने मुझे आपको एक संदेश देने के लिए कहा है। उन्होंने कहा था, "लाहिड़ी को बताना कि इस जीवन के लिए रखी गई शक्ति बहुत कम बची है, लगभग समाप्त हो चुकी है।'"

"मेरे मुँह से इन गूढ़ शब्दों के निकलते ही लाहिड़ी महाशय की देह अचानक ऐसे काँप गई जैसे उन्हें बिजली छू गई हो। पलभर में वे निःस्तब्ध हो गए; उनका सदा मुस्कुराता चेहरा अत्यंत कठोर हो गया। काठ की मूर्ति की भाँति गंभीर और निश्चल बनकर वे अपने आसन पर बैठे रहे। उनके शरीर का रंग बिल्कुल उड़ गया। मैं भयभीत और चकित हो गया। अपने सारे जीवन में मैंने कभी भी उस आनंदमूर्ति को इस प्रकार गंभीर होते नहीं देखा था। वहाँ उपस्थित अन्य शिष्य व्याकुल होकर उनकी ओर देखने लगे।

"उसी निःस्तब्धा में तीन घंटे बीत गए। फिर लाहिड़ी महाशय की स्वाभाविक प्रफुल्लता लौट आई और उन्होंने वहाँ उपस्थित प्रत्येक शिष्य के साथ अत्यंत स्नेह के साथ बातचीत की। सभी ने चैन की साँस ली।

"अपने गुरुदेव की उस प्रतिक्रिया से मैं जान गया कि बाबाजी का संकेत एक ऐसा संकेत था, जिससे लाहिड़ी महाशय यह समझ गए कि उन्हें जल्दी ही देहत्याग करना होगा। उनकी भयंकर और गंभीर निःस्तब्धता से यह प्रमाणित हो गया कि मेरे गुरुदेव ने तत्क्षण ही स्वयं संयमित कर भौतिक विश्व के साथ उन्हें जोड़कर रखने वाली अंतिम डोर को भी काट दिया था और वे परमतत्व के अपने नित्य स्वरूप में विलीन हो गए थे। बाबाजी का संदेश कहने का उनका तरीका था, 'मैं सदा तुम्हारे साथ रहूँगा।'

"बाबाजी और लाहिड़ी महाशय, दोनों ही सर्वज्ञ थे और उन्हें एक दूसरे को संदेश भेजने के लिए मेरी या अन्य किसी मध्यस्थ की कोई आवश्यकता नहीं थी, फिर भी महान आत्माएँ प्रायः मानवी नाटक में भाग लेने की कृपा करती हैं। यदा-कदा वे साधारण तरीके से किसी संदेशवाहक के माध्यम से अपनी भविष्यवाणियाँ सम्प्रेषित कर देते हैं, ताकि उन भविष्वाणियों के साकार होने पर उनके बारे में बाद में जानकारी पाने वालों में ईश्वर के प्रति अधिक श्रद्धा जागृत हो सकें।

"जल्दी ही मैं काशी से चल पड़ा और श्रीरामपुर में बाबाजी द्वारा बताए

गए शास्त्रों के लेखनकार्य में जुट गया," श्रीयुक्तेश्वरजी आगे कहते गए। "मैंने काम शुरू ही किया था कि मुझे मृत्युंजय परमगुरु बाबाजी पर एक स्तोत्र रचने की प्रेरणा हुई। यद्यपि मैंने उससे पहले कभी संस्कृत में काव्य लिखने का कोई प्रयत्न नहीं किया था, पर मेरी लेखनी से अनायास ही ललित पंक्तियों का प्रवाह बहने लगा।

"रात के शांत समय मैं सनातन धर्म के शास्त्रों और बाइबिल का तुलनात्मक अध्ययन कर अपना काम करता रहता। प्रभु यीशु के शब्दों को उद्धृत कर मैं यह दिखाता जाता कि उनके उपदेशों में और वेदवाक्यों में वस्तुतः कोई अन्तर नहीं था। मेरे परमगुरु की कृपा से मेरी पुस्तक 'द होली साइन्स' अल्प समय में ही पूरी हो गई।

गुरुदेव बोलते जा रहे थे, "अपने साहित्यिक प्रयासों को परिणाम पर पहुँचाने के बाद दूसरे दिन मैं प्रातः गंगास्नान के लिए यहाँ राय घाट पर गया। उस समय घाट बिल्कुल सुनसान था। थोड़ी देर वहाँ खड़ा रहकर मैं धूप में उस शांति का आनंद लेता रहा। फिर निर्मल जल में डुबकी लगाने के बाद मैं घर वापस जाने के लिए चल पड़ा। उस नीरवता में जो एकमात्र ध्वनि सुनाई दे रही थी, वह थी मेरे पग के साथ मेरे भीगे वस्त्रों की छपछप करती आवाज। जैसे ही मैं नदी किनारे खड़े विशाल वटवृक्ष के पास से आगे बढ़ा मेरे मन में पीछे मुड़कर देखने की प्रबल प्रेरणा हुई। वहाँ वटवृक्ष की छाया में कुछ शिष्यों से घिरे बैठे थे महान बाबाजी!

"'नमस्कार, स्वामीजी!' परमगुरु की आवाज गूँज उठी और मुझे विश्वास हो गया कि मैं स्वप्न नहीं देख रहा हूँ। 'मैं देख रहा हूँ कि आपने सफलतापूर्वक अपनी पुस्तक पूरी कर ली है। अपने वचन के अनुसार मैं आपका धन्यवाद करने आया हूँ।'

"अत्यंत तेजी से धड़कते हृदय के साथ मैंने उनके चरणों में साष्टांग प्रणाम किया। अत्यंत विनय के साथ उनकी याचना करते हुए मैंने कहा, 'परमगुरुजी! मेरा घर पास में ही है। क्या आप अपने शिष्यों के साथ आकर मेरे घर को पावन नहीं करेंगे?'

"परमगुरु ने मुस्कराते हुए मेरी याचना को अस्वीकार कर दिया। उन्होंने कहा, 'नहीं बेटा! हम वे लोग हैं जिन्हें वृक्षों की छाया ही रास आती है; यहाँ हमें पूरा आराम है।'

"'तब यहाँ पर थोड़ी देर ठहर जाइए, परमगुरु महाराज!' अभ्यर्थना करती दृष्टि में मैंने उनकी ओर देखा। 'मैं तुरन्त कुछ मिठाइयाँ लेकर आपकी सेवा में उपस्थित होता हूँ।'

"जब कुछ ही मिनटों में मिठाइयों का थाल लेकर मैं वहाँ लौटा, तो उस विशाल वटवृक्ष के नीचे उस दिव्य मंडली का कोई पता नहीं था। मैंने घाट के चारों ओर खोजा, पर अपने मन में मैं जान चुका था कि वे लोग हवा के पंखों पर उड़ चुके थे।

"मेरे मन को गहरा आघात लगा। मैंने मन-ही-मन निश्चय किया, "फिर कभी बाबाजी के साथ मेरी भेंट हो भी गई, तो मैं उनसे बात नहीं करूँगा। उन्होंने अचानक इस तरह प्रस्थान कर भारी निष्ठुरता दिखाई है।' पर यह गुस्सा केवल प्रेम का था, और कुछ नहीं। कुछ महीनों बाद मैं काशी में लाहिड़ी महाशय के दर्शनों के लिए गया। जब मैंने उनके बैठकखाने में प्रवेश किया, तो लाहिड़ी महाशय मुस्कराए।

"'आओ, युक्तेश्वर,' उन्होंने कहा। 'अभी-अभी मेरे कमरे के द्वार के पास बाबाजी से तुम्हारी भेंट हुई?'

"'इधर आओ।' लाहिड़ी महाशय ने अपना हाथ मेरे माथे पर रखा और उसी क्षण दरवाजे के पास पूर्ण कमल की तरह खिले बाबाजी मुझे दिखाई दिए।

"मुझे अपना पुराना दुःख याद आया, अतः मैंने उन्हें प्रणाम नहीं किया। लाहिड़ी महाशय चकित होकर मुझे देखने लगे।

"ईश्वरतुल्य बाबाजी अपने अथाह नेत्रों से मुझे निहार रहे थे। 'तुम मुझसे नाराज हो।'

"'क्यों न होऊँ, महाराज,' मैंने कहा। 'हवा में से आप अपनी जादुई मंडली के साथ अवतीर्ण हुए और हवा में ही आप अन्तर्धान हो गए।'

"'मैंने तुमसे कहा था कि मैं तुमसे मिलने आऊँगा, कितने समय तक वहाँ रहूँगा, यह नहीं कहा था,' बाबाजी ने सौम्य हँसी के साथ कहा। 'तुम बहुत उत्तेजित हो उठे थे। मैं तुम्हें विश्वास दिलाता हूँ कि तुम्हारी चंचलता की आंधी ने ही मुझे विलुप्त कर दिया।'

"इस सत्यनिष्ठ स्पष्टीकरण से मैं तुरन्त संतुष्ट हो गया। मैंने उनके चरणों पर मस्तक रखा। परमगुरु ने स्नेह के साथ मेरा कन्धा थपथपाया।

"'ज्यादा ध्यान करो, बेटा!' उन्होंने कहा। 'तुम्हारी दृष्टि अभी निर्मल नहीं हुई है। मैं सूर्यप्रकाश के पीछे छिपा था और तुम मुझे देख नहीं पाए।' बाँसुरी के समान मधुर आवाज में ये शब्द कहते ही बाबाजी गुप्त दीप्ति में अंतर्धान हो गए।

अपना कथन समाप्त करते हुए श्रीयुक्तेश्वरजी ने कहा, "गुरु-दर्शन के लिए मेरी वह अंतिम काशी यात्रा थी। कुम्भ के मेले में बाबाजी द्वारा की गई भविष्यवाणी के अनुरूप लाहिड़ी महाशय के गृहस्थ योगी अवतार का अन्त निकट आ रहा था। 1895 के ग्रीष्मकाल में उनके मजबूत शरीर की पीठ पर एक छोटा-सा फोड़ा निकल आया। उन्होंने उसे चीरा नहीं देने दिया, क्योंकि वे अपने कुछ शिष्यों के दुष्कर्मों को अपने शरीर पर लेकर उनका भोग पूरा कर रहे थे। अंततः जब कुछ शिष्य बहुत ही आग्रह करने लगे, तब गुरुदेव ने रहस्यमय शब्दों में कहा, "'शरीर को जाने के लिए निमित्त चाहिए। तुम लोग जो करना चाहते हो मैं उसके लिए तैयार हूँ।'

"इसके थोड़े दिन बाद अद्वितीय गुरु ने बनारस में देहत्याग कर दिया। अब उनके दर्शनों के लिए उनके बैठकखाने में जाने की कोई आवश्यकता नहीं रही; मेरे जीवन का प्रत्येक दिन उनके सर्वव्यापी मार्गदर्शन से धन्य हो रहा है।"

कई वर्षों बाद मुझे लाहिड़ी महाशय के एक उन्नत शिष्य स्वामी केशवानन्दजी से उनके देहत्याग के विषय में अनेक आश्चर्यजनक विवरण सुनने को मिले।

केशवानन्दजी ने बताया, "शरीर छोड़ने के कुछ ही दिन पहले गुरुदेव मेरे सामने अचानक प्रगट हो गए, जब मैं हरिद्वार के अपने आश्रम में ध्यान कर रहा था।

"'तुरन्त बनारस आ जाओ।' इतना कहकर लाहिड़ी महाशय अंतर्धान हो गए।

"मैंने तुरन्त बनारस जाने के लिए गाड़ी पकड़ी। अपने गुरु के घर में अनेक शिष्यों को मैंने एकत्रित हुए देखा। उस दिन कई घंटों तक गुरुदेव ने गीता पर प्रवचन किया फिर अत्यंत सरल शब्दों में कह दिया,

"'मैं अपने घर लौट रहा हूँ।'

"इतना सुनते ही प्रचण्ड आवेग के साथ हम सबकी सिसकियाँ फूट पड़ीं।

"'शांत हो जाओ; मैं पुनः जी उठूँगा।' यह कहकर लाहिड़ी महाशय अपने

आसन से उठे, तीन बार अपने स्थान पर ही गोल घूमे, उत्तर दिशा की ओर मुँह करके पद्मासन में बैठ गए और परमानन्द में लीन होकर उन्होंने महासमाधि में प्रवेश किया।

"भक्तों को इतने प्रिय लगने वाले लाहिड़ी महाशय के सुंदर शरीर का पवित्र गंगा तट के मणिकार्णिका घाट पर गृहस्थोचित विधि से दाह संस्कार किया गया।" केशवानन्दजी बता रहे थे। "दूसरे दिन सुबह दस बजे, जब मैं भी बनारस में ही था, तो मेरा कमरा अचानक उज्ज्वल प्रकाश से भर उठा। आश्चर्य! मेरे सामने भौतिक शरीर में लाहिड़ी महाशय खड़े थे। यह शरीर बिल्कुल उनके पुराने शरीर जैसा ही था, अन्तर इतना ही था कि यह शरीर अधिक युवावस्था में और अधिक तेजस्वी लग रहा था। मेरे दिव्य गुरु ने मुझसे बातचीत भी की।

"उन्होंने कहा, 'केशवानन्द, यह मैं हूँ। अपने भस्म हुए शरीर के विघटित अणुओं से मैंने अपने नए शरीर की सृष्टि की है। संसार में मेरा गृहस्थ का कार्य तो पूरा हो चुका है, पर मैं पृथ्वी को पूर्णतः छोड़कर नहीं जा रहा हूँ। इसके बाद मैं कुछ समय तक हिमालय में बाबाजी के साथ रहूँगा और फिर से सारे ब्रह्माण्ड में बाबाजी के साथ वास करूँगा।'

"मुझे आशीर्वाद देकर अलौकिक गुरु अंतर्धान हो गए। मेरा हृदय एक अद्भुत प्रेरणा से भर गया; मुझे उसी प्रकार का अत्यंत उच्च आध्यात्मिक अनुभव हुआ, जैसे ईसा मसीह और कबीर के शिष्यों को अपने-अपने गुरु की शारीरिक मृत्यु के बाद जीवन रूप में देखकर हुआ था।

"हरिद्वार के एकांत स्थान में बने अपने आश्रम को लौटते समय मैं अपने साथ लाहिड़ी महाशय की पवित्र अस्थियों का एक छोटा-सा हिस्सा ले आया। मुझे इसका भान था कि वे देश-काल से आबद्ध देह-पिंजर निकल गए थे; सर्वव्यापकता रूपी पक्षी मुक्त हो चुका था। फिर भी उनकी अस्थियों की यहाँ प्रतिष्ठापना कर समाधि मंदिर बनाने से मुझे अपूर्व सांत्वना मिली।"

एक और शिष्य को भी पुनरुत्थित हुए गुरु के दर्शन करने का सौभाग्य प्राप्त हुआ था। वे थे संतवत् महात्मा पंचानन भट्टाचार्य। मैं कोलकाता में उनसे मिलने उनके घर गया था। उन्होंने महान गुरु के साथ बिताए अपने अनेक वर्षों की कई रोमांचक कहानियाँ बताईं। मैं अत्यंत आनंद के साथ सुनता रहा। अंत में उन्होंने अपने जीवन की सबसे अद्भुत घटना बताई।

उन्होंने कहा, 'लाहिड़ी महाशय की अन्त्येष्टि के बाद दूसरे दिन प्रातः दस बजे वे यहाँ कोलकाता में मेरे सामने प्रकट हुए।'

"द्विशरीरी संत" स्वामी प्रणवानन्दजी ने भी अपना दिव्य अनुभव संपूर्ण विस्तार सहित मुझे बताया। जब वे मेरे राँची विद्यालय में आए थे, तब उन्होंने मुझे बताया, "लाहिड़ी महाशय के देहत्याग के थोड़े ही दिनों पूर्व मुझे उनका एक पत्र आया, जिसमें उन्होंने मुझे तुरन्त बनारस आने के लिए कहा था। तथापि अपरिहार्य कारणों से मैं तत्क्षण प्रस्थान नहीं कर सका और मुझे थोड़ा विलम्ब हो गया। एक दिन प्रातः दस बजे मैं बनारस के लिए प्रस्थान करने की तैयारी कर ही रहा था कि अपने कमरे में अपने गुरु को अत्यंत तेजस्वी रूप में प्रकट हुए देख कर मैं आनंद विभोर हो गया।

"'अब बनारस जाने की क्या जल्दी है?' लाहिड़ी महाशय ने मुस्कराते हुए कहा। 'अब तुम मुझे वहाँ कभी नहीं देख पाओगे।'

"जब उनके शब्दों का अर्थ मुझे समझ आया, तो यह सोचकर कि मैं उनके दर्शन की केवल अनुभूति कर रहा था, मैं भग्न हृदय से रोने लगा।

"गुरुदेव सांत्वना देते हुए मेरे पास आए। 'लो मेरे शरीर को छू कर देखो,' उन्होंने कहा। 'मैं सदा की भाँति अब भी जीवित हूँ। शोक मत करो; क्या मैं हमेशा तुम्हारे पास नहीं हूँ?'"

इन तीन महान शिष्यों के मुख से एक अद्भुत सत्य की कहानी उभरकर सामने आई है, लाहिड़ी महाशय के दाह-संस्कार के बाद दूसरे दिन प्रातः दस बजे तीन अलग-अलग शहरों में तीन शिष्यों के सामने वे पुनरुज्जीवित परन्तु रूपान्तरित शरीर में फिर से प्रकट हुए।

"अतः जब यह नश्वर देह अनश्वरता प्राप्त करेगी और यह मर्त्य जीव अमरता का चोला पहन लेगा, तभी बाइबिल में लिखा गया यह वचन चरितार्थ होगा कि 'मृत्यु पर विजय पाई जा चुकी है। हे मृत्यु! कहाँ है तेरा डंश? ओ श्मशान! कहाँ है तेरी विजय?'"

मेरा अमेरिका-गमन

"अमेरिका! निश्चय ही ये लोग अमेरिकी हैं!" मेरे मन में यही विचार उठा जब मेरी अंतर्दृष्टि के सामने से पाश्चात्य चेहरों की लम्बी कतार गुजरने लगी।

राँची में अपने विद्यालय के भंडार गृह में कुछ धूलि-धूसरित पेटियों के पीछे मैं ध्यानमग्न बैठा था। बच्चों के बीच व्यस्तता के उन वर्षों में एकांत स्थान मिलना बहुत कठिन था!

ध्यान में वह दृश्य चलता रहा। एक विशाल जनसमूह मेरी ओर आतुर दृष्टि से देखते हुए मेरी चेतना के मंच पर अभिनेताओं की तरह मेरे सामने से गुजर रहा था।

इतने में भंडार गृह का द्वार खुल गया। सदा की तरह एक बच्चे ने मेरे छिपने के स्थान को खोज लिया था।

"यहाँ आओ, विमल," प्रफुल्ल मन से मैंने उसे बुलाया। "तुम्हें एक समाचार सुनाता हूँ, भगवान मुझे अमेरिका में बुला रहे हैं।"

"अमेरिका में?" उसने ऐसे स्वर में मेरे शब्दों को दोहराया जैसे मैंने कहा हो "चाँद पर जा रहा हूँ।"

"हाँ! कोलम्बस की भाँति मैं भी अमेरिका की खोज करने जा रहा हूँ। कोलम्बस ने सोचा था कि वह भारत पहुँच गया परन्तु वह अमेरिका पहुँच गया था; निश्चय ही इन दो देशों के बीच कोई कर्म-संबंध नहीं है!"

विमल वहाँ से भाग गया और शीघ्र ही दो पाँव के उस समाचार पत्र ने सारे विद्यालय में यह बात फैला दी।

मैं जानता था कि मेरे जीवन का एक विशिष्ट अध्याय पूरा हो चुका था और अब इसके आगे मुझे सुदूर देशों में ही रहना होगा। ध्यान में उस दृश्य-दर्शन के कुछ ही घंटों बाद मैं ट्रेन से कोलकाता रवाना हो गया। दूसरे

ही दिन मुझे अमेरिका में आयोजित 'धार्मिक उदारतावादियों के अन्तर्राष्ट्रीय सम्मेलन' में (International Congress of Religious Liberals) भारत के प्रतिनिधि के रूप में भाग लेने के लिए एक निमंत्रण मिला। उस वर्ष यह सम्मेलन 'अमेरिकन युनिटैरियन एसोसिएशन' के तत्वावधान में बॉस्टन में होने वाला था।

मेरा दिमाग घूमने लगा। मैं श्रीरामपुर में श्रीयुक्तेश्वरजी के पास जा पहुँचा।

"गुरुजी! मुझे अभी-अभी अमेरिका में एक धार्मिक सम्मेलन में भाषण देने का निमंत्रण मिला है। क्या मुझे जाना चाहिए?"

गुरुदेव ने सहज भाव से उत्तर दिया, "सभी दरवाज़े तुम्हारे लिए खुले हैं। अभी नहीं गए तो कभी नहीं जा सकोगे।"

मैंने व्याकुल होकर कहा, "परन्तु, गुरुदेव! मुझे सार्वजनिक व्याख्यान देने का अनुभव ही क्या है? मैंने शायद ही कभी कोई भाषण दिया हो, और अंग्रेजी में तो कभी नहीं।"

"तुम अंग्रेजी में बोलो या किसी भी भाषा में बोलो, योग पर तुम्हारा भाषण मन लगाकर सुना जाएगा।"

ठीक उसी क्षण गड़पार रोड़ स्थित मेरे घर के दरवाजे पर दस्तक सुनाई दी। जब मैंने दरवाजा खोला तो देखा कि संन्यासियों की तरह केवल एक कटिवस्त्र धारण किए हुए एक युवक वहाँ खड़ा है। उसने घर में प्रवेश किया।

"ये अवश्य ही बाबाजी होंगे!" स्तब्ध होकर मैं सोच रहा था, क्योंकि मेरे सामने खड़े उस व्यक्ति का चेहरा लाहिड़ी महाशय जैसा ही दिख रहा था। मेरे मन में उठे उस विचार का उन्होंने उत्तर दे दिया। "हाँ, मैं बाबाजी हूँ।" वे अत्यंत मधुर आवाज में हिंदी में बोल रहे थे, "हम सबके परमपिता ने तुम्हारी आवाज प्रार्थना सुन ली है। उन्होंने मुझे तुम्हें यह बताने का आदेश दिया है, अपने गुरु की आज्ञा का पालन करो और अमेरिका चले जाओ। डरो मत; तुम्हारा पूर्ण संरक्षण किया जाएगा।"

थोड़ी देर रुककर बाबाजी ने फिर मुझसे कहा, "तुम ही वह हो जिसे मैंने पाश्चात्य जगत् में क्रियायोग का प्रसार करने के लिए चुना है। बहुत वर्ष पहले मैं तुम्हारे गुरु युक्तेश्वर से एक कुम्भ मेले में मिला था और तभी मैंने उनसे कह दिया था कि मैं तुम्हें उनके पास शिक्षा ग्रहण के लिए भेज दूँगा।"

साक्षात् बाबाजी के सामने खड़ा होने के कारण भक्ति भाव में विभोर होकर मैं अवाक् हो गया और उन्होंने ही मुझे श्रीयुक्तेश्वरजी के पास पहुँचाया था। स्वयं उनके श्रीमुख से यह सुनकर तो मेरा हृदय कृतज्ञता एवं प्रेमादर की बाढ़ में पूरी तरह डूब गया। मृत्युंजय परमगुरु के चरणों में मैंने साष्टांग प्रणाम किया। उन्होंने अत्यंत प्रेम के साथ मुझे उठाया। मेरे जीवन के बारे में अनेक बातें बताने के बाद उन्होंने मुझे कुछ व्यक्तिगत उपदेश दिए और कई गोपनीय भविष्यवाणियाँ कीं।

अन्त में उन्होंने गंभीरता के साथ कहा, "ईश्वर-साक्षात्कार की वैज्ञानिक प्रणाली क्रियायोग का अंततः सब देशों में प्रसार हो जाएगा और मनुष्य को अनंत परमपिता का व्यक्तिगत इंद्रियातीत अनुभव कराने के द्वारा यह राष्ट्रों के बीच सौमनस्य-सौहार्द्र कराने में सहायक होगा।"

अपनी अनंत शक्ति से युक्त दृष्टि मुझ पर डाल कर अपने ब्रह्मचैतन्य की एक झाँकी मुझे दिखाते हुए परमगुरु ने मुझमें नई शक्ति का संचार कर दिया।

"दिवि सूर्यसहस्रस्य भवेद्युगपदुत्थिता।
यदि भा, सदृशी सा स्याद् भासस्तस्य महात्मन॥

यदि आकाश में कभी सहस्र सूर्य एक साथ उदित हो सकें, तो उससे उत्पन्न प्रकाश भी इस महान विश्वरूप के प्रकाश के सदृश कदाचित् ही हो।

थोड़ी ही देर में बाबाजी यह कहते हुए दरवाजे की ओर बढ़े, "मेरे पीछे आने का प्रयत्न मत करना। तुम्हारे लिए यह संभव भी नहीं होगा।"

"बाबाजी, दया कीजिए। चले मत जाइए। मुझे अपने साथ लेते जाइए।" मैं बार-बार पुकार रहा था। उन्होंने कहा, "अभी नहीं। फिर कभी।"

भावावेग में मैंने उनकी चेतावनी की परवाह नहीं की। जैसे ही मैंने उनके पीछे जाने का प्रयत्न किया, मुझे ज्ञात हुआ कि मेरे पाँव जमीन से चिपक गए हैं। दरवाजे पर पहुँचकर बाबाजी ने मुझ पर एक प्रेमभरी दृष्टि डाली। मेरी आँखें तीव्र लालसा से उन पर ही जमी हुई थीं। उन्होंने आशीर्वाद देने की मुद्रा में हाथ उठाया और चले गए।

कुछ मिनटों बाद मेरे पाँव जमीन से छूटे। मैं वहीं बैठकर गहरे ध्यान में लीन हो गया। न केवल मेरी प्रार्थना का उत्तर देने के लिए, बल्कि बाबाजी का दर्शन करा देने के लिए भी, मैं ईश्वर को बारंबार धन्यवाद देने लगा। मुझे ऐसा

लग रहा था मानो चिरयुवा, आयुविहीन प्राचीन परमगुरु के स्पर्श से मेरा शरीर पावन हो गया था। उनके दर्शन की तीव्र लालसा मुझे लम्बे समय से थी।

अभी तक बाबाजी के साथ अपनी इस भेंट की बात मैंने किसी को नहीं बताई है। इस घटना को अपने मानवी अनुभवों में सबसे पवित्र अनुभव मानकर मैंने इसे अपने हृदय में छिपा लिया था। परन्तु मुझे लगा कि इस आत्मकथा के पाठकों को विश्व में रुचि लेने वाले एकांतवासी बाबाजी की वास्तविकता पर अधिक विश्वास होगा यदि मैं ऐसी घटना का वर्णन कर दूँ जिसमें मैंने उन्हें स्वयं अपनी आँखों से देखा है। इस पुस्तक के लिए मैंने आधुनिक भारत के योगी-अवतार परमगुरु का एक चित्र भी एक चित्रकार की सहायता से बनवाया है।

अमेरिका के लिए प्रस्थान करने के एक दिन पहले मैं श्रीयुक्तेश्वरजी की पावन उपस्थिति में बैठा था। उन्होंने ज्ञानयुक्त शांत स्वर में मुझसे कहा, "भूल जाओ कि तुम्हारा जन्म हिन्दू समाज में हुआ था, परन्तु अमेरिकी लोगों के भी सारे ही तौर-तरीके मत अपना लेना। दोनों समाजों के केवल उत्तम गुणों को सदा याद रखना। पृथ्वी पर चारों ओर विभिन्न जाति-वंशों में बिखरे हुए अपने बन्धुओं के सर्वश्रेष्ठ गुणों को खोजो और उन्हें आत्मसात् करो।"

फिर उन्होंने मुझे आशीर्वाद दिया, "ईश्वर की खोज करने के लिए जो भी श्रद्धा के साथ तुम्हारे पास आएँगे, तुम्हारे द्वारा उनकी सहायता होकर रहेगी। जब तुम उन पर दृष्टिपात करोगे, तब तुम्हारी आँखों से निःसृत होता आध्यात्मिक प्रवाह उनके मस्तिष्कों में प्रवेश करेगा और उनकी भौतिक प्रवृत्तियों और आदतों को परिवर्तित करके उन्हें और अधिक ईश्वराभिमुख कर देगा।" फिर मुस्कराते हुए वे बोले, "सच्चे जिज्ञासुओं को आकर्षित करने के मामले में तुम्हारी नियति बहुत अच्छी है। तुम जहाँ भी जाओगे, चाहे वह जंगल ही क्यों न हो, तुम्हें सच्चे मित्र मिलते रहेंगे।"

श्रीयुक्तेश्वरजी के इन दोनों ही आशीर्वादों की पूर्ति भली भाँति हुई है। मैं अमेरिका अकेला ही आया जहाँ मेरा एक भी मित्र नहीं था, परन्तु वहाँ हजारों लोग मुझे मिले जो आत्मा की कालातीत शिक्षाओं को ग्रहण करने के लिए तैयार बैठे थे।

विश्वयुद्ध के बाद अमेरिका जाने वाले पहले ही यात्री जहाज 'द सिटी ऑफ स्पार्टा' पर सवार होकर मैंने अगस्त 1920 में भारत से प्रस्थान किया।

पासपोर्ट प्राप्त करने में "लालफीताशाही" की अनेकानेक कठिनाइयाँ आईं, जो लगभग चमत्कारी रूप से ही दूर हुईं और तब कहीं जाकर मैं जहाज पर यात्रा के लिए टिकट पा सका।

दो महीनों की समुद्र-यात्रा के दौरान जहाज पर एक सहयात्री को पता चल गया कि मैं बॉस्टन सम्मेलन के लिए भारत का प्रतिनिधि बन कर जा रहा था।

मेरे नाम का विचित्र उच्चारण करते हुए (आगे मुझे अमेरिकी लोगों द्वारा जिन अजीब-गरीब तरीकों से अपने नाम का उच्चारण सुनना था, उनमें से यह केवल पहला था) उसने मुझसे कहा "स्वामी योगानंद, अगले गुरुवार की रात को हम यात्रियों के लिए व्याख्यान देकर कृपया हमें अनुग्रहीत करें। 'जीवन का युद्ध और उसे कैसे लड़ें' विषय पर व्याख्यान से हम सब को बड़ा लाभ होगा।"

अफसोस! बुधवार के आते ही मुझे पता चला कि पहले मुझे ही अपने जीवन का युद्ध लड़ना था। अंग्रेजी में व्याख्यान देने के लिए अपने विचारों को एक सूत्र में गूँथने का मैंने हर तरह प्रयास ही छोड़ दिया। जीन-काठी देखते ही भड़क उठने वाले नए घोड़े की तरह मेरे विचार भी अंग्रेजी व्याकरण के साथ कोई सहयोग करने के लिए तैयार नहीं थे। पर गुरुदेव के पिछले आश्वासनों पर पूर्ण विश्वास रखते हुए मैं गुरुवार को जहाज के सैलून में अपने श्रोताओं के सामने जाकर खड़ा हो गया। मेरे मुँह से एक भी शब्द नहीं निकला; वहाँ उपस्थित लोगों के सामने मैं अवाक् बनकर खड़ा रहा। मेरी सहनशीलता का यह युद्ध लगभग 10 मिनट तक चलता रहा। उसके बाद श्रोताओं को मेरी परिस्थिति का आकलन हो गया और वे हँसने लगे।

उस क्षण की परिस्थिति मेरे लिए तो हँसने लायक नहीं थी; क्षुब्ध होकर मैं मन ही मन गुरुदेव से प्रार्थना करने लगा।

"तुम बोल सकते हो! बोलो!" उनकी आवाज तत्क्षण मेरी चेतना में गूँजी।

उसी के साथ मेरे विचारों ने तुरन्त ही अंग्रेजी भाषा के साथ दोस्ती कर ली। पैंतालिस मिनट तक व्याख्यान चलता रहा और अन्त तक श्रोतागण तन्मय होकर सुनते रहे। इस व्याख्यान के कारण अमेरिका में विभिन्न संस्थाओं के समक्ष बाद में व्याख्यान देने के लिए कई निमन्त्रण मुझे उसी समय मिल गए।

बाद में प्रयास करने पर भी, उस व्याख्यान में मैंने जो कुछ भी कहा था, उसमें से एक शब्द भी मुझे कभी याद नहीं आ सका। सावधानी-पूर्वक जब मैंने यात्रियों से पूछताछ की, तो अनेक लोगों से मुझे इतना ही पता चला, "आपने शुद्ध और सही अंग्रेजी में अत्यंत प्रेरणास्पद व्याख्यान दिया।" यह आनंददायक उत्तर सुनकर मैंने समय पर सहायता करने के लिए विनम्रतापूर्वक अपने गुरुदेव का धन्यवाद किया। और इसके बाद भी देश-काल की सीमाओं को ध्वस्त कर वे सदा ही मेरे साथ हैं।

शेष समुद्र-यात्रा के दौरान कभी-कभी बॉस्टन सम्मेलन में अंग्रेजी व्याख्यान की अग्निपरीक्षा के विचार से मेरे मन में सूल उठता था। मैं व्याकुल होकर प्रार्थना करता, "करुणासागर प्रभु! आप ही मेरी एकमात्र प्रेरणा बनने की कृपा कीजिए।"

'द सिटी ऑफ स्पार्टा' सितंबर के उत्तरार्थ में बॉस्टन के बन्दरगाह में खड़ा हो गया। 6 अक्तूबर 1920 को मैंने धर्म सम्मेलन में जाकर अमेरिका में अपना पहला व्याख्यान दिया। व्याख्यान का अच्छा स्वागत हुआ; मैंने राहत की साँस ली। अमेरिकन युनिटैरियन एसोसिएशन के विशाल हृदय सचिव ने सम्मेलन पर प्रकाशित एक विवरण में अपना मत इस प्रकार व्यक्त किया,

"राँची के ब्रह्मचर्याश्रम से आए प्रतिनिधि स्वामी योगानंद ने अपनी संस्था की ओर से सम्मेलन का अभिनन्दन किया। धाराप्रवाह अंग्रेजी में ओजस्वी व्याख्यान के साथ उन्होंने 'धर्म-विज्ञान' पर दार्शनिक स्वरूप का व्याख्यान दिया, जिसे बड़े स्तर पर वितरित करने के लिए एक पत्रक के रूप में छाप दिया गया है। अपने व्याख्यान में उन्होंने कहा कि धर्म सार्वभौमिक बनाया जा सकता है और सबको उसका अनुसरण करने एवं उसका पालन करने के लिए कहा जा सकता है।"

पिताजी ने जो बड़ी रकम का चेक दिया था, उसके कारण सम्मेलन के समाप्त हो जाने के बाद भी अमेरिका में रहना मेरे लिए सम्भव हो गया। अत्यंत साधारण परिस्थितियों में रहते हुए बॉस्टन में तीन वर्ष सुखपूर्वक बीत गए। इस दौरान मैंने सार्वजनिक व्याख्यान दिए, शिक्षा वर्ग चलाए और "सॉन्ग्स ऑफ द सोल" ('आत्मा के गीत') नामक एक काव्य-पुस्तक भी लिखी, जिसकी प्रस्तावना "सिटी ऑफ न्यू यार्क" कॉलेज के प्रेसिडेन्ट डॉ फ्रेडरिक बी रॉबिन्सन ने लिखी है।

1924 में मैंने पूरे अमेरिका महाद्वीप की यात्रा शुरू की और प्रमुख शहरों में हजारों लोगों के समक्ष व्याख्यान दिए। मैं जब सीएटल में था तो कुछ समय विश्रांति में बिताने के लिए वहाँ से रमणीय अलास्का में चला गया।

मेरी शिक्षाओं का अनुसरण करने वाले उदारमना लोगों की सहायता से 1925 के अंत तक मैंने कैलिफोर्निया के लॉस ऐंजिलिस शहर में माउण्ट वाशिंगटन एस्टेट्स पर अपने अमेरिकी मुख्यालय की स्थापना कर दी। यह वही भवन है, जो मैंने अनेक वर्ष पहले कश्मीर में अपने अन्तर्दर्शन में देखा था। यहाँ दूर अमेरिका में चल रही अपनी गतिविधियों के फोटो मैंने जल्दी ही श्रीयुक्तेश्वरजी को भेज दिए। उन्होंने एक पोस्टकार्ड पर बंगाली में उत्तर भेजा, जिसका अनुवाद मैं यहाँ दे रहा हूँ,

मेरे हृदय के दुलारे, हे योगानंद!

तुम्हारे विद्यालय और छात्रों के फोटो देखकर मेरे जीवन में कितना आनंद आया है इसका मैं शब्दों में वर्णन नहीं कर सकता। विभिन्न शहरों के तुम्हारे योग-विद्यार्थियों को देखकर मैं आनंद से पिघल रहा हूँ

प्रतिज्ञापन, रोग-निवारक स्पंदन सम्प्रेषण तथा दैवी रोगमुक्ति की प्रार्थनाएँ आदि तुम्हारी पद्धतियों के बारे में सुनकर मैं तुम्हें हृदय से धन्यवाद दिए बिना नहीं रह सकता।

माऊण्ट वाशिंगटन इस्टेट्स का मुख्य द्वार, पहाड़ी पर ऊपर जाता सर्पिल रास्ता, और पहाड़ी के नीचे फैले हुए सुंदर दृश्य को देखकर यह सभी कुछ आँखों से देखने की इच्छा मन में पैदा होती है।

यहाँ सब ठीक चल रहा है। ईश्वर की कृपा से तुम सदा परमानन्द में रहो।

लूथर बरबैंक–गुलाबों के बीच एक संत

"उन्नत किस्म के पौधे तैयार करने का रहस्य वैज्ञानिक ज्ञान के अलावा एक और भी है; वह है प्रेम।" लूथर बरबैंक ने ज्ञान के ये शब्द तब कहे जब मैं कैलिफोर्निया में सैंटा रोजा स्थित उनके बगीचे में उनके साथ टहल रहा था। मनुष्य के खाने योग्य नागफनी की एक क्यारी के पास हम रुक गए।

उन्होंने आगे कहा, "जब मैं कंटकहीन नागफनी की नस्ल तैयार करने का प्रयोग कर रहा था, तब मैं प्रायः इन पौधों के साथ बातें किया करता था, ताकि प्रेमपूर्ण स्पन्द पैदा हो सकें। मैं उनसे कहता, 'तुम्हें किसी प्रकार का भय रखने की आवश्यकता नहीं है। आत्म-रक्षा के लिए तुम्हें इन काँटों की आवश्यकता नहीं है। मैं तुम्हारी रक्षा करूँगा।' और धीरे-धीरे रेगिस्तान का यह उपयुक्त पौधा इस कंटकविहीन नस्ल के रूप उभर आया।"

मैं इस चमत्कार पर मुग्ध रह गया। "प्रिय लूथर, माऊण्ट वाशिंगटन के अपने बगीचे में लगाने के लिए इस नागफनी के कुछ पत्ते कृपया मुझे प्रदान करें।"

निकट ही खड़ा एक माली कुछ पत्ते काटने के लिए आगे बढ़ा ही था, कि लूथर ने उसे रोक दिया।

"स्वामीजी के लिए मैं स्वयं ही पत्ते काट देता हूँ।" उन्होंने मुझे तीन पत्ते दिए, जिन्हें बाद में मैंने अपने बगीचे में लगाया। उन्हें पौधे बनकर बढते और विशाल झाड़ी के रूप में परिवर्तित होते देखकर मैं खूब आनन्दित होता था।

इस महान उद्यान-विज्ञानी ने मुझे बताया कि उनकी प्रथम उल्लेखनीय सफलता थी बड़े आकार का वह आलू जिसे उनके ही नाम पर अब बरबैंक

आलू कहा जाता है। अपनी असीम प्रतिभा और अथक परिश्रम से उन्होंने प्रकृति के पौधों को वर्ण-संकर के द्वारा अधिक उन्नत कर सैकड़ों नई प्रजातियाँ संसार को दी हैं, नई बरबैंक किस्म के टमाटर, मक्का, स्क्वैश, चेरी, नेक्टारिन, बेरी, पॉपी, लिली, गुलाब।

मैंने अपना कैमरा साध लिया जब लूथर मुझे अखरोट के उस प्रसिद्ध पेड़ के पास ले गए। जिसे तैयार करके उन्होंने सिद्ध कर दिया कि नैसर्गिक क्रमविकास की गति को बहुत अधिक भी बढ़ाया जा सकता है।

उन्होंने कहा, "केवल सोलह वर्षों में यह पेड़ भरपूर फल देने लग गया। किसी प्रकार की सहायता के बिना, नैसर्गिक क्रम के अनुसार फल देने में इसे इससे दुगुना समय लगता।

इतने में बरबैंक की छोटी-सी दत्तक पुत्री अपने कुत्ते के साथ उछलती-कूदती बगीचे में आई।

उसकी ओर हाथ दिखाते हुए प्रेम से लूथर ने कहा, "यह मेरा मानव-पौधा है। सारी मानवजाति को अब मैं एक विशाल वृक्ष के रूप में ही देखता हूँ, जिसे अपने उच्चतम विकास के लिए केवल प्रेम, खुली हवा और खुली जगह का प्राकृतिक उपयोग कर चुन-चुन कर संकरित किए जाने की आवश्यकता है। मैंने स्वयं अपने जीवनकाल में ही पौधों के विकास की ऐसी ही आश्चर्यजनक प्रगति देखी है कि मुझे यह दृढ़ आशा हो गई है कि यदि बच्चों को सादगी और विवेक के साथ जीना सिखाया जाए, तो यह संसार शीघ्र ही स्वस्थ और सुखी बन जाएगा। हमें प्रकृति और प्रकृति के सृष्टा ईश्वर की ओर लौटना ही होगा।"

"राँची के मेरे विद्यालय में खुले आकाश के नीचे चलते कक्षा-वर्गों को और आनंद एवं सादगी से भरे वातावरण को देखकर आप अत्यंत आनंदित होंगे।" मैंने लूथर से कहा।

मेरे शब्दों ने उनके हृदय की सबसे नाजुक तार को छेड़ दिया। बच्चों की शिक्षा उनका सबसे प्रिय विषय था। उन्होंने मुझ पर प्रश्नों की झड़ी लगा दी। उनकी गहरी, शांत आँखों में उत्सुकता चमक रही थी।

अंत में उन्होंने कहा, "आपके विद्यालय जैसे विद्यालयों से ही भावी युग

के लिए कोई आशा की जा सकती है। प्रकृति से दूर और स्वतन्त्र व्यक्तित्व के विकास का बचपन में ही गला घोट देने वाली हमारी वर्तमान शिक्षा पद्धतियों के विरुद्ध मेरे हृदय में बगावत है। शिक्षा-विषयक आपके व्यावहारिक आदर्शों के साथ मैं पूर्ण अन्तःकरण से सहमत हूँ।"

जब मैं उस विनम्र संत से विदा लेने लगा, तो उन्होंने एक छोटी-सी पुस्तक पर अपने हस्ताक्षर कर दिए और वह पुस्तक मुझे भेंट कर दी।

ईसा-क्षतचिह्न-धारिणी कैथोलिक संत टेरेसा नॉयमन

"भारत लौट आओ। पंद्रह वर्षों तक मैंने धीरज के साथ तुम्हारी प्रतीक्षा की है। शीघ्र ही मैं शरीर त्याग कर अनंत धाम चला जाऊँगा। योगानंद, चले आओ!"

एक दिन जब मैं माऊण्ट वाशिंगटन स्थित अपने आश्रम में ध्यान कर रहा था, तब अचानक आश्चर्यजनक रूप से श्रीयुक्तेश्वरजी की आवाज मुझे अपने अन्तर में सुनाई दी। दस हजार मील की दूरी को पलक झपकते ही पार कर उनके संदेश ने बिजली की भाँति मेरे अन्तर में प्रवेश कर लिया।

पन्द्रह वर्ष! हाँ, मुझे एहसास हुआ यह सन् 1935 है। मैंने अमेरिका में अपने गुरुदेव की शिक्षाओं का प्रसार करते हुए पन्द्रह वर्ष बिता दिए हैं। अब मुझे वापस बुला रहे हैं।

थोड़ी देर बाद मैंने अपना यह अनुभव अपने एक प्रिय मित्र जेम्स जे. लिन को बताया। प्रतिदिन क्रियायोग के अभ्यास से उनकी आध्यात्मिक उन्नति इतनी हो गई थी कि मैं प्रायः उन्हें "संत लिन" कहता हूँ। उनमें तथा दूसरे अनेक पाश्चात्यों में बाबाजी की उस भविष्यवाणी की पूर्ति देखकर मैं अत्यंत आनन्दित होता हूँ कि प्राचीन योग मार्ग के माध्यम से पाश्चात्य जगत् में भी ईश्वर-साक्षात्कारी संत पैदा होंगे।

श्री लिन ने उदारतापूर्वक मेरी यात्रा के व्यय का सारा भार उठाने का प्रस्ताव रखा। इस प्रकार पैसे की समस्या हल होते ही मैंने जहाज से यूरोप होते हुए भारत जाने की तैयारी की। मार्च 1935 में मैंने सेल्फ-रियलाइजेशन फेलोशिप को चिरस्थायी बनाने के लिए उसे कैलिफोर्निया राज्य के कानून के अंतर्गत एक धर्मनिरक्षेप, अलाभार्जक संस्था के रूप में पंजीकृत करा लिया।

मेरे पास अपना जो कुछ भी था, वह सब अपनी पुस्तकों के सर्वाधिकारों सहित मैंने सेल्फ-रियलाइजेशन फेलोशिप को दान कर दिया। दूसरी अधिकांश धार्मिक एवं शैक्षणिक संस्थाओं की तरह ही सेल्फ-रियलाइजेशन फेलोशिप भी अपने सदस्यों एवं अन्य लोगों के दान पर चलती है।

मैंने अपने शिष्यों से कहा, "मैं वापस आऊँगा। अमेरिका को मैं कभी नहीं भूलूँगा।"

लॉस ऐंजिलिस में मेरे मित्रों द्वारा मुझे दिए गए विदाई-भोज के दौरान मैं लम्बे समय तक उनके चेहरे निहारता रहा। मेरे मन में कृतज्ञता से ओतप्रोत विचार आया, "हे प्रभु! जो आपको ही एकमात्र दाता मानकर स्मरण करता है, उसके लिए मानवों के बीच कभी मधुरता का अभाव नहीं हो सकता।"

न्यू यॉर्क से मैं 9 जून, 1935 को यूरोपा नाम के जहाज पर सवार होकर चल पड़ा। मेरे साथ दो शिष्य थे—एक मेरे निजी सचिव श्री सी. रिचर्ड राइट और दूसरी सिनसिनाटी की एक वृद्ध-सी महिला, मिस एटी ब्लेच। विगत सप्ताहों की अतिव्यस्तता और भागदौड़ के बाद समुद्र-यात्रा के शांतिपूर्ण दिन बड़े सुहावने लग रहे थे। पर यह शांति अल्पकालिक ही रही; क्योंकि आधुनिक जहाजों की तेज गति के कुछ खेदजनक पहलू भी हैं!

अन्य उत्सुक पर्यटकों की भाँति हम लोग भी विशाल और प्राचीन महानगरी लंदन में घूमे। लन्दन पहुँचने के दूसरे दिन मुझे कैक्स्टन हॉल में एक विशाल सभा को संभोधित करने का निमंत्रण मिला। इस सभा में व्याख्यान शुरू करने से पहले सर फ्रांसिस यंगहसबैण्ड ने लंदन के श्रोताओं को मेरा परिचय दिया।

हमने सर हैरी लॉडर के अतिथि बनकर उनके स्काटलैंड की एस्टेट में एक दिन आनंद में बिताया। कुछ दिन बाद हम लोग इंग्लिश चैनल को पार कर यूरोप महाद्वीप पहुँचे, क्योंकि मैं बवेरिया की एक विशेष तीर्थयात्रा करना चाहता था। मैंने विचार किया कि कोनरस्रथ की महान कैथोलिक संत टेरेसा नॉयमन से मिलने का यही एकमात्र अवसर मुझे मिल सकता है।

हमेशा की तरह मैं किसी संत से मिलने के लिए लालायित रहता था, चाहे मैं पूर्व में रहूँ या पश्चिम में। जब हम लोग 16 जुलाई को कोनरस्रथ पहुँचे, तो मैं आनंद से पुलकित हो उठा। बवेरिया किसानों को हमारी फोर्ड कार (इसे हम लोग अमेरिका से अपने साथ लाए थे) और उसमें बैठे

अलग-अलग प्रकार के लोगों—एक युवा अमेरिकन पुरुष, एक प्रौढ़ महिला और कोट के कॉलर के नीचे अपने लम्बे केशों को दबाए एक श्यामवर्णी भारतीय—को देखकर काफी कुतूहल हो रहा था।

टेरेसा नॉयमन का घर साफ-सुथरा था। घर के पास ही स्थित पुराने कुँए के पास-सुंदर फूल खिले हुए थे। परन्तु अफसोस! घर बन्द और सुनसान था। पड़ोसियों और उस समय पास से गुजर रहे पोस्टमैन को भी कोई जानकारी नहीं थी। इतने में वर्षा भी होने लगी। मेरे साथियों ने लौट चलने की राय दी।

"नहीं," मैंने दृढ़ता के साथ कहा, "जब तक टेरेसा नॉयमन के पास पहुँचने का कोई न कोई सूत्र मेरे हाथ नहीं लगता, मैं यहाँ से हिलने वाला नहीं।"

दो घंटे बाद भी हम उस बेजार करती वर्षा में अपनी कार में ही बैठे रहे। मैंने शिकायत भरा निःश्वास छोड़ते हुए कहा, "भगवन्! यदि उन्हें यहाँ नहीं होना था, तो आप मुझे यहाँ तक लाए ही क्यों?"

इतने में एक अंग्रेजी-भाषी व्यक्ति हमारे पास आकर खड़ा हो गया। उसने नम्रतापूर्वक अपनी सहायता प्रदान की।

उसने कहा, "मैं निश्चित तो नहीं जानता कि टेरेसा कहाँ हैं, परन्तु वे प्रायः ही यहाँ से 90 मील दूर आइक्स्टाट विश्वविद्यालय में वहाँ के विदेशी भाषाओं के प्रोफेसर फ्रान्ज वुट्ज से मिलने जाती हैं।"

दूसरे दिन सुबह हम लोग कार से छोटे-से शांत नगर आइक्स्टाट में जा पहुँचे। डॉ. वुटुज ने प्रेमपूर्वक अपने घर में हमारा स्वागत किया। "हाँ, टेरेसा नॉयमन यहीं हैं।" उन्होंने टेरेसा नॉयमन के पास संदेश भेजा कि कोई उनसे मिलने आए हैं। संदेश ले जाने वाला शीघ्र ही उनके उत्तर के साथ वापस आया।

"यूँ तो बिपश ने मुझे उनकी अनुमति के बिना किसी से मिलने के लिए मना किया है, परन्तु भारत के इस संत से मैं अवश्य मिलूँगी।"

उनके इन शब्दों ने मेरे हृदय को छू लिया। डॉ. वुट्ज के पीछे-पीछे मैं सीढ़ियाँ चढ़कर ऊपर बैठकखाने में गया। टेरेसा नॉयमन तुरन्त ही वहाँ आ गईं। उनसे शांति और आनंद निःसृत हो रहा था। उन्होंने काला गाऊन और सफेद मस्तकावरण धारण कर रखा था। उनकी आयु इस समय 37 वर्ष की थी, परन्तु वे उससे काफी कम उम्र की दिख रही थीं। उनके चेहरे पर एक

शिशु-सुलभ मोहकता और उत्फुल्लता झलक रही थी। स्वस्थ, सुगठित शरीर, गुलाबी गाल आनंदी स्वभाव! और यह वो संत है, जो सदा निराहार रहती हैं!

टेरेसा नॉयमन ने अत्यंत सौम्यता के साथ मुझसे हाथ मिलाया। एक-दूसरे को ईश्वर-प्रेमी के रूप में पहचानते हुए, हम दोनों के मुखों पर मौन मिलन की मृदु मुस्कान खेल रही थी।

डॉ. वुट्ज ने कृपापूर्वक दुभाषिए का काम किया। जब हम लोग बैठ गए, तो मेरे ध्यान में आया कि टेरेसा नॉयमन कुतूहल के साथ अपनी भोली-भाली नजर से मुझे देख रही थीं। स्पष्ट था कि बवेरिया में हिन्दू कभी-कभी ही दिखाई देते थे।

"क्या आप कभी कुछ नहीं खातीं?" मैं स्वयं उनके मुख से सुनना चाहता था।

"नहीं, प्रतिदिन सुबह 6 बजे केवल एक 'होस्ट' के अलावा मैं कुछ नहीं खाती।"

"यह होस्ट कितना बड़ा होता है?"

"वह कागज के समान पतला और छोटे सिक्के के आकार में होता है।" फिर उन्होंने कहा, "मैं उसे केवल ईश्वर के प्रसाद के रूप में लेती हूँ; यदि वह ईश्वर को अर्पण करा हुआ न हो, तो मैं उसे निगल नहीं पाती।"

"आप केवल उसी पर बारह वर्षों तक तो जीवित नहीं रह सकतीं?"

"मैं ईश्वर के प्रकाश से जीवित रहती हूँ।"

कितना सरल उनका उत्तर था, बिल्कुल आइंस्टाइन की तरह!

"मैं समझता हूँ आपको यह ज्ञान है कि आपके शरीर में प्राणशक्ति आकाश, सूर्य और हवा से आती है।"

तुरन्त उनके चेहरे पर मुस्कराहट खिल उठी। "बड़ी खुशी हुई यह देखकर कि आप जानते हैं कि मैं कैसे जीवित रहती हूँ।"

"आपका पवित्र जीवन ईसा मसीह द्वारा कहे गए उस सत्य वचन की अभिव्यक्ति है कि 'मनुष्य केवल अन्न से ही जीवित नहीं रहेगा, बल्कि ईश्वर के मुख से निकलने वाले प्रत्येक शब्द से जीवित रहेगा।'"

मेरे इस स्पष्टीकरण से वे पुनः ख़ुश हो गईं। "सचमुच ऐसा ही है। आज इस पृथ्वी पर मेरे जीवित रहने का एक कारण यह सिद्ध करना भी है कि मनुष्य केवल अन्न से नहीं, बल्कि ईश्वर के प्रकाश से जीवित रहता है।"

"क्या आप दूसरों को भी अन्न के बिना जीवित रहना सिखा सकती हैं?"

ऐसा प्रतीत हुआ कि इस प्रश्न से उन्हें कुछ आघात-सा लगा। "मैं ऐसा नहीं कर सकती। ईश्वर की ऐसी इच्छा नहीं है।"

जब मेरी दृष्टि टेरेसा नॉयमन के मजबूत, सुंदर हाथों पर पड़ी, तो उन्होंने प्रत्येक हाथ के पिछले हिस्से में बना हाल ही में भरा अर्धचंद्राकार घाव दिखाया। इनमें से प्रत्येक घाव हाथ के आर-पार था। यह दृश्य देखकर मुझे लोहे की चौकोर लम्बी-लम्बी कीलों का स्मरण हो आया, जिनका शरीर अर्धचंद्राकार होता है। इन कीलों का पौर्वात्य देशों में अभी भी उपयोग होता है, पर पश्चिम में कहीं मैंने ऐसी कीलें नहीं देखीं।

तत्पश्चात् टेरेसा नॉयमन ने हर सप्ताह में आने वाले अपने उन अनुभवों के बारे में कुछ बताया। "एक असहाय दर्शक की भाँति मैं ईसा मसीह की सारी वेदनाओं को देखती रहती हूँ।" प्रत्येक सप्ताह में गुरुवार की मध्यरात्रि से लेकर शुक्रवार के दोपहर एक बजे तक के लिए उनके घावों के मुँह खुल जाते हैं और उनमें से रक्त बहता रहता है। इस प्रक्रिया में उनके 121 पौण्ड के वजन से 10 पौण्ड वजन कम हो जाता है। अपने इस सहानुभूतिपूर्ण प्रेम में अत्यंत तीव्र यातना सहते हुए भी टेरेसा नॉयमन अपने प्रभु के इन साप्ताहिक दर्शनों की आतुरता से प्रतीक्षा करती रहती है।

उसी क्षण मेरी समझ में आ गया कि नए नियम में वर्णित ईसा मसीह के जीवन और क्रॉस पर उनकी मृत्यु की ऐतिहासिक सत्यता के बारे में सभी ईसाइयों में विश्वास की पुनःप्रतिष्ठता करा देने के लिए ही ईश्वर ने टेरेसा नॉयमन के विलक्षण जीवन का सृजन किया है।

फिर प्रोफेसर वुट्ज ने संत टेरेसा नॉयमन के विषय में अपने कुछ अनुभव बताए।

उन्होंने कहा, "टेरेसा सहित हम कुछ लोग प्रायः कई दिनों तक जर्मनी में दृश्यावलोकन के लिए यात्रा करते रहते हैं। और मजा देखिए, टेरेसा नॉयमन कुछ भी नहीं खातीं और हम सब दिन में तीन बार भरपूर भोजन करते हैं। फिर भी वे सदा गुलाब के फूल की तरह तरो-ताजा रहती हैं, थकान उन्हें छूती भी नहीं। हम बाकी लोगों को जब भूख लगती है, तो हम रास्ते के किनारे होटलों को ढूँढने लगते हैं और टेरेसा नॉयमान दिल खोलकर हँसती रहती हैं।"

और इसके साथ प्रोफेसर ने उनकी शारीरिक अवस्था के बारे में एक

दिलचस्प बात बताई। "टेरेसा नॉयमन कुछ भी नहीं खाती, इसीलिए उनका पेट सिकुड़ गया है। मल-मूत्र उनके शरीर में तैयार ही नहीं होता, परन्तु उनकी पसीने की ग्रंथियाँ काम करती हैं, इसीलिए उनकी त्वचा हमेशा नरम और दृढ़ रहती है।"

विदा लेते समय मैंने टेरेसा नॉयमन से उनके उस अनुभव के समय उपस्थित रहने की इच्छा व्यक्त की।

उन्होंने शालीनतापूर्वक कहा, "हाँ, हाँ! अगले शुक्रवार को कृपया आप कोनरस्रथ आइए। बिशप आपको अनुमति दे देंगे। मुझे इस बात की खुशी है कि आप मुझसे मिलने यहाँ आइक्स्टाट तक आए।"

टेरेसा नॉयमन ने हाथ मिलाकर कई बार हिलाया और हम लोगों को बाहर तक छोड़ने गेट तक आईं। श्री राईट ने कार का रेडियो चालू कर दिया। टेरेसा नॉयमन उत्साह के साथ हँसते हुए उसे चारों ओर से देखने लगीं। वहाँ बच्चों की इतनी भीड़ जमा हो गई कि टेरेसा नॉयमन फिर घर के अंदर चली गईं। हमने उन्हें एक खिड़की में खड़े देखा। वहाँ से वे हमारी ओर देखकर बच्चों की तरह हाथ हिला रही थीं।

दूसरे दिन टेरेसा नॉयमन के दो भाइयों से भेंट हुई। दोनों ही अत्यंत भद्र और मिलनसार हैं। उनके साथ बातचीत से पता चला कि टेरेसा नॉयमन रात में केवल एक-दो घंटे ही सोती हैं। शरीर में इतने सारे घाव होने के बावजूद वे सतत सक्रिय और उत्साह से भरपूर रहती हैं। उन्हें पक्षियों से अत्यंत प्रेम है, एक जलाशय की मछलियों की भी वे देखभाल करती हैं और प्रायः अपने बगीचे में काम करती रहती हैं। उनका पत्र-व्यवहार भी काफी बड़े पैमाने पर चलता रहता है। कैथोलिक लोग उन्हें प्रार्थना और रोग-निवारण की खातिर आशीर्वादों के लिए लिखते रहते हैं। अनेक साधक उनके आशीर्वाद से गंभीर बीमारियों से ठीक हो गए हैं।

उनके तेईस वर्षीय भाई फर्निनान्ड ने बताया कि उनमें प्रार्थना के माध्यम से दूसरों के रोग अपने शरीर में लेकर भोगने तक की शक्ति है। एक बार टेरेसा नॉयमन के चर्च के एक आदमी को गले का कोई रोग हो गया था। वह पादरी बनने की तैयारी कर रहा था। उस समय टेरेसा नॉयमन ने प्रार्थना की कि उस युवक के गले का रोग उनके अपने गले में आ जाए। बस, उसी समय से उन्होंने अन्न-पानी छोड़ दिया है।

शुक्रवार की दोपहर को हम लोग कार से बिशप के घर गए। बिशप महाशय ने मेरे लम्बे बालों को कुछ विस्मय से देखा। उन्होंने तुरन्त आवश्यक अनुमति-पत्र लिखकर दे दिया। इसके लिए कोई शुल्क नहीं था। चर्च ने यह जो नियम बना दिया था, वह केवल टेरेसा नॉयमन को साधारण यात्रियों की भीड़ से बचाने के लिए था, क्योंकि आरंभ के वर्षों में दर्शक हजारों की संख्या में शुक्रवार को कोनरस्त्रथ में जमा हो जाते थे।

हम कोनरस्त्रथ में शुक्रवार को करीब साढ़े नौ बजे पहुँचे। मैंने देखा कि टेरेसा नॉयमन के घर की छत के कुछ हिस्से में शीशा लगा हुआ था, ताकि उन्हें भरपूर प्रकाश उपलब्ध हो। यह देखकर हमें खुशी हुई कि अब की बार घर का दरवाजा बन्द नहीं था, बल्कि सहर्ष स्वागत करने के अंदाज में पूर्ण खुला था। हम लगभग बीस अन्य लोगों की कतार में खड़े हो गए। उन सबके पास भी अनुमति-पत्र थे। कई तो उस भावावस्था को देखने के लिए बहुत दूर से आए थे।

प्रोफेसर के घर में मेरी पहली परीक्षा में टेरेसा नॉयमन उत्तीर्ण हो गई थीं, क्योंकि उन्होंने अंतर्ज्ञान से जान लिया था कि मैं केवल कौतूहल की शांति के लिए नहीं, बल्कि आध्यात्मिक कारणों से उन्हें देखना चाहता था।

मेरी दूसरी परीक्षा इस बात से संबंधित थी कि सीढ़ियों से ऊपर उनके कमरे में जाने से पहले उनके मन में चल रहे विचार जानने के लिए और उनकी अंतर्दृष्टि को दिखने वाले दृश्य को देख पाने के लिए मैंने एक यौगिक भावावस्था में प्रवेश कर लिया, जिससे उनके अंतर्जगत के साथ मेरा संबंध जुड़ जाए। फिर मैंने उनके कमरे में प्रवेश किया, जो दर्शकों से भरा हुआ था। टेरेसा नॉयमन एक पलंग पर सफेद परिधान में लेटी हुई थीं। श्री राइट ठीक मेरे पीछे ही थे। कमरे का विलक्षण और भयंकर दृश्य देखकर मैं दरवाजे की चौखट के पास ही विस्मय-चकित होकर खड़ा रह गया।

टेरेसा नॉयमन की निचली पलकों से रक्त की लगभग एक इंच चौड़ी धार बह रही थी। उनकी आँखें ऊपर की ओर उठकर ललाट के मध्य में स्थित आध्यात्मिक चक्षु पर लगी हुई थीं। उनके मस्तक पर लपेटा हुआ वस्त्र "काँटों के ताज" से हुए घावों से निकलने वाले रक्त से लथपथ हो गया था। उनके श्वेत परिधान पर हृदय के ऊपर लाल धब्बा बन गया था। यह रक्त उनके शरीर के बाएं तरफ हुए एक घाव से निकल रहा था, जिस स्थान पर युगों पूर्व ईसा मसीह के शरीर में सैनिक ने भाला चुभोया था।

टेरेसा नॉयमन के दोनों हाथ मातृ-करुणा के आग्रही भाव में ऊपर उठे हुए थे। उनके चेहरे पर यातना की छाया व दिव्य आभा, दोनों दिखाई पड़ रही थीं। उनका शरीर पहले से काफी दुबला दिखाई दे रहा था और वह आन्तरिक तथा बाह्य, कई प्रकार के सूक्ष्म परिवर्तनों से युक्त प्रतीत हो रहा था। वे धीरे-धीरे किसी विदेशी भाषा में अस्पष्ट-सा कुछ बोल रही थीं। उनकी अतींद्रिय दृष्टि को दिखने वाले लोगों से वे किंचित काँपते होठों से बोल रही थीं।

चूँकि मैंने पहले ही उनकी चेतना के साथ अपना अन्तर्संबंध जोड़ लिया था, अतः मुझे वह सब दिखाई देने लगा जो उन्हें दिख रहा था। वे ईसा मसीह का उपहास करती भीड़ के बीच से लकड़ी का क्रॉस उठाए जाते देख रही थीं। अचानक व्याकुल होकर टेरेसा नॉयमन ने अपना सिर ऊपर उठाया क्योंकि ईसा मसीह नीचे गिरकर क्रॉस के भारी वजन के नीचे दब गए थे। इसी के साथ वह दृश्य लुप्त हो गया। प्रचण्ड करुणा और खेद के वेग से क्लान्त होकर टेरेसा नॉयमन तकिए पर निढाल हो गईं।

उसी समय मुझे अपने पीछे धड़ाम से कुछ गिरने की आवाज सुनाई दी। एक पल के लिए पलटकर देखा तो चित अवस्था में एक शरीर को उठाए दो आदमी बाहर ले जा रहे थे, परन्तु उस समय मैं अपनी अधिचेतन भावावस्था से बाहर आ ही रहा था, इसीलिए धराशायी हुए उस व्यक्ति को पहचान नहीं सका। मैंने फिर से अपनी दृष्टि टेरेसा नॉयमन के चेहरे पर स्थिर की। रक्त धाराओं में डूबा वह चेहरा मुर्दे के समान पीला पड़ गया था, परन्तु अब उस पर शांति छाई थी और पवित्रता उससे निःसृत हो रही थी। बाद में मैंने पीछे की ओर दृष्टि दौड़ाई तो देखा कि श्री राइट अपने गाल पर हाथ दबाए खड़े थे और उनके गाल से रक्त निकल रहा था।

मैंने चिंतित होकर पूछा, "डिक! क्या तुम ही गिर पड़े थे?"

"हाँ, वह भयावह दृश्य देखकर मुझे ही चक्कर आ गया था।"

मैंने सांत्वना देते हुए कहा, "खैर, फिर से आकर वही दृश्य देखने का साहस तो तुममें है।"

और भी दर्शनार्थी हमारे पीछे कतार में खड़े थे, अतः श्री राइट और मैं मन-ही-मन टेरेसा नॉयमन से विदा लेकर उनकी उपस्थिति से पवित्र हुए उस स्थान से बाहर आ गए।

दूसरे दिन हम लोग दक्षिण की ओर मार्गक्रमण करने लगे। हमें इस बात की खुशी थी कि हमें ट्रेनों पर निर्भर नहीं रहना पड़ रहा था और हम देहात में जहाँ चाहे अपनी फोर्ड कार रोक सकते थे। जर्मनी, हॉलैंड, और फ्रांस तथा स्विट्ज़रलैण्ड के आल्पस् पर्वतों की यात्रा करते हुए एक-एक पल का पूरा-पूरा आनंद लिया। इटली में हम लोग विनम्रता की साक्षात् मूर्ति असिसी के सेंट फ्रांसिस का दर्शन करने के लिए विशेष रूप से गए। हमारी यूरोप-यात्रा यूनान में आकर समाप्त हुई। यूनान में हम लोगों ने ऐथेनियन मंदिरों के दर्शन किए और वह कारागार भी देखे जहाँ सुकरात ने विषपान किया था। वहाँ लगभग सफेद अर्धपारदर्शी-से प्रतीत होने वाले पत्थर में कलाकृति करते हुए यूनानियों ने जिस प्रकार अपनी अद्‍भुत कल्पनाओं को साकार रूप दिया है, उसे देखकर मन ही मन उनकी प्रशंसा किए बिना नहीं रह सकता।

यूनान से हम लोग जहाज पर सवार हुए और भूमध्य सागर को पार कर फिलिस्तीन में उतर गए। उस पवित्र भूमि में कई दिनों तक रोज भ्रमण करके तीर्थयात्रा के महत्व का मुझे और भी अधिक एहसास हो गया। वह प्राचीन काल सजीव हो उठा; युग-युगान्तर के लिए ईसा मसीह द्वारा वहाँ अभिनीत किए गए दिव्य नाटक के दृश्य पर दृश्य मेरी दृष्टि के सामने प्रकट होने लगे।

अब मिस्र, उसका आधुनिक शहर कैरो और प्राचीन पिरामिडों को हमने देखा। फिर जहाज से लाल सागर को पार करते हुए विशाल अरब सागर में और सीधे भारत!

मेरा भारत लौटना

अत्यंत आनंद के साथ मैं भारत की पवित्र हवा में फिर एक बार श्वास ले रहा था। हमारा जहाज "राजपूताना" 22 अगस्त, 1935 को मुंबई के विशाल बन्दरगाह पर आकर खड़ा हो गया। जहाज से उतरते ही, पहले ही दिन आगे आने वाला वर्ष किस प्रकार मुझे अनवरत रूप से व्यस्त रखने वाला है, इसका स्वाद मुझे मिल गया। बन्दरगाह पर मित्र गण फूलमाला लिए स्वागत के लिए खड़े थे। शीघ्र ही ताजमहल होटल के एक कक्ष में प्रेस-संवाददाताओं और फोटोग्राफरों का ताँता लग गया।

मुम्बई शहर मेरे लिए नया था। मुझे यह शहर आधुनिक उत्साहपूर्ण वातावरण से भरपूर लगा, इसमें अनेक प्रकारों से पाश्चात्य जगत् का अनुकरण किया गया था। प्रशस्त मार्गों के दोनों ओर पंक्तिबद्ध ताड़वृक्ष खड़े थे; भव्य सरकारी इमारतें पुराने मंदिरों के साथ प्रतिस्पर्धा कर रही थीं। परन्तु यहाँ दृश्यावलोकन के लिए हम लोग बहुत कम समय दे पाए, क्योंकि अपने गुरु तथा अन्य आत्मीय जनों से मिलने के लिए मैं अधीर हो रहा था। अपनी फोर्ड कार को सामान के डिब्बों में चढ़ाकर हम लोग रेलगाड़ी से कोलकाता की ओर चल पड़े।

जब हम हावड़ा स्टेशन पहुँचे, तब वहाँ हमारा स्वागत करने के लिए इतनी विशाल भीड़ खड़ी थी कि कुछ समय के लिए तो हम गाड़ी से नीचे ही नहीं उतर सके। कासिम बाजार के युवा नरेश और मेरा भाई विष्णु स्वागत समिति का नेतृत्व कर रहे थे। जिस प्रेमभाव के साथ और जिस विशाल स्तर पर हम लोगों का स्वागत किया गया, उसकी मैंने कभी सपने में भी कल्पना नहीं की थी।

आगे-आगे कारों और मोटरसाइकिलों की एक कतार चल रही थी।

ढोलकों और शंखों की आनंदपूर्ण ध्वनि हो रही थी और सबके बीच में फूलमालाओं से सिर से पाँव तक लदे श्री राइट, कुमारी ब्लेच और मैं एक कार में बैठे धीरे-धीरे अपने पिताजी के घर की ओर बढ़ रहे थे।

मेरे पिताजी ने मुझे इस प्रकार प्रगाढ़ आलिंगन में बाँध लिया, मानो मैं मरकर फिर जीवित हो गया हूँ। काफी समय तक हम दोनों एक-दूसरे को देखते रहे, आनंद के अतिरेक के कारण दोनों के ही मुँह से कोई शब्द नहीं निकल पा रहा था। भाई और बहनें, चाचा और चाचियाँ, चचेरे भाई-बहन, कई वर्ष पहले मेरे छात्र रह चुके लोग, पुराने मित्रगण, सब मुझे घेरे खड़े थे और कोई भी ऐसा नहीं था जिसकी आँखें नम न हों। उस प्रेमपूर्ण पुनर्मिलन का दृश्य पुरानी स्मृतियों में जमा हो गया है, परन्तु मेरे मानस पटल पर अभी भी वह स्पष्ट रूप से अंकित है, मेरे लिए वह अविस्मरणीय है। श्रीयुक्तेश्वरजी के साथ पुनर्मिलन का वर्णन करने के लिए तो मेरे पास शब्द ही नहीं हैं। उस बारे में मेरे सचिव के वर्णन पर ही संतुष्ट होना पड़ेगा।

अपनी यात्रा-दैनन्दिनी में श्री राइट ने लिखा है, "आज सर्वोच्च आशा एवं उत्कंठा अपने मन में लिए मैं योगानंदजी को कार द्वारा कोलकाता से लेकर श्रीरामपुर गया।"

"रास्ते में विभिन्न प्रकार की दुकानें थीं—उनमें से एक वह भी थी जहाँ योगानंदजी अपने कॉलेज के दिनों में प्रायः नाश्ता-पानी करने जाया करते थे। अंततः हम लोग एक संकरी गली में घुसे जिसके दोनों ओर दीवारें थीं। फिर बाईं ओर मुड़ते ही सामने था श्रीयुक्तेश्वरजी का दुमंजिला आश्रम, जिसकी जाली लगी हुई ऊपर की बालकनी में कुछ आगे को निकली हुई थी। वहाँ शांतिपूर्ण एकांत था।

"गंभीर भक्तिभाव के साथ मैं योगानंदजी के पीछे-पीछे दीवारों से घिरे आँगन में गया। हमारे हृदय तेजी से धड़क रहे थे। सीमेंट की पुरानी सीढ़ियों से होकर, जिन पर से निस्संशय असंख्य साधक चले थे, हम ऊपर जाने लगे जैसे-जैसे हम आगे बढ़ते जा रहे थे, वैसे-वैसे हमारी उत्कंठा बढ़ती जा रही थी। हमारे सामने सीढ़ियों के सिरे पर चुपचाप आकर खड़े हुए थे वे महापुरुष। स्वामी श्रीयुक्तेश्वरजी, वहाँ खड़े किसी महान ऋषि के समान लग रहे थे।

"उनके परम पावन सान्निध्य में खड़े होने के सौभाग्य के बोध से मेरा हृदय

अत्यानंद से भर उठा। मेरी आतुर आँखों की दृष्टि अश्रुओं से धुँधली हो गई, जब मैंने देखा कि योगानंदजी ने अपनी आत्मा की कृतज्ञता व्यक्त करते हुए अपने गुरु के सामने जमीन पर घुटने टेककर सिर झुकाते हुए पहले अपने हाथों से उनके चरणों का स्पर्श किया और फिर उन्हीं हाथों से अपने मस्तक का स्पर्श करते हुए गुरु की चरणरज अपने मस्तक पर धारण कर ली। इसके बाद योगानंदजी के उठ खड़े होते ही श्रीयुक्तेश्वर ने उन्हें अपनी छाती से लगा लिया।

"शुरू में किसी के मुँह से कोई शब्द नहीं निकले, किन्तु हृदयों के तीव्र भाव अन्तर की मौन वाणी में प्रकट हो रहे थे। पुनर्मिलन के आनंद से उन दोनों की आँखें कैसी चमक रही थीं! उस शांत बरामदे में एक अत्यंत कोमल भाव उमड़ रहा था और मानो उस क्षण की गरिमा को बढ़ाने के लिए ही सूर्य भी अचानक बादलों से बाहर आ गया।

"परमगुरु के सामने घुटने टेक कर उनके चरणों में प्रणाम करते हुए मैंने भी अपने हृदय की भक्ति एवं कृतज्ञता अर्पित की। लम्बी तपस्या के कारण कठोर हुए उनके चरणों का स्पर्श कर मैंने उनका आशीर्वाद लिया। फिर खड़े होकर उनके सुंदर नेत्रों में मैंने झाँका। उनकी आँखों में आत्मचिंतन की गहराई और आनंद की चमक थी।

"हम सभी ने उनके बैठकखाने में प्रवेश किया जो एक ओर से पूरी तरह उस बालकनी की ओर खुली थी, जिसे सर्वप्रथम हमने सड़क से देखा था। श्रीयुक्तेश्वरजी सीमेंट की फर्श पर बिछे एक गद्दे पर एक पुराने दीवान का सहारा लेकर बैठ गए। योगानंदजी और मैं उनके चरणों के पास ही चटाइयों पर बैठ गए, जहाँ आराम से सहारा लेकर बैठने के लिए भगवे रंग के तकिए रखे थे।

"दो स्वामियों के बीच बंगाली में चल रहे वार्तालाप का सार समझने की मैं निष्फल चेष्टा कर रहा था (क्योंकि मुझे जल्दी ही समझ में आ गया कि जब वे एक साथ होते हैं, तो कभी अंग्रेजी में बात नहीं करते, जब कि स्वामीजी महाराज, लोग श्रीयुक्तेश्वरजी को इसी नाम से पुकारते हैं, अच्छी तरह अंग्रेजी बोल सकते हैं और प्रायः बोलते भी हैं) परन्तु उस दिव्य महापुरुष की मन को उल्लसित कर देने वाली मुस्कराहट और तेजस्वी आँखों में ही उनकी संत-प्रकृति को मैंने आसानी से पहचान लिया। चाहे वे हँस-हँस कर बातें कर रहे हों या गंभीर वार्तालाप कर रहे हों, उनके वाक्यों में वह अधिकार

की दृढ़ता तुरन्त दृष्टिगोचर हो रही थी, जो ज्ञानी संतों के लक्षण हैं—क्योंकि वे ईश्वर को जानते हैं। श्रीयुक्तेश्वरजी का गहन ज्ञान, उनकी ध्येयनिष्ठा और उनका दृढ़ निश्चय हर प्रकार से व्यक्त हो रहा था।

"उन्होंने अत्यंत सादा लिबास पहन रखा था—केवल धोती और कुर्ता, जो कभी गेरुए रंग में रंगे गए थे, परन्तु अब फीके भगवे लग रहे थे। बीच-बीच में मैं अत्यंत श्रद्धा और भक्तिभाव के साथ उन्हें निहारता रहता था और मैंने देखा कि उनका शरीर काफी बड़े आकार का और सुगठित है, जो संन्यस्त जीवन की तपश्चर्या और त्याग से कठोर बन गया है। उनकी देह-भंगिमा भव्य है। चलते समय उनका शरीर सीधा रहता है और उनकी चाल में शालीनता है। उनकी दिलखुश, ठहाकेदार हँसी सीधे छाती की गहराइयों तक आती है, जिसके कारण उनका पूरा शरीर हिलता और थरथराता है।

"उनके गंभीर चेहरे पर कुछ ऐसा तेज है कि उन्हें देखते ही उनके दैवी सामर्थ्य की स्पष्ट कल्पना हो जाती है। बीचोबीच विभक्त किए हुए केश माथे के आस-पास सफेद हैं और अन्य स्थानों पर कहीं रजतीय सुनहरे हैं, तो कहीं रजतीय काले; और केश-संभार कंधों पर आकर घुँघराली लटों का रूप ले लेते हैं। उनकी शोभा और भी बढ़ती प्रतीत होती है। उनका ललाट पीछे की ओर चढ़ता गया है जैसे आसमान की ओर चढ़ रहा हो। उनकी आँखें काली हैं और उनमें आकाशी नीली आभा है। नाक काफी बड़ी और कुछ मोटी-सी है, जिसे वे खाली बैठने पर बच्चों की भाँति अपनी उँगलियों से हिलाते-डुलाते रहते हैं। जब वे शांत बैठे हों, तब उनका मुख दृढ़ और कठोर लगता है, परन्तु उसमें कोमलता की सूक्ष्म झलक भी दिखाई देती है।

"कमरे के चारों ओर दृष्टि दौड़ाकर मैं समझ गया कि भौतिक सुख-सुविधाओं के प्रति उनकी अनासक्ति ही उनकी जर्जर-सी अवस्था का कारण है। लम्बे कमरे की सफेद दीवारों पर हवा-पानी के प्रभाव से धब्बे पड़े हैं और कहीं-कहीं नीचे पलस्तर की फीके नीले रंग की धारियाँ दिखाई दे रही हैं। कमरे में एक तरफ भक्तिभाव से अर्पित सादी-सी पुष्पमाला से सजी हुई लाहिड़ी महाशय की फोटो टँगी हुई है। योगानंदजी की भी एक पुरानी फोटो वहाँ पर टँगी हुई है। यह फोटो उस समय की है जब योगानंदजी पहली बार भारत से अति दूर बॉस्टन पहुँचे थे। फोटो में योगानंदजी धर्म सम्मेलन में भाग लेने वाले अन्य प्रतिनिधियों के साथ खड़े हैं।

"वहाँ प्राचीनता और आधुनिकता का एक अद्भुत संगम दिखाई पड़ता है। शीशे का एक विशाल फानूस लटक रहा है; पर बहुत दिनों से उसका प्रयोग न होने के कारण मकड़ी के जालों से ढँक-सा गया है; और दीवार पर वर्तमान वर्ष का कैलेण्डर टँगा हुआ है। संपूर्ण कमरे में शांति और सुख की महक है।

"बालकनी से बाहर ताड़ के ऊँचे-ऊँचे वृक्ष मौन प्रहरी की भाँति खड़े दिखाई देते हैं।

"श्रीयुक्तेश्वरजी के ताली बजाने भर की देर है, ताली बजाना खत्म होने से पहले ही उनके पास कोई न कोई बाल शिष्य उनकी आज्ञा शिरोधार्य करने के लिए पहुँच जाता है। बाल शिष्यों में एक है प्रफुल्ल।" इस दुबले-पतले बालक के लम्बे-लम्बे काले बाल हैं, चमकदार काली आँखें हैं और अत्यंत मधुर मुस्कान उसके होंठों पर खेलती रहती है। जब वह मुस्कराता है, तो उसके मुख के कोने ऊपर की ओर उठ जाते हैं और आँखें चमकने लगती हैं, जैसे सान्ध्यप्रकाश के समय आसमान में तारे और दूज का चाँद अचानक साथ-साथ निकल आए हों।

"अपनी 'उपज' के लौट आने पर श्रीयुक्तेश्वरजी का अपार हर्ष छिप नहीं रहा है (और उनकी 'उपज की उपज', अर्थात् मेरे बारे में भी उन्हें काफी जिज्ञासा प्रतीत होती है)। परन्तु उस महापुरुष के स्वभाव में ज्ञान की प्रधानता उन्हें अपनी भावनाओं को व्यक्त करने से रोकती है।

"गुरु-दर्शन के लिए जाने पर गुरु-चरणों में कोई भेंट अर्पण करने की प्रथा के अनुसार योगानंदजी ने भी अपने गुरु को कुछ उपहार अर्पण किए। बाद में हम लोगों ने चावल और सब्जियों का सादा परन्तु अच्छी तरह पकाया गया भोजन किया। मुझे अनेक भारतीय रीतियों का पालन करते देख (उदाहरणार्थ हाथ से भोजन करना) श्रीयुक्तेश्वरजी प्रसन्न हुए।

"कई घंटों तक बंगाली भाषा में वार्तालाप और प्रेमपूर्ण मुस्कराहटों एवं आनंदपूर्ण दृष्टिपातों के आदान-प्रदान के बाद हमने श्रीयुक्तेश्वरजी के चरणों में प्रणाम कर उनसे विदा ली और पुण्यदर्शन की चिरस्थायी स्मृति अपने हृदय में धारण किए, कोलकाता लौटने के लिए निकल पड़े।

वर्णन तो मैं मुख्यतः परमगुरु के बाह्य स्वरूप का ही कर रहा हूँ, परन्तु उनके आध्यात्मिक ऐश्वर्य का मुझे सदैव भान रहा। मैंने उनके अपूर्व सामर्थ्य

को अनुभव किया और उस अनुभव को मैं एक दिव्य आशीर्वाद के रूप में सदा के लिए सँजो कर रखूँगा।"

"अमेरिका, यूरोप और फिलिस्तीन से मैं श्रीयुक्तेश्वरजी के लिए अनेक उपहार लाया था। उन्होंने उपहार मुस्कराते हुए स्वीकार कर लिए, पर कहा कुछ नहीं। जर्मनी में मैंने स्वयं अपने उपयोग के लिए एक छातायुक्त छड़ी खरीदी थी। भारत आने के बाद मैंने वह छड़ी गुरुदेव को अर्पित करने का निर्णय किया।

"यह उपहार मुझे सचमुच बहुत पसंद आया!" यह कहते हुए मेरे गुरुदेव ने अत्यंत प्रेमभरी दृष्टि मुझ पर डाली। आमतौर पर अपनी भावनााओं को वे इस तरह शब्दों में व्यक्त नहीं करते थे। सब उपहारों में यह छड़ी ही ऐसी थी, जिसे वे उनसे मिलने के लिए आने वाले लोगों को दिखाते थे।

"गुरुदेव! आपकी आज्ञा हो तो मैं बैठकखाने के लिए एक नया कालीन लाना चाहता हूँ।" मैंने देखा था कि श्रीयुक्तेश्वरजी का व्याघ्रचर्म पुराने फटे हुए कालीन पर बिछा हुआ है।

"यदि तुम्हारी इच्छा है, तो ले आओ।" मेरे गुरुदेव के स्वर में कोई उत्साह नहीं था। "पर देखो मेरा व्याघ्रचर्म कितना अच्छा और स्वच्छ है। अपने इस छोटे से कमरे का मैं राजा हूँ। इसके बाहर विशाल जगत् है, जिसमें लोग केवल बाह्य वस्तुओं में ही रुचि रखते हैं।"

उनके मुख से इन शब्दों को सुनते ही मुझे लगा जैसे समय मुझे पीछे ले जाया गया है; फिर एक बार मैं युवा शिष्य बन गया हूँ, जो प्रतिदिन उनके अनुशासन की अग्नि में शुद्ध होता जा रहा था!

श्रीरामपुर और कोलकाता में अवकाश मिलते ही मैं श्री राइट के साथ राँची के लिए रवाना हो गया। कितना भव्य स्वागत हुआ वहाँ! एकदम हृदयस्पर्शी! मेरी पन्द्रह वर्षों की अनुपस्थिति में विद्यालय की ध्वजा को फहराती रखने वाले निःस्वार्थी शिक्षकों को गले लगाते समय मेरी आँखें छलछला उठीं। आश्रमवासी छात्रों के और प्रतिदिन अपने घर से आने वाले छात्रों के दमकते चेहरे और प्रफुल्ल मुस्कराहट उन्हें मिलने वाली शिक्षा और योग प्रशिक्षण की उपयुक्तता के पर्याप्त प्रमाण थे।

परन्तु अफसोस! यह सब होते हुए भी राँची विद्यालय को भीषण अर्थसंकट का सामना करना पड़ रहा था। कासिम बाजार के पूर्व महाराजा सर

मणीन्द्रचंद नन्दी, जिनका राजमहल विद्यालय भवन बन गया था और जिन्होंने कई बार विपुल दान भी दिया था, अब स्वर्ग सिधार चुके थे। पर्याप्त जन-सहयोग न मिलने के कारण विद्यालय के अनेक लोकोपकारी अंग दारुण संकट में थे।

इतने वर्ष अमेरिका में मैंने उसके व्यावहारिक ज्ञान और बाधाओं का डटकर सामना करने के गुणों में से कुछ न कुछ आत्मसात् किए बिना ही नहीं बिता दिए थे। एक सप्ताह तक मैं नाना प्रकार की जटिल समस्याओं से जूझते हुए राँची में रहा। उसके बाद कोलकाता के प्रमुख नेताओं और शिक्षाविदों से मेरी भेंट का क्रम शुरू हो गया। कासिम बाजार के नए युवा महाराजा से भी मैंने लम्बी बातचीत की, पिताजी से आर्थिक सहायता के लिए अनुरोध किया और इस सबका परिणाम यह हुआ कि राँची विद्यालय की लड़खड़ाती नींव स्थिर होने लगी। ठीक समय पर मेरे अनेक अमेरिकी शिष्यों से भी काफी दान प्राप्त हो गया।

भारत लौटने के कुछ ही महीनों बाद मुझे राँची के विद्यालय की कानूनी तौर पर रजिस्ट्री कर पाने की खुशी भी मिल गई। इस प्रकार चिरस्थायी निधियुक्त योग शिक्षा केन्द्र का मेरा जीवन-स्वप्न साकार हो गया। मेरे इसी स्वप्न ने 1917 में केवल सात विद्यार्थियों के साथ इस विद्यालय की शुरुआत करने के लिए मुझे प्रेरित किया था।

योगदा सत्संग ब्रह्मचर्य विद्यालय के नाम से चल रहे इस विद्यालय में माध्यमिक एवं उच्च विद्यालय के कक्षा-वर्ग खुले प्रांगण में चलते हैं। आवासीय और दिवाकालिक, दोनों ही प्रकार के छात्रों को कोई न कोई व्यावसायिक प्रशिक्षण दिया जाता है।

स्वायत्त समितियों के माध्यम से अपने अनेक कार्यकलापों का छात्र स्वयं ही परिचालन करते हैं। अपने शिक्षक-जीवन के आरंभ में ही यह बात मेरे ध्यान में आ गई कि बच्चों को जहाँ शिक्षकों को मात देने में नटखट आनंद मिलता था, वहीं अपने साथी छात्रों द्वारा बनाए गए नियमों का वे खुशी-खुशी पालन करते थे। मैं स्वयं भी कभी आदर्श छात्र नहीं रहा था, अतः बच्चों की सब शरारतों और समस्याओं के प्रति मेरे हृदय में सदा पूर्ण सहानुभूति रहती थी।

बच्चों को खेल-क्रीड़ा में प्रोत्साहन दिया जाता है। हॉकी और फुटबॉल

के खेलों से मैदान गूँजते हैं। प्रतियोगिताओं में राँची विद्यालय के विद्यार्थी प्रायः कप जीतते हैं। छात्रों को अपनी इच्छाशक्ति के बल से मांस-पेशियों में शक्ति संचार करने की योगदा प्रणाली सिखाई जाती है, जिसमें मानसिक बल से शरीर के किसी भी हिस्से में प्राणशक्ति का संचार किया जाता है। उन्हें योगासन तथा तलवार और लाठी चलाना भी सिखाया जाता है। इस विद्यालय के प्राथमिक चिकित्सा कार्य में प्रशिक्षित छात्रों ने बाढ़ अकाल आदि संकटकाल में अपने प्रान्त की सेवा की है। बच्चे बागवानी करके अपने लिए सब्जियाँ भी पैदा कर लेते हैं।

कोल, संथाल और मुंडा आदि प्रान्त की आदिवासी जनजातियों के लिए प्राथमिक विद्यालय की शिक्षा हिंदी माध्यम में दी जाती है। केवल लड़कियों के लिए कक्षाएँ आस-पास के गाँवों में चलाई जाती हैं।

राँची के विद्यालय की अपूर्व विशिष्टता यह है कि यहाँ क्रियायोग की दीक्षा दी जाती है। बालक नियमित आध्यात्मिक साधना और गीता पाठ करते हैं। उन्हें उपदेश एवं प्रत्यक्ष उदाहरण द्वारा सादगी, त्याग, आत्मसम्मान एवं सत्यानुशीलन की शिक्षा दी जाती है। उन्हें सिखाया जाता है कि बुराइयों से दुःख ही मिलता है और अच्छाइयों से सच्चा सुख प्राप्त होता है। बुराइयों की तुलना विष मिश्रित शहद के साथ की जा सकती है, जो खाने का लालच तो मन में पैदा करती है पर मृत्यु से लदी हुई होती है।

एकाग्रता की प्रविधियों के अभ्यास द्वारा शरीर एवं मन की चंचलता को अपने वश में कर लेने की प्रक्रिया के आश्चर्यजनक परिणाम सामने आए हैं, जिसके कारण राँची में नौ-दस वर्ष के छोटे-से बालक का घंटे भर या उससे भी अधिक समय तक स्थिर आसन में अपलक बैठे दिखाई देना कोई नई बात नहीं है।

बगीचे में एक शिव मंदिर है, जिसमें परम पूज्य लाहिड़ी महाशय का चित्र भी प्रतिष्ठापित है। आम्रवृक्षों की घनी छाया में दैनिक प्रार्थनाएँ एवं शास्त्राध्यन होता है। विद्यालय के अहाते में एक ओर स्थित योगदा सत्संग सेवाश्रम हजारों गरीबों की निःशुल्क चिकित्सा एवं शल्यचिकित्सा करता है तथा उन्हें मुफ्त दवाइयाँ भी देता है।

राँची समुद्रतल से दो हजार फीट की ऊँचाई पर बसा है। वहाँ की जलवायु समशीतोष्ण है। विद्यालय बीस एकड़ भूमि में बसा है। यह भूमि

स्नान-योग्य एक बड़े तालाब के साथ है जिस पर लगा हुआ बगीचा भारत के सर्वोत्कृष्ट निजी बगीचों में से एक है, यहाँ पाँच सौ फलवृक्ष हैं, आम, खजूर, अमरूद, लीची, कटहल। राँची के पुस्तकालय में असंख्य पत्रिकाएँ और अंग्रेजी तथा बंगाली भाषा की हजारों पुस्तकें हैं, जो पूर्व तथा पश्चिम के लोगों से उपहार स्वरूप मिली हैं। विश्व के सभी शास्त्रों के ग्रन्थों का संग्रह भी यहाँ है।

एक सुवर्गीकृत संग्रहालय में पुरातत्व, भूविज्ञान तथा मानव विज्ञान संबंधी अनेक वस्तु एवं तरह-तरह के रत्नों का प्रदर्शन कर रखा गया है। इनमें से अधिकतर वस्तुएँ ईश्वर की विशाल धरती के विभिन्न देश-प्रदेशों में मेरे भ्रमण के स्मृतिचिह्न हैं।

राँची के विद्यालय के समान ही योग प्रशिक्षण की व्यवस्था के साथ-साथ आवासीय व्यवस्था से युक्त कई शाखाएँ खोली गई हैं और ये सभी विद्यालय उत्तरोत्तर प्रगतिपथ पर हैं। ये शाखाएँ हैं पश्चिम बंगाल के पुरुलिया जिले में लखनपुर स्थित योगदा सत्संग विद्यापीठ (विद्यालय) तथा मिदनापुर जिले में इस्मालीचक स्थित योगदा स्कूल एवं आश्रम।

1939 में दक्षिणेश्वर गंगा किनारे एक भव्य योगदा मठ की स्थापना हुई। कोलकाता से कुछ ही मील की दूरी पर उत्तर में स्थित यह आश्रम शहरवासियों के लिए रमणीय शांति स्थल है।

दक्षिणेश्वर स्थित यह मठ योगदा सत्संग सोसायटी, उसके सारे विद्यालयों तथा भारत के विभिन्न स्थानों में स्थित उसके केन्द्रों एवं आश्रमों का मुख्यालय है। योगदा सत्संग सोसायटी कानूनी तौर पर अमेरिका में कैलिफोर्निया के लॉस ऐंजेलिस शहर में स्थित अंतर्राष्ट्रीय मुख्यालय सेल्फ-रियलाइलेशन फेलोशिप से सम्बद्ध है। योगदा सत्संग की गतिविधियों में भारत भर में निवास करते अपने साधकों को प्रतिमाह डाक द्वारा योगदा पाठ भेजना सम्मिलित है। इन पाठों में शक्ति संचार, एकाग्रता एवं ध्यान की योगदा प्रविधियों का सविस्तार वर्णन है। क्रिया योग की उच्चतर दीक्षा लेने के लिए, जो बाद में पाठों द्वारा केवल योग्य साधकों को ही दी जाती है, इन प्रविधिगों के निष्ठापूर्ण अभ्यास द्वारा अपने को तैयार करना आवश्यक होता है।

योगदा सत्संग की शैक्षणिक, आध्यात्मिक तथा जन-हितैषी गतिविधियों के लिए भारी संख्या में शिक्षकों और कर्मचारियों की निष्ठापूर्ण सेवाओं की

आवश्यकता पड़ती है। यहाँ मैं उन शिक्षकों एवं कर्मचारियों के नाम नहीं दे रहा हूँ, क्योंकि उनकी सूची बहुत बड़ी बन जाएगी; परन्तु उनमें से प्रत्येक व्यक्ति का मेरे हृदय में एक निश्चित उज्ज्वल स्थान है।

श्री राइट ने राँची के अनेक बालकों के साथ मित्रता स्थापित कर ली थी। सादी धोती पहन कर काफी समय तक वे उन सब के साथ रहे। मुम्बई, राँची, कोलकाता, श्रीरामपुर—जहाँ-जहाँ भी वे मेरे साथ गए, सविस्तार, सुंदर वर्णन लिखने की नैसर्गिक योग्यता से युक्त मेरे इस सचिव ने अपनी यात्रा-दैनंदिनी में उन सब स्थानों का सर्वांगसुंदर वर्णन लिखा है। एक दिन शाम को मैंने उनसे पूछा :

"डिक, भारत के बारे में तुम्हारा क्या विचार है?"

विचार मग्न होते हुए उन्होंने कहा, "शांति! यहाँ के स्वभाव में ही शांति है।"

दक्षिण भारत में एक काव्यात्मक दृश्य

"डिक, इस मंदिर में प्रवेश कर पाने वाले तुम पहले पाश्चात्य व्यक्ति हो। अन्य अनेक लोगों के प्रयास विफल रहे हैं।"

मेरे इन शब्दों को सुनकर श्री राइट पहले तो चौंक गए, फिर खुश हो उठे। दक्षिण भारत की पहाड़ियों में बसे सुंदर चामुण्डी मंदिर में मैसूर के राज परिवार की कुल देवी चामुण्डी देवी के सोने-चाँदी के सिंहासन के सामने भक्तिभाव से प्रणाम कर हम लोग बाहर निकले थे। यहाँ से मैसूर दृश्यमान होता है।

श्री राइट ने गुलाब की कुछ पंखुडियों को सहेजकर रखते हुए कहा, "इस अपूर्व सम्मान की स्मृति में पुजारी महाराज द्वारा जल छिड़क कर पवित्र की गई इन पंखुडियों को मैं हमेशा संभाल कर रखूँगा।"

श्री राइट और मैं 1935 का नवंबर महीना मैसूर राज्य के अतिथि के रूप में बिता रहे थे। वहाँ के महाराजा के उत्तराधिकारी युवराज श्री कंथीरवा नरसिंहराज वाडियार ने अपने सुशिक्षित और प्रगतिशील राज्य के परिदर्शन के लिए मुझे और मेरे सचिव को निमंत्रित किया था।

पंद्रह दिनों तक मैंने टाउन हॉल, महाराजा के कॉलेज और यूनिवर्सिटी, मेडिकल कॉलेज में मैसूर शहर के हजारों नागरिकों और छात्रों के सम्मुख व्याख्यान दिए थे। इसके अतिरिक्त मैंने बंगलोर में नेशनल हाईस्कूल, इंटरमीडिएट कॉलेज और चेट्टी टाउन-हॉल की तीन विशाल जनसभाओं को संबोधित किया था, जिसमें तीन हजार लोग उपस्थित थे। अपने भाषणों में मैंने अमेरिका का जो उज्ज्वल चित्र खींचा, उस पर उत्सुक लग रहे श्रोताओं को विश्वास हुआ या नहीं, मैं नहीं जानता; परन्तु जब-जब मैंने पूर्व और पश्चिम के सर्वोत्तम वैशिष्ट्यों के आदान-प्रदान से हो सकने वाले पारस्परिक

लाभों का जिक्र किया, तब-तब तालियों की गड़गड़ाहट सबसे ऊँची गूँज उठती थी।

ऐतिहासिक और पुरातात्विक अवशेषों से भरपूर दक्षिण भारत एक निश्चित और अवर्णनीय सुंदरता से युक्त प्रदेश है। मैसूर के उत्तर में विशाल गोदावरी नदी द्वारा अलग किए गए हैदराबाद राज्य का सुंदर पठारी भाग है। विस्तृत उपजाऊ जमीन, मनोरथ नीलगिरि पर्वत, कुछ हिस्सों में चूने के पत्थर या ग्रेनाइट पत्थर की बंजर पहाड़ियों से युक्त यह प्रदेश अत्यंत मनोहारी है। हैदराबाद का इतिहास एक लम्बी, विविध रंगीन कहानी है, जो आंध्र के तीन हजार वर्ष पूर्व के राजाओं से शुरू होती है और 1294 ईस्वी तक के हिंदू राजाओं तक आती है। इसके बाद यह प्रदेश मुस्लिम शासकों के अधीन चला गया।

संपूर्ण भारतवर्ष में वास्तुकला, शिल्पकला और चित्रकला का सबसे सुंदर प्रदर्शन हैदराबाद राज्य में ही चट्टानों से तराशकर निकाली गई अजन्ता और एलोरा की गुफाओं में देखने को मिलता है। एलोरा का कैलाश मंदिर एक विशाल अखंड पत्थर के पहाड़ को काटकर बनाया गया है। इस मंदिर में देवताओं, मनुष्यों और पशुओं की मूर्तियाँ इतने विशाल आकारों में तराशी गई हैं कि पाश्चात्य जगत में माइकलेंजेलो की कलाकृतियों की ही इनके साथ तुलना हो सकती है। अजंता में पाँच गुफा-मंदिर और पच्चीस गुफाएँ हैं, जिनमें कभी संन्यासी वास करते थे। ये सभी गुफाएँ चट्टानों को तराशकर बनाई गई हैं। इनमें विशाल आधार-स्तंभ हैं जिनपर अति सुंदर रंगीन चित्र और मूर्तियाँ बनाकर उनके चित्रकारों और मूर्तिकारों ने अपनी कला को अमर बना दिया है।

हैदराबाद शहर में उस्मानिया यूनिवर्सिटी और विशाल मक्का मस्जिद है। इस मस्जिद में एक साथ दस हजार मुसलमान नमाज पढ़ सकते हैं।

समुद्रतल से तीन हजार फुट की ऊँचाई पर स्थित मैसूर राज्य घने उष्णप्रदेशीय ज़ंगलों से भरपूर है, जिनमें जंगली हाथी, जंगली भैंसे, रीछ, चीते और बाघ रहते हैं। इस राज्य के दो प्रमुख शहर बंगलोर और मैसूर स्वच्छ, आकर्षक तथा अनेक सुंदर उद्यानों एवं सार्वजनिक बगीचों से युक्त हैं।

ग्यारहवीं शताब्दी से लेकर पन्द्रहवी शताब्दी तक हिंदू राजाओं की छत्र-छाया में मैसूर में हिन्दू स्थापत्यकला और शिल्पकला अपने चरम उत्कर्ष

पर पहुँच गई थी। ग्यारहवीं शताब्दी के राजा विष्णुवर्धन के शासनकाल में निर्मित बेलूर का मंदिर नाजुक काम की बारीकी और मूर्तिकला की विपुलता की दृष्टि से सारे विश्व में बेजोड़ है।

उत्तरी मैसूर में पाए गए शिलालेख ईसापूर्व तीसरी शताब्दी के हैं। ये शिलालेख सम्राट अशोक के शासनकाल पर प्रकाश डालते हैं। सम्राट अशोक के विशाल साम्राज्य में भारत, बलूचिस्तान और अफगानिस्तान शामिल थे। अशोक प्रतापी सम्राट चन्द्रगुप्त मौर्य के पौत्र थे, जिन्होंने सिकंदर द्वारा भारत में रखी गई सेना को तहस-नहस कर दिया और ई. पू. 305 में सेल्यूकस की आक्रमणकारी यूनानी सेना को परास्त कर दिया। उसके बाद मेगस्थनीज यूनानी राजदूत बनकर पाटिलपुत्र में रहे।

दक्षिण भारत इतना लुभावना है कि श्री राइट और मैं वहाँ अपने प्रवास को और बढ़ाना चाहते थे, परन्तु निष्ठुर समय हमें इसकी अनुमति नहीं दे रहा था। कोलकाता विश्वविद्यालय में इंडियन फिलॉसॉफिकल काँग्रेस के समापन सत्र में व्याख्यान देने का मेरा दिन निकट आ रहा था। मैसूर में अपने प्रवास के अन्त में इंडियन अकेडमी ऑफ साइन्सेस के अध्यक्ष सर सी. वी. रमण से मैंने भेंट की और उनसे वार्तालाप में मुझे बड़ा आनंद आया। इस प्रतिभाशाली भौतिक विज्ञानी को 1930 में प्रकाश-प्रसरण में उनके द्वारा किए गए आविष्कार के लिए नोबेल पुरस्कार से सम्मानित किया गया था। उनका आविष्कार "रमण इफेक्ट" के नाम से प्रसिद्ध है।

मद्रास के शिष्यों और मित्रों से अनिच्छापूर्वक विदा लेकर श्री राइट और मैं अपनी यात्रा पर निकल पड़े। रास्ते में हम लोग सदाशिव ब्राह्मण की पुण्यस्मृति में बने एक छोटे-से मंदिर के दर्शनार्थ रुके। 18वीं शताब्दी के इस संत की जीवन-गाथा अनेक चमत्कारों से परिपूर्ण है। इन्हीं सदाशिव का एक बड़ा मंदिर नेरूर में है जिसे पुडुडुकोट्टई के राजा ने बनवाया था। यह एक तीर्थक्षेत्र बन गया है, जहाँ दैवी चमत्कार से अनेक लोग रोगमुक्त हुए हैं। 1750 में पुडुडुकोट्टई के राजा के लिए सदाशिव ने धार्मिक आचरण के कुछ नियम लिखे थे, जिसे उस राजा के बाद राजगद्दी पर बैठने वाले वहाँ के सभी राजाओं ने एक पवित्र धरोहर के रूप में संभालकर रखा है और सदैव उनका पालन करने का प्रयास किया है।

सदाशिव पूर्णज्ञानी संत थे तथा सभी को प्रिय थे। उनके बारे में दक्षिण

भारतीय ग्रामों में अभी भी विलक्षण कहानियाँ प्रचलित हैं। एक दिन वे कावेरी तट पर समाधि में लीन बैठे थे कि अचानक बाढ़ आई और लोगों ने उन्हें बाढ़ में बह जाते हुए देखा। इसके कई सप्ताह बाद वे कोयम्बटूर जिले में कोडुमुडी गाँव के निकट मिट्टी के नीचे दबे हुए पाए गए। मिट्टी हटाने वाले ग्रामीणों के फावड़े जब उन्हें लगे, तो वे उठ खड़े हुए और तेजी के साथ वहाँ से चल दिए।

एक वयोवृद्ध वेदांती पंडित को आध्यात्मिक तर्कयुद्ध में परास्त करने पर गुरु से फटकार मिलने के कारण सदाशिव मुनि (मौनी) बन गए। गुरु ने कहा था, "तुम्हारे जैसा युवक जीभ पर संयम रखना कब सीखेगा?"

"आपके आशीर्वाद से अभी इसी क्षण से।"

सदाशिव के गुरु स्वामी श्री परमशिवेन्द्र सरस्वती थे, जिन्होंने 'दहरविद्या प्रकाशिका' लिखी है तथा 'उत्तर गीता' पर भी एक अत्यंत गहन टीका लिखी है। कुछ संसारी लोग भगवद्प्रेम में मस्त होकर प्रायः सड़कों पर 'लाज-शर्म छोड़कर' नाचते सदाशिव को देखकर आहत हुए। उन्होंने विद्वान गुरु के पास जाकर शिकायत की, "महाराज! सदाशिव पागल से अधिक कुछ नहीं है।"

परन्तु परमशिवेन्द्र महाराज ने आनंद के साथ मुस्कराकर कहा, "आह! काश यदि सभी इस प्रकार के पागल बन सकते!"

सदाशिव के जीवन में भगवान के हस्तक्षेप की अनेक विलक्षण और सुंदर घटनाएँ घटित हुईं। इस संसार में बहुत-सा अन्याय प्रतीत होता है, परन्तु भगवद्भक्त ईश्वर के तत्क्षण न्याय के असंख्य प्रसंगों के साक्ष्य दे सकते हैं। समाधि अवस्था में मग्न सदाशिव एक रात एक धनी गृहस्थ के अनाज गोदाम के पास आकर रुक गए। पहले से चोरी की तलाश कर रहे तीन नौकरों ने उन्हें देख लिया और उन पर वार करने के लिए अपनी लाठियाँ उठाईं और आश्चर्य! उनके हाथ ऊपर ही उठे रह गए। भोर में सदाशिव के वहाँ से जाने तक वे तीनों मूर्तियों के समान वैसे ही हाथ ऊपर उठाए खड़े रहे।

एक बार मजदूरों के एक सरदार ने मजदूरों के साथ इस संत को भी जबरदस्ती लकड़ी ढोने के काम में लगा दिया। मौनी संत ने विनम्रतापूर्वक वह बोझ ढोया और नियत स्थान पर पहुँचने पर जैसे ही उन्होंने वहाँ लगाए हुए विशाल ढेर पर अपनी लकड़ियाँ रखीं, पूरे ढेर में से अग्नि ज्वालाएँ फूट पड़ीं।

त्रैलंग स्वामी की तरह सदाशिव भी कोई वस्त्र धारण नहीं करते थे। एक

दिन सुबह वे एक मुसलमान सरदार के तंबू में पहुँच गए। दो महिलाएँ चीख पड़ीं। सरदार ने अपनी तलवार से सदाशिव पर वार कर दिया। सदाशिव का हाथ कट कर जमीन पर गिर पड़ा। इसके बावजूद निर्विकार भाव से वे वहाँ से चल दिए। आश्चर्यमिश्रित भय और पश्चात्ताप से दग्ध हुए मुसलमान सरदार ने जमीन पर पड़ा हाथ उठाया और सदाशिव के पीछे चल पड़ा। सदाशिव ने वह हाथ लेकर उसे रक्तस्राव होते ठूँठे में घुसा दिया। मुसलमान सरदार ने विनम्र होकर जब आध्यात्मिक उपदेश की याचना की, तो सदाशिव ने अपनी उँगली से रेत पर लिखा, "जो करने की इच्छा हो वह मत करो, तब तुम जो चाहोगे वह कर सकोगे।"

इस संत के प्रभाव से मुसलमान मन की शुद्ध अवस्था में पहुँच गया। इसलिए इस परस्पर विरोधी प्रतीत होते उपदेश के सही अर्थ को उसने समझ लिया कि अहंकार पर विजय के द्वारा ही आत्मा की मुक्ति होगी। इस छोटे-से उपदेश का आध्यात्मिक आघात इतना शक्तिशाली था कि वह योद्धा सदाशिव का उन्नत शिष्य बन गया; अपने पुराने रास्तों पर वह फिर कभी नहीं लौटा।

श्री सदाशिव के समक्ष गाँव के बच्चों ने एक बार 150 मील दूर मदुरै का मेला देखने की इच्छा व्यक्त की। योगी ने बच्चों को इशारा किया कि वे उनके शरीर का स्पर्श करें। स्पर्श करते ही तत्क्षण सब-के-सब बच्चे मदुरै पहुँच गए। वहाँ हजारों तीर्थयात्रियों के बीच बच्चे खुशी से घूमते रहे। कुछ घंटों बाद योगीवर परिवहन के अपने उसी सरल ढंग से बच्चों को वापस गाँव में ले आए। बच्चों के माता-पिता चकित होकर उनके मुँह से मदुरै की शोभायात्रा का असंदिग्ध वर्णन सुन रहे थे और बच्चों के हाथों में मदुरै की मिठाइयों के पैकेट भी देख रहे थे।

एक लड़के को इस कहानी पर विश्वास नहीं हुआ। उसने बच्चों की बातों का और सदाशिव का उपहास किया। अगली बार जब श्रीरंगम् में मेला लगा, तो वह लड़का सदाशिव के पास गया।

परिहास करने के स्वर में बोला, "महाराज! उन बच्चों को आप जैसे मदुरै ले गए थे वैसे मुझे भी श्रीरंगम् क्यों नहीं ले जाते?"

सदाशिव ने उसकी यह इच्छा पूरी कर दी और लड़का दूसरे ही क्षण उस सुदूर की भीड़ में पहुँच गया। पर जब वह वापस लौटना चाहता था तो, अफसोस! संत महाराज कहाँ थे? आखिर पदयात्रा के साधारण माध्यम का

अवलम्ब कर उस लड़के को थक हार कर अपने घर पहुँचना पड़ा।

दक्षिण भारत से निकलने से पहले श्री राइट और मैं श्री रमण महर्षि से मिलने के लिए तिरूवन्नामलय के पास पावन अरुणाचल पर्वत की तीर्थयात्रा करने गए। श्री रमण महर्षि ने अत्यंत प्रेमपूर्वक अपने आश्रम में हमारा स्वागत किया और पास ही रखे ईस्ट-वेस्ट पत्रिका के ढेर की ओर हाथ दिखाया। हम जितने समय तक उनके पास उनके शिष्यों के साथ रहे, उसमें अधिकांश समय महर्षि मौन ही रहे। उनके मुखमंडल पर ईश्वरीय प्रेम और ज्ञान का तेज था।

दुःखी मानव को अपनी पूर्णता की विस्तृत अवस्था को पुनः प्राप्त करने के लिए श्री रमण का उपदेश है कि उसे निरन्तर अपने आप से यह प्रश्न करना चाहिए, "मैं कौन हूँ?"— सचमुच बहुत बड़ा प्रश्न। अन्य सब विचारों को दृढ़तापूर्वक दूर ढकेल देने से साधक शीघ्र ही अपने सच्चे स्वरूप की गहराइयों में उतरता चला जाता है और दूसरे विचारों से मन भ्रमित होना बंद हो जाता है। भारत के इस ज्ञानी महर्षि ने लिखा है,

द्वैत को और त्रित्व को कोई सहारा चाहिए,
बिना सहारे के वे उत्पन्न नहीं हो सकते;
उस सहारे का ज्ञान प्राप्त करने से वे ढीले पड़ कर नष्ट हो जाते हैं।
यही सत्य है। जो इसे जान जाता है, वह फिर कभी नहीं लड़खड़ाता।

अपने गुरु के साथ कुछ अंतिम दिन

"गुरुजी, आज आपको अकेले देखकर मुझे बहुत खुशी हो रही है।" कुछ फल और गुलाब पुष्पों की सुगन्ध से महक रही टोकरी हाथ में लिए मैं अभी-अभी श्रीरामपुर आश्रम पहुँचा ही था। श्रीयुक्तेश्वरजी ने दीन भाव से मेरी ओर देखा।

"तुम्हारा प्रश्न क्या है?" गुरुदेव कमरे में नजर दौड़ा रहे थे, मानो बच निकलने का रास्ता ढूँढ रहे हों।

"गुरुजी मैं हाईस्कूल का एक युवा विद्यार्थी था, जब आपके पास आया था। अब मैं प्रौढ़ हो गया हूँ, यहाँ तक कि एक दो बाल भी सफेद हो गए हैं। आपने हमारे मिलन के प्रथम क्षण से लेकर अब तक सदा ही अपने मूक प्रेम की वर्षा मुझ पर की है, पर क्या आपके ध्यान में यह बात आई कि केवल उस पहले दिन ही आपके मुख से निकला था, "मैं तुमसे प्रेम करता हूँ?" मैं याचना भरी दृष्टि से उनकी ओर देख रहा था।

गुरुदेव ने अपनी दृष्टि झुका ली। "योगानंद, मूक हृदय की गहराइयों में सुरक्षित बैठी प्रगाढ़ प्रेम की सुकुमार भावनाओं को क्या भावशून्य शब्दों में प्रकट करना आवश्यक है?"

"गुरुजी, मैं जानता हूँ कि आपको मुझसे बेहद प्यार है, फिर भी मेरे नश्वर कान आपके मुख से उन शब्दों को सुनने के लिए तरसते हैं।"

"जैसी तुम्हारी इच्छा। अपने वैवाहिक जीवन में मुझे एक पुत्र की चाह थी, ताकि मैं उसे योग मार्ग की शिक्षा दे सकूँ। परन्तु जब तुम मेरे जीवन में आए, तब मैं संतुष्ट हो गया। तुमसे मुझे मेरा बेटा मिल गया।" श्रीयुक्तेश्वरजी की आँखों में दो स्पष्ट अश्रुबिंदु छलक आए। "योगानंद, मुझे सदा ही तुमसे प्यार रहा है और सदा ही रहेगा।"

"आपके इन शब्दों ने मेरे लिए स्वर्ग के सारे द्वार खोल दिए हैं।" मुझे ऐसा लगा मानो मेरे हृदय पर से एक भारी बोझ हट गया हो। मैं जानता था कि वे आत्मस्थ हैं और भावुकता के लिए उनके स्वभाव में कोई स्थान नहीं था, फिर भी उनकी खामोशी का अर्थ मैं समझ नहीं पाता था। कभी-कभी मुझे लगता था कि उन्हें संतुष्ट करने में मैं विफल हुआ था। उनके विलक्षण स्वभाव को पूरी तरह पहचानना कठिन था, जिसके सारे मूल्यों को कब वे पीछे छोड़कर आगे बढ़ गए थे।

कुछ दिन बाद मैंने कोलकाता के अल्बर्ट हॉल में विशाल श्रोता समुदाय के सामने व्याख्यान दिया। उस अवसर पर श्रीयुक्तेश्वरजी संतोष के महाराजा और कोलकाता के मेयर के साथ मंच पर बैठने के लिए सहमत हो गए। गुरुदेव ने मुझसे कहा तो नहीं, पर मैं व्याख्यान के दौरान बीच-बीच में उनकी ओर देख रहा था और मुझे लग रहा था कि वे प्रसन्न हैं।

फिर श्रीरामपुर कॉलेज से स्नातक हुए लोगों के सामने व्याख्यान देने का मौका आया। जब अपने पुराने सहपाठियों पर मेरी दृष्टि पड़ी और उनकी दृष्टि अपने पुराने "पागल संन्यासी" पर पड़ी, तो आनंदाश्रु सारा संकोच छोड़कर प्रकट हो गए। दर्शनशास्त्र के मेरे मधुरभाषी प्रोफेसर डॉ. घोषाल मेरा अभिनन्दन करने के लिए सामने आए। हमारी पुरानी गलतफहमियाँ काल के ऐन्द्रजालिक स्पर्श से विलय हो चुकी थीं।

दिसम्बर के अंत में श्रीरामपुर आश्रम में दक्षिणायन प्रारंभ का महोत्सव मनाया गया। हमेशा की तरह आस-पास के स्थानों से और दूर-दराज से श्रीयुक्तेश्वरजी के शिष्य एकत्रित हुए। भक्तिपूर्ण संकीर्तन, कृष्णदा का मधुर गायन, आश्रमवासी बालक-युवा शिष्यों द्वारा तैयार किया गया और परोसा गया महाप्रसाद, आश्रम के आँगन में तारों के छत्र के नीचे खचाखच भरे शिष्य समुदाय के सामने गुरुदेव का अत्यंत प्रेरणाप्रद प्रवचन—सारी पुरानी स्मृतियाँ फिर जाग उठीं! बीते वर्षों के वे आनंदपूर्ण उत्सव! परन्तु आज रात कुछ नया भी होने वाला था।

"योगानंद, आज की सभा में तुम प्रवचन करो—अंग्रेजी में।" यह दुहरा अनोखा आदेश देते समय श्रीयुक्तेश्वरजी की आँखों में चमक आ गई थी; कहीं वे मेरे प्रथम व्याख्यान के पहले जहाज पर हुई मेरी दुर्दशा का तो विचार नहीं कर रहे थे? वहाँ उपस्थित अपने गुरुभाइयों को मैंने वह किस्सा सुनाया

और अंत में अपने गुरु के प्रति कृतज्ञता व्यक्त करते हुए भक्ति-निवेदन के साथ अपना प्रवचन समाप्त किया।

"ऐसी बात नहीं कि केवल उस जहाज पर ही गुरुदेव का अमोघ मार्गदर्शन मुझे प्राप्त हुआ था," मैंने कहा, "बल्कि विशाल, आतिथ्यशील अमेरिका में बिताए हुए पन्द्रह वर्षों में दिन-प्रतिदिन, सदा ही मुझे वह मिलता रहा।"

जब सब लोग चले गए, तो श्रीयुक्तेश्वरजी ने मुझे उसी शयन कक्ष में बुलाया, जहाँ इसी प्रकार के उत्सव के बाद, केवल एक बार उनके साथ सोने की अनुमति मुझे मिली थी। आज मेरे गुरुदेव वहाँ चुपचाप बैठे थे और उनके चरणों में कुछ शिष्यगण अर्धवृत्ताकार बैठे थे।

"योगानंद, क्या तुम अभी कोलकाता लौट रहे हो? पर कल यहाँ अवश्य आ जाना। मुझे तुम्हें कुछ बताना है।"

दूसरे दिन दोपहर को कुछ आशीर्वचनों के साथ श्रीयुक्तेश्वरजी ने मुझे संन्यास की उच्चतर पदवी, 'परमहंस' प्रदान की।

मैं उनके चरणों में प्रणाम कर रहा था तब, उन्होंने कहा, "अब यह नई उपाधि तुम्हारी 'स्वामी' उपाधि का स्थान लेगी," मेरे अमेरिकी शिष्यों को 'परमहंसजी' शब्द का उच्चारण करने के लिए कैसी-कैसी कठिनाइयाँ आएँगी, यह सोचकर मैं मन-ही-मन हँसने लगा।"

"इस संसार में अब मेरा कार्य पूरा हो गया है, अब तुम्हें ही इसे आगे चलाना है," गुरुदेव शांत स्वर में कह रहे थे। उनकी आँखें शांत और सौम्य थीं। मेरा हृदय भयाकुलता से धड़कने लगा।

वे आगे कहते गए, "पुरी के हमारे आश्रम का कार्यभार संभालने के लिए किसी को भेज दो। मैं सब कुछ तुम्हारे हाथों में सौंप रहा हूँ। तुम अपने जीवन की नौका को तथा संगठन की नौका को ईश्वर के किनारे पर सफलतापूर्वक पहुँचा सकोगे।"

अश्रुपात करते हुए मैंने उनके चरणों का आलिंगन किया। वे उठ खड़े हुए और अत्यंत प्रेम के साथ उन्होंने मुझे आशीर्वाद दिया।

दूसरे दिन मैंने राँची से एक साधक स्वामी सर्वानंद को बुला लिया और उन्हें पुरी के आश्रम का कार्यभार ग्रहण करने के लिए वहाँ भेज दिया। बाद में गुरुदेव ने अपनी भू-संपत्ति की व्यवस्था करने के संबंध में कानूनी पहलुओं

पर मेरे साथ चर्चा की। उन्हें चिंता थी कि उनके देहत्याग के बाद उनके रिश्तेदार उनकी संपत्ति पर अपना हक बताएँगे और वे यह नहीं चाहते थे। उनकी इच्छा थी कि उनके दो आश्रम और अन्य संपत्ति केवल लोकोपकारी कार्यों के ही काम में लगाई जाए।

मेरे गुरुभाई अमूल्य बाबू ने मुझे बताया, "अभी कुछ दिन पहले ही गुरुदेव के खिदिरपुर जाने का पूरा प्रबंध किया गया था, पर वे नहीं जा सके।" यह सुनकर अनिष्ट की आशंका से मेरा पूरा शरीर सिहर उठा। जब मैं बार-बार इसके बारे में पूछने लगा, तो श्रीयुक्तेश्वरजी ने केवल इतना ही कहा, "मैं अब कभी खिदिरपुर नहीं जा पाऊँगा।" एक क्षण के लिए गुरुदेव भयभीत बालक की भाँति काँप उठे।

(पतंजलि ने लिखा है, "बड़े-बड़े संतों में भी अपनी देह के प्रति उसके अपने स्वरूप के कारण किंचित्-सी आसक्ति रहती है।" मृत्यु पर मेरे गुरुदेव जब कभी प्रवचन करते थे, तो प्रायः यह भी कहते थे, "ठीक उसी प्रकार, जैसे दीर्घकाल तक पिंजरे में रहने वाला पक्षी पिंजरे का दरवाजा खोल देने पर भी उड़ जाने में हिचकिचाता है।")

मैंने अश्रुरुद्ध कंठ से उनसे याचना की, "गुरुजी! कृपा करके ऐसा मत कहिए! कभी भी ऐसे शब्द मुझसे मत बोलिए!"

श्रीयुक्तेश्वरजी के चेहरे पर शांत मुस्कान फैल गई। उनका इक्यासीवाँ जन्मदिन पास आ रहा था, फिर भी वे स्वस्थ और मजबूत दिखाई दे रहे थे।

दिन-प्रतिदिन अपने गुरुदेव के प्रेम की वर्षा में नहाते हुए, जो शब्दों में तो प्रकट नहीं होती थी, परन्तु मन को जिसका तीव्र बोध होता था, मैंने अपने मन से उनके द्वारा अपने देहत्याग के बारे में दिए गए विविध संकेतों को निकाल दिया।

"गुरुदेव, इस महीने में प्रयाग में कुंभ मेला लग रहा है।" मैंने एक बंगाली पंचांग में दी हुई कुंभ मेले की तिथियाँ उन्हें दिखाईं।

"तुम क्या सचमुच जाना चाहते हो?"

मेरे ध्यान में यह बात नहीं आ सकी कि उनकी इच्छा नहीं थी कि मैं उन्हें छोड़कर कहीं जाऊँ। मैंने कहा, "एक बार आपको प्रयाग के कुंभ मेले में ही बाबाजी का दर्शन प्राप्त हुआ था। शायद इस बार मुझे भी वह दुर्लभ सौभाग्य प्राप्त हो जाए!"

"मुझे नहीं लगता कि वहाँ तुम्हें उनका दर्शन होगा।" मेरे गुरु चुप हो गए। मेरी योजनाओं में वे बाधा नहीं डालना चाहते थे।

जब दूसरे दिन मैं कुछ लोगों को साथ लेकर प्रयाग जाने के लिए निकल रहा था, तब गुरुदेव ने अपने स्वाभाविक ढंग से मुझे आशीर्वाद दिया। स्पष्ट है कि श्रीयुक्तेश्वरजी के व्यवहार में निहित संकेतों का अर्थ ही मेरे ध्यान में नहीं आ रहा था, क्योंकि भगवान मुझे अपने गुरु के महाप्रयाण की घटना को असहाय होकर देखते रहने के लिए विवश होने से बचाना चाहते थे। मेरे जीवन में यह हमेशा ही हुआ है कि जब कभी मेरे किसी प्रियजन की मृत्यु हुई, तब भगवान ने सहानुभूतिपूर्वक मुझे उस स्थान से दूर ही रखा।

23 जनवरी, 1936 को हम लोग कुंभ मेले में पहुँचे। वहाँ हम लोगों का पहला दिन तो केवल आश्चर्यपूर्वक निहारते रहने में ही बीत गया। पाप-प्रक्षालन के लिए लोग हजारों की संख्या में पवित्र गंगा में स्नान कर रहे थे। ब्राह्मण पुरोहित शास्त्रोक्त विधि से पूजा-पाठ कर रहे थे। मौन साधु-संन्यासियों के चरणों में भक्तिभाव के साथ विविध सामग्री अर्पित की जा रही थी।

कौपीन धारण किए साधु छोटे-छोटे दलों में शांत बैठे थे। उन्होंने सारे शरीर में भस्म रमाई हुई थी, जो सर्दी और गर्मी से उनकी रक्षा करती है। उन्होंने ललाट पर तृतीय नेत्र का प्रतीक चंदन तिलक लगाया हुआ था। गेरुए वस्त्र धारण किए, दण्ड-कमंडल और भिक्षापात्र लिए मुंडित-मस्तक स्वामी वहाँ हजारों की संख्या में दिखाई दे रहे थे। त्याग की शांति उनके चेहरों पर चमक रही थी। आंतरिक परमानंद को गंभीर मुद्रा के पीछे छिपाए विनम्र साधु भी थे। इस कोलाहल से ऊपर, मंदिरों में आने का आदेश देने वाला मंदिरों का घंटानाद अनवरत रूप से सुनाई देता रहता था।

दूसरे दिन मैं अपने साथ के लोगों के साथ अनेक आश्रमों और अस्थायी कुटियों में गया और वहाँ हमने साधु-संतों का दर्शन कर उन्हें प्रणाम किया। स्वामी संप्रदाय की गिरि शाखा के प्रमुख का भी आशीर्वाद हमें प्राप्त हुआ। तपस्वी वृत्ति के इस क्षीणकाय संन्यासी की आँखों में मुस्कराहट के साथ-साथ प्रखर तेज था। इसके बाद हम लोग एक अन्य आश्रम में गए। इस आश्रम के गुरु नौ वर्षों से मौनव्रत का पालन कर रहे थे और केवल फलाहार करते थे। आश्रम के मुख्य मंडप में मंच पर एक प्रज्ञाचक्षु (अंध) साधु बैठे थे, जिन्हें शास्त्रों का अत्यंत गहरा ज्ञान था और सभी संप्रदायों के लिए वे श्रद्धास्पद थे।

उस शांत आश्रम में मैंने हिंदी में वेदांत पर एक छोटा-सा प्रवचन किया और फिर हम लोग पास ही रह रहे स्वामी कृष्णानंद से मिलने गए। स्वामी कृष्णानंद आकर्षक व्यक्तित्व के संन्यासी थे, गुलाबी गाल, बलशाली स्कंध। उनके पास ही एक पालतू सिंहनी लेटी हुई थी। स्वामीजी के आध्यात्मिक प्रभाव से, न कि उनके बलिष्ठ देह के प्रभाव से, जंगल के उस पशु ने मांसाहार वर्जित कर दिया और केवल दूध-भात खाकर वह रहती थी। स्वामीजी ने उस पिंगलवर्णी पशु को एक आकर्षक गुरगुराहट के साथ ओम् का उच्चारण करना सिखा दिया था, भक्त शेरनी!

इसके बाद हम लोग एक तरुण विद्वान साधु से मिले। श्री राइट की यात्रा-दैनंदिनी में उस भेंट का सुंदर वर्णन है।

“फोर्ड कार से हमने चरमराते पीपा-पुल पर से गंगा पार की। फिर अति संकीर्ण, टेढ़ी-मेढ़ी गलियों में से लोगों की भीड़ के बीच से होकर हमारी गाड़ी साँप की तरह धीरे-धीरे आगे बढ़ने लगी। रास्ते में नदी तट पर योगानंदजी ने वह स्थान भी दिखाया जहाँ श्रीयुक्तेश्वरजी बाबाजी से मिले थे। थोड़ी देर बाद हम लोग कार से उतरकर कुछ दूर तक पैदल चले। रास्ते में साधुओं की धूनियों का धुआँ भरा हुआ था और रेत पर पाँव फिसल जाते थे। अंततः हम लोग घास-फूस और मिट्टी की बनी कुछ अत्यंत साधारण झोंपड़ियों के सामने पहुँचे। इनमें से एक झोंपड़ी के सामने हम रुक गए। इस झोंपड़ी का प्रवेश द्वार बिल्कुल छोटा-सा और किवाड़हीन था। इसमें रहते थे अपनी असाधारण सिद्धत्ता के लिए प्रसिद्ध तरुण परिव्राजक साधु करपात्री महाराज। वे वहाँ पुआल पर पालथी मारकर बैठे थे। उनके शरीर पर एकमात्र आवरण और संसार में उनकी एकमात्र संपत्ति था, एक गेरुआ वस्त्र जो उन्होंने पहन रखा था और उसी का एक छोर अपने कंधों पर ओढ़ रहा था।

“हम लोगों ने झोंपड़ी में प्रवेश कर उस ज्ञानी महात्मा को प्रणाम किया। उनका चेहरा सचमुच दिव्य लग रहा था। हमारी ओर देखकर वे मुस्कराए। उनके चेहरे पर और आँखों में तेज था और श्वेत दंतपंक्ति अत्यंत आकार बद्ध एवं सुंदर थी। उनकी भाषा मेरी समझ में नहीं आ रही थी, परन्तु उनके हाव-भावों से उनके कहने का अर्थ पूर्णतः समझ में आ जाता था। उनमें उत्साह, प्रेम और आध्यात्मिक वैभव ठूस-ठूसकर भरा हुआ था। उनकी महानता के विषय में किसी को संदेह हो ही नहीं सकता था।

"संसार से जो किसी भी प्रकार जुड़ा ही न हो, उसके जीवन के सुख की कल्पना कीजिए, न कपड़ों का झंझट, न कुछ खाने की कोई लालसा, कभी भिक्षा नहीं माँगते थे, पकाया गया खाना एक दिन छोड़कर खाते थे, कभी भिक्षापात्र पास नहीं रखते थे, रुपए-पैसे को हाथ नहीं लगाते थे, कभी किसी चीज का संग्रह नहीं करते थे, ईश्वर में सदा पूर्ण विश्वास, कहीं आने-जाने के लिए वाहनों की कोई चिंता नहीं, क्योंकि किसी वाहन पर कभी बैठते ही नहीं थे, केवल पवित्र नदियों के किनारे-किनारे जाते थे, किसी भी स्थान पर एक सप्ताह से अधिक रुकते नहीं थे, ताकि किसी स्थान के प्रति आसक्ति न उत्पन्न हो जाए।

"और विनम्रता कितनी! वेदों के असाधारण ज्ञाता! काशी हिन्दू विश्वविद्यालय से एम. ए. और शास्त्री उपाधि प्राप्त! उनके चरणों में बैठकर मेरे मन में एक उदात्त भावना उभर आई; यह सब प्राचीन और सच्चे भारत को देखने की मेरी इच्छा का उत्तर प्रतीत हो रहा था, क्योंकि आध्यात्मिक महापुरुषों की इस भूमि के वे सच्चे प्रतिनिधि हैं।"

करपात्रीजी से मैंने उनके परिव्राजक जीवन के बारे में कुछ प्रश्न किए।

"क्या सर्दियों के लिए भी आप कोई अतिरिक्त कपड़े नहीं रखते?"

"नहीं, यह पर्याप्त है।"

"क्या कुछ पुस्तकें अपने साथ रखते हैं?"

"नहीं, जो लोग मुझसे कुछ सुनना चाहते हैं, उन्हें मैं अपनी स्मरणशक्ति से सुनाता हूँ।

"आप और क्या-क्या करते हैं?"

"गंगा किनारे घूमता हूँ।"

उनके इन शांत शब्दों को सुनकर मैं उनके जीवन की सादगी को अपनाने के लिए लालायित हो उठा। मुझे अमेरिका और वहाँ अपने कंधों पर बैठे सारे उत्तरदायित्वों की याद आई।

एक क्षण के लिए खिन्न होकर मैंने सोचा, "नहीं योगानंद! इस जन्म में गंगा किनारे घूमना तुम्हारे लिए अच्छा नहीं है।"

करपात्रीजी ने अपनी कुछ आध्यात्मिक अनुभूतियों के बारे में बताया, तो अचानक मैंने उनसे पूछा, "आप यह सब शास्त्रों से पढ़कर बता रहे हैं या अपने आंतरिक अनुभव से बता रहे हैं?"

उन्होंने सरल भाव से उत्तर दिया, "आधा पुस्तकीय ज्ञान से और आधा अनुभव से।

हम लोग थोड़ी देर मौन बैठे रहे। उनके पवित्र सान्निध्य से उठकर जब हम लोग बाहर आए, तो मैंने श्री राइट से कहा, "वे सुनहरे तृण के सिंहासन पर विराजमान एक राजा हैं।"

मन मोह लेने वाले उस कुंभ मेले में हम लोग और दो दिन रहे; फिर वहाँ से हम लोग वृंदावन में स्वामी केशवानंदजी के आश्रम गए।

केशवानंदजी से मिलने का मेरा उद्देश्य इसी पुस्तक से संबंधित था। श्रीयुक्तेश्वरजी द्वारा किया गया वह अनुरोध कभी भी मेरे दिमाग से निकला नहीं था कि मैं लाहिड़ी महाशय के जीवन पर कुछ लिखूँ। भारत में अपने प्रवास के दौरान मैं योगावतार के सगे-संबंधियों और शिष्यों से संबंध स्थापित करने के प्रत्येक अवसर का उपयोग कर रहा था। उनके साथ हुए वार्तालाप को मैं विस्तृत रूप से लिख रहा था, घटनाओं और तिथियों को ठीक से मिला रहा था, पुराने फोटो, पुराने पत्रों और कागजों को जमा कर रहा था। लाहिड़ी महाशय से संबंधित मेरी सामग्री निरंतर बढ़ती जा रही थी। मेरे सामने पुस्तक लिखने का जो श्रमसाध्य कार्य खड़ा था, उसके बारे में सोचते ही दिल कुछ बैठा-सा जाता था। मैं प्रार्थना कर रहा था कि उस महान गुरु का जीवन चरित्र लिखने में मैं समर्थ हो सकूँ।

पंचानन भट्टाचार्य ने एक बार मुझसे कहा भी था, "निर्जीव शब्दों में किसी अवतार का जीवन चरित्र कोई क्या लिख पाएगा?"

लाहिड़ी महाशय के अन्य निकट शिष्य भी योगावतार को अपने हृदयों में ही अमर गुरु के रूप में छिपाए रखना चाहते थे। तथापि लाहिड़ी महाशय ने स्वयं ही अपने जीवन चरित्र के बारे में जो भविष्यवाणी की थी, उसे ध्यान में रखते हुए मैंने उनके बाह्य जीवन के बारे में जानकारी प्राप्त करने और तथ्यों को सत्यता की जाँच करने में अपनी ओर से कोई कसर नहीं रख छोड़ी।

स्वामी केशवानंदजी ने वृंदावन के अपने कात्यायनी पीठ आश्रम में हम लोगों का मनःपूर्वक स्वागत किया। यह भवन सुंदर उद्यान के बीच में स्थित है। वे तुरन्त हमें अपने बैठकखाने में ले गए, जहाँ लाहिड़ी महाशय की बड़ी सी विशाल फोटो टँगी हुई थी। केशवानंदजी की आयु नब्बे वर्ष की हो चली

थी, परन्तु फिर भी उनका शरीर मजबूत और स्वस्थ दिख रहा था। लम्बे केश और हिमधवल दाढ़ी के साथ वे मूर्तिमंत प्राचीन ऋषि लग रहे थे।

महान योगी मितभाषी होते हैं, इसलिए मैंने अनुनय करते हुए मुस्कराकर कहा, "कृपा करके मुझे अपने पूर्व जीवन के बारे में कुछ बताइए।"

केशवानंदजी ने विनम्रता से कहा, "बाह्य दृष्टि से विशेष कुछ मेरे जीवन में नहीं है। मेरा सारा जीवन हिमालय में ही बीता, जहाँ एक गुफा से दूसरी गुफा तक मैं पैदल ही जाता था। कुछ समय के लिए हरिद्वार के बाहर एक छोटा-सा आश्रम बनाकर मैं रहता था। इस आश्रम के चारों ओर बड़े-बड़े वृक्षों का उपवन था। वह बड़ी शांत जगह थी। साँपों की बहुलता के कारण वहाँ ज्यादा लोग नहीं आते थे।" केशवानंदजी हँस पड़े, "बाद में एक वर्ष गंगा की बाढ़ उस आश्रम को और उसके साथ-साथ साँपों को बहा ले गई। तब अपने शिष्यों की सहायता से मैंने यहाँ वृंदावन में यह आश्रम बनाया।

"'कभी-कभी मैं अपने एकांतवास से निकलकर अपने गुरु के दर्शन करने बनारस जाता था। हिमालय के वीरानों में मेरे अनवरत भटकने के कारण वे मेरे साथ मजाक भी करते थे।

"'तुम्हारे पाँव में चक्र है,' एक बार उन्होंने मुझसे कहा, 'मुझे खुशी है कि हिमालय इतना विस्तृत है कि वह तुम्हें घूमते रहने में मग्न रख सकता है।'"

केशवानंदजी कहते गए, "लाहिड़ी महाशय अपने महाप्रयाण के पहले भी और बाद भी, अनेक बार मेरे सामने प्रकट हुए हैं। उनके लिए हिमालय की कोई ऊँचाई कभी दुर्गम नहीं थी!"

दो घंटे बाद वे हमें भोजन के लिए ले गए। मन-ही-मन मैंने हताशा का निःश्वास छोड़ा। यहाँ भी पंद्रह प्रकार के पदार्थों से युक्त भोजन! भारतीय आतिथ्य को स्वीकार करते एक वर्ष से भी कम ही समय हुआ था और मेरा वजन पचास पौण्ड बढ़ चुका था, परन्तु मेरे सम्मान में आयोजित अनगिनत भोजों में इतने प्यार से बनाए गए किसी भी पदार्थ को लेने से यदि मैं इनकार करता, तो उसे अशिष्टता की पराकाष्ठा माना जाता। भारत में गोल-मटोल स्वामी दिखने से लोग खुश होते हैं।

भोजन के उपरांत केशवानंदजी मुझे अन्य सभी लोगों से दूर एक एकांत स्थान पर ले गए। वहाँ उन्होंने कहा, "यहाँ तुम्हारा आना अनापेक्षित नहीं था। मेरे पास तुम्हारे लिए एक संदेश है।"

मुझे आश्चर्य हुआ, क्योंकि केशवानंदजी से मिलने की मेरी योजना के बारे में किसी को कुछ पता नहीं था।

उन्होंने कहा, "पिछले वर्ष उत्तरी हिमालय में बद्रीनारायण के पास घूमते हुए मैं रास्ता भटक गया। एक बड़ी-सी गुफा सामने दिखाई दी जो खाली थी, तथापि उसकी पथरीली जमीन के एक गड्ढे में अंगारे दहक रहे थे। इस एकांत गुफा में निवास करने वाले के बारे में सोचता हुआ मैं आग के पास बैठ गया।

"'केशवानंद! मैं प्रसन्न हूँ कि तुम यहाँ आए।' मेरे पीछे से ये शब्द सुनाई दिए। चकित होकर मैंने मुड़कर देखा तो स्तब्ध रह गया। वहाँ बाबाजी खड़े थे! गुफा में अंदर गहरे भाग में बाबाजी प्रकट हो गए थे। अनेक वर्षों के उपरांत फिर से इस तरह उनके दर्शन पाकर मेरे आनंद की सीमा नहीं रही। मैं उनके चरणों में साष्टांग लोट गया।

"बाबाजी ने कहा, 'मैंने ही तुम्हें यहाँ बुलाया है, इसलिए तुम रास्ता भूल गए और इस गुफा में आ गए, जहाँ अभी मैं रह रहा हूँ। लम्बे समय के बाद हम फिर मिले हैं, तुमसे पुनः मिलकर मुझे खुशी हुई।'

"अमर गुरुदेव ने मेरे आध्यात्मिक कल्याण के आशीर्वादस्वरूप कुछ कहकर आगे कहा, 'योगानंद के लिए मैं तुम्हें एक संदेश दे रहा हूँ। वे जब भारत वापस आएँगे तब तुमसे मिलने आएँगे। अपने गुरु और लाहिड़ी के जीवित शिष्यों से संबंधित अनेक बातों में वे पूर्ण व्यस्त रहेंगे। तुम्हारे पास जब वे आएँगे, तब उन्हें बता देना कि मुझसे मिलने के लिए आतुरता के बाद भी मैं इस बार उनसे नहीं मिलूँगा; परन्तु किसी अन्य अवसर पर मिलूँगा।'"

स्वामी केशवानंदजी के मुख से बाबाजी का यह सांत्वनाप्रद संदेश सुनकर मैं गद्गद हो गया। मेरे हृदय के किसी कोने में हो रही चुभन समाप्त हो गई।

आश्रम में एक रात रहकर दूसरे दिन दोपहर को हम लोग कोलकाता के लिए चल पड़े। यमुना के पुल पर से गुजरते समय वृंदावन के आकाश का भव्य दृश्य देखकर हम लोग आनंद से भर उठे। सूर्य ने आकाश में मानो आग लगा दी थी, जो अग्निदेवता की किसी भट्ठी के समान लग रहा था, उसके सुंदर रंग नीचे नदी के शांत जल में प्रतिबिंबित हो रहे थे।

यमुना तट श्रीकृष्ण की बाल लीलाओं की स्मृतियों से पुनीत हुआ है। यहीं पर एक अवतार और उसके भक्तों के बीच सदा उनके रहने वाले महान

दिव्य प्रेम को प्रकट करते हुए उन्होंने बालपन की भोली-भाली मधुरता के साथ गोपियों के संग लीला रची। अनेक पाश्चात्य टीकाकारों ने भगवान श्रीकृष्ण के जीवन को समझने में भारी भूल की है। शास्त्रीय रुपक शब्दशः अर्थ करने वाले लोगों की समझ में नहीं आ सकते। एक अनुवादक की एक मनोरंजक भूल को यह उदाहरण स्पष्ट करता है। यह कहानी मध्ययुगीय संत रविदास से संबंधित है। रविदास मानव में निहित आध्यात्मिक महिमा को अपने चर्मकार पेशे की भाषा में इस प्रकार गाते हैं :

"विशाल नील गगन के हेठे।
रहे देवता चाम लपेटे॥"

एक पाश्चात्य लेखक ने इसका जो छिछला अर्थ निकाला है, उसे देखकर कोई भी हँसे बिना नहीं रह सकता। वह कहता है, "उन्होंने बाद में एक कुटिया बनाई और उसमें चमड़े से बनाई एक मूर्ति स्थापित कर दी और उसकी पूजा शुरू कर दी।"

कुछ ही दिनों में हम लोग कोलकाता पहुँचे। श्रीयुक्तेश्वरजी से मिलने के लिए मैं आतुर था। अतः जब मैंने सुना कि वे कोलकाता से दक्षिण में तीन सौ मील दूर पुरी में हैं, तो मुझे घोर निराशा हुई।

"तुरन्त पुरी चले आओ।" यह तार मेरे एक गुरुभाई ने 8 मार्च को कोलकाता के दूसरे एक गुरुभाई अतुलचन्द्र राय चौधरी को भेजा। इस संदेश का समाचार मेरे कानों तक भी आ पहुँचा। उसमें निहित अर्थ मुझे समझ आया। मैं धम्म से घुटनों पर बैठ गया और भगवान से अपने गुरु के प्राणों की भिक्षा माँगने लगा। मैं ट्रेन पकड़ने के लिए पिताजी के घर से निकल ही रहा था कि मेरे अंतर में एक दिव्य वाणी सुनाई दी।

"आज रात पुरी मत जाओ। तुम्हारी प्रार्थना स्वीकार नहीं हो सकती।"

शोकाकुल होकर मैंने कहा, "प्रभु! आप पुरी में मेरे साथ 'रस्साकशी नहीं करना चाहते, जहाँ गुरुदेव के जीवन के लिए मेरी अनवरत प्रार्थनाएँ आपको ठुकरानी पड़ेंगी। तो क्या आपकी इच्छा पर उन्हें उच्चतर कर्तव्यों के लिए जाना ही होगा?'

आंतरिक आदेश का पालन करने के लिए मैंने उस रात पुरी के लिए प्रस्थान नहीं किया। दूसरे दिन शाम को मैं ट्रेन पकड़ने के लिए चल पड़ा। रास्ते में सात बजे एक काला सूक्ष्म मेघ आकाश में छा गया। बाद में जब ट्रेन

पुरी की ओर दौड़ी जा रही थी, तब श्रीयुक्तेश्वरजी मेरी अंतर्दृष्टि के सामने प्रकट हो गए। वे अत्यंत गंभीर मुद्रा में बैठे थे। उनके दोनों ओर प्रकाश का एक-एक पिण्ड था।

"क्या सब कुछ समाप्त हो गया?" अनुनय-विनय करते हुए मैंने अपने हाथ ऊपर उठा लिए।

उन्होंने सिर हिलाया और धीरे-धीरे अदृश्य हो गए।

दूसरे दिन सुबह पुरी स्टेशन के प्लेटफार्म पर मन में झूठी आशा लिए मैं खड़ा था, तभी एक अनजान व्यक्ति मेरे आस आया।

"आपने सुना है कि आपके गुरुदेव चले गए?" इसके बाद एक शब्द भी मुँह से निकाले बिना वह व्यक्ति चला गया। मुझे कभी भी इस बात का पता नहीं चल पाया कि वह कौन था या उसे कैसे मालूम हुआ कि मैं उस समय कहाँ मिलूँगा।

मैं सन्न रह गया। मुझे प्लेटफार्म की दीवार का सहारा लेना पड़ा। यह बात मेरी समझ में आ गई कि गुरुदेव नाना उपायों से वह हृदय-विदारक समाचार मेरे पास पहुँचाने की चेष्टा कर रहे थे। अंतर में प्रचण्ड विद्रोह धधकने लगा, मेरी आत्मा मानो ज्वालामुखी बन गई थी। आश्रम पहुँचते-पहुँचते मैं लगभग पूरी तरह टूटने के कगार पर पहुँच चुका था। आंतरिक वाणी बार-बार प्यार से मुझे समझा रही थी, "धीरज रखो। शांत हो जाओ।"

मैंने आश्रम के उस कमरे में प्रवेश किया जहाँ पद्मासन में बैठा गुरुदेव का निष्प्राण शरीर अकल्पनीय रूप से जीवंत लग रहा था। वह शरीर अभी भी पूर्णतः स्वस्थ और सुंदर लग रहा था। मैं उस प्रिय शरीर को क्यों न देखता, मुझे विश्वास ही नहीं हो पा रहा था कि उसमें से प्राण निकल गए थे। उनकी त्वचा अभी भी स्निग्ध और मुलायम थी, उनके चेहरे पर शांति का सुंदर भाव था। अंतिम रहस्यमय बुलावे के समय उन्होंने सचेत रहते हुए अपना शरीर छोड़ दिया था।

शोकविह्वल होकर मैं चीख उठा, "बंगाल का सिंह चला गया।"

10 मार्च को मैंने उनका अंतिम संस्कार किया। पुरी आश्रम के उद्यान में संन्यासियों की प्राचीन परंपरानुसार श्रीयुक्तेश्वरजी के पार्थिव शरीर को समाधि दी गई। बाद में उनके शिष्य अपने गुरु को श्रद्धांजलि अर्पित करने वासंतिक विषुव शोक सभा में एकत्रित हुए। कोलकाता के प्रमुख समाचारपत्र अमृत

बाजार पत्रिका में श्रीयुक्तेश्वरजी की फोटो के साथ निम्नलिखित विवरण छपकर आया :

81 वर्षीय श्रीमत् स्वामी श्रीयुक्तेश्वरजी गिरि महाराज के महाप्रयाण के उपलक्ष्य में पुरी में 21 मार्च को भंडारा संपन्न हुआ। इस अवसर पर उनके अनेक शिष्य पुरी में एकत्रित हुए।

स्वामी महाराज की गणना भगवत्गीता के महानतम टीकाकारों में होती थी। भगवत्गीता तथा अन्य शास्त्रों की उनकी व्याख्या प्राच्य और पाश्चात्य, दोनों दर्शनों पर श्रीयुक्तेश्वरजी के प्रभुत्व का प्रमाण देती है तथा पहली बार इन दोनों दर्शनों की एकता को स्पष्ट करती है। वे सभी धर्मों की एकता में विश्वास करते थे। अतः उन्होंने धर्म में वैज्ञानिकता लाने के लिए विविध पंथों और संप्रदायों के प्रमुखों के सहयोग से साधु सभा की स्थापना की। अपने देहांत के समय उन्होंने स्वामी योगानंद को अपने उत्तराधिकारी के रूप में साधुसभा का अध्यक्ष मनोनीत किया।

ऐसे महापुरुष के देहावसान से भारत की बहुत बड़ी हानि हुई है। जिन्हें उनके सान्निध्य लाभ का सौभाग्य प्राप्त हुआ था, वे भारत की सच्ची संस्कृति एवं साधना का उत्तरोत्तर विकास करें, जो श्रीयुक्तेश्वरजी गिरि महाराज से मूर्त हो उठी थी।

मैं कोलकाता लौट आया। पवित्र स्मृतियों से जुड़े श्रीरामपुर आश्रम में जाने का मुझमें अभी साहस नहीं हो रहा था, इसलिए श्रीरामपुर में रह रहे श्रीयुक्तेश्वरजी के बाल शिष्य प्रफुल्ल को मैंने कोलकाता में ही बुला लिया और राँची विद्यालय में उसके प्रवेश की व्यवस्था कर दी।

प्रफुल्ल ने मुझे बताया, “उस दिन सुबह जब आप कुंभ मेले में जाने के लिए निकल गए, तो गुरुदेव धप्प से दीवान पर बैठ गए और कहने लगे, ‘योगानंद चला गया! योगानंद चला गया!!’ फिर कुछ गूढ़ ढंग से उन्होंने कहा, “मुझे उसे किसी और प्रकार से बताना पड़ेगा।’ फिर वे घंटों मौन बैठे रहे।”

इसके बाद के मेरे दिन व्याख्यान, कक्षाओं, साक्षात्कार तथा पुराने मित्रों के साथ पुनर्मिलन से ही भरे रहे। खोखली हँसी और अनवरत कार्यव्यस्ता के जीवन प्रवाह के नीचे काले शोकाकुल विचार परमानंद की उस आंतरिक सरिता को मैली किए जा रहे थे, जो इतने वर्षों तक मेरी अनुभूतियों के बालुका-तल के नीचे अपने प्रवाहमार्ग से बहती आ रही थी।

"वे दिव्य ऋषि कहाँ चले गए?" शोकसंतप्त आत्मा की गहराइयों से मैं मूक रुदन करते हुए अपने अंतर से पूछता जा रहा था।

कोई उत्तर नहीं आया।

मेरा मन मुझे सांत्वना देने लगा, "यह अच्छा ही हुआ कि गुरुदेव का परम प्रेमी परमात्मा के साथ संपूर्ण मिलन हो गया। अब वे अपने तेज से अक्षय धाम में सदा के लिए चमक रहे हैं।"

मेरा हृदय विलाप कर रहा था, "अब तुम फिर कभी उन्हें श्रीरामपुर आश्रम में नहीं देख सकोगे। अब फिर कभी तुम अपने दोस्तों को उनसे मिलाने के लिए लाकर नहीं कह सकोगे, 'देखो, वो रहे भारत के ज्ञानावतार!"

श्री राइट ने जून के प्रारंभ में हम लोगों के पश्चिम जाने के लिए मुंबई से जहाज पकड़ने की सारी व्यवस्था कर दी। एक पखवाड़े तक कोलकाता में विदाई भोज और व्याख्यानों का सिलसिला चलता रहा। उसके बाद मिस ब्लेच, श्री राइट अपनी फोर्ड कार से मुंबई के लिए निकल पड़े। वहाँ पहुँचने पर जहाज के अधिकारियों ने हमें अपनी यात्रा करने के लिए कहा, क्योंकि उस जहाज पर कार के लिए कोई जगह नहीं थी और हमें तो यूरोप में फिर उसकी आवश्यकता पड़ने वाली थी।

"कोई बात नहीं," मैंने खिन्न मन से श्री राइट से कहा, "मैं एक बार फिर पुरी जाना चाहता हूँ।" और मन-ही-मन कहने लगा, "अपने अश्रुओं से फिर एक बार अपने गुरुदेव की समाधि का अभिषेक करने दो।"

श्रीयुक्तेश्वरजी का पुनरुत्थान

"ईश्वर श्रीकृष्ण!" मैं मुंबई में रीजेन्ट होटल के अपने कमरे में बैठा था। चमचमाते जाज्वल्यमान प्रकाश में ईश्वर का दिव्य रूप मेरे सामने प्रकट हुआ। मैं तीसरी मंजिल के उस कमरे की ऊँची, खुली खिड़की से बाहर देख रहा था, तब अचानक सामने वाली ऊँची इमारत की छत के ऊपर यह अवर्णनीय दृश्य सामने दृष्टिगोचर हुआ।

प्रभु श्रीकृष्ण मेरी ओर देखकर मुस्करा रहे थे और सिर हिला रहे थे। हाथ भी हिला रहे थे। जब मैं उनके संदेश को समझ नहीं पाया, तो आशीर्वाद देने की मुद्रा में हाथ उठाकर वे अंतर्धान हो गए। मन एक अद्‍भुत आनंद से भर उठा।

भगवान श्रीकृष्ण के दर्शन के एक सप्ताह बाद 19 जून, 1936 को मैं दोपहर में तीन बजे मुंबई में होटल के अपने कमरे में अपने पलंग पर बैठा ध्यान कर रहा था कि अचानक कमरे में एक दिव्य प्रकाश के फैलने से मेरा ध्यान टूट गया। मेरे खुले और विस्मय-विस्फारित नेत्रों के सामने संपूर्ण कमरा एक अद्‍भुत विश्व में बदल गया।

रक्तमांस के शरीर में श्रीयुक्तेश्वरजी को अपने सामने खड़े देखकर आनंदातिरेक की लहरों पर लहरें मुझ पर छाने लगीं।

"बेटा!" गुरुदेव ने अत्यंत स्नेहसिक्त, कोमल स्वर में कहा।

"मेरे प्रभु! मेरे गुरुदेव! मेरे प्रियतम! आप मुझे छोड़कर क्यों चले गए?" आनंदातिरेक के कारण मैं असंबद्ध बोलने लग गया था, "आपने मुझे कुंभ मेले में जाने ही क्यों दिया? आपको छोड़कर जाने के लिए मैंने अपने आपको कितना कोसा है!"

"जहाँ मुझे बाबाजी का प्रथम दर्शन हुआ था, उस तीर्थस्थल का दर्शन

करने की तुम्हारी आशाभरी खुशियों पर मैं पानी नहीं फेरना चाहता था। मैं तो थोड़ी देर के लिए ही तुम्हें छोड़कर गया था, क्या अब फिर से तुम्हारे पास नहीं आ गया हूँ?"

"पर क्या यह आप ही हैं गुरुदेव? ईश्वर के वही सिंह? अभी आपने जो शरीर धारण किया है, वह क्या बिल्कुल उसी शरीर के समान है, जिसे मैंने पुरी की निर्दय बालू में समाधिस्थ कर दिया था?"

"हाँ, बेटा, मैं बिल्कुल वही हूँ। यह रक्तमांस का शरीर है। मेरी दृष्टि में यह शरीर केवल आकाश तत्व का है, परन्तु तुम्हारी दृष्टि के लिए यह जड़ देह है। मैंने सृष्टि के परमाणुओं से एक पूर्णतः नए शरीर की सृष्टि की है जो बिल्कुल उस स्वप्न-सृष्टि के शरीर जैसा ही है, जिसे तुमने अपनी स्वप्न-सृष्टि की स्वप्न-बालू में समाधि दे दी थी। वस्तुतः मेरा पुनरुत्थान हो चुका है, पृथ्वी पर नहीं, बल्कि एक सूक्ष्म लोक में। इस पृथ्वी के मानवों की तुलना में उस लोक में वास करने वाले लोग मेरे उच्च आदर्शों के अधिक अनुरूप हैं। तुम और तुम्हारे उन्नत प्रियजन भी किसी दिन उस लोक में मेरे पास आ जाओगे।"

"मृत्युंजय गुरुदेव! मुझे और अधिक बताएँ!"

गुरुदेव आनंद के साथ थोड़ा-सा हँसते हुए बोले, "प्रिय वत्स! क्या तुम अपनी पकड़ थोड़ी ढीली नहीं कर सकते?"

"केवल थोड़ी ढीली!" मैंने उन्हें अपने बाहुपाश में ऐसे कस कर पकड़ रखा था मानो नागपाश में जकड़ लिया हो। मुझे वही नैसर्गिक हल्की-सी सुगंध आ रही थी, जो पहले उनके शरीर से निकला करती थी। जब कभी उन महान क्षणों की मुझे याद आती है, तो अब भी अपने हाथों के अंदरूनी हिस्सों में और हथेलियों में उनके दिव्य शरीर के उस रोमांचकारी स्पर्श को मैं अनुभव करता हूँ।

श्रीयुक्तेश्वरजी ने बताया, "जिस प्रकार कर्मों से मुक्ति पाने में मनुष्यों की सहायता करने के लिए संतों और सद्गुरुओं को इस संसार में भेजा जाता है, उसी प्रकार ईश्वर ने इस सूक्ष्म लोक में रहने वाले लोगों की मुक्ति होने में सहायता करने का आदेश मुझे दिया है। उस लोक को हिरण्य लोक कहते हैं। वहाँ मैं उन्नत आत्माओं की सूक्ष्म जगत के कर्मों से मुक्ति पाने में और इस प्रकार सूक्ष्म जगत में बार-बार पुनर्जन्म से मुक्त होने में सहायता करता हूँ। हिरण्य लोक के अधिकतर निवासी आध्यात्मिक दृष्टि से उन्नत हैं। उन सब

ने इस पृथ्वी पर अपने आखिरी जन्म में मृत्यु के समय सचेत रहते हुए जड़ देह का त्याग करने की ध्यान प्रदत्त सामर्थ्य प्राप्त कर ली थी। पृथ्वी पर रहते जब कोई सविकल्प समाधि से आगे जाकर निर्विकल्प समाधि में स्थित नहीं होता, तब तक वह हिरण्य लोक में प्रवेश नहीं कर सकता।

"हिरण्य लोक के वासी उन साधारण सूक्ष्मलोकों से पहले ही पार हो चुके होते हैं, जहाँ पृथ्वी के प्रायः सभी वासियों को मृत्योपरांत जाना पड़ता है। वहाँ उन्होंने सूक्ष्मलोकों के अपने गतकर्मों के बीज नष्ट कर डाल होते हैं। सूक्ष्म लोकों में इस प्रकार आत्मोद्धार का कार्य उन्नत साधकों के अतिरिक्त कोई नहीं कर सकता और तब अपनी आत्मा को सूक्ष्म जगत के कर्मों के शेष रहे लवलेशों से मुक्त करने के लिए इन साधकों को विधि के विधान के अनुसार हिरण्य लोक में, जो सूक्ष्म लोकों का सूर्य या स्वर्ग है, सूक्ष्म शरीर धारण कर जन्म लेना पड़ता है, जहाँ उनकी सहायता करने के लिए मैं उपस्थित हूँ।"

मेरा मन अब गुरुदेव के मन के साथ इस प्रकार पूर्ण एकरूप हो चुका था कि वह अपने शब्द-चित्रों को कुछ हद तक शब्दों के द्वारा और शेष विचार-चित्रों को तुरन्त ग्रहण कर रहा था।

"पूज्य गुरुदेव! सूक्ष्म जगत के बारे में मुझे और अधिक बताएँ।" श्रीयुक्तेश्वरजी के कहने पर मैंने अपना आलिंगन ढीला तो किया था, तथापि अभी भी उन्हें अपनी बाँहों में ही भर रखा था। मेरी अमूल्य निधि, मुझ तक पहुँचाने के लिए मृत्यु का भी उपहास करने वाले मेरे गुरुदेव जो आए थे!

गुरुदेव बताने लगे, "अनेक सूक्ष्म लोक हैं, जिनमें सूक्ष्म देहधारी प्राणी वास करते हैं। ये सूक्ष्मलोकवासी एक ग्रह से दूसरे ग्रह जाने के लिए सूक्ष्म विमानों या प्रकाश के पिंडों का उपयोग करते हैं, जो विद्युतशक्ति या रेडियो धर्मी शक्तियों से भी अधिक गति से जाते हैं।

"प्रकाश और रंगों के सूक्ष्म स्पंदनों से बना सूक्ष्म जगत भौतिक सृष्टि से सैकड़ों गुना बड़ा है। संपूर्ण भौतिक सृष्टि सूक्ष्म जगत के विशाल तेजोमय गुब्बारे के नीचे एक छोटी-सी ठोस टोकरी के समान लटकी हुई है। जिस तरह अंतरिक्ष में अनेक सूर्य और तारे भ्रमण कर रहे हैं, उसी तरह सूक्ष्म जगत में भी अनेक सूक्ष्म सौर मंडल और सूक्ष्म नक्षत्र मंडल हैं। वहाँ के ग्रहों में भी सूक्ष्म सूर्य और सूक्ष्म चंद्र हैं, जो भौतिक सृष्टि के सूर्य-चंद्रों से कहीं अधिक सुंदर हैं। सूक्ष्म जगत के ये सूर्य चंद्र ध्रुवीय प्रकाश के समान दिखते हैं, सूर्य का

तेज चंद्र के तेज से अधिक दीप्तिमान होता है। वहाँ के दिन और रात पृथ्वी के दिन और रात से अधिक लम्बे होते हैं।

"सूक्ष्म जगत असीम सुंदर, स्वच्छ, शुद्ध और सुव्यवस्थित है। वहाँ कोई निर्जीव ग्रह या बंजर भूमि नहीं है। खर-पतवार, बैक्टेरिया, कीड़े-मकोड़े, साँप आदि पृथ्वी के अभिशाप वहाँ नहीं हैं। वहाँ सदैव चिर वसंत ऋतु की समशीतोष्ण जलवायु रहती है और यदा-कदा ज्योतिर्मय हिमपात होता है तथा बहुरंगी प्रकाश की बारिश होती है। सूक्ष्म जगत के ग्रहों पर स्फटिकजल की झीलें, उज्ज्वल समुद्र तथा इंद्रधनुषी नदियाँ बहुतायत में हैं।

"वहाँ कोई नारी-गर्भ से जन्म नहीं लेता। सूक्ष्म जगतवासी अपनी विराट इच्छाशक्ति की सहायता से विशिष्ट रचना के अनुसार लघु रूप दिए गए सूक्ष्म शरीर को अस्तित्व में लाकर संतान को प्रकट करते हैं। हाल ही में स्थूल शरीर मुक्त हुआ जीवन अपने समान ही मानसिक एवं आध्यात्मिक प्रवृत्तियाँ रखने वाले सूक्ष्म जगतीय परिवार में उनके निमंत्रण पर जन्म लेता है।

"सूक्ष्म शरीर पर ठंड या गर्मी या अन्य प्राकृतिक परिस्थितियों का कोई प्रभाव नहीं होता। सूक्ष्म शरीर में सूक्ष्म मस्तिष्क, अर्थात् प्रकाश का सहस्त्रदल कमल होता है तथा सुषुम्ना में स्थित छह जागृत चक्र होते हैं। हृदय सूक्ष्म मस्तिष्क से महाप्राण शक्ति और प्रकाश प्राप्त करता है और उसे सूक्ष्म नाड़ियों तथा शरीर-कोशिकाओं या प्राणाणुओं में प्रवाहित करता है। सूक्ष्म जगत के जीव प्राणाणुओं की शक्ति और पवित्र मंत्रों के स्पंदनों से अपने रूप में परिवर्तन कर सकते हैं।

"अधिकांश जीवों का सूक्ष्म शरीर उनके अंतिम स्थूल शरीर की प्रतिमूर्ति होता है। उसका चेहरा और शरीर पृथ्वी पर उसकी युवावस्था में जैसा था, वैसा ही दिखता है। कभी-कभी मुझ जैसा कोई अपनी वृद्धावस्था का ही रूप बनाए रखना पसंद करता है।" गुरुदेव से तरुणाई फूट-फूट पड़ रही थी।

गुरुदेव ने आगे कहा, "अवकाशयुक्त त्रि-आयामी भौतिक जगत का ज्ञान केवल पंचेन्द्रियों द्वारा ही हो सकता है, परन्तु सूक्ष्म लोकों का ज्ञान सर्वसमावेशक छठी इंद्रिय, अर्थात् अंतर्ज्ञान से होता है। सारे सूक्ष्म जगतवासी केवल अंतर्ज्ञान से ही शब्द, स्पर्श, रस, रूप, गंध की अनुभूति कर लेते हैं। उनकी तीन आँखें होती हैं, जिनमें से दो अर्धोन्मीलित होती हैं। तीसरा और मुख्य सूक्ष्म नेत्र, जो ललाट में खड़ा स्थित होता है, खुला रहता है। सूक्ष्म

शरीरियों के भी कान, नाक, आँखें, जीभ और त्वचा, ये सारी बाह्येन्द्रियाँ होती हैं, परन्तु वे शरीर के किसी भी हिस्से से कोई भी संवेदन प्राप्त कर सकते हैं और इसके लिए वे केवल अंतर्ज्ञान का उपयोग करते हैं, वे कान या नाक या त्वचा से देख सकते हैं, आँखों से या जीभ से सुन सकते हैं, कान या त्वचा से स्वाद चख सकते हैं आदि।

"मनुष्य के स्थूल शरीर को असंख्य खतरे रहते हैं और यह आसानी से घायल हो सकता है या इसके अंग भी आसानी से कट कर अलग हो सकते हैं, जब कि सूक्ष्म शरीर कभी-कभी कट सकता है या उसमें खरोंच आ सकती है, परन्तु इच्छामात्र से वह तुरन्त ठीक भी हो जाता है।"

गुरुदेव! क्या सूक्ष्म जगतवासी सुंदर होते हैं?"

"सूक्ष्म जगतवासियों का अंतर्ज्ञान सूक्ष्म और जड़ जगत के बीच के परदे को भेदकर पृथ्वी पर चलने वाली गतिविधियों का निरीक्षण कर सकता है, परन्तु मानव सूक्ष्म जगत को नहीं देख सकता, जब तक उसकी छठी इंद्रिय कुछ हद तक विकसित न हो जाए। हजारों पृथ्वीवासियों ने सूक्ष्म जगत की या किसी सूक्ष्म जगतवासी की झलक देखी है।

"हिरण्य लोक में वास करने वाली उन्नत आत्माएँ सूक्ष्म जगत के लम्बे-लम्बे दिन और रात में अधिकांश समय परमानंद में जागृत रहती है और सृष्टि को चलाने से संबंधित जटिल समस्याओं का समाधान करने में तथा राह भटके लोगों के, अर्थात् पृथ्वी पर वास करने वाली आत्माओं के उद्धार में सहायता करती रहती हैं। जब कभी हिरण्य लोकवासी सोते हैं, तब कभी-कभी उन्हें स्वप्नों की तरह सूक्ष्म दर्शनों की अनुभूति होती है।

"सूक्ष्म जगत के सभी लोकों में वास करने वाले जीवों को भी मानसिक यातनाएँ हो सकती हैं। हिरण्य लोक जैसे उच्च लोकों में रहने वाले उन्नत जीवों के कोमल मन को यदि उनसे आचरण में या सत्यानुभूति में कोई भूल हो जाए, तो अत्यंत दुःख होता है। ये उन्नत जीव अपनी प्रत्येक कृति और प्रत्येक विचार को आध्यात्मिक नियम की दोषहीन सर्वांगपूर्णता के साथ तालमेल में रखने का प्रयास करते हैं।

गुरुदेव! क्या सूक्ष्म जगतवासी कुछ खाते-पीते हैं?" मैं अपने मन, हृदय और आत्मा, तीनों की सारी ग्रहणक्षमता एकत्रित कर गुरुदेव के अद्भुत वर्णन का रसपान कर रहा था।

“तेजस्वी किरणों के समान दिखने वाली सब्जियाँ सूक्ष्म जगत की भूमियों में बहुतायत में होती हैं,” उन्होंने कहा, “सूक्ष्म जगतवासी सब्जियाँ खाते हैं और प्रकाश के तेजस्वी झरनों, नदी-नालों में बहने वाला एक प्रकार का अमृत पीते हैं। जिस प्रकार पृथ्वी के लोगों के अदृश्य चित्रों को टेलीविजन की मदद से वातावरण से खींच कर प्रकट किया जा सकता है और बाद में वे फिर से वातावरण में विसर्जित हो जाते हैं, उसी प्रकार वातावरण में सब्ज-वनस्पतियों और पौधों के विचरण करते ईश्वर-निर्मित सूक्ष्म परिकल्पना चित्र सूक्ष्म जगतवासियों की इच्छामात्र से वहाँ प्रकट होकर भूमि पर उतर आते हैं। इसी प्रकार उन लोगों की विलक्षण से विलक्षण कल्पनाओं से सुगंधित फूलों के पूरे बाग के बाग वहाँ प्रकट हो जाते हैं और बाद में सूक्ष्म वातावरण में विलीन होकर अदृश्य हो जाते हैं। हिरण्य लोक के समान स्वर्ग लोकों के वासी तो खाने-पीने की किसी आवश्यकता से लगभग पूर्णतः मुक्त ही होते हैं, परन्तु कारण जगत में रहने वाली लगभग पूर्णतः मुक्त आत्माएँ ऐसी किसी भी आवश्यकता से और भी अधिक मुक्त होती हैं। वे दिव्य परमानंद के सिवा और किसी चीज का सेवन नहीं करते।

“पृथ्वी लोक से मुक्त होकर सूक्ष्म जगत में आई आत्मा की पृथ्वी पर लिए हुए अपने भिन्न-भिन्न जन्मों के अनेकानेक संबंधियों, पिताओं, माताओं, पत्नियों, पतियों और मित्रों के साथ भेंट होती जाती है, जब वे सूक्ष्म लोकों के विभिन्न हिस्सों में आमने-सामने आते हैं।” इसलिए उसकी समझ में नहीं आता कि वह किससे अधिक प्रेम करें। इस प्रकार वह सभी को ईश्वर की संतान के रूप में तथा ईश्वर की अभिव्यक्ति के रूप में प्रेम करना सीखता है। सूक्ष्म लोक में आने से पहले पृथ्वी लोक पर बिताए गए जन्म में विकसित हुए कुछ नए गुणों के अनुसार किसी आत्मा के बाह्य रूप में परिवर्तन आ भी गया हो, तब भी सूक्ष्म जगतवासी अपने अचूक अंतर्ज्ञान की सहायता से उन सब प्रियजनों को पहचान लेते हैं, जो दूसरे लोकों में बिताए गए उनके किसी जीवन में उन्हें कभी प्रिय थे।

मैंने कहा, “दिव्य गुरुदेव! आपका यह शरीर ठीक वैसा ही दिखाई देता है, जैसा यह तब दिखाई दे रहा था जब पुरी आश्रम में आखिरी बार मैं इसके सामने रोया था।”

तत्पश्चात् श्रीयुक्तेश्वरजी ने कुछ ऐसी बातों में मेरा मार्गदर्शन किया,

जिन्हें मैं यहाँ प्रकट नहीं कर सकता। मुंबई के उस होटल के कमरे में उन्होंने मेरे साथ जो दो घंटे बिताए, उन दो घंटों में उन्होंने मेरे प्रत्येक प्रश्न का उत्तर दे दिया। 1936 के जून महीने के उस दिन इस विश्व संबंधी उनके द्वारा की गई अनेक भविष्यवाणियाँ साकार हो भी चुकी हैं।

"अब मैं तुमसे विदा लेता हूँ, प्रिय योगानंद!" ये शब्द मेरे कानों से टकराते ही मैंने अनुभव किया कि मेरे बाहुपाश में ही गुरुदेव के शरीर का विलय हो रहा था।

"बेटा!" मेरी आत्मा के कण-कण में उनके शब्द गूँज उठे, "जब भी तुम निर्विकल्प समाधि के द्वार से प्रवेश कर मुझे पुकारोगे, तब आज ही की तरह रक्तमांस के शरीर में मैं तुम्हारे पास आ जाऊँगा।"

यह दिव्य वचन देकर श्रीयुक्तेश्वरजी मेरी दृष्टि से ओझल हो गए। बादलों की ध्वनि-सी एक आवाज बार-बार संगीतमय गर्जन कर रही थी, "सबसे कह दो! जो कोई भी निर्विकल्प समाधि में यह जान लेगा कि तुम्हारी यह पृथ्वी ईश्वर का एक स्वप्नमात्र है, वह ईश्वर के इससे भी सूक्ष्म स्वप्न में निर्मित हिरण्य लोक में आ सकता है और वहाँ पृथ्वी लोक के मेरे शरीर के बिल्कुल समान ही शरीर में मुझे पुनरुत्थित देख सकता है। योगानंद, सबसे कह दो!"

वियोग का मेरा दुःख दूर हो गया। उनकी मृत्यु पर करुणाभाव और शोक ने मेरी शांति छीन ली थी। अब वह शोक-करुणा मानो लज्जित होकर भाग गए। आत्मा के नव-उन्मुक्त अनंत रंध्रों से परमानंद के फव्वारे छूट रहे थे। बहुत समय से अप्रयुक्त रहने के कारण रुद्ध हुए रंध्र परमानंद की तेज बाढ़ से पवित्र और बड़े होते गए। मेरे अंतर्चक्षु के सामने मेरे पूर्वजन्म चलचित्र की भाँति प्रकट हो रहे थे। अतीत के सारे अच्छे और बुरे कर्म गुरुदेव के दिव्य दर्शन के कारण मेरे चारों ओर फैले दैवी प्रकाश में घुल गए।

अपनी आत्मकथा के इस प्रकरण में मैंने अपने गुरु की आज्ञा का पालन कर इस सुखद वार्ता का प्रसार किया है, जब कि जिज्ञासारहित पीढ़ी फिर एक बार इससे संभ्रमित और व्याकुल हो उठेगी। दीन-हीन बनना मनुष्य अच्छी तरह जानता है, निराशा भी शायद ही किसी के लिए नई हो; फिर भी ये दोनों विकृतियाँ हैं, मनुष्य की सच्ची नियति का हिस्सा नहीं। मनुष्य जब संकल्प करेगा, उसी दिन वह मुक्ति के पथ पर आरूढ़ हो जाएगा। बहुत अधिक

समय तक उसने 'तुम मिट्टी हो, मिट्टी में मिल जाओगे' का उपदेश करने वालों के निराशावाद से लथपथ उपदेशों को सुन लिया है और अजेय आत्मा की ओर कभी ध्यान ही नहीं दिया।

पुनरुत्थान द्वारा प्रकट होने वाले गुरुदेव के दर्शन कर पाने वाला मैं अकेला ही नहीं था।

श्रीयुक्तेश्वरजी के शिष्यों में एक वृद्ध महिला थीं, जिन्हें प्यार से लोग माँ कहते थे। उनका घर पुरी में आश्रम के निकट ही था। गुरुदेव जब सुबह घूमने जाते थे, तब प्रायः उनसे बातचीत करने के लिए थोड़ी देर रुकते थे। 16 मार्च, 1936 के दिन शाम को माँ ने आश्रम में पहुँचकर अपने गुरु से मिलने की इच्छा व्यक्त की।

"आप को मालूम नहीं? गुरुदेव के स्वर्गवास को तो एक सप्ताह हो गया!" पुरी आश्रम के प्रभारी स्वामी सेवानंद ने उनकी ओर खिन्न वदन से देखते हुए कहा।

"हो ही नहीं सकता!" उन्होंने मुस्कराते हुए कहा।

"नहीं!" सेवानंद ने गुरुदेव के शरीर को समाधि दिए जाने का सविस्तार वर्णन किया। फिर उसने कहा, "आइए, मैं आपको सामने के बगीचे में उनकी समाधि के पास ले चलता हूँ।"

माँ ने सिर हिलाते हुए कहा, "उनकी कोई समाधि नहीं है! आज सुबह दस बजे वे हमेशा की तरह मेरे दरवाजे के सामने से घूमने गए! बाहर सूर्य के उज्ज्वल प्रकाश में कई मिनटों तक मैंने उनसे बातें कीं।

"उन्होंने ही मुझसे कहा, 'आज शाम आश्रम में आ जाना।'

"मैं आ गई हूँ। मेरे बूढ़े सफेद सिर को आशीर्वाद प्राप्त हो! अमर गुरु मुझे बता देना चाहते थे कि किस दिव्य शरीर में उन्होंने आज सुबह मुझे दर्शन दिया था!"

विस्मयचकित सेवानंद ने उनके चरणों में प्रणाम करते हुए कहा, "मां! मेरे हृदय पर से शोक का कितना भारी बोझ आपने दूर कर दिया। उनका पुनरुत्थान हो गया है!"

महात्मा गांधी के साथ वर्धा में

"वर्धा में आपका स्वागत है!" महात्मा गांधी के सचिव श्री महादेव देसाई ने इन शब्दों के साथ खद्दर की मालाएँ भेंट करते हुए मिस ब्लेच, श्री राइट और मेरा स्वागत किया। अगस्त महीने की एक सुबह हम लोग वर्धा स्टेशन पर पहुँचे ही थे। ट्रेन की धूल और गर्मी से मुक्ति पाने की हमें खुशी हो रही थी। अपना सारा सामान एक बैलगाड़ी के हवाले करके हम लोग श्री देसाई और उनके साथी बाबासाहेब देशमुख एवं डॉक्टर पिंगले के साथ एक खुली कार में बैठ गए। कीचड़ भरी कच्ची सड़क पर चलकर कार थोड़ी ही देर में भारत के राजनीतिक संत के आश्रम 'मगनवाड़ी' में पहुँच गई।

श्री देसाई हमें सीधे लेखन-कक्ष में ले गए, जहाँ पालथी लगाकर बैठे थे महात्मा गांधी। एक हाथ में कलम, दूसरे में कागज, चेहरे पर विस्तृत, दूसरों को जीत लेने वाली, अंतःकरणपूर्ण मुस्कान।

हम दोनों की यह पहली मुलाकात थी, फिर भी दोनों एक-दूसरे की ओर देखकर अत्यंत प्रेम और खुशी के साथ मुस्करा रहे थे।

श्री राइट की यात्रा दैनंदिनी पर दृष्टि पड़ी, तो श्री देसाई ने उसे खोला और एक पन्ने पर महात्माजी के अनुयायियों (सत्याग्रहियों) द्वारा लिए जाने वाले सत्याग्रह व्रत में शामिल प्रतिज्ञाओं की सूची उन्होंने लिख दी—

"अहिंसा, सत्य, अस्तेय, ब्रह्मचर्य, अपरिग्रह, शारीरिक श्रम, स्वाद-इंद्रिय पर नियंत्रण, निर्भयता, सर्वधर्म समभाव, स्वदेशी, अस्पृश्यता से मुक्त। इन ग्यारह प्रतिज्ञाओं का विनम्रता के साथ पालन किया जाना चाहिए।"

(दूसरे दिन गांधीजी ने स्वयं इस पन्ने पर अपने हस्ताक्षर किए और तारीख भी डाल दी : 27 अगस्त, 1935।)

हमारे आगमन के दो घंटे बाद हम लोगों को भोजन के लिए बुलाया गया। महात्माजी पहले से ही बरामदे में अपनी थाली के सामने बैठे हुए थे।

यह बरामदा उनके लेखन कक्ष के सामने ही आँगन के इस पार था। लगभग पच्चीस सत्याग्रही पीतल की थालियाँ और कटोरियाँ अपने-अपने सामने लिए बैठे हुए थे। सामूहिक प्रार्थना के बाद पीतल के विशाल पात्रों में से भोजन परोसा जाने लगा। भोजन में घी लगाई हुई रोटियाँ, सब्जी और नींबू का मीठा अचार था।

गांधीजी ने रोटियाँ, उबाले हुए चुकंदर, कुछ कच्ची सब्जियाँ तथा संतरे खाए। उनकी थाली में एक ओर काफी बड़ी मात्रा में नीम के कड़वे पत्तों की चटनी थी। नीम उत्कृष्ट रक्तशोधक है। एक चम्मच से उन्होंने थोड़ी-सी चटनी मेरी थाली में डाल दी। बचपन के वे दिन मुझे याद आ गए जब माँ मुझे जबरदस्ती यह अप्रिय औषधि देती थी। मैंने पानी के साथ वह चटनी गले से नीचे उतार दी, परन्तु गांधी जी उसे आराम से बिना किसी अरुचि के खा रहे थे।

इस छोटी-सी घटना से गांधीजी की इच्छानुसार इंद्रियों से अलग करने की क्षमता मेरे ध्यान में आ गई। कुछ वर्ष पहले किए गए उनके ॲपेडिन्डक्स के ऑपरेशन की मुझे याद आई, जिसे उस समय बहुत प्रसिद्धि भी दी गई थी। बेहोशी की दवा लेने से इनकार कर ऑपरेशन के दौरान सारा समय वे प्रफुल्लित मन से अपने अनुयायियों से बातें कर रहे थे; उनके चेहरे पर शांत मुस्कान यह साफ बता रही थी कि उन्हें दर्द का कोई एहसास नहीं हो रहा था।

शाम छह बजे बाबासाहेब देशमुख के यहाँ उनके निमंत्रण पर हम तीनों ने भोजन का आनंद लिया। सात बजे की प्रार्थना के समय हम लोग आश्रम लौट आए और छत पर पहुँचे, जहाँ तीस सत्याग्रही गांधीजी के सामने अर्धवृत्ताकार बैठे थे। गांधीजी एक चटाई पर बैठे थे, एक पुरानी जेब-घड़ी उनके सामने खड़ी करके रखी हुई थी। अस्त होते सूर्य की अंतिम किरणें ताड़ और बरगद के वृक्षों पर पड़ रही थीं। रात के अंधेरे की और झींगुरों की गुनगुनाहट शुरू हो गई थी। वातावरण शांत-गंभीर था; मैं मंत्रमुग्ध हो गया।

श्री देसाई एक भजन गाने लगे और बाकी लोग उनका साथ देने लगे। इसके बाद गीतापाठ हुआ। गांधीजी ने समापन प्रार्थना करने के लिए मुझे संकेत किया। वहाँ भाव और अभिलाषा का कैसा दिव्य संयोग था! यह एक अविस्मरणीय स्मृति बनकर रह गई, वर्धा में छत पर तारों के नीचे ध्यान।

समय की पाबंदी का पालन करते हुए ठीक आठ बजे गांधीजी ने अपना

मौन भंग किया। उनके लिए अपने जीवन के विशाल कार्यों के कारण अपने समय को सूक्ष्मता से विभाजित कर विविध कार्यों में बाँटना आवश्यक है।

"स्वागत, स्वामीजी!" इस बार महात्माजी का अभिवादन कागज के माध्यम से नहीं था। हम छत से उतर कर उनके लेखन-कक्ष में पहुँचे। लेखन-कक्ष में कोई फर्नीचर नहीं था, वहाँ केवल बैठने की आसननुमा छोटी-छोटी चौकोर चटाइयाँ थीं; जमीन पर बैठकर लिखने के काम आ सके इतनी ऊँचाई की एक डेस्क, कागज और कुछ साधारण कलमें (फाऊंटेन पेन नहीं) थी। एक कोने में मामूली-सी एक घड़ी टिक-टिक किए जा रही थी। उस कमरे में शांति और भक्ति का वातावरण था। गांधीजी अपनी मोहक, लगभग दंतविहीन मुस्कान बिखेर रहे थे।

उन्होंने कहा, "अपने पत्र-व्यवहार हेतु समय निकालने के लिए मैंने कई वर्षों से सप्ताह में एक दिन मौन रखना शुरू किया, परन्तु मौन के वे चौबीस घंटे अब एक महत्वपूर्ण आध्यात्मिक आवश्यकता बन गए हैं। नियतकालिक मौन रखने में कष्ट तो कुछ नहीं है, बल्कि यह एक वरदान है।"

मैं पूर्ण मन से उनके साथ सहमत हो गया। महात्माजी ने मुझसे अमेरिका और यूरोप के विषय में प्रश्न किए। हमने भारत और विश्व की परिस्थितियों पर चर्चा की।

गांधीजी द्वारा छोटी-छोटी बच्चियों के लिए चलाए जा रहे आश्रम को भेंट देकर मैंने अपना नृ यज्ञ पूरा किया। मोटर से दस मिनट का रास्ता था। श्री राइट भी मेरे साथ आए थे। रंगबिरंगी साड़ियाँ पहने वे बालिकाएँ ऐसी लग रही थीं, मानो लम्बे-लम्बे डण्ठलों पर छोटे-छोटे फूल लगे हों। बाहर खुले मैदान में ही मैंने हिंदी में छोटा-सा भाषण दिया। हँसते हुए श्री राइट और मैं कार में घुस गए और घनी बारिश में मगनवाड़ी की ओर तेजी से बढ़ चले।

अतिथि भवन में पुनः प्रवेश करते हुए मैं यहाँ हर तरफ दिखाई देने वाली नितांत सादगी और त्याग की निशानियों को देखकर फिर एक बार प्रभावित हो उठा। गांधीजी ने अपने वैवाहिक जीवन के काफी प्रारंभ में ही अपरिग्रह व्रत ले लिया था। वार्षिक 60,000 रुपए से अधिक आय देने वाली वकालत छोड़कर उन्होंने अपनी सारी संपत्ति गरीबों में बाँट दी।

श्री युक्तेश्वरजी संसार-त्याग की सामान्यतः दिखने में आने वाली अल्प धारणाओं पर कभी-कभी व्यंग्य किया करते थे।

वे कहते, "भिखारी संपत्ति का त्याग नहीं कर सकता। यदि कोई मनुष्य विलाप करता है कि 'मेरा धंधा डूब गया, पत्नी मुझे छोड़कर चली गई, अब मैं संसार त्याग कर आश्रम में चला जाता हूँ,' तो किस संसार-त्याग की वह बात कर रहा है? उसने किसी संपत्ति और प्रेम का त्याग नहीं किया, संपत्ति और प्रेम ने उसका त्याग कर दिया।"

दूसरी ओर गांधीजी जैसे संतों ने केवल भौतिक संपत्तियों का ही प्रत्यक्ष त्याग नहीं किया, बल्कि उससे भी कठिन निजी लक्ष्य प्राप्ति और स्वार्थी उद्देश्यों का भी त्याग कर दिया और अपने अस्तित्व के गहनतम हिस्सों को भी सारी मानवजाति को एक ही धारा मानकर उसमें विलीन कर दिया।

उस दिन दोपहर को तीन बजे मैं पूर्वनिर्धारित कार्यक्रम के अनुसार उस संत के लेखन-कक्ष में उनसे मिलने जा पहुँचा, जिसने अपनी पत्नी को भी अपनी एकनिष्ठ शिष्या बना दिया था।

चटाई पर उनके पास बैठते हुए मैंने पूछा, "महात्माजी! क्या आप अहिंसा की अपनी व्याख्या बताने की कृपा करेंगे?"

"विचार या कृति से किसी जीव को किसी प्रकार की हानि न पहुँचाना।"

"सुंदर आदर्श! परन्तु संसार तो सदा ही पूछेगा, किसी बच्चे को या स्वयं अपने को बचाने के लिए क्या साँप को नहीं मारना चाहिए?"

"साँप को मारने के लिए मुझे अपनी दो प्रतिज्ञाएँ भंग करनी पड़ेंगी, निर्भयता और अहिंसा। इसकी अपेक्षा तो मैं भीतर ही भीतर प्रेम के स्पंदनों से साँप को शांत करना चाहूँगा। परिस्थितियों के साथ मेल बिठाने के लिए मैं अपने आदर्शों को नहीं छोड़ सकता।" अपनी मोहक स्पष्टवादिता के साथ उन्होंने फिर कहा, "यह तो मुझे मानना ही पड़ेगा कि इस समय यदि कोई साँप मेरे सामने होता, तो मैं यह बातचीत भी इतने शांत मन से नहीं कर पाता!"

महात्माजी ने और मैंने मांसाहार का विकल्प बन सकने वाले शाकाहारी पदार्थों के बारे में अपनी-अपनी जानकारी आदान-प्रदान की। मैंने कहा, "एवोकैडो बहुत अच्छा होता है। कैलिफोनिया में मेरे सेंटर के पास एवोकैडो के अनेक वृक्षकुंज हैं।"

गांधीजी का चेहरा उत्सुकता से खिल उठा, "वर्धा में एवोकैडो हो सकेंगे? खाने की नई चीज से सत्याग्रहियों को भी खुशी होगी।"

"मैं लॉस ऐंजेलिस से एवोकैडी के कुछ पौधे वर्धा भेजने की याद रखूँगा।

अंडे में भी प्रोटीन उच्च मात्रा में होता है। क्या सत्याग्रहियों के लिए अंडे वर्जित हैं?”

“बांझ अंडे वर्जित नहीं हैं।” कुछ याद आकर महात्माजी हँस पड़े, “फिर भी कई वर्षों तक मैं किसी को उनका उपयोग करने नहीं देता था, मैं स्वयं तो अभी भी नहीं खाता हूँ। एक बार मेरी एक पुत्रवधू पोषक तत्वों की कमी के कारण मरणासन्न हो गई थी। उसके डॉक्टर उसे अंडा खिलाने पर जोर दे रहे थे। मैं मान नहीं रहा था। मैंने अंडे के बदले दूसरा कुछ सुझाने का डॉक्टर से अनुरोध किया।

“डॉक्टर ने कहा, गांधीजी, बांझ अंडे में जीव नहीं होता, इसलिए जीव हत्या का भी कोई प्रश्न नहीं उठता।’

“तब मैंने अपनी पुत्रवधू को अंडे खिलाने की अनुमति खुशी से दे दी। वह जल्दी ही ठीक हो गई।”

पिछली रात को गांधीजी ने लाहिड़ी महाशय के क्रिया योग की दीक्षा लेने की इच्छा प्रकट की थी। महात्माजी की खुली मनोवृत्ति और जिज्ञासा देखकर मैं अभिभूत हो गया। अपनी ईश्वर-आराधना में वे बच्चों के समान हैं और इस विशुद्ध ग्रहणशीलता को प्रकट करते हैं, जिसकी बच्चों में प्रशंसा करते हुए ईसा मसीह ने कहा था, “...स्वर्ग का राज्य ऐसों का ही है।”

क्रिया का उपदेश देने के लिए मैंने जो समय निर्धारित किया था, वह आ गया, अब श्री देसाई, डॉ. पिंगले सहित क्रिया प्रविधि जानने की इच्छा रखने वाले कुछ अन्य सत्याग्रही भी कमरे में दाखिल हो गए।

मैंने पहले उन सबको योगदा के शारीरिक व्यायाम सिखाए। इसमें शरीर को मन की आँख से बीस भागों में विभाजित देखा जाता है और फिर अपनी इच्छाशक्ति से एक-एक करके इस प्रत्येक भाग में शक्ति संचार कराया जाता है। शीघ्र ही वहाँ उपस्थित प्रत्येक व्यक्ति मेरे सामने मानव-मोटर की तरह थरथराने लगा। गांधीजी के शरीर के बीस भागों में शक्ति की थरथराहट की लहरों को देखना आसान था! वे बहुत दुबले-पतले तो हैं, परन्तु इतने भी नहीं कि देखने में अच्छे न लगें। उनकी त्वचा चिकनी है और उस पर कोई झुर्रियां नहीं पड़ी हैं।

बाद में मैंने उन सबको क्रियायोग की मुक्तिदायिनी विधि की दीक्षा दी।

वर्धा में हमारे अंतिम दिन की शाम को श्री देसाई द्वारा टाऊन हॉल में

आयोजित सभा में मैंने व्याख्यान दिया। योग पर व्याख्यान सुनने के लिए आए लगभग 400 लोगों से हॉल खचाखच भर गया, यहाँ तक कि लोगों को खिड़कियों में भी बैठना पड़ा। मैं पहले हिंदी में बोला, फिर अंग्रेजी में। हम लोग व्याख्यान समाप्त कर आश्रम में लौट आए। हम लोग जब अपने कमरों की तरफ जा रहे थे, तो देखा कि गांधीजी शांति में और अपने पत्र-व्यवहार में मग्न बैठे हैं।

सुबह पाँच बजे जब मैं उठा तो अभी रात का अंधेरा छाया हुआ था। ग्रामीण जीवन में धीरे-धीरे जागृति आ रही थी, सबसे पहले आश्रम के प्रवेश द्वार के सामने से एक बैलगाड़ी गई, फिर एक किसान सिर पर भारी बोझ संभालते हुए गुजरा। सुबह के नाश्ते के बाद गांधीजी से विदा लेने और उन्हें प्रणाम करने के लिए हम तीनों उनके पास गए।

"महात्माजी, अब हम चलते हैं!" मैंने उनके चरणों का स्पर्श किया, "आपके हाथ में भारत सुरक्षित है।"

वर्धा में वह सुखद समय बिताए बरसों बीत गए हैं। जल, स्थल, आकाश में युद्धरत विश्व में अंधकार छा गया है। महान नेताओं का विकल्प गांधीजी ने ही सशस्त्र शक्ति के स्थान पर व्यावहारिक अहिंसा का विकल्प प्रस्तुत किया। शिकायतों को और अन्यायों को दूर करने के लिए महात्मा जी ने अहिंसा के उपायों का अवलंब किया है और बार-बार उन उपायों ने अपनी प्रभावकारिता सिद्ध की है।

बंगाल की आनंदमयी माँ

"निर्मला देवी के दर्शन किए बिना कृपया भारत से मत जाइए। उनमें अत्यंत तीव्र भक्तिभाव है; सब तरफ वे आनंदमयी माँ के नाम से विख्यात हैं।" मेरी भतीजी अमिया बोस ने आग्रह भरी दृष्टि से मेरी ओर देखते हुए कहा।

मैंने कहा, "अवश्य! उस महिला संत से मिलने के लिए मैं भी उत्सुक हूँ। ईश्वरानुभूति की उनकी उच्च अवस्था के बारे में मैंने पढ़ा है। अनेक वर्ष पूर्व 'ईस्ट-वेस्ट' पत्रिका में उन पर एक छोटा-सा लेख छपा था।"

अमिया ने कहाः मैं उनसे मिली हूँ। अभी हाल में ही वे मेरे छोटे-से नगर जमशेदपुर पधारी थीं। एक शिष्य के अनुरोध पर आनंदमयी माँ एक मरणासन्न मनुष्य के घर गईं। वे उसकी शय्या के पास खड़ी हो गईं। उनके हाथ ने जैसे ही उसके माथे का स्पर्श किया, उसकी घर्र-घर्र बन्द हो गई। उसकी बीमारी तत्क्षण गायब हो गई। वह भी देखकर आनन्दित हो गया कि वह पूर्ण रूप से स्वस्थ हो चुका था।"

कुछ दिन बाद मैंने सुना कि आनंदमयी माँ कोलकाता के भवानीपुर मोहल्ले में अपने एक शिष्य के घर ठहरी हुई थीं। पिताजी के कोलकाता के घर से श्री राइट और मैं अविलम्ब निकल पड़े। जब हमारी फोर्ड भवानीपुर के उस घर के पास पहुँची तो हमें सड़क पर एक अपूर्व दृश्य दिखाई दिया।

आनंदमयी माँ एक खुली कार में खड़ी थीं और कार के चारों ओर खड़े लगभग एक सौ शिष्यों को आशीर्वाद दे रही थीं। स्पष्ट था कि वे वहाँ से प्रस्थान कर रही थीं। श्री राइट ने फोर्ड कुछ दूरी पर खड़ी कर दी और मेरे साथ पैदल ही उस शांत जनसमूह की ओर चल पड़े। उस महिला संत ने हमारी दिशा में दृष्टिपात किया और वे कार से उतर कर चलते हुए हमारी ओर आने लगीं।

"बाबा, आप आ गए!" इन उत्कट शब्दों के साथ ही उन्होंने मेरे गले में अपनी बाँह डालकर सिर मेरे कंधे पर रख दिया। श्री राइट को मैंने कुछ क्षण पहले ही बताया था कि इस संत के साथ मेरी जान-पहचान नहीं थी, अतः इस असाधारण स्वागत का वे भरपूर आनंद उठा रहे थे। उन सौ शिष्यों के नेत्र भी इस प्रेम दृश्य को कुछ आश्चर्य के साथ निहार रहे थे।

मुझे तुरन्त पता चल गया था कि आनंदमयी माँ समाधि की एक उच्च अवस्था में थीं। अपने बाह्य नारी रूप का उन्हें कोई भान नहीं रहा था। उन्हें केवल अपने परिवर्तनातीत आत्मस्वरूप का भान था। उस अवस्था में वे ईश्वर के एक अन्य भक्त से आनंद के साथ मिल रही थीं। मेरा हाथ पकड़कर वे मुझे अपनी कार में ले गईं।

"आनंदमयी माँ, मेरे कारण आपकी यात्रा में विलम्ब हो रहा है।" मैंने कुछ विरोध दर्शाते हुए कहा।

"बाबा! मैं कई युगों के बाद इस जन्म में आपसे पहली बार मिल रही हूँ! इतनी जल्दी तो मत जाइए!"

हम कार की पिछली सीट पर बैठे रहे। आनंदमयी माँ शीघ्र ही निश्चल समाधि में प्रविष्ट हो गईं। उनकी सुंदर आँखें आकाश की ओर देखते-देखते अर्धोन्मीलित होकर स्थिर हो गईं और आंतरिक आनंद राज्य में झाँकने लगीं। शिष्यगण सौम्य स्वर में माँ का नाम-संकीर्तन करने लगे।

भारत में मुझे अनेक ईश्वर-प्राप्त पुरुष मिले थे, परन्तु इतनी उन्नत महिला संत से मेरी पहले कभी मुलाकात नहीं हुई थी। उनका मुखमंडल अनिर्वचनीय आनंद के तेज से दमकता था, जिसके कारण उनका नाम आनंदमयी माँ पड़ गया था। उनके अनावृत सिर के लम्बे काले केश दिखाई दे रहे थे। माथे पर आध्यात्मिक नेत्र के प्रतीकस्वरूप रक्तचन्दन का तिलक था। उनका आध्यात्मिक नेत्र तो उनके अन्तर में सदैव खुला ही रहता था। छोटा-सा चेहरा, छोटे-छोटे हाथ, छोटे-छोटे पाँव—उनकी आध्यात्मिक विशालकायता के साथ कितना विरोधाभास!

आनंदमयी माँ समाधि में ही मग्न रहीं। मैंने पास खड़ी उनकी शिष्या से कुछ पूछताछ की।

शिष्या ने बताया, "आनंदमयी माँ भारत में दूर-दूर तक जाती हैं। भारत के अनेक भागों में उनके अनेक शिष्य हैं। उनके साहसी प्रयत्नों के फलस्वरूप

अनेक अच्छे-अच्छे सामाजिक सुधार हुए हैं। स्वयं ब्राह्मण होते हुए भी वे जातिभेद को नहीं मानतीं! उनकी आवश्यकताओं का ध्यान रखने के लिए हममें से कुछ लोग सदैव उनके साथ ही रहते हैं। हमें माताएँ बनकर उनकी देखभाल करनी पड़ती है, उन्हें तो अपने शरीर का भान ही नहीं रहता। उन्हें यदि कोई भोजन न कराए, तो वे भोजन ही नहीं करेंगी, न ही उसके बारे में किसी से कुछ पूछेंगी। उनके सामने भोजन रख भी दिया जाए, तब भी वे उसका स्पर्श तक नहीं करतीं। हम शिष्यगण उन्हें अपने हाथों से खिलाते हैं ताकि वे इस जगत को छोड़कर चली न जाएँ। प्रायः कई दिनों तक वे समाधि में ही लीन रहती हैं। उस समय उनकी श्वास बहुत ही थोड़ा-सा, बिल्कुल नाममात्र के लिए चलती रहती है, पलकें बिल्कुल नहीं झपकतीं। उनके एक प्रमुख शिष्य स्वयं उनके पति भोलानाथ जी हैं। अनेक वर्ष पूर्व, विवाह के शीघ्र ही बाद भोलानाथ जी ने मौन व्रत धारण कर लिया।"

उस शिष्या ने चौड़े स्कंध, कोमल-से नाक-नक्श और सफेद दाढ़ी वाले एक शिष्य पुरुष की ओर संकेत किया। वे उस जनसमूह के बीच शिष्योचित भक्तिभाव के साथ हाथ जोड़े शांत खड़े थे।

अनंत में डुबकी लगाकर तरोताजा हुई आनंदमयी माँ अब स्थूल जगत पर अपने मन को केंद्रित कर रही थीं।

"बाबा! आप कहाँ रहते हैं?" उनकी आवाज स्पष्ट और मधुर थी।

"अभी तो मैं कोलकाता या राँची में रहता हूँ, पर जल्दी ही अमेरिका लौट जाऊँगा।"

"अमेरिका?"

"हाँ। वहाँ के आध्यात्मिक जिज्ञासु एक भारतीय महिला संत का पूरे अंतःकरण के साथ स्वागत करेंगे। आप आना चाहेंगी?"

"बाबा ले जाएँगे तो आऊँगी।"

इस उत्तर से आस-पास खड़े शिष्यों में हलचल मच गई।

उनमें से एक ने मुझे तुरन्त दृढ़ता के साथ बताया, "हममें से कम से कम बीस या उससे अधिक लोग हमेशा आनंदमयी माँ के साथ यात्रा करते हैं। हम उनके बिना नहीं जी सकते, जहाँ भी वे जाएँगी, वहाँ हम अवश्य जाएँगे।"

अचानक विशालकाय स्वरूप धारण करने की अव्यावहारिक क्षमता से युक्त जानकर इस योजना को मैंने अनिच्छापूर्वक ही छोड़ दिया।

आखिर आनंदमयी माँ से विदा लेते समय मैंने उनसे कहा, "अच्छा! अपने शिष्यों के साथ कम से कम राँची आइए। स्वयं दिव्य शिशु होने के नाते आपको मेरे विद्यालय के बच्चों से मिलकर आनंद होगा।"

"जब भी बाबा ले जाएँगे, मैं खुशी से चलूँगी।"

इसके कुछ ही दिन बाद आनंदमयी माँ के आगमन की खुशी से राँची के विद्यालय में उत्सव का वातावरण छा गया। बच्चे तो उत्सव के किसी भी दिन की ताक में ही रहते थे—कक्षाएँ नहीं, घंटों तक गीत-संगीत और इन सब के ऊपर भोज!

"आनंदमयी माँ की जय! आनंदमयी माँ की जय!" आनंदमयी मां अपने शिष्यों के साथ विद्यालय के प्रवेश द्वार से अंदर आईं तो बीसियों नन्हे मुन्हें बच्चों के कंठ से उत्साह के साथ होती जयजयकार ने उनका स्वागत किया। गेंदे के पुष्पदलों की वृष्टि, करतालों की टन-टन, शंखों की गगनभेदी ध्वनि, मृदंग पर ठेका! आनंदमयी माँ सदैव की भाँति अपने अंतर में स्वर्ग धारण किए विद्यालय परिसर में मुस्कराते हुए घूम रहीं थीं।

जब मैं उन्हें अपने मुख्य भवन में ले जाने लगा, तो उन्होंने कहा, "यहाँ सब बड़ा सुंदर है।" बच्चों की-सी मुस्कान के साथ वे मेरे पास बैठ गईं। किसी को भी वे अपने घनिष्ठ मित्रों में से भी अधिक घनिष्ठ प्रतीत होती थीं, तथापि दूरत्व का एक प्रभामण्डल-सा भी उन्हें सदैव घेरे रहता था—सर्वव्यापकता का विरोधाभासी पार्थक्य!

"कृपया अपने जीवन के बारे में मुझे कुछ बताइए।"

"बाबा सब जानते हैं, दोहराने से क्या होगा?" स्पष्ट था कि अल्पकालिक जन्म के इतिहास का उनकी दृष्टि में कोई महत्व नहीं था।

मैं हँस पड़ा और वही अनुरोध दुबारा किया।

उन्होंने अनिच्छा प्रदर्शित करने के अंदाज में अपने कोमल हाथ फैलाए। "बाबा! बताने लायक तो कुछ अधिक नहीं है। मेरी चेतना इस नश्वर देह के साथ कभी एकरूप नहीं हुई। इस पृथ्वी पर आने से पहले 'मैं वहीं थी।' जब मैं छोटी बच्ची थी, तब भी 'मैं वहीं थी।' मैं बड़ी होकर नारी बनी, तब भी 'मैं वहीं थी।' जिस परिवार में मेरा जन्म हुआ था, उन्होंने जब इस देह का विवाह रचाने की तैयारी की, तब भी 'मैं वहीं थी।' और बाबा! आपके सामने अभी 'मैं वहीं हूँ।' यहाँ से आगे सदा के लिए मेरी चारों ओर सृष्टि का नृत्य चाहे कितना ही बदलता रहे, 'मैं वहीं रहूँगी।'"

आनंदमयी माँ गहरी ध्यानावस्था में डूब गईं। उनका शरीर किसी मूर्ति के समान निश्चल हो गया था। वे अपने निरन्तर बुलाते रहने वालों के राज्यों में चली गई थीं। उनकी काली आँखें निर्जीव और पथराई-सी लग रही थीं। जब संत जन अपनी चेतना को जड़ देह से हटा लेते हैं, तब प्रायः उनके चेहरों पर ऐसे ही भाव होते हैं। इस अवस्था में उनका जड़ शरीर आत्मा विहीन मिट्टी के निर्जीव गोले से अधिक कुछ नहीं होता। हम दोनों घंटा भर तक समाधि अवस्था में ही बैठे रहे। खिलखिलाती छोटी-सी हँसी के साथ वे इस जगत में लौट आईं।

मैंने कहा, "आनंदमयी माँ, मेरे साथ बगीचे में आने की कृपा कीजिए। श्री राइट कुछ फोटो खींचेंगे।"

"अवश्य बाबा! आपकी इच्छा में ही मेरी इच्छा है।" अनेक फोटो के लिए वे प्रस्तुत हुईं और इस दौरान सारे समय उनके तेजस्वी नेत्रों में दिव्य आभा बनी रही।

भोज का समय! आनंदमयी माँ अपने कम्बल के आसन पर बैठ गईं। उन्हें भोजन कराने के लिए उनकी एक शिष्या उनके पास बैठ गई। जब शिष्या उनके होंठों के पास कौर ले आती, तब वे आज्ञाकारी छोटे-से बच्चे की भाँति उसे निगल लेतीं। यह बात स्पष्ट थी कि उनके लिए सब्जियों में और मीठे पकवानों में कोई अंतर नहीं था!

जब दिन डूबने लगा तो आनंदमयी माँ जाने के लिए प्रस्तुत हुईं; गुलाब की पंखुड़ियों की वर्षा उन पर की गई, बच्चों को आशीर्वाद देते हुए उनके हाथ उठे हुए थे। बच्चों के चेहरे प्रेम और स्नेह से चमक रहे थे, जो आनन्मयी माँ ने अनायास ही उनके मन में जगा दिया था।

"तू अपने परमेश्वर से अपने पूरे हृदय के साथ, अपनी पूरी आत्मा के साथ, अपने पूरे मन के साथ और अपनी पूरी शक्ति के साथ प्रेम करेगा; यह प्रथम आदेश है," ईसा मसीह ने कहा था।

प्रत्येक अन्य निकृष्ट आसक्ति को त्यागकर आनंदमयी माँ अपनी पूर्ण निष्ठा ईश्वर को अर्पण करती हैं। पंडितों की भाँति बाल की खाल निकालने वाले तर्कों के द्वारा नहीं, किन्तु विश्वास के साथ निश्चित न्याय द्वारा इस शिशुवत् पवित्र संत ने मानव जीवन की एकमेव समस्या—ईश्वर के साथ ऐक्य स्थापित करना—को हल कर लिया है।

अब अनेक समस्याओं के कुहासे में धुँधली हुई नितान्त सरलता या सादगी को मनुष्य भूल गया है। ईश्वर को अनन्य, एकनिष्ठ प्रेम अर्पण करने से इन्कार कर राष्ट्र मानवप्रेम के बाह्य मंदिरों के प्रति अत्यंत औपचारिक आदर के प्रदर्शन के द्वारा अपनी नास्तिकता पर पर्दा डालने का प्रयास करते हैं। मानवप्रेम के उद्‌देश्य से किए गए ये लोकोपकारी कार्य इसलिए धार्मिक हैं, क्योंकि ये थोड़ी देर के लिए मनुष्य का ध्यान स्वयं अपने पर से अन्यत्र हटा देते हैं; परन्तु ये कार्य उसे जीवन के उस सबसे बड़े कर्त्तव्य से मुक्त नहीं कर देते, जिसका उल्लेख ईसा मसीह ने "प्रथम आदेश" कह कर किया है। मनुष्य के सबसे बड़े दाता द्वारा मुक्त हस्त से दी गई हवा में पहली श्वास लेते ही उस दाता से प्रेम करने का मनुष्य का कर्त्तव्य बन जाता है। यह ऐसा कर्त्तव्य है, जिसमें स्वयं उसका ही उद्धार होता है।

राँची के विद्यालय को भेंट दे कर जाने के बाद एक अन्य अवसर पर आनंदमयी माँ से पुनः मेरी मुलाकात हुई। कुछ महीनों बाद एक दिन श्रीरामपुर स्टेशन के प्लेटफार्म पर कुछ भक्तों के साथ वे गाड़ी की प्रतीक्षा कर रही थीं।

"बाबा, मैं हिमालय में जा रही हूँ," उन्होंने मुझे बताया। "कुछ दयालु लोगों ने देहरादून में हमारे लिए आश्रम बना दिया है।"

जब वे गाड़ी में सवार हो रही थीं, तब यह देखकर अचम्भा भी हुआ और कौतुक भी, चाहे वे लोगों की भीड़ के बीच हों, या रेलगाड़ी में, चाहे किसी भोज में बैठी हों, या चुपचाप अकेली बैठी हों, उनकी आँखें कभी भी ईश्वर से विमुख नहीं होती थीं।

अपने अंतर में मुझे जब कभी भी उनकी आवाज सुनाई देती है, जो असीम मधुरता की प्रत्यक्ष प्रतिध्वनि प्रतीत होती है :

"देखो, अभी और सदा सर्वदा सनातन सत्य के साथ एक, 'मैं सदैव वही हूँ।'"

निराहारी योगिनी

"गुरुजी! अभी हम कहाँ जा रहे हैं?" श्री राइट हमारी फोर्ड चला रहे थे; उन्होंने उत्सुकता से पूछा।

मैंने भक्तिभाव से उत्तर दिया, "ईश्वर ने चाहा तो आज हम संसार का आठवां आश्चर्य देखने जा रहे हैं, एक नारी संत, जिसका आहार है केवल हवा!"

"गुरुजी! इस निराहारी संत के बारे में हम अधिक जानना चाहते हैं।"

मैंने उन्हें बताया, 'उनका नाम गिरिबाला है। अनेक वर्षों पूर्व स्थितिलाल नंदी नाम के एक विद्वान सज्जन से मुझे उनके बारे में जानकारी मिली थी। स्थिति बाबू प्रायः मेरे भाई विष्णु को पढ़ाने के लिए हमारे गढ़पार रोड़ वाले घर पर आया करते थे।

"स्थिति बाबू ने मुझे बताया था, 'मैं गिरिबाला को अच्छी तरह से जानता हूँ। वे एक विशिष्ट योग-प्रविधि का प्रयोग करती हैं, जिसमें वे भोजन बिना रह सकती हैं। जब वे इच्छापुर के पास नवाबगंज में रहती थीं, तब मैं उनका पड़ोसी था। मैंने बहुत ध्यान से उनका निरीक्षण किया, पर कभी ऐसा कोई प्रमाण मुझे नहीं मिल सका कि वे कुछ खाती या पीती हों। आखिर मेरी उत्सुकता इतनी बढ़ गई कि मैं वर्द्धमान के महाराजा के पास जा पहुँचा और उनसे इसकी जाँच करवाने का अनुरोध किया। कहानी सुनकर विस्मित हुए महाराजा ने उन्हें अपने महल में आमंत्रित किया। वे परीक्षा के लिए तैयार हो गईं और महल के एक छोटे-से तालाबन्द हिस्से में दो महीनों तक रहीं। बाद में फिर महल में आकर वे बीस दिन तक रहीं और उसके बाद तीसरी परीक्षा के लिए पन्द्रह दिन तक रहीं। महाराजा ने स्वयं मुझे बताया कि तीन उग्र परीक्षाओं के बाद उन्हें निर्विवाद रूप से विश्वास हो गया है कि गिरिबाला पूर्ण निराहारी अवस्था में रहती हैं।"

अपनी कहानी समाप्त करते हुए मैंने कहा, 'स्थिति बाबू की यह कहानी पच्चीस वर्षों से अधिक समय से मेरे मन में बैठी हुई है। अमेरिका में रहते हुए भी मैं कभी-कभी सोचता था कि इस योगिनी से मेरी मुलाकात हो पाने के पहले कहीं काल का प्रवाह उन्हें निगल न ले। अभी तो उनकी उम्र काफी हो गई होगी। मुझे तो उनके बारे में यह भी पता नहीं कि वे जीवित भी हैं या नहीं और यदि हैं, तो कहाँ रहती हैं। किन्तु अब कुछ ही घंटों में हम लोग पुरुलिया पहुँच जाएँगे। उनके भाई का घर है वहाँ।"

साढ़े दस बजे हम लोग उनके भाई लम्बोदर से बातचीत कर रहे थे। वे पुरुलिया में वकील हैं।

"हाँ, मेरी बहन जीवित है। कभी-कभी वह यहाँ मेरे पास भी रहती है, परन्तु अभी वह बिउर में हमारे पारिवारिक घर में रह रही है।" फोर्ड की ओर शंशक दृष्टि से देखते हुए लम्बोदर बाबू ने कहा, 'स्वामीजी! मुझे शक है कि कोई मोटर गाड़ी कभी बिउर जितने दूर अंदर तक गई होगी। अच्छा यही होगा कि आप सब बैलगाड़ी के झटकों के लिए तैयार हो जाएँ।"

एक स्वर में हम सबने "डेट्रायट के भूषण" के प्रति अपनी निष्ठा व्यक्त की।

मैंने वकील साहब को बताया, "फोर्ड अमेरिका से आई है। उसे बंगाल के हृदय का परिचय प्राप्त करने के अवसर से वंचित करना उसके साथ बड़ा अन्याय होगा!"

लम्बोदर बाबू ने हँसते हुए कहा, "तब तो गणेशजी ही आपके मार्ग के सारे विघ्न दूर करें। यदि आप वहाँ तक पहुँच ही गए, तो गिरिबाला आप से मिलकर बेशक खुश होगी। अभी वह सत्तर वर्ष की होने जा रही है, परन्तु स्वास्थ्य वगैरह सब अच्छा है।"

"मुझे एक बात बताइए, साहब! क्या यह सच है कि वे कभी कुछ नहीं खातीं?" मैं सीधे उनकी आँखों में, मन का भेद प्रकट करने वाली उन खिड़कियों में झाँक रहा था।

"यह सच है।" उनकी दृष्टि अविचलित थी और उसमें सच्चाई स्पष्ट दिखाई दे रही थी, "पचास वर्षों से भी अधिक काल से मैंने उसे भोजन का एक कौर भी खाते कभी नहीं देखा। यदि संसार का अंत अचानक सामने आ जाए, तो भी मुझे उतना आश्चर्य नहीं होगा, जितना अपनी बहन को कुछ खाते देखकर होगा!"

इन दोनों असाधारण घटनाओं की असंभाव्यता पर हम साथ-साथ हँस पड़े।

उनके हृदय की सच्चाई शब्दों में व्यक्त हो रही थी। हम लोगों ने हृदय से उनका धन्यवाद किया और बिउर की ओर चल पड़े।

हमारा रास्ता अब दहकती धूप में तप्त धान के खेतों से होते हुए पूर्व की ओर, बंगाल के वर्द्धमान क्षेत्र में बढ़ रहा था। घने वृक्षकुंजों के बीच से जाते रास्ते पर हम आगे बढ़े जा रहे थे।

कार में चढ़ते-उतरते जाने के क्रम से उत्पन्न उकताहट बीच-बीच में आते रहने वाले छोटे-छोटे गाँवों के दर्शनमात्र से ही खत्म हो जाती थी। हर गाँव नैसर्गिकता और प्रकृति की सरलता का सुंदर दृश्य था।

श्री राइट ने अपनी यात्रा-दैनंदिन में 5 मई, 1936 की तारीख में लिखा है, "जंगल की छाया में बसे प्राचीन, प्रदूषण रहित गाँवों के ताड़ वृक्षों की कतारों के बीच से हमारा मार्ग बार-बार मुड़ता, घूमता जा रहा था। बहुत ही मोहक लगती हैं घास की छत और मिट्टी की दीवारों की छोटी-छोटी झोंपड़ियों की ये बस्तियाँ। हर झोंपड़ी के दरवाजे पर भगवान का कोई नाम लिखा हुआ है, आस-पास छोटे-छोटे नंगे बच्चे अबोध भोलेपन के साथ खेल रहे हैं, जो इस बिना बैलों की विशाल गाड़ी को अपने गाँव में से पागल की भाँति जाती हुई देखकर या तो इसे आँखें फाड़-फाड़कर देखने के लिए खड़े हो जाते हैं या उत्तेजित होकर इधर-उधर दौड़ने लग जाते हैं। स्त्रियाँ घूँघटों में से ही एक बार झाँकती हैं, जब कि पुरुष अपनी उदासीनता के नीचे कुतूहल को छिपाए रास्ते के किनारे ही सुस्ती में पड़े रहते हैं। औरतें पीतल के बड़े-बड़े गागरों में अपने घर पानी ले जाती हैं।

"पाँच बजे हम लोग अपने गन्तव्य स्थल बिउर के पास पहुँच गए। बाँकुरा जिले के भीतरी भाग में बसा, चारों ओर से घने जंगल के बीच में छिपा यह छोटा-सा गाँव बाहर के लोगों के लिए वर्षा के मौसम में दुर्गम बन जाता है। लोगों ने बताया कि तब नदी-नाले प्रचण्ड वेग से बहने लगते हैं और रास्ते साँपों के विष की तरह कीचड़ उगलते हैं।

"बाहर खुले मैदान में स्थापित ग्रामदेवता की पूजा कर घर लौट रहे लोगों के एक झुंड में से किसी को हमारे साथ आकर गिरिबाला का घर दिखाने के लिए जब हमने कहा तो दर्जन भर अधनंगे बच्चे दोनों तरफ से गाड़ी पर चढ़ गए।

"रास्ता खजूरों के झुरमुट में बसे मिट्टी के घरों की ओर जा रहा था, परन्तु वहाँ तक पहुँचने के पहले एक स्थान पर फोर्ड खतरनाक हद तक टेढ़ी हो गई, फिर आगे जाकर जोर से ऊपर उछल कर नीचे गिरी। धीरे-धीरे सावधानी से हम आगे-आगे बढ़ते ही जा रहे थे कि अचानक सामने ठीक रास्ते पर ही झाड़-झंखाड़ का एक ढेर पड़ा होने से रास्ता ही बंद हो गया था। हमें एक ढलान युक्त विशाल पत्थर से नीचे जाते हुए एक सूखे तालाब में उतरना पड़ा, जिससे बाहर आने के लिए कुछ जमीन छीलनी पड़ी और ढेले हटाने पड़े।

"हमारी कार इन रास्तों पर चली आने वाली शायद पहली ही मोटरगाड़ी थी। इस क्षेत्र में 'बैलगाड़ी संघ' ही सर्वशक्तिमान रहा होगा! एक अमेरिकन द्वारा चलाई जा रही फट-फट करती कार में बैठकर यह टोली उनकी प्राचीन ओट एवं पवित्रता पर आक्रमण करते हुए सीधे उनके अंतरंग एकांत में पहुँच गई थी!

"एक सँकरी गली के सामने हम रुके तो देखा कि गिरिबाला के पैतृक घर से केवल सौ फीट की दूरी के अंदर हम थे। रास्ते भर इतनी कठिनाइयों से जूझने के बाद और तिसपर यात्रा का अंत इतना बेढब होने के बाद वह घर देखकर हम लक्ष्य पूर्ति के रोमांच से पुलकित हो उठे।

"तीव्र उत्कंठा के साथ और भीतर से फूट पड़ते आनंद को हृदय में ही दबाए हम उस पावन मूर्ति के दरवाजे के सामने खड़े थे, जिसे प्रभु ने अपने 'क्षुधारहित' स्पर्श से धन्य कर दिया था। इस अपूर्व दृश्य को निहारते छोटे-बड़े, नंगे, कपड़े पहने, सभी ग्रामवासी निरंतर आश्चर्य से मुँह फाड़े हमारे पीछे-पीछे चल रहे थे। औरतें थोड़ी दूर-दूर रह रही थीं, परन्तु उनकी जिज्ञासा स्पष्ट दीख रही थी। पुरुष और बच्चे तो सब संकोच छोड़कर सीधे हमारे पीछे ही थे।

"थोड़ी ही देर में एक नाटी-सी मूर्ति दृष्टिगोचर हुईं, यह थीं गिरिबाला! वे फीके सुनहरे-से रंग की साड़ी में लिपटी हुई थीं। भारतीय प्रथा के अनुसार घूँघट में से झाँकती हुई वे संकुचाती, कुछ झिझकती हुई सामने आईं। घूँघट की छाया में उनकी आँखें तप्त अंगारों के समान तेजस्वी लग रही थीं। दया एवं आत्मज्ञान उनके चेहरे पर स्पष्ट झलक रहा था, किसी भी ऐहिक आसक्ति का वहाँ लवलेश नहीं था। ऐसे पवित्र चेहरे का दर्शन कर हम मुग्ध हो उठे।

"शालीनता के साथ, विनयपूर्वक वे हमारे पास आईं और उन्होंने हमें

अपने कैमरों से अनेक स्थिर फोटो एवं चलचित्र लेने दिए। आसन में परिवर्तन और प्रकाश की व्यवस्था आदि फोटोग्राफी की प्रक्रियाओं के दौरान वे शांत मन से, कुछ संकोच के साथ बैठी रहीं। आखिर हमने भावी पीढ़ियों के लिए, पचास वर्षों से भी अधिक समय तक अन्न-जल के बिना जीवित रहने वाली संसार की एकमात्र नारी के अनेक फोटो निकाल ही लिए। (टेरेसा नॉयमन 1923 से निराहार रह रही हैं।) हमारे सम्मुख जब गिरिबाला खड़ी थीं, तो उनके चेहरे पर पूर्ण मातृभाव झलक रहा था। उनका सारा शरीर साड़ी से ढँका हुआ था; आँखें नीचे की ओर झुकाए हुए उनका चेहरा, उनके हाथ और उनके छोटे-छोटे पाँवों के अतिरिक्त उनके शरीर का कोई भी हिस्सा दिखाई नहीं देता था। अपूर्व शांति से युक्त भोला चेहरा, चौड़ा, बच्चों का-सा दिखता मुँह, नारीसुलभ सुडौल नासिका, छोटी तेजस्वी आँखें, शांत मुस्कान।"

गिरिबाला के बारे में श्री राइट की जो धारणा है, वही मेरी भी है। आध्यात्मिकता भी उनकी चमकदार साड़ी की तरह ही उनसे लिपटी हुई थी। साधु-संन्यासियों को प्रणाम करने की गृहस्थों की प्रथा के अनुसार उन्होंने मुझे प्रणाम किया। उनकी सरल मधुरता और शांत मुस्कान ने हमारा मधु मिश्रित शब्दों के आडंबर से कहीं अधिक हार्दिक स्वागत किया। यात्रा की सारी कठिनाइयाँ और थकावट एक पल में हमारे दिमाग से निकल गई।

गिरिबालाजी बरामदे में पालथी मार कर बैठ गईं। वार्द्धक्य के चिह्न तो उनके शरीर पर दृष्टिगोचर हो रहे थे, पर उनकी काया क्षीण नहीं थी। उनकी साँवली त्वचा साफ और स्वस्थ थी।

मैंने बंगाली भाषा में बोलना आरंभ किया, "माँ! पच्चीस वर्षों से अधिक समय से मैं इस तीर्थयात्रा के लिए उत्सुक था! मैंने स्थितिलाल नंदी बाबू से आपके पुनीत जीवन के बारे में सुना था।"

उन्होंने सहमतिपूर्वक सिर हिलाते हुए कहा, "हाँ-हाँ, नवाबगंज के मेरे पड़ोसी।"

"इस बीच मैं सात समुद्रों के पार चला गया था, परन्तु आपके दर्शन करने का विचार मेरे मन से कभी निकला नहीं। आप यहाँ अज्ञात रह कर जो भव्य लीला कर रही हैं, उस आंतरिक दिव्य आहार को सदियों से भूल चुके जगत के सामने प्रकट किया जाना चाहिए।"

"वह सब तो बाबा ही जाने," उन्होंने नम्रता के साथ कहा।

उन्होंने मेरी बात का बुरा नहीं माना, इसी की मुझे खुशी थी, क्योंकि प्रसिद्धि के विचार पर योगियों और योगिनियों की क्या प्रतिक्रिया होगी यह कभी कहा नहीं जा सकता। साधारण, वे प्रसिद्धि से दूर ही रहते हैं।

मैंने कहा, "माँ! मैं अभी जो प्रश्नों का बोझा आपके ऊपर डालने वाला हूँ, उसके लिए मुझे क्षमा कीजिए। जिन प्रश्नों के उत्तर देने में आपको खुशी होगी, केवल उन्हीं प्रश्नों के उत्तर दीजिए। आपके मौन को भी मैं समझ सकता हूँ।"

"जहाँ तक मुझ जैसी अकिंचन स्त्री प्रश्नों के ठीक उत्तर दे सकती है, मुझे सब प्रश्नों के उत्तर देने में खुशी ही होगी।"

"नहीं, नहीं, अकिंचन नहीं!" मैंने अपने हृदय की गहराई से इस बात का विरोध किया, "आप एक महान आत्मा हैं।"

"मैं तो सबकी विनम्र सेविका हूँ, मुझे खाना बनाने में और लोगों को खिलाने में आनंद आता है।"

"मेरे मन में विचार आया, एक निराहारी संत के लिए यह बड़ा विचित्र शोक है।

"माँ! अब अपने मुँह से बताइए, क्या आप सचमुच निराहार रहती हैं?"

"हाँ, यह सच है," कुछ देर के लिए वे चुप हो गईं। उन्होंने आगे जो बताया, उससे स्पष्ट हो गया कि वे मन में गणित कर रही थीं, "बारह वर्ष चार माह की आयु से लेकर अब मेरी अड़सठ वर्ष की आयु तक, छप्पन वर्ष से अधिक समय से, मैंने कुछ भी खाया-पीया नहीं है।"

"क्या आपको कभी खाने की इच्छा भी नहीं होती?"

"यदि मुझे खाने की इच्छा होती, तो मुझे खाना ही पड़ता।" अत्यंत सरलता से परन्तु उतनी ही शालीनता के साथ उन्होंने उस स्वयंसिद्ध सत्य का उच्चारण किया, जो दिन में तीन बार भोजन की कल्पना के ही चारों ओर घूमते रहने वाले संसार को बहुत अच्छी तरह ज्ञात है!

"परन्तु आप कुछ तो अवश्य खाती होंगी!" मेरे स्वर में किंचित प्रतिवाद का भाव था।

"हाँ, अवश्य!" मेरा आशय तुरन्त उनकी समझ में आ गया और वे मुस्करा पड़ीं।

"हवा और सूर्यप्रकाश की सूक्ष्म शक्तियों से तथा मेरुशीर्ष के माध्यम से

आपके शरीर को नवशक्ति प्रदान करने वाले महाप्राण से आपको पोषण मिलता है।"

"बाबा सब जानते हैं।" अपने शांत, किसी बात पर जोर न देने के ढंग से उन्होंने पुनः स्वीकार किया।

"माँ! अपने आरंभिक जीवन के बारे में कुछ बताइए। पूरे भारत को, और यहाँ तक कि समुद्र पार रहने वाले हमारे भाई-बहनों को भी उस के बारे में जानने की गहरी इच्छा होगी।"

"ठीक है। सुनिए।" उनकी आवाज सौम्य परन्तु दृढ़ थी, "मेरा जन्म इसी वन्य क्षेत्र में हुआ था। मेरे बचपन के बारे में बताने लायक कुछ नहीं है, सिवाय इसके कि मुझे सदा ही भयंकर भूख लगी रहती थी और मेरी भूख कभी शांत नहीं होती थी।

"जब मैं लगभग नौ वर्ष की थी, तब मेरी सगाई हो गई।

"मेरी माँ प्रायः मुझे चेतावनी दिया करती थी, 'बेटी! खाने की इच्छा पर नियंत्रण करने का प्रयत्न कर। जब विवाह हो जाने के बाद मुझे अपने पति के घर में अनजान लोगों के बीच रहना पड़ेगा, तब यदि तू खाने में ही सारा समय बिताती रही तो वे लोग क्या सोचेंगे?'

"जब मैं नवाबगंज में अपने पति के घर रहने गई तो मेरी उम्र केवल बारह वर्ष की थी। सतत खाते रहने की मेरी आदत के कारण मेरी सास सुबह से रात तक दिन भर मुझे लज्जित करती थीं, परन्तु उनकी उन फटकारों में वरदान छुपा हुआ था, क्योंकि उनके कारण ही मेरी सुप्त आध्यात्मिक प्रवृत्तियाँ जाग उठीं। एक दिन सुबह सास ने बहुत ही कठोर वचन कह दिए।

"मैंने झल्लाकर कहा, 'मैं शीघ्र ही आपको दिखा दूँगी कि जब तक मैं जीवित रहूँगी, तब तक अन्न का स्पर्श नहीं करूँगी।'

"मेरी सास ने उपहास करते हुए कहा, 'अच्छा! जब तुम अत्यधिक खाए बिना नहीं रह सकती, तो कुछ भी खाए बिना कैसे रहोगी?'

"इस बात का मेरे पास कोई उत्तर नहीं था। फिर भी एक वज्र संकल्प मेरे मन में घुस गया था। एकांत स्थान में जाकर मैं उत्कट प्रार्थना करने लगी।

"'प्रभु!' मैं अनवरत प्रार्थना कर रही थी, 'मेरे पास एक ऐसा गुरु भेजिए जो मुझे अन्न के बदले आपके प्रकाश से जीवित रहना सिखा सके।'

"अत्यानंद के साथ-साथ तन्द्रा-सी मुझ पर छा गई। उस तन्द्रा में मैं

नवाबगंज के गंगाघाट की ओर चल पड़ी। रास्ते में मेरे ससुराल के पुरोहित से मेरी मुलाकात हो गई।

"मैंने उन पर पूर्ण विश्वास रखते हुए उनसे कहा, 'महाराज! कृपा करके मुझे निराहार जीवित रहने का उपाय बताइए।'

"वे मेरी ओर देखते ही रह गए। आखिर सांत्वनादायक स्वर में उन्होंने कहा, 'बेटी, आज शाम मंदिर में आ जाओ। मैं तुम्हारे लिए एक विशेष वैदिक अनुष्ठान करूँगा।'

"ऐसे अनिश्चित उत्तर से मेरी तृप्ति नहीं हुई, अतः मैं घाट की ओर चलती ही गई। प्रातःकालीन सूर्य की किरणें पानी को भेदकर अंदर तक पहुँच रही थीं। मैं गंगास्नान कर शुद्ध हुई, मानो कोई दीक्षा लेने जा रही हो। जैसे ही मैं अपने गीले वस्त्रों में ही गंगा तट से जाने लगी, दिन के उजाले में मेरे गुरुदेव अचानक हवा में से मेरे सामने प्रकट हुए।

"अत्यंत प्रेम और सहानुभूति भरे स्वर में गुरुदेव ने कहा, 'बेटी! मैं ही वह गुरु हूँ जिसे भगवान ने तुम्हारी व्याकुल प्रार्थना की पूर्ति करने के लिए भेजा है। तुम्हारी प्रार्थना के असामान्य स्वरूप का भगवान पर गहरा प्रभाव पड़ा है! आज से तुम सूक्ष्म प्रकाश से ही जीवित रहोगी। तुम्हारे शरीर के अणु-परमाणु ब्रह्मांड में व्याप्त अनंत प्रवाह से सीधे नवशक्ति प्राप्त करेंगे।'"

इतना कहकर गिरिबालाजी चुप हो गईं। मैंने श्री राइट की पेंसिल और पैड ले ली और इसमें से कुछ बातें उनकी समझ में आने के लिए अंग्रेजी में अनुवाद कर लिख दी।

गिरिबालाजी ने अपनी कहानी आगे शुरू की, "घाट निर्जन था, परन्तु फिर भी मेरे गुरुदेव ने हमारे चारों ओर एक संरक्षक प्रकाश का वलय निर्माण कर दिया, ताकि नहाने के लिए देर से आने वाले इक्के-दुक्के लोग भी हमारे विधि-संस्कार में बाधा न डाल सकें। फिर उन्होंने मुझे एक ऐसी क्रिया प्रविधि की दीक्षा दी, जो शरीर को मर्त्य लोगों की स्थूल अन्न पर निर्भरता से मुक्त कर देती है। उस प्रविधि में एक मंत्र है और श्वास का एक ऐसा व्यायाम है जो साधारण मनुष्य के लिए करना कुछ ज्यादा ही कठिन है और इसमें न कोई जादू है, न दवाई है; क्रिया के अतिरिक्त कुछ भी नहीं।"

मैंने गिरिबालाजी से अनेक विषयों पर प्रश्न किए जिनके बारे में मुझे लगा कि संसार उन्हें जानने के लिए उत्सुक रहेगा। उन्होंने थोड़ी-थोड़ी करके जो जानकारी मुझे दी, वह इस प्रकार है :

"मुझे कभी कोई संतान नहीं हुई। अनेक वर्ष पहले मैं विधवा हो गई। मैं बहुत कम सोती हूँ, क्योंकि मेरे लिए सोना और जागना एक समान ही है। रात को मैं ध्यान करती हूँ और दिन में घर के कामकाज करती हूँ। मैं कभी बीमार नहीं पड़ी और न ही मुझे कोई कोई रोग हुआ। जब संयोग से कभी चोट लग जाती है, तब किंचित दर्द-सा होता है। मेरे शरीर से किसी प्रकार का कोई मल-निस्सारण नहीं होता। मैं अपने हृदय की धड़कन और श्वास को नियंत्रित कर सकती हूँ। अंतर्दर्शनों में मुझे प्रायः ही अपने गुरु के तथा अन्य महात्माओं के दर्शन होते हैं।

मैंने पूछा, "माँ! निराहार जीवित रहने की पद्धति आप दूसरों को क्यों नहीं सिखातीं?"

संसार के भूखों मरने वाले करोड़ों लोगों के लिए मेरे मन में जो आशा जागी थी, वह क्षण-भर में चूर-चूर हो गई।

"नहीं।" उन्होंने नकारार्थी सिर हिलाते हुए कहा, "मेरे गुरुदेव ने इस रहस्य को कभी किसी पर प्रकट न करने का सख्त आदेश दे रखा है। वे ईश्वर की सृष्टि-लीला में किसी प्रकार से दखल देना नहीं चाहते। यदि मैं अनेक लोगों को निराहार रहना सिखा दूँ, तो किसान लोगों को भी वह अच्छा नहीं लगेगा! रस-भरे फल भूमि पर बेकार ही पड़े रहेंगे। ऐसा लगता है कि दुःख भुखमरी और जरा-व्याधि हमारे ही कर्मों के चाबुक हैं, जो हमें अंततः जीवन के सच्चे अर्थ को जानने का प्रयास करने पर विवश करते हैं।"

"मैंने धीरे-धीरे कहा, "माँ! अकेले आपको ही निराहार रहने का सामर्थ्य देने का क्या उपयोग?"

"यह सिद्ध करने के लिए कि मनुष्य आत्मा है," उनका चेहरा ज्ञान के तेज से प्रदीप्त हो उठा, "यह दिखाने के लिए कि दैवी उन्नति द्वारा मनुष्य धीरे-धीरे सनातन तेज से जीवित रह सकता है, कि उसे अन्न की कोई आवश्यकता नहीं रहती।"

संत गिरिबालाजी ध्यान की एक गहरी अवस्था में उतर गईं। उनकी दृष्टि अंतर में लग गई थी, उनकी शांत आँखों में कोई भाव नहीं रहा। उन्होंने एक विशिष्ट निःश्वास छोड़ा, जो समाधि की परमानंदमय श्वासरहित अवस्था में प्रवेश करने से पहले छूटता है। थोड़ी देर के लिए वे आंतरिक आनंद के उस स्वर्ग में पहुँच गईं, जहाँ कोई प्रश्न नहीं पूछे जाते।

विदाई का दुःखदायी समय आ गया था। हमारे सामने कष्टप्रद यात्रा पड़ी हुई थी।

जब गिरिबालाजी ने आँखें खोलीं, तब मैंने उनसे कहा, "गिरिबालाजी, मुझे अपने पास रखने के लिए अपनी कोई निशानी दीजिए, आपकी किसी साड़ी का एकाध टुकड़ा।"

थोड़े ही समय में वे बनारसी सिल्क का एक टुकड़ा ले आईं और उसे अपने हाथ में रखकर आगे बढ़ाते हुए वे अचानक जमीन पर लेट कर मुझे साष्टांग प्रणाम करने लगीं।

भक्ति व आदर के साथ मैंने कहा, "माताजी! मुझे अपने पवित्र चरणों का स्पर्श करने दो!"

एन्सिनीटस (कैलिफोर्निया) में

"आपके लिए सुखद आश्चर्य है, गुरुदेव! आप जब अमेरिका से बाहर थे, तब हमने एन्सिनीटस के इस आश्रम का निर्माण करवा लिया। यह आपके घर लौट आने की खुशी में आपके लिए हमारी ओर से एक भेंट है!" श्री लिन, सिस्टर ज्ञानमाता, दुर्गा माँ और कुछ अन्य भक्त मुझे एक प्रवेश द्वार से अंदर ले जाकर एक रास्ते से ऊपर ले जा रहे थे, जिसके दोनों ओर छायादार वृक्ष थे।

सामने एक सफेद भवन दिखाई पड़ा। सागर किनारे वह भवन ऐसा लग रहा था, मानो नीले समुद्र जल में कोई विशाल सफेद जहाज खड़ा हो। पहले तो मैं अवाक् रह गया, फिर केवल 'ओह' और 'ओह' जैसे उद्गार ही मुख से निकलते रहे। अंततः आनंद और कृतज्ञता को व्यक्त करने में शब्दों को असमर्थ पाकर मैं आश्रम का निरीक्षण करने लगा। उसमें असाधारण रूप से बड़े सोलह कमरे थे। प्रत्येक कमरा सुंदर रीति से सजाया गया था।

छत तक ऊँची बड़ी-बड़ी खिड़कियों से युक्त विशाल मध्यवर्ती हॉल से हरियाली, समुद्र और आकाश का सुंदर दृश्य दिखता है मानो पन्ना, क्षीरस्फटिक और नीलम का अत्यंत प्रमाणबद्ध प्रयोग कर नितांत सुंदर चित्र बनाया गया हो। हॉल में स्थित विशाल अँगीठी के ऊपर ईसा मसीह, बाबाजी, लाहिड़ी महाशय तथा श्रीयुक्तेश्वरजी की तस्वीरें लगी हुई हैं। यह देखकर मुझे ऐसा लगा मानो वे उस शांत पाश्चात्य आश्रम पर अपने आशीर्वादों की वर्षा कर रहे हों।

आश्रम परिसर में सूर्यस्नान के लिए ओट में बने स्थान हैं, शांत वृक्षकुंज और उन तक जाने वाली पत्थर की पगडंडियाँ हैं, गुलाब के बगीचे हैं, नीलगिरि के वृक्षों का एक कुंज है तथा फलोद्यान है।

"ईश्वर करे कि संतों की महान और वीर आत्माएँ यहाँ आएँ और हमारे

साथ सदा यहाँ रहकर पृथ्वी के समान सरल और आकाश के समान दूर तक पहुँचने वाले अपने आशीर्वादों से हमें कृतार्थ करें!" (आश्रम के एक दरवाजे पर मनुष्य के निवास स्थान के लिए 'जेंद-अवेस्ता' में दी गई यह प्रार्थना लटकाई हुई है)।

कैलिफोर्निया के एन्सिनीटस गाँव में यह विस्तृत आश्रम श्री जेम्स जे. लिन की ओर से सेल्फ-रियलाइजेशन फेलोशिप के लिए देन है। श्री लिन 1932 में क्रिया योग की दीक्षा लेने के बाद से निष्ठावान क्रियायोगी रहे हैं। अंतहीन जिम्मेदारियाँ संभालने वाले अमेरिकन उद्योगपति होते हुए भी श्री लिन को प्रतिदिन लम्बे एवं गहरे क्रिया योग ध्यान के लिए समय मिल जाता है। इस प्रकार का संतुलित जीवन जीते हुए उन्होंने समाधि में अविचल शांति प्राप्त कर ली है।

पहले कई बार सागर तट पर एक छोटा-सा आश्रम बनाने के लिए मैंने कैलिफोर्निया का पूरा सागर किनारा छान डाला था। जब भी मुझे कोई योग्य स्थान मिलता, तब उसमें कोई-न-कोई विघ्न आता और मेरी योजना विफल हो जाती। आज एन्सिनीटस में कई एकड़ भूमि पर बने इस आश्रम पर दृष्टि फेरते हुए श्रीयुक्तेश्वरजी की बहुत पहले की हुई भविष्यवाणी की पूर्ति मुझे नजर आ रही थी, "सागर तट पर आश्रम।"

कुछ महीनों बाद, 1937 के ईस्टर के दिन मैंने वहाँ की हरियाली पर 'ईस्ट सूर्योदयकालीन ध्यान' का आयोजन किया, जो बाद में भी प्रतिवर्ष चलता रहा। कई सौ शिष्य प्राचीन ऋषियों की भाँति श्रद्धा और भक्ति के साथ उस दिन नित्य घटित होने वाले चमत्कार को निहार रहे थे, पूर्वाकाश में सूर्य का जागना। पश्चिम में अपनी गरजती आवाज में स्तुति करता प्रशांत महासागर और उसमें दूर कहीं पर अपना पाल फैलाए चल रही नाव, आकाश में उड़ान भरता एक अकेला समुद्री पक्षी। 'ईसा! सचमुच तुम्हारा पुनरुत्थान हो चुका है!' केवल ईस्टर के सूर्य के साथ ही नहीं, बल्कि ब्रह्म की अनंत प्रभात में।

अनेक सुखद महीने बीत गए। एन्सिनीटस के परिपूर्ण सौंदर्य के परिवेश में बहुत दिनों से मन में जिसकी योजना बना रहा था वह कार्य, अर्थात् 'कॉस्मिक चान्ट्स' की रचना मैंने कर दी। अनेक भारतीय गीतों को अंग्रेजी शब्दों और पाश्चात्य संगीत में ढाला। इन में शामिल हैं शंकराचार्य का 'चिदानंद रूपः शिवोऽहं, शिवोऽहं;' संस्कृत 'ब्रह्मानंदं परमसुखदं;' टैगोर का

'कौन है मेरे मंदिर में?' इनके अलावा मेरे अपने भी अनेक गीत इसमें हैं, जैसे 'मैं तेरा हमेशा,' 'इन द लैंड बियॉन्ड माइ ड्रीम्स,' 'मैंने तुझे दी आत्मा की पुकार,' 'कम, लिसन टू माइ सोल साँग,' तथा 'शांति मंदिर में।'

गीतों की इस पुस्तक प्रस्तावना में मैंने पूर्वी गीतों पर पाश्चात्यों की प्रतिक्रिया के अपने प्रथम असाधारण अनुभव का वर्णन किया है, जो 18 अप्रैल, 1926 को न्यू यॉर्क के कार्नेगी हॉल में एक सार्वजनिक व्याख्यान के अवसर पर घटित हुआ था।

17 अप्रैल को मैंने एक अमेरिकन शिष्य श्री आलविन हनसिकर को बताया था, 'मैं श्रोताओं से एक पुराना हिंदू भजन 'हे हरि सुंदर' अपने साथ गाने के लिए कहने का विचार कर रहा हूँ।'

श्री हसनिकर ने यह कहते हुए मेरे विचार पर संदेह प्रकट किया था कि पूर्वी गीत आसानी से अमेरिकन लोगों की समझ में नहीं आ सकते।

मैंने कहा था, "संगीत सर्वजनीन भाषा है। इस उदात्त गीत में निहित आत्मा की ललक को अमेरिकन लोग भी निश्चय ही अनुभव करेंगे।"

दूसरे दिन रात को एक घंटे से भी अधिक समय तक 'हे हरि सुंदर' के भक्तिपूर्ण स्वर तीन हजार कंठों से आते रहे। प्रिय न्यूयॉर्कवासियों, आज तुम उदासीन नहीं रहे! आनंद के इस सीधे-सादे स्तवन में तुम्हारे मन के पक्षियों ने ऊँची उड़ानें भरी हैं। उस रात प्रेम एवं भक्ति के साथ प्रभु के नाम का कीर्तन करते उस भक्त समुदाय में कई लोगों को दैवी शक्ति से स्वस्थता प्राप्त हुई।

1941 में मैं एक सेल्फ-रियलाजेशन फेलोशिप के बॉस्टन केन्द्र में गया। बॉस्टन केन्द्र के प्रमुख डॉ. एम. डब्ल्यू. लुईस ने एक अत्यंत कलात्मक ढंग से सजाए गए कक्ष में मेरे ठहरने की व्यवस्था की। उन्होंने मुस्कराते हुए मुझसे कहा, "गुरुदेव! अमेरिका में जब आप शुरू में आए थे, तो इसी शहर में केवल एक कमरे में रहते थे जिसमें बाथरुम की भी सुविधा नहीं थी। मैं आपको यह दिखाना चाहता था कि बॉस्टन में पूर्ण सुख-सुविधा संपन्न आरामदायक कक्ष भी उपलब्ध हैं।"

कैलिफोर्निया में कार्य-व्यस्तता के बीच सुख में वर्ष बीतते गए। 1937 में एन्सिनीटस में एक सेल्फ-रियलाइजेशन फेलोशिप कालोनी की स्थापना की गई। इस कालोनी में शिष्यों को सेल्फ-रियलाइजेशन फेलोशिप के आदर्शों के

अनुसार विविध गतिविधियों द्वारा प्रशिक्षित किया जाता है। यहाँ एन्सिनीटस और लॉस ऐंजेलिस के केन्द्रों में रहने वाले लोगों के लिए फल एवं सब्जियाँ उगाई जाती हैं।

"ईश्वर ने एक ही रक्त से मनुष्य की सब जातियाँ पृथ्वी पर रहने के लिए बनाई हैं।" 'विश्वबंधुत्व' बहुत व्यापक शब्द है, परन्तु मनुष्य को अपने को विश्व नागरिक मानते हुए अपनी सहानुभूतियों को विस्तारित करना ही होगा। सच्चे अर्थ में जिसकी समझ में यह आ गया कि 'मेरा भारत है, मेरा अमेरिका है, मेरा यूरोप है, मेरा अफ्रीका है' आदि आदि, उसके लिए उपयोगी एवं सुखी जीवन के तरीकों का कभी अभाव नहीं होगा।

श्रीयुक्तेश्वरजी सशरीर भारत की भूमि के अतिरिक्त कहीं के नहीं रहे, परन्तु बन्धुभाव के इस सत्य से वे भली भाँति परिचित थे :

"सारा संसार मेरा देश है।"

1940-1951 की अवधि

"ध्यान का महत्व अब हमें वास्तव में पता चल गया है और यह बात भी हमारी समझ में आ गई है कि हमारी आंतरिक शांति को भंग करने की क्षमता किसी चीज में नहीं है। पिछले कुछ सप्ताहों में हमने अपने सामूहिक ध्यान एवं सत्संग सभाओं के दौरान हवाई हमलों की चेतावनियाँ तथा विलम्ब से फटने वाले बमों के धमाके सुने हैं, परन्तु फिर भी हमारे सदस्य एकत्रित होते हैं और इन सभाओं गें उन्हें अत्यंत आनंद आता है।"

लंदन के सेल्फ-रियलाइजेशन फेलोशिप केन्द्र के प्रमुख द्वारा लिखा गया यह वीरता भरा पत्र उन अनेकानेक पत्रों में से एक है, जो द्वितीय विश्वयुद्ध के दौरान अमेरिका के उसमें उतरने से पहले के वर्षों में मुझे इंग्लैण्ड और यूरोप से आते रहते थे।

लंदन के 'द विज्डम ऑफ द ईस्ट सीरिज' के प्रख्यात संपादक डॉ एल. क्रैनमर-बिंग ने 1942 में मुझे लिखा था :

"जब मैंने 'ईस्ट-वेस्ट' पत्रिका पढ़ी, तब मुझे पता चल गया कि हम लोग एक दूसरे से कितने दूर प्रतीत होते थे, जैसे दो भिन्न जगतों में निवास कर रहे हों। जिस प्रकार किसी घेरे गए नगर के लिए 'होली ग्रेल' के आशीर्वादों और सुख-सुविधाओं से लदा जहाज बन्दरगाह में प्रवेश कर रहा हो, उसी प्रकार लॉस ऐंलेलिस से सौंदर्य, सामंजस्य, शांति एवं स्वस्ति मेरे पास आ पहुँचती है।

"अपनी कल्पना में मैं आपका तालावृक्ष-कुंज, एन्सिनीटास का मंदिर और उसके सामने फैला हुआ सागर एवं पर्वतीय दृश्य; तथा इस सबसे बढ़कर आध्यात्मिक प्रवृत्ति के नर-नारियों का साहचर्य ऐसे देखता हूँ, जैसे मुझे यह सब स्वप्न में दीख रहा हो—एकता के सूत्र में बंधा एक समाज, जो

विधेयात्मक कार्य में मग्न हो और ध्यान-चिंतन द्वारा नवशक्ति प्राप्त करता है।... पहरे की मीनार पर प्रभात की प्रतीक्षा कर रहे एक साधारण सिपाही द्वारा लिखे गए इस पत्र में सभी सत्संगियों को मेरा प्रणाम।"

कैलिफोर्निया के हालीवुड शहर में सेल्फ-रियलाइजेशन फेलोशिप के कार्यकर्त्ताओं द्वारा एक सर्वधर्ममंदिर की स्थापना 1942 में की गई। एक वर्ष बाद कैलिफोर्निया के ही सैन डियेगो में तथा 1947 में फिर से कैलिफोर्निया के ही लाँग बीच में एक-एक मंदिर की स्थापना की गई।

1949 में लॉस ऐंजेलिस के पैसिफिक पैलिसेड्स अंचल में, जिसे संसार के सबसे सुंदर भूखण्डों में से एक कहा जा सकता है, ऐसी फूलों की एक वादी सेल्फ-रियलाइजेशन फेलोशिप को दान में प्राप्त हुई। दस एकड़ की यह स्थली सब ओर से हरी-भरी पहाड़ियों से घिरी हुई है। इसमें एक प्राकृतिक सरोवर बना हुआ है, जो पर्वतों के मुकुट में जड़े हुए नीलम रत्न के समान लगता है। इस सरोवर के कारण ही इस स्थान का नाम 'लेक श्राइन' (सरोवर मंदिर) पड़ा है। इसकी भूमि पर एक ओर खड़े विचित्र-से पवनचक्की भवन में साधना मंदिर है। इस भवन से नीचे स्थित बाग के पास लगी हुई पवनचक्की पानी की सावकाश छप-छप का संगीत सुनाती रहती है। चीन से लाई गई संगमरमर की दो मूर्तियाँ इस स्थान की शोभा बढ़ा रही हैं—एक मूर्ति भगवान बुद्ध की है और दूसरी क्वान यिन (चीन में जगनमाता का रूप) की। एक जलप्रपात के ऊपर ईसामसीह की आदमकद प्रतिमा खड़ी है। रात को जब इस मूर्ति पर रोशनी की जाती है, तो इसका पवित्र चेहरा, लहराते वस्त्र आदि बड़े सुंदर लगते हैं।

लेक श्राइन में 1950 में महात्मा गांधी विश्व-शांति की स्मारक स्थापना की गई। इस वर्ष अमेरिका में सेल्फ-रियलाइजेशन फेलोशिप की तीसवीं वर्षगाँठ भी थी। भारत से प्राप्त महात्मा गाँधी की अस्थियों को एक हजार वर्ष पुरानी प्रस्तर-मंजूषा में रखकर उस स्मारक में प्रतिष्ठापित किया गया है।

1951 में हॉलीवुड में सेल्फ-रियलाइजेशन फेलोशिप 'इंडिया सेंटर' की स्थापना हुई। इस सेंटर के प्रत्यार्पण उत्सव में कैलिफोर्निया के लेफ्टीनेंट गवर्नर श्री गुडविन जे नाइट तथा भारत के वाणिज्य दूत श्री एम. आर. आहुजा भी मेरे साथ थे। इस स्थान पर एक इंडिया हॉल भी है, जिसमें 250 लोगों के बैठने की व्यवस्था है।

एस. आर. एफ. केन्द्रों में नए-नए आने वाले बहुत-से लोग योग की अधिक जानकारी के इच्छुक होते हैं। मुझसे प्रायः ही एक प्रश्न पूछा जाता है, "जैसा कि कुछ संगठनों का दावा है, क्या यह सच है कि योग का अभ्यास छपे हुए साहित्य को पढ़कर नहीं किया जा सकता और इसे गुरु के मार्गदर्शन में ही करना चाहिए?"

इस अणु युग में योगदा सत्संग पाठों जैसी शिक्षा पद्धतियों के द्वारा योग की शिक्षा दी जानी चाहिए, अन्यथा यह मुक्तिप्रदायक विज्ञान पुनः कुछ गिने-चुने लोगों तक ही सीमित रह जाएगा। यदि प्रत्येक शिष्य को ब्रह्मज्ञानी गुरु का सान्निध्य प्राप्त हो सके, तो निश्चय ही यह एक अमूल्य वरदान होगा, परन्तु इस संसार में पाखंडी ज्यादा हैं, संत कम। तो फिर असंख्य जनसाधारण को घर में बैठे-बैठे सच्चे योगियों द्वारा लिखित योग पाठों द्वारा नहीं, तो और किस तरीके से योग की शिक्षा मिल सकती है?

या फिर इसका एकमात्र विकल्प यही है कि 'सामान्य मनुष्य' की उपेक्षा करके उसे योग ज्ञान से वंचित ही रखा जाएँ परन्तु इस नए युग के लिए ईश्वर की योजना ऐसी नहीं है। बाबाजी ने सभी सच्चे क्रियायोगियों की लक्ष्यप्राप्ति के पथ पर रक्षा करने का एवं उनका मार्गदर्शन करने का वचन दिया हुआ है। केवल कुछ दर्जन नहीं, बल्कि लाखों क्रियायोगियों की आवश्यकता है शांति एवं समृद्धि के उस विश्व को साकार करने की, जो परमपिता के पुत्र पद को पुनः प्राप्त करने का उचित प्रयास करने वाले लोगों की प्रतीक्षा करता है।

'आध्यात्मिक शहद उत्पन्न करने के लिए मधुमक्खियों के एक छत्ते' के रूप में पश्चिम में सेल्फ-रियलाइजेशन फेलोशिप संगठन की स्थापना करने का दायित्व मुझे श्रीयुक्तेश्वरजी एवं महावतार बाबाजी ने सौंपा था। इस पवित्र दायित्व की पूर्ति कठिनाइयों से मुक्त नहीं थी।

"परमहंसजी! सच-सच बताइए! क्या यह सब सार्थक हुआ?" इन नपे-तुले शब्दों में एक दिन सान डियेगो के एस. आर. एफ. मंदिर के कार्यवाहक डॉ. लॉइड केनेल ने मुझसे प्रश्न किया। मेरे ख्याल से उनके पूछने का अर्थ था, "क्या आप अमेरिका में संतुष्ट हुए हैं, उन सब झूठे प्रचारों का क्या जो योग के प्रसार को रोकने के लिए उत्सुक कुत्सित लोगों ने किए? उन सब मोहभंगों का क्या, मनस्तापों का क्या, उन केन्द्र प्रमुखों को क्या जो केन्द्रों को नहीं चला सकें, उन शिष्यों का क्या जिन्हें सिखाया नहीं जा सका?"

मैंने उत्तर दिया, "धन्य है वह मनुष्य जिसकी ईश्वर परीक्षा लेता है। मुझ पर यदा-कदा भार डालना तो उसे याद रहा!" तब मेरे मन में उन सब का विचार आया जो निष्ठावान थे, उस प्रेम और भक्ति और समझदारी का विचार आया, जिसका प्रकाश अमेरिका के हृदय में व्याप्त है। धीरे-धीरे, शब्दों पर जोर देते हुए मैंने आगे कहा, "परन्तु मेरा उत्तर है, हाँ, हजार बार हाँ! मेरा यहाँ रहना सार्थक हुआ है। पूर्व और पश्चिम को एकमात्र स्थायी बंधन में, आध्यात्मिक बंधन में बांधकर एक-दूसरे के करीब देखने का मेरा जो स्वप्न था, वह मेरी कल्पना से भी अधिक साकार हुआ है।"

हिन्दू शास्त्र बताते हैं कि मनुष्य इस विशिष्ट पृथ्वी की ओर इसीलिए आकृष्ट होता है कि एक के बाद एक जन्म में वह उन अनगिनत तरीकों को अधिकाधिक पूर्णता के साथ सीख सके, जिनके द्वारा आत्मा भौतिक परिस्थितियों में अपने दिव्यत्व को व्यक्त कर सकती है और उन पर अपने प्रभुत्व को प्रकट कर सकती है। पूर्व और पश्चिम अलग-अलग तरीकों से इस महान सत्य को सीख रहे हैं और उन्हें खुशी से अपनी उपलब्धियों का आदान-प्रदान करना चाहिए। इसमें कोई संदेह ही नहीं कि ईश्वर की पृथ्वीवासी संतानें दारिद्र्य, रोग और आत्मा के अज्ञान से मुक्त विश्व-सभ्यता को स्थापित करने के लिए प्रयत्न करती हैं, तो ईश्वर को इससे अत्यंत प्रसन्नता होती है। अपनी आत्मा की शक्ति को भूल जाना ही अन्य सभी दुःखों का मूल कारण है। 'समाज' के नाम जो बुराइयाँ मढ़ दी जाती हैं, उनके लिए वस्तुतः प्रत्येक मनुष्य को दोषी पाया जा सकता है। रामराज्य पहले प्रत्येक हृदय में प्रकट होना चाहिए, तब वह समाज में फैलेगा, क्योंकि आंतरिक सुधार होने पर बाह्य सुधार अपने आप ही होते हैं। जो मनुष्य अपने आपको सुधार लेगा, वह हजारों को सुधार देगा।

एक रात जब मैं मौन प्रार्थना में निमग्न था, तब एन्सिनीटस आश्रम में मेरा वह कमरा अचानक दूधिया नीले प्रकाश से भर गया। ईसा मसीह का तेजस्वी रूप मेरी दृष्टि के सामने प्रकट हुआ। वे पच्चीस वर्ष के युवक-से लग रहे थे; उनकी दाढ़ी-मूँछें विरल-सी लग रही थीं; बीच में विभक्त किए गए उनके लम्बे काले केशों के चारों ओर झिलमिलाती स्वर्णिम आभा थी।

उनकी आँखें शुरू से अंत तक निराली ही लग रही थीं; मैं उनमें झाँकता रहा और वे सदा बदलती ही रहीं। उनके भाव में होने वाले प्रत्येक परिवर्तन

के साथ ही व्यक्त किए गए ज्ञान को मैं अपने अंतर में अंतर्ज्ञान से समझ रहा था। उनकी तेजस्वी दृष्टि में मैंने उस शक्ति को अनुभव किया जो अनंत ब्रह्मांडों को धारण करती है। एक पवित्र पात्र उन के मुख के पास प्रकट हुआ, वहाँ से नीचे आकर मेरे होंठों से लगा, फिर ईसा के पास लौट गया। इसके बाद उन्होंने अत्यंत सुंदर शब्द कहे। इन शब्दों का स्वरूप इतना वैयक्तिक है कि मैं उन्हें अपने हृदय में ही रखता हूँ।

1950 और 1951 में मैंने अपना बहुत-सा समय कैलिफोर्निया में एक शांत स्थान पर बिताया। वहाँ मैंने भगवद्गीता का अनुवाद किया और उस पर विस्तृत भाष्य लिखा, जिसमें योग के विभिन्न मार्गों का वर्णन है।

भारत के सबसे श्रेष्ठ शास्त्र ने मनुष्यों को प्रयोग करने के लिए व्यावहारिक शिक्षा भी दी और नैतिक शिक्षा भी। हमारे स्वप्न-जगत के महासागर में श्वास माया का विशिष्ट झंझावात है जो पृथक्-पृथक् लहरों का, समस्त लोगों और सभी भौतिक वस्तुओं के रूपों का, बोध उत्पन्न करता है। भगवान श्रीकृष्ण जानते थे कि मनुष्य को पृथक् अस्तित्व के दुःखदायी स्वप्न से जागृत करने के लिए केवल दार्शनिक और नैतिक ज्ञान पर्याप्त नहीं है, इसलिए उन्होंने इस पवित्र विज्ञान की ओर संकेत किया, जिसके द्वारा मनुष्य अपने शरीर पर पूर्ण अधिकार स्थापित कर इसे जब चाहे अपनी इच्छानुसार विशुद्ध शक्ति में बदल सकता है। आज के अणु युग में आधुनिक वैज्ञानिकों के लिए इस योगक्रिया के सिद्धांत को समझना मुश्किल नहीं है। यह सिद्ध किया जा चुका है कि प्रत्येक स्थूल पदार्थ को ऊर्जा में परिवर्तित किया जा सकता है।

हिन्दू शास्त्र योग-विज्ञान को इसलिए महत्व देते हैं, क्योंकि सर्वसाधारण मनुष्य भी इसे प्रयुक्त किए बिना भी यदा-कदा श्वास के रहस्य को सुलझा सकता है, जैसा भगवान के प्रति अत्यंत उत्कट भक्ति रखने वाले अहिन्दू संतों ने किया। ऐसे ईसाई, मुसलमान तथा अन्य संतों को सचमुच ही सविकल्प समाधि की निश्चल, निःश्वास अवस्था में देखा गया था, जिसके बिना कोई मनुष्य कभी ईश्वरानुभूति के प्रथम चरण में प्रवेश नहीं कर सकता।

17वीं शताब्दी के ईसाई संत ब्रदर लॉरिन्स ने कहा है कि उन्हें ईश्वरानुभूति की प्रथम झाँकी एक वृक्ष के दर्शन से प्राप्त हुई। प्रायः सभी लोगों ने वृक्ष देखा है, परन्तु दुर्दैव! बहुत ही कम लोग उससे वृक्ष के सृष्टा को देख

पाए हैं। अधिकांश लोग भक्ति की उन दुर्धर शक्तियों को किसी भी प्रकार नहीं जगा सकते, जो सभी धर्मों में पाए जाने वाले कुछ एकांती साधुओं में सहज ही रहती हैं, चाहे वे पूर्व के हों या पश्चिम के। किन्तु इसका मतलब यह नहीं है कि साधारण मनुष्य के लिए ईश-संपर्क की कोई संभावना ही नहीं है। अपने आत्मास्वरूप की स्मृति को पुनः जगाने के लिए उसे केवल इतना ही करने की आवश्यकता है कि वह क्रिया योग का अभ्यास करे, यम-नियम का पालन करे और उसमें सच्चे अंतःकरण से यह कहने की क्षमता हो, "प्रभु! मैं आपके दर्शन के लिए तड़प रहा हूँ!"

इस प्रकार योग की सर्वजनीनता इसमें है कि भक्ति की उत्कटता की अपेक्षा, जो साधारण मनुष्य की भावनात्मक क्षमता से बाहर है, यह ईश्वर को दैनिक अभ्यास के योग्य वैज्ञानिक प्रणाली के माध्यम से प्राप्त करने का मार्ग है।

भारत के कुछ महान जैन गुरुओं को तीर्थंकर कहा जाता है, क्योंकि वे वह रास्ता दिखाते हैं जिससे होकर हतबल मानवजाति संसार सागर को पार कर जाएँ संसार मनुष्य को सबसे कम प्रतिरोध का मार्ग अपनाने के लिए प्रेरित करता है। 'इसलिए जो भी संसार का मित्र बनेगा, वह ईश्वर का शत्रु है।' ईश्वर का मित्र बनने के लिए मनुष्य को अपने कर्मों की बुराइयों पर विजय पानी होगी, क्योंकि ये बुराइयाँ ही उसे माया के मोह जाल में कायरतापूर्ण आत्मसमर्पण कर देने के लिए प्रोत्साहित करती हैं। कर्म के वज्र नियम का ज्ञान सच्चे साधक को उसकी पकड़ से बाहर निकलने का रास्ता खोजने के लिए प्रोत्साहित करता है। माया से अंधे बने मन की इच्छा-वासनाओं के कारण ही मनुष्य कर्मों का गुलाम बनकर रह जाता है, इसीलिए योगी मनःसंयम अर्थात् चित्तवृत्तिनिरोध पर ध्यान देता है। जब कर्मजनित अज्ञान के विभिन्न पर्दे हट जाते हैं, तब मनुष्य अपने को अपने सच्चे स्वरूप में देखता है।

संसार को देने के लिए भारत के पास और कुछ नहीं होता, तो क्रियायोग अकेला ही शाही भेंट माने जाने के लिए पर्याप्त होता है।

बाइबिल में अनेक परिच्छेद ऐसे हैं, जिनसे यह स्पष्ट होता है कि हिब्रू गुरुओं को यह ज्ञान था कि ईश्वर ने श्वास को शरीर और आत्मा के बीच की कड़ी का काम करने के लिए ही बनाया है। उत्पत्ति में कहा गया है, "प्रभु ईश्वर ने पृथ्वी की मिट्टी से मनुष्य की सृष्टि की और उसकी नासिका में प्राण

फूँक दिया और इस तरह मनुष्य जीवंत प्राणी बन गया। मानव देह उस रासायनिक और धात्विक तत्वों से बनी है, जो 'पृथ्वी की मिट्टी' में भी पाए जाते हैं। यदि श्वास के माध्यम से आत्मा अज्ञानी मनुष्य के शरीर में प्राणप्रवाह संचारित नहीं करती, तो मानव-देह कोई कार्य नहीं कर पाती, न ही उसमें कोई शक्ति या गति होती। मानव-शरीर में जो पंचप्राण कार्य कर रहे हैं, वे सर्वव्यापी आत्मा के 'ओम्' स्पंदन की अभिव्यक्तियाँ हैं।

आत्मा का जो प्रतिबिम्ब शरीर की कोशिकाओं में जीवन का आभास उत्पन्न कर रहा है, वही देह के प्रति मनुष्य की आसक्ति का एकमात्र कारण है। स्पष्ट है कि केवल मिट्टी के एक गोले को वह इतना महत्व कभी नहीं देता। मनुष्य व्यर्थ ही अपने शरीर को अपना स्वरूप मानने लगता है, क्योंकि आत्मा के प्राणप्रवाह इतनी तीव्र शक्ति के साथ श्वास के माध्यम से शरीर में प्रवेश करते हैं कि मनुष्य परिणाम को ही कारण समझ लेने की भूल कर बैठता है और शरीर स्वयं प्राणवान है यह मानकर उसी की पूजा करने लगता है।

मनुष्य को अपनी चैतन्य अवस्था में शरीर एवं श्वास का भान रहता है। निद्रावस्था में सक्रिय होने वाली अवचेतन अवस्था में शरीर एवं श्वास से उसके मन का संबंध निद्राकाल के लिए टूट जाता है। अतिचेतन अवस्था में वह इस भ्रम से मुक्त हो जाता है कि उसका अस्तित्व शरीर और श्वास पर निर्भर है। ईश्वर श्वास के बिना ही रहता है। उसकी प्रतिमूर्ति स्वरूप बनी आत्मा को श्वासरहित अवस्था में ही प्रथम बार अपने स्वरूप का ज्ञान होता है।

जब आत्मा के विकास को गति देने वाले कर्मों के कारण शरीर और आत्मा के बीच की श्वास की कड़ी टूट जाती है, तब अकस्मात् अवस्था-परिवर्तन हो जाता है, जिसे मृत्यु कहते हैं और शरीर-कोशिकाएँ अपनी प्राकृतिक शक्तिहीनता की अवस्था में वापस चली जाती हैं, परन्तु क्रियायोगी की श्वास-कड़ी कर्म संयोग के क्रूर हस्तक्षेप से नहीं, बल्कि वैज्ञानिक ज्ञान द्वारा उसकी इच्छा से टूटती है। प्रत्यक्ष अनुभव द्वारा योगी को पहले से ही अपनी अशरीरी मूल अवस्था का ज्ञान रहता है और उसे मृत्यु के इस कुछ ज्यादा ही नुकीले संकेत की आवश्यकता नहीं रहती कि मनुष्य के लिए स्थूल शरीर पर भरोसा करना अच्छा नहीं होता।

जन्म दर जन्म प्रत्येक मनुष्य अपने पूर्ण देवत्व की ओर प्रगति करता जाता है। प्रगति के इस मार्ग में मृत्यु कोई बाधा नहीं बनती, बल्कि वह तो

मनुष्य को अपना मैल धोकर निर्मल बनाने के लिए सूक्ष्म जगत का अधिक अनुकूल वातावरण प्रदान करती है। "अपने मन को अशांत मत होने दो...मेरे पिता के घर में अनेक हवेलियाँ हैं।" यह तो हो नहीं सकता कि इस विश्व की रचना करने में भगवान ने अपनी सारी प्रतिभा खत्म कर दी और अब परलोक में हमारा कौतूहल जगाने के लिए उसके पास वीणा-झंकार के अलावा कुछ नहीं बचा है।

मृत्यु अस्तित्व को मिटाती नहीं, न ही वह जीवन से अंतिम छुटकारा दिलाती है और न ही वह अमरत्व का द्वार है। भूलोक में आनंद प्राप्त करने के लिए जो अपनी आत्मा से भागता रहा हो, वह सूक्ष्म जगत के स्वर्गीय सौंदर्य के बीच आत्मा को कभी प्राप्त नहीं करेगा। वहाँ वह केवल सूक्ष्मतर अनुभूतियों को और सुंदरता एवं अच्छाई, जो एक ही है, के प्रति अधिक भावुक प्रतिक्रियाओं को जमा करता जाता है। संघर्षरत मनुष्य को इस स्थूल जगत के ऐरन पर ही अपने ऊपर घन के प्रहार पर प्रहार करके आध्यात्मिक ऐक्य के स्वर्ण को प्राप्त करना होगा। इस कष्टार्जित स्वर्ण को हाथ में लेकर, जो लालची मृत्यु के लिए एकमात्र स्वीकार्य भेंट है, मनुष्य जन्म-मृत्यु के फेरे से अंतिम मुक्ति पा लेता है।

अनेक वर्षों तक मैंने एन्सिनीटस तथा लॉस ऐंजेलिस में पतंजलि के योगसूत्र और हिन्दू दर्शन के अन्य गहन ग्रन्थों पर शिक्षावर्ग चलाए।

एक दिन एक शिक्षावर्ग में एक विद्यार्थी ने पूछा, "ईश्वर ने आत्मा और शरीर को एक साथ जोड़ा ही क्यों? सृष्टि के इस विकासशील नाटक को शुरू करने में उसका क्या उद्‌देश्य था?" अन्य लोगों ने ऐसे प्रश्न उठाए हैं और दार्शनिकों ने उनके उत्तर देने के असफल प्रयत्न किए हैं।

"कुछ रहस्यों को अनंतकाल में ही खोजने के लिए छोड़ दो," श्रीयुक्तेश्वरजी मुस्कराते हुए कहा करते थे, "मनुष्य की सीमित तर्क शक्ति अजन्मा पूर्णब्रह्म के अकल्पनीय उद्‌देश्यों को कैसे समझ सकती है?" गोचर जगत के कार्य-कारण विधान से बंधी मनुष्य की बुद्धि अनादि, अजन्मा ब्रह्म के रहस्यों के सामने किंकर्तव्यविमूढ़ हो जाती है, परन्तु मनुष्य की बुद्धि सृष्टि के रहस्यों को नहीं भी समझ सकी, तो भी अंत में भक्त की खातिर भगवान स्वयं उसके सामने प्रत्येक रहस्य खोल देंगे।"

जो वास्तव में ज्ञान को प्राप्त करने के लिए उत्कंठित हो, वह ईश्वरीय

योजना के प्रारंभिक तथ्यों के ज्ञान को ही अच्छी तरह से आत्मसात् करने के द्वारा अपनी खोज आरंभ करने से संतुष्ट होता है, आरंभ में ही सीधे 'आइंस्टाइन सिद्धांत' के गणितीय ग्राफ की माँग नहीं करता।

"किसी भी काल में कभी किसी मनुष्य ने ईश्वर को नहीं देखा है केवल उससे उत्पन्न हुए पुत्र ने, जो परमपिता के हृदय में वास करता है, परमात्मा के अस्तित्व की घोषणा की है।"

ईसा मसीह ने इसे स्पष्ट किया है, "सच है, सच है, मैं तुमसे कह रहा हूँ, पुत्र स्वयं होकर कुछ नहीं कर सकता, केवल पिता को जो करते देखता है, वही वह स्वयं भी करता है, क्योंकि पिता जो कुछ कर सकते हैं, वह सब पुत्र भी कर सकता है।"

गोचर जगत में व्याप्त परंब्रह्म की त्रिगुणात्मक प्रकृति का हिन्दू शास्त्रों ने सृष्टि, स्थिति और लय के प्रतीक ब्रह्मा, विष्णु और शिव के रूप में वर्णन किया है। इन तीनों त्रिविध कार्य समस्त स्पंदनात्मक सृष्टि में निरंतर चलते रहते हैं। पूर्ण ब्रह्म या निर्गुण ब्रह्म मनुष्य की कल्पना शक्ति से परे है, अतः धार्मिक प्रवृत्ति के हिन्दू इस त्रिमूर्ति के पवित्र रूपों में उसकी पूजा करते हैं।

परन्तु सृष्टि में व्याप्त सृष्टि-स्थिति-लय स्वयं ही ईश्वर का परमोच्च स्वरूप नहीं है, यहाँ तक कि उसका यह सारभूत स्वरूप भी नहीं है (क्योंकि सृष्टि केवल उसकी लीला है, एक खेल है)।

त्रिमूर्ति के सारे रहस्यों को जान लेने के बाद भी ईश्वर के अंतर्गूढ़ मूल स्वरूप को नहीं जाना जा सकता, क्योंकि नियमाधिष्ठित आणविक रिसाव में प्रकट होने वाली उसकी बाह्य प्रकृति उसे दर्शाए बिना केवल उसे अभिव्यक्त करती है। भगवान का अंतिम स्वरूप केवल तभी पता चलता है, जब 'पुत्र ऊपर उठ कर पिता के पास पहुँचता है।' मुक्त हुआ मनुष्य स्पंदनात्मक सृष्टि के पार जाकर निःस्पंद परंब्रह्म में प्रवेश करता है।

परम रहस्यों को प्रकट करने का अनुरोध किए जाने पर सभी अवतारों और सद्गुरुओं ने मौन साध लिया। जब पाइलेट ने पूछा, "सत्य क्या है?" तब ईसा ने कोई उत्तर नहीं दिया। पाइलेट जैसे बुद्धिवादियों के आडंबरपूर्ण प्रश्न कदाचित् ही सच्ची जिज्ञासा-वृत्ति से निकलते हैं। ऐसे लोग खोखले दम्भ के साथ बोलते हैं और आध्यात्मिक मूल्यों में दृढ़ता के अभाव को ही 'उदारमत' का लक्षण मानते हैं।

“इसी उद्देश्य के लिए मेरा जन्म हुआ था और इसी कारण से मैं इस संसार में आया हूँ कि मैं इसका साक्षी बनूँ। जो कोई सत्य का है, वह मेरी वाणी सुनता है।” इन चन्द शब्दों में ईसा मसीह ने बहुत कुछ कह दिया है। ईश्वर का पुत्र अपने जीवन को ‘सत्य का साक्षी’ बनाता है। वह सत्य को धारण करता है, यदि वह सत्य की व्याख्या भी करता है, तो यह उसका अतिरिक्त अनुग्रह है।

सत्य कोई सिद्धांत नहीं है, न ही सत्य दर्शनशास्त्र का कोई तत्वज्ञान है और न ही वह बौद्धिक अंतर्दृष्टि है। यह तो प्रत्यक्ष वास्तविकता के साथ तद्नुरूपता है। मनुष्य के लिए आत्मा के रूप में अपने सच्चे स्वरूप का अटल ज्ञान ही सत्य है। अपने जीवन की प्रत्येक कृति और प्रत्येक शब्द से ईसा मसीह ने यह सिद्ध कर दिया कि उन्हें अपने अस्तित्व के सत्य का, ईश्वर से अपनी उत्पत्ति का पूर्ण ज्ञान था। सर्वव्यापी क्राईस्ट चैतन्य (कूटस्थ चैतन्य) के साथ पूर्ण एकरूप होने के कारण ही वे दृढ़ विश्वास के साथ कह सके, “जो कोई सत्य का है, वह मेरी आवाज सुनता है।”

महात्मा बुद्ध ने भी परम सत्य पर प्रकाश डालना अस्वीकार कर दिया था। शुष्क भाव के साथ उन्होंने इतना ही कहा कि मनुष्य को जो अत्यल्प समय पृथ्वी पर मिला है, उसे अपने नैतिक स्वरूप की उन्नति करने में लगाने में ही जीवन की भलाई है। चीनी संत लाओत्जू ठीक ही कहते थे, “जो जानता है, वह कहता नहीं, जो कहता है, वह जानता नहीं।” ईश्वर का चरम रहस्य तर्क का विषय नहीं है। ईश्वर की गूढ़ लिपि को पढ़ना एक ऐसी कला है जो कोई मनुष्य किसी मनुष्य को नहीं पढ़ा सकता, इस मामले में ईश्वर स्वयं ही एकमात्र गुरु होता है।

“स्थिर हो जाओ और समझो कि मैं ईश्वर हूँ।” ईश्वर अपनी सर्वव्यापिता को चिल्ला-चिल्लाकर नहीं जताते, उनकी वाणी को अंतःकरण की गहन शांति में ही सुना जा सकता है। सारी सृष्टि में सृजनात्मक ओम् स्पंदन के रूप में गूँजने वाला ब्रह्मनाद उसके साथ एकरूप होने वाले भक्त के हृदय में सुस्पष्ट वाणी के रूप में परिणत हो जाता है।

सृष्टि के पीछे परमेश्वर का क्या उद्देश्य है इसका स्पष्टीकरण मनुष्य की बुद्धि जहाँ तक समझ सकती है, वहाँ तक वेदों में वर्णन है। ऋषियों ने बताया है कि प्रत्येक मनुष्य की सृष्टि ईश्वर ने आत्मा के रूप में की है, जो अपने परम

स्वरूप में लौट जाने से पहले अनंत परमतत्व के किसी विशिष्ट गुण को एकमेवाद्वितीय रूप से अवश्य प्रकट करेगी। इस प्रकार किसी-न-किसी ईश्वरीय वैशिष्ट्य से युक्त होने से सभी मनुष्य ईश्वर को समान रूप से प्रिय हैं।

विश्वगुरु भारत द्वारा जमा किया गया ज्ञान सारी मानवजाति की विरासत है। सभी सत्यों की भाँति वैदिक सत्य ही ईश्वर की संपत्ति है, भारतवर्ष की नहीं। वेदों के दिव्य गंभीर ज्ञान को ग्रहण करने में समर्थ ऋषिगण मानवजाति के ही सदस्य थे, जो समग्र मानवता की सेवा के लिए किसी अन्य लोक में नहीं, बल्कि इसी पृथ्वी पर पैदा हुए थे। सत्य के राज्य में जाति या राष्ट्र का भेदभाव निरर्थक है। वहाँ तो केवल सत्य को ग्रहण करने की आध्यात्मिक योग्यता ही देखी जाती है।

प्रेम ही ईश्वर है, इसलिए सृष्टि की उसकी योजना प्रेम पर ही आधारित हो सकती है। पांडित्यपूर्ण स्पष्टीकरणों की अपेक्षा क्या यह सीधा-सरल विचार मनुष्य के हृदय को सांत्वना प्रदान नहीं करता? सत्य के मर्म तक पहुँचने वाले हरेक संत ने यही कहा है कि ईश्वर ने सृष्टि की संपूर्ण योजना बनाई है और यह योजना अति सुंदर है और आनंद से परिपूर्ण है।

ईश्वर ने पैगंबर यशायाह को अपना उद्देश्य इन शब्दों में बताया था—

उसी प्रकार मेरा शब्द (सृजनकारी ओम्) भी होगा, जो मेरे मुँह से निकलता है—यह बिना कुछ किए ही मेरे पास वापस नहीं आएगा, बल्कि यह मेरी इच्छा पूर्ण करेगा और जिस काम के लिए मैंने उसे भेजा है, उसे वह पूरा करेगा, क्योंकि तुम आनंद के साथ निकलोगे और शांति के साथ पहुँचाए जाओगे, तुम्हारे आगे पहाड़ और पहाड़ियाँ आनंद के मारे प्रसन्नता के गीत गाएँगी और मैदान के सब वृक्ष ताल पकड़ कर तालियाँ बजाएँगे। — यशायाह 55:11-12 (बाइबिल)

"तुम आनंद के साथ निकलोगे और शांति के साथ पहुँचाए जाओगे।" चारों ओर से दबाव में जी रहे बीसवीं सदी के लोग इस अद्भुत वचन को आशा-आकांक्षा के साथ सुन रहे हैं। ईश्वर का जो भी भक्त अपनी दिव्य विरासत को पुनः प्राप्त करने के लिए पुरुषार्थ करता है, उसके लिए इस वचन में निहित पूर्ण सत्य को अनुभव करना सहज संभव है। पूर्व और पश्चिम में क्रियायोग का उदात्त कार्य अभी तो केवल शुरू ही हुआ है। ईश्वर करे कि सब

लोगों को यह ज्ञात हो जाए कि सारे मानवी दुःखों को मिटा देने के लिए आत्मज्ञान की निश्चित, वैज्ञानिक प्रविधि अस्तित्व में है।

पृथ्वी पर तेजस्वी रत्नों की तरह चारों ओर बिखरे क्रियायोगियों को प्रेम की तरंगें भेजते हुए मैं कृतज्ञ भाव से हमेशा सोचता हूँ :

"ईश्वर! आपने इस संन्यासी को इतना बड़ा कुटुम्ब दिया है!"

●●●